國際中國文學研究叢刊

第一集

王曉平　主編

上海古籍出版社

圖書在版編目(CIP)數據

國際中國文學研究叢刊.第 1 集/王曉平主編.
—上海:上海古籍出版社,2011.12
ISBN 978 - 7 - 5325 - 5971 - 8

Ⅰ.①國… Ⅱ.①王… Ⅲ.①中國文學—文學研究—
叢刊 Ⅳ.①I206 - 55

中國版本圖書館 CIP 數據核字(2011)第 125120 號

國際中國文學研究叢刊

第一集

王曉平　主編

上海世紀出版股份有限公司 出版
上 海 古 籍 出 版 社
(上海瑞金二路 272 號　郵政編碼 200020)
(1)網址:www.guji.com.cn
(2)E - mail:gujil@ guji. com. cn
(3)易文網網址:www.ewen.cc
上海世紀出版股份有限公司發行中心發行經銷
上海顥輝印刷廠印刷
開本 787×1092　1/16　印張 20.25　字數 346,000
2011 年 12 月第 1 版　2011 年 12 月第 1 次印刷
印數:1—1,500
ISBN 978 - 7 - 5325 - 5971 - 8
I・2372　定價:70.00 元
如發生質量問題,請與承印公司聯繫

目　　録

發 刊 詞

無思想,無學術也;無學術,無大學也。然而思想談何易,學術談何易!

中國文學自立于世界文學之苑,得東西雲水之滋養,吐千年不敗之芬芳;中國文學之研究,則不可無歷史之智慧,不可無天下之眼光。海納百川,以望其大;扎根本土,欲求其深。知東洋西洋,方煉獨立之精神;審秦皇漢武,益愛自由之思想。

學人力微兮,道不可辱;學術爲公兮,術不趨亡。不畛彼土此方,不拘傳統現代,唯真知者尊;不讓宏觀微觀,不拒白話文言,唯有物者享。爲冷冷清清之文獻研究加一分熱,爲人云亦云之闡釋研究降一降溫,爲飄飄悠悠之比較研究增一點分量。不必言巧,不必跟潮;不必位尊,不必名高。有直面癥結、擊破玄機之誠意,無唯上唯俗、借風造勢之矯情。事理不虛,學思相彰。避兩級化、類型化、套語化之陳言,發互讀、共賞、知同、明異之清響。唯求一得,好文章也。

本刊由天津師範大學國際中國文學研究中心主辦,乃學術研究性集刊,旨在中國文學(以古典文學爲中心)之跨文化、跨學科研究,設"國外中國文學文獻研究"、"對外傳播研究"、"對外翻譯研究"、"學術交流史研究"、"國外研究評論"、"世界漢學家研究"、"亞洲漢文學研究"諸欄目,關注中國散佚而存諸國外的文學史料,且適當提供各國研究之最新理論與動向。

文字三十萬,園圃一小方,土爲會通開,門向友生敞。可播新種,可植異花。望耕耘者各有收穫,願觀賞者聞其馨香。

尋求表述"東亞文學"
生成歷史的更加真實的觀念

——關于我的"比較文學研究"課題的思考和追求

嚴紹璗

本文將表述我有關"東亞比較文學"研究的思考和設定的學術目標,並向各位請教,同時也是向川本皓嗣先生的一次回報——他的學術對我具有長期的影響。

40多年前,我開始觸摸國際"Sinology",30年前更以較大的精力從事"日本中國學"的研究,由此起始,我便注目于"東亞文化關係",又從寬泛的"文化關係"的興趣中專注"東亞文學關係"的研討。我的目的是希望通過這些"關係"的研討,從中獲得關于"東亞文化"或"東亞文學"傳遞的某些"學術圖譜",從而成爲闡述"日本中國學"的具有確定性的"真實的語境"。不意一旦進入這些領域,就把自己置于"比較文學"的研究之中,而我最感興趣的則是在于追求更加"真實地"表述"東亞文學"生成的歷史。

在許多先輩和學界同仁的指點下,我接受並逐步地深化了對于"比較文學"觀念的體認。當我從文學的"發生學"、"傳播學"和"闡釋學"等多層面的立場上考察學術界關于"東亞文學"生成歷史的表述後,便日益感覺到目前所讀到的國內外關于這個層面的研討,不少論説還是過多地局限在"民族文化自閉"的文化語境中,以自己本民族文學的所謂"統一性"、"單一性"和"穩定化"及"凝固化"爲自身的"民族性特徵",從而事實上隔斷了"民族文學"與世界文化的豐富多彩和千絲萬縷的聯繫,把本來是由多元組合的民族文化與文明的發展,僞裝成七零八碎的所謂具有"單一性"和"凝固化"的"愈是民族的便愈是具有世界性"的。比較文學學術提供了一種從"跨文化"的立場來觀察文學和文化的視角。一旦把此種"跨文化"的立場變成自己的學術觀念和方法論的基礎,我便發覺自己對從前所擁有的關于"中國文學"和"東亞文學"的各種知識,産生了不少"躁動不安"的情緒,即時常懷疑自己已經獲得的"知識"的"真實性價值"。這種"懷疑"和"自省"最早是從研究日本古代文學開始的。當"比較文學"的研究正在相關的文學領域中解構"純粹民族文學特性",以復原文明世界中的文學樣式事實上具有層次不

等的"多元文化構造"的時候,我便開始把認識日本文學最初始的經典樣式應該具有的
内在多元發生與構造機制,作爲自己的課題,着手揭示和闡述這些機制的材料組成和表
述的邏輯特徵。

我自己以爲這是一個很有意義的課題。假如我們能夠在這個課題中有所收穫,我
們或許可以找到一個重新認識更加接近于真實"東亞文學"歷史的有意義的入口。

30 年來,我設定自己應該在兩個層面上展開這一課題的研討。一個層面是沿着關
于日本"記紀神話"作爲"神話變異體"的本體論内容,不斷地在多層面中搜索材料,細
讀文獻,進行可能的田野調查,從而提升自己的思考,並從中確立相關的課題。另一個
層面是以"記紀神話"的研討作爲起始,把思考與表述對象擴展到對構成日本上古文學
基本線索的相關的"經典文本"的生成機制中,採用在"記紀神話"研討中積累的命題與
解題的經驗,在較爲宏觀的層面上,希望構成既能更加接近"文學"在寬廣的"跨文化文
明史"中生成的真實狀態,又具有研究者學術個性的揭示日本上古文學生成本源的一種
邏輯解析系統。

由于我的學術構想已經介入東亞文學的許多部位,面臨已有的學術觀念的重大挑
戰,這種挑戰本身也具有"跨文化"性質。我想,既然我設定以"日本上古文學"爲對象
來體驗"比較文學"學術的價值和意義,那麼,作爲一個中國學者就應該把這些研究課題
做到對象國的學術界去。

在第一個層面上,我以《古事記》、《日本書紀》和《風土記》爲基本文本,確立了一些
課題。比如《神話の文化学の意義について》、《日本神話の構成について》、《「記紀神
話」に現われた東アジアにおける人種と文化との移動について》、《記紀神話におけ
る二神創世の形態》、《東アジア創世神話における「配偶神」神話成立時期の研究につ
いて》、《東アジアの神々における中国漢民族の「神」の概念について》、《「古事記」に
おける疑問の解読——「天の柱」と「廻った方向」と「ヒルコ」との文化意義について》
等,都是關于"記紀神話變異體"本體論的闡發,基本構成了一個系列。

在第二個層面上,與"記紀神話變異體"本體論的闡發相呼應,確定把構成上古時期
日本假名文學兩大文學樣式——"散文文學"與"韻文文學"——中的《萬葉集》、《浦島
子傳》、《竹取物語》、《源氏物語》這四部被廣泛認定的"文學經典"作爲範本,探討其
"文學本源",並闡述其"經典"形成的軌跡。其中,對《萬葉集》設定的課題在于研討作
爲"和歌"音律的"三十一音"形成的本源;對《浦島子傳》設定的課題是由多種文本演進
所體現的從神話敘事到初始古物語敘事的軌跡研究;對《竹取物語》設定的課題是文本

透露的文化視閾、《物語》假名文本的前驅"漢文文本"或"准漢文文本"的可能性研究；對《源氏物語》設定的課題是中國漢民族文學在日本的變異與《物語》情節、意象的關係研究。這些課題的完成都包含着很艱難的文本細讀和在廣泛的文化史圖譜上的文本解析歷程。

在上述兩方面的課題深入的同時，我意識到，現在是在"文學關係"的傳統框架中推進自己的研討，而研究的結果是以"中日文學關係"或"東亞文學關係"的概念展現的，它與"國別文學"和"民族文學"的研究仍然是兩張皮。一百多年前當先輩學者創設這一學術的時候，他們是苦于在"民族文學"或"國別文學"的範疇内遇到了只有"超越"一個民族或一個國家的文化範疇才能解決的難題，因而從"民族文學"和"國別文學"的概念中獨立出了以"雙邊"或"多邊"文學研究爲基礎的"比較文學"這一新的學術。一個世紀以來，"國別文學"研究一直與"比較文學"研究相對峙，並且常常使"比較文學"的學術"陌生化"。但是，隨着比較文學研究的發展，即在實踐中不斷探索並由此而提升學理，它不僅已經認識到"純粹民族文學"或"純粹國別文學"阻斷了表述"民族文學"與世界文化聯繫的事實及其嚴重的後果，而且，也多少摸索到了回答上述難題的某些學術層面，這樣，我以爲現在我們已可多少有把握地提出"把比較文學做到民族文學的研究中，在民族文學的研究中拓展比較文學的空間"這樣一個理念。假如我們真的能夠做到這一步，那麼我覺得，這將是比較文學學術特別是我們中國比較文學學科可能獲得的最有價值的學術成果之一。

我對這個問題的思考已經有近十年了。1998 年受中國社會科學院文學研究所邀請，參加了"新世紀文學研究名家論壇"，並嘗試着以"中國文學研究必須樹立國際文化意識"爲主題第一次提出，在中國古代文學研究中應該高度重視"比較文學"研究的成果和研究者自身應該有"比較文學"觀念的自覺意識。這個設想不意受到了中國現代文學研究界的熱烈回應和贊同。《中國現代文學研究》在 1999 年第 1 期又將我的論稿作爲首論文章發表公刊。在北京大學東語系爲紀念北大一百周年舉行的國際學術研討會上，又以"日本文學研究中的比較文學之可能"爲題做了主題報告，我愈益意識到在"國別文學"研究中引入"比較文學"，既是有可能的也是必須的。于是，我對"如何把比較文學做到民族文學或國別文學中去"作爲"雙邊文學研究"或"多邊文學研究"必然的學術延伸，給以了足夠的思考。2003 年，我在首屆"北京論壇"上，以《中國大百科全書·中國文學卷》編纂中存在的文學觀念的"單一性"和"封閉性"爲靶的，以國際比較文學界在中國文學研究中的成果爲事實基礎，再次試圖把"比較文學"的觀念和成果植入中國文學研究界。後來,應陳思和教授之邀,遂在復旦大學"陳望道講座"上再次發揮這一主題。2005 年"全國蒙古學學術大會"在京召開,我就"蒙古文學研究中如何做比較文學"這一主題發表講話。2005 年《中國比較文學》第三期以"民族文學研究中的比較文學空間"爲題發表了我幾年來對這一問題綜合思考而成的論説,《新華文摘》轉發了全文。至此,對于如何把"比較文學"的"發生學"、"傳播學"和"闡釋學"做到"國別文學"和"民族文學"中去,我也有了基本成型的想法了。學術界如果真正實現這一學術追求,文學研究極有可能會有"新質"的産生。這就是説,"比較文學"研究者的手中,真正握有"重寫國別文學史"的旗幟。學術界大凡碰到"拔旗"和"插旗"的爭論,背後總是隱藏着"窮凶極惡"甚至"你死我活",這大可不必。我自己目前在"比較文學"研究領域所從事的課題,就是以文明史的事實爲基礎,再次檢驗並推進近 30 年來在對日本上古文學的以"發生學"爲中心的研究,在學術的更高的層次上從"分離"走向"重合"。我並不是要刻意提出"重寫文學史",但"比較文學研究"的邏輯把研究推到了這樣的層面上,實非本意,勢之然也。

2008 年,國家教育部同意把"東亞文學的發生學研究"作爲重大課題。通過這一課題,我們試圖在日本、朝鮮、越南古代文學領域中,同時運用"發生學"的觀念與基本模式,闡述東亞文學的生成過程。這一課題,並不僅僅屬于我個人,一直以來,我都有這樣一個想法:只要"比較文學"研究能夠獲得愈來愈多的有價值的成果,就一定會有更多的"比較文學研究者"和"國別文學研究者",在"真實學術"即"科學學術"的旗幟下,幾代人一起來實踐這一個很有意義的學術課題。

(作者爲北京大學教授、比較文學與比較文化研究所所長、北大人文學部委員、中文學科學術委員會主任、國家古籍整理出版規劃領導小組成員、國家宋慶齡基金會日本學研究獎勵基金專家委員會主任,日本山片蟠桃獎獲得者)

"國語"、"國文學"與民族主義

川本皓嗣(趙　怡　譯)

在日本的教育研究界,有一個不可思議的現象,那就是很長時間裏不將日語稱作日語,而稱之爲"國語",日本文學也不叫日本文學,而稱之爲"國文學"(雖然最近多少有了一點變化)。

李研淑就這個特別的專門術語的歷史和含義,曾經在《"國語"之思想》(1996)一書中做過精闢的分析。不過我認爲,這兩個專有名詞只出現在教育研究的場合,比如學校的課程名稱,或者大學等機構裏的研究領域的名稱之類,這種情況實際上是一個很值得我們思考的問題。因爲一般情況下,即使在日本,相對于"世界文學全集"的是"日本文學全集",現在已經沒有人將其稱之爲"國文學全集"。而且日常會話中,和英語、法語相對的,一般也是日語這個稱呼。除了學校的教育課程之外,幾乎不會使用"國語"這個辭彙。但是"國語辭典"即便到現在也是一個占絕對優勢的説法,只有面向外國人的詞典才會命名爲《日語辭典》,不過這也還是包含在教育範圍裏的一個例子。

如果我們回顧一下歷史,就會發現,明治以來的教育政策和教育制度的當事者們,特別强調使用這兩個有着濃厚的民族主義味道的辭彙,從某種意義上來説可謂當然之舉。因爲語言與文學,原本就是牢牢支撐民族主義的兩個支柱,而民族主義,又是建立近代國家所不可或缺的思想體系。

根據本尼迪克特·安德森(Benedict Anderson,1936—)的《想像的共同體:民族主義的起源与散布》(1983)的理論,所謂"國民",就是基于"歷史的宿命性"和"語言",在人們的腦海裏"想像出來的共同體"(安德森,第239頁)。而所謂"歷史的宿命性",則是指由"皮膚的顏色、性别、出身和出生的時代——這些不以人的意志爲轉移的一切"所派生出來的"自然的紐帶"(第 236 頁)。正是意識到了這種宿命性,人們才會"心甘情願地爲了自己的祖國奉獻出生命,即便這個祖國並不是他自己所選擇的"(第 237 頁)。另一方面,後者的"語言",則是相對于昔日支撐"偉大的古典共同體"的"神聖語言"(如拉丁語、巴厘古文、阿拉伯古文和中國的古文)(第 36 頁)①的,被資本主義出版業加以標準化,並得到廣泛普及的當地俗語(vernaculars)(比如在當地日常生活所使用的法語、英語、西班牙語之類)(第 84—85 頁)。當然不用説這種當地俗語本身不可避免地帶有"歷史的宿命性"。因爲它"不管出自怎樣的歷史緣由,總而言之成了他或者她的母語",因此每個人"從呱呱落地到被送進墳墓,一直都是通過這種語言回顧過去,想像友情,並夢想未來"(第 250 頁)的。

正如李研淑通過其精到的論證所證實的那樣,明治日本在來自西方世界的强大的外壓之下,爲了建立一個統一的近代國家,硬是想創造出一種"標準語"(相當于中國的普通話),一種當時在日本任何地方都根本不存在的架空的語言。"標準語"的基礎是住在首都東京的中上流社會階層所使用的日常用語,這種語言被施以某種人爲的加工,然後通過教科書教授給全國的學生,同時教室裏則嚴禁使用各地方言,從而達到抹殺各地方言的目的。當時一些地方的小學裏,如果有孩子不小心説了方言,會被强行在脖子上套上寫有"方言牌"的木牌,中國"文革"中給人掛牌子,説不定就源出于此。正如爲了建立文明國家,大建西洋式的鹿鳴館,大辦洋式舞會一樣,建立一種速成的標準日語,並迅速推廣到全國的做法,在當時也實在是一種不得不爲的歷史的必然。

因此我們可以説,"國語"這個辭彙,實際上就是將這種民族主義的意圖,一不小心完全暴露出來了的稱呼。比如法國將法語稱之爲"français",將法國文學稱之爲"littérature française",初看上去顯得十分客觀,但其內涵絕對不是無色透明的語言文學的分類名稱,這其中暗含着以理性、冼練和高度的人性爲世界之翹楚的祖國法蘭西的"國語"(langue nationale)和"國文學"(littérature nationale)的語音和內涵。實際上"法蘭西"這個稱呼本身,就是法國人的驕傲。

而德語,即 Germanistik 這個辭彙,內包着德意志和日爾曼民族所固有的語言與文學這雙重意思,更加强烈地散發着民族主義的氣息。因此語言與文學,都是爲了在構造上

---

① 但是安德森將古拉丁語、阿拉伯古典語和中國的古文統統歸入"神聖語言",認爲它們"不是用聲音,而是用(仿佛數學語言般的)記號創造了共同體"(安德森,第 36 頁),這種看法值得商榷。確實這些語言在各地都有不同的語音,但是拉丁字母僅僅是模寫語音,(至於德裏達所説的語音語言和書面語言究竟哪個是"第一義的"這個問題暫且別論),而"漢文"則從一開始就作爲"書面語言"得到了發展,從這個意義上説,它比拉丁語更大大接近數學語言。

保證近代國家的統一性和對外形象的,不管它具有什麼稱呼,這個根本的性質都不會改變。但是在日本當局吞併朝鮮的時代,僅僅出于一種自閉的、鈍感的自我滿足,就將自己的"國語"和"國文學"強加給朝鮮民族,引起他們強烈的反感。這種做法實在是既愚蠢又殘酷。

不過我覺得,民族主義既有着面對自己國家的土地與固有的價值取向時所自然形成的感情與自豪的一面,同時還有更強烈的另一面,那就是對映入他人眼裏的自我形象的強烈意識,那種非常想讓自己在別人眼裏顯得更好、更風光的欲望。而且因爲民族主義原本就來自于重視個性和特性的歐洲浪漫主義思潮,因此就會更加要求在這種對外的自我形象裏,具備有別于其他民族的別具一格的特性與卓越性,具有不混雜外來要素的純粹性,具有能夠追溯到遙遠的民族起源上去的本質上的一貫性等等因素。當然這些形象,不用說,也起到了國民內部之統一的象徵作用。不過值得注意的是,即便這種對內發生效果的形象,實際上也是基于對外的"顯擺",基于外表的張揚。

其實當一個國家對外顯示自己的卓越性與獨特性的時候,通常文學比語言更起作用。因爲在民族主義對外形成自身形象時,是通過文學,而不是語言來形成其具體的內容甚至其骨架。究其原因,是因爲無論從常識上還是從語言學的角度來看,語言本身都沒有美醜優劣之分,尤其在強調本國比他國優越時,拿本國語言的優秀性作爲根據好像比較困難。當然也有像法國那樣,將其語言本身作爲一種值得向他人炫耀的資產,但是法語中所具有的各種特性,實際上在很多場合,都不過只是反映了用法語寫出來的文學所具有的性質。因此語言在民族主義中所起到的作用,就與文學不同,只是一種防衛性質的,也就是說,有了其固有的語言,在面對外來壓力時,就能將自己國家的存在理由正當化。

民族主義可分爲兩種類型,一種是能動的、膨脹性的,而另一種是被動的,防衛性的。但是不管在哪種場合,文學在形成其對外形象中都能起到極大的作用。

比如十九世紀的英國,就是依靠文學來準確地描述出它所具有的出色的工業力量和軍事力量,走在文明最先端的極高的基督教的道德水準,盎格魯撒克遜民族所特有的堅忍不拔的精神,以及牢不可破的社會"良知"。將這種西歐其他各國所罕見的,有着豐富巧妙的語言藝術,和十分重視社會與道德、重視文學對人生之影響的,獨特的傳統的文學形象,向國內外彰顯,以此增強國民的凝聚力,並且最終以這種卓越的文學的名義,將自己的殖民統治正當化。也就是說,文學本身提供了由它所象徵的,高度文明必須教育、開導無知黑暗的落後民族這樣一個"使命",或者說是藉口。

從膨脹性的民族主義這個角度來説,國内外的文學教育,不僅關係到普遍的"教養"或者"審美情操",而且包含着强烈的意識形態上的、政治性的任務。在大英帝國的殖民地,通過教科書傳授英國文學名作,自然會將孕育出如此偉大文學的英國這個國家的形象也一併教給當地人民,並讓他們爲自己也能分享這個偉大國家的文化而感到高興。

同樣對法國的殖民主義來説,情況也毫無二致。李研淑在書中介紹了原東京大學校長矢内原忠雄(1893—1961)的見解。矢内原認爲法國的殖民地同化政策,有其正當的根據和傑出的哲學背景,這就是以人類解放的思想爲特色的啟蒙主義哲學和法國大革命。矢内原認爲,如果説日本的"皇民化政策"的來源,是"對日本國民精神之優越的信念",那麽法國同化政策的基礎則是"法國所有的基于自然法的人生觀"(李研淑,第248頁)。對矢内原的這個觀點,李研淑表示贊同。

所謂"自然法"的概念,是在古代羅馬時期確立的,它不拘于個别地區或者民族的獨特的習慣或者約定俗成,在廣闊的全羅馬帝國實施不分國境的、適用于每個人的判斷善惡的標準並據此量刑。當然因爲這種觀念僅限于羅馬地區,因此有它的局限性,但還是對日後各國所制定的法律和國際法造成了很大的影響。而所謂"基于自然法的人生觀",則是建立在這種自然法之上的,不以局部地區的視點,而以世界的、普遍的視點出發的人生觀。矢内原認爲,與日本不同,法國的殖民主義是建立在這種帶有普遍價值的人生觀、倫理觀之上的。但是這種人生觀,自然也不可能避免歐洲這個地域所持有的偏見,比如基督教的偏見。因此矢内原的判斷,對歐洲未免顯得太過寬容。其實即便在這裏面,也還包含有將歐洲内部的利權之爭正當化的因素。然而撇開"自然法"實際上有着歷史上和地域上的限界這一點不説,就憑藉"對其國民精神之優越的信念"而將殖民主義正當化這個説法,實際上和法國的殖民主義理論在本質上並没有什麽區别。而且即使在當今的法國,這種歷史上曾經有過的自以爲是的理論也已經受到了嚴厲的批判。

法國也曾經同樣向國内外彰顯它建立在高度的人性與普遍的理性基礎上的獨特的文學形象,從而不僅强化了國民的國家意識,同時同樣以其優秀的文學之名義,將其對阿爾及利亞和其他國家的殖民侵略正當化。也就是説,具有高度文化水準的對外形象,爲侵略與榨取提供了根據,掩蓋了其赤裸裸的軍事力量。不過日本在吞併朝鮮的時期裏,因爲對本國文化的過度陶醉,似乎並没有意識到文學對外部所起到的這種意識形態領域的效果。

另一方面,對在發達國家霸權主義壓制下的那些國家和民族來説,對外傳播彰顯自己的文化形象,同樣發揮着重要的作用。因爲他們面對强國,不僅需要通過軍事力量和防衛力量直接加以抵抗,而且還必須充分顯示自己的國家和文化具有獨特的和高度的價值。在這種時候,民族主義所重視的,仍然首先集中到文學方面,這雖然看上去有點像在繞遠道。針對强國所謂的"你們的文化或者道德水準太低,需要我們教導幫助"這種理論,擡出自己國家所擁有的優秀的文學來對抗,從而將對方那種居高臨下的傲慢目光激擋回去。德國和日本就是將自己從第二種的"回應"種群躍居到第一種的"居高臨下"種群的最好例子。

明治以後的日本爲了改正與西方列强之間的不平等條約,不僅努力發展近代工業,强化軍事力量,而且在都市計劃和服裝習俗等各個方面,都力圖達到即使以西方的眼光來看也有相當高度的文化水準。而形成這個巨大潮流的中心部分的,是確立標準日語(這與言文一致運動也相關聯),和在文學創作以及教育研究領域的民族主義的動向。而這種動向最顯著的表現,就是試圖創造出獨特而且純粹的"國文學"史的做法。

其實同樣的嘗試早在江户時代就能看到,那時的國學家倡導"純化運動",排斥"からごころ"(漢心)和佛教的傳統,不過那時人們試圖去尋訪純粹日本的東西,他們認爲那在古代的日本應該曾經存在過,因此是一种追本溯源的探究。與此相對,明治時期的日本所發生的,却與其傳統毫無關係,只是設定一個全新的條件和價值基準,也就是説,文學必須是由日本固有的語言所書寫,這樣改寫出來的日本文學史,自然突如其來地顯現出了一個全新的日本文學的形象。因爲在那之前,無論是文學創作還是文學史的回顧研究,具有官方地位的漢詩漢文一向具有最顯赫的地位,反之以日語書寫的《源氏物語》(11世紀初期)、謠曲和俳句之類,則被擠到了下面一檔的個人空間裏了。

但是説到底漢詩文還是屬于"外語"文學,在通過以純粹的、固有的日本文學來發揮日本這個近代國家的"國威",提高對外"形象"這種面子工程上,做不出什麼貢獻。因此價值突然發生了逆轉,日本最早的和歌集《萬葉集》(8世紀末)、最早的長篇小説《源氏物語》、松尾芭蕉(1644—1694)的俳句和近松門左衛門(1653—1724)的戲劇(木偶戲與歌舞伎),都作爲國民文學的傑作,在公共領域,也就是教育領域得到了公認。有意思的是,基于同樣的理由,江户中期以來長期被埋没的浮世草子(類似小説)的作者井原西鶴(1642—1693),也被淡島寒月(1859—1926)、幸田露伴(1867—1947)等人"發掘"出來,搖身一變加入了大作家的行列。

就這樣,向來構成文學中心的漢詩文被排除,一個不含外來雜質的、高純度的日本文學史被重新構築起來,而且這個公認的形象通過課堂傳播到全國各地,並彰顯給西方與近鄰各國。其結果,《源氏物語》通過亞瑟·威利(Arthur Waley,1889—1966)出色的翻譯(1925—1933)獲得了傑作的聲譽,歌舞伎和能劇也得到了來自西方人的讚賞。通過民族主義完成的形象更新,對外效果顯著,反過來也增强了日本人的自信。

但是顯然,這並非是自然自發地認識自己、發現自己的結果,説到底仍然是一種做給强者看的"面子工程"。實際上這種對本國語言的執着,和18世紀末以來西方各國十分關注的"國民文學"史的再構築如出一轍,他們將拉丁語文學等所有"外來分子"統統掃除出去,僅僅將本國語言書寫的文學編進本國的文學史中。因此日本人接受了這種從西方舶來的價值取向,又根據這種視點重新審視本國的過去,其結果就是由日本自己的語言所構築的"國民文學",在教育和研究的兩面,爲了有別于漢詩文,被稱成了"國文學"。

同樣可以説,在語言方面也是在同樣的外來壓迫下"要面子"的心理在起作用。正如李研淑所述,雖然中國的漢字和漢語向來是官方的和權威的象徵,但是"開國"的領袖們爲了確立與近代國家相稱的日本的"國語",將其視作外來的不純的要素而加以輕視,但同時又僅僅根據"合理"這麽一個奇妙的理由,推奬使用西方的拉丁字母,而不是日本的假名。他們還主張在夾雜着拉丁字母的日語文章中,西方的專門術語和專有名詞之類不需要經過翻譯,可以原文照搬,甚至主張英語教育應該比日語優先的也大有人在。雖然在"外來"這一點上,西方語言比起漢語來要異樣得多,但不知爲什麽並没有和日本的民族主義發生抵觸。

其實在日本文學史上,學習和創作漢詩文的高潮,恰恰發生在明治時代,在當時的政治家和軍人中間,有不少優秀的漢詩作家。漢字雖然不再像以前那樣受重視,但並没有被徹底排除。推奬拉丁字的運動,也很幸運的,並没有縈下根來。從中可以明確地看出,明治時代試圖創造"國文學"與"國語"的努力,都不過是迫于外壓,由上而下進行的改革而已。

將來自中國的東西作爲不純之物加以排斥,但只要是西方的,即便是舶來品也高高興興地接受,這顯然很矛盾。當然這並不僅僅只是出于方便和合理,説到底是出自只要不是從"後進的"中國,而是從"先進的"西方拿來的,就不會被西方人討厭的心理在起作用。當然這也是一種民族主義,但這種民族主義並不是一般所想象的,將傳統主義的國粹的日本文化加以純化的運動,而僅僅是一種面對西方的喬裝改扮而已。據李研淑研究,在制定"標準語"時,是以現在我們所説的東京的口語爲基準的,而這個選擇依據,則來自惠特尼(William Dwight Whitney,1827—1894)等西方最先端的語言學家的理論,而這也是日後的語言學大家索緒爾(Ferdinand de Saussure,1857—1913)理論的一個源頭(李研淑,第3—12頁,第179頁)。

特別是在文學方面,雖然名稱是“國文學”,但是在教育的必讀書目的選定、研究評價的方法等各個層面,都是將當時,也就是19世紀末至20世紀初的,在歐洲占支配地位的文學上的思想體系原封不動地照搬過來的。

當時的歐洲正是現實主義和實證主義的時代,在文學形式上則是小說的極盛時代。因此,日本對“小説家”井原西鶴的重新發現,和對《源氏物語》的重新評價,理由都是這些都是現實主義小説的傑作,並且是我們“日本也有的”,而替代了向來最受尊重的、最早的敕撰和歌集《古今集》(905);反過來《萬葉集》和芭蕉、與謝蕪村(1716—1783)的俳句得到極高評價,也是基于廣義上的現實主義理論。也就是說,被認定爲“最日本”的那些東西,其實都是通過“西方的眼光”被甄選出來的。至于被西方人“重新發現”的浮世繪和陶瓷器之類,就更加無須贅言了。

而坪内逍遥(1859—1935)在《小説神髓》(1885—1886)裏,替代向來的勸善懲惡主題的故事書,作爲今後應該創作的日本新小說的範本所提出來的,其實是英國的寫實小説。坪内主張“小説重在人情,世態風俗其次”(坪内,第42頁)。在那之後法國的自然主義又作爲日本文學的標杆而得到積極汲取,並因此產生了日本式的描繪個人心境的“私小説”。此外正岡子規(1867—1902)在創作新型的俳句和短歌時倡導的指導原理,則是源自西方繪畫的“寫生”的概念。當然在教育和研究領域,從現實主義和實證主義這兩個方面來考察文學的方法也一直占支配地位。所有這一切,可以説都是以當時的西方人的目光來審視日本文學的結果吧。

那麼在21世紀的現在,當我們不再需要那麼強烈地去意識對國家的獨立構成威脅的來自西方的目光時,“國語”和“國文學”的教育和研究的現狀又如何呢?很遺憾,政治上的獨立並不一定就意味着文化上的獨立。即使是今天,無論是作爲教材被甄選出來的那些名著目錄,還是有關這些名著的解讀方法和評價基準,都和明治時期那種僵化狀態沒有什麼兩樣。明治民族主義的遺產,一直殘留至今。充當主流的思想體系,仍然是現實主義與實證主義(即偏重傳記性的歷史性的事實)。在文章解讀方面,占主導地位的方法一成不變,即搜尋“作者的意圖”,並判定出唯一的“正確”答案。在一篇文章裏,一定會有作者有意注進的,而且是唯一“正確的”意圖,這種想法真可謂“近代”的武斷。

這種現象的最好例證,可以舉出一直遭受批評却毫不見改進的高中和大學的語文入學考試問題。清水義範的暢銷書《國語入學考試問題必勝法》(1987)就是諷刺這種傾向的幽默小說。當過高中國語教師的作者,針對國語的入學考試中經常會出現的有關閱讀一篇文章,在幾種解釋中選擇"正確"答案的這類問題,宣稱他可以教會讀者毫不費勁地找到正解。根據他的辦法,你只要從試卷上羅列出來的各種解讀文章裏,根據其長短和排列的順序,以及所用的特殊語彙這些暗示,即便不讀本文,也可以找到答案。

比如根據"長短除外的法則",在四五個選擇項裏,最長的和最短的一定不會是正確答案,可以除去。而根據"正論除外的法則",含有初看上去顯得最正確(任誰都會點頭稱是)的正論的選擇項,也是除去爲好。其他還有好幾個法則,作者日後真的找了一個大學的入學考試問題作了一個測試,結果 11 個問題中居然答對了 8 題。

因此我覺得,日語和日本文學的教育,也漸漸應該可以擺脫明治以來的"西方目光"的桎梏,而獲得自由了。在明治時代的先輩們親身感受到的來自西方列強的威脅,和對祖國獨立的不安已經消失的現代,我們應該可以不需要過分注重外表,可以根據自己的判斷,做出自由的評價和選擇了。其實"國民文學"這個概念本身,就是 19 世紀歐洲的舶來品,是一種外來的繡花枕頭,一種自欺欺人的迷妄。

當然我絕對不是說,要在"全球化"日益發展的現在,重新在語言文學的研究和教育領域,打出自閉的日本的"獨特性"來。反過來不如說,今後我們的觸角,不應該僅僅局限于西方世界,而應該對世界各地、各種文化圈的學問、藝術和其他動向都極爲敏感,在這種複雜的錯綜中找尋自己的方位,確定自己要走的道路。事實上世界上任何地方,都不可能存在一種獨一無二的獨特的文學和文化,存在不受一點兒外來影響,保持住遠古時代的純粹性的文學和文化。

顯而易見,歐洲各國的文化本身,就是各種各樣的文化雜交而成的。而日本文化也是由中國、韓國以及西方文化交匯而成的。同樣的情況也可以在印度、在韓國,當然在中國也一樣看到。與其將毫無根據的文化的獨特性和純粹性向內外彰顯,而且出于這種優越性的幻想而向周圍施加不正當的壓力,還不如承認自己的文化屬于最近逝世的評論家加藤周一所説的"雜種文化",充分發揮並且品嘗由這種雜而且豐富的營養成分而來的自然吧。只要不是來自外部的強加于人,或者爲了抵抗外壓而囫圇吞棗般的全盤照收,其實接受影響比施加影響,獲益更大。

但是在語言的基礎部分上,因爲依存慣用表現的部分太大,如果着手修正明治以來的"標準語"的骨骼,反倒會增加混亂。但是另一方面,作爲準備市民生活所必不可少的,更加高度的日語教育的規範,對作爲範本的日本文學的選擇(包括古典文學),今後尚有許多重新考慮的餘地。因爲對優秀文學作品的理解和記憶,是每個國民的自我理解、自我定位的依據。是他思考和感情的脈絡,也是他表現自我,並且與他人交往的道具。在國內外的政治、經濟、社會和文化的狀況發生了急劇變化的今天,仍然聽憑百年來的惰性擺佈,畢竟説不過去。

如果要舉出需要重新考慮的具體内容,我覺得有以下幾點:一是將近代以前在日本人的社會和文化生活中占中心地位的漢文漢詩加以排除的問題;二是僅僅根據 19 世紀歐洲的狹義的文學觀所造成的對現實主義與"純文學",尤其是小説的偏向,即排除歷史、思想、宗教著作和實用著作,排除大衆文學和通俗文學的做法——這兩點根絶了我們與日本的過去所保持的親密的脈絡連接,不僅損害了現在的日語運用者的日語運用能力,也損害了我們對自我的認識能力;第三點則是,由於歐美一邊倒,原本離我們最近的,並且向來有着深入交流的東亞、東南亞的語言和文學却受到了輕視,這也是一個不容忽視的問題。

一個正常的社會人所需要的語言能力,不應該僅僅停留在語言學所説的"語言運用能力"的範圍。在經貿和學問等各種需要高度知識的語言生活中,不可或缺的是訓練我們與文化素養相關的那部分語言能力。和英語表面上的支配相反,今後世界性的"全球化"越得到發展,基于本國語言的自我理解和交流能力就一定會越受到重視。

(作者爲日本學士院院士,大手前大學校長,原國際比較文學會會長,原日本比較文學會會長,小泉八雲奨、三得利學藝奨獲得者,東京大學名譽教授。譯者爲東京工業大學非常勤講師。)

參考文獻

1. ベネディクト アンダーソン(Benedict Anderson):《想象の共同体——ナショナリズムの起源と流行》,白石さや、白石隆譯,東京:NNT 出版,2000.(原著 *Imagined Communities*:*Reflections on the Origin and Spread of Nationalism* 出版于 1983 年,增補版 1991 年。)

2. 李妍淑,《「国語」という思想—近代日本の言語認識》. 東京:岩波書店,1999.

3. 清水義範,《國語入試問題必勝法》,東京:講談社文庫,1990.31—58.

4. 坪内逍遥,《小説神髓》《逍遥選集　別册第三卷》,東京:春陽堂,1927.1—157.

當代詩的創作問題

夏傳才

一、詩體的演變和百花齊放

中國古代詩歌是中華文化的一個重要組成部分,它由口頭文學轉化爲書寫文學,經三千年燦爛輝煌的發展,影響廣及世界,尤其在東亞漢字文化圈各國,更有千年以上的深刻影響,最明顯的是日本和朝鮮半島、印支半島各國,稱之爲漢詩。日本國和韓國從古至今都有許多傑出的漢詩詩人。在現代,中國傳統詩詞的作者和愛好者遍佈世界。東亞、南洋和歐美各國都有漢詩詩人的社團組織。它不僅屬于中國,也屬于東亞和全人類,它們是中華的古典,也是東亞各國和世界文學的古典。

我們現在應該明確的認識之一是中華詩歌的詩體不是單一的,而是多樣的。律詩這種詩體在唐代稱爲"近體",它經過六朝的發展,是在唐代才成熟和興盛起來的。從中國詩歌發展史來看,詩體經過多次重大的演變。以《詩經》爲代表的周詩,基本上是四言體。戰國時期以屈原作品爲代表的楚辭,突破四言句式,發展爲以六言爲主而兼以雜言的"騷體"。漢詩上承《詩》《騷》,融彙樂府民歌,發展爲五言古詩。六朝以五言古詩爲主,又產生了七言古詩。在這個基礎上,又逐漸在唐代發展成熟形成格律嚴整的律詩(古人稱近體)。宋上承唐、五代,融彙民間曲子詞,創造性產生了"詞"這一句式長短不等而又逐漸格律嚴整的詩體。由于宋詞的格律嚴格,元、明又發展了較詞律靈活而名爲

"曲"的又一新的詩體。"五四"新文化運動提倡用現代漢語寫作,打破過去一切句式、韻律限制的自由詩體,即現在所稱的新詩。

詩體變革是詩歌發展規律的呈現。詩是語言藝術,反映現實生活和人的思想情感活動。現實生活在發展變化,人的思想感情是現實生活的反映,當舊形式不能適當地表現新內容時,就要改變形式。而形式(主要是語言和結構)本身也處于發展的過程中,如辭彙、語音、語法也在變化。辭彙是事物的概念,一些舊的辭彙消亡,一些新的辭彙產生;語音也在變,一些字詞的讀音古今已經不同,于是,詩的句式結構和聲韻也必須隨之改變。所以隨着社會發展和語言的變化,在一定時期,必然要出現新的詩體。不變革是不行的。例如:現代生活中產生了新事物和新辭彙,舊體詩主要是單音節詞和雙音節詞,現代產生眾多的多音節詞,寫入舊體,即使嵌進去,大多不合平仄規則,也難對仗。詩體革新,是歷史發展的必然。

任何事物的革新,都是在舊事物的基礎上進行的。舊和新是對立的統一,沒有舊,便沒有新;沒有繼承,便沒有革新和發展。《詩經》是中國詩歌文學的源頭,屈原繼承《詩經》發展爲"騷體";五、七言古詩是《詩》《騷》傳統在漢魏六朝的新發展,唐代又在五、七言古詩的基礎上全面繼承風雅比興傳統,發展爲"近體"。詩和詞是兩種有明顯差異的詩體,宋詞仍繼承了律句,甚至某些詞牌近似律體絕句。散曲與詞的最明顯的不同,是韻律放寬,允許在句中墊字。革新,決不是摒棄全部傳統,由某些"天才"重起爐灶臆造出一種全新體式,那是不可能的。

同時,一種新的詩體出現乃至盛行,並不意味着原有詩體的滅亡。《詩經》的四言體至今已近三千多年了,不僅建安時代的曹操仍創作出四言詩名篇,現代周恩來也曾寫出廣爲傳誦的"千古奇冤,江南一葉……"。唐代律詩興盛,而古體並行。李白、白居易都擅長五七言、古體和曲子詞;杜甫稱爲"律詩"聖手,但他的七古亦多傳世名篇。宋詞繁榮,詩仍比詞多。明、清依然是近體詩、古體詩、詞、曲同時發展。中華詩詞之所以光輝燦爛,正因爲它百花齊放,才呈現萬紫千紅。因而,"五四"新文化運動提倡和推行擺脱一切格律束縛的現代白話詩體,這當然也是歷史發展的必然,但排斥各種舊體詩,是矯枉過正。我們的主張是各體並存,各種題材、體裁、風格、流派自由競賽,實現百花齊放,使我們現今的盛世更加萬紫千紅。

二、當代舊體詩創作的繁盛和面臨的問題

青年時代我學寫新詩,習作十來年,總是寫不好。從 20 世紀 50 年代開始,我寫的詩就"挨批"。詩貴真,不真的詩我不會寫。我寫詩只是個人興趣,藉以抒懷、吐露個人心聲。既然"挨批",我何必再寫? 所以就一心一意在大學教書,不再寫詩。

爲什麽我又寫起舊體詩了呢? 這是時代使然。我本來想避開文學創作這個隨時可能"觸雷"的危險區域,安生地在大學教書,可是"在劫難逃",50 年代還是受到"左"傾的政治運動的衝擊。身處被流放地——荒漠的内蒙古大草原,白雪茫茫、黃沙蔽天,世界的風雲,國家的命運,個人的生死榮辱,使我的心靈經常處于巨大的激動之中,折磨着我,衝擊着我,必須一吐爲快,釋放情結,求取心靈的暫時平靜。這是詩的巨大作用,我們的生活中不能没有詩。在當時的條件下,紙、筆都不方便,不可能坐在桌前鋪開紙握着筆來構思新詩,而舊體詩,四句、八句,有格式,有韻律,隨時可以吟幾句,邊吟邊改,即可成詩。當時没有筆,事後也能追記下來。我也琢磨過新體詩,也琢磨出當時認爲還不錯的句子,但事後却記不住。經過一段時間,我體會到這就是舊體詩的一個長處:一見一思,可以成詩,隨時吟誦,可以完章。古人説的"横槊賦詩"、"出口成章",不是虚話,反映了舊體詩是一種十分靈活方便的藝術形式。

通過實踐,我體驗到,在一定的題材領域,舊體詩詞仍有生命力,並且總結出它的四個長處:

1. 如上所述,這種藝術形式靈活方便,隨時可以成詩。寫詩有個格式,填詞有個詞譜,有個依傍,照格式,照詞譜,用心琢磨就能寫出來。舊體詩詞字少,五絶 20 字,七絶 28 字,五律 40 字,七律 56 字,詞之長調大多數也不過百十字;寫的時候集中心力琢磨這二十個或幾十個字,容易寫出來。

2. 與朋友交往中的酬答詩,一贈一答,相互唱和,運用這種藝術形式也比較方便。

3. 舊體詩詞有聲韻美。韻脚、節奏、字詞的平仄四聲搭配,和諧地組成優美的樂章,讀起來抑揚頓挫,流暢順口,聽起來鏗鏗鏘鏘,十分悦耳,具有現代自由詩無法比擬的音樂性。個人吟誦之時也有助于情結的釋放,内心感到欣愉。

4. 因爲舊體詩詞短小精練,要包涵較多的意思,要引起讀的人共鳴,特別講究含蓄,致力于熔鑄意象,使之有字面之外的深長的意思,四句詩如果是直來直去的大白話,那就清水一碗,毫無詩味。舊體詩詞大都形象密集,有許多篇章如同繪出畫圖。有人説現

代派、後現代派詩的意象密度大，實際上他們没有認真研究中國古典詩詞。美國新詩運動領袖龐德（E·Pollnd），是西方意象派的倡導者，他十分推崇中國古典詩的意象，並進行學習和摹仿。朦朧、象徵、隱喻等等比興手法，中國古典詩詞都有大量成功的範例。致力于熔鑄意象，是舊體詩詞創作的重點。

通過創作實踐，我也體察到舊體詩詞有明顯的短處：

1. 它的格律束縛思想，有時妨礙抒情表意。律詩的格律嚴，詩有定句，句有定字，字有定聲，寫律詩，必須嚴格遵守每句要合律句的句型，講究平仄相對，上下粘連、兩聯對仗工整，還要注意孤平、三平調、出韻以及蜂腰、鶴膝等等避忌。自己本來的意思如果按這些格律要求去寫，有時無論怎麼琢磨都表達不出來，必須另換一個説法。有時想出一些句子本來意象曉暢，如"月下試劍人未老"這句，因不合律句的句型（它是仄仄仄仄平仄仄）就不能用。

2. 現代某些詞語很難入詩。社會的發展使新語詞不斷產生，這些新語詞表述現代生活中新事物的概念，尤其是多音節詞（三個字或四個字的語詞）大量出現，能符合律句、韻腳和平仄相對等要求的極爲稀少。因此，今人寫舊體詩詞，很難運用多音節語詞，實在避不開時就只有削足適履，不倫不類。

3. 在聲韻上，古今語音有了變化，有時按舊韻作詩填詞，用今韻來讀並不押韻，用今音來寫，又不合平仄和韻律。入聲字在現代漢語標準話中已經消失，一部分原入聲字轉化平聲，如"一""國"等常用字，古讀入聲，今讀平聲。

4. 限于體制，它不能延長，不如新詩所能容納的內容多，也不如新詩能夠隨心所欲地運用語詞來抒情達意，因而不如新詩能寫得熱情奔放。

5. 由于規則、避忌多，加上古今詞語的演變，舊體詩詞不易學，很難完全熟練地掌握。我學了許多年，稍不注意就"犯規"。許多學寫舊體詩詞的朋友都把力量用在學格律上。詩以意爲主，這是本末倒置。由以上幾點可見，舊體詩不能取代新體詩。

"五四"的"新詩革命"，革舊詩的命，新文化、新文學報刊不給舊體詩詞留一席之地。舊體詩詞作者大多是自寫、自娛，在小範圍內互相切磋。新中國成立後，經過毛澤東等人的創作實踐，證明舊體詩詞並不是完全不能反映新時代的生活，這個榜樣的作用很大，没有人再反對寫舊體詩詞了，要新體還是要舊體的爭論不復存在。80年代中期以後，舊體詩詞進入蓬勃發展的新時期，1987年成立了中華詩詞協會，接着各省、市、縣也相繼成立了學會、協會等詩詞組織，各地"老年大學"普遍辦詩詞班。據統計，各級民間詩詞組織已有一千多個至兩千個，會員以離退休的老年同志爲主體，也有少部分愛好詩詞的中青年。不少新詩詩人也兼寫舊體詩詞,形成了約有十萬多人的詩詞創作群體;出版舊體詩詞刊物已達 800 餘種;個人印詩集也蔚然成風。歐美和亞洲、南洋的華人也紛紛建立詩詞組織,開展聯誼和研討活動。有人説舊體詩詞處于繁榮期,其繁榮程度超過了大唐盛世。我不認爲當代中華詩詞的繁榮超過了唐、宋,因爲我們的着眼點不能只看數量,主要還要看質量,看是否湧現一批傑出的詩人和一批廣爲傳誦的作品,要看經過大浪淘沙,能夠有多少精品傳世,是否成爲社會文化生活中的一個重要組成部分。

現代的舊體詩詞創作存在的問題,詩詞界已經討論了 20 多年。歸納起來,我認爲主要是三個問題:

1. 時代性問題。魯迅説過"唐人已經把詩作完",有位評論家曾用這句話否定再寫舊體詩,這樣説是不對的。《尚書·堯典》説"詩言志",這是中國詩歌開山的綱領:《毛詩》説"情動于中而形于言",人的思想感情總是現實生活的反映。一個時代有一個時代的詩。各個時代的詩人面對不同的社會形態、社會運動和不同的精神世界,來創作自己的詩篇,永遠做不完,一千年、一萬年之後還會有詩。詩的産生和存在的價值,正在于此,脱離現實又何談創作。寫舊體詩詞,只是利用傳統的形式,内容還應該是反映我們時代的社會生活、社會運動和精神世界;如果要引起社會的共鳴,又必須使詩中的志意和情感具有典型性,即反映我們的時代精神。如果我們的作品,放在古典詩詞中分辨不出來,那不過是學古人説話,這樣的詩詞,古人寫的很多,也很好,讀古典詩詞就可以,又何必我們再寫呢?

2. 聲韻和辭彙問題。"無韻不成詩",詩要有韻。古今音韻變化,一部分字的讀音變了,用古韻,還是用今韻? 曾有古韻和今韻兩派。中華詩詞學會和其他幾個詩詞組織曾舉辦詩詞大獎,規定寫詩要用《平水韻》,填詞要用《詞林正韻》,而且不准"自度曲";他們是古韻派。有人提出,《平水韻》是金代據宋代《禮部韻書》匯合而頒行的科舉考試用的官韻,《詞林正韻》是清代填詞的韻書,它本身就有不少錯誤,不應該再提倡這些古韻;我們是現代人,寫詩給現代人讀,應該用現代通行的聲韻。我個人同意後者。以上韻書多由國家中央政府頒佈,以求語言文字讀音的統一,這是極爲重要的文化政策。中華人民共和國語言文字工作委員會早已頒佈全國通行的規範標準語,並以《漢語拼音方案》規定了每個字詞的聲母和韻母,這已是必須遵守的法規。也是我們詩詞創作聲韻的規範,聲韻復古,既脱離實際,也不合法。有的機構雜揉古今,另搞一套"詩韻新編",雜揉古今,實在没有必要。我們要隨着語言的進化而運用聲韻。

許多文言的辭彙已經死亡,或者在社會群衆的通行語中逐漸消失,而反映社會新事物概念的新辭彙大量産生,但它們又不符合舊體詩詞的格律要求。現代的舊體詩詞創作不能不運用文言的辭彙或典故,表抒古典的情懷。社會大多數人讀不懂,或者不喜歡。有一首得 10 萬元特等大奬的愛情詩,論意象、修辭技巧、聲韻,都是佳作,但在社會中却傳誦不開。爲什麽,那些文言詞藻、古典意象,接受不了。我認爲在現代創作舊體詩詞,要運用社會通行的現代語彙。李白、杜甫、白居易等大詩人,都這樣創作出千古不朽的名篇,他們最好的傳世之作,至今仍然人人能懂、能誦。

3. 格律問題。舊體詩詞有嚴格的格律,律詩(含律體絶句)講究平仄、粘對、對仗以及種種避忌。詞是長短句,也有嚴格的格律。由于新詞語的出現和聲韻變化,有人要求變通,有人堅持嚴格遵守,形成解放派和傳統派。律體和詞律,確有其聲韻之美,但過于強調格律,束縛思想,也會因格律而害意。我的意見是:要承繼其聲韻美而毫不變通,的確妨礙表達自己的情志。詩畢竟以意爲主,杜甫、蘇軾在不得已時也作變通。爲什麽允許古人變通,却不許今人變通? 所以,格律不妨適當放寬。曹雪芹寫《紅樓夢》,他借林黛玉的口説:如果有了絶妙的警句、秀句,不合格律也是可以的。今日諸公的見解,難道不如大觀園裏的一個小姑娘嗎? 至于詞律,詞是爲曲譜填歌詞,曲調已經不存在,費大勁填出來還是不能唱,嚴格要求並無必要。

西方的帕利——勞德理論是研究民歌的套語理論,它提出許多民歌是把一些“套語”(固定片語)按已有的“套路”(現成思路)組合而成,如同工匠把一些現成的零部件按一定的工藝規則組合成品。我認爲,這種現象,又何止是民歌如此,現代衆多舊體詩詞作品又何嘗不如此,許多作者只是工藝匠,把現成的零部件,按格律組裝爲成品。當代某些詩人只是高明的工藝師,他們組裝得或許較爲精巧,但那些詞藻、構思、意象,都是陳舊的。詩貴創新,嚴格地説,他們創作的不是詩,不過是工藝師組裝的仿製工藝品,讀起來並無新意。笨拙的工藝匠,掌握的零部件少,而且藝技不精良,其組裝的成品,成色更等而次之。

三、新體詩面臨的問題

如何看待近百年的新體詩(現代自由詩),總的來説,可以用八個字來概括:“成績不小,問題不少。”具體分析,要從“五四”新文化運動的“新詩革命”談起。

如何評價“五四”時代的“新詩革命”,“五四”後發展起來的新詩有什麽特質呢? 我同意公木提出的新詩的三個基本特徵:

1. 在科學與民主的啟蒙下,集中表現了對人的命運和人民命運、民族命運的關注,在創作上提倡自我意識和主體個性;

2. 擺脱舊體詩格律的束縛,實現了詩體的大解放;

3. 以舊詩爲革命對象,引進外來詩體模式。

第一個特徵是新詩表現新時代的内容。詩人和作家站在時代大變革的前沿,反映新生活和新思想。"五四"時代及以後一個時期的新詩,在傳播科學、民主、愛國和推動社會進步中起了積極的啟蒙作用,在抗日救亡民族解放以及建立新中國的鬥爭中,發揮了團結人民、鼓舞人民同心同德取得勝利的作用。20 世紀 50 年代以後也有切近時代生活,體現時代精神,引吭時代心聲的優秀作品。

第二個特徵是歷史發展的必然,順應了時代潮流和詩詞發展的規律。擺脱舊體詩一切格律的束縛和運用口語寫作的詩體,較之傳統格律詩,確實有它的長處:第一,它不受句式、韻律、對仗、粘連等等格律的限制,乃至不拘篇幅,確實靈活自由,想説什麽便説什麽,有利于真切地言志抒情狀物;第二,因爲解脱了束縛,能夠熱情奔放,暢抒胸臆、酣暢淋漓;第三,新詩完全不受長短的限制,可以容納較爲豐富的内容。新體詩的這些長處,是各種舊體詩詞的體式都不能取代的。

關于"革舊體詩的命",把舊詩作爲革命的對象,引進西洋的詩體形式,這就有問題了。聞一多當年評論郭沫若的名作《女神》,既充分肯定《女神》的時代精神和詩體解放,但也表示出對新詩歐化的憂慮。指出《女神》中用西方典故比中國多,還在詩裏夾用可以不用的西語譯文;郭氏這一詩集中有兩首詩"逕直是中西合璧,簡直無法讀"!進入 20 世紀 30 年代以後,有人引進惠特曼的散文體的自由詩體,有人引進莎士比亞十四行詩體,還有人引進蘇聯馬雅珂夫斯基的階梯體,……這些把中國新詩西化的實驗,都没有成功。

包括各種體式的中國傳統詩詞,已經成爲燦爛的中華文化的一部分,早已融入人心,世代相傳,是千年萬古的不朽存在,它的"命"是革不了的。傳統的舊體詩體,在現實生活中的一些題材領域,仍有强大的生命力,也是新體詩取代不了的。古人留下的名句、名篇,語言大都平易自然,不僅當時在民間傳誦或歌唱,一千年後的現在讀起來,依然流暢順口,一聽就明白,比許多新詩還好懂,人人能背誦。寫這樣的舊體詩,又何必要去革它的命? 新體詩固然有上述重要的成績,有它的讀者群,但它的傳播範圍還趕不上古典詩詞,這由大中小學讀本的詩歌選篇、從人們的記誦和引用,就可以證明。這説明:我們的新體詩尚待建立或完善,來創造廣大人民群衆易記、易誦、喜聞樂見的藝術形式。

　　爲了解決這個問題，上世紀 40—50 年代號召向民歌學習，一時《小放牛》、《信天遊》之類的民歌風靡詩壇，50 年代後期更提倡全民大寫民歌，清一色的大白話、豆腐塊仿民歌體盛行一時，連艾青也寫“張大媽，五十八，耳不聾來眼不花”這樣無韻味的詩句。韻是押了，可是没有意境，没有形象，没有涵蘊，只能説是“順口溜”，而不是詩。把現代詩歌發展到仿民歌，不是詩歌藝術的進步而是倒退，因爲其中有文野、高低、粗細之别。作爲對民歌體的反動，70 年代到 80 年代初又出現了所謂“朦朧詩派”、“意識流”，産生了一大批晦澀難懂的新體詩；接着又是“西化詩”回潮，後現代主義的各個流派相繼登場。他們的宣言雖有不同，但共同的特點是向西方學習，主張只有引進西方後現代主義的表現方式，才能表現現代人的生命體驗；他們創作了一些在内容上脱離現實生活、喪失人文精神，在形式上晦澀難懂的作品。我並不同意某些批評家所斷言的“整部新詩史幾乎成了西方詩歌的中譯本”（《文論報》）1996. 2. 1，李震文《語文尋根與新詩的出路》），但是許多新詩的確存在着背棄母語文化的現象，忽視詩人的社會責任。

　　詩是語言的藝術。形式的要素是語言和結構。語言有民族性，我們用我們的母語——漢語寫詩，就不能不注意漢語的特點。我認爲漢語有三大特點：一是辭彙以單音詞和雙音節詞爲主，一個音節或兩個音節就是一個語詞，幾個音節就可以構成意義完整的句子，如五言詩每句三個音步，七言詩每句四個音步，概念鮮明而節奏靈活，這與音節繁多的英語語辭有明顯的不同；二是它的音韻美，漢字每個字分屬若干韻部，每個字又有平仄四聲以及疊字、連綿、雙聲、疊韻，可以巧妙而和諧地組成優美的具有音樂性的詩章；三是簡約和精義，漢語辭彙有五萬多個，具有豐富的表現力，古代詩人已經千萬次證明，20 個字或 28 個字就可以構造一首美好的詩篇，能唱、能誦、好聽、好記，表意深刻；古代詩人留下的無數名句、名篇至今還有强大的生命力，就是推不倒的明證。寫詩，首先要尊重自己的母語，努力地充分發揮母語的優點。

　　從中國詩史來看，一種新的詩體的産生到它發展成熟，都經過幾百年時間。楚辭的騷體上距《詩經》的四言體，是幾百年，五言詩的成熟上距騷體又是幾百年，五言詩後七言詩興起，至律詩的成熟又是幾百年，宋詞發展定型和興盛又是幾百年，元曲、明清散曲，也都經過幾百年的發展演進。現代自由詩的新體詩還只有不到一百年的歷史，它還處于探索和演進的進程，出些偏差，走點彎路，在探索者來説，不足爲怪。對探索者，不必苛責。在當前各體並存、百花齊放的現代，正可以相互取長補短，加速前進的步伐。從近來的《文藝報》來看，中央文藝領導部門正關注新詩的發展，導向正確的方向，我舉雙手贊成。

貼近現實生活,謳歌時代精神,吸取古今中外作品中的有益營養,繼承民族藝術的優良傳統,尊重母語的特點,努力創新,創造新時代的廣大人民群衆喜聞樂見的詩作,這就是中國當代詩前進的方向。

四、当代歌曲的繁荣

詩要能唱,就要講究聲韻、節奏,講究語言的精煉、詩句的簡短明快,散文化的詩,譜不了好的曲。我們的漢語正具備創作歌詩的優越條件。詩要能唱,而且能夠廣爲傳唱,就要運用人民群衆一聽就明白的語詞,即符合現代漢語規範的大衆化的語言。文言詞藻、歐化語句,聽不懂便傳不開。

"五四"以後的現代自由詩,在詩與歌的結合上做出許多良好的成績。如20—30年代前期的劉半農歌詞《教我如何不想》、田漢歌詞《夜半歌聲》等,至今仍是經典的抒情歌曲,30年代後期的抗戰歌曲《我的家在東北松花江上》、《五月的鮮花》、《遊擊隊之歌》、《太行山上》、《黃河大合唱》以及現已規定的我國的國歌、軍歌,原來都是詩人作詞、音樂家譜曲,唱遍全國。新中國成立後的《歌唱祖國》、《我們走在大路上》,也是至今廣爲傳唱的政治抒情歌詩。歷史經驗證明,詩和歌結合,具有强大的生命力,産生過文藝的經典作品。

我不同意新詩已經衰退的種種論説。上世紀80年代以後書寫的新詩,的確面臨着不少困擾而受到責難,其中雖也有少數較好的作品,總體上説,從内容到形式尚不能爲廣大人民群衆所喜聞樂見,即使那些獲獎的較好的作品也未能廣爲傳誦。但是一種新的詩體正風行中國兩岸三地,乃至世界各地華人社區,這就是從上世紀30—40年代初興到90年代至今達到風靡社會的流行歌曲。不必再描述當代遊行歌曲風靡的程度,我要强調的是:許多歌曲的歌詞就是詩。從《詩經》、《楚辭》、漢魏樂府、唐代竹枝詞、歌行、宋詞、元明清的曲詞,都是詩的不同體裁,詩與歌的結合是中華詩歌的傳統,當代歌曲的歌詞,當然也是詩。它如今風靡社會,正説明這種體式爲群衆喜聞樂見。這是中國歌詩在现代的新发展。

當代歌曲的水平誠然參差不齊,題材範圍較窄,内容有的不健康,藝術上也有高低之分、文野之分、粗細之分,但其中確實也有好的和較好的。漢、唐的樂府、宋的詞、元明清三代的散曲,也曾有藝術低下、内容誨淫的唱詞,我們現在讀的古典詩詞,是通過歷史的選擇,沙裏淘金,保留下來的傳世精品。我們從當代歌曲中也可以選擇出精品,再經過後人不斷的篩選，也會在文學史上保留下傳世的歌詩。歌詞是歌曲的主幹，當前許多歌曲存在的主要問題，是缺少好的歌詞。我們今日的歌壇，有衆多優秀的歌手、造詣很高的作曲家，如果爲他們提供好歌詞，歌壇將大爲改觀，人民的文化生活將更爲豐富多彩。我們的詩人們啊，自古詩體多元化，你們可以繼續寫只供閱讀的現代自由詩，寫傳統的舊體格律詩，也可以寫點歌詞（歌詩）。李白、杜甫、白居易、蘇軾等等大詩人都可以寫歌詩，你爲什麼不能寫呢？當你寫的歌詩在全國到處傳唱，唱一百年、一千年，比你寫老百姓接受不了的詩作，會更有意義。

（作者爲河北師範大學教授，原中國詩經學會會長）

"和解"之路

——歐洲及東亞的比較

中川 謙(劉九令 譯)

我想對東亞"和解"的理想方式談一談自己的看法。

作爲報社記者,我憑駐法的親身經歷,多年來一直在觀察着戰後歐洲"和解"的進程,並以現在的眼光審視着通過扎實努力而構築起來的"歐盟"。

反過來,再看以日本、中國、韓國爲中心的東亞現狀,我們只能用失望、沮喪、憂慮這樣的字眼來形容。

本來在日本就有人拒絕"和解"。這些人對日本在近現代史上所扮演的角色根本没有絲毫想要反省的態度。所以,他們感覺不到"和解"的必要性。

但是,大多數日本人都從内心想要與相鄰各國謀求和解。在他們的眼中,以和解爲基石最終發展成爲聯盟的歐洲是一個美麗炫目的實體。相反,亞洲的情形却是如此地令人痛心。事實上,這種挫敗感也使得日本人自身對和解的構想力不斷削弱。

因此,我想即使是爲了我們這些日本人,更加正確地分析歐洲和解的實際情況也是十分有益的,並且也符合東亞的整體利益。

毋庸贅言,歐洲是第一次世界大戰和第二次世界大戰的策源地,而德國與法國之間持續多年的戰爭就是最大的導火索。于是,歐洲和解的出發點當然是德法兩國的和解,對兩國歷史中所扮演角色的責任意識,則是和解動機的强大支撑。

可以説,德法和解的獨特性在于:明確希圖由兩國的和解推動整個歐洲的統合。

這一明確表現就是"舒曼宣言"。1950 年 5 月即德國投降 5 周年之際,法國的勞動部長羅貝爾·舒曼在議會發表了演説。

他提議:爲了構築旨在提高生活水平和實現和平目的的寬鬆務實的共同體,應在既具有開創性又有限制的某一重要領域立即採取行動。

這個提案究竟是什麼意思呢？

德法之爭往往源于煤炭和鋼鐵。現在，我們就不必再重新翻開洛林地區的你爭我奪以及佔領魯爾地區工業帶的這些充滿着火藥味的歷史了。

舒曼提倡：將整個法、德的煤炭和鋼鐵生産置于共同的最高管理機構之下。正是這一提案成了歐盟的原點，即歐洲煤炭鋼鐵共同體的號令。

最終發展成爲歐盟的"共同體"的設計思想可以簡要概括如下：生死攸關的利益是過去爭奪的理由。如果它有成爲雙方利益爭奪的理由的話，那暫且先把它擱置起來吧。

戰爭已經過去了 64 年，現在我們東亞又是怎樣的情形呢？

以位于日本西南、中國東南的廣闊海域的資源開發爲例。近年來，油氣田相繼被發現，兩國都主張對其擁有開發權，互不相讓。儘管雙方都提出共同開發，但是一涉及到具體操作的層面，問題的解決便陷入泥淖。對于重大利益不但不能共同分享，甚至反倒引起了對彼此的戒心，兩國的軍艦和巡邏機頻繁出動，劍拔弩張。

我想介紹一下 6 年前我在萊茵河邊上的德法邊境看到的情景。

在那裏，兩國的小學都學習對方的語言。任課教師也由雙方互相派遣。由于是聯盟關係，事實上並不存在國境，如果開快車的話，用不到 30 分鐘就可以到達對方國家。

在德國城鎮的一個德法聯合旅團的基地，德軍與法軍一起共同訓練。士兵們朝着靶子，用機關槍輪流射擊 15 發。他們用法語和德語交替使用號令。還規定士兵之間會話時首先要使用對方的語言打招呼。

我走進了基地外面的咖啡廳，由于是從法國入境的，身上並沒有帶德國貨幣馬克，便馬上想到去哪里兌換。又一轉念，對了，歐洲的貨幣已經統一了，于是便用兜裏的歐元輕鬆地付了咖啡錢。

語言、武力、貨幣都是民族以及國家聯合統一的基礎要素。德法兩國毫不猶豫地走上了共同分享的道路。如果重大利益能如此徹底地共有的話，那麼和解進程就不會倒退。這種基石使得超越民族和國家的歐洲聯盟堅不可摧。

那麼，我們東亞呢？我們有將和解促成聯盟，然後走向繁榮這種設計圖嗎？不，現在連設計思想都還沒有。這究竟是爲什麼呢？

在慨歎之前，我們有必要回顧一下歷史上亞洲的命運。

第二次世界大戰結束后，歐美列强所控制的殖民地的歷史雖然已經謝幕，但世界仍然被置于美蘇兩個超級大國的强大影響之下。如果只看東亞的話，日韓與中朝分別被分割到西東兩大陣營之中。身處相互對抗的兩大陣營之中的國家之間不可能謀求和解。

當然,歐洲也被分成了東西兩大陣營。所以,聯盟的行動最先發起于同屬西方的法國與西德。那麼,同樣都是屬于西方陣營的日本與韓國也能聯盟嗎?

答案當然是否定的。因爲日韓並没有真正地擺脱美國的控制。可德法,不,至少法國是自立的。

法國還是戰勝國。更何況,"戴高樂主義"所象徵的對美保持獨立的傳統在該國早已有之。儘管美國是非常强大的軍事和經濟大國,但是歷史上它還是歐洲的小兄弟。這種認識不僅限于法國,也滲透了整個歐洲,這一點是毫無疑問的。這是與亞洲最大的不同之處。

下面我想説一下結論。一邊看設計圖一邊認真堆壘巨石,花 500 年構築起科隆大教堂,這樣的做法是歐洲式的,我們東亞和它們不一樣。同樣,思考"和解"之路方面也是如此。換句話説應該摸索出一條亞洲式的道路。那麼,怎樣才能找到呢?

我想關注一下在日本興起的"韓流"。日本人如此切身地感受韓國社會、韓國文化,是十分罕見的。這個時候我們不能忘記韓方爲推進兩國文化而做出的努力,這其中也包括了韓國已故前總統金大中所實施的促進日本文化開放的政策。同時,我想經濟力也做出了相應的貢獻。韓國高速增長的經濟確實在不斷地填埋着横亘于日韓兩國之間的鴻溝。

歐洲是以和解爲出發點,推動了經濟的發展。我們也可以有以經濟發展促成實現和解目標的想法吧。我希望我們能夠牢記"有錢人不吵架"這句格言。

不僅僅是經濟力,我們還可以援用文化的力量。2006 年初,召開了由帝塚山學院大學和朝日新聞共同主辦的題爲"日中關係發展中的文化作用——政冷經熱中'文温'的可能性"的學術研討會。我們想,如果經濟力不能夠使降至冰點的政治回暖的話,那麼文化力是否能夠有所作爲呢?

1972 年日中邦交正常化之際,在日本,"一衣帶水"這個詞經常被掛在人們嘴邊。這個詞語通常是與"兩國關係是一衣帶水的關係"這句話聯繫在一起的。出自 1500 年前中國南朝《陳書》的這個詞所承載的記憶依然有着令人瞠目的影響力。我們應該把對彼此的信任交托給漢字這一具有超越時空能力的溝通媒介。德法以精心謀劃的"和解"的實際表現,跨越了萊茵河。我認爲在日中關係中有用漢字這一共同的語言手段超越它的可能性。

　　毛澤東主席問剛剛與周恩來總理結束會談的時任日本首相田中角榮："爭吵已經結束了嗎?"那時距今已經 37 年了,可至今却依然没有結束爭吵的跡象。現在,對已故的毛主席,我想這樣回答:我們以我們自己的方式結束爭吵吧。也許會花費一些時日,但是絶不會像建設科隆大教堂那樣花費 500 年。

　　(作者爲日本帝塚山學院大學教授,國際理解研究所所長)

顧愷之前後

——《列女傳圖》的系譜

黑田彰（劉九令 譯）

一

顧愷之(334—405?)被東晉名臣謝安譽爲古今未有的畫家(《晉書》九十二列傳六十二等)。他與書法界的王羲之(303—379)齊名，是人才輩出的六朝時代的天才之一，在中國美術史上被稱爲"畫聖"。有關顧愷之，除了"三絶"(畫絶、文絶、癡絶)的説法及一些軼聞之外，其作品没有一件流傳至今。著名的《女史箴圖》和《洛神賦圖》等也不過是一些後來的摹本，其繪畫風格的實情還有一些未解之謎。我的專業既非文學也非美術，但有機會看到了漢—魏晉南北朝時期美術作品的一些上乘之作，因此，就顧愷之畫風的形成有一些個人的想法，記述如下，以向諸位請教。

2006—2008 年，我作爲成員之一的幼學會(黑田、後藤昭雄、三木雅博、山崎誠)與内蒙古自治區文物考古研究所在科學研究基金的支持下，對 1971 年在内蒙古自治區和林格爾縣新店子發現的和林格爾後漢的壁畫墓進行了一次歷時三年的共同調查研究①。該墓大致建于二世紀的 140～170 年，由前、中、後三室構成。中室西、北方向的墓壁上畫着《孝子傳圖》、《孔子弟子圖》、《列女傳圖》，南壁上畫着《列士圖》、《列女圖》。這些

---

① 中國内蒙古自治區文物研究所、日本幼學會編著的《和林格爾後漢壁畫孝子傳圖輯録》(中國内蒙古自治區文物研究所、日本幼學會，2009 年)就是其研究成果的報告書。

是在發掘當時就知道的資訊①,但是限于當時技術水平,無法瞭解其具體內容。通過此次日中共同研究,對其詳情有所瞭解。即,認定該墓中的《列女傳圖》②與被認爲是顧愷之畫的《列女傳圖》有密切關係③。本文試論和林格爾後漢壁畫墓的《列女傳圖》與顧愷之《列女傳圖》的關係。在此,先對該墓的《列女傳圖》④以及其他《列女傳圖》和顧愷之的《列女傳圖》給出簡要説明。

首先,在表一中將該墓的中室西、北壁的三、四層所繪的《列女傳圖》用標題列出,並與其出處——《列女傳》七卷的本文一一對應。

表一　和林格爾後漢壁畫墓的《列女傳圖》和《列女傳》

（三層）

No.	《列女傳圖》	《列女傳》
1	后稷母姜嫄	卷一·2 棄母姜嫄
2	契母簡狄	3 契母簡狄
3	□	（4 啟母塗山）
4	□	（5 湯妃有㜪）
5	王季母大姜／文王母大任／武王母大姒	6 周室三母
6	衛姑定姜	7 衛姑定姜
7	齊女傅母	8 齊女傅母
8	魯季敬姜	9 魯季敬姜
9	楚子發母	10 楚子發母
10	鄒孟軻母	11 鄒孟軻母
11	魯之母師	12 魯之母師
12	齊田稷母	14 齊田稷母
13	魏芒慈母	13 魏芒慈母
14	魯師春姜	15 魯師春姜
15	□	（卷二·1 周宣姜后）
16	齊桓衛姬	2 齊桓衛姬
17	□	（3 晉文齊姜）
18	秦穆姬	4 秦穆公姬

（四層）

No.	《列女傳圖》	《列女傳》
19	魯秋胡	卷五·9 魯秋潔婦
	秋胡子妻	9
20	周主忠妾	10 周主忠妾
21	□	
22	□	
23	許穆夫人	卷三·3 許穆夫人
24	曹僖氏妻	4 曹僖氏妻
25	孫叔敖母	9 孫叔敖母
26	魯臧孫母	10 魯臧孫母
27	晉陽叔姬	10 晉羊叔姬
28	晉范氏母	11 晉范氏母
29	楚昭貞姜	卷四·10 楚昭貞姜
30	□	（2 宋恭伯姬）
31	梁節姑姊	卷五·12 梁節姑姊
32	魯孝義保	1 魯孝義保
33	楚昭越姬	4 楚昭越姬
34	蓋將之妻	5 蓋將之妻
35	代趙夫人	7 代趙夫人

① 詳情參見内蒙古文物工作隊、内蒙古博物館《和林格爾發現一座重要的東漢壁畫墓》(《文物》,1974 年第 1 期)和内蒙古自治區博物館文物工作隊《和林格爾漢墓壁畫》(文物出版社,1978 年,2007 年再版)以及蓋山林的《和林格爾漢墓壁畫》(内蒙古人民出版社,1978 年)。

② 注解①中提到的著作中補充了注解②中所説的文物出版社 1978 年版的内容,想用彩圖版寫明中室西、北、南壁的《孝子傳圖》、《孔子弟子圖》、《列女傳圖》、《列士圖》的詳情。並且,也收錄了 2007 年當時全壁畫的彩圖版。

③ 關於該墓的《孝子傳圖》,筆者曾經介紹了全十四圖,並且論述了與其原出處——《孝子傳》本文的關係(參見拙著《孝子傳圖研究》(汲古書院,2007 年)的卷首插圖和《漢代孝子傳圖考——和林格爾後漢壁畫墓》)。

④ 關於該墓的《列女圖》,最近在拙文《〈列女傳圖〉的研究——和林格爾後漢壁畫墓的〈列女傳圖〉》(《京都語文》15,2008 年 11 月)中,用彩色卷首插圖介紹了全四十三圖,論述了《列女圖》與其出處——《列女傳》本文的關係。

另外，表二（接着前面的序號）中列出了南壁的內容。該墓的《列女傳圖》從左面開始，如果觀察與《列女傳》對應的情形就可以發現，其排列如實地依照了《列女傳》文本①。劉向《列女傳》共七卷，105 個故事。該墓中《列女傳圖》對應該書第一卷至第五卷的 43 個圖，約占四成，可見規模之大。

表二　南壁的《列女傳圖》和《列女傳》

（南壁一層）	36 軍吏	義婦	37 魯漆室女	38（列女a）	39（列女b）	40（列女c）	41（列女d）	42（列女e）	43 剕鼻□□刑身	一往不改	（□高）（高）行處梁
《列女傳》		卷五·6 魯義姑姊	卷三·13 魯漆室女						卷四·14 梁寡高行		

另外，除了該墓的圖畫，後漢武氏祠畫像石上所畫的《列女傳圖》自古就很有名。但是，其中武梁祠中的《列女傳圖》只有《列女傳》第四卷至第六卷的 8 幅圖②（此外，左前石室中有 3 幅圖）。除了後漢武氏祠畫像石的《列女傳圖》，也出土了一兩幅《列女傳圖》。1965 年，在山西省大同市的東南石家寨發現的北魏司馬金龍墓中出土的木板漆畫屏風中，畫着顧愷之的 12 幅《列女傳圖》③（除此之外，還有 4 幅圖的殘片）。

擅長人物畫的顧愷之對《列女傳》抱有極大的興趣，這一點先看看關于他的繪畫老師——衛協的記載（《歷代名畫記·五》）：

　　衛協……顧愷之論畫云，《七佛》與《大列女》，皆協之跡……史記《列女圖》……並傳于代。又有《小列女》。

顧愷之評論道：

　　顧愷之論畫曰……《小列女》面如恨，刻削爲容儀，不盡生氣；又插置丈夫支體，不

---

① 關于該墓中《列女傳圖》中的這一事實，佐原康夫在《漢代祀堂畫像考》（《當方學報京都》63，平成 3 年 3 月）中有所論述。
② 關于後漢武氏祠畫像石的《列女傳圖》，請參看前注⑤中所提拙稿第 14 頁。
③ 關于北魏司馬金龍墓中出土的木板漆畫屏風的《列女傳圖》，請參看注⑤中所提拙稿第 44、45 頁。

以自然。然服章與衆物既甚奇，作女子尤麗。衣髻俯仰中，一點一畫，皆相與成其豔姿，且尊卑貴賤之形，覺然易了，難可遠過之也……《七佛》與《大列女》，二皆衛協手，傳而有情勢。

顧愷之本人也畫了《列女傳圖》，如《歷代名畫記》五中記載道：

　　顧愷之……顧畫有……《阿谷處女》……《列女仙》……並傳與後代。① （《阿谷處女》出自《列女傳》六·6《阿谷處女》。《列女仙》爲《列女傳》的誤寫。）

顧愷之的《列女傳圖》，並沒有流傳至今。不過，有一兩個摹本需要注意。其一是北京故宮博物院所藏的顧愷之的《列女·仁智圖卷》（宋摹本，絹本一卷）。《列女·仁智圖卷》是《列女傳》卷三《仁智傳》的圖像化，原卷有 15 節，現僅存 10 節。② 另外一個與顧愷之相關的摹本是清代道光五年（1825）阮福刊印的《新刊古列女傳》收録的插圖（以下稱爲《傳顧愷之筆摹刊本》）。封底中有題："顧虎頭畫列女傳"（"虎頭"是顧愷之的小字），目録題的左邊寫着："晉大司馬參軍顧凱（愷）之圖畫"。是南宋建安余氏刻本的重刻本。每頁的上面都附有插圖，因爲插圖涉及了《列女傳》的全部故事，所以十分珍貴（只有卷一·15《魯師春姜》早已失傳）。據推測，原圖已經損毀相當嚴重了，所以這個《傳顧愷之筆摹刊本》，即南宋刻本的重刻本中像卷三·7《衛靈夫人圖》等的構圖與《列女仁智圖卷》（此外，北魏司馬金龍墓出土的木板漆畫屛風）十分相似，這一點已經有人指出了。③ 它作爲保留了現在僅存的顧愷之所畫的《列女傳全圖》整體風貌的資料，具有極高的學術價值。

　　對該墓的《列女傳圖》，我們暫且把顧愷之以及以前和以後所畫的《列女傳圖》用英文字母表示如下：

---

① 魏晉南北朝時代，繪《列女傳》在當時十分流行，請參看前注⑤中所提拙稿。

② 故宮博物院所藏的《列女·仁智圖卷》被《中國歷代繪畫》（《故宮博物院藏畫集》1 東晉、隋、唐、五代部分，人民美術出版社，1978 年）第 20—30 頁，《中國美術全集·繪畫編》1 原始社會至南北朝繪畫（人民美術出版社，1986 年）九十四，《中國繪畫全集》1 戰國—唐（《中國美術分類全集》，文物出版社，浙江人民美術出版社，1997 年）二十六—三十三等所收録。内容請參看注⑤中所提拙稿。

③ 宮本勝《列女傳的刊本及頌圖》（《北海道大學文學部紀要》32·1，1983 年 11 月），吉田真一《六朝繪畫的考察——以司馬金龍墓出土的漆畫屛風爲中心》（《美學》42·3，1992 年 3 月）等。例如，宮本是根據唐宋人所著的摹本《列女傳圖》以及由北宋米芾所著高下三寸板、縮小摹刻《南宮畫史》的區別來圖解《列女·仁智圖卷》和《傳顧愷之筆摹刊本》插圖的關係，兩者之間有着極其密切的關係。這一點單從《列女·仁智圖卷》的現存十圖和《傳顧愷之刊摹本》的插圖的比較與論證就可以清晰地分析出來。

A 武梁祠畫像石

B 武氏祠畫像石（A 以外）

C《列女・仁智圖卷》

D《傳顧愷之筆摹刊本》

E 北魏司馬金龍墓出土的木板漆畫屏風

F 其他

將 D 以外（D 除了卷一・15《魯師春姜圖》，保留了全部圖畫）的現存每個圖畫按照像表一和表二那樣用序號表示爲表三（表三中 B 的 19 是武氏祠畫像石的前石室九石 2 層的《魯秋潔婦圖》，36 是前石室七石一層的《魯義姑姊圖》，43 是左石室八石 3 層的《梁寡高行圖》。F 的 16 指的是沂南漢墓的《齊桓衛姬圖》，19 指的是四川新津石棺的《魯秋潔婦圖》）。下面試從表三着手，考察顧愷之《列女圖》前後的情況。

表三　現存《列女傳圖》一覽

43	37	36	31	29	28	27	25	24	23	19	16	14	12	11	9	5	3	
○		○	○	○						○								A
○		○								○								B
	○				○	○	○	○	○									C
○	○	○	○	○	○	○	○	○	○	○	○		○	○	○	○	○	D
		○					○					○	○	○	○	○	○	E
										○	○							F

二

圖一　該墓 19《魯秋潔婦圖》

圖二　（A）武梁祠畫像石

圖三　(B)武氏祠畫像石前石室九石 2 層

圖四　(D)《傳顧愷之筆摹刊本》

圖五　(F)四川新津石棺

　　該墓 19 所繪的《列女圖》是《魯秋潔婦》。我們思考一下這個《魯秋潔婦圖》與《傳顧愷之筆摹刊本》中其他圖畫的關聯。下面是本圖出處——《列女傳》五‧9 的故事梗概。

　　魯秋潔婦是魯國秋胡子的妻子。秋胡子爲了去陳國任官,結婚五日便離開家,過了五年才回到家鄉。返鄉途中,看見了一位在道邊采桑的美麗女子。秋胡子很高興,便下了車,説:"你在炎熱的向陽處獨自采桑,我遠道而來。如果可以的話我放下食物

和行囊,是否在桑樹下與你一起休息一下。"可是,女子並没有停止采桑。秋胡子又説:
"俗話説,勞苦作田不如遇上豐年。拼命采桑不如遇上貴人。我有錢,我可以給你。"于
是,女子説:"啊,我的本分就是摘桑勞作,紡線織衣,弄衣食,侍奉父母,養夫育子。我
並不想要錢,我的願望就是你不要抱有不道德的想法,我也没有那種不檢點的想法。
你趕緊收起你那破行李和錢箱。"秋胡子聽罷,便慌忙離去。回家後,將錢交給母親。
母親差人叫出他的妻子,妻子竟然是路上見到的采桑女。秋胡子知道後,羞愧難當。
妻子説:"你曾束髮修身,辭别家人遠方赴任,五年後才回來。按理説,你應該思念親人
及早回家。誰知你竟然爲道途女色所動,以錢相誘,這一點説明你已經忘記了母親。
你忘母不孝,而且好色淫洗,這是不義的汙行。不孝、不義必將不忠、非理,因此你最終
不會有大出息。我實在是看不下了,你去娶别的女人吧,我不能看到第二個丈夫。"説
完便向東跑去,投河而死。孔子説:"見善如不及,見不善如探湯。"(論語季氏)這句話
講的就是秋胡子妻的行爲。

　　圖一就是該墓的《魯秋潔婦》(榜題從左開始是《魯秋胡子》《秋胡子妻》)。左邊
是戴着進賢冠的秋胡子,右是高挽髮髻的妻子,兩人向右站立。秋胡子似乎正在和妻
子打招呼。妻子右邊是桑樹和掛在樹枝上的筐,描述妻子從樹枝上摘葉子的樣子。
圖二是後漢武氏祠畫像石的武梁祠的圖(榜題爲《秋胡妻》與《魯秋胡》),榜題及構圖
方式與圖一完全相同。妻子拽着樹枝,正在采桑(圖四和圖五也與之相同),恐怕圖一
描繪的也是這樣的内容吧。不過與圖一不同的是,妻子向秋胡子回身的情形(其他圖
也是如此)。圖二似乎更具普遍性。圖三是武氏祠畫像石前石室九石 2 層的圖(榜題
爲《魯秋胡》和《秋胡婦》),圖中没有絲毫涉及桑樹和筐,而是加入了拉扯母親衣袖的
孩子和侍從,這或許描繪的是妻子想要投河的情景(妻子披巾,丈夫執長劍)。圖五是
在四川出土的,除了人物的方向相反之外(丈夫佩長劍),與圖一圖二構圖方式相同。
這一點可以看出,漢代已經有了成爲跨越蒙古、山東、四川等地同一《列女傳》的共通
的底本,它描繪了漢代《列女傳》的情況(劉向在世時,已經有人畫《列女傳》了,這一
點在前文已有論述)。

　　我們在看過《魯秋潔婦圖》之後,重新審視圖四——《傳顧愷之筆摹刊本》的内容,
可以確認顧愷之所描繪的圖畫忠實地繼承了以桑樹和筐爲特徵的漢代《列女傳圖》的構
圖方式。顧愷之的圖與圖五非常相似。這意味着,顧愷之在畫《列女傳圖》的時候就認
真地模仿了前代的圖像。再舉一兩個相同的例子。

圖六是該墓 36《魯義姑姊圖》

圖六　該墓 36《魯義姑姊圖》　　　　　　圖七　(A)武梁祠畫像石

圖九　(D)《傳顧愷之筆摹刊本》

圖八 (B)武氏祠畫像石前石室 1 層

圖十　(E)北魏司馬金龍墓出土
　　　的木板漆畫屏風

本圖的源出處──《列女傳》五‧6 魯義姑姊故事梗概如下：

　　魯義姑姊，是魯國住在鄉野的婦人。齊國攻打魯國，當齊軍攻打到魯國的郊外時，看見遠處有一個婦人抱一個小孩又牽着一個小孩正在逃跑。齊軍在後面緊緊追隨，當軍隊快追上的時候，婦人將抱在懷裏的孩子丟在路旁，抱起剛剛領着的孩子，向山的方向跑去。被丟棄的孩子大哭，但是婦人頭也不回地往前跑。齊國的將軍問那個孩子："逃跑的那個人是你的母親嗎？"孩子回答説："是的。"又問："你母親抱着的是誰？"孩子回答説："不知道。"齊國的將軍聽罷，徑直追去。士兵向逃跑的婦人拉開弓，瞄準，喊道："站住！如果你不站住我就放箭了。"婦人終于停住脚步，回過身來。將軍問道："你現在抱的是誰？剛才你丟棄的孩子又是誰？"婦人説"我抱着的是哥哥的孩子,丟棄的是自己的孩子。齊軍快追上我們的時候我不能同時保護兩個孩子,于是没辦法我就丟棄了自己的孩子。"將軍問："孩子對于母親來説是最親愛的,甚于心痛。而你剛才却捨棄自己的孩子,抱着哥哥的孩子逃跑,這究竟是爲什麼？"婦人回答道："對自己的孩子是私愛,哥哥的孩子是公義。如果舍公義而取私愛,棄哥哥之子而救自己的孩子,即使僥倖逃脱,魯國國君也不會饒恕我的,並且大夫也不會讓我活着,平民和國人也會仇視我。我如果這樣做,在魯國將没有我立足安身之地。自己的孩子雖然可憐,但是于公義又没有辦法,于是我忍痛捨棄自己的孩子而取義。在我魯國如果失去義,將難以存活下去。"于是,將軍命軍隊停止前進。派人向齊國君王進言："我們不應該攻打魯國。我軍在攻過國境的時候,令我感到意外的是,一個普通的山野村婦竟然能夠守節持義,不違公義。山野村婦尚且如此,更何況朝臣大夫。所以還請罷兵。"齊國國君同意了這一請求。而魯國國君聽説這件事後,賞婦人束帛(從兩端卷起的帛)百端(端,長度單位,4.5 米),並賜義姑姊之稱號。

　　圖六的《魯義姑姊圖》是該墓《列女傳圖》中規模最大的,並且扣人心弦(榜題從左是《軍吏》《義婦》)。從右邊看依次爲抱着哥哥孩子的魯義姑姊、牽着他手的孩子(偏左)、兩騎齊軍(偏右),描繪的是齊國將軍與魯義姑姊對話的情形。圖七的武梁祠圖(榜題爲《兄子》《義姑姊》(上欄)《姑姊兒》(下欄)《齊將軍》)與其有相同的構圖。圖七中魯義姑姊回着頭,一騎兵的右邊是步兵,左邊是齊國將軍乘着兩匹馬拉着的馬車。圖八是武氏祠前石室的圖像(榜題《齊將〔軍〕》《義婦》《義婦親子》),左右顛倒,並且圖中没有騎兵,有魯義姑姊下跪的情形。關于圖案,在長廣敏雄編《漢代畫像的研究》二部《武梁石室畫像的圖像學研究》第 69 頁中寫道①：

　　　　前石室第七石中義姑姊作爲"義婦"出現了,也描繪了賜束帛的場景(川勝義雄執筆)。

這是錯誤的(賜束帛的是魯國國君)。右面的兩個人應該是齊國的官兵,他們手裏拿的

---

①　長廣敏雄編《漢代畫像的研究》,中央公論美術出版,1965 年。

應該是林巳奈夫所説的"指麾用的旄"①。最近的巫鴻也延續了這種錯誤的説法②。造成這一錯誤的最大原因是榜題《齊將〔軍〕》很難懂。從榜題來看,圖八與圖六、圖七描繪的是同一場景。圖十畫的是抱着侄子並牽着自己孩子的魯義姑姊,遺憾的是缺少兩邊的圖景。那麼再看一看圖九的《傳顧愷之筆摹刊本》的圖(榜題《魯義姑姊》),首先是抱着侄子的魯義姑姊母子三人的這一情形,完全承襲了圖六下面的内容。其次,没有描繪騎兵和馬車這一點與圖八相同。可以説這些證據清晰地表明,顧愷之承襲了漢代的《列女傳》圖。

下面試比較 C《列女·仁智圖卷》。圖十一是該墓 37《魯漆室女圖》所張貼的圖畫。

圖十一　該墓 37《魯漆室女圖》

圖十二　(C)《列女·仁智圖卷》

圖十三　(D)《傳顧愷之筆摹刊本》

本圖源出于《列女傳》三《魯漆室女》,故事梗概如下:

---

① 參見林巳奈夫編《漢代的文物》,京都大學人文科學研究所,1976 年,第 482 頁,圖版第 215 頁 10—96。

② 巫鴻(Wu Hong),"*The Wu Liang Shrine: The Ideology of Early Chinanese Pictorial Art*"(Stanford University Press, Stanford, California, 1989, 附録 A258 頁。中文版爲《武梁祠——中國古代畫像藝術的思想性》,柳楊、岑河氏譯,三聯書店,2006 年,附録一第 276—277 頁。

　　漆室女是魯國漆室邑(山東省)的女子。過了結婚的年齡,却依然没有出嫁。魯穆公的時候,國君已經老了,可是太子却還很小。該女子倚着柱子,唱起了悲歌。附近的人們聽後都覺得很淒慘。一次,鄰家的婦人和她一起外出,問她:"你的歌聲爲什麽這麽悲傷? 如果你想結婚的話,我幫你找一個夫君。"女子回答説:"我還以爲你很聰明呢! 我怎麽會因爲没有嫁人而悲傷不悦呢? 我之所以悲傷是因爲魯國國君已老,太子還太小。"婦人大笑,説:"這是大夫們的事情,跟我們女人們有什麽關係!"女子説:"此言差矣。這只是因爲你不懂世事。現在國君垂垂老矣,人一老就容易犯錯誤。而太子還很小,太小也容易做出蠢事。因此,經常會發生一些荒謬的事情。別國若是攻打我國,不僅君臣父子皆受其辱,而且也會殃及普通百姓,連我們這些婦人也難逃劫難,這正是我所擔心的。可是你却説這和我們不相干。"婦人趕緊道歉:"你的深思遠慮,我不能及。"果然,三年後魯國起了内亂,齊國和楚國也開始攻打魯國。因爲戰争,魯國的男人都加入了戰鬥,女人也不得不幫助運送物資,不得閒暇。

　　圖十一畫的是魯漆室女靠着樹,一隻手搭在樹上(榜題《魯漆室女》)。《列女傳》中所説的"倚柱"中的"柱"指的就是後面的樹幹。圖十二是《列女・仁智圖卷》的圖像(榜題《魯漆室女》贊略),它的構圖與魯漆室女背靠樹幹的構圖以及圖十三的《傳顧愷之筆摹刊本》完全相同(榜題《鄰婦》《漆室女》),由此我們可以確信圖十三和圖十二是同源,並且還可認定顧愷之的《魯漆室圖》繼承了圖十一的該墓中的圖案。①　表三中該墓十八圖也都能這樣論證。

　　顧愷之的《列女傳圖》幾乎都延續了漢代《列女傳圖》的樣式。從這個意義上講,漢代的繪畫樣式對顧愷之的畫風形成起到重要的作用。關于擅長人物畫的顧愷之的畫風,可通過圖十一該墓的女性圖和圖十二的《列女・仁智圖卷》的女性像的比較,考察他對前代的繼承和對後代的示範性的東西,這且留作以後的課題吧。

　　(作者爲日本佛教大學教授。譯者爲渤海大學外國語學院講師、天津師範大學文學院博士生)

---

①　現行的《列女・仁智圖卷》中有錯簡和脱落,所以《魯漆室女圖》(圖十二)也很可能丟失了右半。從《傳顧愷之筆摹刊本》的圖(圖十三)看,丟失的右半邊繪的應該是鄰婦。所以該墓的魯漆室右邊的女性(列女 a)也可以看作那個鄰婦。

論日本小説觀念的近代轉型

——以《小説神髓》爲中心

甘麗娟

1868 年的明治維新成爲日本走向近代的契機,資本主義經濟雖然發展迅速,但並未驅動其文學車輪的同步運轉。直到 19 世紀末的最後 10 多年,坪内逍遥以文論著作《小説神髓》開啟了日本近代文學之門,他提出的寫實主義小説觀念,成爲明治文壇振聾發聵的新聲;他從非功利主義和寫實主義小説觀方面對傳統戲作小説觀念進行反思和超越,實現了日本小説觀念的近代轉型,並對日本近代文學産生了重大影響。本文擬圍繞上述問題展開論述並試圖提出某些粗淺的看法。

一、近代小説地位的確立

《小説神髓》之所以成爲開啟日本近代文學大門的一把鑰匙,首先是基于坪内逍遥對明治初年文壇現狀的清醒認識和對傳統戲作小説觀念的深刻反思。

文明開化初期,日本爲滿足"富國强兵"的需要,大量引進西方的科學、醫學等實學,而文學被視作"無用之學"受到冷落,因此佔據明治初期文壇主流的依然是自江户以來封建的戲作文學。儘管受到近代風潮的影響,部分明治作家對戲作文學進行了内容方面的某些革新,但並没有完全擺脱其窠臼,因而被稱作"江户遊戲文學的殘餘"①。而伴隨自由民權運動出現的一批翻譯作品和政治小説,因流行時間短暫,其帷幕隨自由民權運動的失敗也自然下落。當創作上如此缺少生命力的文壇再也翻不出新的花樣時,江户戲作文學開始回潮。可見,日本近代文學由于缺少外來因素的參照,長期處于一種自發階段,這不僅使文學的發展落後于社會和時代,也使得日本近代文學已遠遠落在了西方文學的後面,這種情況是不符合文明開化要求的。因此,要扭轉文壇局面,首要的工

---

① [日]西鄉信綱《日本文學史》,佩珊譯,北京:人民文學出版社,1978 年,第 228 頁。

作便是清除戲作文學的影響,只有通過對其不合理性的批駁,才能借此樹立起一種與之迥異的全新的文學觀念。爲了給自己的立論找到突破口,坪内逍遥首先選擇的武器是當時相當流行的進化論。

進化論是明治初期被介紹到日本的西方近代思想之一,主要以達爾文的"物競天擇"和斯賓塞的"優者生存"爲主導,尤其是斯賓塞將達爾文生物學中的"生存競爭"學説應用于社會領域,認爲社會進化過程與生物進化過程一樣,也要通過生存競爭,使適者生存,不適者被淘汰。這一理論對于急切希望從西方列强控制下擺脱出來的日本,産生了深遠而廣泛的影響。

最早選擇進化論並有目的的引入者是曾任東京大學第一位代理校長的加藤弘之。他不僅系統引入和介紹進化論,而且提出"優勝劣敗是天理矣"的主張,認爲優者爲了生存發育的需要而淘汰掉劣者,是一條永世不易的自然規律。在此後十幾年的時間裏,東京大學成爲進化論思想者的主要集中地,也成爲吸收消化和宣揚進化論的中心。當時正在東京大學讀書的坪内逍遥不僅接觸過斯賓塞有關進化論的講義,還聽過進化論的積極信奉者哲學教授外山正一和特聘教授 Ernest Francisco Fenollosa 的課。特別是哲學系學生井上哲次郎在 1882 年首先將當時流行的進化論應用于詩歌改良,通過引入西方詩歌突破了日本俳句、短歌的傳統,爲近代新體詩的確立開闢了道路。這一改革對坪内逍遥來説,無疑提供了可資借鑒的啟發,因此,進化論成爲他改良小説首選的立論之本。

坪内逍遥首先以"所謂進化的自然法則,是不可抗拒的趨勢"①爲依據,一方面從"適者生存"的角度,具體生動地描述了從神話開始的每一種文學樣式,其興起和衰落,都與當時社會發展的狀況以及文明開化的程度相符合,即"文運的發展,不可能永遠停留在一處";另一方面又以"優勝劣汰"爲準則,通過對文學歷史發展過程中各種體裁之間的流變和更替的分析,指出文明氣運的進展與人類智力日進的事實是密切相聯的,即社會的發展和文學的進化都遵循着由簡單到複雜的共同規律。文學樣式經由神話、詩歌、傳奇、寓言故事、寓意小説、戲劇到小説的發展,其過程所遵循的進化規律是,人類的文明程度越高,神秘荒誕的東西越少。爲了闡明這一觀點,他詳細分析了神話或神代記中的正史如何取代野史、傳奇如何取代神話、寓意小説如何取代寓言故事、小説如何取代戲劇的過程及其原因,指出戲作小説的作者之所以寫出令人感到可笑的作品,是因爲

---

① ［日］坪内逍遥《小説神髓》,劉振瀛譯,北京:人民文學出版社,1991 年,第 38 頁。文中以下引文均出自該著,如無特殊情況,不再注明。

他們不瞭解此種小説在文學樣式進化過程中所處的位置,對小説衍變的情況根本不瞭解。而對文學歷史發展基本知識的欠缺,既説明他們視野狹窄,目光短淺,是"缺少見識的作者",也説明他們落後于時代的保守性。當戲作文學已經喪失生命力,屬于早就應該被淘汰之列的時候,戲作者們還以此爲樂事,豈不十分可笑?

這樣,坪内逍遥在進化論的理論指導下,依據"優勝劣汰"的原則,通過對文學發展過程的反思,指出小説是文學樣式進化所達到的最優結果,是在戲劇衰微的時候出現的。戲劇固然有它自身的優點,但同小説相比則又遜色許多,甚至其優勢在某些方面也成了弱勢。爲了進一步證明自己觀點的正確,他又從"觀者"的進化角度論述了小説優于戲劇的原因:在文明尚淺、蒙昧未開的社會,人們總是喜好表面的新奇,人的喜怒哀樂、七情六欲也都流之于舉動與臉色當中,可以一覽無餘。這時,出色的梨園弟子若進行宛如其物的逼真表演,"觀者"在不知不覺中便會進入忘我的境地,因此,這時的傳奇很難優于戲劇。然而,隨着時代的發展,到了文明開化之時,人們開始抑制自己的情欲,使自己的心態不流之于表面,這時,僅僅把人的性情訴之于"觀者"的眼睛和耳朵的戲劇已不合時宜,而把人之性情訴諸心靈的小説,其生存空間就變得十分廣闊,因此小説取代戲劇是進化過程中理所當然的規律。"經過這樣一個演進過程,小説自然而然地在社會上盛行起來,並受到重視。這是優勝劣敗、自然淘汰的規律所使然,是大勢所趨,無法抗拒的。"

可見,坪内逍遥爲給自己的小説改良理論尋找立足之本,借助當時頗爲流行的西方進化論,將生物的進化與淘汰應用到文學樣式的更迭與優選上,首先確立了近代小説在文學中的最高地位,初步實現了對戲作文學觀念的超越。

二、非功利主義的審美觀

坪内逍遥以進化論思想爲理論基礎,通過對文學發展過程優勝劣汰結果的分析,將小説確立爲文學中的最高樣式。這表明他希望通過小説改良,達到使小説成爲藝術的目標。爲此,他從文學的審美角度出發,通過對小説本身所具有的文學價值的強調,提出了"小説是藝術,不能提供實用","小説的目的在于給人以娛樂"的非功利主義小説觀,對以實用爲目的的戲作小説和政治小説的功利主義文學觀給予批判,進一步實現了對戲作小説觀念的超越。

首先,坪内逍遥從藝術的定義出發,論述了小説之所以是藝術的理由。"藝術是以娛人心目、儘量做到其妙入神爲目的的。"世上被稱作藝術的東西有多種,其最終目的都是爲了使人賞心悅目。爲達到這個目的,各種藝術都採取了最適合于自己的藝術手法作爲表現手段,如爲了悅目,造型藝術專以色彩和形態爲眼目來考慮其構思;爲了悅耳,作爲無形藝術的音樂,專以聲音爲主進行苦心的設計;同樣屬于無形藝術的詩歌、戲劇和小說等爲了賞心,則以描寫人的感情爲主腦:"它能描繪出畫上難以畫出的東西,表現出詩中難以曲盡的東西,描寫出戲劇中無法表演的隱微之處。因爲小說不但不像詩歌那樣受字數的限制,而且也沒有韻律這類的桎梏;同時它與演劇、繪畫相反,是以直接訴諸讀者的心靈爲其特質的,所以作者可進行藝術構思的天地是十分廣闊的。"

其次,坪內逍遙又從藝術的作用出發,闡明小說之目的在于"娛悅人們的'文心'",並使人氣品高尚。

所謂"文心"就是美妙的情緒。一般來講,美妙情緒的產生往往基于某些美好事物對其情感的觸發,而作爲藝術家的小說家所希望的,就是小說能給人以美妙的感覺。爲此,小說家的首要責任是描繪出那些能夠激發人們情感的各種事物,其次是充分發揮小說的本分:"使用新奇的構思這條線,巧妙地織出人的情感,並根據無窮無盡、隱妙不可思議的原因,十分巧妙地編制出千姿百態的結果,描繪出恍如洞見這人世奧妙的畫面,使那些隱微難見的事物顯示出來。"只有這樣,才能"使觀者于不知不覺中感得幽趣佳境,達到神魂飛越的地步。"由此可見,讀者的感情與作品內容發生共鳴時得到的精神愉悅,正是藝術的本來目的,也是小說所具有的直接裨益。這樣,坪內逍遙從藝術的審美角度確立了其非功利主義小說觀。

坪內逍遙非功利主義小說觀的確立,有賴于他的天才和學識,"當逍遙作此書時,可以依賴的西洋參考書很少,據他自說,……只有幾種《英國文學史》和其他幾種雜誌以及修辭學著作",儘管他聲稱"美學的書一冊也未用,'文學概論'的講義也沒有聽過"[1],但西方美學和文藝理論的介紹,是打開他的思路和眼界,並爲其提供方法論的重要原因。他在《小說神髓》中曾提到"菊池大鹿先生譯有一冊題爲《修辭及美文》的書",而菊池大鹿在該書中將藝術定義爲"裝飾",它"以娛人心目,導人氣品趨于高尚爲目的",正與坪內的上述觀點相吻合。

但在關于藝術是否實用的問題上,坪內逍遙與菊池大鹿關于"藝術是實用"的觀點截然相反。他認爲:"所謂藝術,原本就不是實用的技能,而是以娛人心目,盡量做到其

---

[1]　謝六逸《日本文學史》,上海:北新書局,1929 年,第 62 頁。

妙入神爲'目的'的。由于其妙入神,自然會感動觀者,使之忘掉貪吝的欲念,脱却刻薄之情,並且也可能會使之産生另外的高尚思想,……"對這一觀點,他又在"小説的裨益"部分進行了强調和發揮:"小説是藝術,不能提供實用,所以議論它的實際效益是很不對頭的。"他以非功利主義文學觀爲標準,將小説的裨益分爲直接和間接兩種。指出以"娱悦人心"爲直接利益的小説,首先是提供給讀者精神愉悦,其次是提高思想認識,然後才對他人和社會産生影響。

坪内的非功利主義文學觀既以西方美學思想作理論支撐,又不囿于前人之見,敢于以超越精神提出自己的獨特見解,其中藴含的勇氣和膽量本身就是對世俗之見的一種挑戰。

以非功利主義小説觀作爲參照,坪内逍遥批判了戲作小説的功利主義文學觀。戲作者將文學視爲開啓婦女童蒙道德的玩物,或是有閑者消鬱解悶的工具,爲吸引讀者,他們在構思小説情節時,一味採取過去的陳舊手段,要麼專門描寫野鄙猥陋的情節或以殺伐爲主的故事,要麼專以獎誡爲眼目來虚構人物。這種以荒唐無稽、怪事連篇的情節來訓誡讀者的戲作,違背了真正小説的宗旨,它與作爲人生批評的泰西小説相比,缺少高雅的風格,故不能滿足世上高雅的"文心"。可見,具有功利主義目的的戲作小説自産生之日起,就不是真正的小説,它取悦于一時一地之人心容易,而要廣泛震撼人心却很難,所以戲作小説既非藝術,其作者也非藝術家。

爲了進一步區别戲作小説與模擬小説是性質截然不同的兩種東西,他又在模擬小説後面加上 Artistic Novel 一詞作爲强調,即模擬小説是藝術性的小説,"它的宗旨只在于描寫世態,因此無論在虚構人物還是安排情節上,都體現上述眼目,極力使虚擬的人物活躍在虚構的世界裹,使之盡量逼真。"只有這樣,才能"使讀者于不知不覺中翱翔于他(指作者)所虚構的世界之中,並使之體察出這個人生隱微詭異的巨大機構"。

同樣,政治小説的作者一般也是根據自己的主觀意圖定出美醜標準,通過善或惡的人物形象塑造,使之成爲體現自己政治思想的傀儡。如政治小説的代表作家矢野龍溪的《經國美談》"把歷史上的人物,根據作者的武斷專行,使用所謂先天的方法,隨心所欲地來進行人物創造,是完全錯誤的"。可見,坪内不僅反對創作者根據自己主觀意圖去塑造人物的政治小説,也批判了它所代表的功利主義文學觀念,因爲缺少藝術構思的政治小説也不是真正的小説(Novel)。

坪内逍遥雖然反對將實用作爲小説的目的,但也承認小説的用處,如可以使人的品位趨于高尚,使人得到勸獎懲誡,"具有對人們暗默中加以教化的力量"。然而,他所説的品位高尚,是指作爲藝術的小說是一種温柔的藝術,能夠喚起人的美妙感覺,使其氣韻自然變得高尚;他所說的訓誡,是一個範疇更爲廣泛的概念,它不是按照仁義道德來評論人們言行的曲直是非,而是指藝術性小說具有促進讀者深思並改善其内外面貌的力量。可見,在關于小說之"用"的問題上,坪内的出發點也是審美的而非實用的。

三、寫實主義的小説觀

坪内逍遥對非功利主義審美觀的肯定,初步實現了日本小説觀念的近代轉型。但這一轉型的真正完成,主要體現在以"真"爲唯一文學理念的寫實主義小説觀的提出。

坪内逍遥寫實主義小説觀的確立,一是受到西方小説的啟發。據說在東京大學讀書期間,他的一篇分析莎士比亞悲劇《哈姆雷特》的作業因從封建倫理道德的角度大發議論而被英籍老師判分很低。受到很大刺激的他這才猛然醒悟到,原來在對待文學上還有另一種新的分析方法。于是,他開始逐漸揚棄從小培養起來的江戶戲作文學觀,廣泛地關注西方文學,通過譯介司各特和莎士比亞等英國名家的著作,認識到西方小説大都是以寫人情世態爲主的。二是受到日本文學傳統的深刻影響。寫實的真實意識,早在古代文學的萌芽狀態就已出現,其後,萌發于《古事記》,延續于《萬葉集》,最突出的是平安時代的散文創作如紫式部的《源氏物語》。坪内逍遥認爲:"《源氏物語》的女作者紫式部是現實派作者",其作品中的光源氏"是以現實中的人爲主人公"。他還引用近世著名美學家本居宣長的評論來印證,《源氏物語》正是作者寫實的"真實"文學觀的體現。

正是在接受外來與傳統兩方面的寫實文學影響的基礎上,坪内明確提出了"小説的主腦是寫人情,其次是世態風俗",文學要以追求真實描寫現實生活爲主要内容,從而確立了以"真實"爲唯一文學理念的寫實主義文學觀。

坪内逍遥認爲,小説的主旨是描寫人情世態。所謂世態,就是指現實生活。而所謂"人情乃人之情欲,所謂百八煩惱是也"。小説家的職責就是描寫出這些千姿百態的人情:"不但揭示那些賢人君子的人情,而且巨細無遺地刻畫出男女老幼的善惡邪正的内心世界,做到周密精細,使人情灼然可見。"所以,真正的小説,應該是根據時代風尚,通過描寫人物心理來揭示人情的奧秘。以此爲立足點,他選取江戶戲作文學中自己最爲熟悉的曲亭馬琴的《八犬傳》作靶子,說明作品沒有按照"真實"的理念描寫現實生活中的人情,其中的八個主人公"從來沒有產生過卑劣的雜念,……從未在内心裏產生過與理智的衝突"。這完全是憑自己的主觀好惡,把人物性格絕對化,因而違反了小説創作的主旨。這樣,坪內以是否真實描寫現實爲標準,指出了真正的小説與戲作小説之間的區別。

爲進一步强調創作主體與客體之間的關係,他還以操縱木偶之藝人與牽線木偶的關係,來説明小説作者"必須抱着客觀地如實地進行模寫的態度",否則,讀者"如果在人物的舉動中經常看到作者明顯地在那裏牽絲扯線的情景,就會立刻對之失掉興趣"。因此,真正的小説在塑造人物的時候,作者必須將自己的思想感情盡量地掩蓋起來,應該像造化的主宰者擺弄衆生一樣:"使森羅萬象躍然紙上。要使文章中的雷隆隆作響,書中的激浪怒濤宛如在撼天動地,還要寫出春鶯的百囀,梅花的暗香浮動。"由此可見,小説與其他的一般寫作不同,是"難中最難之業"。

以這種客觀寫實的小説觀爲立足點,坪內逍遥通過對戲作小説流行現象的分析,進一步透視其内在的本質。從表面上看,似乎是由于讀者對"那種殺伐殘忍、或非常猥褻的物語"的一味欣賞,使得作者爲迎合讀者的低級趣味,競相取媚于時尚,"編著殘忍的稗史或刻畫鄙陋卑猥的情史以相迎合"。但從更深的層次來看,潛藏着的却是根深蒂固的勸善懲惡文學觀。在這種文學觀念的支配下,戲作者已經失去了自我的主體性而成爲"世情的奴隸,流行的追隨者",儘管他們努力編造一些生硬的情節,甚至加進一些勸善的主旨,但由于曲解了人情世態,把作爲小説中心的人情寫得十分疏漏,其作品只能成爲千人一面、萬部一腔的轉相模擬,因失去創新性而遠遠落後于時代,所以戲作小説"從産生之日起,就不是真正的小説"。

《小説神髓》對小説藝術地位的確立、小説主旨以及審美目的等等方面的論述如一聲驚雷,在日本文學史上所起到的作用是巨大的,它首開日本寫實主義文學理論之先河,啟動了當時的文學批評界,如依田學海等有些不贊成完全抛棄"勸善懲惡"口號的人,也開始把寫人情的小説看成了小説的一派。以内田魯庵爲代表的一批青年批評家都以《小説神髓》中的論點爲依據,紛紛發表各自的見解。德富蘇峰在《評新近流行的政治小説》一文中,將"不具備足以稱作小説的體裁"作爲政治小説的首要缺陷,也是以坪內的小説觀作爲評價標準的。

《小説神髓》不僅"奠定了近代小説論的基礎",也"揭開了近代文學的序幕"。① 受到西方近代文學重大影響的日本近代文學,没有完全循着西方文學的發展路徑,不是以

---

① 葉渭渠、唐月梅《日本文學史·近代卷》,北京:經濟日報出版社,2000 年,第 66 頁。

浪漫主義而是以寫實主義爲開端,這自然是與坪内的功績有關。同時,《小説神髓》作爲
"新文藝的第一聲",也給當時死氣沉沉的文壇帶來了一股生氣,在催生日本近代寫實主
義文學誕生的同時,也使"天下青年翕然景從,一齊開始了文學的冒險"。二葉亭四迷走
上專業作家的創作道路並以《浮雲》開日本近代現實主義文學的先河,就是受到了坪内
逍遥的鼓勵和提攜。另外,硯友社名作家幸田露伴和山田美妙開始其文學生涯也都是
受此感召的。爲此,中國學者也指出:"自有《小説神髓》問世,明治小説始脱離'戲作'
的範圍,不負'近代小説'之名。把那些模仿江户小説家的作品……政治小説等
推翻。"①

（作者爲天津師範大學文學院副教授,文學博士）

---

① 謝六逸《日本文學史》,上海:北新書局,1929 年,第 62 頁。

《苦悶的象徵》的理論闡發與詩學生成

李 强

廚川白村(kuriyagawa hakuson,1880—1923),是活躍于日本大正文壇的一位熱烈而深沉的文藝思想家和批評家,也是日本大正時期的文藝思想家、理論家和批評家中在中國被譯介被言説最多,而且是影響最大的一個。廚川白村文藝思想的一個標誌性的概念就是"苦悶的象徵"説。"苦悶的象徵"説是廚川白村後期在《苦悶的象徵》①中提出的一個極具個人特色的詩學概念,幾乎涵蓋了廚川白村文藝理論和美學思想的全部精要。在《苦悶的象徵》的第一章"創作論"和第二章"鑒賞論"中,廚川白村以自問自答的形式回答了"何爲文藝的根本"、"文藝與苦悶的關係"、"文藝如何表現人類苦悶的象徵"等問題,重點闡發了自己對文藝根本問題的看法。用廚川白村自己的話來説,就是要借助弗洛伊德(Sigmund Freud,1856—1939)的精神分析學説"試將平日所想的文藝觀——即生命力受了壓抑而生的苦悶懊惱乃是文藝的根柢,而其表現法乃是廣義的象徵主義這一節,現在就借了這新的學説,發表出來"②。《苦悶的象徵》是一個具有"互文性"結構的理論闡發文本,如將其解構,在内在邏輯和敍述層次上可以明顯分爲三個部分,即:一、用生命哲學闡釋"兩種力"與文藝的關係;二、借用弗洛伊德的精神分析學説説明産生苦悶的原因;三、如何在文藝中表現因"兩種力的衝突"而産生的苦悶。三部分互補,體現了對西方現代文化思潮的融攝。

---

① 1921 年 1 月 1 日廚川白村在《改造》雜誌上發表長篇論文《苦悶的象徵》(字數 3 萬字左右),爲廚川白村當時正在撰寫的《文藝序論》中的一部分。儘管以後又不斷續寫,但因廚川白村 1923 年 9 月罹難于關東大地震未能完成。1924 年 2 月廚川白村弟子山本修二整理出版了廚川白村的遺著《苦悶的象徵》(字數 5.6 萬字左右,東京:改造社,1924 年)。

② 廚川白村《苦悶的象徵》,魯迅譯,天津:百花文藝出版社,2000 年,第 16 頁。

一

　　從 19 世紀末開始，西方出現了一種非理性主義的思潮。與西方的這股思潮同步，日本具有"現代"意識的文學家和理論家們也選擇了現代非理性主義的思潮。明治末年，日本評論界即開始出現譯介西方生命哲學的文章，至大正初期形成高潮。從明治末年到大正初期，風靡日本文壇學界的是梅特林克（Maurice Maeterlinck，1862—1948）和柏格森（Henri Bergson，1859—1941）的思想。據筆者的粗略統計，從大正元年（1912）至大正四年（1915），有關西方生命哲學的評論文章達 30 篇之多。① 表現在文學藝術領域，"明治時代的作家，把對人生和國家的責任視爲己任，進入大正之後這種意識轉變成了把對文學或對藝術的責任視爲己任。"②他們關注個體生命，看重個性和創作的表現。把個性的强懦，主觀的深淺，生活的充實與否作爲檢驗自己是否具有藝術天分的標準。在這樣的背景下，"生存"、"個性"和"生命"構成了大正文學內涵的三大要素。

　　從根本上來講，廚川白村的文藝思想，是與大正時期出現的新思潮相一致的。1914年 4 月，在《文藝思潮論》中他就曾經説過："今日的一切思想，一切藝術，幾莫不帶着鮮明的個人的色彩，排斥一切的權威，破壞一切的傳説，以清新强烈的自我爲基礎而努力創造新生活。"③文藝就是要"直入于流動活躍而且還不絕的生命之核心，恰如大鷲捕海魚般，執著熱烈的態度，與現實的中心生命相爭戰"。④ 表明了他與時代同步的"現代主義"的思想特徵。

　　從《文藝思潮論》開始，廚川白村提出了"兩種力的衝突"的觀點，認爲"兩種力的衝突"是造成世界上一切苦悶煩惱的根源。要擺脱這種苦悶煩惱，惟一的辦法就是靈肉的調和與一致。他用這種觀點解釋西方文化思潮，理解文藝作品，看待現實生活中的一切弊端。到了《苦悶的象徵》，他又用"兩種力的衝突"的觀點從文學本體論的角度對文藝的本質作了一次"現代"的闡釋。從兩種力的衝突中他發現了生命，也發現了文藝。"生命與文藝"這個命題在廚川白村那裏不僅用來驗證文學發展的主流和歷程，而且還成爲構築其"苦悶的象徵"説的重要契機。在《苦悶的象徵》中，廚川白村將生命力"看

---

① 根據《現代文學論大系》第八卷·評論年表（東京：河出書房，1955 年）統計得出。
② 伊藤虎丸編《創作社研究》，東京：亞洲出版，1979 年，第 68 頁。譯文引自童曉薇《淺析日本大正文學界對前期創造社的影響》，載《天津師範大學學報》（社會科學版）2002 年第 4 期。
③ 廚川白村《文藝思潮論》，樊從予譯，上海：商務印書館，1924 年，第 106 頁。
④ 同上，第 127 頁。

爲人間生活的根本者,是許多近代的思想家所一致的"。① 這樣的"近代的思想家",廚川白村列舉了柏格森、叔本華(Arthur Schopenhauer,1788—1860)、尼采(Friedrich Wilhelm Nietzsche,1844—1900)、蕭伯納(Shaw George Bernard,1856—1950)、卡彭特(E. Carpenter,1844—1929)和羅素(Bertrand Russell,1872—1970)等。可見廚川白村的"苦悶的象徵"説是與西方生命哲學有着淵源關係的,而且又蘊含着强烈的西方現代意識。在廚川白村看來,現代人的"生命力"就像火車機車鍋爐裏的蒸汽一樣,具有"猛烈的爆發性、危險性、破壞性、突進性",②也有着"要自由和解放的不斷的傾向"。③ "這生命的力含在或一個人中,經了其'人'而顯現的時候,這就成爲個性而活躍了。在裏面燒着的生命的力成爲個性而發揮出來的時候,就是人們爲内底要求所催促,想要表現自己的個性的時候,其間就有着真的創造創作的生活。所以也就可以説,自己生命的表現,也就是個性的表現,個性的表現,便是創造的生活了罷。"④廚川白村的現代意識促使他格外地尊崇人的個性,所以,廚川白村又將"生命力"視爲"個性"。他説:"在這樣意義上的生命力的發動,即個性表現的内底欲求,在我們的靈和肉的兩方面,就顯現爲各種各樣的生活現象。"⑤這種生命力顯現的一個主要特徵就是"超絶了利害的念頭,離了善惡邪正的估價,脱却道德的批評和因襲的束縛而帶着一意只要飛躍和突進的傾向"。⑥ 廚川白村把自己文學創作論的建構置于對人的生命力的飛躍和突進的解釋上,這正是他現代意識的一個突出體現。

　　在《苦悶的象徵》中,廚川白村把"生命"作爲美學研究的物質基礎,從理性思維和感性經驗的角度思考了審美啓蒙與現實生活之間的關係。雖然,廚川白村非常注重下意識心理的描寫,關注和看重的是病態的人生,但在這些的背後卻始終有一個理想的參照物,即"理想的人性"。與他前期在《文藝思潮論》中提出的救治主張是一致的。在《苦悶的象徵》中,廚川白村認爲現實生活中,"兩種力的衝突"是無處不在、無時不有的,而且給人帶來極大的"精神傷害"。如何擺脱這種"精神傷害",或者療治這種"精神傷害",廚川白村認爲惟有文藝。在《苦悶的象徵》中,"兩種力的衝突"成爲"苦悶的象徵"説的敍述邏輯起點。從這一觀點出發,廚川白村特别强調作家要穿掘人物内心,表

---

① 廚川白村《苦悶的象徵》,魯迅譯,天津:百花文藝出版社,2000 年,第 4 頁。
② 同上。
③ 同上,第 5 頁。
④ 同上。
⑤ 同上。
⑥ 同上,第 6 頁。

現出心底深處隱藏的矛盾衝突。

二

　　爲了解釋"人間苦與文藝",即"從壓抑而來的苦悶和懊惱"與"絶對創造的文藝"之間的關係,在《苦悶的象徵》中,廚川白村援引了弗洛伊德的學説。在廚川白村的現代視野中,弗洛伊德的精神分析學是當時思想界"得了很大的勢力的一個心理學説"。① 由于弗洛伊德的精神分析學正契合他的文藝觀,所以,廚川白村用一種非常欣賞的態度介紹了弗洛伊德。廚川白村認爲:自己平時所考慮的所謂生命力的突進和跳躍,其實就是不斷地産生"苦悶"和體驗"苦悶",而這種"苦悶"有時又是隱藏在潛意識的心理之中的。② 從西方接受弗洛伊德的歷史來看,廚川白村 1914 年留學美國正是弗洛伊德的著作譯成英文在美流行的時候。據日本學者的研究,精神分析學説在 1913 年左右由哲學界和心理學界首先引進日本。1919 年在一些國立大學開設了有關精神分析和精神病學的課程。③ 廚川白村在《苦悶的象徵》中提到的久保良英(kubo Yoshihide,1883—1942)博士和榊保三郎(Sakaki Yasusaburo,1870—1929)教授,分別于 1917 年和 1919 年出版了《精神分析法》和《性欲研究與精神分析學》。表現在文藝領域,大正時期對精神分析學抱有濃厚興趣的日本作家可舉出:谷崎潤一郎(Tanizaki junyitiro,1886—1965)、佐藤春夫(Sato haruo,1892—1964)、川端康成(Kawabata Yasunari,1899—1972)、長谷川天溪(Hasegawa Tenkei,1876—1940)、野口米次郎(Noguti Yonejiro,1875—1947)等。而最早將弗洛伊德的精神分析學運用于文藝理論研究和批評的應是廚川白村。廚川白村爲了撰寫《苦悶的象徵》,從 1920 年開始閱讀大量有關生理學和哲學方面的西方學術著作,其中也包括了弗洛伊德的精神分析學。廚川白村試圖借用弗洛伊德學説的鋭氣,打破舊理論的桎梏。④ 其實早在東京帝國大學讀書期間,廚川白村就已經通讀過藹理斯(Havelock Ellis,1859—1939)的著作,應該説是藹理斯拉近了他與弗洛伊德的距離。自1921 年 1 月發表《苦悶的象徵》以來,廚川白村就開始嘗試用弗洛伊德學説介入對文學本質的理論研究和批評實踐。從總體上講,《苦悶的象徵》以後廚川白村發表的不少文

---

① 　廚川白村《苦悶的象徵》,魯迅譯,天津:百花文藝出版社,2000 年,第 12 頁。
② 　廚川白村《文藝的起源》,載《現代文化與教育》,東京:民友社,1924 年,第 8 頁。
③ 　高橋鉄《日本精神分析學私史》,載《思想的科學》1966 年 3 月號。
④ 　廚川蝶子《痛苦的回憶》,載《女性》第 4 卷第 5 號(1923 年 11 月 1 日)。

章,字裏行間都顯示出他對弗洛伊德學說的親近,也留下了弗洛伊德的痕跡,弗洛伊德的精神分析學說成爲他反復言説和探究的内容。

其實,要認定弗洛伊德學説對廚川白村的影響並不構成問題,重要的是,弗洛伊德的學説在廚川白村"苦悶的象徵"説中究竟處于什麽樣的地位。簡而言之,筆者認爲,在《苦悶的象徵》中,廚川白村對弗洛伊德學説的融攝是有所揚棄的。其主要表現在以下幾點:

(一)以嚴肅謹慎的態度看待弗洛伊德的學説。廚川白村認爲,精神分析學作爲新的學説,"也難于無條件地就接受。精神分析學要成爲學界的定説,大約總得經過許多的修正,此後還須不少的年月罷。就實際而言,便是從我這樣的門外漢的眼睛看來,這學説也還有許多不備和缺陷,有難于立刻首肯的地方。尤其是應用在文藝作品的説明解釋的時候,更顯出最甚的牽强附會的痕跡來。"①同樣的話在《苦悶的象徵》以後的文章中又多次出現。這説明廚川白村對待學術研究的態度是極其認真和嚴肅的。

(二)反對弗洛伊德的"泛性論"。廚川白村認爲,弗洛伊德將"嬰兒的釘着母親的乳房"和"女孩的纏住異性的父親"視爲性欲的表現,甚至把達・芬奇(Leonardo da Vinci,1452—1519)"他那後年的科學研究熱,飛機製造,同性戀,藝術創作等,全部歸結到由幼年的性欲的壓抑而來的'無意識'的潛勢底作用裏去了",是自己無法接受的。② 他説:"我所最覺得不滿意的是他那將一切都歸在'性底渴望'裏的偏見,部分底地單從一面來看事物的科學家癖。"③所以,廚川白村認爲,還是將弗洛伊德的"性底渴望"解釋爲"生命力的突進跳躍"爲妥當。廚川白村以後也多次説過,他願意將弗洛伊德的"性底渴望",也就是隱藏在無意識心理中的"苦悶"即"精神的傷害"解釋爲"生命力的發動",當這種"生命力的發動"受到束縛時,就會變成夢的狀態顯現出來。而變成夢的狀態顯現出來的就是文藝。④ 這樣,廚川白村所説的"生命力"的含義已接近了榮格的解釋:"裏比多,較粗略地説是生命力,類似于柏格森的活力。"⑤當然,廚川白村與柏格森之間還是有區别的:"伯格森(即柏格森——引者注)以未來不可測,作者(指廚川白村——引者注)以詩人爲先知。"⑥

① 廚川白村《苦悶的象徵》,魯迅譯,天津:百花文藝出版社,2000 年,第 13 頁。
② 同上,第 17—18 頁。
③ 同上,第 18—19 頁。
④ 廚川白村《文藝的起源》,載《現代文化與教育》,東京:民友社,1924 年,第 13 頁。
⑤ 高覺敷主編《西方近代心理學史》,北京:人民教育出版社,1982 年,第 395 頁。
⑥ 魯迅《〈苦悶的象徵〉引言》,《魯迅全集》第 10 卷,北京:人民文學出版社,1981 年,第 232 頁。

（三）對弗洛伊德純粹從人的生物性和動物本能上解釋人的心理現象提出了異議。自古希臘智者蘇格拉底(Sokrates,前469—前399)的"認識你自己"這句箴言被鐫刻在太陽神阿波羅神殿上以來,認識人,認識自我,已成爲古往今來不同流派、不同觀點的哲學家、文學家從未動搖過的終極追求目標。19世紀以後的弗洛伊德從"生物學"的角度研究了人和人性。他把人的本性歸于生物性,認爲人類一切行爲的動因都在于"裏比多"。在弗洛伊德眼裏,人只是一個"受兩種力量——自我保護的驅動力和性的驅動力——驅使的封閉體系",是一個"生理上驅使和推動的機械人"和"性欲人"。① 與此相對,廚川白村却認爲由"兩種力的衝突"帶來的"苦悶"其實就是"生活苦"、"社會苦"和"勞動苦"。他主張從社會學的角度去解釋這一現象:"既然肯定了這生命力,這創造性,則我們即不能不將這力和方向正相反的機械底法則,因襲道德,法律底拘束,社會底生活難,此外各樣的力之間所生的衝突,看爲人間苦的根柢。"②廚川白村的"苦悶的象徵"説的核心觀點,就是揭示"兩種力的衝突"所産生的"苦悶"是如何成爲文藝的。其本身無疑帶有"文藝心理學"的意味。但是在論證的過程中,又明顯地表現出向"文藝社會學"輻射的傾向。與他前期提出的"情緒主觀"和"時代精神"在思考和敍述邏輯上是一致的。

三

"弗洛伊德派心理學告訴我們,自然衝動是不能勉强壓抑下去的,如果把它們勉强壓抑下去,會醸成種種心理的變態。被壓抑的欲望在繞彎子尋出路時,于是有文藝。"③在《苦悶的象徵》中,廚川白村重點論述的第三個問題是"如何在文藝中表現因'兩種力的衝突'而産生的苦悶"。在《苦悶的象徵》第六節的"苦悶的象徵"中,開篇伊始,廚川白村就明確表明他的"苦悶的象徵"説與克羅齊(Benedetto Croce,1866—1952)的"表現主義"之間有着某種親緣關係:"據和伯格森(即柏格森——引者注)一樣,確認了精神生活的創造性的義大利的克洛契(即克羅齊——引者注)的藝術論説,則表現乃是藝術的一切。就是表現云者,並非我們單將從外界來的感覺和印象他動底地收納,乃是將收納在内底生活裏的那些印象和經驗作爲材料,來做新的創造創作。在這樣的意義上,我

---

① 埃里希·弗洛姆《精神分析的危機》,許俊達、許俊農譯,北京:國際文化出版公司,1988年,第34—35頁。
② 廚川白村《苦悶的象徵》,魯迅譯,天津:百花文藝出版社,2000年,第19頁。
③ 朱光潛《文藝心理學》,合肥:安徽教育出版社,1996年,第111頁。

就要説,上文所説似的絶對創造的生活即藝術者,就是苦悶的表現"。①

　　文學是人類精神的表現,這是現在任何人都不會提出疑義的,但是,當問到以何爲目的來加以表現時,就會産生種種的對立。這種對立,當然有理論依據上的原因,但也牽扯到作家的文學觀和對人生形而上的哲理見解。千百年來,圍繞着這一問題一直是衆説紛紜,莫衷一是。"古希臘早期哲學家赫拉克利特、德謨克利特把文學看作是人對自然的模仿,柏拉圖則認爲文學是神的詔語,而亞裏斯多德基本上把文學看作是人生經驗知識的表達。……到近代和現代説法就更趨複雜,康德認爲文學'基于理性的自由創造',黑格爾則把文學看作'理念的感性顯現',浪漫主義强調文學是心靈情感的表現,現實主義認爲文學是現實生活本質的典型再現,自然主義把文學看作是科學實驗記録,象徵主義則把文學看作苦悶心靈的神秘象徵,精神分析學認爲文學是性欲的昇華,分析心理學把文學看作集體無意識的成型。"②廚川白村則提出了"苦悶的象徵"説。其實,廚川白村從文之初就已經受到藹理斯"自我表現説"的影響。不過他最初是從"藝術是個性的表現"與"表現自己不僞不飾的真"的角度去理解和表現藹理斯的"自我表現説"的。到了《苦悶的象徵》,由于受到弗洛伊德的影響,他發現文學有比"個性的表現"和"不僞不飾的真"更值得表現的内容——"生命力"受到壓抑時所發生的衝突和苦悶。而真正能够幫助他理解和表現這種衝突和苦悶的就是弗洛伊德學説中有關夢的解説。所以,在解釋"苦悶的象徵"與克羅齊的"表現主義"的親緣關係之前,廚川白村首先引用了弗洛伊德的觀點:"據弗羅特(即弗洛伊德——引者注)説,則性底渴望在平生覺醒狀態時,因爲受着那監督的壓抑作用,所以並不自由地現到意識的表面。然而這監督的看守松放時,即壓抑作用減少時,那就是睡眠的時候。性底渴望便趁着這睡眠的時候,跑到意識的世界來。但還因爲要瞞過監督的眼睛,又不得不做出各樣的胡亂的改裝。夢的真的内容——即常是躲在無意識的底裏的欲望,便將就近的順便的人物事件用作改裝的傢伙,以不稱身的服飾的打扮而出來了。這改裝便是夢的顯在内容(Manifeste Trauminhalt),而潛伏着的無意識心理的那欲望,則是夢的潛在内容(Latente Trauminhalt),也即是夢的思想(Traumgedanken)。改裝是象徵化。"③廚川白村認爲藝術就是"我們偉大的生命力的顯現的那精神底欲求時,那便是以絶對的自由而表現出來

　　①　廚川白村《苦悶的象徵》,魯迅譯,天津:百花文藝出版社,2000 年,第 21—22 頁。
　　②　馬興國《兩種文學與對文學本質的兩種看法》,載《海南師範學院學報》(社會科學版)1989 年第 2 期。
　　③　廚川白村《苦悶的象徵》,魯迅譯,天津:百花文藝出版社,2000 年,第 22 頁。

的夢。"①

　　夢是如何成爲人類苦悶之象徵的呢？廚川白村的解釋依然來自弗洛伊德："作爲夢的根源的那思想即潛在内容,是很複雜而多方面的,……夢的世界又如藝術的境地一樣,是尼采之所謂價值顛倒的世界。在那裏有着轉移作用(Verschiebungsarbeit),……所以夢的思想和外形的關係,用了弗羅特(即弗洛伊德——引者注)自己的話來説,則爲'有如將同一的内容,用了兩種各别的國語來説出一樣。換了話説,就是夢的顯在内容者,即不外乎將夢的思想,移到别的表現法去的東西。那記號和聯絡,則我們可由原文和譯文的比較而知道。'這豈非明明是一般文藝的表現法的那象徵主義(Symbolism)麽?"②

　　廚川白村還進一步應用弗洛伊德對夢的解説,認爲個人欲望能夠免去社會壓抑而自由表現的惟一時候就是夢;而在做夢以外的時間裏,個人能夠從内在和外在兩股力量的衝突和糾葛中解放出來的惟一途徑就是藝術。夢是一種改裝,藏匿在潛意識的欲望透過各種改裝得以浮現到意識層面;同樣地,藝術也是一種改裝,壓抑在内心深處的個人欲望,透過自然和人生種種具象化的改裝,便得以往外釋放出來。廚川白村稱這種改裝作用爲"象徵"。對他而言,"苦悶的象徵"就是藝術,就是對受壓制的欲望(苦悶)進行改裝作用(象徵)的創作活動。廚川白村由此認定："或一抽象底的思想和觀念,決不成爲藝術。藝術的最大要件,是在具象性。即或一思想内容,經了具象底的人物,事件,風景之類的活的東西而被表現的時候;換了話説,就是和夢的潛在内容改裝打扮了而出現時,走着同一的徑路的東西,才是藝術。而賦與這具象性者,就稱爲象徵(Symbol)"。③ 廚川白村是從廣義的層面去理解象徵主義的。他説:"在藝術作品上","人生的大苦患,大苦惱"就像在夢裏經過"打扮改裝"後,"身上裹了自然和人生的各種事象而出現"的。而這種"打扮改裝"是通過"具象化"即"象徵"來完成的。"藝術的最大要件,是在具象性……而賦予這具象性者,就稱爲象徵。"④廚川白村還特别强調:"所謂象徵主義者,決非單是前世紀末法蘭西詩壇的一派所曾經標榜的主義,凡有一切文藝,古往今來,是無不在這樣的意義上,用着象徵主義的表現法的。"⑤"從這一意義上講,文藝

----

① 廚川白村《苦悶的象徵》,魯迅譯,天津:百花文藝出版社,2000 年,第 23 頁。
② 同上,第 23—25 頁。
③ 同上,第 25 頁。
④ 同上,第 25—27 頁。
⑤ 同上,第 25 頁。

與夢具有相似的性質。"①

　　文學研究說到底是人的研究。精神分析學就是通過心理研究人,以達到文學研究的目的。② 在廚川白村看來,對生命苦悶的表現,也就是對人的無意識和心理的表現,"在伏在心的深處的内底生活,即無意識心理的底裏,是蓄積着極痛烈而且深刻的許多傷害的。一面經驗着這樣的苦悶,一面參與着悲慘的戰鬥,向人生的道路進行的時候,我們就或呻,或叫,或怨嗟,或號泣,而同時也常有自己陶醉在奏凱的歡樂和讚美裏的事。這發出來的聲音,就是文藝"。③ "將自己的心底的深處,深深地而且更深深地穿掘下去,到了自己的内容的底的底裏,從那裏生出藝術來的意思。探檢自己愈深,便比照着這深,那作品也愈高,愈大,愈强"。④

　　爲了證明自己"表現主義"觀的正確性,廚川白村引證了 1922 年在日本開始形成規模介紹的德國的"表現主義":"如近時在德國所唱道的稱爲表現主義(Expressionismus)的那主義,要之就在以文藝作品爲不僅是從外界受來的印象的再現,乃是將蓄在作家的内心的東西,向外面表現出去。他那反抗從來的客觀底態度的印象主義(Impressionismus)而置重於作家主觀的表現(Expression)的事,和晚近思想界的確認了生命的創造性的大勢,該可以看作一致的罷。藝術到底是表現,是創造,不是自然的再現,也不是模寫"。⑤ 這段文字,在 1921 年 1 月發表的雜誌版《苦悶的象徵》中尚未出現。從時間上推斷,應該是 1922 年以後補寫的。這說明德國的表現主義與克羅齊的"表現主義",在廚川白村看來,都是與"晚近思想界的確認了生命的創造性的大勢"一致的,都是"將蓄在作家的内心的東西,向外面表現出去"的。所以在以後對《苦悶的象徵》的修改中加進了這段話。其實,在《苦悶的象徵》中廚川白村對德國的"表現主義"沒有作過多的論述。他只是以世界文學的趨勢來證明自己的"表現主義"觀的合理性和前衛性。

　　如上所述,在廚川白村看來,既然"文藝是純然的生命的表現",那麼,"絕對創造的生活即藝術者"無疑"就是苦悶的表現"。從"表現乃藝術的一切"經由"夢的潛在内容"再到"苦悶的象徵"說,即從克羅齊經由弗洛伊德再到廚川白村,廚川白村將自己的"苦悶的象徵"說與克羅齊的"表現乃藝術的一切"和弗洛伊德的"夢的潛在内容"聯繫在一起,賦予"表現"以不同尋常的意義,形成了帶有廚川白村個人特色的"表現主義"觀。

---

① 廚川白村《文藝的起源》,載《現代文化與教育》,東京:民友社,1924 年,第 14 頁。
② 大槻憲二、宮田成子《近代日本文學的分析》,東京:霞關書房,1941 年,第 1 頁。
③ 廚川白村《苦悶的象徵》,魯迅譯,天津:百花文藝出版社,2000 年,第 20 頁。
④ 同上,第 28 頁。
⑤ 同上。

在這樣的"互文性"闡發中,廚川白村的"苦悶的象徵"詩學也就生成于其中了。

（作者爲北京大學東方文學研究中心研究員、文學博士、文藝理論研究室主任,天津師範大學國際中國文學研究中心特約研究員）

《時務報》與福爾摩斯的中國式亮相

郝　嵐

中國知識界有一個共識：近代中國在現代化以及西學的引進上基本都是步日本之後塵的，甚至在相當大的範疇中都落後于日本。不過，福爾摩斯偵探小説的翻譯不在此列。日本著名偵探小説作家與翻譯家江户川亂步在看到中華書局版福爾摩斯全集時感歎道："中國的偵探小説要遠比日本落後，這是一般常識。但是最起碼福爾摩斯作品的翻譯，對方確實先進，這有些令人意外。"[1]雖然最早的福爾摩斯翻譯在日本是 1894 年 1 月 3 日—2 月 18 日連載于《日本人》上的《乞食道樂》(《歪唇男人》)，在中國是 1896 年 9 月 27 日—10 月 27 日連載于《時務報》上的《英包探勘盗密約案》(《海軍協定》)；但據江户川獨步考證，有八部作品都是中國首譯的：《荒村輪影》、《情天決死》、《掌中倩影》、《魔足》、《紅圈會》、《病詭》、《竊圖案》、《罪藪》。[2]　據樽本照雄考證有 39 篇福爾摩斯的翻譯是中國早于日本的。[3]　這或許意味着偵探小説的譯介是中國文人與讀者的自發行爲，而不是受到開明日本的影響所爲。

本文所要討論的是福爾摩斯在中國最初的亮相，與它的刊物《時務報》，以及四篇最初中譯的譯者究竟是否均爲張坤德的問題。

一、《時務報》的背景

清光緒二十一年(1895)，康有爲率同梁啟超等數千名舉人聯名上書清光緒皇帝，反對在甲午戰爭中敗于日本的清政府簽訂喪權辱國的《馬關條約》。之後，康有爲、梁啟超等以"變法圖强"爲號召，在北京成立强學會，上海也有分會。上海的强學會分會發行了

---

① 江户川亂步《海外偵探小説作家と作品》，東京：早川書房，1995 年，第 211 頁。
② 參見中村忠行《清末偵探小説史稿(三)》，《清末小説研究》第 4 號，1980 年 12 月 1 日，第 153 頁。
③ 參見樽本照雄《漢譯福爾摩斯論集》，東京：汲古書院，2006 年，第 56 頁。

3 期《强學報》後被封。被封的《强學報》遺存了一些基金,就是靠着這些基金,《時務報》創立了。

　　清光緒二十二年七月初一(1896 年 8 月 9 日),《時務報》在上海創刊,館址在英租界四馬路石路。《時務報》爲旬刊,線裝,每期 32 頁左右,三、四萬字。辦刊啟動資金主要利用原來張之洞捐獻給强學會上海分會的餘款 1200 元和黄遵憲捐助的 1000 元、鄒陵翰捐助的 500 元。創辦初期由汪康年任總理,梁啟超(時年 23 歲)任撰述(主筆),孟麥華、章炳麟、王國維等分任各欄目編輯。《時務報》内容設"論説"、"諭折"、"京外近事"、"域外報譯"等欄目,另附各地學規、章程等。其中"域外報譯"還包含"英文報譯"、"路透電音"、"東文報譯"等欄目。它的英文翻譯是張坤德,法文翻譯是郭家驥,日文翻譯是古城貞吉,理事是黄春芳(兼印刷暨銀錢業務)。

　　《時務報》是在維新人士壯志未酬的背景下創立的,是資産階級改良派的輿論工具,從資金到人員都與政治運動有密切關係,而辦刊宗旨從梁啟超發表在《時務報》創刊號上的文章《論報館有益于國事》也可見一斑:

　　　　廣譯五洲近事,則閲者知全地大局與其强盛弱亡之故,而不至夜郎自大,窨井以譯天地矣(原文如此——筆者注)。詳録各省新政,則博搜交涉要案,則閲者知國體不立,受人嫚辱,律法不講,爲人愚弄,可以奮屬新學,思洗前恥矣。旁載政治學藝要書,則閲者知一切實學源流門徑,與其日新月異之跡,而不至保八股八韻考據詞章之學,枵然而自大矣。[①]

　　正如報紙的名字所示,《時務報》的内容幾乎全都是關乎時務、新政、實學的,特別是主筆梁啟超,以雋永流暢的文筆,痛陳改革大政。由于辦刊宗旨符合當時具有維新意識的年輕官僚及廣大知識分子的心理要求,因而剛一問世,便深受讀者歡迎。部分封疆大吏似乎也看出些苗頭,紛紛湊近維新派,或主動捐款,或代爲推銷刊物。湖廣總督張之洞、湖南巡撫陳寶箴還飭令省府衙門統一訂閲,然後下發至下屬各單位及書院閲讀。

　　《時務報》發行了總共 69 期,一共連載刊登了小説 5 篇[②]:其中柯南·道爾的福爾

---

① 《時務報》,第 1 册,1896 年,第 1 頁。
② 未含刊載在《時務報》第 1 期上的《英包探訪喀迭先生奇案》,因爲它明顯不是福爾摩斯系列故事,但是它的原本不明,很難説是譯自一篇偵探小説。

摩斯偵探故事4篇、H.R.哈葛德的小説1篇。對于這兩位作家，《時務報》上的翻譯都是他們與中國讀者的首次謀面。頗富意味的是，在不久的日子裡，這兩位英國維多利亞晚期的通俗小説作家成爲中國近代讀者眼裏最受歡迎的"大小説家"。

從欄目來看，編譯者本意是在這裏向國人介紹西方的新奇，以應和主筆的辦刊宗旨，"廣譯五洲近事"，使讀者"不至夜郎自大"。今天的研究者想當然地把登載在報刊"附編"上的文學作品當作小説，殊不知，當時的譯者與讀者或許並非如此看待。我們有理由懷疑《時務報》的編譯者根本就沒有把這些翻譯當作小説，或者是没有想讓讀者把它當作小説看。四篇福爾摩斯故事可以是偵探實録，一篇哈葛德的小説《長生術》從名字來看就是想突出它的奇聞軼事感。有一個證據可以側面證實《時務報》上最先刊載的福爾摩斯故事至少没有讓讀者真正意識到它的虚構性。1904年周桂笙在《歇洛克復生偵探案·弁言》中談到：

　　英國呵爾唔斯歇洛克(即福爾摩斯[姓]歇洛克[名]——筆者注)者，近世之偵探名家也。所破各案，往往令人驚駭錯愕，目眩心悸。其友滑震(即華生)，偶記一二事，晨甫脱稿，夕遍歐美，大有洛陽紙貴之概。故其國小説大家，陶高能氏(即柯南·道爾)，益附會其説，迭著偵探小説，托爲滑震筆記盛傳于世。蓋非爾，則不能有親歷其境之妙也。[①]

福爾摩斯和華生都是真的，倒是"小説大家陶高能氏"附會其説把它寫成了小説，然後假托是滑震的筆記。這樣的真假莫辨至少從首譯的1896年持續到了1904年，將近十年。

二、作爲犯罪報告的《英包探勘盜密約案》

《時務報》是一個以政論、實事爲重的政治性報刊，它不是文學報，甚至根本就没有爲"文學"留下一個欄目。因此，可以推論，早期的四篇福爾摩斯系列都是被放在一個域外奇聞或者犯罪實録的語境下被介紹的。

但是小説與犯罪實録究竟有什麽明顯區别？今天的人似乎輕易便可略舉一二，不

---

①　周桂笙《歇洛克復生偵探案·弁言》，上海：新民叢報社，1904年。

過更重要的是小説原作者本人如何看待這兩者的差異與高下,特别是他的小説被别人誤認作是犯罪報導時。柯南・道爾曾借福爾摩斯之口表達過自己的小説與枯燥的警察報告的主要區别。在《身份案》中,華生不滿地説報紙上發表的案件俗不可耐,警察的那些報告雖然真實,但是無趣,也無藝術性。福爾摩斯説:

> 要産生實際效果必須運用一些選擇和判斷。警察報告裏没有這些,也許重點放到地方長官的陳詞濫調上去了,而不是放在觀察者認爲是整個事件必不可少的實質的細節上。①

柯南・道爾懂得選擇和判斷,也知道細節的重要性,更清楚如何吊起讀者的胃口,充分運用文學手段,把偵探小説作爲通俗文學的連載性運用得淋漓盡致。不過他一定想不到,他的作品最初在近代中國還是被當作了他所極力貶低的犯罪報告。

從《時務報》第1册上刊載了那一篇犯罪報導之後,第2、3、4、5册上都没有再出現任何帶有文學色彩或犯罪報導色彩的文章,直到1896年9月27日《時務報》第6册上開始連載《英包探勘盜密約案》(《海軍協定》)。這一篇的名稱在《呵爾唔斯緝案被戕》中被稱爲《水師條約案》,但是這裏之所以叫《英包探勘盜密約案》很明顯是模仿第1册上刊載的《英國包探訪喀迭醫生奇案》。譯者大約是發覺兩篇内容都是偵破案件的,爲了保持一致性,題目也作了改變。

值得注意的是《英包探勘盜密約案》在作者署名部分並未出現原作者柯南・道爾的大名,而是採用"譯歇洛克呵爾唔斯筆記"的形式。② 道爾爵士在近代中國被作品中的人物福爾摩斯和華生搶了頭功。原因不妨從以下幾方面去探求:

一是這類小説複雜的敘述角度。作者假扮劇中人華生的口氣敘述故事,採用類似實録的方式以增强真實性,記録的又是這部虚構作品中真正的主人公福爾摩斯的偵探與冒險。這樣躲閃騰挪的三個"角色",對于還不熟悉西方小説敘述模式,更遑論現代敘述學分析的中國近代翻譯者和讀者,儼然成了一團亂麻。

此外,我們也可以推測,中譯者並不是直接從英文雜誌上翻譯這些小説的,因爲那樣很容易看到柯南・道爾的大名,他也許是譯自1894年結集出版的《回憶録》(Memo-

---

① 《福爾摩斯全集》(上),北京:群衆出版社,第288頁。
② 《記傴者復仇事》署的是"譯歇洛克呵爾唔斯筆記,此書滑震所作",《繼父誑女破案》和《呵爾唔斯緝案被戕》都署的是"滑震筆記"。

ries of Sherlock Holmes）。如果不熟悉福爾摩斯故事，單純從字面上來看，可以翻譯成"歇洛克·福爾摩斯的回憶錄"，故事開端又都是華生醫生的口氣，因此，這樣的張冠李戴也可以理解。之所以首先會選擇《海軍協定》譯爲中文，可能是因爲在《回憶錄》所收錄的作品中，只有這篇從題目上與中國的海軍建設有關。仍然處在 1894 年甲午海戰失利的巨大陰影中的中國人，自然對題目中所包含的"海軍"兩個字有天然敏感。如果從這個角度去考慮，這個關于外國水師協約丟失的事情放在"英文報譯"中，與那些"日本絲業宜整頓論"、"英國商務册二則"等放在一起也就没什麽不妥。

第三，中譯者或許從一開始就把這個虛構作品理解成類似犯罪報告一般的紀實類作品，因爲這類作品對于《時務報》並不陌生，《英國包探案訪喀迭醫生奇案》已有先例。想來《英國包探案訪喀迭醫生奇案》的方式也多少限制决定了中譯者對福爾摩斯探案的理解——究竟是犯罪報告還是虛構作品概莫能辨，于是以那篇《倫敦俄們報》[1]上的報導理解柯南·道爾的小説也未可知。這一想法的一個證據是這篇《英國包探訪喀迭醫生奇案》後來與那四篇福爾摩斯故事一併收錄在了一個集子裏。[2]

作爲一部偵探小説，福爾摩斯故事有一套基本程式：緣起、案件發生、破獲、福爾摩斯向華生與當事人揭開謎底。按照英文原著的順序，《海軍協定》故事的展開如下：

緣起：華生仍然用他慣常的第一人稱方式敍述：他結婚後的那一年，和福爾摩斯先生破獲了三椿要案，其中一椿關係到國家安全。他本來有一位同學，久未聯繫，據説通過關係在外交部謀職。突然有一天他接到這位同學的急信，請求他帶福爾摩斯來幫助他解决懸案。華生與福爾摩斯應邀同行前往那位同學的養病之處，那是他未婚妻哥哥平時住的房間，同時在那裏的有他的未婚妻及其兄長。他們看到了虛弱不堪、受驚嚇過度的珀西。

案件的發生：珀西爲他們講述案發過程：他如何遵囑未將這個重要的海軍協定告知任何人，本來空無一人的辦公室裏突然被人碰到呼唤僕人的鈴，他飛速上樓却發現檔案已經不翼而飛。其間唯一值得懷疑的是看門人睡着了，看門人的妻子行蹤詭秘。等到警察去追蹤已回家的看門人妻子時，又一無所獲（這其實是偵探小説的慣用技巧：故意分散破案線索）。

---

① 《時務報》原文如此，《倫敦俄們報》具體指的是哪個刊物多年來學界還没有定論。
② 1897 年 6 月 20 日《時務報》結束了它的最後一篇福爾摩斯故事連載。兩年後，索隱書屋出版單行本，名爲《包探案》（一名《新譯包探案》），收錄《英國包探案訪喀迭醫生奇案》以及四篇福爾摩斯故事。1903 年文明書局再版。在清末，雜誌上刊登的作品没有發行單行本的很多。而福爾摩斯故事不僅時隔不久發行了單行本，而且還被其他出版商再版，可見很有市場。

　　破獲:福爾摩斯在經過一系列問話與調查之後,讓當事人珀西與他們回倫敦,半路自己又推説有事,讓華生與珀西走了。第二天一早,珀西醒來,早餐盤中就放着那份丢失的密約,而福爾摩斯的胳膊上也掛了小彩。

　　解謎:福爾摩斯向驚奇不已的華生和珀西講述了破案過程。因爲注意到密約已經丢失了將近九個星期,却没有任何情報説其他國家已經獲得了這份約定的消息,福爾摩斯推斷這份密約一定還没有出手。珀西生病以來一直在那間房中未離半步,而且每一夜他的未婚妻都忠實陪護贏弱的珀西。只有一次,珀西一人入睡當晚却還有人持刀想要闖入房間未果,福爾摩斯推斷嫌疑犯一定是一個熟悉他們情況的人。于是,福爾摩斯支走了珀西,守候在房外,果然抓住了盗賊:就是珀西未婚妻的哥哥。出事那天晚上,他偶然去外交部找珀西,發現了桌上的機密文件,于是順手牽羊。到手的檔案一直被他藏在珀西所住的那個房間地板下,但是由于珀西長久卧病在床,他一直没有機會拿回檔案。福爾摩斯憑藉他的細心與高超的推理,使得最終真相大白。

　　《海軍協定》雖然不是福爾摩斯系列故事中最出色的一篇,但是也蘊含着福爾摩斯標誌性的演繹推理,這應該是故事的精髓。而從偵探小説這一文類來説,造成懸疑感,才是關鍵,因此,福爾摩斯故事的破案線索總是在最後才挑明。

　　我們回頭再看第一篇福爾摩斯中譯《英包探勘盗密約案》。文章在開頭部分有省略,有調整。緣起部分,華生的自述省略,將故事調整了順序,直接進入案件的發生。開篇如下:

> 英有攀息(名)翻爾白斯(姓)者,爲守舊黨魁爵臣呵爾黑斯特之甥,幼時嘗與醫生滑震同學,年相若,而班加于滑震二等。衆以其世家子文弱,頗欺之。

　　後面一直講到他如何把密約丢失,當時的情況如何,追蹤無果,回家大病一場。九周後稍有恢復,才想起寫信給小時候的同學滑震。從此向下,這個中譯本都基本忠實地按照小説的文筆和講述順序翻譯,極少省略,也没有任意加筆。值得注意的是這是在1896年,當時的翻譯(特別是很多學理類書籍的翻譯)都有不少任意性,直到後來相當長的時間内,中國翻譯文壇一直充斥"豪傑譯"。相對這種情況,《英包探勘盗密約案》的後半部已經是相當忠實了。

　　英文本中雖然有些地方對于中國人有些費解,但這位中譯者還是勉爲其難地譯出了。例如在最終解謎部分,福爾摩斯向華生和珀西解釋爲什麽嫌疑人會盗走他的密約時,説他因爲做股票生意虧了血本(has lost heavily in dabbling with stocks),這是重要的"犯罪動機"。中譯者譯爲"彼在倫敦爲撮香生意,虧累甚巨",在"撮香生意"後,小字加注"如買先令票之類"。①

三、呵爾唔斯的"隱喻式"亮相

享有世界聲譽的大偵探福爾摩斯在中國的真正亮相正是在《英包探勘盜密約案》中。在一個政治人物主辦的政治性極强的報紙上,福爾摩斯粉墨登場,這或許從一開始就預示了中國讀者要對這位通俗文學主角進行政治化的想像,至少,近代中國會極力挖掘福爾摩斯的意識形態化資源。或許這樣的理解有些一廂情願,但在"爲奴之勢逼及吾種"的情況下,文學與政治相比,本就應該退居次要地位。

作爲第一篇福爾摩斯偵探故事的翻譯,《英包探勘盜密約案》的中國譯者還無法體會第一人稱敘事的奇妙和倒敘法的懸疑設置。這篇中譯上來先以順敘的方法把外交部青年攀息的遭遇敘述出來:他在外交部加班時,國家機密檔案神奇丢失,然後他才寫信給他舊時的同學滑震,請他幫忙求助呵爾唔斯。而整個的故事敘述也不是如英文原著中事主的第一人稱方式,却使用了全知式敘事。"久之,忽憶有歇洛克(名)呵爾唔斯(姓)者,以善緝捕名",這就是福爾摩斯在中國的露面——作爲大偵探他早已聲名遠播。譯者令福爾摩斯未見其人先聞其名:先有他的身份和名望,而後讀者才隨同滑震在實驗室見到他這位室友。與中國這種見面略有不同,英語文學中福爾摩斯的亮相是在第一篇故事《血字的研究》裏。柯南·道爾對他進行了長篇鋪墊,很久後才點明他的職業。

《血字的研究》是柯南·道爾發表的第一篇福爾摩斯系列故事。算上"尾聲"一共14章,而第一章的題目就是"歇洛克·福爾摩斯先生",第二章的題目便是那著名的"演繹法",第三章才基本進入正題,名叫"勞瑞斯頓花園街的慘案"。在第一章中,作者仿佛不急不徐地先讓華生夫子自道:他個人的身份、在阿富汗的遭遇、回到倫敦後的虛弱無聊……然後他路遇一位舊友小斯坦弗,聊起近况的時候説想找房子搬家。朋友説起

---

① 爲何把 stock 譯爲"撮香"估計與吳語方言有關。據《明清吳語詞典》(石汝傑、[日]宫田一郎主編,上海辭書出版社,2005年版),"撮"乃"拿取散的東西"(第98頁),"香"指"少量的好處"(第662頁)。又見《現代漢語方言大辭典》(江蘇教育出版社,2002年版),"撮"上海方言爲"用手指捏住細碎的東西拿起來",揚州方言爲"聚攏"(第5358頁)。由此或可推斷,這裏的"撮香"意爲聚合小財,以之指代現代股票。

也有人對他説過想找人合租房子,華生很感興趣,但是朋友無心撮合,福爾摩斯的名字就這樣出現:"你還不知道歇洛克・福爾摩斯吧,否則你也許會不願意和他做一個常年相處的夥伴哩。"這樣的出場,吊起了讀者的胃口:他是個什麼樣的人? 在小斯坦弗口中,福爾摩斯古怪、博學、令人捉摸不透。後來他帶華生去醫院的實驗室見福爾摩斯,福爾摩斯正在做血色蛋白質的檢驗,他幾乎是一位科學怪人。著名詩人 W. H. 奥登後來在談起這位大偵探的時候説:"福爾摩斯是優雅的特例,因爲他是一位把科學好奇升温成英雄式熱情的天才……他做偵探的動機,積極點説,是對無偏無倚的真理的熱愛(他對罪惡或無辜感可没有興趣);若消極點説,那是他逃避憂鬱的需要。"①之後的華生見識了福爾摩斯一系列的神秘與古怪,直到他展示了令人驚歎的"演繹法"(The Science of Deduction)之後,華生才忍不住問到他的職業。福爾摩斯説或許全世界他的職業是獨一無二的,他是"顧問偵探"(consulting detective),就是當私家偵探和公家偵探都無法厘清頭緒的時候,他向他們提供諮詢。直到小説開始兩章之後,讀者才在長時間的狐疑之後把這個故事與犯罪偵破聯繫起來。

但是,福爾摩斯在中國的出場毫無懸念,譯者直接就迫不及待地介紹説:"呵爾唔斯者,以善緝捕名。"急于讀到故事的中國讀者没有耐心看層層的渲染,況且他們是把《海軍協定》當作犯罪報告來讀的。譯者只想如何把"案情"講述明白,自然就應該讓偵探早早登場。不過好在,在這第一篇福爾摩斯中譯本中,福爾摩斯真正出場也是以他的怪癖爲標誌的,這怪癖中也蘊含着代表現代的先進科學。書中説滑震拿着信去找他的這位朋友,但見:

> 歇洛克方着長衫坐桌旁。桌上安一小爐,爐中煙作藍色。爐上一彎口瓶。瓶口接一管。瓶中水沸,汽自管出。管外激一冷水,汽咸變水,滴入而立透之器中。歇洛克端坐驗視,見滑震至亦不起。滑震自坐一椅上,歇洛克持一小玻璃杆連蘸數瓶,復持一管,内有藥水,至桌邊。右手持一驗酸值之藍色紙,曰:"滑震汝來乎,此時方急欲驗此,若此紙變作紅色,則當抵一大辟罪。"稍頃,紙果然變爲暗紅色。因起書電報一紙,付其僕。②

化學對于近代中國是外來之學,不過福爾摩斯來到中國的時候,徐壽和傅蘭雅已經

---

①　W. H. Auden, *The Guilty Vicarage*, in *The Dyer's Hand*, London, 1963, P155.
②　《英包探勘盗密約案》,《時務報》,第 6 册。

合譯了"化學大成"八部,他們選譯的都是在英國已經相當流行與普及的化學書籍,其中包括 David Ames Wells,*Principle and Applications of Chemistry*,1858(中譯《化學鑒原》)以及 Charles Loudon Bloxam(中文名"蒲陸山"),*Chemistry*,*Inorganic & Organic*,1865(中譯《續編》、《補編》)等。這些書的翻譯選本權威、普及,時間上也比原本並不落後,都是選用最新版本,證明至少在部分化學書籍的譯介上,我們與西方是同步的,但是關鍵是中國讀者的接受。到 19 世紀 70 年代,中國的化學書籍翻譯數量並不很少,在一些洋務學堂也有化學的課程,然而並不普及,化學學科在中國的發展困難重重。事實證明,早期譯介的這些化學書籍影響都不大。一方面由于中國當時缺乏實驗條件,另一方面"當時的知識界無論在預備知識和思維方式上都還無力消化吸收這些全新的東西。化學知識多多少少還是從遙遠的西洋傳來的零星孤立的奇聞軼事"。① 正因如此,19 世紀末葉的中國人,對于化學實驗還幾乎一無所知,于是原文中的"working hard over a chemical investigation"(致力于化學實驗)就被省略了,直接描述了這個實驗的過程。當然在前文中已經判定的這位"以善緝捕名"的大偵探,一出場就是在鼓搗這些古怪的儀器。不過在《繼父誑女案》中,中譯者本也可以以省略的方式去掉譯起來生僻、讀者看起來不懂的化學名詞,奇怪的是,1897 年的這個中譯本,還是保留了。他把 the bisulphate of baryta(硫酸氫鋇)翻譯成"二硫養(原文如此)三"②。

這或許是個隱喻:現代科學知識就像是這位偵探的出場——真假莫辨、精細但很古怪。我們把一位虛構人物當成了真實存在,把關乎自然真理的科學研究當作了奇聞;當然中國近代文壇把兩位英國維多利亞晚期的通俗小説家當作了經典"大小説家"也就不足爲奇了,因爲從一開始我們與西洋的對接就充滿着錯位。

四、四篇小説翻譯原則的遊移

福爾摩斯系列故事都是刊登在"英文報譯"一欄,雖然作品的譯者没有署名,但是在報紙的目録部分,"英文報譯"欄目的署名是"張坤德"。張坤德,浙江桐鄉人,曾在上海廣方言館學習英文。《時務報》上"域外報譯"、"西文報譯"、"英文報譯"欄目大多是他一人承擔,所以一般認爲《時務報》上的四篇福爾摩斯偵探小説的譯者就是他,但筆者以

① 吳以義《海客述奇——中國人眼中的維多利亞科學》,上海:上海科學普及出版社,2004 年,第 91 頁。
② 《時務報》,第 26 册,第 16 頁。

爲此説值得推敲。

從發表順序上説,《英包探勘盜密約案》之後,《時務報》又相繼連載了《記傴者復仇事》、《繼父誑女案》、《呵爾唔斯緝案被戕》三篇。縱覽這幾篇,有很多翻譯的原則是非常不同的。這是否證明中譯者並非張坤德一人呢?

其一,開端詳略處理不同。

《記傴者復仇事》(《駝背人》)是發表的第二篇中譯福爾摩斯故事。《駝背人》的開端,福爾摩斯深夜來訪,見到華生之後就炫耀似地展示他的推理技巧。一開門,福爾摩斯問華生怎麽還在吸一種阿卡迪亞混合煙——這是從落在他衣服上的煙灰判斷的;福爾摩斯還提醒華生説至今他還一望便知是個從過軍的人,因爲他還總是習慣于把手絹藏在袖口中,而不是像平民那樣放在口袋裡。這兩個細節都是福爾摩斯小小的推理技巧展現,中譯本《記傴者復仇事》中省略了這兩段。大概是譯者覺得這兩部分古怪又突兀,相對于後邊的類似推理,顯得既多餘又不足爲道。不過好在,這兩個小推理的省略,不足以損害福爾摩斯的高超能力。

進了門,福爾摩斯仍然不斷展示他的推理本領:他判斷客房没有住人——因爲衣帽架上是空的;他發現華生家來過修理工人——因爲鋪地的漆布上留下兩個鞋釘印;他得知華生最近醫務繁忙——這是華生的靴子透露的。這三件事中譯本都保留了,但是前兩件事,譯者都使用了添譯加注的方法。"今晚當無客,帽擎已告我矣。"後邊小字加注云:"西俗客入大門則脱帽置帽擎上,是時帽擎上無帽,故云。"對于並不習慣在入門處放置衣帽鉤的中國人,無法理解依照門口的一件擺設判斷房間裏有没有客人來訪,自然需要加以説明。第二件以鞋釘印判斷來過修理工,也是出于類似需要,中譯者加注釋寫道:"工人儉,靴破或未易釘,印較鋸。"不過在此之前還有一個注釋。福爾摩斯判斷説:"汝雇英國工人做工,誠大費。"後邊加注釋:"英工人貴于他國,故云。"這裡何來花費問題?原文是福爾摩斯發現來過工人,説:"He's a token of evil."("他是個不幸的象徵")因爲這意味着華生家裏一定有些設施壞了。筆者認爲這裏是譯者的錯譯,他一定是把"token"(標誌、象徵)理解成了"take(of)"(花費)的過去完成時"taken",爲了自圓其説,譯者只好添譯加注。

《呵爾唔斯緝案被戕》幾乎是翻譯最詳備的一篇。這篇中譯在開端部分比起其他三篇都更爲忠實。即使是看似没用的細節都没有省略。這或許也是爲什麽在最初的這四篇福爾摩斯中譯中,《記傴者復仇事》、《繼父誑女案》和《呵爾唔斯緝案被戕》的英文原本篇幅相當(《海軍協定》篇幅稍長一些,因此中譯本連載了四期),前兩者都是連載三期就結束了,但是《呵爾唔斯緝案被戕》却連載了四期。

《呵爾唔斯緝案被戕》的開頭談到爲什麼華生選擇這個時候宣佈這件事,因爲莫里亞蒂教授的兄弟一再混淆視聽;報紙上的幾篇報導也語焉不詳或者極盡歪曲事實之能事。這一部分有很多時間、地點、報紙名等等。按照慣常的中譯原則,這一部分完全可以省略,直接寫有一天福爾摩斯突然造訪華生的診所,"貌較昔瘠而黃"①。因爲既然《繼父誑女案》的開頭可以省略兩人討論報紙上的犯罪報導與偵探小説的取捨問題、《記傴者復仇事》可以在開端省略兩個福爾摩斯推理法的神奇小例子,那麼《呵爾唔斯緝案被戕》中,這一部分也完全可以去掉而不會特別影響效果。

但是從《呵爾唔斯緝案被戕》的一開始,一直到滑震與呵爾唔斯出發,大約有 7 個頁碼,英文約 15000 字,中譯本幾乎是巨細靡遺地翻譯了出來(當然由于中文使用的是半文言,字數大大縮減)。這與《時務報》上連載的前三個中譯福爾摩斯小説是不同的。當然我們也可以理解成,中譯者隨翻譯經驗的豐富,或者讀者回饋良好,已經開始調整翻譯策略。

其二,如何彌合文化空白與差異的原則遊移。

樽本照雄以爲從《記傴者復仇事》這一篇起,中譯者加注表明了譯者忠實原文的意識。② 筆者以爲不盡然。因爲在第一篇《英包探勘盜密約案》中作者也在部分地方加了注釋,例如華生的同學名字忒坡爾,解釋説:"此系綽號,譯即小蛤蚧。"③這已經是對詞彙中的隱含義有所注意了。還有對股票(中譯"攝香生意")的解釋"如買先令票之類"④也是出于填補文化空白的意識,它的動機與《記傴者復仇事》中解釋衣帽鉤是一樣的。所以,譯者渴望比較忠實于原文的意識從第一篇福爾摩斯故事的中譯中就已經展現了。譯者不僅要想做到等值,有時還想做到等效,雖然這一原則標準的底線總是滑動,譯者也並沒有非常執著地一直堅守這一原則,證據是《記傴者復仇事》的結尾。

《記傴者復仇事》末尾解釋爲何巴克雷夫婦爭吵時會提到"豆未特"(David,大衛)時,涉及到中西文化衝突中最常見的宗教問題。《聖經》記載大衛王當年因爲覬覦着自己手下赫梯人的將領烏利亞(Uriah)的妻子拔示巴(Bathsheba),于是故意將烏利亞派往前線,烏利亞最終遇伏被害。這個故事對于西方讀者來説,是一個耳熟能詳的文化典故。因爲小説情節與大衛王的故事非常相似——後來聲名顯赫、德高望重的將軍早年就是用這樣的計謀暗算情敵,不光彩地攫獲芳心——所以"豆末特"之名具有特殊的意義。但是中譯本《記傴者復仇事》結尾只是照直翻譯:"汝記由力裏與拔士戲拔事否?試在《聖經》講'三妙爾'之一二節求之即得矣。"至此全篇結束。這裏因爲有文化差異與文化空白的中間帶,所以是最需要添譯或者加注的,譯者却偏偏沒有加注,相信是譯者自身也並不清楚,或者沒有現成的東西可以查詢,又或者是譯者態度較爲隨便,不覺得不加解釋就會妨礙中國讀者理解。

在《繼父誑女案》的結尾,福爾摩斯説了一句波斯諺語:"打消女人心中的癡想,險似從虎爪下搶奪乳虎。"(There is danger for him who takes the tiger cub, and danger also for whom so snatches a delusion from a woman.)相信這個諺語是不難翻譯和理解的,但關鍵是他所提到的兩個人——波斯詩人哈菲兹(Hafiz)與羅馬詩人賀拉斯(Horace),對于中國近代讀者完全無從得知,所以在這一部分,中譯者乾脆將諺語和人名一概省略。

其三,對福爾摩斯系列小説的互文性關係的處理不同。

《繼父誑女案》的原本是《身份案》,發表于 1891 年 9 月的《河濱雜誌》(Strand Magazine),1892 年收録于《福爾摩斯冒險史》。在這部英文原著中華生提到了福爾摩斯系列故事中的其他案件。情節是在福爾摩斯決定先發兩封信以探得温蒂班克先生的虚實時,華生有一段心理活動:"我有很充分的理由相信我的朋友在行動中是推理細緻、精力過人的……當我回顧'四簽名'那種怪事以及與'血字的研究'聯繫在一起很不尋常的情況時,我覺得如果連他都解決不了的話,那真是十分奧秘的疑案了。"①《血字的研究》是福爾摩斯探案系列的第一個故事,發表于 1886 年,1888 年出版單行本;1890 年《四簽名》最初在美國費城的《利平科特雜誌》上發表,同年單行本印行。這兩部小説都是長篇,也是爲柯南·道爾帶來聲譽的作品,案件的離奇爲偵探福爾摩斯在讀者中建立了最初的聲望。《身份案》是連載于《河濱雜誌》上的諸多短篇中的一個,華生再次提起最初的這兩個案件,一方面是確證福爾摩斯的能力,另一方面,更重要的作用是使得讀者加强福爾摩斯探案是一種系列小説的印象。

在 1897 年的《繼父誑女案》中,這一段有關福爾摩斯系列小説的互文性内容被删去了,中譯者將一段心理活動減縮爲兩句話:"余即行,自念明晚來,賀(賀司默哀及兒,即

---

① 《福爾摩斯全集》(上),北京:群衆出版社,第 300 頁。

那位繼父化妝扮演的人)蹤跡應洩露于呵。"①這種省略完全可以接受。因爲不僅是中國讀者不會明白這個互文的意義,相信就是譯者本人也很難知道《血字的研究》與《四簽名》對于西方讀者和現代偵探小説的意義。

但是非常難于理解的是,在中譯本《呵爾唔斯緝案被戕》一開始,滑震回憶"余友呵爾唔斯,夙具偉才",然後如英文本所言追述他從最初的《血字的研究》到《海軍協定》的成績,他説:"自第一章考驗紅色案起,至獲水師條約案止。"②同樣是處理一個没有譯介過的早期案件,《繼父誆女案》中把它省略了,而《呵爾唔斯緝案被戕》中却把它譯爲"考驗紅色案"。

《海軍協定》的中譯本在 1896 年 9 月發表時被稱爲《英包探勘盜密約案》,時間間隔不足一年,1897 年 5 月的《呵爾唔斯緝案被戕》再提到這個名字時却翻譯成"獲水師條約案"。如果是同一個譯者,相信他的記憶不會如此差,除非他的翻譯態度是不嚴肅的,只是隨看隨譯,不肯思考他以前是否也碰到過類似詞彙,或者盡力做到與先前處理方法一致。當然這裏也有一個疑點:如果《呵爾唔斯緝案被戕》的中譯者没有讀過《英包探勘盜密約案》那麼他就對《海軍協定》的故事無從瞭解,翻譯的時候就不會譯出有關情節的内容。"獲水師條約"意味着他是瞭解這個故事的,不然他應該只是照字面意思 *The Naval Treaty* 翻譯爲《水師條約》,就如同他只能把 *A Study in Scarlet* 翻譯爲"考驗紅色案",因爲他不知道 Scarlet 在小説中是一個用血寫成的字。

以上分析可見,四篇福爾摩斯故事的中譯,存在相當多的原則不一致,我們有理由懷疑張坤德並不是這四個故事的唯一中譯者。

(作者爲天津師範大學文學院教授,文學博士)

---

① 《時務報》,第 26 册,第 16 頁。
② 《時務報》,第 27 册,第 17 頁。

日本近代詩與音樂

1920 年前後的北原白秋與三木露風

平石　典子　（勾艷軍　譯）

要考察近代日本的"音樂"，就要涉及其與西洋音樂邂逅的問題。正如安田寬所指出的，"將頌歌翻譯成當地語言，不僅局限于教會，還在學校教授，並讓當地人演唱"，通過這種形式，"亞洲太平洋海域的歌謠逐漸實現了現代化和西洋化"。傳統音樂向西洋音樂的變遷模式，在亞洲和太平洋地區是相通的。

日本也重復着將西洋音階的旋律移植到日本詩的錯誤嘗試。一般來説，明治時期西洋音樂傳入日本時，爲教育而創作的歌曲被理解爲"唱歌"，關于明治時期的"唱歌"，已經有很多先行研究，近年來，人們特別注意考察在實現日本近代化和中央集權國家過程中唱歌所起到的作用。

後來，"唱歌"因缺乏音樂性而遭受批判，例如，瀧廉太郎的《四季》就被譜寫成重視音樂性的"日本歌曲"，這部作品以《花》爲第一曲，開頭是"春のうららの隅田川（春光明媚的隅田川）"。另外，大正時期以後，由于厭惡唱歌的官方色彩，鈴木三重吉等人主持創作了童謠。上述趨勢可謂歷史的必然。（三東 2008）

在考察明治到大正時期音樂的文章中，學者們分別使用了"唱歌"、"歌曲"、"童謠"三個詞語，並指出，由于"唱歌"欠缺"音樂性"，即存在"曲"的問題，所以才出現了"歌曲"，而"童謠"則是對"唱歌"中"詩"的反駁。

本文探討的題目是詩人們希望詩與音樂發生怎樣的關聯，並將焦點放在"童謠"的誕生期。1918 年（大正 7 年）7 月，鈴木三重吉出版了兒童雜誌《赤鳥》，刊登了芥川龍之介的《蜘蛛絲》、有島武郎的《一房葡萄》等。這本雜誌培養出坪田讓治、新見南吉等童話作家，在日本兒童文學發展史上留下了不朽業績。當時，與童話共同成爲該雜誌另一支柱的，就是北原白秋負責的童謠。

同年 2 月，在三重吉的邀請下，北原白秋接手了《赤鳥》的童謠部。研究者認爲，白秋很快就將童謠看成自己重要的精神食糧。事實上在這一時期,日本的詩人正在摸索着近代詩與音樂的新結合點。筆者擬從北原白秋和三木露風的作品入手,對該問題進行細緻探討。

一、poem 與 song:明治文壇與音樂

首先簡單梳理一下明治時期詩與音樂的問題。

伊澤修二等人嘗試通過西洋音樂在日本推行全新的教育模式,方式就是在初級教育中引進"唱歌"。文部省音樂調查科編輯的 1881 年到 1884 年的三部《小學唱歌集》,採用的就是教會頌歌的旋律,再爲其配上適合于"涵養德性(伊澤修二的措辭)"的歌詞。

第一　かをれ
一　かをれ。にほへ。そのふのさくら。
二　とまれ。やどれ。ちぐさのほたる。
三　まねけ。なびけ。野はらのすゝき。
四　なけよ。たてよ。かは瀨のちどり。(稻垣千穎作詞)

初編第一首歌《かをれ》描繪了四季風景。歌詞"充分吸納了《萬葉集》以來日本列島自然和人文詩一般的景象(芳賀徹)"。另外,由于是爲曲子填詞,所以和着 4 分 2 拍的曲子,采用的是"かをㅣれ－ㅣにほㅣへ－∥そのㅣふのㅣさくㅣら－"的韵律。

次年 8 月,日本出版了新體詩的試驗性作品《新體詩抄》,這一點值得關注。在 19 世紀 80 年代詩歌改良論的最高潮時期,針對幾乎同期出版的這兩部作品,大和田建樹在 1894 年曾作出如下評論。他認爲《新體詩抄》堪稱"執新體詩創作的先鞭","試圖發起所謂 poem 的創作,因此語言以通俗平易爲主",與之相對,《小學唱歌集》"以所謂的 song 爲模本,所以語氣往往偏于古板沉悶"。

後來,"唱歌"開始發揮作爲"國民教育"手段的功能。在言文一致運動中,山田美妙也曾致力于唱歌創作,軍歌《敵人幾萬》(1891 年)是傳唱最爲廣泛的一首,詞是山田美妙的詩,東京音樂學校教官小山作之助作曲。在作爲藝術的詩歌領域,在森歐外等人發表譯詩集《於母影》之後,新型的詩歌體裁取得了長足發展。通過《於母影》等詩歌接

觸到西方文化後,文學家們開始積極攝取西方藝術,在最早的階段,可以説他們將"音樂視作藝術"。在1894年11月29日高山樗牛給弟弟的書簡中,樗牛講到自己去"上野音樂學校"聽音樂會的經歷。節目中有"鋼琴、小提琴、唱歌、軍歌、劍舞等",樗牛對山田美妙作詞的唱歌《秋風》深感欽佩:

迄今爲止,我一直認爲唱歌只是索然無味的,但聽完此歌,我開始領悟到唱歌比其他音樂更爲高尚優美。

樗牛對于"高尚優美"韻律的喜愛,與其他文人似乎是相通的。1895年8月,雜誌《帝國文學》的《音樂界》專欄中,繼音樂學校畢業演奏會的見聞録之後,還發表了這樣一段感想:"不管世人怎樣評價軍歌,愛好藝術的人,只是靜靜地品味歡樂醇美的旋律,膜拜美術的極致。"①

進入20世紀以後的1902年,由日本人翻譯的歌劇(格魯克的《奧菲歐與優麗狄茜》)首次公演。此時日本文壇流行瓦格納的作品,森歐外與坪内逍遥對"音樂劇"産生了興趣。1905年,北村季晴作曲的第一部日本産歌劇公開演出,1911年帝國劇場成立了歌劇部,但當時的歌劇没有什麽觀衆,慘澹經營後終于宣告解散。1914年,寶塚開創了少女歌劇,1916年"淺草歌劇"也開始演出。

1905年,《讀賣新聞》小栗風葉的連載小説《青春》引起巨大反響,這篇小説傳遞出新體詩與唱歌處于怎樣的關係。作品從朗讀一篇新體詩開始,詩的作者即主人公是帝國大學學生關欽哉。這篇新體詩,友人們讚不絶口,譜曲後在音樂會上發表,也獲得一致好評。作者以虛構的形式描繪了一位憧憬中的新型知識分子。可見,自己創作的新體詩被譜上旋律,是當時詩人的一個美好憧憬。

二、通向童謡的道路:白秋的詞創作

接下來考察置身于這股時代潮流中的北原白秋。他第一篇被譜上旋律的詩作,是1909年出版的首部詩集《邪宗門》中的《空に真赤な》。

---

① 《帝國文學》第1卷第8號,1895年8月,第112頁。引用時將舊漢字改寫成新漢字。

空に真赤な雲のいろ。
玻璃に真赤な酒の色。
なんでこの身が悲しかろ。
空に真赤な雲のいろ。

　　這首詩套用了當時民間流行的"喇叭節拍",在"麵包會"上大家合唱。對于白秋而言,詩的旋律首先是流行歌,這一點值得注意。3‧4|5 重複出現的當世風格的詩,後來也屢有創作,但白秋是一開始就是對"能歌唱的詩"感興趣的人。在創作童謠之前,我想如果要探討白秋詩作與音樂的關係,將焦點放在"作詞"上將事半功倍。
　　白秋在 1914 年開始"作詞",人們期待他創作一首藝術劇團音樂節的船歌,這首歌就是《城島的雨》。

雨はふるふる、城ヶ島の磯に、
利休鼠の雨がふる。
雨は真珠か、夜明の霧か、
それともわたしの忍び泣き。
舟はゆくゆく通り矢のはなを
濡れて帆あげたぬしの舟。
ええ、舟は櫓でやる、櫓は唄でやる、
唄は船頭さんの心意気。
雨はふるふる、日はうす曇る。
舟はゆくゆく、帆がかすむ。

　　「－あめは|ふる|ふる//じょうが|しまの|いそ|に－//－り|きゅう|ねず|みの//あめ|がふ|る－」,這是一首輕快的 3‧4|4‧3|3‧4|5 的近世小歌調。之前的詩集中也收錄有當世風格與歌謠風格的作品,但這首作品形式嚴整、意圖明確,並再一次令白秋開始思考詩與音樂的問題。1916 年出版的《東京景物詩及其他》增補改定版,雖然將題目改成了《雪與花火》,但在其中的《雪與花火餘言》中,白秋再次提到了《單戀》,並"大書特書"這首詩"要掀起了我詩風的一大革命"。

　　　　あかしやの金と赤とがちるぞえな。

　　　　秋の光にちるぞえな。

　　　　片恋の薄着のねるのわがうれひ

　　　　「曳舟」の水のほとりをゆくころを。

　　　　やはらかな君が吐息のちるぞえな。

　　　　あかしやの金と赤とがちるぞえな。

　　在 5l3・4l5 旋律的不斷重複中,悄然插入的 5l4・3l5 的音調,伴隨着鮮艷的色彩感覺,給人留下了强烈印象。本來收錄于第二部詩集《回憶》(1910 年)中,後來又重複收錄在《東京景物詩及其他》(1913 年)的這首《單戀》,確實堪稱白秋的代表作。1916年《東京景物詩及其他》增補版中的“單戀”一詞,似乎正象徵着白秋開始重新思考詩作與音樂的關係。白秋與三木露風共同推動着近代詩壇的發展,這一時期被稱爲“白露時代”。經歷過醜聞、結婚以及與孩子的分離後,白秋在 1915 年 8 月出版了第二本歌集《雲母集》,他敏鋭感受到詩壇的格局正在改變,因此開始摸索新的創作方向。

　　1917 年,白秋開始着手寫作劇中歌。

　　　　行こか、戻ろか、北極光^{オーロラ}の下を、

　　　　露西亜は北国、はてしらず。

　　　　西は夕焼、東は夜明、

　　　　鐘が鳴ります、中空に。

　　仍然是小歌調的《流浪之歌》,是 10 月藝術劇團公演的《活尸》(托爾斯泰原作、島村抱月・川村花菱譯補)的劇中歌曲。這場公演與 3 年前的《復活》(劇中歌爲松井須磨子的《喀秋莎之歌》)一樣大獲成功,《流浪之歌》廣爲流行。

　　但是,作爲詩人的白秋未必能滿足于這樣的工作。因爲在當時的文壇,人們認爲劇中歌是面向大衆的低俗之物。藝術劇團《復活》引起熱烈反響的另一面,還“經常被視爲‘新劇墮落’的元兇(大笹吉雄)”,尤其是劇中歌曲,成爲在新劇中尋求藝術性的小山内薰等人批判的標靶。在“麵包會”與小山内等人交往密切的白秋,在後來出版的《白秋小歌集》(1919 年)中也承認:“這裏面的小歌,本來是受人之托而創作,主要是一些迎合低級趣味觀衆的劇中小曲。”

捕らへて見ればその手から、

小鳥は空へ飛んで行く、

泣いても泣いても泣ききれぬ、

可愛いい、可愛い恋の鳥。

たづねさがせばよう見えず、

気にもかけねばすぐ見えて、

夜も日も知らず、気儘鳥、

来たり、往んだり、風の鳥。

　　以上是《戀之鳥—卡門演唱的小曲》的開頭部分,似乎是"歌劇卡門英譯本中部分的意譯",作爲白秋初期的詩歌翻譯很耐人尋味,白秋從 1920 年開始着手翻譯《*Mother Goose*》。與歐洲的歌劇不同,劇中歌的參與必定非常複雜,它在博得觀衆喝彩的同時,又面臨喪失藝術性的問題。再插一段閒話,比才(Georges Bizet,1838—1875)的《卡門》(*Carmen*,1874 年初演)中阿里阿的《哈巴涅拉》(*Habanera*),1911 年柳兼子曾在日本首次演唱過。而且當時没有樂譜,據説屬于口口相傳(消息來源于 1909 年赴任東京音樂學校的漢卡・培曹魯德)。兼子 1920 年在朝鮮舉辦獨唱會時,也在曲目中加上了這首《哈巴涅拉》。

　　在這樣的狀況下,白秋開始將目光投向"童謡"。對他來説,童謡領域没有必要諂媚觀衆,能夠完成促使"純粹的"詩與音樂相邂近的夢想。

　　　可是,看看最近的孩子們,他們從小被一些教訓色彩過强的、極不自然的成人式學
　　校歌曲,以及一些鄉土氣息淡漠的西洋式翻譯歌曲所壓抑着,作爲日本本真的孩童,發
　　自内心地無邪地演唱自己的歌謡,這種情景越來越少見了。(《蜻蜓的眼珠》1919 年 10
　　月序言)

　　"發自内心地無邪地演唱自己的歌謡",這正是白秋日後在童謡、歌謡、民謡創作中所追求的目標。嘗試着各種不同的旋律,白秋的詩歌創作一直與音樂緊密地聯繫在一起。

三、對音樂的憧憬：三木露風

　　同一時期的三木露風，却試圖使詩與音樂邂逅在完全相反的方向。

　　《良心》出版後，1916 年之後對露風而言是一個艱難的時期。在被稱爲白露時代的當時，白秋與露風總是被人們拿來比較，並在不知不覺中被視爲兩個對立性的存在。年輕的詩人們展開論戰，他們擁戴自己師事或從屬的詩人，而非難對立的另一方，其中最著名的是萩原朔太郎的《驅逐露風一派的詩》（《文章世界》1917 年 5 月）。朔太郎批判道，"露風一派的詩"用一些"思想似的"、"哲學似的"東西，掩蓋了過分"爲情調而寫的情調詩"，"讓一些可以理解的東西變得費解"，是一種有"欺瞞色彩"的似是而非的象徵詩。

　　正如日下耿之介所指出的，這兩派"在對峙中，在情感用事的言詞對決中，消磨着大正悠然平和的春天（出自萩原朔太郎的信）"，這是一個很顯著的特徵。即使是朔太郎本人，他雖然爲同年發表並大獲得成功的《吠月》感到自豪，但後來也承認這些評論的缺陷。不過，露風的"象徵主義"的確正在急速地喪失嚮心力。針對萩原朔太郎的批判，擁護露風的川路柳虹提出，"萩原君所把握的詩的世界，不就是萩原君所攻擊的神秘世界、象徵世界嗎？"（《論三木·萩原二人的詩作態度》）柳虹是"露風陣營最好辯論的（久保忠夫）"人物，但他到了 1920 年也開始批判露風，甚至認爲露風這個人物有些"滑稽"，他"對于象徵主義，最多的是表達自己的信念，甚至想將自己的教條强加到象徵主義上，有時其獨斷般的解釋，將'象徵'一詞愈發過分地誇大了"。（《論日本詩壇的象徵主義》）

　　這期間，露風在 1920 年 11 月出版了詩集《蘆間的幻影》。他曾于同年 5 月到修道院擔任講師，所以最初齋藤勇等人都認爲，這部詩集傾注了對于信仰的渴求和苦惱，作者從"良心"出發逐漸奔向"信仰的曙光"。而且，這部詩集一個顯著的特徵，是其宗教想像力沒有局限在"夢幻的藍色約旦河水"、"聖母瑪麗亞祝詞"等基督教的範疇，而是擴展到了日本古代的八百萬神以及希臘神話的世界。這種"泛神論的境界（岡崎義惠）"被讚譽爲美與宗教的融合，北原白秋也發表讚美之辭，"他詩歌最爲清澄的境界就出現在大正中期，並終于催生了《美神》、《生宫》等傑作。"（《明治大正詩史概觀》）

　　儘管裝飾着濃郁的宗教色彩，但這部收録了 58 篇詩、童謠、劇中歌的詩集，凝結着露風對于詩與音樂關係的理解和探索。露風所追求的目標，也正隱含在詩集同名詩《蘆間的幻影》中。

どうしてこの幻影が見える
蘆辺の日本に
最初の大きな足跡が

わたしはその足跡を追ひつゝ
砂山をのぼるところで
幾たりかの現人神を見た

　　“我”橫臥在蘆葦蕩邊，眼前呈現出男女衆神一邊齊聲歌唱、一邊建造國家的情景。
這首《蘆間的幻影》排在《序詩》和《噴泉之響》的後面，在詩集中位列第三，但幾乎不爲
人所關注。爲什麼採用這首詩的題名來命名詩集，《三木露風全集》的解題部分也只是
簡單評論道：“書名出自詩集中《蘆間的幻影》一詩，但也許更受到葉芝（W. B. Yeats）的
詩集《蘆間的風》（*The Wind Among the Reeds*）的啟示。”反言之，如果不是從葉芝這位大
詩人的書名得到靈感，那麼露風可能就不會將這首難稱佳作的《蘆間的幻影》，用作整部
詩集的名稱了。但是，這首《蘆間的幻影》其實對露風來説具有重要意義。詩集將近結
尾處收録的散文《若葉日記》成爲解開這個謎團的線索。《若葉日記》在 4 月 30 日這天
記道：

　　　　與三島氏共進晚餐。晚上去近衛君處聽留聲機。直麿君告之，德彪西爲馬拉美的
　　詩作《牧神午後》譜了曲，曲子非常安靜，有一種噴薄欲出的色彩感。帕恩吹出的笛子
　　的音色，以及慵懶的午後場景，完全沉醉了我的心。他説在日本聽到這樣的曲子將是
　　很幸福的事。

這指的是德彪西在 1894 年作曲的《牧神的午後前奏曲》，這首曲子在 1912 年還由尼金
斯基創作編排成芭蕾。露風可能被這首樂曲深深地感染，並嘗試着查閱馬拉美詩作的
原文（或翻譯）。

　　1876 年，《半獸神的午後》①（*L’ après - midi d’ un Faune*）問世，同名詩《半獸神的午
後》是一首“愛情贈答牧歌”（*églogue*）形式的詩。從盛夏慵懶的睡眠中醒來的半獸神

---

　①　不知爲何，在日語翻譯中，習慣上將馬拉美的原詩譯爲《半獸神》，而德彪西的曲被譯爲“牧神”。原來的詞語均
　　　爲 Faune，雖然可能導致混亂，但在本文中繼續沿用慣例。

潘，按照夢境的啟示，在蘆葦原上追逐着寗芙精靈。夢想中的欲望變成了對美的追求，他終于擁抱了美神維納斯，但不久幻影消失了，潘再次進入了愉悦的夢鄉。

作品的最後潘説："我和你們兩個告別了。今後，我將繼續眺望你們已經成爲幻像的影子。"據説德彪西就是以此情景爲靈感而譜寫的旋律。作曲家評論認爲："這是對斯特芳·馬拉美美麗詩篇的非常自由的描摹（初次公演宣傳册）。"這部作品雖然標新立異，但同時也廣受讚譽，被看作印象派的傑作。

所以，露風沉醉于馬拉美的詩作與德彪西的旋律，也無可厚非。露風一直喜愛並追求着《半獸神的午後》中"沈鬱的幻影"。趕赴修道院時，"令人熟悉的平靜、河水流淌般的秩序、灰白色的沈鬱柔和的調子，修道院的這些景物，都仿佛白耳義《廢都》中詩人的一切（《未來》1917 年 8 月）"。對于這位談到喬治·羅當巴什《廢都》（Villes Mortes，1897 年）的詩人來説，修道院的靜謐，與世紀末的頹廢和倦怠感重疊在一起，被那片相同的"灰白色的沈鬱"所環繞，使他感到愉悦。對于露風而言，《半獸神的午後》的意象，正是蘆葦叢間的幻影。

另外，將馬拉美的詩幻化成"一連串情緒豐滿的繪畫"的德彪西的音樂，也對露風産生了很多啟示。通過與山田耕筰等人的交流，露風很早就開始對詩與音樂的交流深感興趣。在《詩與舞蹈》（1917 年）中，他提到自己"將詩化作舞蹈欣賞的希望"，並表明《蘆間的幻影》中的《荒野》一篇，就出自這樣的創作意圖。

荒野の水の響
湿地を匍伏、徘徊る。
鷲鳥の翼を張れど、患へば翔りも得せず
くらやみを彼往き、此往き。

露風的希望是將這首詩編成舞蹈，而德彪西的《牧神的午後前奏曲》被改編爲芭蕾，兩者之間似乎有着某種關聯。10|10|5·7|5·7|5·7 這一令人費解的旋律透露出，對于露風來説，詩與音樂並不是通過旋律結合在一起的。詩所醖釀出的意象創作出音樂以及舞蹈，這才是露風所追求的目標。

露風于 1919 年結成"牧神會"，1920 年創建《牧神》雜誌，此刻他的内心一定迴響着馬拉美的詩作和德彪西的旋律吧。露風還嘗試將自己"蘆間的幻影"寫成一首詩。潘就是"我"，他在蘆葦蕩邊窺見的精靈，就是想要建立日本國的男神和女神。

結　語

　　綜上所述，在日本興起童謠運動的 1920 年前後，日本詩人們對詩作與音樂關係的可能性進行了各種探索。對詩人而言，童謠的問世不單單出于對西洋式歌唱的否定。儘管如此，在詩與音樂的衆多發展方向中，最成功的仍是"童謠"這一模式，像三木露風的名字，至今仍作爲童謠《紅蜻蜓》的作者銘刻在人們記憶深處，就很能説明這一問題。另外，北原白秋之所以被稱爲"國民詩人"，無非是因爲"歌"的力量。本來，白秋因爲憎惡"富于教訓色彩的極不自然的"教會式歌唱，所以才轉而創作童謠。但是在 20 世紀40 年代，他又出版了被標榜爲《少年國民詩集》的童謠集，這意味着白秋本人後來也在"歌"的面前繳械投降了。筆者認爲，通過音樂這一視角，可以探明日本近代詩的一個新的側面。

　　（作者爲日本筑波大學人文社會科學研究科教授，譯者爲天津大學文法學院副教授、文學博士）

參考文獻

大和田建樹：《明治文学史》，平岡敏夫監修《明治大正文学史集成 3》，日本図書センター，1982 年。

奥中康人：《国家と音楽—伊澤修二がめざした日本近代》，春秋社，2008 年。

川本皓嗣：《日本詩歌の伝統—七と五の詩学—》，岩波書店，1991 年。

富士川英郎編：《東洋の詩西洋の詩》中《フォーヌの午後》，朝日出版社，1970 年，第 525—582 頁。

北原白秋：《白秋全集》全 40 卷，岩波書店，1984—1988 年。

久保忠夫：《〈三木露風一派の詩を追放せよ〉まで》，《言語と文芸》10 卷 1 号，1968 年 1 月。

山東功：《唱歌と国語—明治近代化の装置》，講談社，2008 年。

高山樗牛：《改訂註釈樗牛全集》第 7 卷，博文館，1933 年。

芳賀徹：《詩歌の森へ》，中央公論新社，2002 年。

藤田圭雄編：《白秋愛唱歌集》，岩波書店，1995 年。

藤本寛子：《明治 20 年代の東京音楽学校と日本音楽会》，《お茶の水音楽論集》第 8 号，2006 年 4 月，第 11—23 頁。

松橋桂子：《楷書の絶唱——柳兼子伝》，水曜社，1999 年。

三木卓：《北原白秋》，筑摩書房，2005 年。

三木露風：《三木露風全集》全 3 卷，日本図書センター，1994 年。

森田実蔵：《三木露風研究：象徴と宗教》，明治書院，1999 年。

安田寛：《"唱歌"という奇跡　十二の物語—讃美歌と近代化の間で》，文藝春秋社，2003 年。

近代詩的"單句構成"

——宫澤賢治的韻律論

水野達朗(劉九令 譯)

一、何爲"單句構成法"

宫澤賢治晚年在研究口語自由詩的同時,也在進行文語詩的創作。在他的詩《社會主事佐伯正氏》草稿(二)的背面,留有這樣的記録:文語詩雙四聯的考察:一、文語定型詩概論、雙四聯、沿革、今樣、藤村、夜雨、白秋／二、雙四聯中的起承轉結／三、格律、單句構成法／四、韻脚。① 由此我們可以窺測出,賢治曾經對文語定型詩的形式進行了研究的嘗試。下面,本文將對和"格律"相關的"單句構成法"的具體含義作查證。賢治在進行上述研究的時候參考了多本相關著作。他的筆記中有這樣的購書計劃:"京橋銀座西二立命〔館〕／短歌文法七十講二、二十／俳句文法六十講一、五十／漢詩入門二、二十"(第13卷本文篇第347頁),"韻文講話／工益商社／文學序説／岩波書店"(同卷第348頁)。

據栗原敦的調查,前文所提到的"漢詩入門",即鷹取岳陽的《漢詩入門》(立命館大學出版社,1931年2月),其中有關于"單句構成法"的記述。那裏所謂的"單句"是指絶句的每一行,如果是七言詩的話,□□、□□、□□□。(例如,"月落、烏啼、霜滿天")也就是説"由二字、二字和三字連接一起而構成的一句。"也指□□□□、□□□。(例如,"江村漁火、對愁眠")。即"由四字和三字連接一起而構成的一句"。他認爲,"這兩種方式被用得最多"。作者還進一步解釋説:"第一句和第二句之間存在句法上的變化,所以能讓人感受到一種妙趣。"栗原由此認爲,可以推定"賢治是打算將以七・五音爲中心

---

① 《新校本宫澤賢治全集第七卷校異篇》,筑摩書房,1996年,第297頁。後面從此全集相同卷中的引用,在本文中標出頁碼。如果是校異篇,則標註爲"校異篇某頁"。除此之外的各卷也標明卷數。原則上,標註假名和符號的都是引文中帶有的。

的各行各句的構成定性爲'單句構成法'的語源"。① 賢治打算關注《漢詩入門》中關于句内句讀,並考察日語詩中相同的問題。

　　川本皓嗣通過對各國詩韻律形式的比較,指出:"任何外語詩都有固定的(或者説大體是固定的)框框(從這個意義上講,可以説大多數的音律都屬于音數律),在此基礎上,利用〔强弱、高低、長短〕這些明顯的音聲特徵上的區別,形成各行内部明顯的模式化。"此外,他又説:"關于日語的音聲方面,帶有音節數詩句内部中這種給予細小節律起伏和固定模式化且既能夠利用的又合適而顯著的特徵,絲毫也找不到,至少表面上是找不到的。"②也就是説,他認爲賢治研究的所謂"單句構成法"是想在日語中也能找到其他各國詩相同韻律的一種嘗試。這裏我想指出,前面賢治在筆記裏所列舉的書名《文學序説》(土居光知)的《詩形論》中能夠看到關于這一問題的論述。

　　本文將在確認明治以來關于七五内部的韻律進行何種摸索以及《文學論序説》的《詩形論》佔有何種地位的基礎上,考察賢治所思考的"單句構成法"在何種程度上繼承了《詩形論》。

二、近代日本的韻律論和《文學序説》中的《詩形論》

　　對近代日本韻律的摸索,是從對日本詩中除了音數律,是否還存在韻律的疑問開始的。大西祝認爲:"稍稍接觸過西洋韻文的人都無法回避這樣的問題——我國的韻文除了語聲數之外,還是否能夠通過强弱或長短而定型",國語中"發音力的强弱"並不清晰,如"雲"與"蜘蛛","橋"與"筷子"之間並没有英語"輕重音"那麼明顯的差異,因此得出結論:"我國韻文的基礎(從我們國語的性質看)終究還是音聲數。"③另外,山田美妙也指出,像"やなぎ"這個詞一般將高音置于"ギ"上,但這與高低固定的中國和西洋不同,"即使改變了它的音調也並無大礙。"④由此可以看出,强弱、高低等音聲特徵並不明顯的日語,若將音節數以外的要素當成韻律的基礎是很難的。

　　但是大西也並非就此放棄了對各句内部韻律的探尋。其後,他又在其他雜誌發表

---

①　栗原敦《宫澤賢治從透明的軌道上》,新宿書房,1992 年,第 394 頁—396 頁。栗原敦認爲:"盡管〈文語試〉草稿中記載的關于韻律的筆記在〔沃度ノ二ホヒフルヒ来ス〕的草稿片段和〈岩頸列〉中可以看到,但這似乎並不能成爲綫索。"(第 424 頁)本文將在其後第三節中探討這些筆記。並且,《漢詩入門》的記述在鷹取岳陽的《漢詩入門》(立命館大學出版社,昭和 6 年)的第 36—39 頁中已經確認。

②　川本皓嗣《日本詩歌的傳統》,岩波書店,1991 年,第 232 頁。後面論及到的韻律論方面的内容也參考了該書。

③　大西祝《詩歌論一斑》,《日本評論》19 號,明治 23 年 12 月,第 1 頁。

④　山田美妙《日本韻文論(六)》,《國民之友》102 號,明治 23 年 12 月,第 19—21 頁。

文章,提出:"乍一看,我國五七調似乎是我國詩的唯一節律。但是如果對音聲數進行進一步分析的話,或許能夠發現更加基礎性的節律。若真的能發現,它將在我國詩的新形式振興方面起到巨大的參考作用。"①大西試圖以音數律爲依據,在七與五的内部找出一條進一步細化音數的途徑。

心理學家元良勇次郎沿着這個方向,提出了句内的韻律形式。元良主張:"既然五七字的句讀全部由二、三個字集合而成,那麽就能對之作進一步的分析。"他接着解釋道:"五個字中的有由二字和三字組合而成的,如'みなせ川'和'さくら花'。也有由二字、二字和一字組合而成的,如'秋風の'和'白露の'。因此,這也是可以進一步分解的。"他又説:"同樣道理,七字句可以由二、一、二、二組合而成,如'秋は来るらん'。或者由三、二、二組合而成,如'桜吹きまき'和'時雨ふるらし'。"②由此,我們可以窺見其想進一步細化音數律句讀的意圖。

不過,正如我們從前面例子所看到的那樣,可以説元良所講的句讀幾乎等同于以單詞的含義爲句讀。芳賀矢一認爲這一説法存在問題。在芳賀看來,元良既然將每個單詞的後面都視爲一個句讀的話,七個單詞的句子就會有七個句讀。相反,像"ほととぎす"這樣由五個假名組成一個詞彙的話,則中間便没有句讀了。這樣一來,韻文便不允許因單詞的種類任意改變句讀。因此,芳賀就主張:"期待着一種預先在應該分解成二三、三四的地方放入固定單詞的形式。"③可是由此又産生了一個新的問題,即這種"固定"的根據是什麽呢? 于是,米山保三郎認爲五與七必須句讀成爲二三、三二、三四、四三是一種常識(如"知ル人、ゾシル"),並主張:"五七的交錯連接應該是詩歌韻律的唯一基礎。"④伊藤武一郎也認爲像"にほひける"分成三二,但是像"にほれるを"和"うくすいの"就不能再進一步細分了。所以就指出:"只有五七的法則纔是和歌真正的韻律。"⑤

如上所述,在近代日本韻律方面存在着截然不同的兩派:一派是參照西洋詩的韻律構造,以重新認識日本詩的韻律,其焦點集中在句内句讀;另一派則是否定這種嘗試,堅持日本的獨特性。

土居光知的《文學序説》中的《詩形論》是在圍繞日本的韻律展開爭論的歷史基礎

---

① 大西祝《國語的形式》,《早稻田文學》49 號,明治 26 年 10 月,第 49 頁。
② 元良勇次郎《精神物理學(第九回)〈韻律〉》,《哲學會雜誌》41 號,明治 23 年 7 月,第 252—253 頁。
③ 芳賀矢一《日本韻文的形體》,《哲學雜誌》64 號,明治 25 年 6 月,第 60 頁。
④ 米山保三郎《國詩》,《哲學雜誌》70 號,明治 25 年 12 月,第 508—509 頁。
⑤ 伊藤武一郎《和歌的律呂》,《早稻田大學》46 號,明治 26 年 8 月,第 275 頁。

上寫成的。土居擧出島崎籐村《嫩菜集》的《おえふ》,提出:"五音節及七音節並不是音律的單位。如果是單位的話,那麼應該只有在將其疊加到一起時纔能産生韻律,但是五音和七音之中已經能感到一種韻律。"可以看出來,土居並不像米山和伊藤那樣將五七作爲單位,而是將關注點放在五音和七音"中"的律動上。土居還對各句内部的韻律做了如下分析:

　　　みづ・しづ・か・なる・えど・がは・の　2 2 1 2 2 2 1
　　　なが・れの・きし・に・うま・れ・いで　2 2 2 1 2 1 2

　　土居認爲,如果根據單詞含義句讀作"ながれ・の",那麼"不僅語感差,而且一點美感都没有"。相反,"如果想將語感很好地讀出來,就會讀作'なが・れの'。"土居提出:"音聲有通過意義進行區分、綜合的,同時也有按照純音律的要求進行區分、綜合的傾向。"按照"純音律的要求",如果以二音爲句讀單位的話,那麼有時三音就會讀得不自然。例如,"みづしづかなる"的"しづか"如果句讀成"みづ・しづ・かな・る"就不通了,而應該讀作"みづ・しづ・か・なる"。即"由于作爲和歌的語感,三音容易被分成兩個部分",所以"就有要麼把被分開的第三音拉長一拍,要麼在其後停頓一下,與前面的二音保持平衡的兩種傾向"。這裏就産生了句讀點的問題。

　　這一學説是在"氣力"和"强勢"這兩個概念的基礎上發展起來的。一音和二音是"通過發聲器官連續的、一次性的努力,也就是説一口氣(Monopressure)"發出來的。第二個音是由第一個音的"强勢"順勢而出的。"二三音時,只要將强勢放在中間音上時就可以一口氣發出來,可是如果將强勢放在兩端的話,則需要兩口氣"。因此,"從意義上不能分解的三音詞,可以通過兩次發力而確立,也通過兩個音律單位而成立。"

　　那麼爲什麼要設定這樣的"單位"呢? 土居稱,以前按單詞爲基準的句讀方式與"現今人們努力以音律爲基礎説明的韻脚的等時性(Isochronism)"並不匹配,"並且也不能成爲與以時間單位(Time - unit)爲基礎的西洋詩韻脚相匹敵的韻律形式。"可以看出,土居是將音數的"單位"比作成英語詩的韻脚了。土居又説,他對"我們在讀詩的時候絶對意識不到韻脚的存在"這句話抱有"懷疑","英國詩學也是如此,我對那些對詩學不感興趣的人也産生了同樣的懷疑。"于是,他進一步説明,英語詩如果没有"音脚觀念"的話,就不能像詩作者預想的那樣讀了,同樣道理,"只有有了詩脚的概念之後,我們纔能在詩行中找出某種停音。"只有設定了帶有規則的刻劃了時間的等時性的 Time - unit 後,纔能夠説明接在剩餘的"第三音"之後的"停音"即句讀的存在①。

川本皓嗣把土居的韻律論,即"將'三四'、'三二'等視爲七五句句讀内的一部分"這一觀點認定爲:"首次賦予了除詞義以外的音聲上的根據。"也就是説,在爲由于通過詞義進行句讀而導致的隨意性而苦惱的韻律論中,"引入了'二音一拍'這一具有規律性節奏變化而且是劃時代的原理,確定了今後穩固的討論基點。"同時,川本以土居的"氣力"説爲依據,認爲:"他僅僅指出了英語詩中相同的而且比日語更加明顯的現象","以强弱相互交替爲全部基礎的英語詩的韻律,全由'氣力法則'所支配的這一現象是十分明瞭的事實。"川本還認爲,土居的理論中在與英語詩不同的日本的音律數上,有生搬硬套外國詩模式的痕跡。②

三、《文學序説》的《詩形論》與賢治的《單句構成法》

賢治在他的詩《岩頸列》草稿的空白處,做了如下筆記(校異篇第 330 頁):

$$\underline{34} \quad 5$$
$$\underline{43} \quad 5$$
$$\underline{43} \quad 5$$
$$\underline{34} \quad 5$$

正如村上英一所言:"他是出于將七五調中最前面的七音進一步分爲三四音和四三音的音數律而考慮的。"村上又接着説:"不過,《岩頸列》的音韻與筆記中的記載並非完全一致。"③這裏需要注意的是,賢治究竟是以什麽標準加入句讀的呢? 土居的模式中有如下的組成部分。

からくみやこにたどりける、　　○○・○●・○○・○○(３４)

芝雀は旅をものがたり、　　○○・○○・○○・○●(４３)

「その小屋掛けのうしろには、　○○・○○・○○・○●(４３)

---

① 土居光知《詩形論》,《文學序説》,東京:岩波書店,大正 11 年,第 138—148 頁。

② 川本皓嗣《日本詩歌的傳統》,第 257—261 頁。

③ 村上英一《岩頸列》,宮澤賢治研究會編《宮澤賢治　文語詩的森林》,東京:柏書房,1999 年,第 157 頁。

寒げなる山にょきにょきと、　　○○・○●・○○・○○（34）

「……」

山よほのぼのひらめきて、　　○○・○●・○○・○○（43）

わびしき雲をふりはらへ、　　○○・○○・○○・○●（43）

その雪尾根をかがやかし、　　○○・○○・○○・○●（43）

野面①のうれひを燃し了せ。　　○○・○●・○○・○○（34）

　　筆記中,上面前半部分七字句是這樣對應成的:第一句的句讀出現在"からく"後面的第四個假名上,形成"34"。第二句句讀出現在"くじゃくはたびを"的句末,形成"43",接着还是"43",然後又是"34"。下面的前半部分構成與此相同。可以看出,賢治的筆記是以土居的模式爲標準寫成的,而不是以單詞爲句讀。

　　可是爲什麼"43"和"34"的差異是很重要的呢?《詩形論》中,土居在説明我們前面看到的句内"停音"的基礎上,分析了"停音"位置對"七字句"和"五字句"所賦予的變化。土居解釋説,若是五字句,如"あし・たづ・の"這些"221"的節奏,"給人的感覚是有餘韵,但是自身不能平衡。如果不連續起來就显得不稳定"。相反,"あやめぐさ"這種"212"的節奏,"其自身是平衡的,有層次的。中間音很重的話,會讓人感受到一種很强的韻律感"。關于七字句,他認爲:"2122與五音的212類似,而2221與221相同,前一類是終止性的節奏,後一類是連續性的節奏。"可以説他很看重"2122"（34）是終止性和"2221"（43）是連續性這一點。②

　　也就是説,賢治想形成一種句中停頓的"終止"語調和末尾停頓的"連續"語調相互交錯的句内韻律。與此相關的資料是他的詩《沃度ノ二ホヒフル来ス》草稿中的筆記,如下:

	A		B				
\75|		\57|		\A|		\A	
| 75\		| 57\		| \		| \
\75|		\57|				\A|

---

① 村上關于"野面"一詞認爲:"讀作'のもせ'、'のづら'等,但是從音律角度推測應該讀作'もの'。"這很難做出準確判斷,但是賢治其他的文語詩都嚴格遵守七音的鐵律,由此將"野面"一詞姑且視爲二音。

② 土居光知《詩形論》,第217—218頁、229頁。

　　　｜75＼　　｜57＼　　　　｜　　＼

（校異篇第 226 頁）

　　上面左半部分七五和五七兩邊分別畫上了斜線"＼"和豎線"｜"，下一行先是豎線"｜"，然後是斜線"＼"。右半部分在七五的地方用"A"表示，兩邊同樣也是用斜線"＼"和豎線"｜"交互出現，下一行與上一行相反。如果將"＼"視爲"連續的"語氣，"｜"視爲"終止的"語氣的話，那麼他的詩《沃度ノ二ホヒフル来ス》就可以用如下圖示來表示。

　　沃度ノ二ホヒフル来ス①
　　○○・○○・○○・○●（＼）○○・○●・○○（｜）
　　青貝山ノフモト谷
　　○○・○○・○○・○●（＼）○○・○●・○○（｜）
　　荒レシ河原ニヒトモトノ
　　○○・○●・○○・○○（｜）○○・○●・○○（＼）
　　辛夷ハナ咲キ立チニケリ
　　○○・○○・○○・○○（｜）○○・○●・○○（｜）
　　（……）
　　ヤガテ高木モ夜トナレバ
　　○○・○●・○○・○○（｜）○○・○●・○●（＼）
　　サラニアシタヲ云ヒカハシ
　　○○・○●・○○・○○（｜）○○・○●・○●（＼）
　　ヒトビトオノモ松ノ野ヲ
　　○○・○○・○○・○●（＼）○○・○●・○○（｜）
　　ワギ家ノカヘイソギケリ
　　○○・○○・○○・○●（＼）○○・○●・○○（｜）

（第 71—72 頁）

　　上面前半部分的第一行可以用"＼｜＼｜"表示，接下來一行則相反，可以用"｜＼｜

---

①　《草稿二（斷片）》中用假名寫作"沃度のにほひふるひこす"，可以看出是想將"来す"讀作"こす"。校異篇第226 頁。

\\"表示。除了最後五字句之外,都與筆記内容相對應。後半部分的第一行可以用"∣＼∣＼"表示,接下來的一行則完全相反,可以用"＼∣＼∣"表示。我們可以認定詩句是由"連續"的調子和"終止"的調子交互位置,下一行其順序再顛倒過來這一形式構成的。

　　而且土居的《詩形論》中"連續"的語氣和"終止"的語氣交互組合的方式被認爲也能左右作品整體的雅趣。土居認爲芭蕉的俳句多以"ふる・いけ・や●"這樣"連續"的句子開始,以"みず・の●・おと"這樣"終止"的句子結束。和歌中"《萬葉集》中連續的２２２１２２２１式的節奏,多如〔……〕這樣流淌的調子","《古今和歌集》中下句以２２２１２１２２的節奏最爲自然。"這就是用"連續"的句子接續,用"中止"的句子結束的"＼∣"形。土居在上田敏翻譯的《海潮音》中《鶯之歌》裏"ほの・ぐら・き●こが・ね●・こも・りぬ"中捕捉到了"寧靜的調子"。如果把"２１２２""改成'２２１２'就成了新古今的調子",即"感傷的,不安定的調子"。除此之外,"民謠中特有的調子",像"２１２２、２２２１"這種與古今調相反且用"終止的語氣句接續,用連續語氣句終止"的"∣＼"形是很多的。土居説"感覺這與和歌率直的情調相反",帶有"自嘲的"、"反諷的語氣"。[1]

　　賢治的詩《悍馬(一)》的推敲過程就是通過"連續"與"終止"的組合,調整詩的"情調"的實例。他的草稿二的空白處有"7…5 4…3 3…2"字樣的記録。其構想就是將七字句分解爲四與三,將五字句分解爲三與二。而且《岩頸列》和《沃度ノ二ホヒフル来ス》的筆記也同樣與土居所提出的句内韵律模式有關。若是"四三"或"二三"則是"連續"的語氣(前面的"＼"),若是"三四"或"三二"則是"終止"的語氣(前面的∣)。

　　詩《悍馬(一)》的草稿二的最終形態是由八行組成,"∣　∣"的"ひかりまばゆき雲のふさ"之後,從第二行到第七行依次接續爲:"わづかにゆるる栗のうれ"的"＼∣"(○○・○○・○○・○● + ○○・○●・○○),"赤き毛布にぬか結び"的"∣＼"(○○・○○・○○・○● + ○○・○○・○●),"陀羅尼をまがふことばして"的"＼∣","雪あえかなるこのみちを"的"∣＼"(○○・○○・○●・○○ + ○○・○○・○●),"牧人たちのい行くなれ"的"＼∣","松のみどりは あせたれど"的"∣＼"。這首詩是由七字句的"連續"與五字句構成的"終止"構成的"＼∣"型及七字句的"終止"和五字句的"連續"構成的"∣＼"型重複交錯而成(第八行的"針つややかに波立たす"是"＼＼"型)。在這裏,我們可以窺見《沃度ノ二ホヒフル来ス》中以"＼∣"

---

[1]　土居光知《詩形論》,第219—229頁。土居還進一步指出,"和歌是對自我感情的肯定,將自己主觀情緒直抒胸臆地唱出來,俗謠則是通過否定的方式來表現的"。"俗謠不是個人的歌謠,而是民衆的歌謠,個人的表面上被極度撕裂、被嘲諷的感情用最輕鬆的語氣歌唱出來"。

和“｜＼”對照爲中心的韵律構想。

但是,詩《悍馬(一)》的後面有將“終止”型的“赤き毛布に(○○・○●・○○・○○)”改爲“連續”型的“毛布の赤に(○○・○○・○○・○●)”的痕跡。並且,草稿三的最終形態變爲:“火山の雪を(＼)雲漶の(＼)青きなめくじ(｜)いくたびか(＼)角うちのべて(＼)おりくれば(＼)毛布の赤に(＼)頭を縛び(＼)陀羅尼をまがふ(＼)ことばもて(｜)ののしり交はし(＼)赭枯れの(＼)かしははらを(＼)よぎり行なれ(｜)。”“連續”(＼)句接二連三地連接在一起。

但是,後面的草稿五的修改中將“連續”的“火山の雪を(○○・○○・○○・○●)”改成“終止”的“雪の火山の(○○・○●・○○・○○)”。同時將“連續”的“青きなめくじ(○○・○○・○○・○●)”改成了“終止”的“藍のなめくじ(○○・○●・○○・○○)”。因此,最後的定稿構成如下:

毛布の赤に頭を縛び、(＼＼)　　陀羅尼をまがふことばもて、(＼｜)

罵りかはし牧人ら、(＼＼)　　貴きアラヴの種馬の、(?　＼)

息あつくしていばゆるを、(｜＼)　　まもりかこみてもろともに、(｜＼)

雪の火山の裾野原、(｜＼)　　赭き柏を過ぎくれば、(｜＼)

山はいくたび雲漶の、(｜＼)　　藍のなめくじ角のべて、(｜＼)

おとしけおとしいよいよに、(｜＼)　　馬を血馬となしにけり。(｜｜)①

(以上出自校異篇第48—51頁)

其中七字句的“終止”和五字句的“連續”型(｜＼)變多了,特別是從第三行到第六行這種(｜＼)形重複出現了七次。以上所説的是賢治的推敲過程,這也顯示了他爲摸索適應這首詩的“情調”而對句内構成做出多種嘗試的努力。正如前面所看到的那樣,土居的學説中將“＼｜”定性爲安靜沈着的調子,將“＼＼”定性爲萬葉式的流淌的調子,將“｜＼”定性爲民俗謡式的反諷的調子。賢治在其推敲過程中,將“＼｜”和“｜＼”進行

---

① 這裏的“毛巾”应讀作“けっと”。因爲(童話《水仙月的四日》第12卷本文篇第46頁)中有如下記載:“ひとりの子供が、赤い毛布にくるまって”。(詩《日輪與太市》第2卷本文篇第15頁)中有如下記載:“太市は毛布の赤いズボンをはいた”。“雲漶”在草稿五的第一樣稿中用平假名寫作“雲かげ”。另外在他的詩“Largoや青い雲漶やながれ”中將“雲漶”標註爲“かげ”(第3卷本文篇第217頁)。不過,音數上没有變化。

對照嘗試之後，試圖用流淌調統籌全詩，在最後則用反諷調子收尾。

四、對韻律形式的摸索

以上從草稿內散亂的韻律筆記中，我們並没有探明賢治摸索韻律形式的過程。正如在前一節中探討的那樣，在弄清筆記含義的基礎上，我們也不能無視作爲賢治參照的土居光知的《文學序説》中的《詩形論》。但是韻律筆記中的構想在筆記的詩篇中只是部分的實現了，更不能説賢治全部文語詩都是基于此設計而成的。不過，我們可以確認在他文語詩的創作過程中，存在着以土居的句内構成爲範型進行韻律調整的意識。以下我們要舉出賢治文語詩的韻律中從"單句構成法"角度需要注意的内容。

《あな雪か屠者のひとりは》的第一行爲："あな雪か（＼）屠者のひとりは（｜）みなかみの（＼）闇をすかしぬ（｜）"，第二行爲："車押す（＼）みたりはうみて（＼）えらひなく（｜）橋板ふみぬ（＼）。"（第 36 頁）第一行的"＼｜＼｜"與下一行反向"｜＼｜＼"的構成方式，和前面的《沃度ノ二ホヒフル来ス》的筆記相對應。這種以"＼｜"和"｜＼"對照爲基軸的構成方式還有《五輪峠》：

五輪峠と（｜）名づけしは（＼），　地輪水輪（｜）また火風（＼），
（巖のむらと（＼）雪の松（｜））　峠五つの（｜）故ならず（＼）。

因爲内容上與前後句不一致，所以第二行的前半部分用括弧括起來了。與此相對應的是在韻律方面除了括弧内的是"＼｜"，其他全是"｜＼"的不斷重複。另外还有第一行與第二行方向相反的構成方式，如《月のほのほをかたむけて》。第一行是"月のほのほを（｜）かたむけて（＼）、水杵はひとり（＼）ありしかど（＼）"第二行是"搗けるはまこと（＼）喰みも得ぬ（｜）、渋きこならの（｜）実なりけり（｜）"（第 241 頁），也就是由"｜＼＼＼"和"＼｜｜｜"對照構成。再舉一例，《そのときに酒代つくると》中前半部分两行和後半部分两行完全相反：

そのときに（＼）酒代つくると（｜），　　夫はまた（｜）裾野に出でし（＼）。
そのときに（＼）重瞳の妻は（｜）、　　はやくまた（｜）闇を奔りし（｜）。

柏原(I)風とゞろきて(＼)、　　　さはしぎら(＼)遠く喚ひき(I)。

馬はみな(I)泉を去りて(＼)、　　　山ちかく(＼)つどひてありき(＼)。

　　本文開頭部分的看到的《文語詩雙四聯》筆記中有"有起承轉結"的目録,其中也有句内韻律構成起着"起承轉結"的"轉"的作用的例子。"上流"的第一行,"秋立つけふを(＼)くちなはの(＼)、沼面はるかに(I)泳ぎ居て(I)",爲"＼＼II"型,第二行也是"水ぎぼうしは(＼)むらさきの(＼)、花穂ひとしく(I)つらねけり(I)"的"＼＼II"型,不過第三行則變成"いくさの噂さ(＼)しげければ(＼)、蘆刈びとも(＼)いまさらに(＼)"的"＼＼＼＼"型(第12頁)。《羅沙賣》的四行之中的第一行是"バビロニ柳(＼)掃ひしと(＼)、あゆみをとめし(＼)羅沙売りは(＼)"的"＼＼＼＼"型,第二行也是"つるべをとりて(＼)やゝしばし(＼)、みなみの風に(＼)息づきぬ(＼)"的"＼＼＼＼",第三行則變成了"しらしら釀す(＼)天の川(I)、はてなく翔ける(＼)夜の鳥(I)"的"＼I＼I"型(第134頁)。另外,詩《硫磺》:

猛しき現場(＼)監督の(＼)、　　　こたびも姿(＼)あらずてふ(I)、

元山あたり(＼)白雲の(＼)　　　　澱みて朝と(＼)なりにけり(I)。

青き朝日に(I)ふかぶかと(＼)、　　小馬うなだれ(I)汗すれば(＼)、

硫黄は歪み(＼)鳴りながら(＼)、　　か黒き貨車に(＼)移さるゝ(I)。

其中相當于"轉"的只有第三行,這一構成與其他詩不同。

　　另外有時也會有一個特定的調子貫穿全詩,産生出某種情趣。如詩《こらはみな手を引き交へて》是這様的:"こらはみな手を(I)引き交へて(＼)、巨けく蒼き(＼)みなかみの(＼)、つつどり声を(＼)あめふらす(＼)、水なしの谷に(＼)出で行きぬ(＼)。厩に遠く(＼)鐘鳴りて(＼)、さびしく風の(＼)かげろへば(＼)、小さきシャツは(＼)ゆれつゝも(＼)、こらのおらびは(I)いまだ来ず(I)。"(第21頁)詩除了開頭與結尾部分,全是由"連續"的"＼"貫穿下來。就是土居所説的萬葉式的"如流"調。而詩《小きメリヤス塩の魚》中"小きメリヤス(I)塩の魚(I)、藻草花菓子(I)烏賊の脳(I)、雲の縮れの(I)重りきて(I)"(第153頁),從開始由"終止"句重複叠加而成。

　　也有詩的内容與韻律産生共鳴的例子。如《初七日》的構成:

落雁と（＼）黒き反り橋（｜）、　　　かの児こそ（｜）希ひしものを（＼）。

あゝくらき（＼）黄泉路の巖に（＼）、その小き（＼）掌もて得なんや（｜）。

木綿つけし（＼）白き骨箱（｜）、　　哭き喚ぶも（＼）けはひあらじを（｜）。

日のひかり（＼）煙を青み（＼）、　　秋風に（＼）児らは呼び交ふ（｜）。

（第 33 頁）

土居多用"＼｜"這樣"安靜的調子"，與哀悼死去的孩子那種沉痛的内容相協調。與此相反，在詩《われのみみちにたゞしきと》中的調子則是這樣的：

われのみみちに（＼）たゞしきと（＼）、　ちちのいかりを（｜）あざわらひ（＼）、

ははのなげきを（｜）さげすみて（＼）、　さこそは得つる（＼）やまひゆゑ（｜）、

こゑはむなしく（｜）息あえぎ（＼）、　　春は来れども（｜）日に三たび（＼）、

あせうちながし（＼）のたうてば（＼）、　すがたばかりは（｜）録されし（＼）、

下品ざんげの（｜）さまなせり（＼）。

（第 102 頁）

土居這裏多採用"｜＼"型這種"自嘲的"、"反語的"的調子，與詩的内容完全吻合。此外，詩《萌黄いろなるその頸を》也多次出現了這種情形："萌黄いろなる（｜）その頸を（＼）、直くのばして（｜）吊るされつ（＼）、吹雪きたれば（｜）さながらに（＼）、家鴨は船の（＼）ごとくなり（｜）。緋合羽の（｜）巡礼に（＼）、五厘報謝の（｜）夕まぐれ（＼）、わかめと鱈に（＼）雪つみて（＼）、鮫の黒身も（｜）凍りけり（｜）。"（第 25 頁）其中也是用一種反諷的語氣，描繪店門前並排佇立的可憐的烏鴉，同時引出詩的情感。

關于賢治文語詩的韻律，岡井隆認爲："他忠實地堅持五七音數律，並保證音數的固定。而且，幾乎没有不合理的句子和多字少字的情形。所以給人的印象是單調的，節奏也很呆板。"①可是，從本文的考察可以看出，賢治並非固守七五的框框，而是試圖打破"單調"，像土居在《詩形論》中提出的那樣在七與五的内部賦予變化。

賢治所探索的"單句構成"是這樣構想的：通過句末停頓的"連續"（＼）型句和句中停頓的"終止"（｜）型句的有規律的組合，調節語氣和情感。可以説這種構想是暫時與

---

① 岡井隆《文語詩人 宮澤賢治》，東京：筑摩書房，1990 年，第 51—52 頁。

所謂世界本體表現的"形象素描"的目的脱離,强化向世界意識和人爲的構成傾斜的"文語詩"的方向性。同時,這一構想建立在嘗試摸索土居的《詩形論》中集中出現的近代日本詩的韻律的基礎上,其背後還存在着如何使日語詩實現跟外國詩韻律同樣複雜的構成的這一問題意識。前面所説的韻律形式的摸索是賢治在文語詩中進行的嘗試,可以説,這一事實對認定"形象素描"的展開與日本近代詩史的交會點給予了重要啟示。①

（作者爲京都造型藝術大學講師。譯者爲渤海大學外國學院講師、天津師範大學文學院博士生）

---

①　此外,與土居《詩形論》相關還需指出如下幾點。1. 他設立了《與漢詩的比較》這一項目,提及道:"四言詩可以分成兩個二言,五言詩可以分成二言和三言"也是句内構成(第 196—197 頁)。需要注意這是《文學入門》與《文學論序説》相關的要素。2. 土居説"如果將七五兩句加起來變成一行"那麽由於"就容易把一行作爲一個整體來理解",這樣一來就有成爲"複雜"語氣的可能。這不僅讓人想起,賢治的文語詩中有許多例子是將七五和五七疊加在一起的。3. 他還説:"只有歌的調子與我們行進的步調一致時才能很好地體會歌的調子。"(第 192 頁)

日本宮内廳書陵部藏《群書治要·詩》略考

王曉平

從奈良時代到平安時代，《詩經》主要是通過各種《毛詩》寫本在學人中傳播，而明經道專門研究《詩經》，畢竟人數是十分有限的，相比之下，紀傳道、文章道的學士對《詩經》的瞭解，便不能不借助于辭書或各種類書或選本。不僅從中國傳入的辭書、類書和選本中，不乏對《詩經》的引用，就是在日本人編撰的這類書籍中，也經常可以看到將《詩經》的詩句作爲例句或名言引用的情況。特別是到了平安時代中後期，僧侶選編的佛經音義和學士編寫的字書、辭書，都是出于閱讀漢文、漢籍以及寫作訓練的需要，這些寫本不少是根據流傳到日本的中國原本抄寫下來的。儘管有很多是重抄本，但在字句方面也多少保留着部分當時的面貌。這些寫本從一個側面反映着《詩經》傳播和研究的歷史狀況，其中也有一些值得重視的文字語言材料。

《群書治要》一書，乃唐太宗欲覽前王得失，命魏徵、虞世南、褚亮等輯録經史百家有關帝王興衰的事蹟記録而編成的書。原書從近 70 種書節選，50 卷，唐後亡佚。清代乾隆間自日本重新傳入，因鏤板行世。所采各書，皆初唐善本，與後刊者多有不同。然而在翻刻過程中，也改變和遺棄了原本部分内容，特別是日本訓點的内容。日本現存最早抄本是東京國立博物館保存的平安中期寫本，此外尚有鐮倉時代書寫，原金澤文庫舊藏，宮内廳書陵部藏本。後一抄本 1989 年由汲古書院全文影印出版。該書經部中的《詩》部分，保存了唐宋《毛詩》的舊貌，是研究中古詩經學史的寶貴資料，却尚未引起斯界學人注目。本文擬以中日兩國古本對照，略做考校，爲更多學者深入研究鋪路搭橋。

一、《群書治要》的編撰與回歸

唐太宗是一個很看重歷史經驗的皇帝，他留心墳典，"以往代興亡爲鑒，覽前修之得失"（《帝王略論序》）。《群書治要》正是根據他的要求修撰的。《唐會要》卷三十六《修撰》云："貞觀五年九月二十七日秘書監魏徵,撰《群書理要》上之。"又云："太宗欲觀前王得失,爰自六經,訖于諸子,上始五帝,下盡晉年,徵與虞世南、褚亮、蕭德言等,始成爲五十卷,上之,諸王各賜一本。"根據該書目錄,收書六十八種,而由于其中《三國志》分成《魏志》、《蜀志》、《吳志》,所以也有説是六十六種的。卷八的《周書》,是《逸周書》。

《玉海》引《集賢注記》曰:"天寶十三歲,先是院中進魏文正所撰《群書政要》(唐避諱,"治"改"理",又改"政",故《玉海》依舊本作"理要",且云《實錄》作"政要")。上覽之,稱善,令寫十數本,分賜太子以下。"天寶十三歲,即公元 754 年,已是《群書治要》成書百二十三年後,但仍受到皇帝重視。皇帝命令把它書寫分賜給諸王或太子,説明是把它看成治國思想綱要來看待的,是最高統治者的必讀書。

關于太宗對此書的評價,《新唐書》列傳一百二十三儒學上《蕭德言傳》云:"太宗欲知前世得失,詔魏徵、虞世南、褚亮及德言裒次經史百氏帝王所以興衰者上之。帝愛其書博而要,曰:'使我稽古臨事不惑者,卿等力也。'賚賜尤渥。"這表明兹編乃魏徵爲之總裁,而蕭德言主其撰,雖其書卷首署魏徵,而實際主編則是蕭德言。虞世南和褚亮均是蕭德言自陳朝以來的盟友,是號稱擁有四部群書 20 餘部的弘文館的學士,這樣一個班底,正具備編就一部"博而要"的治國全書的條件。上述記述還看出他們的主導思想,並不是單純保存文獻,而是抱着總結帝王所以興衰的歷史經驗這一明確目的,來對文獻加以精選的,這正是剛從南北動盪分裂時代走出來的初唐時期的歷史文化要求。從太宗將其分賜諸王來看,或許説自己讀它"臨事不惑"是"虛",要以此教導諸王是"實",總之,這本書的性質,誠如其書名,是摘編的高級政治教科書。

《群書治要》很有可能是遣唐使從唐携回日本的。它和《貞觀政要》、《帝範》兩書一起,成爲當時正需要統一國家治理經驗的日本皇室適用的帝王學教材。平安時代藤原佐世所編《日本國見在書目》已著錄"《群書治要》五十,魏徵撰"。那時爲朝廷所重者,正是給最高統治者確立治國思想提供文化依據的這三種書。

日本典籍記載朝廷經筵開講《群書治要》亦甚早。《續日本紀》言及仁明天皇的學問時,特別提到他通曉《群書治要》,説他"睿智聰明,包綜衆藝,最耽經史,講誦不倦,能練漢音、辨清濁。柱下、漆園之説《群書治要》之流莫不通,兼愛文藻"。仁明天皇時助教直道宿彌廣公進講之事,見于《續日本後紀》卷七承和五年六月壬子(二十六日)所載:

(仁明)天皇御清凉殿,令助教正六位上直道宿禰廣公讀《群書治要》第一卷,有五經文故也。

這裏所説的仁明天皇承和五年,乃是唐開成三年,即公元 838 年。是《唐會要》所説的貞觀五年,即公元 631 年的 207 年後。歷史上看,早期日本追隨中國思想文化風潮,時差大體兩三百年。這裏説,廣公讀《群書治要》第一卷,是因爲該書載有五經之文,便于宣講和聽講,《群書治要》是當作天皇讀經的教科書使用的。

《三代實録》卷二十七貞觀十七年四月二十五日丁丑又云:

> 先是(清和)天皇讀《群書治要》。參議正四位下行勘由長官兼式部大輔播磨權守菅原朝臣是善,奉授書中所抄納紀傳、諸子之文;從五位上守刑部大輔菅原朝臣佐世奉授五經之文;從五位下行山城權介善淵朝臣愛成爲都講;從四位上行右京大夫但馬守源朝臣覺豫侍講席。至是講竟,帝觴群臣于綾綺殿,蓋申竟宴也。大臣以下各賦詩,參議從三位行左衛門督近江權守大江朝臣音人作都序,喚樂人一兩人,絲竹間奏,終日樂飲,達曉而罷,賜衣被錦絹各有差。①

清和天皇貞觀十七年,當唐乾符二年,即公元 875 年。上面詳細記載了參與講書活動的學者和地方官的名字職務和擔當的工作:菅原是善講史傳諸子,菅原佐世講五經,善淵愛成負責在天皇開始讀書的儀式上復習侍讀講解的地方,即所謂"都講",侍講席的是源覺豫。這些都是當時最負盛名的學者。

宇多天皇 31 歲時,決心讓位于 13 歲的皇太子,這時他專門爲少年新帝寫下了自己身爲帝王的心得,即現已散佚的《寬平御遺誡》。從《明王抄》卷一《帝道部》引用的《寬平御遺誡》中可以看出,他特別囑咐新帝要多讀《群書治要》,而不要在其他"雜文"上耗費時光:

> 天子雖不窮經史百家,而有何所恨乎? 唯《群書治要》,早可誦習。勿就雜文以消日月耳。②

從 9 世紀仁明天皇起,到清河天皇,再到醍醐天皇,都曾拜文章博士爲師,請其專門講解

---

① ［日］黑板勝美編《新訂增補國史大系第 4 卷　日本三代實録》(前·後編),東京:吉川弘文館,2007 年再版。
② ［日］藤木邦彦《寬平御遺誡》,見《國史大辭典 3》,東京:吉川弘文館,1983 年。

《群書治要》。《扶桑略記》、《日本紀略》都記載公元 898 年式部大輔紀長谷雄進講一事：

> （醍醐天皇昌泰元年）二月廿八日戊辰，式部大輔紀長谷雄朝臣侍清涼殿，以《群書治要》奉授天皇，大内記小野朝臣美村爲尚復，公卿同預席。

這裏所説的昌泰元年，乃是唐光化元年，即公元 898 年。《新儀式》"御讀書條"則稱："舊例七經召明經博士，史書召紀傳博士，《群書治要》式，用明經、紀傳各一人。"是説《群書治要》既有經學的内容，又有史學的内容，所以要明經博士和紀傳博士各一名來共同承擔講學的任務。《大鏡》裏書也説："醍醐天皇御事，年十四，昌泰元年廿八日戊辰，于清涼殿始讀《群書治要》。"

《群書治要》對于平安時代政治思想的影響，還可以從下面一個事實中看到。菅原道真（845—903）29 歲時曾擬抄出有關時務問對的詞章以供政治參考，編爲一書，題作《治要策苑》。在他撰寫的序文中説："自古之聖帝明王莫不開直諫以聞得失，因秀才以決是非"，這裏所言，顯然包括初唐的政治經驗，序文中談到自己的編撰方針是："今之所撰，唯急時務；時務之中，更擇其實"①，也可以看出與《群書治要》相似的設想。雖然菅原道真最終没有實現自己的計劃，但他後來着手編撰的《類聚國史》，可説是部分完成了編著一部有關"政術治道"的類書的夙願。出于相似的政治需要和文化需要，又具有相對安定的環境，是平安時代重視《群書治要》的條件。平安時代以後，王朝日漸衰微，《群書治要》遂不再被視爲要典。

歷經數百年，江户時代再次出現社會安定局面，《群書治要》亦始爲其時德川幕府所重。1608 年，德川家康將林羅山招至駿府，讓其講《群書治要》。德川家康要求聽講這樣一部經史子集兼備的大書，本身便表明他建立類似甚至超過大唐帝國政權的雄心。

至于在中國，《玉海》引《中興館閣書目》云："秘閣所録唐人墨蹟，乾道七年（1171）寫副本藏之，起第十一，止二十卷，餘不存。"唐劉肅《大唐新語》著述第十九載：

> 太宗欲見前代帝王得失以爲鑒戒，魏徵乃以虞世南、褚遂良、蕭德言等采經史百家之内嘉言善語，明王暗君之跡，爲五十卷，號《群書理要》，上之。太宗手詔曰："朕少尚

---

① ［日］川口久雄校注《菅家文草　菅家後集》，東京：岩波書店，1978 年，第 541 頁。

威武,不精學業,先王之道,茫若涉海。覽所撰書,博而且要,見所未見,聞所未聞。使朕致治稽古,臨事不惑,其爲勞也,不亦大哉!"賜徵等絹千匹,彩物五百段;太子諸王,各賜一本。

然而,《群書治要》畢竟只是一部典籍的摘編。《册府元龜》獨收魏序,爾來《崇文書目》、《宋志》以下,皆不録。乃知其在唐時尚未至大顯,遂泯泯于宋氏。

日本宮内廳書陵部藏金澤文庫本,缺卷四、十三、二十這三卷。是書卷十七末,有時任越州刺史的北條實時跋云:

建治元年六月二日,以勾勘本書寫點校終功。作此書一部,事先年後藤壹州爲大番在洛之日,予依令誂所書寫下也。而於當卷者假藤三品(茂範)之手以加點畢。爰去文永七年極月回禄成孽,化灰燼畢,今本者炎上以前予本勾勘之書寫之間,還又以件本重令書寫者也。越州刺史。①

文中的"件本",就是"前面那個本子、這個本子"的意思。件,"上述、每一",唐代用法。卷十五末又云:

文永七年十二月,常卷以下少少燒失了,然間以康有之本書寫點校了。②

卷第二十九有其孫貞顯跋曰:

嘉元四年二月十八日以右大辨三位經雄卿本書寫點校畢。此書祖父越州之時,被終一部之功之處,後年少少紛失之,仍書加之而已。從五位上行越後守平朝臣貞顯。③

近代學者島田翰根據以上這些識語,對圍繞這個本子的情況作了説明:

蓋勾勘,即勘解由,是指三善康有。今合而考之,實時嘗使後藤壹州,就康有藏本

---

① [日]尾崎康、小林芳規解題《群書治要》(二),東京:汲古書院,1988年,第543頁。
② 同上,第377頁。
③ 同上(四),第389頁。

傳抄一通,後又抄副本。文永七年十二月不戒于火,壹州所抄,旋化灰燼,而副抄本亦第十五以下,間有佚亡。至貞顯始抄補之也。但此書既有建長識語,則副抄亦決不在建長之下矣。①

根據上述識語和分析,與此相關的情況大體可以理出頭緒。此書是北條實時讓清原教隆從 1253 年到 1260 年加點的,而書寫則是此前在京都進行的。其中的史部多有散逸,或毀于 1270 年的火災。即時曾讓三善康有于 1274 至 1276 年加以補寫。後來,北條實時之孫北條貞顯于 1302 年和 1306 年據藤原光經、藤原經雄的本子書寫校點。

島田翰對這個抄本的評價甚高,他說:

　　夫實時英明雋永,世之所仰以爲山斗,得其片楮隻簡,寶如琬琰,而斯累累四十七卷,而皆經其點校,今雖佚其第四、第十三、第二十之三卷,其梗概則存,不亦可幸乎!

　　……

　　顧亦繼今而後之君子,苟有拜秘府之藏也,讀斯書也,則必有思所以斯書之存于今者,感極而泣若予者矣。而唐土之人讀斯書,則其尊崇威敬之心,其有不油然而興者耶! 學者知先哲之勤懇如斯,憫今本之詭異如彼,緣異文以考作者之意,讀奇字而求制字之原則可,若徒以其珍册異書,則兩失之矣。②

島田翰不愧是位好古之士,對抄本偏愛之情溢于言表。對于古代抄本,其實我們既不必將其尊爲極品,也不用像有些學者那樣斥爲"廢紙文化"。有好古的學者作一點必要的研究,是無可厚非的。只是島田翰只活了 36 歲,其他學者似乎對此事沒有他那麼癡迷,所以至今《群書治要》抄本的研究仍不能説是很透徹。

二、《群書治要》的寫本和刻本

《群書治要》有 1616 年刊行的古活字版 50 卷,大 50 册,今藏日本國立國會圖書館,是所謂駿河版(德川家康隱居駿河之後令林羅山、金地院崇傳出版的版本)。1785 年由尾張德川家整版印刷的本子再傳入中國,是 10 年後即 1795 年的事。又過了 10 年,《平

① 　[日]島田翰撰《漢籍善本考》,北京圖書館出版社,2003 年,第 155—156 頁。
② 　[日]島田翰撰《漢籍善本考》,北京圖書館出版社,第 160—161 頁。

津館叢書》收入了該書保存的《尸子》。阮元著録于《四庫未收書目》，該書大半又被採録于嚴可均編撰的《全上古三代秦漢六朝文》當中。1847 年楊靈石又將其收入《連筠簃叢書》，同治年間刊行的《榕園叢書》丙集有《治要節抄》五卷，附録一卷，王仁俊《玉函山房輯佚書續編》收入其中 10 種。《群書治要》給清代考據學者的影響可見一斑。

　　歸根結底，日本 1616 年刊本（所謂元和版）、1846 紀州德川家本（所謂弘化版），以及 1785 年刊本（所謂天明版）三種，都是根據鐮倉文永、建治年間（1264—1278）書寫的金澤文庫本翻刻的，這個本子現在保存在宮内廳書陵部。1941 年宮内省圖書寮曾將其複製翻刻，計 47 軸 48 册，附有解説和凡例，爲和裝本。1989 至 1991 年汲古書院再將此複製本影印出版。將這個本子與現東京國立博物館保管的平安中期寫本比較，文字異同甚顯。包括原本爲鐮倉寫本的上述三個本子在内，都很難説是可供復原舊抄本階段的資料。小林芳規編有《宮内廳書陵部藏本群書治要經部語彙索引》（古典研究會，1996.2，古典籍索引叢書，第 10 卷），是研究此本的必備工具。

　　日本學者從出版文化史和日本思想史的角度，對日本所傳《群書治要》給以很高評價。江戶末年明治初年森立之曾著《群書治要校本》二册，其親筆書寫，爲寶玲文庫舊藏，今存東京古典會。現代日本學者則多從歷史學和日本古代訓詁學的角度對其加以研究。如石濱太郎撰《群書治要の尾張本》（《中國本》，115）、《群書治要の史類》（《東洋學叢編》第 1 册，靜安學社編，東京：刀江書院，1934 年）、《群書治要の論語鄭注》（《東亞研究》，5—6）、同《群書治要の尚書舜典》（《東亞研究》，五—10，11），植松安撰《群書治要に就て》（《東亞研究》1—10），武内義雄撰《群書治要と清原教隆》（《武田義雄全集》第四卷），新村出撰《群書治要金澤本》（《典籍叢談》），小林芳規撰《金澤文庫本群書治要卷四十所收三略の訓點》（《田山方南先生華甲記念論文集》，東京：田山方南先生華甲紀念會出版，1963 年），井上親雄撰《宮内廳書陵部藏群書治要古點の訓讀——ヲソリてとヲソレて》（《大坪並治教授退官記念國語史論集》，東京：表現社，1976 年）等。

　　從抄本整體來看，《詩》只是其中很小一部，因而，從詩經學的角度來對此書加以研究的論文，幾無所見。然而，在《群書治要》回傳中國之後不久，我國的《詩經》研究者實際已經有人敏感地注意到它的文獻價值，他便是陳奐（1786—1863）。梁啟超在《中國近三百年學術史》中説陳奐的《詩毛氏傳疏》"堪稱疏家模範"，不爲過譽。筆者發現，該書多次引用《群書治要》，現略舉三例。

　　1.《柏舟》"憂心悄悄，愠于群小"。陳奐引《群書治要》證明傳文誤倒。通行本先

釋"愠",後釋"悄悄",與經中兩詞先後相反,所以陳奐説:

> 《傳》先釋"愠",後釋"悄悄",文疑誤倒。顔師古注《漢書》、楊倞注《荀子》及魏徵《群書治要》並云:"悄悄,憂貌。愠,怒也。"《正義》亦順經爲釋,是所據《毛傳》,皆當不誤。

陳奐提到的《傳》,見于《群書治要》寫本第 62 行,本作"悄悄,憂意。愠,怒也",其中的"意"字,乃"貌"字之訛。其順序與經文合。陳奐繼續指出,"愠,怒也",當爲"愠,怨也",亦爲篤論。

2.《谷風》:"習習谷風,以陰以雨。",陳奐引《群書治要》證明通行本《傳》"習習,和舒貌""舒"下脱"之"字。《傳》:"興也,習習,和舒貌。東風謂之谷風。"陳奐《疏》提到,《群書治要》及《文選》束皙《補亡詩》注引《毛傳》"習習,和舒之貌",有"之"字。陳奐所言是,其所言《傳》文在《群書治要》寫本第 66 行。

3.《角弓》:"爾之教矣,民胥傚矣。"陳奐引《群書治要》等書證"傚"字古本作"效",他説:

> "傚",古字作"效"。《白虎通義·三教》、《潛夫論·班禄》及《群書治要》皆作"效"。昭六年《左傳》叔向曰:"楚辟我衷,若何效辟?《詩》曰:'爾之教矣,民胥效矣。'從我而已,焉用效人之辟?"其字亦作"效"。①

不過,陳奐看到的《群書治要》是哪個本子,並不清楚,當是翻刻本而不可能是原寫本。第三例"民胥效矣",宮内廳書陵部所藏抄本"效"字乃作"效",或已經在翻刻時被改動。這樣根據後人改動過的本子得出的結論,自然有必要再討論。錢大昕《十駕齋養新餘録》卷下"群書治要"條謂:"日本人刻《群書治要》五十卷,每篋首題秘書監鉅鹿魏徵等奉敕撰。"在羅列各卷所收書目之後,又説:"前有尾張國校,督學臣細井德民序,題云天明五年乙巳春二月。未知當中國何年也。"由此可知,錢大昕時《群書治要》天明本已經傳到中國。陳奐看到的是不是這個本子,很難確考;但説他看到的是刻本,該不會錯。

---

① ［清］陳奐著《詩毛氏傳疏》中册,北京市中國書店影印,1984 年。

　　《群書治要》四部分類與《隋書·經籍志》大體相同。書中所載，皆初唐舊本，收載唐宋以後佚書十餘種，所據本文多存六朝末年舊貌，于古籍校勘輯佚極爲珍貴，可藉以訂補今本之訛誤者不鮮。但是，包括陳奐在内的以往中國學者依據的本子，都是根據抄本翻刻的印本。在將寫本轉換成印本的時候，改俗字爲正字，或者將當日主其事者認爲訛誤之處加以改變，被認爲是無可非議之事，何況原文中那些日本人加上去的訓點，更以爲與國人無關，統統一筆抹掉也不足惜，結果，對此書的真正學術價值，便難給以根本的認識。

　　古典研究會叢書漢籍之部第一期出版了宮内廳書陵部《群書治要》，鐮倉時代書寫，清原教隆點校①。金澤文庫舊藏，四十七軸，經部一册，史部三册，子部三册（缺卷四、十三、二十）。原本爲卷子本，高29.2厘米，有欄線，欄高21.3厘米，寬2.5厘米。原本加有朱點、墨點和朱色"乎古止"點，這個本子是以宮内廳書陵部版（1941年版）珂羅版複製本爲底本影印的。

　　今天以這個本子作爲考察對象，看起來只不過是舊話重提，而出發點却不可同日而語。如果將它作爲文獻學、文學交流史和比較文學綜合研究的對象的話，那麼開掘的工作還僅是發端。

三、《群書治要》中的《詩》

　　《群書治要》收入的《詩》共六百餘行。從305篇中選出74篇，下面是行數和篇名：

1. 詩

3.《周南》：　　29.《關雎》　　39.《卷耳》

46.《邵（召）南》：　　47.《甘棠》　　51.《何彼穠（襛）矣》

57.《鄁（邶）風》：　　58.《栢（柏）舟》　　63.《谷風》

72.《鄘風》：　　73.《相鼠》　　79.《干旄》

85.《衛風》：　　86.《淇澳（奧）》　　92.《丸（芄）蘭》

98.《王風》：　　99.《葛藟》　　103.《采葛》

106.《鄭風》：　　107.《風雨》　　111.《子衿》

115.《齊風》：　　116.《雞鳴》　　120.《甫田》

---

① ［日］尾崎康、小林芳規解題《群書治要》（一），東京：汲古書院，1988年，第143—219頁。

126.《魏風》：　　127.《伐檀》　　135.《碩鼠》

139.《唐風》：　　140.《枤杜》

145.《秦風》：　　146.《晨風》　　151.《渭陽》　　159.《權輿》

164.《曹風》：　　165.《蜉蝣》

174.《小雅》：

175.《鹿鳴》　　181.《皇皇者華》　　187.《常棣》

196.《伐木》　　205.《天保》　　212.《南山有臺》

219.《蓼蕭》　　224.《湛露》　　228.《六月》　　247.《車攻》　　254.《鴻雁》

263.《白駒》　　268.《節南山》

274.《正月》　　284.《十月之交》　　295.《小旻》

308.《小弁》　　320.《巧言》　　325.《巷伯》

332.《谷風》　　337.《蓼莪》　　348.《北山》

358.《青蠅》　　363.《賓之初筵》　　374.《采菽》

380.《角弓》　　387.《菀柳》　　394.《隰桑》

401.《白華》　　413.《何草不黄》

420.《大雅》：

421.《文王》　　431.《大明》　　440.《思齊》

447.《靈臺》　　453.《行葦》　　462.《假樂》

469.《民勞》　　472.《板》　　483.《蕩》　　507.《桑柔》

516.《雲漢》　　526.《崧高》　　532.《烝民》

548.《瞻仰(卬)》

564.《清廟》　　570.《振鷺》　　574.《雍(雝)》　　577.《有客》　　580.《敬之》

585.《魯頌》　　586.《閟宮》

592.《商頌》　　593.《長發》　　600.《殷武》

由于該書是以特定的讀者對象編撰的,編撰者從選篇到選注各方面都體現出獨特的標準。這個特定的讀者對象就是太宗,頂多擴大到太宗的周邊。也就是首先要符合太宗知國之興衰的需要。從選篇來看,《國風》中的《陳風》、《檜風》、《豳風》等一篇未選。而每篇選擇的情況也不盡相同,既有全篇選入的,也有摘選數章的,還有只選數句的。最少的是《有客》一篇,只選了其中兩句。最多的選法則是只選首章。特別是兩三章只變換數位,構成複唱的詩,皆採用了只選首章的方式。有些有名的篇章如《七月》没有選入,或許是考慮到其他經書中已選入相關的内容。

　　總之,《群書治要》中的《詩經》部分,是今存較早的《詩經》選本,僅從這一點出發,也是《詩經》接受史中值得一顧的課題。由于編撰者選擇目的過于集中到興衰一點,所以所注目的與其説是詩句本身的含義,不如説是《詩序》和《鄭箋》通過詩解發揮的儒家治國理念。近代以來,學者主張將《詩經》本身和附着在它身上的"層層叠叠的瓦礫"分開,這固然是探究詩意所必須的,同時不應忘記的是,以往千年以來的很多場合,那些"瓦礫",特別是《傳》、《箋》早已和《詩經》本身融爲一體,成爲一個接受對象,特別是在政教的層面更爲醒目。這是我們研究《詩經》接受史時不可忽視的。

　　由于這樣的特定目的,在對《傳》、《注》的處理上,爲精要不繁,處處可見删去《毛傳》一些常見詞釋詞的痕跡,同時《傳》、《箋》不予分別,一律混用,在《傳》、《箋》釋詞不同的時候,多棄《傳》而從《箋》,這或許是因爲《箋》對詩句有更完整的解釋。

　　研究這個抄本,首先是因爲它保存了《毛詩》定本和《毛詩正義》之前的《詩經》的部分面貌。儘管其中已有清原家根據《定本》、《釋文》及《毛詩正義》校勘的内容,但與宋刊本異同甚多,可供參酌分析。從文字上看,多用俗字,唐石經用假借字,而此本用正字的情況很普遍,而相反的情況也時有所見。清人陳奐雖注意到《群書治要》可資《毛詩》校勘,但由于沒有看到抄本原件,而翻刻本又不可能保存抄本中複雜的訓點標記,所以終究未能使之物盡其用。

　　首先,這個抄本對于校定《毛詩傳箋》具有一定參照價值。

　　1. 阮本《大序》:"風,風也",此抄本第六行作"風,諷也"。日本刻唐釋慧琳《一切經音義》卷三十六引作"諷也",與《釋文》所載崔靈恩本同。日本大念佛寺藏《毛詩二南》抄本亦作"諷也"。

　　《大序》中阮本"故永歌之,永歌之不足",抄本第9行兩"永歌"均作"詠歌",與其前後之"嗟歎","舞蹈"恰爲組合,《文選》顏延之《曲水詩序》注引《初學記·歌類》、《慧琳音義》卷三十六日本刻原本《玉篇·言部》引,及日本《七經孟子考文》並作"詠歌"。日本大念佛寺藏《毛詩二南》抄本亦均作"詠歌"。

　　《秦風·晨風》:"鴥彼晨風,鬱彼北林。""鴥"字,阮本誤作"鴥"。阮校:"唐石經作'鴥'。案:'鴥'字是也。"恭仁山莊藏《毛詩正義》單疏本標起止爲"'鴥疾'至'實多'",劉承幹《毛詩單疏校勘記》云:"阮本'鴥'作'鴥',下同。此本與唐石經無異,當《正義》本如是,無作'鴥'者。"案:《群書治要》寫本作"鴥",則知今本之"鴥"字或爲"鴥"字形近而訛。"鴥"同"鴥",故詩有作"鴥彼晨風"者,又有作"鴥彼晨風"者,皆不誤。

《小雅・十月之交》：“百川沸騰，山塚崒崩。”《箋》云：“百川沸出相乘凌者，由貴小人也；山頂崔嵬者崩，君道壞也。”

兩句皆以“者……也”句式説明原因，而語義不暢，上句“百川沸出相乘凌者”，爲果，而下句“山頂崔嵬者崩”亦爲果，則以作“山頂崔嵬崩者”爲順。《群書政要》寫本正作“山頂崔嵬崩者”。順便説，《鄭箋》將“崒崩”分爲兩詞，非爲確解。馬瑞辰《通釋》：“‘崒崩’二字當連讀，與上‘沸騰’相對成文，即碎崩之假借。《廣雅》碎、崩並訓爲壞是也。”

《大雅・清廟》：“濟濟多士，秉文之德，對越在天。”《箋》云：“濟濟之衆士，皆執行文王之德。文王精神已在天矣，猶配順其素如生存。”

這一段話有兩點值得注意。《群書治要》“素”字下有“行”字，今無。另一點是《群書治要》本“存”字下有“焉”字，而今本無。

先説“行”字。從配順與素行的搭配看，以有“行”字爲長。而《正義》曰“文王在天，而云多士能配者，正謂順其素先之行，如其生存之時焉”。可知孔穎達所見本子，蓋有“行”字。

再看“焉”字。“如生存”三字，今本原作“如存生存”。阮校：“閩本上‘存’作‘在’，明監本同。毛本‘如’誤‘知’，相臺本無上‘存’字，《考文》古本無。案無者是也。”誠如阮校所言，今本“如存生存”，當爲“如生存”，僅此數字，諸本之混亂可知。之所以出現這種混亂，很可能是原有的“焉”字被剝離後，僅存“如生存”三字結句，頗感不穩，遂有增字之誤。

手抄本中，句尾助字一方面可能比後來的印本有更多的原樣保留的機會，因爲從成本講，多寫一個助字，印本要高于寫本。另一方面，在書寫時，最容易因被忽略而錯訛的也是助字。抄寫者無疑會盡量在看懂文意後正確抄寫，而當看到抄到句末助字的時候，很可能自認爲理解已没有問題而有所大意，特别是之、也、焉之類用哪個區别不是很大的時候，再加上“也”、“之”在原本過草本易搞錯的情況，將“之”看成“也”，或者分不清的時候再加上疑似的字，于是丟下或增衍助字的現象便頻頻出現。可以説，抄本較印本可能更具有個人隨機性，這是我們在參照時不能不細加留意的。

其次，這個抄本雖然有後來改動的痕跡，但仍多用俗字，這和敦煌藏六朝和唐代《詩經》寫本十分相似，可作異文對照研究，豐富我們對那一時代文字的認識。

如“刺”字，此本皆作“刾”。考《漢石經集成》三七“惟是褊心，是以爲刾（其二）葛屨”。馮登府云：“《説文》‘刺’從‘刀’從‘束’，《石經》作‘刾’者，隸變也。”伯2529同篇亦作"刾",或以爲作"刺"作"刾",爲《毛》、《魯》之異者,由此可見,非也。日本念佛寺本抄本《毛詩二南》"刺"亦作"刾",可證唐時俗本多有作"刾"者。《巧言》:"投畀豺虎","豺"字,此抄本作"犲"。阮本用正字。《干禄字書》:"犲,豺,上通下正。"此類例子不勝枚舉。

辨明抄本中的俗字,有利于分析今本異文產生的原因。例如,今本《大明》第三章"心之憂矣,自詒伊戚。"《箋》云;"我冒亂世而仕。"阮校無説。而靜嘉堂本"冒"字作"冐"字,且右旁注:"遭,本乍。"蓋"冒"字本作"遭"。據《干禄字書·平聲》:"曺,曹,上通下正。"即"曺"是通字,"曹"是正字。《群書治要·詩》《渭陽·序》"文公遭孋姬之難","遭"字"辶"中正作"曺"。由此,可以推想,《箋》本作"遭亂世",後抄寫中脱"辶","曺"字又誤作"冐",再誤作"冒",語則似通,故人不疑。類似的例子尚可列舉。不論是直接還是間接,充分瞭解六朝和唐代寫本中的俗字,都有助于擴展思路,增加判斷的可靠性。

第三,《群書治要》抄本或可有助于糾正現行標點本的疏漏。

1.《小雅·隰桑》四章:"心乎愛矣,遐不謂矣?中心藏之,何日忘之?""《箋》云"部分,北大標點本斷句如下:

> 遐,遠。謂勤藏善也。我心愛此君子,君子雖遠在野,豈能不勤思之乎?宜思之也。我心善此君子,又誠不能忘也。孔子曰:"愛之間能勿勞乎?忠焉能勿誨乎?"①

問題是"遐,遠。謂勤藏善也。"一句,標點者視爲釋一詞。足利乙本、靜嘉堂本、南宋十行本觀音寺藏享和二年本作"遐遠謂勤藏善也"足利甲本、龍谷本作"遐,遠也。謂,勤也。藏,善也。"《七經孟子考文補遺》補遺:"古本'遐遠'下,'謂勤'下並有也字。"《群書治要》本作"遐,遠也。謂,勤也。藏,善也。""谓"字训点右注"ツトメ",正是"勤"之義。

考馬瑞辰《毛詩傳箋通釋》引詩作"謂,勤也",他除了指出"遐"當訓"胡","凡詩言遐不者,猶言胡不,鄭玄訓遐爲遠失之"之外,特別説明了鄭玄釋"謂"爲"勤"的根據:《爾雅·釋詁》:"謂,勤也。"又引《吕氏春秋·開春篇》爲證。進而論定此詩"遐不謂矣"

---

① 李學勤主編《十三經注疏》標點本三《毛詩正義》中册,北京大學出版社,1999年,第925頁。

猶云"胡不勤勞之",故《箋》又引孔子曰:"愛之能勿勞乎"正讀勞如勞來之勞。[1]

　　據此,此句宜斷爲:"遐,遠。謂,勤。藏,善也。"

　　2.《蓼莪》小序,北大標點本中册第776頁:

　　　　《蓼莪》,刺幽王也,民勞苦,孝子不得終養爾。

"民"字下當有"人"字,《正義》曰:"民人勞苦,五章,卒章上二句是也。不得終養,卒章卒句是也。"可證。《群書治要》寫本、靜嘉堂本、南宋十行本等皆作"民人",北大標點本或爲校對不精而致訛。

四、《群書治要》中《詩經》的訓點

　　《群書治要》的《詩經》部分既不是《毛詩鄭箋》的全部,又有編選者動手剪裁的痕跡,但部分保留的舊貌,却非後人所能作僞的。爲此,就有必要對寫本的訓點加以研究,即對寫本中原文文字之外的句讀、圈發、訓釋和校勘符號做一考察。

　　《群書治要》卷一至卷十的經部,是清原教隆以清原家訓説加點的。爲《詩》加點則是建長五年,即1253年,即南宋寶祐元年。清原教隆是清原廣澄的七世孫。廣澄(934—1009)于1002年爲明經博士,賜姓清原,開創清原明經家,其子孫時代繼承祖業。教隆(1199—1265)曾在鐮倉爲將軍講議,受到重用。他爲《群書治要》加點,乃是受命于北條即時將軍。1226年爲《詩》所加點,也同其他部分一樣,保存了清原家經學的古風,也部分反映了南宋以前《毛詩》抄本的情況。

　　原件在《經》、《序》、《傳》、《箋》旁,均以上四種訓點符號,包括四角所標四聲,此乃研究日本訓點的寶貴資料,雖于一般中國《詩經》研究者或非必需,但對比當時釋詩與通行本異同具有參考價值。

　　句讀。中國古人論讀書,莫不曰詳訓點、明句讀。讀之謂豆,讀即是點。《增韻》解釋句讀説:"凡經書成文語絶處,謂之句,語未絶而點分之間,以便誦詠,謂之讀。今秘省校書式,凡句絶則點于字之旁,讀分則微點于字之中間(見《康熙字典》)。"觀《群書治要·詩》的句讀,完全與《增韻》所言方法一致。例如第13至14行,"故正得失,動天地,

---

　　[1]　［清］馬瑞辰撰《毛詩傳箋通釋》,北京:中華書局,1989年,第780頁。

感鬼神,莫近于詩"一句,在"詩"之旁的點,是句,相當于今日之句號或逗號;而"故"之下、"失"之下、"神"之下,皆有小點,大體相當于今天的頓號。"故"之下的點,表示讀至此,略作停頓,意義更爲明晰。今天讀日本人對漢籍的斷句,往往比較中國學者斷句停頓多,或許與自古以來採用的這種句讀方法有關。

圈發。即對字,特別是破音字的四聲予以標注。日本採用的方法,和張守節《史記正義‧發字》中所言相一致,其言所謂"觀義點發",就是就其字義,看其在文中該讀幾聲。宋以來點各以圈來代替,以免與其他點相混。《群書治要‧詩》均用小圈標注四聲,稱爲聲點。各種聲調小圈在字周圍的位置不同,平聲於左下,平聲輕於左下略靠上,上聲於左上,去聲於右上,入聲輕於右下略靠上,入聲於字之右下。濁聲則用兩個小圈來標注,平聲濁於左下,平聲輕濁於左下略靠上,上聲濁於左上,去聲濁於右上,入聲音輕濁於右下略靠上,入聲濁於右下。在敦煌《詩經》殘卷中可以看到同樣的標注。

例如,第51行,"何彼穠(襛)矣",於"何"字左下有一小圈,謂讀平聲,於"彼"字左上有一小圈,謂讀上聲,"穠"字左下有兩小圈,謂讀穠平聲濁,"矣"字左上有一小圈,謂讀上聲。

值得思考的是,一般認爲,當時讀中國傳來的典籍,並不需要按照漢語發音來讀,而是像今天仍在使用的訓讀那樣,讀日本音就行了,即所謂漢字的"同文異音"。那麼爲什麼還要將四聲標注出來呢? 當時清原家是否也進行漢語發音的教育呢? 是否也在採用類似現代的用中國話誦讀原文的方法呢? 不管怎樣,這些讀法,抄自中國原本,應無需懷疑,它們應該也是研究我國古代音韻的參考資料。

清原教隆似乎對于字的讀音還相當重視,在寫本中還可以看到以"音"字的簡代字"立"來注音的情況,即只寫出"音"字的上半邊一部分,來作"音"字的代用字,不將上半的"立"字寫全,似是爲了避免歧意,這個方法今天看來像是暗號,而當時完全是爲了便利而已。如第344行"拊"左下旁注"立撫"字,即便表示"拊"讀如"撫",同樣,564行"雒"字左下旁注"立洛",也就是"雒"讀若"洛"。

訓釋。訓釋就是通過各種文字或符號來作文本作出解釋,從某種意義上說也是保留原有文字的翻譯方式。平安時代前後這種讀書法已經相當成熟。各種文字和符號不僅能夠表明原文語彙的讀法和意義,而且也通過返點的方式,將中文的語法結構調整爲日語的語法,使閱讀者看着原文就能在將漢文轉化爲日語。日語爲黏着語,在將漢文轉化爲日語的過程中,利用符號來轉變語序,明確各個辭彙的關係,是訓釋的重要內容,同時,明確每個詞是採用音讀(近乎音譯),還是訓讀(近乎意譯)也是不可缺少的。常用的表明詞語關係的助詞,被簡化爲點,由其在字周圍的位置,讀者就可以還原爲原來的假名,由各種固定位置的點,也可以明確如何將原文顛倒讀之。《群書治要·詩》的訓釋,如字左旁有"丨",表示此字當訓讀;字的右旁有"丨",表示此字當音讀。兩字之間,有"丨",表明兩字爲一詞,其中如果"丨"在兩字正中間,則表示此兩字在一起音讀,即所謂"音合",而"丨"字在兩字之間的左半側,那麼則表示兩字在一起訓讀,即所謂"訓合"。在兩字之間如有"√",即所謂"雁點",則表示兩個字按照日語來説應當顛倒來讀。其名爲雁點,或因爲其形如雁展翅而飛。字下中部有短橫線,則表示上爲人名。還有"上"、"一"、"二"等字,將原文各詞先後注明,虛字則標"不讀",這樣,不論是《經》,還是《傳》、《箋》,即便不通漢語也都可以讀通了。這是一種默默無聲的深層次交流。從這些文字或符號,我們就可以知道當時的日本人怎樣理解《詩經》的。

校勘符號。寫本校勘,不僅是糾正抄錯的字,而且也是通過不同時期不同來源的本子相互對照,以尋求超越各本的善本的過程。《群書治要》常使用的校勘符號有以下幾種:

補漏:字下中間有小圈〇,以弧線引出,表示字下有漏字,當補上弧線外所寫的字。

删去:字的左側(時亦有在右側的)的"＝",表明此外當删。

糾謬:文中之字的一側有"＝",而于其字下寫有異字,表明文中字爲訛誤,以異字爲正。

另外,《群書治要·詩》部分,每首詩的詩題前,有圓黑點,而迭詞一律用重文號,省而不書,這些可能保存着唐本的舊貌。原本文字,則多用俗字,如"惡"作上"覀"下"心","因"作"囙","廢"作"癈"。原文中俗字包括部首,凡"土"皆作"圡",如杜、基、堅、牡中的"土"皆作"圡",凡"臼"皆作"舊",如蹈、舊、舅字中的"臼"皆作"舊",抄本中,清原教隆多根據《釋文》標出反切。

這個本子,是今存極少明確抄寫點讀時間的早期抄本,從時間上講,比清原宣賢1521年加點,現存靜嘉堂文庫的《毛詩鄭箋》要早295年。遺憾的是它只是《毛詩鄭箋》的摘抄,不能爲我們展現當時的全貌。

(作者爲天津師範大學文學院教授,日本帝塚山學院大學客座教授,國際理解研究所顧問,日本萬葉世界獎獲得者)

丁氏八千卷樓藏書轉歸江南圖書館始末

——以《藝風老人日記》所見史料爲中心

石 祥

　　杭州丁氏八千卷樓是著名的"清末四大藏書家"之一,其藏書規模與質量在晚清時代均堪稱翹楚,主人丁申、丁丙兄弟當時即以"雙丁"並稱而名世,除了大量搜集藏書、編制藏書目錄和出版書籍之外,丁氏兄弟還以一己之力搶救了在太平天國戰爭中遭損毀的文瀾閣《四庫全書》,並在戰後主持了文瀾閣《四庫全書》的補鈔事宜,在清代文獻史、藏書史和版本目錄學史上佔有重要的地位。

　　藏書家希望子孫永寶,世守勿替,這當然是可以理解的人之常情。然而有聚有散才是世間常理,藏書世家或因子孫無知,或因家道中落,最終都難免捆載而出、風雲流散的結局。丁氏自然也不例外,在丁丙去世後八年的光緒三十三年(1907),八千卷樓藏書即被兩江總督端方購去①,後者以此爲基礎組建了江南圖書館(即今南京圖書館的前身)。八千卷樓藏書之流散是其藏書之終局,也是其歷史的重要環節之一。先行研究雖然也已對此進行了論述,但尚有很多細節未曾明晰。本文就將依靠手劄、當事人之一繆荃孫的日記②等原始材料以及其他相關材料,考述八千卷樓藏書轉歸江南圖書館的史實。

一、八千卷樓出讓藏書之緣由

　　光緒二十五年(1899)丁丙過世之後(丁申卒于更早的光緒十三年),繼承八千卷樓的爲丁申之子丁立誠(修甫)與丁丙之子丁立中(和甫)。兄弟兩人如父輩一樣,雅好圖書,之前即曾利用赴京會試等機會,購置書籍。王同《文瀾閣補書記》稱:"其(丁申、丁丙)子侄皆嗜書,修甫、和甫先後舉孝廉,每計偕北上,必日夕至琉璃廠訪書,恒捆載數百

---

① 端方(1861~1911),字午橋,號匋齋,托忒克氏,滿洲正白旗人。光緒八年舉人,歷官兩江總督、直隸總督。雅好風雅,尤喜金石碑板。下文所引《藝風老人日記》等材料中,所謂"午帥"、"匋帥(陶帥)"即端方。
② 《藝風老人日記》,北京大學出版社,1986年。

册,以壓裝南歸。"①

此外,立誠、立中兩人還參與了丁氏及他人刊佈書籍的活動,如丁立誠曾協助《常州先哲遺書》的編輯,負責"鈔校文瀾閣書";而《武林往哲遺著後編》則是在丁丙身後,由丁立中主持編刊的。綜言之,立誠、立中兄弟受家庭環境的影響,均愛好藏書、校書、刊書,並具有相當的文獻學知識和實踐經驗,可以説是非常理想的藏書繼承者,而最終却出讓藏書,則是出于迫不得已的原因。

丁氏出讓八千卷樓藏書的原因是:其經營的官銀號發生了巨額虧空,必須承擔賠付之責。在出售藏書之際,丁立誠曾致函代表端方來杭洽談的繆荃孫、陳慶年,函中介紹了售書原因。此函後爲日本學者長澤規矩也獲得,書影刊佈于《長澤規矩也著作集》前,因其關係甚大,兹據書影,全引如下:

筱珊、善餘仁兄大人閣下:日昨祇聆大教,快甚幸甚。輪舟歷碌,辛苦可知。匆匆返舍,未盡所懷。售書一事,全仗鼎力,感泐良深。惟有不得不預爲陳明者:《藏書志》第一種宋本《周易》一部,敝篋實無其書。祇因開卷之初,即係明板坊刻,殊不足弁冕羣籍,故即借孫氏藏本入録。窮兒炫富,不期數年之後,不能保有其書,遂至破案。文人積習,可笑亦可憫也。其餘所載宋本,則未缺一部。將來書抵江甯,乞于午帥前陳明顛末爲禱。蓋此次售書,實因甌號虧折太鉅,滿擬售有十萬以償各債,否則何忍將先世手澤之藏,一旦盡付他人。若不得請,必以九數爲歸。還祈婉商午帥。仁者濟拯爲懷,必樂于從命也。早泐,祇請近安,諸布亮詧。愚弟丁立誠頓首。

丁立誠所稱"甌號",乃是裕通銀號溫州分號。《文瀾學報》2卷3～4期合刊《浙江省文獻展覽會專號》稱:"時丁氏開設裕通銀號分號于溫。"②丁氏究竟虧空了多大金額,現在不得其詳。立誠之子丁仁在《八千卷樓書目》跋中稱:"不愼負公私帑至五億之多,因舉所藏以歸江南圖書館。"晚清幣制較爲混亂,而這"五億"是何種貨幣的何種單位,丁仁並未説明,因此無從推斷虧空的具體數額。而前揭丁致繆函中,請以十萬之數,並稱底線不能低于九萬。丁氏世代經商,由其在四十年左右的時間中積聚了極大規模的藏書,成爲海内聞名的四大藏書家之一,便可以證明其家饒于資財,而如此富有的丁氏無力賠付虧空,可見金額相當巨大。十萬應是丁氏以他金墊補而不足的餘額之數,由此

① 王同《文瀾閣補書記》,收入《文瀾閣志》卷下,《武林掌故叢編》本。
② 《文瀾學報》2卷3～4期合刊《浙江省文獻展覽會專號》第102頁,浙江省立圖書館,1936年。

推知,虧空總數當遠在十萬以上。

　　由于虧空數量太大,丁氏無力支付,因此丁立中一度遭官府羈押。繆荃孫《藝風老人日記》(以下簡稱"日記")光緒丁未九月十四日稱:"接丁修甫兩信,一言事已稍緩,一言和甫被押。"羈押丁立中的,即是裕通銀號分號所在的温州地方官府,直至八千卷樓藏書售出,並經端方出面協調,丁立中方才獲釋。《日記》同年十二月四日條稱:"匋齋來談,云丁電已發,温州道府均允釋丁和甫,擬電送署發杭州。"所指即是此事。

　　在八千卷樓藏書的轉讓過程中,因丁立中被羈押,丁氏一方的主持者爲丁立誠;而南京方面的實際主持者則爲繆荃孫、陳慶年①。其中繆氏是清末民初著名的藏書家、版本目録學家,之前即因同嗜藏書而與丁立誠有較爲密切的往來。繆荃孫在爲八千卷樓的善本書目《善本書室藏書志》作序時即稱:"歲在丙子(光緒二年),與修甫中翰訂交于京師。時作一瓻之借。"②因此在《日記》中,我們可以看到繆氏委託丁氏抄補校讐書籍的大量記載。而丁氏欲轉讓藏書之際,繆氏又恰在端方幕下,由其主事,自在情理之中。

　　由于缺乏丁氏一側的材料,以下主要依據《藝風老人日記》,詳細描述八千卷樓藏書出售的全過程。

二、《藝風老人日記》中所見八千卷樓藏書的出售過程

　　據《日記》可知,在丁氏出售藏書的光緒三十三年,丁立誠與繆荃孫仍與之前一樣,保持着書信往來,以鈔補寄贈書籍爲務。正月至七月,繆致丁書五回,寄贈《小山樂府》、《玉峰志》;丁致繆書亦有五回,寄還了繆氏所託鈔補的書籍。從《日記》中看不出這期間的通信有何異常。

　　當年八月二十四日,《日記》首次提及丁氏欲出售藏書:"接杭州丁修甫信,寄還《黄文獻集》,又代鈔《政府奏議》二卷、《柳文》一卷。函中言書籍欲出售,可歎。爲致書陶帥。"③

　　端方對此事頗爲熱心,次日便回函,表示"力任籌款事"。二十六、二十七日,繆氏又連續致書端方。至二十八日,"晚入署,詣陶帥談,俞恪士、何鬷廷同坐"。估計談話內容

---

① 還有稱丁氏出讓藏書的過程中,鄭孝胥亦曾仲介的説法。如《鉢山丁書檢校記》篇後陳訓慈識語稱:"維時端午橋(方)方督兩江,以繆藝風(荃孫)、鄭蘇戡(孝胥)之從臾,斥公帑收購八千卷樓藏書。"(《浙江省立圖書館月刊》1 卷 7～8 期合刊第 57 頁)然翻檢《鄭孝胥日記》,却無此方面的記載。

② 《善本書室藏書志》卷首,清光緒二十七年錢塘丁氏刻本。

③ 以下引文,如無特別説明,均引自《藝風老人日記》。

當與收購八千卷樓藏書有關。

九月一日，繆氏又"上陶帥一箋，言八千卷室書事"，並"發杭州丁修甫信，囑留書籍"。——這說明端方已大致決意籌款購買丁氏藏書，但尚未完全敲定，因此繆氏在《日記》中表示"未知能成否"。

之後的幾天內，繆氏與杭州方面保持着頻繁的通訊，而且大量使用電報，可見雙方都頗爲急切。三日，繆荃孫"發杭州瞿雪齋信，並電杭州"。九日，"電錢塘丁修甫"。十日，"接丁修甫覆電"。十一日，"接丁修甫電"，在此封電報中，雙方大概達成了相當的默契，因此繆氏于是日開始"覆勘丁氏書目"，並在晚間冒雨"入署詣陶帥談"。十三日，繆氏又"上陶帥一箋，接錢塘丁修甫信"。

十四日，情況又發生變化："接丁修甫兩信，一言事已稍緩，一言和甫被押"。可以推測，由于丁立中被羈押，在後一函中丁立誠對售書一事催迫甚急，因此繆氏于當晚"入署詣陶帥談"。

十五日，"丁氏書目寄到兩部，一送禮卿，一送陶帥"，轉讓一事進入了實質階段。十六日，"禮卿送舊校丁氏書目來。又接丁修甫電。再與陶帥一箋"。二十日，"上匋帥一箋"。二十一日，"發丁修甫信"。二十三日，"上陶帥一箋"。（按，端方號匋齋，《日記》中"匋"、"陶"混用。）

至二十四日，南京方面已經決定派人去杭，協商轉讓事宜。因此《日記》中記載："陳善餘來，訂杭州之遊。"二十五日晚，繆氏"又上匋帥一箋"。二十八日，繆氏在臨行前又一次"入署，與陶齋談"，推測是去敲定一些細節。

繆氏等人原定于二十九日出發，然而由于繆氏本人"起過遲"，導致"不及啟程"。只能改于三十日啟程，"巳刻，赴下關。……申刻到鎮江"。然而令人奇怪的是，繆氏在出發後並沒有直接前往杭州，而是先後在常州、上海、嘉善、蘇州等地逗留。直至十月十日，才與陳慶年約定"明日赴杭"。

十二日，繆氏一行于"丑刻抵嘉興。辰刻過石門。未初過塘棲。申刻到拱宸橋。修甫延王綬珊體仁在碼頭招呼。乘轎入城，借寓南板巷顧養和宅"。"修甫即來談"，討論轉讓事宜。

十三日，繆氏等人開始檢閱丁氏藏書，由于當時丁氏僅刊行了著錄所藏善本的《善本書室藏書志》，而其藏書總目尚未刊行，所以繆氏工作的第一步是"索丁氏全書目錄八大册"。觀看之後，繆氏讚歎"可謂大觀"。

十五日，繆氏等人實際觀摩了丁氏藏書，"善存來，偕至修甫處早飯。遂看書"。由于之前的光緒二十四年(1898),繆氏在游杭之際曾登八千卷樓觀書;光緒二十六年又曾接受丁立誠的委託,校閱丁氏的善本書目《善本書室藏書志》①,因而他對八千卷樓藏書(尤其是其中善本)的狀況較爲瞭解。通過這兩日的閱讀書目和實際觀摩,繆氏對丁氏藏書的質量和規模均感滿意,因此在次日即開始"與丁氏磋商",商議轉讓的具體事宜。

由于繆氏等對八千卷樓藏書較爲滿意,而丁氏售書求現的願望也十分迫切,所以雙方很快就達成了協定。十七日,"早與王綏珊、丁修甫商定書價八萬元。"這一售價還包括了"書箱、書架、打捆繩索、船隻押送寧垣,一併在内",繆氏認爲相當公允,"並不爲貴"。隨即致電端方,報告情況,"飯後,善餘來,商電報與午帥"。

然而就在雙方已經議定價格之際,却又横生枝節,在南京遥控、掌有最終決定權的端方,提出大幅殺價的要求。十八日,繆荃孫收到端方的復電,"止允七折",即五萬六千圓,僅只相當同年皕宋樓藏書售予岩崎書庫價格的一半左右。面對這一過低的還價,繆荃孫幾乎絶望,哀歎"事不行矣",但仍未放棄努力,繼續居間奔走。十九日,繆氏一方面"與陳善餘、王綏珊、金謹齋承諾合覆一電",其内容想必是向端方陳情,要求其提高價格;另一方面,又"詣丁修甫談",要求丁氏降低價格。二十一日,繆氏接到端方回電,但價格"仍未諧"。鑒于這種情況,繆氏再次"上午帥一箋"陳情。

在繆荃孫的居中協調,不懈努力下,雙方在價格上的分歧逐漸縮小。陪同繆荃孫參與洽談的陳慶年在《上端陶帥書》中稱:"二十二日第三次往商,以火候已到,遂示以最後之決語,强丁再減去二千元。並書籍包運在内,總共七萬三千元。"②由此可知,通過繆荃孫等人的努力,丁立誠同意將轉讓價格包括運輸費用從八萬元降至七萬五千元,而在二十二日的第三次商談中,繆氏又强行壓價至七萬三千元。對此,丁立誠開始以運費不足爲由,表示不能接受:"陸存齋書裝運至六千元(指皕宋樓藏書出售時的運費),此次作爲書價七萬元須全抵公虧,不能拆散,此外三千元恐不敷運費,甚爲遲疑。"在這最後關頭,繆荃孫再次與丁立誠面談,憑藉與丁立誠長久交往而建立起來的友誼,提出了折衷方案——萬一運費超出約定的三千元,則由端方一方另想他法,籌措資金,保證丁氏無需動用售書實際所得的七萬元補貼運費。但這一君子約定只能限于口頭,不能寫入正式的合同之内:"藝風復詣丁處,微示以運款萬一不贍,總爲設法,但不能寫入載書,祇于面談之頃。"對于繆氏的這一提案,丁立誠的態度是"口氣重輕,略爲活動,冀歇其

---

① 以上兩事,均見《藝風老人日記》當年條。
② 陳慶年《横山鄉人類稿》卷十,民國十三年陳氏横山草堂刊本。

意"①,基本予以接受。繆氏揣摩丁氏的語氣心態,認爲價格基本談妥,將此最終價格電告端方,並開始擬定合同草稿。他在二十二日的《日記》中寫道:"善餘來,擬覆電,……擬合同。"

至二十三日,端方終于發來電報,表示同意七萬三千元這一價格。"善餘飯後來,偕綏珊擬合同稿。金陵電亦至,價照給。偕綏珊、善餘至丁宅。修甫出門,晤羅桀亭。"由于端方方面接受了售價,之後進展相當順利。二十四日,雙方簽訂合同:"善餘來,仝往丁宅訂合同,以七萬三千元訂定。王綏珊、金謹齋、善餘、荃孫四人簽押,各執一紙。"由于丁氏藏書規模極爲龐大,端方擔心難免會出現丁氏截留部分書籍的情況,因此在合同中還特別約定了丁氏交割藏書,必須按照其書目一一清點,不能有所缺漏。對此,陳慶年表示:"丁氏詳目八册,來時即已取至,照目點驗,期無短少,復載入合同矣。然我公漾電既注重此層,慶年自當少留,再與丁氏堅明約束,復至書樓,詳細周覽,以期妥帖。"②

至此,轉讓書籍的洽談最終完成。二十六日,繆氏開始"收拾行李";而丁氏爲表謝意,"寄劍洗漢印與午帥"。二十七日,繆氏一行離杭,由"顧養和餞行,桀臣、謹齋、修甫同席"。

之後,八千卷樓藏書共分三批運至南京。十二月八日,"杭州頭批書到"。而十一日,却又稱:"上圖書館,候書未至,飯後始知船飯後到埠。"——其間有三日間隙,據柳詒徵稱,乃是由于"丁書至甯,先儲七家灣調查局,後運至龍蟠里"③。至十二日,"頭批書全收入圖書館"。二十三日,"陳子方自杭州押二、三批書來"。二十四日,"丁善之來,云書已全數到甯"。二十五日,"下關書亦到,……全數運入樓"。至此八千卷樓出售藏書一事告完。

而在十二月四日,經端方的協調,溫州官府同意釋放丁立中,"匋齋來談,云丁電已發,溫州道府均允釋丁和甫,擬電送署發杭州"。

三、有關八千卷樓藏書出售的三種傳言

如上文所述,自光緒三十三年八月二十四日,繆荃孫接丁立誠函,獲悉丁氏有出售藏書之意向,至十月二十四日雙方以七萬三千銀元的價格最終簽署合同,整個事件歷時

---

① 以上引文,均出自陳慶年《上端陶帥書》。
② 見《上端陶帥書》。
③ 見柳詒徵《鉢山丁書檢校記》,《浙江省立圖書館月刊》1卷7~8期合刊《丁松生先生紀念號》,第57頁。

約兩個月。就轉讓如此大規模的藏書而言,進展可謂相當迅速而順利,轉讓價格亦偏低。如前揭日記引文,商定爲八萬銀元時,繆氏已表示"並不爲貴",而最終成交額僅爲七萬三千銀元,後來繆氏在《修甫家傳》中就表示這一價格是"值稍貶"了。究其原因,則是由于丁氏急需變現償債,售書之意願極爲迫切,而繆氏居中協調亦頗爲盡力。

而據筆者聞見所及,在八千卷樓藏書出售前後,還曾有過數種傳聞,這也算是此事的插曲,在此予以介紹,並略加辨析。

第一個傳聞(或者説插曲)是當時的學部圖書館亦有意收購丁氏藏書。繆荃孫與陳慶年對此均有記載。首先獲知此事的是繆荃孫,《日記》十月二十二日條稱:"雪齋約晚飯。擬合同。常州沈仲盍來,言學部欲購八千卷樓書,願出十萬金。"雖然如前述當時丁繆雙方在價格上已基本達成一致,但由于學部提出的十萬元的價格遠高于端方的出價,這一意外情況仍使繆荃孫感到恐慌。因此,他立刻致信陳慶年,告知此事。陳慶年《上端陶帥書》稱:"(二十二日)夜間藝風函告,謂頃有世侄沈仲盍湛鈞來見,謂學部擬以十萬金購丁書,特來杭勾當此事,恐有變卦云云。"

由上可知,繆氏得知學部有意購入八千卷樓藏書,是在十月二十二日夜間。消息傳至杭州,大約就在此時。此時距離丁繆最終簽約,僅有四日,而且當時丁氏已基本接受七萬三千元的最終價格。縱使學部確有此議,也爲時太晚。而且正如引文,學部也僅僅是"欲購"而已,距離派員協商洽談的實質性階段爲時尚早。而丁氏的目的是售書變現償債,使丁立中早脱囹圄之災,即便學部允諾以更高的價格,若不能及時兑現,對于丁氏來説仍無意義。

第二個傳聞是浙江方面曾有人建議籌款收購,但由于當局不支持,其事不成。此事見于 1932 年國民黨浙江省部委員王廷揚在浙江省立圖書館成立 30 周年紀念式上的講話,中稱:

> 泊乎光緒季年,本省藏書界有一異常之憾事,則鈔補閣書之丁松生先生,其後裔因經營錢業失敗,竟以八千卷樓善本書室等之藏書,由鄭蘇戡之紹介,經端匋齋購置于江南圖書館。當時本人曾建議于當局,以官書局、寺廟修理局等徒供乾薪之款二萬兩,益以公帑,贖還其書,湯蟄仙先生亦與聞其實,未荷採納。[1]

---

[1] 《浙江省立圖書館月刊》1 卷 7 ~ 8 期合刊《丁松生先生紀念號》,第 130 頁。

　　第三個傳聞即是日本方面曾有意收購八千卷樓藏書。此説最早見于齊耀琳《江蘇第一圖書館覆校善本書目序》：“光緒中葉，東瀛以重金斂皕宋樓所儲以去，復眈眈于丁氏八千卷樓藏書。時溧陽尚書總制兩江，迺亟市之以歸江寧。”①黄裳《柳翼謀先生印象記》亦稱：“當時錢塘八千卷樓丁丙的藏書，有繼陸氏皕宋樓售與靜嘉堂之後更讓及日本人之議。繆荃孫大聲疾呼，以爲不可以，以爲這是國恥。得到了當時兩江總督端午橋（方）的幫助，用了七萬兩銀子買下了。”②

　　然而細究下來，是否實有其事，值得懷疑。首先，這種説法缺乏佐證。筆者遍稽繆荃孫、陳慶年以及丁立誠等當事者的别集日記，均没有發現有關此事的記録。其次，繆荃孫所作的《修甫傳》以及《八千卷樓書目》丁仁跋也都没有提及此事。若丁立誠曾拒絶日方的誘惑，堅持售與國内機構，則上述傳記序跋理應大力褒揚，而無閉口不提之理。再次，稱有此事的材料都没有明確指出，欲收購八千卷樓藏書的是日本的哪一機構或何人。從這一點來看，很可能只是捕風捉影。而根據筆者所掌握的材料，已知日本方面與八千卷樓的接觸是在光緒三十一年（乙巳，1905），事見島田翰《訪餘録》：

　　　　迨乙巳之夏，來于吴下，介白須領事温卿訪歸安陸氏，介費梓怡訪常熟瞿氏，又賴俞曲園以訪錢塘丁氏。③

　　據島田翰《皕宋樓藏書源流考》稱，正是在這次訪問中，他開始勸説陸樹藩出售皕宋樓藏書。他對瞿氏和丁氏是否也進行過類似遊説，却找不到確實的記載。而當時丁氏尚未出現財政困難，即便島田氏提出此議，也必然會被恪守父業的立誠、立中兄弟所拒絶。而到丁氏出售書籍時，正如前述，整個出售過程歷時不過兩個月，日本方面能否及時得到消息、籌集書款、尋人中介並派員洽談，是大可懷疑的。

　　筆者認爲，日方計劃收購八千卷樓藏書一事，恐屬誤傳。即便日方曾有這種想法，由于丁氏和端方方面行動果決，日方的計劃也未能付諸實施，只能停留在設想階段。

　　“日人虎視眈眈”這一説法流傳的原因，筆者以爲與皕宋樓和八千卷樓出售藏書的時間恰巧極爲接近有關。皕宋樓藏書出售是在光緒三十三年春，而八千卷樓藏書出售則在當年秋冬之交。而當年“仲夏”，董康在北京刊行了《皕宋樓藏書源流考》一書，使

①　《江蘇第一圖書館覆校善本書目》，胡宗武、梁公約編，民國八年江蘇第一圖書館鉛印本。
②　收入柳曾符、柳佳編《劬堂學記》，上海：上海書店出版社，2002年。
③　見《訪餘録》“清四大藏書家紀略”條，東京藻玉堂排印本。

國内知識界廣泛獲知皕宋樓藏書流失一事。就在國内一片譁然，警惕“海内藏書家與皕宋樓相埒者，如鐵琴銅劍樓，如海源閣，如八千卷樓，如長白某氏等，安知不爲皕宋樓之續”①之際，忽然傳出了八千卷樓出售書籍的消息，國人震悚之餘，出現此類傳言，是很可理解的。

以上，筆者根據《藝風老人日記》等材料，描述了八千卷樓藏書出售的全過程，並分析考辨了圍繞這一事件出現的種種傳言。小而言之，考查八千卷樓藏書轉讓的全過程，是研究八千卷樓藏書始末所不可缺少的環節之一。大而言之，八千卷樓藏書售予江南圖書館發生于光緒末年，而這一時期是我國公立圖書館逐步建立的初始階段，古籍收藏從私人藏家轉入公立機構，成爲公立圖書館古籍收藏的基幹部分（如八千卷樓藏書就成爲了江南圖書館及其後身南京圖書館最大最著名的古籍收藏部分），並接受現代化的圖書管理已是不可避免的趨勢。昔日秘藏家中、旁人很難接觸借閲的珍本古籍轉入公藏機構後，使一般學者也得以借閲利用，爲學術研究的開展提供了極大便利。事實上，民國時期諸多學術研究成果是與古籍收藏日趨集中于公立機構分不開的。古籍收藏的重心由私家轉向公立圖書館，可以説是中國現代學術機制形成過程中的一個不可忽視的組成部分。八千卷樓藏書轉入江南圖書館，從個案角度而言，祇是一個微觀的歷史片斷而已，但若轉換視角，將其置于清末民初中國學術現代化的大視野下予以考察，就可能會産生出別樣的價值和意義了。

（作者爲天津師範大學文學院講師，文學博士）

---

① 董康《皕宋樓藏書源流考題識》。

蕭穎士晚節考

楊 伯

近讀《新唐書·蕭穎士傳》，覺其中對傳主晚年行蹟之記述疑點頗多。有些問題，關乎作家生平之考證，有些問題，則可能涉及對于中唐思想史的解讀。特表而出之，就正于方家。

一、蕭穎士晚年事蹟考辨

蕭穎士的傳記，兩《唐書》凡三見。《舊唐書》卷102《韋述傳》末附其小傳，卷190下《文苑傳》亦有傳，《新唐書》則見于卷202《文苑傳》[①]。《舊唐書》的兩篇傳記甚簡，《新傳》的篇幅較《舊傳》大爲擴充。就史料價值而言，《新傳》最引人注目之處，是對蕭穎士在安史亂起以後行蹤的敍述，周詳、連貫，且極富戲劇性。宋代以來，研究者論及穎士之生平，大多尊信《新傳》而不加質疑[②]。事實上，《新傳》于穎士"晚節"之記敍，疑點甚多。

茲就其中四事略加考辨。

1，託疾太室考

《新傳》云："安禄山寵恣，穎士陰語柳並曰：'胡人負寵而驕，亂不久矣，東京其先陷乎。'即託疾，遊太室山。已而禄山反。"

《新傳》明確指出蕭穎士早已預見到安禄山必反，作爲證明，還録了一段他對門人柳

---

① 本文所引新舊《唐書》，皆據上海古籍出版社影印乾隆四年武英殿本1986年。如無特別説明，所引蕭穎士、李華等人之詩文皆據李昉等編《文苑英華》（中華書局1966年版）。

② 參看俞紀東《蕭穎士事蹟考》，《中華文史論叢》1983年第2輯；姜光斗《蕭穎士習籍世系和生平仕履考》，《南通師專學報》1993年第4期；喬長阜《蕭穎士事蹟系年考辨》，《江南學院學報》2000年第3期；潘呂棋昌《蕭穎士研究》，文史哲出版社，1983年；吳企明《中國文學家大辭典》"蕭穎士"條。此外，近年還出現了以蕭穎士爲題的博士論文（張衞宏先生《蕭穎士研究》，西北大學博士論文，未刊本）。諸多論著中潘書早出，但至今仍是相關出版物中最見功力，創穫最多的。

並的"陰語"。根據《新傳》的上下文,蕭穎士是在河南府參軍任上做此預言的,並于此後託病辭官,遊太室。但具體時間還需進一步考辨。

《文苑英華》卷 148 有穎士《蓮蕊散賦》,小序云:"乙未①歲夏六月,旅寄韋城,憂傷感疾,腫生于左肋之下,彌旬不愈,楚痛備至。友生于逖、張南史在大梁聞之,以言于方牧李公。"可知天寶十四載六月穎士已離河南府參軍之任,寄居韋城。他在那裏生了一場重病,停留了相當長的時間。《新傳》先言"陰語",再言"託疾",可見他預見安禄山之反,必在六月之前。在這段時間裏,朝廷中聲言禄山必反最力的,是楊國忠。他之力言禄山必反,却多半出于政治考量。蕭穎士能否在這麽早的時間就識破黨爭的迷霧,對局勢作出準確預判,實在是要打個問號。

更大的疑點還在于,《新傳》説他不但料定禄山必反,還斷定東京必定最先陷落,所以辭官,遊太室,顯然有避難之意。而據《蓮蕊散賦》,辭官之後他是在韋城住了下來,這可以補《新傳》之疏漏。韋城屬滑州,滑州在洛陽東北,是安禄山由范陽南下攻取洛陽的必經之地。事實證明,安禄山確實是經過滑州,攻陷汴州,從而切斷朝廷的運河補給線,繼而佔領洛陽的。蕭穎士既已預見東京之必陷,却又選擇軍事上更爲危險的地方養病,實在于情理不合。

2,入源洧幕考

《新傳》云:"因藏家書于箕穎間,身走山南,節度使源洧辟掌書記。賊別校攻南陽,洧懼,欲退保江陵,穎士説曰:'官兵守潼關,財用急,必待江淮轉餉乃足,餉道由漢沔,則襄陽乃今天下喉襟,一日不守則大事去矣。且列郡數十,人百萬,訓兵攘寇,社稷之功也。賊方專崤陝,公何遽輕土地,欲取笑天下乎。'洧乃按甲不出。亦會禄山死,賊解去。"

蕭穎士曾入源洧幕府,見諸其自述。《文苑英華》卷一二八《登故宜城賦》題下小注云:"丙申歲,避地襄陽,見召掌節度書記,陪幕府源公赴江陵作。"丙申即天寶十五載(756),源公即源洧。這一年的年初,他是在源洧幕中的。

但是,《新傳》所記穎士那段影響抗敵大局的"勸諫",却極爲可疑。《舊唐書》卷九八《源乾曜傳》附洧傳:"及安禄山反,既犯東京,乃以洧爲江陵郡大都督府長史、本道採訪防禦使、攝御史中丞,……洧至鎮卒。"②根據《舊唐書》本傳,朝廷對源洧的任命,是天

---

① 按《全唐文》、《文苑英華》作"己未"。然己未當開元五年、大曆十四年,穎士或尚幼,或已亡。故此處當爲"乙未"之訛,正值天寶十四載。

② 中華書局,1975 年,第 3073 頁。

寶十四載十二月下達的①。既曰"至鎮卒",應該是次年年初的事情,或許就在穎士作《登故宜城賦》之後不久。遍檢史册,我們找不到任何源洧赴鎮之後的行蹤。只有《新傳》是個例外。《新傳》提到安禄山遣將圍攻南陽,源洧欲放棄襄陽,退保江陵,幸得穎士勸阻,按兵不動,恰逢安禄山死,"賊解去"。看起來,這是一條頗爲寶貴的史料,可以補《舊唐書》、《通鑒》之不足。實則不然。安禄山遣將攻南陽,在天寶十五載五月;安禄山死,在至德二載(757)正月;而所謂"賊解去",在至德二載五月②。據《舊唐書·魯炅傳》,至德二載五月,困守南陽一年的太守魯炅率衆突圍,投奔襄陽,身後還有田承嗣的追殺③。事實上,這根本不能說是"賊解去",且亦與安禄山之死毫不相干。《新傳》的敍述可謂混亂至極。如果源洧死于魯炅突圍以後,或是安禄山被殺以後,絶無可能在其他史料中留不下一點蹤跡。最大的可能,他在天寶十五載年初即已去世,根本没有機會領教蕭穎士的一番讜論。

3,上書崔圓考

《新傳》云:"時盛王爲淮南節度大使,留蜀不遣,副大使李承式玩兵不振。穎士與宰相崔圓書,以爲今兵食所資在東南,但楚越重山複江,自古中原擾則盜先起,宜時遣使以扞鎮江淮。俄而劉展果反。……"

此處提到的,當即《與崔中書圓書》(後文將詳論)。蕭穎士在《書》中的確表達了對李成式的不滿。但《新傳》以爲此信預見了劉展之反,就屬無稽之談了。《與崔中書圓書》作于至德元載八月,主旨是建議加强江南兩道防禦,以備不虞。當時穎士關注的,是北方的安史叛軍以及本鎮的零星寇盜,劉展之亂,在上元元年(760)十一月。當時的蕭穎士根本不可能料及四年後的一場大亂。"俄而"、"果反"云云,真是有些風馬牛的嫌疑了。

4,獻言李成式考

《新傳》云:"俄而劉展果反,賊圍雍丘,脅泗上軍。承式遣兵往救,大宴賓客,陳女樂。穎士曰:'天子暴露,豈臣下盡歡時邪。夫投兵不測,乃使觀聽華麗,一旦思歸,誰致其死哉。'弗納。"

這條記載漏洞更多。《新傳》中蕭穎士指責府主李成式怠忽職守,實則成式並無機會在劉展之亂中犯這樣的錯誤。最遲在至德元載十二月,成式已離淮南之任,改授大理

---

① 《舊唐書》,第230頁。
② 參看《舊唐書·魯炅傳》。
③ 《舊唐書》,第3362頁。

寺卿①，不可能有出兵抵禦劉展之事。事實上，劉展亂時之淮南節度使爲鄧景山，據《資治通鑑》卷221，屯軍萬人于徐城抵禦劉展者，亦爲景山。即便《新傳》中的李成式爲鄧景山之誤，穎士的這番勸諫仍然無從發出。劉展之亂，在上元元年（760）十一月，根據李華《祭蕭穎士文》，穎士卒于乾元三年（760）三月之前，不可能得見其事。至于"天子暴露"云云，更是可笑。因爲早在三年前朝廷就已收復兩京，連上皇都早已駕返長安。時間、對象、背景皆不可靠，蕭穎士這段擲地有聲的金玉良言自然也就難以憑信了。

　　由此可見，《新傳》對歷史之敍述極不嚴謹，或刪減，或顛倒，或拼接，這就使其可信度大打折扣。然而，這段不甚可靠的敍述却成爲後世學者表彰穎士"晚節"的重要依據。南宋洪邁就對蕭穎士推崇備至。《容齋隨筆》五筆卷三論"蕭穎士風節"："蕭穎士爲唐名人，後之學者但稱其才華而已，至以笞楚童奴爲之過。予反復考之，蓋有風節識量之士也。"其後幾乎照抄《新唐書·蕭穎士傳》，結論是："穎士之言論操持如此，今所稱之者淺矣。"清代的四庫館臣表彰穎士之才略志節，依舊延續了洪邁的思路，徑引《新傳》而不疑。現代學者潘呂棋昌先生有《蕭穎士研究》之專書，功力深湛，享譽學林，然其屢稱穎士之節操，亦只沿襲舊説而已。

二、"晚節"的史源問題

　　我們不得不進一步追問：《新傳》中如此周詳、連貫，且富戲劇性的"晚節"敍事源自何處？

　　通觀《新傳》，有些内容襲自《舊傳》②，有些是對《舊傳》的改寫③，有些是引述唐人筆記④，有些是對李華《三賢論》的化用，還有一些則抄録蕭穎士本人的著作。但是涉及"晚節"的一部分，却很難找到更爲原始的出處。

　　《新傳》之前，只有李華的零星文字涉及蕭穎士晚年行蹤，但極爲簡略。只要將《新傳》與李華《揚州功曹蕭穎士文集序》的相關部分對讀，即可發現二者並非同源。理由一，李文略而《新傳》詳，《新傳》有大量史料皆爲李文所無。理由二，在一些根本問題

---

① 賈至有《授李成式大理寺卿薛景仙少府監制》。薛景仙爲扶風太守，在至德元載七月。據《肅宗紀》，至德元載十二月戊子，"以秦州都督郭英乂爲鳳翔太守"（扶風、鳳翔同）。則薛景仙離任當在此前，而李成式授新職亦當在此時。
② 如龍門讀碑一事便襲自《舊傳》。
③ 如蕭穎士會見李林甫一事，《新傳》、《舊傳》都有記載，但《新傳》選擇了一個更加有利于傳主人格的版本。此事亦可參趙璘《因話録》。
④ 如鞭笞奴僕一事引自《朝野僉載》。

上,《新傳》與李文有衝突。比如蕭穎士的生卒年,按照《新傳》和李文提供的線索,就可以得出截然不同的結論①。

《新傳》中有大量資訊不見于其他文獻。這些資訊不可能出于《新傳》作者的虛構,也不是對李華文字的擴充,而應該有其他的史源。這裏所謂其他的史源,我以爲最可能是蕭門弟子的一些已散佚的著作。《直齋書録解題》卷十六著録《蕭功曹集》十卷,陳振孫曰:"唐揚州功曹參軍蕭穎士茂挺撰,門人柳並爲序。"可見蕭穎士的文集除李華曾爲作序外,尚有一篇柳並的序。十卷本的蕭集早已亡佚,柳並的序也隨之失傳。但《新傳》的作者應是讀過柳序的。其中提到穎士對柳並的"陰語",極有可能是出自柳序。另外,《新傳》還提到閭士和曾作《蘭陵先生誄》、《蕭夫子集論》,並且引述其文"聞蕭氏風者,五尺童子羞稱曹陸"云云。閭士和的兩部著作也已不存,但《新傳》的作者是肯定參考過的。柳並、閭士和是蕭穎士早期重要弟子,他們早在天寶初穎士客留濮陽期間就已進入蕭門。《新傳》記載了他們同蕭穎士的交往:"初,並與劉太真、尹徵、閭士和受業于穎士而並好黄老。穎士常曰:'太真,吾入室者也,斯文不墜,寄是子云。徵博聞强識,士和鉤深致遠,吾弗逮已。並不受命而尚黄老,予亦何誅。'並弟談,字中庸,穎士愛其才,以女妻之。"這條材料很可能也是來源于閭、柳的著作。從中可知,蕭穎士與閭、柳等人有共同的學術旨趣,同時還有極爲親密的私人關係,師弟子之間大有宗師與門徒薪火相傳的意味。從書名看,閭士和的《蕭夫子集論》很可能就是仿照孔門弟子編輯《論語》的先例,對蕭夫子嘉言懿行的彙編。而《新傳》中恰好引述了大量蕭穎士的晚年"語録"。若説這些"語録"出自閭、柳的著作,恐怕不是無根的妄斷。

綜合上述,我們可以得出如下推論:《新傳》所記之蕭穎士晚節,可能有一個逐步形成的過程。穎士死後,友人李華對其在戰亂中的行蹟做了簡單報導。蕭門弟子如柳並、閭士和等人在編訂先師文集和搜輯其嘉言懿行的過程中,又對穎士晚年做了進一步的加工、整理。宋祁、歐陽修編《新唐書》,看到並利用了上述史料,遂對穎士的"晚節"做了權威性的確認。

三、"不見永王璘"考——"晚節"敍事中的過度詮釋

接下來的問題是,如果《新傳》是以李華、柳並、閭士和等人的報導爲依據,爲何會有

---

① 當代學者考證蕭穎士生平,在年齡問題上常有十餘年的歧義,就是因爲選取的依據不同。本文同意潘吕棋昌先生的意見,依據李文,將穎士之生年斷在開元五年(717)。

如此密集的敍事硬傷？

　　這首先與戰亂時期的資訊阻隔有關。安史亂起，蕭穎士南下避難，倉皇之中擯圖籍、別親友，身邊跟隨的，可能只是兩名幼子。一路行來，用他自己的話，是"微奔走之僕御，有啼呼之幼懦"①。此時的蕭穎士，與朋友、弟子天各一方，不可能保持資訊的暢通。李華再次得到穎士的消息，已在好友死後。《祭亡友揚州功曹蕭公文》云："存、實等泣血千里，羈旅相依，聞其一哀，心骨皆折。"②存、實即穎士子。李華就是通過他們的轉述才獲悉好友晚年境況的。但從李華的相關文字看，即便有了存、實的轉述，他對蕭穎士晚年經歷的掌握仍然相當粗疏。柳並、閭士和所能得到的資訊，也不會比李華更多。同時，無論李華還是柳並、閭士和，自身也處于戰亂之中，對當時的局勢不可能有通盤的瞭解。這種情形之下，出現一些錯誤，也就在所難免了。

　　但是，《新傳》中所出現的舛誤不完全是由客觀原因造成的。這是一段非常複雜的文本。它提供的蕭穎士晚年行蹟的基本線索是沒有問題的，至少可以得到相關文獻的佐證；但是這些基本正確的行動路線又被嵌進錯亂含混的歷史背景之中。最重要的在于，《新傳》提供的不只是正確、錯誤相間的事實陳述，還在其中摻入了微妙的價值判斷。在很多關鍵位置，《新傳》用了"已而"、"乃"、"俄而"、"果"等字。這些字無不暗示着某種因果關係，引導讀者把本不相干的幾件事聯繫起來。這就使諸多似是而非的歷史事件共同構成一個舞臺。從安史之亂，到永王璘事件，再到劉展之反，蕭穎士總能適時地展示先見之明和嚴正立場。混亂的敍述與連貫的形象共存，這本身就是一個深具意味的現象。看似客觀的歷史敍述，可能已經隱含了敍述者對傳主的主觀詮釋，甚至是過度詮釋。

　　爲説明這一情況，姑以蕭穎士"不見永王璘"一事爲例，略作分析。上文考辨《新傳》敍事之疏漏，並未涉及此事。原因有二：一，此事除見于《新傳》，李華《揚州功曹蕭穎士文集序》也有記載，因此其真實性基本可以確認；二，在《新傳》眾多"晚節"敍事中，此事最簡略平實，並無傳奇性的渲染，因此顯得相對可靠。然而，即便這樣的記載，也包含了敍事者的主觀詮釋。

　　在蕭穎士的諸多"晚節"之中，"不見永王璘"一事影響最大。後人每每據此稱讚穎士之識見、風節，且將之與李白相比。北宋蔡居厚即明言，李白之從永王，"不能如孔巢

---

① 《登故宣城賦》。
② 《文苑英華》，第5159頁。

父、蕭穎士察于未萌"①。南宋洪邁論"蕭穎士風節",云:"李太白,天下士也,特以墮永王亂中,爲終身累。穎士,永王召而不見,則過之焉。"②明沈周《題李太白像》也認爲李白"獨輸蕭穎士,不見永王璘"③。現代學者周勳初先生出版于上世紀九十年代的《詩仙李白之謎》④,詳細論述李白在永王璘事件中的表現及心態,取蕭穎士以爲對比,讚揚其"對出處大節的抉擇所抱的嚴正態度"。查屏球先生《憂患之詩與儒家政治倫理的重建》則認爲蕭穎士和李白人生選擇的不同,"體現了儒士與名士政治倫理觀念的區別"⑤。這些看法當然都源于《新傳》及李華的《集序》。李華等人所以記載此事,當然已經包含了類似的褒獎之意。不過,蕭穎士之"不見永王璘"是否能夠説明其識見、風節,却是頗值得懷疑的。

《新傳》將此事繫于穎士離開山南節度使幕府之後,進入淮南節度使幕府之前。李華的記敍雖較簡略,但也不與《新傳》衝突。如前所述,《新傳》對蕭穎士入源洧幕府之事敍述混論,連帶的,他何時出幕也無從確考。所以,要想探知此事發生的大致時間,就要確定他進入淮南幕之下限。

《文苑英華》卷五六〇有《爲李中丞賀赦表》,是現在可見的蕭穎士在李成式幕中最早的作品。開首説:"中書省馬崇至自蜀郡,伏奉八月一日制書,大赦天下。"所謂八月一日制書,指玄宗到達成都後發佈的大赦。在此前的七月,太子已即位于靈武,尊玄宗爲上皇天帝,改元至德。但肅宗即位之表是在玄宗大赦發佈之後方到達成都的。蕭穎士的《賀赦表》稱玄宗爲"開元天寶聖文神武證道孝德皇帝",顯然尚不知有肅宗即位之事。肅宗即位,在七月甲子,消息傳到成都,在八月癸巳,用了二十天。而這個資訊下達江南淮南各地,則是通過顏真卿在平原的中轉⑥,可能稍遲些,但也不會太遲。李成式接到玄宗制書,蕭穎士代作《賀赦表》,都在肅宗詔書到達之前,故最晚當在八月下旬。這也是蕭穎士入淮南幕時間的下限。

事實上,他入幕的時間還應比這更早。《文苑英華》卷六六八有《與崔中書圓書》,爲我們提供了一條重要線索。此文,諸家皆認爲作于至德元載十月,原因是開篇有"首

---

① 《苕溪漁隱叢話》前集卷五引《蔡寬夫詩話》。
② 《容齋隨筆·五筆》卷3。
③ 《李太白集校注》,上海古籍出版社,1980年,第1933頁。
④ 見《周勳初文集》第4册,第232頁。
⑤ 《從遊士到儒士》,復旦大學出版社,2005年。
⑥ 殷亮《顏魯公行狀》:"及即位改年,赦書至平原,散下諸郡宣奉焉。又令前監察御史鄭昱,奉赦書宣佈河南江淮,所在各地,風從不疑,而王命遂通。"(《全唐文》,第5228頁)

冬漸寒"之句①。誤。原因有二。一,文中提到"京邑傾淪,主上遷播",又稱頌崔圓"應期降德,康濟危難,保翊聖躬,乂安社稷",這裏的主上、聖躬皆指玄宗而言;崔圓拜相,在天寶十五載六月②,肅宗即位的消息傳到成都後,他便同房琯、韋見素等人奔赴肅宗行在了③。而寫信時的蕭穎士,尚不知有新君登基,也尚不知崔圓奔赴行在之事。另外,蕭穎士信中提到"靈武、太原,雖稱官軍甚盛,而兩河南北,無月不遭寇禍",這也絕非獲悉肅宗即位于靈武之後的口吻。如果説遲至十月,淮南尚不知有此事,于情于理都講不通。二,信的末尾有"謹因賀赦使附狀不宣"一句,其實已經很明確地告訴我們,這封信是隨《賀赦表》一起送往成都的。因此它的寫作時間也當在八月下旬。然而,八月下旬豈能稱得上"首冬漸寒"呢? 這也不難索解。這四字是對崔圓的問候語,而非穎士的自陳,所以必須照顧崔圓看到此信的時間。此信八月下旬隨《賀赦表》發出,到達成都很可能已是九月下旬,一句"首冬漸寒"的存問,豈不恰到好處。明乎此,我們再來看信的內容。信中提到"先奉七月十五日赦",又提到李成式在接到赦書後"江淮三十餘郡,僅徵兵二萬",當地的情形是"將卒不相統攝,兵士未嘗訓練",又提到自己在府中"徒懷所見,莫獲申述",可見已對淮南之情形有過深入的體察,絕非剛剛入幕者所能倉促道之。由此看來,穎士至少在七月已入淮南幕了。

再從永王一邊考察。據《舊唐書・玄宗紀》,天寶十四載十二月辛丑,以永王璘爲山南節度使,源洧副之。但這一次永王璘並未赴鎮。次年六月,又下詔,以璘爲山東南路及嶺南、黔中、江南西路四道節度採訪等使、江陵郡大都督,余如故。李璘"七月至襄陽,九月至江陵"④,他真正赴鎮,開幕置僚佐,是七到九月的事情。這個時間段,與蕭穎士入淮南幕之間有個交集。永王邀請穎士,可能就是發生在此時。

據此,我們可以得到幾個基本的事實:蕭穎士"不見永王璘"至遲發生在至德元載八月以前,很有可能比這更早,在當年七月以前;發生的地點,則是金陵;更重要的是,此事發生之時,肅宗尚未即位,或者雖已即位而蕭穎士根本無從知曉;而永王璘也是剛剛赴鎮不久。他真正與肅宗發生衝突,是在至德元載十二月以後。既然如此,他又怎麼可能如周勳初先生所説,是因爲擁護肅宗而拒絕永王,屈就微職呢。這在時間上就説不通。

那麼,蕭穎士是否可能在很早的時候即已預見永王之必反,因而拒絕其邀請呢? 這

---

①　潘呂棋昌《蕭穎士研究》,第 105 頁;喬長阜《蕭穎士事蹟系年考辨》,《江南學院學報》2000 年第 3 期。
②　《資治通鑒》卷 218 繫于六月丙午。
③　《舊唐書》卷 108《崔圓傳》。
④　《舊唐書》,第 3264 頁。

也極爲可疑。所謂永王之亂,是由于他與肅宗的爭鬥。而這場鬥爭又肇因于玄宗諸王分鎮的計劃。蕭穎士是贊成這一計劃的。他在《與崔中書圓書》中建議朝廷加强江南兩道的防備,其中提到的重要措施,就是"遣賢王,即就鎮"。當時他人在淮南,因此熱切期盼盛王琦的到來。這封信寫于至德元載八月,從内容看,穎士絲毫未曾察覺諸王分鎮有何不妥。整封信,他都是站在擁戴玄宗的立場上的,根本没有提及諸王分鎮可能蘊含着對肅宗的威脅。當時確有一些有識之士預見到這一計劃蘊含的弊端。比如高適:"帝以諸王分鎮,適盛言不可,俄而永王叛。"[①]再如劉晏:"移書房琯,論封建與古異,今諸王出深宫,一旦望桓、文功,不可致。"後世亦有論者許此二人爲"知幾"。但必須澄清的是,他們的預見,並非像後世津津樂道的那樣,預見到永王璘個人之必反,而是洞察諸王分鎮之策本身蘊含的危險。這兩者是不可混爲一談的。是故,"察于未萌"的讚譽施于高適、劉晏則可,施于蕭穎士,則不可。

所以,當蕭穎士拒絶永王邀請之時,既不可能出于政治的先見之明,更不可能預先抱定擁護肅宗的嚴正立場。更加合理的解釋是:當他接到永王邀請之時,人在金陵。金陵,屬潤州,江南東道。根據《玄宗幸普安郡制》,江南東路、淮南、河南等路是盛王琦的轄區。舍遠就近,入淮南幕,只是一個更爲便捷的選擇而已。而到了李華爲蕭穎士文集作序時,"不見永王璘"的具體時間、情由已無從考索,更無須深究,在當時的語境中,只這拒絶本身便足以作爲傲人的政治資本,大書特書了。無論李華還是後世評論者,據此稱揚蕭穎士之操守、見識,其實是在以後起的價值評判先發的行爲。

至于《新傳》中其他一些依據錯誤史實建立起來的,更具傳奇色彩的"晚節"叙事,恐怕也和"不見永王璘"一樣,包含着相當程度的叙事者的過度詮釋吧。由于材料的限制,這裏無法一一剖析了。

四、從蕭穎士"晚節"看安史之亂前後士風轉變

其實,在《新傳》之前,蕭穎士之"晚節"並不廣爲世人所知。若將《新傳》與《舊唐書》的兩篇穎士傳記對讀,我們就會發現二者的巨大反差。《舊唐書》卷一九〇下有《蕭穎士傳》,同書卷一〇二《韋述傳》後也附有穎士小傳。兩篇傳記詳略稍異,共同點是,都强調蕭穎士的文才和他的"褊躁"。《韋述傳》説蕭穎士"褊躁無威儀,與時不偶,前後

---

① 《新唐書》,第4680頁。

五授官,旋即駁落",將其仕途坎坷歸咎于性格的缺陷。《蕭穎士傳》也是同樣的論調,不但舉例證明穎士的"狂率不遜",還非常肯定地説他"終以誕傲褊忿困躓而卒"。這只能説是一個含糊的結局,當然稱不上什麽"晚節"了。

與《新傳》較多的取材于蕭穎士本人及其朋友、弟子的文字不同,《舊傳》似乎更具社會代表性。唐代筆記小説中,有大量關于蕭穎士性情"褊躁"的記載。其中有些語涉怪誕,不足憑信①。有些則頗能體現唐人對穎士的看法。張鷟《朝野僉載》説他雖"該博三教",但"賦性躁急浮揆,舉無其比"②。鄭處誨《明皇雜録》説他"恃才傲物,曼無與比"③。類似的例子還可見于范攄《雲溪友議》、陶穀《清異録》等書。范書、陶書皆晚出,可暫不論。鄭處誨雖爲晚唐人,却是中唐宰相鄭餘慶之孫,家學淵源,其書多爲《資治通鑒》采信,史料價值甚高。張鷟年輩甚高,主要生活在高宗、武后、中宗、睿宗及玄宗朝前期④,似不及見穎士之成名。《朝野僉載》卷六"蕭穎士"條很可能爲他書竄入,但揣摩其口吻,亦當出于穎士同時人的記載。從盛唐到晚唐,在一般的社會輿論中,蕭穎士主要是一個才華橫溢却褊躁傲慢的名士。《舊傳》並未直接引用上述諸書,但對蕭氏人格的基本判斷却與之一致,並進一步用這個判斷來解釋蕭穎士的最後命運。

《舊傳》、《新傳》的兩種"晚節"敍述,實際上代表了中唐以降蕭穎士的兩個形象系統。前者以蕭爲輕狂名士,後者則將蕭塑造成忠臣、孝子、良史、嚴師。兩種形象都有一定的事實依據,也都將蕭氏人格的一個側面過分放大了。從流傳範圍看,顯然是前者影響更大。從中唐到五代,穎士褊燥的軼事數見不鮮,且廣爲徵引,説明這代表了唐代輿論對蕭氏的普遍評價。而道德化、政治化的蕭穎士形象,則最初只在一個極小的朋友圈子裏流傳。直到《新傳》的成文,穎士之風節才正式進入讀史者的視線。

"名士蕭穎士",是盛唐士風的產物。這又包含兩個層面。一,作爲輕狂名士的蕭穎士本身即植根于盛唐文化之中。二,載籍中廣泛流布的關于名士蕭穎士的軼事反映了後代讀者對盛唐士風的選擇性記憶。他崛起于玄宗開元後期,是由孫逖這樣的開元文儒提攜起來的新一代文士中的佼佼者。他人生目標,是所謂"丈夫生遇升平時,自爲文儒士"⑤,是像張説、張九齡、孫逖等人那樣潤色王道、致俗雍熙,實現自己的人生價值。玄宗天寶時期延續了開元時期的升平局面。但總體的政治環境較之開元前期、中期又

---

① 參看《太平廣記》卷 242 引《辨疑志》。
② 《朝野僉載》卷 6,中華書局,1979 年點校本,第 133 頁。
③ 《明皇雜録》卷上,中華書局,1994 年點校本,第 14 頁。
④ 劉真倫《張鷟事蹟系年考》,《重慶師院學報》1987 年第 4 期。
⑤ 蕭穎士《贈韋司業書》。

發生了根本的變化。最重要的一點，是隨着李林甫等人的掌權，政治風尚由崇尚文學轉變爲重視吏能。蕭穎士不再有機會像開元文儒那樣獲得文儒侍從的機會，並藉此建立一番功業。在政治上，他不得不接受邊緣化的命運。是盛唐尊文的文化氛圍和文士的普遍自信造就了蕭穎士特立獨行、恃才傲物的個性特徵。但在天寶政治環境裏，這種個性已經無法爲他增添榮耀，反而使其政治生涯步履維艱。正因如此，在大眾心目中，蕭穎士是曾經前途無量的文學明星，是終于一事無成的困頓文士；圍繞他的才華，衍生出種種傳奇；圍繞他的失敗，也有種種指向其性格缺陷的故事附會出來。長期以來，人們所熟知而樂道的，正是這樣一位令人羨慕、令人惋惜的"名士蕭穎士"。對于"名士蕭穎士"的集體記憶，實際上是盛唐名士文化的遺存。安史之亂以前，無論政治環境如何變化，士人們所崇尚、追慕的，始終是踔厲風發、個性彰顯的名士風度。李白是其中的代表，蕭穎士也是。大眾崇拜他們，包容他們，也爲他們惋惜，終于通過不斷地談論而記住他們。

與"名士蕭穎士"相對，"儒士蕭穎士"形象的樹立則與安史之亂前後士風的轉型密切相關。

蕭穎士本人就是這一轉型的最初推動者。查屏球先生曾指出，存在一個所謂"天寶河洛儒士群"，而蕭穎士正是這一群體的核心之一①。他們崇尚經學、倡言復古、注重個體道德的持守，帶有明顯的儒學化傾向。蕭穎士宗經、復古的文學主張，以及他對文學時尚的嚴厲批判，早已爲學界所熟知，無須贅言。需要強調的是，安史之亂前，他的這些看法基本還是局限在文學、學術領域，並不具備太強的政治訴求。而且由于其政治上的邊緣處境，這些主張只能在極爲有限的範圍內發生影響。安史之亂前，蕭穎士的主要身份有二：一是廣爲大眾所知的文壇名流，二是一小部分帶有反潮流傾向的士人的精神領袖。雖然在一部分弟子那裏蕭穎士已儼然有了宗師氣象，但在一般大眾心目中，他主要還是一個恃才傲物的輕狂名士。唐人筆記和《舊傳》的種種記載、評價，正反映了此種廣泛的社會認知。

安史之亂的爆發，促使一部分士人將自己的思考經由文學、學術上升到更爲深刻的政治哲學、歷史哲學的層次。較早體現這一轉變的，正是蕭穎士。他在戰爭爆發之初所作《登故宜城賦》就以不多的篇幅談論了一些根本性的議題："甚乎！昔先王之經國，仗文武之二事。苟茲道之不墮，實經天而緯地。邦家可得而理，禍亂無從而至。今執事者

---

① 《天寶河洛儒士群與復古之風》，《從遊士到儒士》，復旦大學出版社，2005 年。

反諸,而儒書是戲,搜狩鮮備。忠勇翳鬱,澆風橫肆,蕩然一變,而風雅殄瘁。故平時無直躬之吏,世難無死節之帥。其所由來者尚矣! 不其哀哉!"一是學術建設對世道人心的影響;二是個體道德同國家命運的關係;三是士人對國家民族所承擔的職責。這既是對社會文化的反思,也是對士人自身行爲倫理的反思。但這畢竟只是蕭穎士南下避難之餘抒憤之作,痛切有餘,深刻不足。真正沿着這一思路,爲轉移士風做出實質努力的,是蕭穎士的朋友、學生,如李華、賈至、顏真卿、獨孤及、元結等人。

這些人一方面繼續弘揚宗經復古的學術主張,另一方面主動投身到戡亂、重建的復興大業中來,更主要的,是對士人群體的行爲倫理進行痛切的反思,比如李華。他在安史亂中曾受偽職,晚年"觸禍銜悔","晚事浮屠法,不甚著書"。但他寫了大量文章讚頌已故好友的人格,同時藉以討論士人出處問題。《揚州功曹蕭穎士集序》就是其中之一,此外還有《三賢論》、《元魯山墓碣銘》、《著作郎贈秘書少監權君墓表》、《德先生誄》、《祭蕭穎士文》、《祭亡友張五兄文》等等。李華所強調的,已經不僅是士人個體的人生修養,而是危難之際,士人對自身的持守和對家、國的擔當。

李華的這種新變代表了儒學復古思潮在肅、代二朝的一種趨勢:面對國家危機,士人們具備了越來越強的自省意識,他們開始嚴肅地思考自己對國家民族所負的責任。在這方面,權德輿早年寫的《答客問》具有代表性。他明確提出"時風之理亂,在士行之薄厚,士行之薄厚,上繫時君大臣所趨向"。因而士大夫無恥,勢必釀成國恥。但問題在于,士大夫有先天的便利,可以"舞六籍之文,以伸其邪志",飾怯懦爲忠厚,以浮薄爲通達,終致"滅天下之公是,瞀天下之視聽"。因此天下之道德最終繫于士大夫之道德,而士大夫之道德,關鍵在于一份真誠不欺的擔當。此論的深刻之處,正在于將道德省思的矛頭引向了士人群體自身。權德輿的父親,正是因在安史之亂中的卓絕表現而被李華評爲"可以分天下之善惡,一人而已矣"的權皋,他本人又曾問學于獨孤及,因此在思想上與蕭穎士、李華等人甚有淵源。他的這篇史論,可以視爲對李華等人思想的延續和深化。概而言之,安史之亂以後,無論老一輩的復古文士抑或他們的傳人,政治上的擔當意識、自省精神是越來越強烈了。

在這種思想背景之下,"名士蕭穎士"自然顯得不合時宜。作爲曾經的精神領袖,他要承載後死者、後來者更多的期望。當思想界強烈的呼喚儒者的政治擔當之時,他便須配合需要在重大事件中作出上佳之表演。于是,在朋友和傳人中出現了一種重塑蕭穎士形象的努力。李華對亡友的追憶是這種努力的體現,柳並、閶士和對蕭氏文集的整理、言行的彙編也是這種努力的體現。李華在《三賢論》、《揚州功曹蕭穎士集序》等回憶文章中顯然有意淡化亡友的文人色彩,而著力凸顯其淑世情懷和儒者氣質。李華也注意到蕭穎士的性格問題:"蕭病貶惡太亟,獎能太重。……視聽過速,欲人人如我志。與時多背,恒見訐于人。"這裏所謂的"見訐于人",正是指蕭穎士背負的"褊躁"惡名。只不過,在李華的筆下,固有的性格缺陷得到了道德化的解釋和辯護。最能體現道德持守、政治擔當的,當然還是"晚節"的敍述。在李華那裏,蕭穎士晚年事蹟還比較簡單,基本只是行蹟的羅列;到了閭士和、柳並手上,穎士的"晚節"可能已經具備相當的傳奇色彩了。

從實際效果看,這種努力並未成功扭轉大衆對"名士蕭穎士"的記憶。直至晚唐,趙璘還在《因話錄》裏針對一些流傳甚廣的"誣詞",爲穎士辯護①。即便如此,直至五代,蕭穎士的儒者形象也還没有完全確立,成書于五代的《舊傳》就是明證。降及北宋,歐陽修、宋祁等人編撰《新唐書》,才對一個新的"儒者蕭穎士"給予官方的確認。歐、宋是宋代古文運動的推動者、唐代古文運動的擁護者,對蕭穎士這位古文運動的先驅另眼相看,並且在史料選擇上優先考慮"圈内人"的供詞,也是情理中的事情。

無論李華還是蕭門弟子,對蕭穎士形象的重塑,其實是與他們自身對士人倫理的反思互爲表裏的。如果説安史之亂以前的承平年代是名士文化的樂土,那麽戰爭過後,則有越來越多的士人呼唤一種更具道德持守和政治擔當的儒學人格。名士以張揚個性、實現自我爲理想;儒者則要肩負起社會秩序恢復、意識形態重建的使命。蕭穎士正是士風交替之際的關鍵人物。他是名士文化的獲益者,也是儒士文化的推動者。他本人的性格和作風極爲複雜。既有不護細行的名士派頭,又有執著于道德醉心于學術的儒者氣質。讓大衆津津樂道的,是他作爲名士的可敬、可笑、可悲;但在朋友和弟子那裏,他性格中的後一部分得到了放大、提純,並最終成爲新型儒學人格的完美象徵。他們對蕭穎士形象的重新定位,實際是對自身使命的重新定位。

（作者爲天津師範大學文學院講師,文學博士）

---

① 趙璘同蕭穎士頗有淵源。璘母柳氏,乃柳中庸之女,中庸即穎士之婿。

1921 年芥川龍之介的天津之旅

姚 紅

　　芥川龍之介(1891—1927)是日本近代文學史上一位有着極大影響的作家。他博古通今,學貫中西,精通日本、中國和西洋的文化藝術,對日本的文學、藝術,包括和歌、俳句、現代詩歌、古代美術和戲劇等,均有深入的瞭解和研究。他的作品,在題材、內容和構思上獨具風格,汲取了東西方文學的優良傳統與近代的精華,並將它們巧妙、有機地融合在一起,集新現實主義、新理智派和新技巧派等文學特徵于一身,形成了獨特的創作風格,並因此確立了自身的文學地位,代表了當時日本文學的最高成就。

　　1921 年 3 月 30 日下午,芥川作爲大阪每日新聞社的海外特派員抵達上海,開始了他生命中唯一一次中國考察旅行。此行他先後遊歷了上海、杭州、蘇州、揚州、鎮江、南京、蕪湖、九江、廬山、北京、大同、漢口、長沙、鄭州、洛陽、天津等中國主要城市,于 7 月 12 日從天津坐船回日本。回國後,芥川在《大阪每日新聞》上以連載形式先後發表了《上海遊記》(1921 年 8 月—9 月)和《江南遊記》(1922 年 1 月—2 月)。這兩部遊記與後來創作的《長江遊記》(《女性》,1924 年 9 月)、《北京日記抄》(《改造》,1925 年 6 月)和《雜信一束》(1925 年)一起由日本改造社以單行本形式出版,總稱《中國遊記》。在《中國遊記》中,芥川記錄了當時旅行期間的所見、所聞、所感,對中國各地的風景名勝、風俗文化、社會政治經濟等方面都作了詳實的描寫。但是唯獨對天津,芥川並沒有留下過多的記載。

　　天津是芥川中國旅行的最後一站。芥川于 1921 年 7 月 10 日離開北京前往天津,住進了位於天津日本租界壽街(今和平區興安路)的常盤旅館。在 7 月 11 日寄給朋友的書信中,他寫下了短歌《天津貶謫行》。《中國遊記》中關于天津的直接描述,也只有《雜信一束》中的"西洋式的街道"①寥寥數言。爲什麼芥川對當時的天津如此漠視? 除了

---

① 《雜信一束》,《芥川龍之介全集》第十二卷,岩波書店,1996 年,第 226 頁。

《中國遊記》,芥川的其他作品是如何提及天津的?

至今爲止,在衆多關于"芥川龍之介與中國"的研究論文和作品中,不少研究者都着眼于芥川在上海、北京等地的旅行,探討這些城市與芥川作品的關聯性,芥川的天津之行却並未得到學術界的關注。本文將圍繞 1921 年芥川的天津之旅,通過分析芥川的遊記、日記、書信及隨筆等文獻資料,對芥川的天津之旅中若干鮮爲人知的事實予以討論,並考察天津這座城市在近代中日文化交流史上所發揮的作用。

一、"蠻市瘴煙深處"的天津

1921 年 7 月 11 日早上,芥川從天津給北京崇文門内八寶胡同大阪每日新聞通信部的松本鎗吉寄去了一封信。從這封信件的日期推測,芥川是在 7 月 10 日離開北京,並于當天晚上抵達天津的。

1921 年 6 月抵達北京一周後,芥川寄給家人和朋友的書信由之前的口語文體加俳句演變爲"候文"與漢文訓讀相雜的混合文體。北京城濃厚的中國文化氛圍更是激發了芥川的詩歌創作。即使是離開北京置身于天津,芥川這種詩歌創作也仍然得以持續。在 7 月 11 日這封信件的開頭,芥川寫着"蠻市瘴煙深處",並寫下短歌《天津貶謫行》:

たそがれはかなしきものかはろばろと夷の市にわれは来にけり

夷ばら見たり北京の駱駝より少しみにくし驢馬よりもまた

ここにしてこころはかなし町行けかの花合歡は見えがてぬかも

中國服を着つつねりにし花合歡の下かげ大路思ふにたへめや

大意:又到了黄昏,叫人傷情不已。我不遠萬里,來到這荒蠻之地。

放眼望去一片蠻夷,這裏少見北京有的駱駝,却有很多驢馬。

我置身于此處,内心不由得傷悲起來。走遍城内外,哪裏看得見合歡花?

我身着中國服,佇立在合歡花陰下,不禁想起那大街。①

"蠻市"一詞曾經不止一次出現在芥川寄給友人的書信中。在 1921 年 6 月 21 日致友人室生犀星的信中,芥川寫道:"與北京的雄渾宏大相比,上海就如同蠻市一樣。"②衆所周知,芥川在上海停留的一個半月内,目睹了半殖民地上海的種種"混沌",因此把上海看作是"錯位的"西洋、"低俗的西洋"。在 7 月 11 日的這封書信中,芥川將天津稱爲"蠻市"、"荒蠻之地"的同時,更指出天津如同"瘴煙深處"。"瘴煙"一詞原是"濕勢蒸

① 此段譯文爲筆者在山東出版社的《芥川龍之介全集》第五卷(2005)所載譯文的基礎上略作修改而成。《芥川龍之介全集》第十九卷,岩波書店,1997 年,第 184 頁。
② 《芥川龍之介全集》第十九卷,岩波書店,1997 年,第 182 頁。

發而致人疾病的煙氣"的意思,但在芥川的書信中,"瘴煙"一詞則是在暗示近代天津的工業發展。

　　1860 年 9 月 11 日中英《天津條約》及《續增條約》(即《北京條約》)中規定"允以天津郡城海口作爲通商之埠,凡有英民人等至此居住貿易,均照經准各條所開各口章程,比例劃一無別"。1860 年後英、法、美首先在天津設立租界。1894 年以後德、日、俄、奧、意、比也先後得到租界,英、法租界又進一步擴大,1902 年美租界併入英租界。這樣,天津和上海一樣,既有着一百多年屈辱和曲折的租界史,同時又成爲中國最早接觸西方近代文明的城市之一。由于九國租界的並存,天津租界開始出現一些西洋式的建築。1919 年由日本鐵道院出版的《朝鮮滿洲中國指南書》一書中對當時天津租界的概況有着如下的描述:"除俄國租界南部大部分地區以及比利時租界未見相關設施以外,其他各國租界區域整整有序,大小碎石街道相通,主要街道上矗立着高層洋式巨館。"①

　　1898 年 8 月 29 日,根據《中日通商行船條約》,清政府和日本政府簽訂了《天津日本租界協議書及附屬議定書》,劃定日本租界。1903 年天津日租界正式成立。天津日租界是近代五個在華日租界(另外四個是漢口日租界、蘇州日租界、杭州日租界和重慶日租界)中面積最大、最繁榮的一個。天津日租界位于英法租界與天津舊城之間,是天津主要的商業娛樂區域,也是名人聚居的地方。日本政府允許在租界地吸毒,使得毒品行業合法化,因此當時天津日租界也是煙館、妓院雲集之處。

　　芥川敏銳地捕捉到天津與上海之間相似的半殖民地城市的特點。在 7 月 12 日給好友小穴隆一寄去的一張美術明信片上,芥川把天津與上海這兩座當時中國南北最繁華的城市稱爲"蠻市"。與此同時,芥川還在這張明信片上寫下了自己 7 月 11 日創作的短歌,表達了對北京的"眷戀":

　　　　我已到天津。此處與上海毫無區別,同爲蠻市之地。北京令我眷戀不已。
　　　　又到黃昏晚,此時必傷情? 不遠涉萬里,異國訪商城。
　　　　我身來此處,悲傷心中生。走遍城内外,合歡哪裏尋。②

　　自開埠以來,西方列強在構建各自租界的同時,給天津帶來各種先進技術和城市規劃。進入 1920 年代後,天津發展成爲"以工業爲基礎,金融業和商業發達的具有先進的

---

　① 《朝鮮滿洲中國指南書》(『朝鮮滿州中國案内』),鐵道院,1919 年,第 177 頁。
　② 《芥川龍之介全集》第十九卷,岩波書店,1997 年,第 185 頁。

交通通訊的近代開放型城市"①,成爲僅次于上海的中國第二大工商業都會。總而言之,不管是歷史背景還是城市格局,同樣作爲半殖民地都市的 1920 年代天津和上海都是非常相似的。瞭解了當時天津的社會歷史背景後,我們也就不難理解爲什麽芥川會將天津和上海同時貶斥爲"蠻市"了。

在《雜信一束》的"十八天津"中,芥川通過"我"與"西村"的短短三句對話來描述當時的天津給他留下的印象:

> 我:"走在這樣西洋式的街道上,真有一種莫可名狀的鄉愁啊。"
> 西村:"您還是只有一個小孩嗎?"
> 我:"不,我不是想回日本,而是想回北京!"②

置身于西洋式的天津大街上,芥川感受到的是一陣"鄉愁"。但是,這裏所説的"鄉愁"並不是對祖國日本有感而發,而是激發他"中國趣味"、給他留下深刻印象的北京。在這短短的三句對話中,芥川非常巧妙地展現了 1920 年代天津到處都可以感覺到的中國、西洋、日本三角關係的存在。

1921 年 8 月 1 日《日華公論》第八卷第八號的《雜録》上刊登了一篇題爲《新藝術家眼中的中國印象》的文章。《日華公論》是日本人森川照太 1912 年 11 月在天津發行的一份日語雜誌。《新藝術家眼中的中國印象》這篇文章並沒有收入芥川生前任何一本單行本。該文的正標題後面還有"芥川龍之介氏談"的副題。由文章末尾標示着的

"七月十一日于常盤旅館"來推斷,芥川在天津逗留期間入住過常盤旅館。

常盤旅館位于天津日租界的繁華鬧市區壽街。據《朝鮮滿洲中國指南書》介紹,當時的常盤旅館有大小客室 15 間,內部構造均爲和式,設有洋式的食堂和接待室。③ 在東京大學東洋文庫中,1909 年第一期《北清大觀》上,筆者找到了一張當年常盤旅館的照

---

① 羅澍偉主編《近代天津城市史》,中國社會科學出版社,1993 年,第 433—435 頁。
② 《雜信一束》,《芥川龍之介全集》第十二卷,岩波書店,1996 年,第 226 頁。
③ 《朝鮮滿洲中國指南書》(『朝鮮滿州中國案內』),鐵道院,1919 年,第 175 頁。

片。这张标着"日本租界寿街其ノ繁栄旭街ニ次グ常盤ホテル・憲兵駐屯所・北清時報社・東京建物会社等此ノ街路ニアリ"（意爲：日本租界壽街，毗鄰繁華街道旭街，常盤旅館、憲兵駐屯所、北清時報社、東京建築公司均設在此街道上。）的照片，清晰地印證着芥川在"十八天津"中的描述：常盤旅館所處的壽街筆直規整，道路兩旁的建築物無一不體現着典型的西洋風格。

在這篇《新藝術家眼中的中國印象》的最後，還記録着芥川即將離開中國歸國的感懷之情：

旅行期間時時想早些回到日本去。但當真的來到了天津，也就等于來到了中國的大門口，想起第二天就動身回國，心中不禁湧起了惜別之情。①

芥川自幼對中國的傳統文化充滿了憧憬；成爲大阪每日新聞社的海外特派員後，他非常希望通過中國旅行去體驗、發現中國博大精深的文化瑰寶。然而在四個月的中國旅行中，芥川置身于西洋式的近代中國都市，親眼目睹了近代中國種種社會現狀。夢想與現實的落差給予芥川極大的衝擊，使他對近代中國產生了深深的失望與厭惡之情。他一方面聲稱"在目睹了這種國民的墮落之後，如果還對中國抱有喜愛之情的話，那要麼是一個頹廢的感官主義者，要麼便是一個淺薄的中國趣味的崇尚者"②；另一方面，他又毫不掩飾地表示出自己對中國的傳統文化和風土人情的深深喜愛。如此一來，儘管天津的"西洋式街道"讓芥川如同置身于"蠻市瘴煙深處"，但在即將回國之際，天津這座具有近代文化氣息的中國大都市，仍然勾起了芥川對中國油然而生的"惜別之情"。

那麼，芥川在天津到底進行了什麼活動，讓他產生了對中國的"惜別之情"呢？下面將通過分析芥川的散文以及筆記來進一步探討這個問題。

二　在天津的賞畫體驗

《中國的畫》是芥川在 1922 年 10 月 1 日的雜誌《中國美術》上發表的一篇隨筆，全文分爲"松樹圖"、"蓮鷺圖"、"鬼趣圖"三個部分，記載了芥川對自己所看過的中國繪畫

---

① 《芥川龍之介全集》第八卷，岩波書店，1996 年，第 5 頁。
② 《芥川龍之介全集》第十一卷，岩波書店，1996 年，第 254 頁。

的感想和評價。在第三部分的"鬼趣圖"中,芥川進行了如下的描述:

  天津方若先生的珍藏品中,有一幅珍貴的金冬心的繪畫。此畫在二尺長一尺寬的紙上,畫滿了形形色色的鬼怪。我欣賞過照片版的羅兩峰的《鬼趣圖》。兩峰乃金冬心的弟子,其《鬼趣圖》的原型構想可能也受了其師的影響。看照片版的《鬼趣圖》,圖中鬼怪有的異常瘆人。金冬心畫的鬼怪却沒有這種妖氣,但兩人的畫都有招人喜歡之處。倘若真有《鬼趣圖》中那樣的鬼怪,夜色也會比白畫更明朗吧? 我望着聚集在蕭蕭樹木之間的鬼群,覺得鬼怪也非常難畫。

  在某本德國出版的書裏,搜集的詮釋鬼怪圖。那書中的鬼怪們大抵不過是雜耍場的招牌。即便認爲還算上乘之作的鬼怪圖,也總是叫人覺得缺乏自然性,伴有病態感。金冬心畫的鬼怪圖之所以沒有這種弊端,並非僅僅由于畫家的審美立場相異。"心出家庵粥飯僧"眼睛眺望的是盡可能更遠的前方。①

  "金冬心"指的是清朝著名畫家、"揚州八怪"之一的金農。"心出家庵粥飯僧"是他晚年時的號。金農晚年在揚州定居時曾經畫過一幅鬼圖。這幅鬼圖是金農《人物山水册》中的一幅,而《揚州八怪書畫年表》將其定名爲《鬼趣圖》。畫面以淡墨寫樹幹,濃淡墨大筆橫點寫樹葉,密密匝匝,于樹木之空隙處淡墨畫鬼魅,所畫的鬼魅絲毫沒有猙獰恐怖之感,而是憨態可掬,惹人喜愛,世俗中的真善美,假醜惡的區別,在金農的畫中被顛倒混淆,讓人覺得鬼魅世界也許比炎涼的人世更加可愛。金農在該畫左上角空白處用特有的楷書寫下了論畫題跋:"宋龔開善畫鬼,余亦戲筆爲之,落葉如雨,乃有此山魈林魅耶,悠悠行路之人慎莫逢之,不時受其所惑也,觀者可以知警矣。龍俊仙客記。"金農一向是以畫墨梅而著稱,而這幅《鬼趣圖》以後他未曾再創作過類似題材的作品。因此這幅《鬼趣圖》是金農作品中不可多得的珍品。

  衆所周知,芥川自幼愛好中國古典文學作品,對中國的書畫同樣懷有極大的興趣。

---

① 《芥川龍之介全集》第九卷,岩波書店,1996 年,第 236 頁。

在中國旅行期間,在遊歷各個城市的同時,他也不忘觀賞以及購買中國的書畫。在 1921 年 6 月 6 日寄給小穴隆一的書信中,芥川曾經提到:"有位叫金農的,善描清朝繪畫,其書法與你相似,名號冬心先生,亦做詩。回國後,敬請卓覽其書畫複製品。"①由此可見芥川在中國旅行期間曾經購買過金農書畫的複製品。另外,在 1922 年 10 月 1 日《中國美術》的"照片另册版"上,刊登了"芥川龍之介氏藏"金農的《竹風醒醉圖》和《汀洲静釣圖》。雖然不知道《中國美術》上刊登的是不是芥川所提到的金農"書畫複製品",但是可以肯定的是芥川對金農的書畫抱有極大的興趣。而在 1923 年 3 月 24 日寄給小穴隆一的書信中,芥川提出想去看美術展之餘,還談及曾經邀請小杉放庵到家中共同觀賞金農的畫。

芥川在《中國的畫》中所提及的方若,字藥雨,原名方城,生于 1869 年,祖籍浙江鎮海,後改籍定海。家庭人口多,生活困苦。幼時入私塾攻讀,精通八股文章、古文詩詞,喜愛繪畫。1893 年,方若來到天津,經同鄉介紹在北洋學堂當文案,在《國聞報》任編輯。1903 年方若因抨擊清慈禧太后弊政,遭到清政府通緝,逃入天津日本領事館。其時,日本領事館在日租界出資開辦中文報紙《天津日日新聞》,委任方若擔任該報的社長。《天津日日新聞》的一切都必須聽命于日本領事館,每日的新聞資料、社論稿件都要送交領事館審核。方若與日本領事館關係相當密切,在日本領事館的支持下,他購買日租界中除日本軍部、領事館、居留民團所劃定地區以外的民地,開設利津房地產公司等,成爲日租界中舉足輕重的人物。1916 年方若擔任日租界華人紳商公會會長,與日本居留民團長臼井忠三並列爲在日租界的中日民間組織的兩巨頭。船津辰一郎、吉田茂、有田八郎、桑島主計等歷任的天津總領事到任時必定拜訪方若,由此可見日本領事館對方若十分倚重。

方若自幼喜愛繪畫,與日本領事館女職員結婚後,更是將日本畫與中國畫的特色有機結合,創作出獨具風格的國畫,躋身于畫家之列。許多日本軍政要員到天津旅遊或者回國時,必以購得方若畫幅和曹汝霖字幅留作紀念爲幸。方若不僅在繪畫方面造詣深厚,在古幣收藏、石經鑒賞方面也有相當成就,曾著有《校碑隨筆》、《設畫録》、《訪印隨筆》、《墓誌類聚》、《印萃》、《陶文》、《續古玉彙考》、《藥雨叢刻》等作品,尤以《校碑隨筆》一書,被海内外鑒賞家推崇爲空前之作。

1945 年日本戰敗投降,國民黨接收天津,將方若以漢奸論罪,逮捕入獄。天津解放

①　《芥川龍之介全集》第十九卷,岩波書店,1997 年,第 179 頁。

後，市人民法院反復查閱檔案、調查取證，確認方若漢奸罪行證據確鑿，其財産應予没收，由市公産清理局負責接收。1949 年 5 月，包括故宫、歷史博物館專家在内的北平文化教育部的 7 人小組專程來津。從 26 日起，在天津市文化教育部、公産清管局協助下，7 人小組開始清點方若存于多倫道 252 號住宅内的文物。經過近 10 天的清點、造具清册，接收了方若所藏古錢、書畫、玉器、陶器、銅器、古墨、古硯、甲骨、漢瓦、印章等文物共計 9171 件，另有古碑、石經 2972 項，計 3000 餘件。而芥川在方若家鑒賞過的《鬼趣圖》現在被保存在北京故宫博物館内。

芥川在中國旅行期間，把所見所聞所感都詳實地記在筆記上，以便回國後進行文學創作。在《筆記》的"第七"中有以下這樣一段内容：

> 萬邱，稚拙可愛。唐寅，山水横卷，習北畫之體。新羅，鳥、朱葉鮮豔。石濤，枯木竹。三王惲畫册。南田，山水佳。金農，鬼，大小鬼。項易庵(聖模)，墨畫花卉，俊。石濤，花卉山水册，墨竹妙。八大山人之畫。金俊明之梅。錢杜(錢叔美)之花卉册。方若家。①

方若在日租界内經營房地産而發家以後，由原住的福島街仁壽里小屋，遷到在福島街中段(今多倫道、山西路口)的自建大樓房院内，有花園和假山。日本領事館爲了"祝福"方若，1917 年將其住宅東面一條街命名爲"福方里"。透過芥川這篇《筆記》的内容，我們可以推測芥川在天津逗留期間曾經前往"福方里"方家大樓房，拜訪過方若，並在方若家中觀賞到了金農《鬼趣圖》等衆多書畫珍品。而另一方面，方若一向以收藏、考究古錢幣而著稱，與南方的張叔馴、四川的羅伯昭一起被稱爲"南張北方巴蜀羅"，是古錢界最負盛名的收藏家之一。透過芥川筆記中的相關記述，方若所收藏的古代書畫珍品便可窺見一斑。

遺憾的是，芥川並没有留下他和方若之間的談話内容記録。但是他所留下的散文《中國的畫》和《筆記》至少讓我們瞭解到這位日本近代作家天津之行的另一個小側面。或許我們還可以根據芥川在天津的這個小事件來做一個大膽的推論：對于芥川來説，天津也並不是一個完全令他失望的都市，至少他在天津曾經觀賞了中國的書畫精品，感受了中國傳統書畫文化；或許正是這些不可多得的傳統書畫瑰寶，再次激發了芥川對中國

---

① 《芥川龍之介全集》第二十三卷，岩波書店，1998 年，第 388 頁。

的"惜別之情"。

三　芥川與天津日文報刊的關聯

　　芥川在天津拜訪了方若，並在其家宅中鑒賞了清朝畫家金農的《鬼趣圖》的事實已經得到證實。接下來將進一步來看看芥川是如何與方若取得聯繫的。

　　方若作爲天津日租界的顯赫人物，與許多來中國的日本政要和學者都有過接觸和交流，結識了不少日本友人，當中便包括内藤湖南。内藤湖南是日本京都大學史學教授，日本中國學領域内兩大學派之一"京都學派"的領軍人物，有着非常深厚的漢學造詣，曾十次來華考察，出版了多部關于中國問題的專著。他長期與中國學者保持聯繫，進行直接的學術交流，是著名的"中國通"。1899 年末，内藤湖南第一次踏上了嚮往已久的中國國土。在首次中國行的三個月中，内藤走訪了北京、天津、上海、南京、蘇州、武漢、杭州等地，廣泛考察了當時中國的政治、經濟、文化教育、地理、風俗、學術學風等。當時正值戊戌變法失敗後不久，他經天津報界日本同人介紹，在天津《國聞報》的西村博和方若的陪同下，與嚴復、王修植等天津維新人士、學者進行了親切交談。對于當年的方若，内藤湖南還特別提到他"擅長繪畫"①。這次中國旅行之所見所感，曾在《萬朝報》上連載，後來被整理成《燕山楚水》（别名《禹域鴻爪記》）出版。

　　《燕山楚水》體現了内藤湖南在中國歷史、地理、文化方面的深厚學養，反映了内藤對現實中國的敏銳觀察力、批判力。不少來中國修學旅行的日本文人學者，都會事先拜讀參考這部中國歷史文化指南。芥川在出發來中國之前，也曾經閱讀過此書。1921 年4 月 1 日《中央公論》上發表的小説《奇遇》中，那位即將出發到中國的小説家收集了許多當時介紹中國風土人情的書籍，其中就包括内藤湖南的《燕山楚水》。所以芥川極有可能看過《燕山楚水》中關于西村博、方若等人的描述以及對話。據此，我們可以推斷：芥川來中國之前雖然與方若没有直接接觸，但是早已通過《燕山楚水》對方若有過一定的瞭解。

　　由于芥川不懂中文，在中國旅行期間他與中國的學者文人會見的時候，身邊必然會有懂中文的日本人陪伴。那麽是誰帶領他在天津去拜訪方若呢？

　　在前面曾經提及的《雜信一束》"十八天津"中，芥川巧妙利用"我"與"西村"的短

---

　　①　内藤湖南《燕山楚水》，博文館，1900 年。本文引用根據《内藤湖南全集第二卷》，筑摩書房，1971 年，第 31 頁。

短三句對話展現了天津半殖民地的社會特點。至今爲止,眾多研究論者認爲"十八天津"中所提及的"西村"是芥川在中國蕪湖的友人西村貞吉。此人是芥川在府立三中讀書時的舊友。結婚後改姓爲齋藤。從東京外國語學校畢業後,浪跡日本國內各地,最後來到中國,定居在安徽省蕪湖的唐家花園。芥川在中國旅行時,西村貞吉曾經爲他打點各種事務。《中國遊記》中芥川那段"我不愛中國"的備受指責和批判的過激言辭,正是在蕪湖唐家花園中與西村談話的時候有感而發的。以芥川與西村貞吉的親密關係來看,認爲"十八天津"中所出現的"西村"這一人物是西村貞吉似乎也合情合理。

但是,1921 年 7 月 12 日,芥川從天津給蕪湖唐家花園的西村貞吉寄去了一封明信片,其中有如下內容:

> 你的來信中體現出你喜用英國諺語的特色。雖然不免有點老氣橫秋,但是我喜歡你這種特色,我也非常喜歡讀你的書信。(中略)總之,在蕪湖承蒙關照,頗覺榮幸愉快。我在北京因腹瀉又去看過醫生,今夜踏上歸途,一周之後即回到東京。祝你健康。在北京耳聞蟬鳴便想起你。蕪湖仍然群豬橫行嗎? 不知何故亂寫一通。(後略)①

從這封明信片的內容來看,當時西村貞吉並沒有在天津陪伴芥川。所以,可以肯定《雜信一束》"十八天津"中的"西村"並不是西村貞吉,而是另有其人。

方若早年是天津《國聞報》的主筆。1899 年 3 月 20 日《國聞報》被賣給日本人,交于日本駐天津領事館一等領事鄭永昌經營,鄭永昌委任日本人西村博爲館主,方若爲主筆。

關于西村博,黑龍會所編的《東亞先覺志士記傳》中曾經有如下介紹:

> 西村博,日清戰爭中從軍,經營《北清新報》,京伏都見區人。二十餘歲入大阪朝日新聞社,日清戰爭中曾以從軍記者身份奔赴臺灣,戰後又于天津聘請中國報人撰稿發行中文版《國聞報》,活躍于華北輿論界,爲日清睦鄰友好不遺餘力。義和團事變時該社慘遭戰火焚燒,以至被迫停刊。明治三十五年西村博仍于天津創辦日文版《北清新報》,以如椽大筆揮毫編輯的同時,並全力致力于報紙經營,不曾有絲毫懈怠。西村別號人稱"麻三斤",一身超凡淡泊的豪俠風範。明治三十一年北京戊戌政變敗,康梁

---

① 《芥川龍之介全集》第十九卷,岩波書店,1997 年,第 186 頁。

黨人慘遭西太后鎮壓之際,西村博也曾與仁人志士一道竭死營救出維新黨人。西村還長期擔任天津日僑民團行政委員一職,爲民團事業盡心多年,日僑視之爲"老前輩"。昭和四年四月十一日西村博終殁于天津,享年六十有三。此外,以"白水"爲號的西村博,還是一位知名的俳句詩人。①

孔祥吉、村田雄二郎在論文《從中日兩國檔案看〈國聞報〉之内幕——兼論嚴復、夏曾佑、王修植在天津的新聞實踐》中,對《國聞報》的創刊問題展開了詳細的考證並得出結論:王修植于 1897 年 10 月在天津創辦《國聞報》。當時,報館館主是王修植,另一名創辦人是嚴復,主筆是夏曾佑。《國聞報》以傳播西學、鼓吹維新變法、揭露西方列强侵略野心爲主旨。當時正值以康有爲、梁啓超爲首的維新派積極推行改革之際,《國聞報》作爲改革派的喉舌,在近代中國新聞史上寫下了光輝的一頁。"戊戌變法"失敗後,以慈禧太后爲首的頑固派瘋狂鎮壓維新人士,譚嗣同等六君子被殺。宣傳維新變法的《國聞報》面臨被牽連的危險。再則,沙皇俄國藉口《國聞報》洩密,要脅清政府取締《國聞報》。王修植迫于内外壓力,出于無奈,只好將《國聞報》賣給日本人,嚴復等人退出了該報。

所以,《東亞先覺志士記傳》認爲西村博是《國聞報》的創始人顯然是錯誤的。根據此書的記載,西村博的真實身份是在甲午戰爭中隨日本軍進入中國,隨後在天津日本領事館的安排下加入《國聞報》。1902 年,西村博和方若在日本大使館的支持下,利用義和團事件的賠償金,創辦了中文報紙《天津日日新聞》。此報名義上屬于西村博,但實際上方若擔任社長和總編,全權負責該報經營事務。

此外,西村博在 1902 年創辦了《北清日報》。這是日本人在天津創辦的第一份日文報紙。當時的天津日租界有不少報社、通訊社和雜誌社。1910 年在日本總領事小幡西吉的命令下,《北清日報》與 1903 年創刊的《北中國每日新聞》合併,並改名爲《天津日報》,成爲日租界内第一份官方報紙,先後由西村博及真藤棄生擔任社長。

作爲大阪每日新聞社的海外特派員,芥川在中國旅行期間曾經多次拜訪及接觸過中國報界的出版人、主編以及記者,當中包括上海《神州日報》②的余洵、《上海週報》③

---

① 黑龍會編《東亞先覺志士記傳》下,原書房,1965 年,第 94 頁。
② 1907 年 4 月 2 日于右任在上海創刊。1918 年余洵成爲該報的經理兼編輯長。
③ 1913 年 2 月 11 日宗方小太郎、島田數雄、佐原篤介、波多博、鄭孝胥、西本省三等人創立春申社,發行《上海週報》。實際主持的是東亞同文書院畢業的西本省三。

的西本省三、東方通訊社①的波多野乾一,並且把他與鄭孝胥、李漢俊、章太炎等人的會面寫入《中國遊記》中。所以芥川極有可能接觸過天津報界的相關人物。如前所述,芥川在天津曾經拜訪過方若,而西村博當時與方若關係非常密切,而且還是天津日租界内報界的著名人士,那麽芥川在《雜信一束》"十八天津"所提到的"西村"極有可能就是西村博。換言之,芥川極有可能是通過天津日文報界的西村博,進而拜訪當時天津日租界的顯赫人物方若的。

結　　語

芥川在短短 12 年的創作生涯中留下了 148 篇小説、55 篇小品文、66 篇隨筆,以及大量評論、遊記、劄記、詩歌等,但是當中以"天津"爲舞臺背景的作品却寥寥無幾。除了以上所述的《中國遊記》、《中國的畫》以外,小説《一篇戀愛小説》當中也曾經出現過"天津"。

這部小説採取婦女雜誌社主編與作家堀川保吉之間的對話形式,講述年輕外交官夫妻與音樂教師達雄的三角關係。女主人公妙子隨着丈夫遠渡重洋,離開祖國日本,來到陌生的中國,從一個城市輾轉到另一個城市,然而外界環境的改變並不能給她的心境帶來任何變化。小説中涉及天津的一段如下:

> 妙子這時仍然住在漢口,依然思戀着達雄。不,不,地點不光是漢口。隨着外交官丈夫的調動,她跟着去了上海,去了北京,去了天津。雖説短期住變來又變去,她却一如既往的思戀着達雄。②

被束縛在家庭環境中的妙子一直在愛情、婚姻、道德的困惑之中苦苦掙扎着。這部小説中所提到的上海、北京、天津都是芥川在中國旅行時親身體驗過的城市,而且漢口和天津還是日本在華建立日租界的都市。正如本文前面的分析,芥川對于這些中西文化碰撞的近代中國都市懷着不同的感情。在上海和天津,芥川親眼目睹了帝國主義列强的"近代化"、"西洋式"對中國社會的衝擊,置身其中的感受宛如置身于"蠻市"一般。

---

① 1914 年第一次世界大戰爆發後,日本外務省爲抗衡德國在上海的興論宣傳,在上海設立了直轄通訊社的東方通信社,發行《東方通信》,由宗方小太郎主持,波多博主編。
② 《芥川龍之介全集》第十一卷,岩波書店,1996 年,第 88 頁。

作爲一個地域而存在的天津,在不同的時代有它的多重意義。但是在這部《一篇戀愛小説》中,與漢口、北京、上海一樣,天津並没有被賦予特別的存在意義,而只是襯托女主人公妙子枯燥苦悶心情,游離精神的符號性存在,在作品中如同流光浮影一般稍縱即逝。

　　作爲近代中國的一個都市空間,1920 年代的天津涵納了社會生活的大量内容,國家與社會、政治與文化、歷史與未來,均在此有充分的呈現。但是在芥川的《中國遊記》中,關于天津的描述只有短短的三句話,並没有具體地展現出天津作爲國際都市的特點。

　　那麽是否可以認爲天津對于芥川就没有任何文學上的魅力呢? 當然不是。綜上所述,通過分析芥川的遊記、書信、散文等作品,我們可以發現:芥川對他在天津這一近代都市空間的獨到體驗與表達及其書寫策略的運用是極有特色的。在芥川這一位日本近代文學家的手筆下,天津被賦予了各種文體的表述和描繪。而分析芥川文學中相關作品,除了可以讓我們更加清晰而準確地把握 1921 年芥川個人的天津體驗,觀照芥川對于天津都市空間想像的駁雜面相,更是可以借助一個近代日本知識份子的視角,重現當時天津社會發展的種種側面。

　　(作者爲日本筑波大學人文社會研究科博士)

參考文獻

1. [日]芥川龍之介《芥川龍之介全集》,第八卷,岩波書店,1996 年。

2. [日]芥川龍之介《芥川龍之介全集》,第九卷,岩波書店,1996 年。

3. [日]芥川龍之介《芥川龍之介全集》,第十一卷,岩波書店,1996 年。

4. [日]芥川龍之介《芥川龍之介全集》,第十九卷,岩波書店,1997 年。

5. [日]芥川龍之介《芥川龍之介全集》,第二十三卷,岩波書店,1998 年。

6. [日]關口安義《特派員芥川龍之介》,每日新聞社,1997 年。

7. [日]天津地域史研究会編《天津史:再生する都市のトポロジー》,東方書店,1999 年。

8. [日]吉泽诚一郎《天津の近代:清末都市における政治文化と社会統合》,名古屋大学出版会,2002 年。

9. [日]中下正治《新聞にみる日中関係史:中国の日本人経営紙》,研文出版,1996 年。

10. 羅澍偉主編《近代天津城市史》,北京:中國社會科學出版社,1993 年。

11. 邱雅芬《〈上海遊記〉:一個充滿隱喻的文本》,外國文學評論,2005 年 12 期。

12. 張之華主編《中國新聞事業史文選》,北京:中國人民大學出版社,1999 年。

13. 戈公振《中國報學史》,北京:中國新聞出版社,1985 年。

14.《天津文史資料選輯第十八輯》,中國人民政治協商會議天津市委員會文史資料研究委員會編,天津:天津人民出版社,1982 年。

15.《天津文史資料選輯》第四十四輯,中國人民政治協商會議天津市委員會文史資料研究委員會編,天津:天津人民出版社,1984 年。

16. 鐵道院編《朝鮮滿州中國案內》,鐵道院,1919 年。

17. 孔祥吉、村田雄二郎《從中日兩國檔案看〈國聞報〉之內幕——兼論嚴復夏曾佑王修植在天津的新聞實踐》,《學術研究》,2008 年 7 期。

異域知音：豐子愷與夏目漱石

黎躍進　王　希

一、"知我者，其唯夏目漱石乎"

世人常慨歎知音難覓，豐子愷却在飽讀夏目漱石的文字後發出慨歎："知我者，其唯夏目漱石乎？"[①]爲什麼這位作家、藝術家在人生的晚年，總結性地向世人傾吐這樣的心聲？究竟是什麼東西讓豐子愷將這位早已陰陽相隔的異國作家引爲知音呢？

日本學者西槙偉經過研究後認爲，豐子愷最早接觸夏目漱石的作品的時間應在他1921年赴日留學前後，夏目漱石的作品很可能是豐子愷學習日語和日本文學的教材。[②]這一説法能夠成立，豐子愷在《我的苦學經驗》中曾説："Stevenson 和夏目漱石的作品是我所最喜讀的材料。"[③]此外，在小品文半月刊雜誌《人間世》1935年新年號《新年附録1934年我所愛讀的書籍》欄目中也談到《漱石全集》是其最愛讀的書籍之一。抗戰期間，豐子愷輾轉桂林、重慶等地，由于不便攜帶日文書籍，夏目漱石的著作暫時藏蹤匿跡，這是他閱讀夏目漱石作品經歷中的一段空白。但戰後不久，豐子愷重新購置了一套《漱石全集》。閱讀夏目漱石的作品，幾乎貫穿了豐子愷人生中的重要階段，可見豐子愷對夏目漱石作品的深愛程度。

豐子愷對夏目漱石作品的喜好之深，更體現在豐子愷一生的著譯活動中。豐子愷于1956年、1974年兩度翻譯夏目漱石的小説《旅宿》。這部小説詞藻華麗，描寫優美，更重要的是它反映了夏目漱石的人生觀、文化觀、藝術思想等，是體現漱石人生與藝術的作品，這些都使豐子愷産生强烈的共鳴，在他身陷囹圄之時，再度翻譯《旅宿》，足見作品對豐子愷的巨大吸引力。

---

① 豐子愷《塘棲》，《豐子愷文集》文學卷二，浙江文藝出版社、浙江教育出版社，1992年，第675頁。
② ［日］西槙偉《内心的隔閡——豐子愷〈華瞻的日記〉與夏目漱石〈柿子〉》，論文打印稿。
③ 豐子愷《我的苦學經驗》，《豐子愷文集》文學卷一，浙江文藝出版社、浙江教育出版社，1992年，第88頁。

豐子愷提及、引用夏目漱石作品的情況，將其按時間整理，列表如下①：

時　間	作　　品	備　　注
1927	《中國畫的特色》	引用夏目漱石的畫論
1929	《秋》	引用《旅宿》
1930	《我的苦學經驗》	提及夏目漱石的名字
1930	《中國美術在現代藝術上的勝利》	引用夏目漱石的畫論
1932	《新藝術》	引用《旅宿》
1946	《讀〈緣緣堂隨筆〉讀後感》	提及夏目漱石的名字
1956	《敬禮》	引用《旅宿》
1962	《我譯〈源氏物語〉》	提及夏目漱石的名字
1972	《暫時脫離塵世》	引用《旅宿》
1972	《塘棲》	引用《旅宿》

兩位異域作家爲何會有如此的心靈共鳴？

夏目漱石生于江户一個小吏家庭，後因家道衰落，兩歲時被送給他人做養子。十歲時因養父母離異，又重返老家，但始終未能得到家庭的疼愛。後來養父的無理糾纏給他造成了巨大的精神痛苦。不幸的身世，動盪的時代，使夏目對現世生活産生了失望的情緒。他曾説過"余圖改良世界之勇氣頓時受挫，以往知世界之污穢，而把希望置于未來，然而當斷定未來亦如現世黑暗之時，余便左右盼望，因前顧後。當發覺被囚禁于暗窖不見一線光明之際，余無事可幹，惟撫然而自失。"②可見，夏目對人生的看法是悲觀和失望的。爲了逃脱世俗的煩擾，不與惡勢力同流合污，夏目也曾于 1895 年 4 月離開東京到日本南方的愛媛縣松山尋常中學教書，5 月 26 日給正岡子規寄去的漢詩中寫道："才子群中只守拙，小人圍裏獨持頑，寸心空托一杯酒，劍氣如霜照醉顔。"③夏目就是抱着守拙、持頑的態度，給黑暗的現世以輕蔑和嘲諷。1894 年秋天，夏目住進小石川表町法藏院，同年底又到鐮倉歸源院參禪。這些經歷使夏目的作品飄逸出濃郁的超脱塵俗的佛教情愫。

這種超然出世的人生觀，引起豐子愷的强烈共鳴。儘管他並没有夏目那樣不幸的身世，但二人對人生的苦痛却有着共通的感悟。豐子愷的悲天憫人，固然與恩師李叔同的佛家思想分不開，但夏目追求寧静淡泊、超脱出世的佛教情懷，也對其産生一定的

①　參見楊曉文《豐子愷研究》，東方書店，1998 年。

②　轉引自何少賢《日本現代文學巨匠夏目漱石》，中國文學出版社，1998 年，第 7—8 頁。

③　［日］夏目漱石《漱石全集》第 12 卷，岩波書店，1967 年版，第 398 頁。

影響。

豐子愷在 1929 年的《秋》中對于青春時代的消逝,借用夏目《旅宿》中的文字,表達了苦悶的情緒和對死亡的體味:

> 夏目漱石三十歲的時候,曾經這樣説:"人生二十而知有生的利益;二十五而知有明之處必有暗;至于三十的今日,更知明多之處暗亦多,歡濃之時愁亦重。"我現在對于這話也深抱同感;有時又覺得三十的特徵不止這一端,其更特殊的是對于死的體感。青年們戀愛不遂的時候慣説生生死死,然而這不過是知有"死"的一回事而已,不是體感。猶之在飲冰揮扇的夏日,不能體感到圍爐擁衾的冬夜的滋味。①

接着,豐子愷通過詳述對死的體味,説明正是"仗了秋的慈光的鑒照,死的靈氣鍾育,才知道生的甘苦悲歡,是天地間反復過億萬次的老調,又何足珍惜? 我但求此生的平安的度送與脱出而已。"②

在今天看來,夏目漱石與豐子愷這種超然出世的人生態度是消極悲觀的,但考慮到現實的因素又是可以理解的。畢竟,率真正直的知識份子,在尋求"出淤泥而不染"的自潔之路上,要付出巨大的代價,要承受遠超常人的精神痛苦,超然出世的人生態度未嘗不是一種選擇,這也是豐子愷對夏目產生共鳴最根本的原因。由此可見二人在藝術觀、文明觀上的共識,是超然出世、不計功利的人生觀的具體反映。

二、"非人情"與"絶緣"的藝術觀

儘管夏目漱石的思想中存在消極避世的成分,但人畢竟是生活在紛繁複雜的社會中,誰也無法擺脱這張無所不在的塵世之網,這也就注定他無法永遠過"采菊東籬下"的隱居式生活。爲了擺脱世態人情,不爲世俗桎梏所拘束,夏目漱石採取了超然物外、不計功利的人生態度。他在《旅宿》中提出"非人情"的説法,用以指稱超越人情、不爲世俗所擾的藝術觀。

《旅宿》創作于 1907 年,描寫一個青年畫家離開東京後的一段經歷和見聞。他離開令他感到厭惡的大城市,以便尋找無利害得失的、所謂"非人情"的純美的藝術天地。作

---

① 豐子愷《秋》,《豐子愷文集》文學卷一,浙江文藝出版社、浙江教育出版社,1992 年,第 164 頁。
② 同上,第 165 頁。

品用漢詩、和歌,美妙的詞句來裝點這個美的世界,主人公將旅途中看到的一切都看作藝術的表演,以超然一切的立場進行創作。

這部作品以小説形式敍述作者的所謂"非人情"審美觀。開篇夏目漱石就提出了富有人生哲理的論斷:"依理而行,則棱角突兀;任情而動,則放浪不羈;意氣從事,則到處碰壁。總之,人的世界是難處的。"①正因爲現實世界苦難重重,因此需要"非人情"的藝術境界。在作品中,夏目漱石對這種審美觀的解釋集中體現在下面這段文字中:

　　暫時把這旅行中所發生的事情和所遇到的人物看作能樂表演和能樂演員,便怎麽樣呢? 不能完全放棄人情,但因這旅行的根本是詩的,所以隨時隨處力求接近于非人情。……我對今後遇到的人物,必然用超然遠離的態度去看,務求雙方不致隨便流通人情的電氣。這樣,對方無論怎樣活動,也不容易侵入我的胸懷,我就仿佛站在畫幅前面觀看畫中人物在畫面中東奔西走。相隔三尺,就可安心地觀賞,放心地觀察,換言之,不爲利害分心,故能用全力從藝術方面觀察他們的動作,故能專心一意地鑒識美與不美。②

這部"非人情"的小説,之所以引起豐子愷的强烈共鳴,不僅在于其蘊含着夏目超脱塵世的人生態度,還在于這種"非人情"的藝術觀,與豐子愷超越功利的"絶緣"藝術觀在精神上是相通的。豐子愷的這一思想體現在 1929 年的《看展覽會用的眼鏡——告一般入場者》一文中:

　　我已辦到了一副眼鏡。戴了這眼鏡就可看見美的世界。但這副眼鏡不是精益、精華等眼鏡公司所發賣的,乃從自己的心中制出。牌子名叫"絶緣"。
　　戴上這副"絶緣"的眼鏡,望出來所見的森羅萬象,個個是不相關係的獨立的存在物。一切事物都變成了没有實用的、專爲其自己而存在的有生命的現象……
　　這眼鏡不必用錢購買,人人可以在自己的心頭製造。展覽會的入場諸君,倘有需要,大可試用一下看。我們在日常的實際生活中,飽嘗了世智塵勞的辛苦。我們的心天天被羈絆在以"關係"爲經"利害"爲緯而織成的"智網"中,一刻也不得解放。萬象都被結住在這網中。我們要把握一件事物,就牽動許多別的事物,終于使我們不能明

---

① ［日］夏目漱石著,豐子愷譯《旅宿》,《夏目漱石選集》第二卷,人民文學出版社,1958 年,第 113 頁。
② 同上,第 120 頁。

白認識事物的真相。①

在豐子愷看來,靜觀事物本體的審美經驗和注重實用功利的日常經驗是兩種不同的觀照事物的經驗。後者是從各種關係中來看事物,前者是"絕緣"的。只有通過"絕緣",剪斷事物的各種實用功利關係,我們才能以超越功利的審美心態來觀照事物。

儘管夏目漱石與豐子愷對于這種超脫塵世,超越功利的藝術觀在概念和提出形式上並不相同,但二者的藝術觀念在精神上卻是驚人地相似。我們不能武斷地説,豐子愷的"絕緣説"源自于夏目漱石的"非人情"藝術觀,但不能排除影響的存在,更不能否認兩者的相通。

三、對古代東方文化的推崇

夏目漱石對于以中國古典文學爲代表的古代東方文明十分推崇,他在 15 歲時退出東京府立第一中學進入二松學舍專門學習漢學。從青少年時代開始,夏目漱石爲自己奠定了堅實的漢學基礎。在他的作品中時常有中國文人、詩詞、典故的出現。

　　且喜東洋的詩歌中有解脱塵世的作品。采菊東籬下,悠然見南山。只在這兩句中,就出現渾忘濁世的光景。這既不是爲了鄰女在隔壁窺探,也不是爲了有親友在南山供職。這是超然的、出世的,滌蕩利害得失的一種心境。獨坐幽篁裏,彈琴復長嘯。林深人不知,明月來相照。只此二十字中,卓越地建立了另一個天地,這天地的功德,不是"不如歸"或"金色夜叉"的功德,是在輪船、火車、權力、義務、道德、禮義上筋疲力盡之後忘却一切,渾然入睡似的一種功德。②

上面這段文字出自《旅宿》。其中説明作者超然出世,不計功利的人生態度的詩句,出自陶淵明的《飲酒》和王維的五言詩《竹里館》。在《旅宿》中夏目漱石多次談及陶潛,親切地稱之爲"淵明",《旅宿》自身就是一部《桃花源記》式風格的作品。

---

① 豐子愷:《看展覽會用的眼鏡——告一般入場者》,《豐子愷文集》藝術卷二,浙江文藝出版社、浙江教育出版社,1990 年,第 301—302 頁。
② [日]夏目漱石著,豐子愷譯《旅宿》,《夏目漱石選集》第二卷,人民文學出版社,1958 年,第 118 頁。

豐子愷對王維、陶淵明的喜愛也多次反映在其作品中。他在文藝評論《中國畫的特色——畫中有詩》①、《文學中的遠近法》②、《文學的寫生》③、《中國繪畫的完成》④中,都論及王維,在散文《閑》裏也寫到了《竹里館》,"在飽嘗了塵世的辛苦的中年以上的人,'閑'是最可盼的樂事。假如盼得到,即使要他們終生高臥空山上,或者獨坐幽篁裏,他們也極願意。"⑤在《藝術的效果》中他曾説:"陶淵明的《桃花源記》便是一例。我們讀到'豁然開朗。土地平曠,屋舍儼然。有良田美池,桑竹之屬。阡陌交通,雞犬相聞。……黃髮垂髫,並怡然自樂'等文句,心中非常歡喜,仿佛自己做了漁人或者桃花源中的一個住民一樣。我們還可在這等文句以外,想像出其他的自由幸福的生活來,以發揮我們的理想。"⑥《廬山遊記之二》中寫道:"我躺在竹榻上,無意中舉目正好望見廬山。陶淵明'采菊東籬下,悠然見南山',大概就是這種心境吧。"⑦

豐子愷與夏目漱石對王維、陶淵明的推崇,根源于王、陶的詩作能夠真實地反映出二人脱離塵世、悠然自得的人生追求。夏目作爲一位日本作家,有如此深厚的漢學功底,且對王維、陶淵明也是倍加推崇,這怎能不引起豐子愷的興趣和共鳴呢? 而這種出世的士大夫的趣味,也是古代東方文化傳統的典型代表。

四、對現代物質文明的厭惡

夏目漱石厭惡現代文明,十分重視個性,小説《旅宿》從另一角度説,也反映了夏目漱石的這種文明觀。厭惡物質文明的畫家,爲了獲得心靈的清靜,來到了遠離都市文明的風景區,尋求身心的自由。在對現代化的交通工具的描寫中,更是體現了夏目漱石對現代文明的擔心。他認爲火車是蔑視個性的東西,"我每次看到火車猛烈地、玉石不分地把所有的人看作貨物一樣而一起載走的狀態,把關在客車裏的個人和毫不注意個人的個性的這鐵火車比較一下,總是想道:危險! 危險! 一不小心就危險! 現代的文明中,隨時隨地都有此種危險。不顧一切地橫衝直撞的火車,是危險的標本

---

① 豐子愷《中國畫的特色——畫中有詩》,《豐子愷文集》藝術卷一,浙江文藝出版社、浙江教育出版社,1990 年,第34—52 頁。
② 豐子愷《文學中的遠近法》,《豐子愷文集》藝術卷二,浙江文藝出版社、浙江教育出版社,1990 年,第456—468 頁。
③ 豐子愷《文學的寫生》,《豐子愷文集》藝術卷二,浙江文藝出版社、浙江教育出版社,1990 年,第469—485 頁。
④ 豐子愷《中國繪畫的完成》,《豐子愷文集》藝術卷三,浙江文藝出版社、浙江教育出版社,1990 年,第150—158 頁。
⑤ 豐子愷《閑》,《豐子愷文集》文學卷一,浙江文藝出版社、浙江教育出版社,1992 年,第426 頁。
⑥ 豐子愷《藝術的效果》,《豐子愷文集》藝術卷四,浙江文藝出版社、浙江教育出版社,1990 年,第122 頁。
⑦ 豐子愷《廬山遊記之二》,《豐子愷文集》文學卷二,浙江文藝出版社、浙江教育出版社,1992 年,第580 頁。

之一。"①

豐子愷也是現代物質文明的厭惡者。早在《山水間的生活》②中,他就表達了對都市生活的厭倦,在《樓板》中對人與人之間冷漠的關係發出了"隔重樓板隔重山"③的慨歎。這種對現代物質文明的厭惡之情,在《塘棲》中更有集中的體現,並且作者點出了與夏目漱石在这方面的共識:

> 我翻譯這篇小説時,一面非笑這位夏目先生的頑固,一面體諒他的心情。在二十世紀中,這樣重視個性,這樣嫌惡物質文明的,恐怕没有了。有之,還有一個我,我自己也懷着和他同樣的心情呢。
>
> ……我謝絶了二十世紀的文明産物的火車,不惜工本地坐客船到杭州,實在並非頑固。知我者,其唯夏目漱石乎?④

豐子愷與夏目漱石之所以都對現代物質文明表現出厭惡的情緒,這與他們的人生態度緊密相連。都市文明使人與人之間的關係變得淡漠,使人逐漸異化,喪失鮮明的個性。而二人所崇尚的世外桃源般的生活却充滿着温情,給人以施展個性的舞臺。

總之,"非人情"與"絶緣"的藝術觀、對古代東方文化的推崇、對現代物質文明的厭惡是豐子愷與夏目漱石心靈相通的具體體現,而這些相通的基礎根本在于二人超脱塵世的人生觀。兩位都已作古的 20 世紀中、日作家,他們在地下的冥冥世界,大概没有國界和塵世糾葛的負擔,常在一起把酒言歡,傾心相談吧。

(作者黎躍進爲天津師範大學文學院教授;王希爲北京大學外國語學院博士生)

參考文獻

何紹賢:《日本現代文學巨匠夏目漱石》,中國文學出版社,1998 年版。

---

① ［日］夏目漱石著,豐子愷譯《旅宿》,《夏目漱石選集》第二卷,人民文學出版社,1958 年,第 229 頁。
② 豐子愷《山水間的生活》,《豐子愷文集》文學卷一,浙江文藝出版社、浙江教育出版社,1992 年,第 12—15 頁。
③ 豐子愷《樓板》,《豐子愷文集》文學卷一,浙江文藝出版社、浙江教育出版社,1992 年,第 130 頁。
④ 豐子愷《塘棲》,《豐子愷文集》文學卷二,浙江文藝出版社、浙江教育出版社,1992 年,第 673、675 頁。

［日］江藤淳:《漱石論集》,新潮社,平成 4 年版。

［日］森田草平:《夏目漱石》,講談社,昭和 55 年版。

余連祥:《豐子愷的審美世界》,學林出版社,2005 年版。

中島敦文學中的中國表像

郭　勇

中島敦是日本現代文壇的重要作家。出身于漢學世家,自幼飽讀中國詩書的中島敦對大海對岸的大陸中國充滿了無限的憧憬。不少中島敦文學研究者認爲,中島敦出生在漢學世家,他關于中國的所有認識都源于其中國古典的閱讀經驗。換言之,在這些研究者看來,中島敦的中國認識純粹是觀念性的。比如,學界在對中島敦文學定位時,通常離不開這樣一種格式化的表述方式:"出生在漢學世家,生長在有着豐富古典教養氛圍中的他,通過取材于中國古典的作品,他那特異的稟賦得以開花結果。"①再比如說,被譽爲是中島敦文學最好理解者的中村光夫也未能跳出這樣的定式:"可是,在他那博學而難免又有些蕪雜的教養中,真正地爲其消化,構成他所有教養基礎的,無論怎麼說,我認爲應該是在血脈中從父輩那裏繼承來的漢學知識。而且,他的漢學修養的本質比起其知識的深度和廣度來說,毋寧說在于他自在地驅使這些豐富的學識時的從容態度上。"②

然而,這些見解都是有失偏頗的。中島敦對于現實中國同樣也抱有極大的興趣,他曾先後多次到過中國的東北、京津、江南等地區。因此,他對于中國的現實狀況同樣有很深的瞭解。中島敦對現實中國的體認和把握對其文學思想的生成同樣有着重要的意義。如果說,從"國學與漢學"的對立中,中島敦體驗到了一種自我身份認同分裂感的話,那麼,在貧窮、混亂、動盪的現實中國面前,他那通過中國古典培育起來的關于中國的美好印象也遭到了極大的削弱,他被迫體驗到了更爲真實的第二次分裂感。這樣的分裂感是近代以降,在以中國爲他者時多數日本知識份子所共有的一種集體經驗。近代以來,伴隨着國學的興起、西學的隆盛以及自我意識的膨脹,日本知識界在對待中國

---

①　吉田精一編《日本文學鑒賞辭典》近代編,東京堂出版,1994 年,第 727 頁。
②　中村光夫《中島敦論》,中村光夫等編《中島敦研究》,筑摩書房,1986 年,第 7 頁。

的態度上發生了很大的逆轉。中國對他們而言,從之前的傾慕對象轉變成了打量的客體。在這樣打量中國的視線中帶上了一種類似"東方主義"的色彩,是居高臨下的姿態。尤其是在大正年間興起的所謂的"中國情趣",將這種"東方主義"的色彩塗抹得愈發濃烈了。

在近代以前,中日兩國之間除了少量的貿易和人員交往之外,即便是終身受漢籍薰陶的日本學人也很難親自到大陸中國去看看,以印證從書本上獲取的關于中國的認識。中日甲午戰爭以後,進入中國的人士大抵上也只限于軍人、政治家、極少數留學生等,中國對于大多數日本人來説仍然是一個遥不可及的神秘國度。但是,在甲午戰爭之後,希冀維新圖強的清王朝向日本派出了爲數衆多的留學生。留學生的到來也自然打開了中日交流的大門,隨着交流的增多,日本人也渴望更多地瞭解中國。在這樣的時代要求之下,大正年間,在日本掀起了一股所謂的"中國情趣"的熱潮。不少知名的作家、學者、實業家都紛紛踏上了去中國的旅程。但是,對普通日本人而言,去中國仍然是一個遥不可及的夢想。或許,正是這樣既不困難又不太容易的狀況,更強烈地煽動起了日本人心中的"中國情趣"。

在大正年間興起的中國遊的熱潮中,捷足先登的是那些在文壇業已成名且對中國抱有各種情結的作家。從明治年間到昭和前期相繼就有森鷗外、夏目漱石、谷崎潤一郎、佐藤春夫、芥川龍之介、橫光利一、島木健作、阿部知二等衆多知名作家到過中國,他們從不同的角度,用不同的眼光來打量這個國度,並寫下了相關的遊記或文學作品。那麼,同這些前輩作家相比,中島敦是如何來打量中國這一已然内在化了的"他者"呢? 這確實是一個很有意思的話題。

一、北　方　之　行

若查閱中島敦的年譜就知道,中島敦曾先後于 1924 年、1925 年、1932 年 3 次到中國的東北、津京一帶遊覽過。但是,中島敦實際上到過中國北方的次數應該是遠遠超過 3 次的。中島敦的父親中島田人于 1925 年 3 月 28 日從京城龍山中學退職,于同年 10 月 1 日轉職至關東廳立大連第二中學校,任該校教諭,居住在大連市彌生町 2 町目 6 號。中島田人于 1929 年 12 月從大連二中退職,1931 年春天才返回日本,前後在大連居住了將近六年之久。在田人赴大連任教時,中島敦還是京城中學四年級的學生,他只好留在京城,和姑姑中島志津一起生活。因爲父母遷居到了大連的緣故,中島敦從 1925 年冬天至 1931 年春天之間,應該是多次從京城或從日本去大連探望家人。據中島敦的同父異母、相差十四歲的妹妹折原澄子的回憶"對我來説,關于哥哥的記憶是始于我漸漸懂事的五六歲的時候。那時,我們一家住在父親工作的大連。哥哥那時是一高的學生,一年一度在暑假的時候回大連省親"①。這證明了中島敦從 1926 年到 1931 年的數年間確實是每年都會回一趟大連的。甚至于他從東京到大連所走的路線,通過中島敦的堂姐莊島鍫子的回憶也能弄明白。莊島鍫子和中島敦的年齡很接近,那時她正在東京的日本女子大學上學,每年也要回大連探親,據她的回憶:"上大學時,我回大連探親時總是乘坐正午時分從神户開出的輪船,第二天早上到達下關,再換乘當天夜裏十點鐘左右的輪船,經過多島海域,然後再到達大連。如果要去天津方向的話,還要從大連轉船,前後需要四天時間"②。其實早在父親田人赴大連二中上任之前,中島敦已曾兩次前往"滿洲"地方旅遊過。據中島敦年譜 1924 年條的記載,"該年夏天,和堂兄關正獻、山本洸一道在旅順比多吉叔叔家中逗留了一個月之久。在那個時候,愛讀魏爾倫、海涅等人的詩歌,嚮往巴黎"③。1925 年 5 月,中島敦和京城中學的同學一道前往"滿洲"南部修學旅行。

日俄戰爭之後,日本取代了俄國此前在中國東北地區的行政、經濟特權,並于 1919 年在旅順成立了所謂的"關東廳",第一任長官爲日本外交界元老、"中國通"林權助。關東廳依靠關東軍的軍事力量對中國東北地區實行苛酷的殖民統治,而旅順、大連地區正是日本在中國東北進行殖民統治的大本營。歷來有不少日本人曾醉心于大連這個洋溢着異域風情的城市,留下了大量煽情的文字,成了他們抒發"鄉愁"的精神寄託。正如評論家所言:"即便是有要將殖民地都市大連(當然,奉天、新京、京城、臺北也都一樣)作爲文學題材來書寫、表達的願望,從結果來看,很多時候這基本上都是以個人的感傷或感慨而告終,可以認爲,這是起因于日本文學家只能從内部來把握殖民地都市光景這一強烈傾向④。"需要注意的是,用飽含深情的筆觸來描寫大連等殖民地城市的日本作家,更多的是在這些地方出身、成長的日本人二世。由于他們生長在這裏,于是就錯位地將異鄉等同成了故鄉。比如,在大連土生土長的日本作家清岡卓行在其名著《槐花大連》中用充滿鄉愁的筆觸寫道:"在過去日本的殖民地中,最美的城市莫過于大連了。當

---

① 折原澄子《寫給哥哥的信》,筑摩書房,2002 年《中島敦全集》別卷,第 214 頁。
② 莊島鍫子《敦和我》,筑摩書房 2002 年《中島敦全集》別卷,第 237 頁。
③ 鷺只雄編《中島敦年譜》,筑摩書房 2002 年《中島敦全集》別卷,第 497 頁。
④ 川村湊《異鄉的昭和文學——"滿洲"和近代日本》,岩波書店,1990 年,第 80 頁。

有人問他，你還想見它一次嗎？他在久久地猶豫之後，靜靜地搖了搖頭。不是不想見。而是見了後會感到不安。如果再次站在那個令人魂牽夢繞的城市的馬路中央，他懷疑自己一定會是倉皇失措的，甚至連路都不會走了，他暗暗地在心頭爲自己感到害怕①。"

　　但是，在早期的日本文人眼裏，大連是一個充滿了悖論和矛盾的地方。一方面，它是一個充滿了異國風情的摩登都市，另一方面又擁擠着大量貧窮、愚昧的"中國"子民，他們邋遢的形象解構了這個都市的風情。就在中島敦出生的 1909 年 9 月，當時明治文壇的大文豪夏目漱石應好友、時任"滿鐵"公司總裁的中村是公的邀請，去大連一帶的南部"滿洲"旅行。夏目漱石回國後寫下了充滿濃厚"東方主義"色彩的《滿韓漫遊》。在漱石筆下的大連是這樣的形象：

　　　　由于船是嚴絲合縫地橫靠在像飯田河岸一樣的石壁邊上的緣故，讓人感覺不出來是在海上了。在河岸上聚集着無數的人群。可是，他們大多數都是中國的苦力，單看一個人就已經覺得是骯髒不堪了，要是兩個人再聚在一起更是看不下去了。像如此多的人聚集在一起時，那就愈發地不成體統了。我站在甲板上，遠遠地眺望着這些人群，心想道：嗯？我這是到了一個不可思議的地方。（中略）再往河岸上一看，不錯，一溜地排着馬車，也有不少的人力車。可是，這些人力車都是由苦力在拉，和日本的人力車相比，顯得非常不景氣。多數的馬車看樣子也都是由苦力在駕馭着。所以，整個碼頭完全充斥着苦力式的骯髒。②

不用贅言，從上述引文中關于苦力的描寫，就不難看出自幼飽受中國文化薰陶的夏目漱石對于中國所抱有的鄙夷態度，在字裏行間透露出他作爲"高等民族"的傲慢。文藝評論家川村湊對于夏目的如是態度作了這樣的評價：

　　　　夏目漱石對于滿洲、朝鮮的第一印象就是骯髒和怪異。如此印象離擴大成"骯髒的中國"、"骯髒的中國人"這樣一般化的概念只有一步之遙。如果他的意思是在説在中國有不少骯髒的苦力的話，即便是帶有侮蔑感，其結果也許不過是在表現不衛生、不清潔這一客觀的事實。可是，從這裏漱石的修辭中我們不能不感覺到他不把苦力當人看的態度，再明確説來，我們不能不感覺到與其説他把這些苦力當作人看，毋寧説是把

---

① 清岡卓行《槐花大連》，收録在《槐花大連四部曲》，講談社，1971 年，第 87 頁。
② 夏目金之助《漱石全集》第 12 卷，岩波書店，1994 年，第 324—325 頁。

他們當作動物在看。①

　　當然，中島敦既熟悉大連這座城市，也一定很瞭解前輩文人對它所做出的形形色色的描述。那麼，在中島敦筆下的大連是什麼樣子呢？中島敦關于大連的描寫，除了在以大連爲舞臺的《D市七月敘景》中有描述外，還有下面這樣一段不太爲人所知的内容，這是中島敦以自己1927年因肋膜炎在大連滿鐵醫院住院時的體驗寫成的：

　　　　在我能下床走路時，才第一次能夠透過窗子眺望外邊的風景。之前躺在床上只能看見天穹的一個角落。可是，現在從窗子望下去，馬上就能看到一望無際的大海。還可以望得見海對岸的大和尚山。大連城市的光景也盡收眼底：擁擠不堪的中國人的街道、不少西洋式風格的房屋高高地點綴在其中。（中略）醫院在一個地勢較高的山丘上，所以，從這裏望出去，整個大連城市的風光全在眼底。看得見不遠處位于市中心大廣場上的某人的石雕像，以及環繞四周的銀行、英國領事館、公司等。以這些建築物爲中心，鋪着柏油的白色馬路向四方延伸出去。除了那些遍佈四周的中國人的街道之外，大抵就是西洋館了。從這些館所中還可以看得見叫做"紅獅子"的中國香煙的紅色廣告，也看得見點綴其間的公園裏茂密的樹木，甚至也還有難得一見的日本式的寺院。在那些建築的對面，平和、安靜的海港在融融秋陽中發出白色的炫目的光來。也看得見塗得雪白的外國輪船在冒着濃黑的煙霧離開碼頭。②

　　據鷲只雄所編撰的中島敦年譜1932年條得知："8月，（中略）通過已從關東廳外交部翻譯課長（從五位勳三等、高等官三等）升至滿洲國執政府諮議的叔父比多吉的説明，去大連、京城等地旅遊③。"關于這一年中島敦去南部"滿洲"旅遊一事，也可以從別的文獻中得到證實："那之後，在昭和7年8月，（中島敦）曾來過我們位于大連南山脚下楓町的家裏。我們還一起去爬了後山。那時候，父親遠在新京，我下面的妹妹也没有在家裏。這好像是在他周遊中國一圈之後在回國途中的事情④。"此外，又據勝又浩所編撰的中島敦年譜1932年條的記載："8月，通過旅順的叔父比多吉的幫助，（中島敦）遊歷

---

①　川村湊《南洋・樺太的日本文學》，筑摩書房，1994年，第41頁。
②　中島敦"斷片一"，筑摩書房2002年《中島敦全集》第3卷，第310—311頁。
③　鷲只雄《中島敦年譜》，筑摩書房2002年《中島敦全集》別卷，第500頁。
④　莊島裝子《敦和我》，筑摩書房2002年《中島敦全集》別卷，第236頁。

了南滿洲、中國北部①。”關于 1932 年夏天中島敦的中國之行,上述三則材料的記載基本上是一致的,可以互爲印證,但是還是有些出入。鷺只雄認爲,中島敦去“大連、京城等地旅遊”;莊島褧子指出中島敦在這年夏天“周遊中國一圈”,但除了明確地證明中島敦到了大連之外,其他地方就顯得有些語焉不詳了;而勝又浩則指出,中島敦除了去過南部“滿洲”之外,還去了“中國北部”。關于 1932 年中島敦中國之行的所到之處,上述三種説法没有一個統一意見。其實通過其他一些材料還是可以大致確定中島敦該次旅遊的去向。1933 年 9 月,中島敦開始起筆撰寫長篇小説《北方行》,該小説是以 1930 年爆發的中原大戰爲背景,以北京和天津爲舞臺。小説中插入了大量發生在京津及中原地區的時事政治,這些事件不少都是發生在 1932 年的,只是他故意將其前置到了 1930 年而已。由此可以判斷,1932 年中島敦去中國旅遊時,足跡並不僅僅限于大連地區,應該還去了京津一帶。此外,在中島敦脱稿于 1933 年的帶有紀實風格的小説《在游泳池邊》中也嵌入了頭一年去中國旅遊的内容,主人公三造(中島敦)提到在這一年去“南滿”旅遊後,經奉天(瀋陽)取道朝鮮半島回國。在路過京城時,他還特意拜訪了母校京城中學。綜合上述零星的材料,可以斷定中島敦在 1932 年的大陸中國之行,先後去了“滿洲”和京津地區,最後再到京城,從釜山坐船回國。中島敦除了上述關于大連的描寫外,從他留下來的斷片中還有關于北京的記述:

> 北京是一座寂寞的城市。(中略)尤其是夜晚的小巷,漆黑一片,家家户户高而厚的牆壁聳立在馬路的兩側。乘坐人力車奔走在這些小巷中時,在黑咕隆咚裏會有種異樣的心情。但是,于這樣的心情中又同樣地覺出與古都相符的味道來,甚至會讓人産生出生活在了平安京那樣寂寞的夜晚裏的感覺來。但與平安京不同之處在于,當來到稍有亮光的地方時,在室内光線暗淡的肉鋪前明晃晃地倒掛着巨大而煞白的整塊的豬肉,一位手持青龍偃月刀一樣砍刀的光頭大個子屠夫(那形象活脱脱的一個水滸傳中的魯智深)就立在肉旁邊,街道兩側藍色的、黄色的俗豔的商店招牌鱗次櫛比,還能看得見長着一張馬臉漫步街頭的過路人、占卜者、苦力……這些景象不管怎麽説,釀造出了絶好的異國情調的效果來。②

---

① 勝又浩《中島敦年譜》,文庫本《中島敦全集》第 3 卷,筑摩書房,1997 年,第 450 頁。
② 中島敦《斷片之六》,筑摩書房,2002 年《中島敦全集》,第 329—330 頁。

二、江　南　行

　　綜上所述,在 1932 年之前,中島敦的中國之行主要限定在中國東北南部和京津地區。和那個時代的日本文人一樣,中島敦同樣地對中國南方,尤其是對江南地區充滿了無限的神往,他一直在醖釀到江南一遊,這個計劃終于在 1936 年 8 月實現了,時值中日戰爭全面爆發的前夜。

　　中島敦于 1936 年 8 月和他在京城中學時代的後輩三好四郎商量好了要去中國南方旅遊,中島敦的友人釘本久春這樣回憶道:

　　　　那是在昭和 11 年(1936)暑假前的事情。當我們三人一起在茶館裏一邊喝茶,一邊説着閒話時,敦和三好突然説起要一起去中國旅遊。兩人當場就熱心地做起了計劃來,商談日程、費用等事項。這次的商談和計劃的進展,真的是體現中島敦式的性格,作爲旁觀者的我,都有點爲他們捏把冷汗。但看在眼裏,我也覺得很愉快。(中略)兩人順順當當地在臺北會了面後,乘坐美國三等客船,出發去了上海,漫遊了蘇州、杭州、南京等地,又搭乘美國客船平安地回到了日本。①

　　據作爲當事人的三好四郎的回憶,當時由于中島敦的第二個繼母剛去世,中島敦不能和三好一道同行。前面釘本久春所説的兩人約好在臺灣會合後再一道去了上海的這個説法是不對的,這只是當初的計劃,中島敦並没有去臺灣。三好是這樣回憶這次旅行的:

　　　　總之,我先出發,去香港、基隆去轉了一圈後,是在上海與中島君會合的。他那時説是要參加繼母的法事,不能和我一道前往臺灣。當時我伯父長住上海,所以,我們就依賴我伯父,以上海爲據點,兩人一道去了杭州,在那裏住了一宿。最先,我們自己搞錯了,被帶到了面臨西湖的一間極高檔的房間,馬上就意識到是弄錯了,就移到了面臨岩壁的一間最下等的房屋裏。在蘇州的時候,我們應該是去逛了虎丘、寒山寺、西園、留園、北寺等地,是當天來回的一日遊。在上海我們還看了鬥狗、去了謝斯菲爾德公園,是一次非常繁忙而又快樂的旅遊。中島君還想去漢東,但是由于日程排不過來也

---

①　釘本久春《關于中島敦的事》,筑摩書房,2002 年《中島敦全集》別卷,第 195—196 頁。

就作罷了。他最初是打算要去臺灣的,如前所述,由于其父非要他參加繼母的法事而未果。回國的時候,我們乘坐的是加拿大的汽船,我在神户下的船,中島君則直接回了橫濱。①

關于中島敦 1936 年的中國江南之行,如上所述,釘本久春和三好四郎的記述略有出入。應該説,作爲當事人的三好四郎的記述更可靠些。此外,還有一些材料可以對中島的這次旅遊情况作出補充。據《中島敦年譜》記載:"中島敦是在該年 8 月 8 日這天出發去中國的。途中,先在友人冰上英廣位于西宫的家裏住了 3 天,8 月 14 日從長崎上船。17 日在上海碼頭與三好四郎會合。同遊杭州、蘇州,在上海時中島常常夜訪堂姐吉村彌生(其丈夫在日本郵船公司工作),兩人總是談至深夜 2、3 點。9 月 1 日返家②。"據此可以知道,中島敦的這次中國江南之行前後長達二十多天。在中島敦留下來的手記中也有對這次旅遊多有提及,所述内容與上述各方資料的記載基本相符。通過他的手記,還可以進一步知道以下内容:在 8 月 12 日這天,中島敦曾給已前往臺灣的三好四郎發過電報,具體内容不詳,大概是告知自己不去臺灣一事。中島敦是在 8 月 14 日(星期五)下午 1 點鐘乘坐"上海丸"離開長崎赴上海的,他在第二天下午 4 點到達上海,在碼頭上與前來迎接的三好四郎會合。中島敦與三好四郎于 8 月 20 日下午到達杭州,當晚住在"新新賓館",並于次日晚深夜返回上海。去蘇州遊玩是在 8 月 25 日至 27 日之間。兩人最後于 8 月 29 日凌晨乘坐"cleavaland"號啓程回國,9 月 1 日晚上 8 點過回到橫濱家中③。

此外,值得注意的是,中島敦與三好四郎兩人去杭州時住宿在"新新旅館",1921 年芥川龍之介遊覽杭州時也曾下榻這裏。"新新旅館"至今仍然存在。更重要的是,中島敦對這次江南之行似乎特别重視,他對將要出遊的目的地的風景名勝作了周密的調查,這在他的手記"昭和 11 年,5 月 29 日"條中有清楚的記載:

蘇州(城内閭門外居留地)、盤門大街、瑞光寺塔、孔子廟(范仲淹)、玄妙觀、商店街、報恩寺大塔(孫權)、寒山寺(文徵明)、東南 4K 寶帶橋(前漢武帝、董仲舒)、南 20K 靈岩山寺、天平山、白雲寺

---

① 三好四郎《關于中島敦前輩的事蹟》,筑摩書房,2002 年《中島敦全集》别卷,第 254 頁。
② 鷺只雄編《中島敦年譜》,筑摩書房,2002 年《中島敦全集》别卷,第 502 頁。
③ 中島敦《手記・昭和 11 年》,筑摩書房,2002 年《中島敦全集》第 3 卷,第 395 頁。

　　南京(南門水西門內下關)、中山陵、明故宮、方孝孺血跡亭、明孝陵(明太祖馬皇后)、通濟門、秦淮(桃葉渡利涉橋)、南門大街之東、貢院、雨花臺、報恩寺、朝天宮、天子廟、大慈塔、城西、水西門、莫愁湖、清凉山(弘法)、玄武湖、雞鳴寺、下關(滯留)(20K)

　　揚州(鹽江北大運河 20K)、江都、甘泉、城北三四 K、平山堂(歐陽修)、九曲池、五亭橋(乾隆)①

　　從上面的材料可以知道,中島敦原本是計劃去南京、揚州的,但不知道是爲何没能成行。其中,在杭州的遊覽地没有作事先安排。僅就蘇州而言,他所去的地方與當年谷崎潤一郎、芥川龍之介遊覽過的地方多有重疊。不難想像,此次的江南之行,中島敦一定是有意識地參照了谷崎和芥川二人江南游時的路線。

　　和谷崎潤一郎、芥川龍之介一樣,中島敦在遊歷完中國江南地方之後,同樣以手記的形式記錄了這次旅遊的經歷和心境,爲我們留下了難得的資料。此前,無論是谷崎的系列遊記還是芥川的《中國遊記》,都是用紀行文的方式來直抒胸臆的,與他們不一樣,中島敦的江南遊記採用的是詩歌形式,他用日本傳統的和歌方式來記錄了這次的經歷,結集成《朱塔》,共收錄了七十四首和歌。這些詩歌正如鷺只雄所説:"後者(《朱塔》——筆者)是同年 8 月在中國大陸的蘇州、杭州旅遊時寫成的紀行歌集,這恰如其分地説明了中島的異國情趣是有多麽的根深蒂固了。"②此外,值得注意的是,中島敦爲什麼會用詩歌的形式來記錄自己的中國之行呢? 這不僅很有創意,也顯示了他多才多藝的一面。但是,用詩歌來敍述自己的所見所聞,這在西方是由來已久,日本近代文壇的開山鼻祖森鷗外首開用詩歌形式來做日記的先河。森鷗外曾參加了日俄戰爭,他的《和歌日記》一書記錄的就是他 1904 年在日俄戰場上的見聞。這篇長長的詩歌不僅敍事流暢,韻律也很優美。中島敦一向對森鷗外是情有獨鍾,1933 年 3 月,中島敦從東京帝國大學國文科畢業時,考入了東大的研究生院,準備從事森鷗外文學研究。後來出于身體等各方面的原因,他從研究生院退學,去橫濱女高就職。總之,中島敦之所以要用詩歌的形式來整理、記錄在中國江南地方的見聞,一定是從他所景仰的森鷗外那裏得到了啓發。

　　接下來,再來看看中島敦在和歌集《朱塔》中是如何來描寫中國江南地方的風物及他的感受的,現嘗試翻譯幾首附在後面:

---

① 中島敦《手記·昭和 11 年》,筑摩書房,2002 年《中島敦全集》第 3 卷,第 394—395 頁。
② 鷺只雄《中島敦論——"狼疾"的方法》,有精堂,1990 年,第 187 頁。

停車坐愛杭城晚　夜色深深牆壁白(《杭州之歌》之一)

杭城羈旅夜　消燈難入眠　流螢駐吾帳　螢光夜闌珊　(《于新新旅館》之一)

林處士居處　花事早寂寥　蒼蒼古梅枝　枯苔繞三匝　(《于放鶴亭附近》之一)

西湖邊上西泠橋　悠悠光陰千載過　歌姬香塚何處尋　(《蘇小小之墓》之一)

千載名妓墓　酷夏正午時　苦力睡墓上　我心獨戚戚(《蘇小小之墓》之一)

雷峰塔影何處尋　夏草茫茫連荒野　丐僧草中行　(《于雷峰塔塔址》之一)

姑蘇城外河邊道　牧童騎牛悠悠行　(《蘇州之歌》之一)

在麻將牌上刻字的女工　面黃肌瘦　雙眼佈滿了血絲　(《蘇州之歌》之一)

沿着色石板路　不依不饒地追上來的　紅眼睛的小乞兒　(《蘇州之歌》之一)

夕陽西下,回眺報恩寺塔　除了白色的牆壁　還是白色的牆壁　(《蘇州之歌》之一)

在白牆壁的小巷裏　男人們在賭博　我咳嗽　可他們連頭也不回　(《蘇州之歌》之一)

從以上所引用的短歌來看,中島敦像谷崎和芥川一樣,對江南地方的河汊、白色的牆壁、夕照以及傳說故事等充滿了好奇,這極大地滿足了他的異國情趣。當然,在他這樣的歌詠、描寫中,也不可避免地摻雜進了他的優越感,把原本很普通的中國南方的風土人情、山水景物充作了滿足其異國情趣的神秘事物。他在無意中將目光投向那些乞丐、苦力、車夫等弱勢群體身上,以此來放大中國的貧窮、骯髒、落後等陰暗面。不可否認的是,這樣的注視中國的眼光和15年前芥川龍之介打量中國的視線是相重疊的。芥川在其《上海遊記》中十分露骨地表現出了對中國的厭惡情緒:

　　一腳剛跨出碼頭,我們就被幾十個黃包車夫團團圍住。(中略)可中國的黃包車夫,說他們是骯髒的代名詞也不爲過。且粗略地掃視過去,但見個個相貌醜怪。這麼一群人前後左右把我們圍了個水泄不通,一張張醜陋不堪的腦袋一齊向我們伸過來,且大聲地喊叫着。一位剛上岸的日本婦女甚感恐懼。就拿我來說吧,當他們中的一人拉扯着我的外衣袖口時,我禁不住躲到了人高馬大的鍾斯君身後。①

在中島敦的中國遊記中同樣有誤解或蔑視的成分,但他的出發點或許與芥川龍之

---

① 芥川龍之介《中國遊記》,陳生保、張青平譯,北京:十月文藝出版社,2006年,第4頁。

介不一樣。在這一點上,毋寧説中島敦更接近谷崎潤一郎,他們二人對于中國所流露出來的傲慢和誤解本是出于無意的。但可以肯定的是,中島敦對現實中國一定是感到非常的失望。結合他的家學背景,他一定是真切地體驗到了一種深刻的幻滅感,因爲對中國文化的親和力是與他的血脈一道生長着的。

（作者爲寧波大學外語學院教授,文學博士）

關于戰爭①敘述差異的成因

——中國建國初期戰爭小説與日本戰後戰爭小説比較研究

王廣生

引　文

1949 年,新中國終于在北京建立了。剛剛結束的戰爭包括二戰(抗戰)也成爲衆多作家表現的熱門題材。知俠的《鐵道遊擊隊》、劉流的《烈火金鋼》、馮志的《敵後武工隊》、《小兵張嘎》等相繼問世。這些作品以一種英雄浪漫主義的書寫方式,塑造了影響幾代人的劉洪、蕭飛、張嘎等英雄形象,其中還内含一種爲新生政權書寫一部抗爭史詩的意圖。

與此相對,日本戰後初期創作的戰爭小説則彌漫着一種悲傷的情緒,其主人公無論是《櫻島》中面臨死亡時内心在絕望中掙扎不安的“我”,還是《俘虜記》中成爲美軍俘虜的“我”,或是《野火》中互相猜忌殘殺的逃兵,都是受傷害、殘損的形象,且幾乎所有作品都是關乎“我”個人的“戰爭體驗和記憶”。

如論及兩者敘述差異的成因,似乎真可一目了然,或僅憑感性的直覺和常識,便可以判定事實,得出結論。但問題往往没有那麽簡單。具體而言,新中國建國初期的戰爭小説創作和日本戰後派的戰爭小説創作,在敘述上呈現的不同特徵,並不可以簡單地歸結于戰爭結局的不同。除此之外,尚需從戰爭文化文學書寫傳統、戰後各自的外部話語環境、書寫者的身份和心態等方面加以考量,而且若以廣義的歷史眼光來看,文學的書寫與敘述方式,將深刻影響着讀者群體對歷史和現實的認知和感受,于是,在記憶制約文學/歷史敘述的同時,文學/歷史敘述也影響着記憶的生成和演變,特别是敘述對象涉

---

① 此處的戰爭是指在中(指大陸)日雙方的文學上所取材的二戰。另,戰爭小説有廣義和狹義之分,此處取其狹義,即指以戰爭爲題材或又以戰爭體驗爲創作物件進行的軍事題材小説創作。

及一場對中日兩國而言都具有非同尋常意義的戰爭之時,意味就愈发深長。①

中國建國初期戰爭小説與日本戰後戰爭小説敍述差異的成因分析

1. 戰爭文化文學的傳統不同

"戰爭的精華却不是勝利,而在于文化命運的展開",斯賓格勒如是説。② 他對戰爭與文化以及人的命運之間關係的理解是很深刻的。中國古代儒家尋求一種倫理的社會構建,講究君臣、父子秩序。《孟子·盡心下》中有"仁人無敵于天下,以至仁伐至不仁"之語,將戰爭納入其道德倫理的範疇,由此,戰爭亦成爲道德倫理的領地。③ 這樣的戰爭觀,便導致了中國戰爭文學"一分爲二"地將戰爭分爲正義和非正義兩極,並滲透到作品的價值評價體係,個體的生命價值在戰爭對人本身的傷害和暴力的一面被忽視和掩埋。翻開唐代詩卷,縱有"羌笛何須怨楊柳,春風不度玉門關"、"醉卧沙場君莫笑,古來征戰幾人還"的感歎,但更多的還是"平沙莽莽黄入天"、"戰酣太白高,戰罷旄頭空"的豪情。而作爲最具代表性的古代戰爭文學——《三國演義》,思想内涵豐富,可謂博大精深,有人説它"猶如一個巨大的多棱鏡,閃射着多方面的思想光彩,給不同時代、不同階層的人們以歷史的教益和人生的啟示"④。對其認知也呈現出"橫看成嶺側成峰"的狀況,但若以"關鍵詞"的思維方式來看,"謀略"、"忠"與"義"或應是其中不可忽略的幾個部分。固然浪漫精彩之處或多在作者對于各路英雄人物之謀略的呈現,動人情感之處則多在"義"的張揚與鋪陳,但以"忠"爲核心的儒家思想自西漢以來一直是居于主導地位的思想學説,早已深深植根于社會各階層的心理結構之中。《三國演義》無論在"正統"的問題上,還是在具體的敍述情節抑或在描寫人物的問題上,基本上貫穿了儒家的歷史觀和人生觀,以之作爲評判是與非、忠與奸、明君與昏主、賢臣與佞臣的標準(當然,其浪漫飄逸的英雄傳奇色彩亦是我們必須予以關注的事情)。⑤

---

① 本文所指的戰爭並非專指中日之間的戰爭,若僅就取材中日戰爭的小説而論,日本方面則少得可憐,這與日本思想界很多學者認爲面對英美的太平洋戰爭才是日本的二戰這樣一種觀念有關。

② 詳見倪樂雄《戰爭與文化傳統》[M].上海:上海書店出版社 2002 年,第 5 頁。

③ 中國戰爭小説的源頭直接與《左傳》、《春秋》、《史記》等先秦史傳文學相關,後來又融入宋元講史評話等的影響促成了歷史演義小説的誕生。在這個視角下,戰爭雖然也成爲了道德的領地,但戰爭類的小説絶非道德獨自的莊園。

④ 沈伯俊《〈三國演義〉與明清其他歷史演義小説的比較》,《明清小説研究》,1992 年,第 12—14 頁。

⑤ 另一部中國古代戰爭小説中英雄傳奇類型的代表《水滸傳》(又稱《忠義水滸傳》),與《三國演義》所代表的歷史演義類型一起影響着後世戰爭小説創作的模式。建國後初期的戰爭小説創作雖然在審美規範和人物塑造、場景描述都深深地打上了時代烙印,但作品的類型依然是以歷史演義與英雄傳奇爲主。

　　相對的,日本的戰爭文化傳統道德介入很少,固然,日本也受到儒教深遠的影響,但這種影響是在日本自身的文化和佛教文化相互作用下共同産生的結果。日本思想的形成與發展受到多重的影響,對此,以嚴紹璗先生爲代表的中國學者在跨文化的視野下,予以了深度的解析。就日本的戰爭文學而言,嚴格意義上開始于"軍記物語"的創作,其特點是以歷史事件爲骨架,兼有儒佛思想和無常歷史觀,是具有廣泛民間基礎並不斷得到加工補充的、具有描寫詳細特徵的、悲劇色彩濃厚的文學。① 作爲代表作的《平家物語》在冒頭文中就寫到:

　　祇園精舍の鐘の声、諸行無常の響きあり。娑羅双樹の花の色、盛者必衰の理をあらはす。奢れる人も久しからず、ただ春の夜の夢のごとし。猛き者も遂にはほろびぬ、偏に風の前の塵に同じ。

　　這種強烈的無常思想也貫穿了整部作品。而且,"作品中的人物没有單純的'忠奸'、'好壞'之分,歷來讀者都對故事中的失敗者充滿了同情。「判官(ほうがん)びいき」原來是指對悲劇英雄「源義経」的同情,後來這一詞引申爲對弱者及失敗者的普遍同情,成爲日本民族心中的一個「コンプレックス」(情結)。"②另一部軍記物語代表作《太平記》中對中國典故的引用主要有三個:項羽、勾踐和長恨歌,且它們在《太平記》中都以悲劇性的方式展開。項羽的故事以及唐玄宗與楊貴妃的愛情悲劇自不必說,即便是《史記·越王勾踐世家》中卧薪嘗膽,最終雪恥的成功者勾踐,在《太平記》中也因爲被略去了卧薪嘗膽、勵精圖治的情節,又將西施改寫成了勾踐之妻,讓他們在久別之後又生生別離,並且對勾踐會稽兵敗時勸八歲愛子自殺的悲哀、爲能與西施白頭偕老而不惜嘗惡的努力等情節與場景大肆渲染,從而將原本激發人們積極奮進的勵志典故改編成了催人淚下的悲劇性愛情故事。③ 日本古代戰爭文學對于《史記》的接受和變異表明中日自古以來在戰爭美學觀念上存在差異的現實。

　　近代以降,中日兩國在西方(文化)強勢東漸態勢之下,有着迥然不同的歷史進程和命運。而這種不同的進程和命運又決定着各自思想文化界不同的時代主題和使命。中國方面,自 1840 年以來,歷次對外反殖民侵略的戰爭都以失敗而告終,日漸陷入半殖民半封建的深淵,國内進步人士深受戰敗的刺激,也開始思考中西文化的差異,從而尋求變革圖強、救亡圖存的道路。政治改良幻想破滅後,1902 年梁啓超在《論小説與群治之

---

①　參見金文京《軍記物語和中國文學》,《日語學習與研究》,2009 年,第 58—64 頁。
②　劉德潤、張文宏、王磊《日本古典文學縱橫》,北京:外語教學與研究出版社,2003 年,第 175 頁。
③　邱嶺《史記·項羽本紀〉與〈太平記》中的楚漢故事《外國文學研究》,1994 年,(1),第 29—35 頁。

關係》一文中正式提出"小説界革命"的口號,自古被視爲"小道"而"君子弗爲"的小説被賦予了强烈的歷史使命。戰争小説作爲這一使命的直接承擔者,在繼承以《三國演義》和《水滸傳》爲代表的歷史演義和英雄傳奇兩大古代戰争小説模式之上,反映抗擊侵略者的英雄傳奇與人民抗争的歷史成爲不可替代的主題。後來雖然在五四新文化運動期間,由於西方思潮的影響提出過"人的文學"①的口號,出現了所謂的反戰文學。但是,隨着日本侵華戰争的深入,祖國山河日益淪陷,抗戰文學的應運而生並迅速發展成爲中國現代文學的主流之一,反戰文學很快就煙消雲散。"中國傳統精神上的民族戰争英雄在新的'救亡'時代主題召喚下重新崛起,浩浩蕩蕩佔據了中國現代戰争文學的主導地位"。② 1942 年的延安文藝整風運動則對文學創作産生了更爲直接和深遠的影響。爲了奪取抗戰的勝利,必然要求文藝爲現實政治,即戰争服務。毛澤東發表了《在延安文藝座談會上的講話》,系統論述了文藝與政治關係、文藝的大衆化民族化、文藝家與工農兵關係等問題,這不僅對當時的根據地文學創作産生了決定性影響,而且也直接影響了建國後的文藝創作,包括建國後的戰争小説創作。③

　　相對的,日本明治維新後,便開始走向侵略擴張的道路,先後發動了中日甲午戰争和日俄戰争,並出兵朝鮮。該時期也由此成爲日本近代戰争文學的發端期。福澤諭吉在《日清戰争即文學領域戰争》一文中稱"日清戰争不是人與人、國與國之間的戰争,而是文明與野蠻的戰争,是支援朝鮮獨立之'義戰'"(《時事新報》,1894 年 7 月 29 日)。與此呼應,日本以甲午戰争爲題材的文學作品充分發揮了爲侵略戰争服務的功能,如山田美妙的《負傷兵》、泉鏡花的《海戰餘波》、田山花袋的《戰後》等。雖然在西方自由民主思潮和馬克思主義思潮的影響下,也有一部分作品探討戰争和軍隊中的人性,具有反戰的傾向,如芥川龍之介的《將軍》、無産階級作家黑島傳治的《風雪西伯利亞》、《武裝的城市》等,不過,此後隨着日本法西斯化進程的加劇,尤其是 1931 年日本製造"九一八事變"開始侵華戰争以後,日本文學完全被納入了戰争體制之内,反思戰争的作品無法公開發表,僅僅作爲一種潛流存在,美化戰争的作品則充斥各種媒體。1942 年,日本解散了全國的各種文藝團體,成立了具有新聞法人地位的統一組織"日本文學報國會",成員有四千餘人,幾近網羅了日本文藝界的全部。其中不少作家爲了支持和配合日本的

---

① 　按照周作人的説法是"用這人道主義爲本,對于人生諸問題,加以記録研究的文學"。詳見周作人《人的文學》。
② 　陳穎《中國戰争小説史論》,福建師範大學出版社,2004 年,第 18 頁。
③ 　根據毛澤東《講話》精神,很多作家都努力深入社會和大衆,鑽研中國民族文學傳統和民間文藝形勢,熟悉百姓語言,並把它運用到戰争小説創作中,在形式和内容上反駁"五四"以來的歐化模式而有意迎合大衆欣賞水準和審美趣味的作品,代表作有:柯藍《洋鐵桶的故事》,孔厥、袁靜《新英雄兒女傳》等。

侵略戰爭,創作了從軍記、報告文學和戰爭小説等作品,此即又被稱作日本狹義的“戰爭文學”。1945 年日本戰敗,在美軍佔領下進行民主化的改造,具備西方思想文化資源的戰後派和民主主義作家在繼承其傳統的悲劇美學的基礎之上,以反思戰爭的姿態開始了新的戰爭文學的創作。

2. 戰後話語語境的差別

如果説戰爭的結局即是最大的話語環境的話,那麼除此之外,對中國而言,也不得不從民族獨立與解放的角度看待這個問題。自 1840 年鴉片戰爭以來中華民族備受外族的欺辱,英、法、日、美、意、德、俄等世界上主要的資本主義國家都曾有欺凌中國人民的歷史,雖然反抗外來侵略的戰爭從未斷絶,但是自林則徐“虎門銷煙”起,義和團運動、甲午海戰等屢戰屢敗,尤其是日本帝國主義的鐵騎自甲午海戰以來,不斷對中國領土進行有計劃的侵略,視中國人爲“東亞病夫”,還製造了“濟南七一三”、“南京大屠殺”、“平頂山事件”等諸多慘案。通過 1931 年佔領我國東北,1937 年“盧溝橋事變”,發動全面侵華行動,致使中國近半國土淪喪。而抗戰的勝利,無疑對于中國國民是一場意義非凡的勝利,重生之意不可低估。洋溢的熱情和對未來的渴望與信心比詩歌還恣意奔放。加之 1949 年,新政權經過幾十年的戰爭終于在北京建立了。“槍桿子裏面出政權”理所當然成爲新生政權要宣傳的重要革命史觀與主旋律。如周揚在第一次文代會上就講到:“全國人民迫切地希望看到描寫這個戰爭的第一部、第二部以至許多偉大的作品!它們將要不但寫出指戰員的勇敢,而且還要寫出他們的智慧,他們的戰術思想,要寫出毛主席的軍事思想如何在人民軍隊中貫徹,這將成爲中國人民解放軍鬥爭歷史的最有價值的記載。”[①]由此可見,他不僅呼籲作家要描寫戰爭,並通過描寫戰爭來歌頌中國共産黨在毛澤東思想指導下的勝利及其必然。而且其中還有爲這個從“槍桿子”出來的政權提供合乎歷史本質與規律之“證明”的意圖在内。加之 1942 年延安文藝整風運動的延續影響,于是,剛剛結束的戰爭包括抗戰在内成爲衆多作家表現的熱門題材。知俠的《鐵道遊擊隊》、劉流的《烈火金鋼》、馮志的《敵後武工隊》等無一例外都響應了黨的號召,都體現了一種“史”的傾向與努力。浪漫英雄主義成爲表達那一個時代最理想的敍述模式;而曾經發生在魯迅等少數人身上的以自我反省和批判爲途徑、欲達到對近代自我的追求的内面化模式,在那個暴風驟雨般的社會激變和歷史進程中顯然不合時宜。

---

① 周揚《周揚文集(第一卷)》,北京:人民文學出版社,1984 年,第 529 頁。

　　而日本明治維新後抵制西方列强,海戰擊敗清王朝,進而取得日俄戰爭的勝利,又發動侵略,侵入朝鮮、中國及東南亞等地,但最終戰敗,被美軍佔領。這也是所謂以天皇爲代表的"神的國度"在歷史上第一次被他國佔領的失敗,其影響可想而知。在美軍的佔領下,整個日本開始了民主化進程,很多作家開始對這場戰爭進行深刻反思,並嚴厲追究文學工作者的戰爭責任,反思戰爭、批判戰爭成爲戰爭文學作品的中心主題,其主體是戰後派作家和民主主義作家。其中戰後派認爲日本之所以能夠發動這場戰爭,是由于日本尚未確立近代的自我;日本舉國上下都以不同形式參與了這場戰爭,是由于日本人尚未確立近代的自我。而日本近代文學中的近代自我的確立和深化作爲一貫的主題,在被公認爲反戰文學代表的戰後派①的創作中也得到了繼承。戰後派的産生直接與《近代文學》創刊有關,而在創刊之際,本多秋五等人就開始宣導"確立文學主體性"的創作,在平野謙、荒正人、佐佐木基一、埴谷雄高、山室靜和後來加入的加藤周一、花田清輝等評論家談論近代日本自我的確立,追究日本的戰爭責任等問題進行討論的同時,戰後派的創作也開始在其影響下迅速成長。

3. 作家身份(接受的文學資源)和創作動機心態的不同

　　無論是中國建國後戰爭小説的創作者,還是日本戰後派的作家,他們都親身經歷過這一場罕見的殘酷戰爭,並以此爲體驗創作出了戰爭小説,這是他們的相同之處。

　　不過,雙方的差異也是很顯著的。首先,日本戰後派的作家們無一例外都接受過高等教育。如梅崎春生在東京大學期間已經發表小説《風宴》,而大岡升平在大學期間學習法國文學,通過和小林秀雄等人的交往,受到象徵主義的影響,在 37 歲以前雖没有從事文學的創作,但是已有多本研究翻譯著作問世,後來其創作也深受司湯達的影響。野間宏自幼喜好文學,小時候喜好讀夏目漱石、芥川龍之介等人的作品,後來結識象徵派詩人竹內勝太郎,在其指導下大量閱讀了歐洲名著,並于 1935 年考入京都大學法文科。從其作品中很容易就能發現日本傳統以及西歐文學的影子。

　　中國此類作品的作家,大多是有初小文化程度,後來在軍隊中自學成才或在延安中

---

① 1945—1950 年間,以《近代文學》爲核心,登場的一批文學新人。按登場的時間可以分爲"第一戰後派"和"第二戰後派"。主要由兩部分人組成:一部分是創刊的本多秋五、平野謙、荒正人、佐佐木基一、埴谷雄高、山室靜和後來加入的加藤周一、花田清輝等評論家;另一部分是野間宏、梅崎春生、椎名麟三、大岡升平、武田泰淳等小説家。這些人大都有相同的青春經歷,接觸過馬克思主義,還有"轉向體驗"和"戰爭體驗"的經歷。其理論和創作不同于民主主義作家的創作,也不同于太宰治、阪口安吾等"無賴派"以及戰前既成的老作家,他們提出"確立近代自我"的命題,聲明與戰前日本文學決裂,創造出一個新的"文學自我"。見《文芸用語の基礎知識》長谷川泉、高橋新太郎,至文堂 1979 年 5 月發行,第 326—327 頁。

共培養起來的軍人（首先是軍人）。如《烈火金鋼》作者劉流，當過偵察科長、武工隊長，長期在第一綫戰鬥。《戰鬥的青春》作者雪克，曾是地區委員會委員、青救會主任。

其次，就創作的心態而言。《敵後武工隊》的作者馮志在小説出版的前言中寫道："我之所以要寫《敵後武工隊》這部小説，是因爲這部小説的人物和故事，日日夜夜地衝激着我的心；我的心被衝激得時時翻滾，刻刻沸騰。我總覺得如寫不出來，在戰友面前似乎欠點什麼，在祖國面前仿佛還有什麼責任没有盡到，因此心裏時常内疚，不得平静！"①這些成長于馬背上的作家，創作目的很樸素，既不爲出人頭地，也不爲完成文學家的夢想，而是出于對戰爭和戰友的責任感。加之百年來中國受辱的歷史于相當意義上的結束，民族精神飛揚，悲情的歷史也成爲提純後的甘甜和喜悦，體現這一主題的英雄主義便得到空前的高漲。且在這些軍人作家的成長過程中，開啟他們文學想像之門的，往往是《水滸》、《三國演義》、《七俠五義》、《楊家將》等民間傳統白話文學。如《吕梁英雄傳》的作者馬烽對文學的興趣就是由接觸《三國演義》、《七俠劍》、《施公案》等開始的。作家的文化資源直接影響着其創作的表現特徵。②

相比較而言，日本戰後派等作家則是帶着强烈的"文學自覺意識"進行文學創作的（首先作爲作家而存在），在《近代文學》創刊之際，本多秋五等人就開始提倡"確立文學主體性"的創作，並在平野謙、荒正人、佐佐木基一、埴谷雄高、山室静和加藤周一等評論家的回應下，對近代日本自我的確立、日本作家的戰爭責任等問題進行了廣泛的討論，戰後派的創作也開始在其影響下迅速成長。正如葉渭渠先生所認爲的那樣："戰後派在精神上刻下了戰爭或戰爭中轉向的傷痕，體驗到戰敗的精神崩潰和虛脱，但在理智上又有所制約和抵抗，並試圖在自己的作品中突出戰爭壓迫與自我反抗之間的矛盾，表達自我内心世界的不屈和抵抗。……譬如在批判絶對主義天皇制和追究戰爭的責任等問題上，就强調要與植根于自身内部的半封建性質的感覺、感情、意欲作鬥爭，來開拓完成現代人的途徑。他們試圖從孤立的自我内部來發現新的觀念世界。"③

後　記

在瞭解二者對戰爭敍述差異成因的同時，我們還不能忘記另一件事情，即二者對戰

---

① 參見馮志《敵後武工隊·前言》，解放軍文藝出版社，1991 年。
② 這當然是指整體性的呈現特徵，茹志鵑的《百合花》等作品則呈現出别樣的風格和情趣，但其作品設定的背景是解放戰爭時期，已不在我們所設定的範圍。
③ 葉渭渠《日本文學思潮史》，北京：經濟日報出版社，1997 年，第 521—524 頁。

爭敍述差異所帶來的現實影響。

　　如上所説,日本戰後戰爭小説的創作呈現出一種悲傷的受害的敍述傾向,因爲其敍述的方式都是以"我"爲視點,其受傷害者既不是《審判》中被殺害的中國老夫婦以及遭受日軍燒殺搶掠的中國農民,也不是《野火》中被"我"機槍掃射而亡的菲律賓青年男女,而是作爲侵略士兵的日本人。于是,確切而言日本戰後的戰爭文學最大的敍述特徵即是:(片面)强調和表現日本(日本人)作爲受害者的設定。①

　　從讀者接受的角度講這是一個不可回避的現實,而讀者的接受正是文學與現實世界發生互動的核心環節,從一定意義上講,作品的價值是閱讀所給與的。所以,當這些表現這場戰爭的文學作品,以相同或相似"日本、日本人受害的事實"的内容傳達給廣大受衆之時,必然會影響讀者對于所敍述戰爭的認識與理解。當今雖然大多數日本青年對于戰爭已經表現出較爲理性的認識,每當日本國内的右翼勢力有所動作之時,都會有很多人站出來進行抗議。可以説這期間定有這些戰後派作家們進行戰爭文學創作的功勞,但是至今年輕人表現出的對于那場戰爭歷史認知的不足、偏差、曖昧和模糊,也與這些戰後派的創作有着不可否認的聯繫。

　　相應地,中國建國後戰爭文學(小説)創作,所表現出的一種在道德視角下的英雄浪漫主義戰爭觀和追求史詩情結的敍述方式,使我們在感受壯懷激烈的民族偉業、激情飛揚的英雄主義同時,也使得我們難以或是缺少從個體命運、個人視角去感受和思考戰爭。或許後來與抗戰相關的一部分作品,引起轟動的如《紅高粱》、《白鹿原》、《活着》等作品便是對此所作的很好的補充證明。

　　　(作者爲北京大學比較文學與比較文化研究所在讀博士,中國國家圖書館參考部館員)

參考文獻

本多秋五『物語戰後文學史』,新潮社,1966 年 3 月。

筑摩書房『現代日本文學大系』,1971 年 8 月。

_____

①　陳光興在《日本是獨立國家嗎?》中寫到戰敗被美占領,使得日本由原有殖民國家迅速轉換成被殖民國家,由加害者迅速變成受害者,成爲日本没有深刻反思其歷史的重要原因之一。見《讀書》2005 年(7),第 38—46 頁。

稻賀敬二、竹盛天雄、森野繁夫『新訂總合國語便覽』,第一學習社,1978 年。

長谷川泉、高橋新太郎『文芸用語の基礎知識』,至文堂,1979 年 5 月。

長谷川泉《日本戰後文學史》[M],李丹明譯,北京:三聯出版社,1989 年 11 月。

葉渭渠、唐月梅《日本現代文學思潮史》[M],北京:中國華僑出版社,1991 年 6 月。

洪子誠《中國當代文學史》[M],北京:北京大學出版社,1999 年 8 月。

陳思和《中國當代文學史教程》[M],上海:復旦大學出版社,1999 年 9 月。

劉炳範《戰後日本文化與戰爭認識研究》[M],北京:中國社會科學出版社,2003 年 12 月。

劉德潤、張文宏、王磊《日本古典文學縱橫》[M],北京:外語教學與研究出版社,2003 年。

沈伯俊《三國演義與明清其他歷史演義小説的比較》[J],《明清小説研究》,1992 年(2):12—14。

陳穎《中國戰爭小説史論》[D],福建師範大學出版社,2004 年。

1926 年胡適遊歐之行中
與伯希和、衛禮賢的交遊

葉　雋

一、胡適與伯希和的巴黎交誼

作爲中國現代學術與文化史的中心人物之一,胡適的重要性不言而喻。胡適以留美背景在中國現代文化場域大紅大紫,他對西學之源即歐洲文化究竟有多少了解、評價如何,值得關注。就此而言,胡適 1926 年的歐洲之行令人矚目。此時的胡適,經由北大場域的占位和五四時代的叱吒風雲,已是名滿天下。他此行的主要目的是出席在倫敦舉行的中英庚款委員會,能得遊歐機緣,自然要看一看流落異邦的"國寶",所以他會去巴黎國家圖書館看敦煌卷子,這樣自然就要拜訪作爲國際漢學領軍人物的伯希和(Pelliot,Paul,1878—1945)。

8 月 24 日下午,胡適專程拜會伯氏,稱:"他(指伯希和,筆者注)是西洋治中國學者的泰斗,成績最大,影響最廣。我們談了兩點鐘,很投機。"[1] 8 月 26 日,胡適先到伯希和家中,然後由對方陪同去法國國家圖書館(Bibliotheque Nationale),伯希和給他介紹,並且説需要到"寫本室"去看敦煌各卷子。[2] 因此第二天,胡適在致徐志摩信裏就記述了此事,並表態:"在此見着 Pelliot,我也很愛他。"[3] 9 月 7 日又記載,與傅斯年、梅光迪一起去拜訪伯希和,正好戴密微(Demieville,Paul)也在。[4] 9 月 19 日,胡適又見伯希和,

---

[1] 1926 年 8 月 24 日日記,曹伯言整理《胡適日記全編》第 4 集(1923—1927)第 257 頁,合肥:安徽教育出版社,2001 年。

[2] 1926 年 8 月 26 日日記,曹伯言整理《胡適日記全編》第 4 集(1923—1927)第 260 頁,胡適做了大量敦煌卷子的筆記在日記裏,其中間或包括與伯希和討論的意見,參見上揭書第 327 頁。他不僅與伯希和交往,也與伯希和的弟子交往,如與一俄國人馬戈里斯(M. Margonlies)一起吃飯。上揭書第 339、343 頁。

[3] 胡適 1926 年 8 月 27 日致徐志摩函,載耿雲志、歐陽哲生編《胡適書信集》上册第 383 頁,北京:北京大學出版社,1996 年。

[4] 1926 年 9 月 7 日日記,曹伯言整理《胡適日記全編》第 4 集(1923—1927)第 281 頁,合肥:安徽教育出版社,2001 年。

“談了兩點鐘”,這次的内容比較實質,一方面胡適指出了伯希和編寫的目録很多是錯的,建議由中國學者參加倫敦、巴黎的敦煌卷子的整理編目。伯希和表示接受並贊同,並請其記下錯誤以便更正,同時也請其留意禪宗在中國畫派的影響。① 9 月 22 日,胡適訪伯希和不遇,乃留函辭行,並委託他幫助影印敦煌寫本。② 這種學術聯繫顯然並未因此而終結,10 月 29 日即到倫敦後的第二天,胡適即又寫信給伯希和,估計内容與尋找資料有關。因爲他同時也寫信給在法的李顯章,稱“寄 100 鎊,請他找人代抄神會語録(3488),此卷紙太暗,影印不(清楚)”。③

　　當然我們談論胡適此行的德、法交誼,並不否認其主線索仍乃英國。正如他自己所説,除了中英庚款會議之外,11 月還要到英國各大學去演講,都是由“英國與愛爾蘭大學中國委員會”(British and Irish Universities' China Committee)佈置的④。而對法、德的訪問講學,都是“見縫插針”似的額外活動。但即便是在英倫,胡適又與伯希和相遇,可見當時伯希和在國際漢學界和學術界的地位與聲望。11 月 19 日,胡適應在亞非學院(School of Oriental and African Studies)“會見 Pelliot(伯希和)。他今天在此講演 Western Art in Medieval China(西方藝術在中世紀的中國),有許多材料很新鮮”。不但如此,伯希和還不負所托,給胡適帶來了三種影印材料,即《歷代法寶記》、《楞伽師資記》和《神會語録》長卷。⑤ 翌日即 20 日,胡適又去聽伯希和演講,“下午去聽 Pelliot(伯希和)講演‘Chiristianity Central Asia and China’(《基督教在中亞與中國》),有許多新發現的材料。”之後又一起參加英國主人舉行的晚宴,大家“談到夜深始散。”⑥

二、胡適、衛禮賢與伯希和的德國相會

　　胡適訪歐以英國爲重心,將法國(巴黎)作爲其私心向慕之地,而他到德國則屬客串

---

① 這次討論内容記載頗詳,參見 1926 年 9 月 19 日日記,曹伯言整理《胡適日記全編》第 4 集(1923—1927)第 342—343 頁,合肥:安徽教育出版社,2001 年。

② 1926 年 9 月 22 日日記,曹伯言整理《胡適日記全編》第 4 集(1923—1927)第 356 頁,合肥:安徽教育出版社,2001 年。

③ 1926 年 10 月 30 日日記,曹伯言整理《胡適日記全編》第 4 集(1923—1927)第 414 頁,合肥:安徽教育出版社,2001 年。

④ 胡適 1926 年 8 月 27 日致徐志摩函,載耿雲志、歐陽哲生編《胡適書信集》上册第 383 頁,北京:北京大學出版社,1996 年。

⑤ 1926 年 11 月 19 日日記,曹伯言整理《胡適日記全編》第 4 集(1923—1927)第 430 頁,合肥:安徽教育出版社,2001 年。胡適自己寫的是“東方文化學校”,但據其所提供的英文 School of Oriental Studies,當即爲大名鼎鼎的“東方學院”(今譯亞非學院)。

⑥ 1926 年 11 月 20 日日記,曹伯言整理《胡適日記全編》第 4 集(1923—1927)第 431 頁,合肥:安徽教育出版社,2001 年。

性質的"遊覽講學"。但這一日程早有安排,胡適在致徐志摩信中已然提到。事實上在1926 年,時掌法蘭克福大學(Frankfurt am Main)中國學院的衛禮賢,就邀請胡適之、伯希和齊聚德國名城法蘭克福,舉行"東方和西方"專題報告會,伯希和講中國戲劇,胡適則談中國小説。這次機會難得,乃是法蘭克福市建城紀念。

　　胡適于 10 月 24 日(星期日)16:45 抵達法蘭克福火車站,衛禮賢親自接站。25 日上午與中國駐德公使魏宸祖聊談,下午作演講稿,晚上是正式活動。胡適記錄了中國學院的秋季大會典禮情況:

　　　　晚七時,China Institute(中國學院)第一次秋季大會開幕,在市中之 Romer(羅馬大道)行禮。Romer 爲 Frankfurt(法蘭克福)的一大名勝,古來日爾曼皇帝在此間加冕;有"皇帝廳",今晚我們即在此集會。

　　　　Hers Passarant(海斯·帕薩蘭特)(院長)致開會詞;市長 Langmann(朗曼)演説致歡迎詞;次爲 Comt Keiserling(孔特·凱塞林)演説,又次爲 Wilhelm(威廉)演説,我不大聽得懂,但後來聽旁人説,Comt Keiserling 的話,雖德國人也不很能了解。①

晚上市長還舉行宴會招待來賓,胡適在這裏又見到不少熟人,其中包括 M. Pelliot,Dr. Schindlr,Dr. Erker。② 如果此時還只是場面上的"例行會面",那麼此後的正式講座,則引出了非常有趣的學術話題。胡適曾記錄下在德國法蘭克福大學中國學院的一段話:

　　　　是夜有 M. Pelliot(M·伯希和)的講演:"中國戲劇"。他在本文之前,略批評德國的"中國學",他説,德國科學甚發達,而"中國學"殊不如人;他説,治"中國學"須有三方面的預備:1. 目錄學與藏書,2. 實物的收集,3. 與中國學者的接近。他講中國戲劇,用王靜庵的材料居多。③

---

①　1926 年 10 月 25 日日記,曹伯言整理《胡適日記全編》第 4 集(1923—1927)第 409—410 頁,合肥:安徽教育出版社,2001 年。這説明胡適是學過德文的,但聽力口語恐怕不佳。他在康奈爾大學留學是規定須學德語、法語。
②　1926 年 10 月 25 日日記,曹伯言整理《胡適日記全編》第 4 集(1923—1927)第 410 頁,合肥:安徽教育出版社,2001 年。
③　1926 年 10 月 26 日日記,曹伯言整理《胡適日記全編》第 4 集(1923—1927)第 411 頁,合肥:安徽教育出版社,2001 年。M. Pelliot 當爲法文稱呼"伯希和先生"(Monsieur Pelliot)。這段話可與傅斯年的評價相互印證,伯希和"治中國學,有幾點絶不與多數西洋之治中國學者相同:第一、伯先生之目錄學知識真可驚人,舊的新的無所不知;第二、伯先生最敏于利用新見材料,如有此樣材料,他絶不漠視;第三、他最能瞭解中國學人的成績,而接受人。"《法國漢學家伯希和范平》,載《北平晨報》1933 年 1 月 15 日。

這裏有幾點值得特別關注：一是對德、法學術及漢學的比較視域；二是漢學研究的學術倫理意識；三是對中國學者研究的重視，譬如與王國維學術關係的窺出。學術倫理問題乃是法國漢學家歷來保有的優良學術傳統，無須多言，餘兩者值得略加分説。事實上，在伯希和心目中，素來推重的是王國維、陳垣二位，所以他引用王國維也很正常。① 而他對陳垣的推重，則曾引起日後與胡適繼續交往中的不快。作爲當事人的梁宗岱曾回憶起 1933 年時北平學者名流歡宴伯希和的場景：

> 席上有人問伯希和："當今中國的歷史學界，你以爲誰是最高的權威？"伯希和不假思索地回答："我以爲應推陳垣先生。"我照話直譯。頻頻舉杯、滿面春風的胡適把臉一沉，不言不笑，與剛才判若兩人。一個同席的朋友對我説："胡適生氣了，伯希和的話相當肯定，你也譯得夠直接了當的，胡適如何受得了，説不定他會遷怒于你呢？"這位朋友確有見地，他的話應驗了。我和胡適從此相互間意見越來越多。②

這段話或夾雜着當事人的意氣成分，但基本情況大致應當不錯。因爲，我們也可從其他人記録的伯希和相關評述中得到印證。1933 年 4 月 15 日，伯希和離京時，陳垣、胡適、李聖章等人前往火車站送行，伯希和表示了大概這樣的意思：中國近代之世界學者，惟王國維及陳先生兩人。……不幸國維死矣，魯殿靈光，長受士人之愛護者，獨吾陳君也。而伯氏"在平四月，遍見故國遺老及當代勝流，而少所許可，乃心悦誠服，矢口不移，必以執事爲首屈一指。"③ 這裏對陳垣的推崇與梁宗岱回憶的資訊是一致的。但這種評價在伯希和是

---

① 實際上，伯希和並不諱言自己對王國維的引用："作爲王國維的老朋友，我經常提到他的名字，並很多次引用他如此廣博而豐富的成果。"伯希和《王國維》，原載《通報》（T'oung Pao）26 期，1929 年，此處引自陳平原、王楓編《追憶王國維》第 416 頁，北京：中國廣播電視出版社，1997 年。伯希和還特別介紹了自己是如何進入包括王國維在內的中國一流學者圈的："一九零八到一九零九年我客居北京之時，曾帶去幾卷精美的敦煌遺書，並由此結識了羅振玉和他身邊的一群學問家，有蔣斧、董康以及王國維。同上海的繆荃孫、葉昌熾，而尤其是和北京的羅振玉、他的對手及門生在一起，我才有幸第一次與這些當代中國視作考古學家和文獻學家的人有了私人接觸。"上揭書第 414—415 頁。

② 戴鎦齡《梁宗岱與胡適的不和》，載趙白生編《中國文化名人畫名家》第 413—414 頁，北京：國際文化出版公司，1995 年。

③ 1933 年 4 月 27 日尹炎武致陳垣函，載陳智超編注《陳垣來往書信集》第 96 頁，上海：上海古籍出版社，1990 年。這一點也得到日本學者的印證，如桑原騭藏評介陳垣《元西域人華化考》説："陳垣氏爲現在中國史學者中，尤爲有價值之學者也。中國雖有如柯劭之老大家，及許多之史學者，然能如陳垣氏之足惹吾人注意者，殆未之見也。"桑原騭藏又説："陳垣氏研究之特色有二，其一爲研究中國與外國關係方面之物件。從來中國學者研究關係外國之問題，皆未能得要領，故中國學者著作之關于此方面者，殆無足資吾人之參考。惟陳垣氏關于此方面研究之結果，裨益吾人者甚多。""其二，則氏之研究方法，爲科學的也。中國學者多不解科學的方法，猶清代學者之考證學，實事求是，其表面以精巧的旗幟爲標榜，然其內容非學術的之點不少，資材之評判，亦不充分，論理亦不徹底，不知比較研究之價值。今日觀之，乃知從來中國學者之研究方法缺陷甚多，……然陳垣氏之研究方法，則超脱中國學者之弊竇，而爲科學的也。"桑原騭藏《讀陳垣氏之〈西域人華化考〉》，陳彬和譯，載《北京大學研究所國學門週刊》第 6 期，1925 年 11 月 18 日。

出于自家的學術判斷,不會因爲其他因素而輕易更變,而胡適似乎也並未因此與伯希和直接發生矛盾,事實上,1935 年伯希和訪華時胡適與他數度見面交流、甚至陪訪研究所等。①

　　至于德、法漢學之爭,則是更加有趣的話題。衛禮賢在德國學術界並没有太高地位,他在 1924 年受聘于法蘭克福大學時不過是一個講師,而且還是因爲有西爾斯多普(Siersdorpff)伯爵夫人的資助,才得以"美夢成真"。伯希和雖然嚴厲批評德國漢學,但出發點仍是純粹的學術立場,無可指責。其實,伯希和對德國漢學家頗爲重視,如對長一輩的孔好古(August Conrady)就相當尊重,就在這一年,他還在自己主編的《通報》上撰文紀念,認爲孔好古貢獻卓著,其辭世乃國際漢學界"重大損失",甚至推崇他爲首位從社會學、宗教歷史學角度解釋古代歷史的學者,可被視爲開創了一個學派。② 這一出于學術倫理嘗試的價值判斷是符合實際的。當時與衛禮賢來往頗多的中國留德學人鄭壽麟,也從學術史的比較角度提供了對于衛氏學術個性的考察:"(衛禮賢,筆者注)所以要講創造和精密,或不及葛禄(Grube)與孔好古(Conrady),至于寬泛博大,乃其所長。把中國傳播到德國的民間,使一般國民,都能發生好感;把中國歷年所有風潮,很公道的解析剖釋:這確是他的功業。"③ 這個把握相當恰當,相比較科班出身的孔好古、格魯伯等職業漢學家,衛禮賢確實難稱專業。④ 然而,若論及類似"百家講壇"的普及之功,恐怕任何一個專業學者也難及衛氏。

　　因此我們看到,對于胡適這位中國現代文化場域的領袖型新貴,衛禮賢、伯希和的態度迥然有異。衛禮賢是極爲推崇,將其作爲一個相當具有代表性的中國現代學者來看待,但其關注點恐怕主要還是其特殊的文化與學術地位;而伯希和則嚴本學者立場,

---

① 1935 年,胡適先後參加鋼和泰、史語所、輔仁大學對伯希和的宴請。1935 年 5 月 5、18、29 日日記,曹伯言整理《胡適日記全編》第 6 集(1931—1937)第 464、476、480 頁,合肥:安徽教育出版社,2001 年。5 月 28 日則專訪伯希和,陪他一起去研究所看漢簡及繆藏珍本。上揭書第 479 頁。1938 年,胡適再度赴歐,如何見到伯希和似無確切記載。桑兵:《國學與漢學——近代中外學界交往錄》第 175 頁,杭州:浙江人民出版社,1999 年。查作者引 1938 年 7 月 21、23 日日記,載曹伯言整理《胡適日記全編》第 7 集(1938—1949)第 139、140 頁,合肥:安徽教育出版社,2001 年。此處未核對到伯希和,但有 Pellivt 名,雖然與伯希和(Pelliot)只有一個字母之差,但疑並非同一人物,因胡適將其直接翻譯成漢語爲佩利特,若是伯希和,他應當不至于這樣譯。29 日日記提到給陳寅恪寫推薦信事,上揭書第 143 頁。30 日致傅斯年函也提到伯希和答應幫忙,載耿雲志、歐陽哲生編:《胡適書信集》中册第 753 頁,北京:北京大學出版社,1996 年。

② 參見 Pelliot, Paul "August Conrady(1864—1925)", in T'oung Pao, 1926, Vol. 24. S. 130—132.

③ 鄭壽麟《尉禮賢的生平和著作》,載《讀書月刊》(國立北平圖書館編)第 1 卷第 VI 册,1933 年。

④ 參見 Leutner, Mechthild(羅梅君):"Kontroversen in der Sinologle – Richard Wilhelms kulturkritische und wissen-schaftliche Positionen in der Weimarer Republik"(漢學界之論爭——魏瑪共和國時期衛禮賢的文化批評立場及其學術地位). in Hirsh, Klaus(hrsg.):Richard Wilhelm Botschafter zwei Welten – Sinologe und Missionar zwischen China und Europa(衛禮賢:兩個世界的使者——在中國與歐洲之間的漢學家與傳教士). Frankfurt am Main & London:IKO – Verlag für Interkulturelle Kommunikation, 2003. S.43—84.

堅守學術倫理,終其一生,他似乎對胡適的學術水準並未做過特別推崇,有論者認爲胡適"氣質上畢竟與純粹學院派的伯希和有些疏離"①。因爲胡適與陳寅恪兩人截然不同,就學術上的成長來説,胡適更屬于長袖善舞于場域之中的學術領袖之代表;而陳寅恪則不然,乃是典型的堅守學術倫理的現代學人之典範。

　　但話説回來,胡適與衛禮賢在氣質上其實倒不乏共通之處。早在 1922 年 5 月 3 日,胡適應邀赴德國駐華使館宴請,在評價新公使"英語很好"的同時,也不忘誇獎衛禮賢"精通漢文,曾把十幾部中國古書譯成可讀的德文"。②　但到了 1926 年,他對衛禮賢的德國事功却頗有不以爲然處:"Wilhelm 在此地辦了一個中國學院'China Institute',專宣傳中國文化。其意在于使德國感覺他們自己文化的缺點;然其方法則(有)盲目地説中國文化怎樣好,殊不足爲訓。"③ 此時的胡適,年紀不過 35 歲,但説起話來却儼然大宗師氣派。但事實上,他對德國語境和文化還是相當陌生的。當其時也,正處于一戰後的魏瑪時代,王光祈對德國在一戰後重建時期的"上下兢兢圖存"深感欽佩,認爲"國内青年有志者,宜乘時來德,觀其復興綱要,以爲中國之借鑒"。④　宗白華更指出:"德國戰後學術界忽大振作,書籍雖貴,而新書出版不絶。最盛者爲相對論底發揮和辯論。此外就是'文化'的批評。"⑤ 同時更以比較文化史的眼光指出:"風行一時兩大名著,一部《西方文化的消觀》,一部《哲學家的旅行日記》,皆暢論歐洲文化的破産,盛誇東方文化的優美。"又説"德人對中國文化興趣頗不淺也",而一月之内就"出了四五部介紹中國文化的書",所以即便是"實在極尊崇西洋的學術藝術"的時候,宗白華也仍然强調"中國舊文化中實有偉大優美的,萬不可消滅"⑥。正是在這樣一種背景下,衛禮賢在德國語境創設中國學院及傳播中國文化,其思想史意義是怎麼高估也不過分的,此容後詳論。

---

①　桑兵《國學與漢學——近代中外學界交往録》第 173 頁,杭州:浙江人民出版社,1999 年。

②　在這裏,胡適還提到了自己的《中國哲學史大綱》的德譯本的事情,説衛禮賢 1921 年即動手譯此書,近年因忙擱置。1922 年 5 月 3 日日記,曹伯言整理《胡適日記全編》第 3 集(1919—1922)第 657 頁,合肥:安徽教育出版社,2001 年。有論者稱胡適 1922 年 5 月結識衛禮賢于德使館,似有待確證。參見桑兵:《國學與漢學——近代中外學界交往録》第 160 頁,杭州:浙江人民出版社,1999 年。

③　1926 年 10 月 24 日日記,曹伯言整理《胡適日記全編》第 4 集(1923—1927)第 409 頁,合肥:安徽教育出版社,2001 年。

④　左舜生等:《王光祈先生紀念册》第 35 頁,王光祈先生紀念委員會 1936 年編印,大海出版社作爲沈雲龍主編《近代中國史料叢刊》第十九輯印行。

⑤　《自德見寄書》,載宗白華《宗白華全集》第 1 卷第 335 頁,林同華主編,合肥:安徽教育出版社,1994 年。

⑥　《自德見寄書》,載宗白華《宗白華全集》第 1 卷第 336 頁,林同華主編,合肥:安徽教育出版社,1994 年。

三、胡適的德、法學術交誼與文化認知意義

胡適與法國漢學界則頗少交往,除了伯希和、戴密微之外,恐怕並無整體性的接觸。但他在德國漢學界則與福蘭閣(Franke,Otto,1863—1946)互有好感,他在 1938 年出席國際史學會議時結識福蘭閣,頗爲投契。此前二人也有交往,1932 年 6 月 2 日,普魯士國家科學院(die Preu Bische Akademie der Wissenschaften)函聘胡適爲哲學史學部通訊會員,乃由福蘭閣推薦而致。不過同樣非常有趣的是,當衛禮賢極力爲蔡元培爭取一個德國大學的榮譽博士頭銜時,福蘭閣則堅決反對,他稱蔡爲"極端主義的思想家和頭腦糊塗的人"①。主要原因或在于蔡元培在一戰期間反對德國,主張加入協約國。但若僅因此而作出判斷,可見德國學者的迂腐之處。福蘭閣可謂德國首位漢學教授,1909 年任漢堡殖民學院(Kolonialinstitut)創辦的東亞語言與歷史研究所首任教授兼所長,1923 年,他又移帳柏林,在其時爲世界學術中心場域的柏林大學任其漢學教授兼研究所所長。此前,他先後在柏林大學、哥廷根大學攻讀歷史、梵文、法律等。1888—1901 年間在德國駐華的使領館(北京、天津、上海等地)工作,1903—1907 年則受聘爲清政府駐德公使館秘書。應該説,他的經歷與衛禮賢有某種程度的相似,都是先有其他的職業生涯,而後轉回學院。就其學術轉型而言,應該説還是相當成功的。作爲具有早期旅華經歷的外交官型漢學家,福蘭閣、伯希和或許可以代表學院型的德、法漢學路徑。相比較衛禮賢的"野狐禪",伯希和或許並不屑于將自己的學術水準與之相提並論,他的自信應是建立在以福蘭閣這樣的純粹學院派的德國漢學家的"比拼較技"之上。作爲德國漢學的代表人物,顧路柏(Grube,Wilhelm,1855—1908)、福蘭閣、佛爾克(Forke,Alfred,1867—1944)分別在文、史、哲三大領域有較爲經典的著述問世,分別是《中國文學史》(Geschichte der chinesischen Literatur,1902)、《中華帝國史》(Geschichte des chinesischen Reiches,1930—1952)、《中國哲學史》(Geschichte der chinesischen Philosophie,1927—1938)。有論者再加上賈柏蓮(Gabelentz,Georg von der,1840—1893)的《中國文言語法》,將它們同認爲是代表德國漢學學術水準的"巨著"。② 作爲史學家,相比較福蘭閣

---

① 福蘭閣 1925 年 9 月 16 日致衛禮賢函,轉引自吳素樂《衛禮賢——傳教士、翻譯家和文化詮釋者》,載〔德〕馬漢茂等主編《德國漢學:歷史、發展、人物與視角》第 480 頁,李雪濤等譯,鄭州:大象出版社,2005 年。

② 參見 Hänisch,Erich:Alfred Forke(Nachruf). In *Zeitschrift der Deutschen Morgenländischen Gesellschaft*(ZDMG),Vol. 99(1945—1949). S. 2—6.

的通史寫作(何況其時尚未出版),伯希和致力于中亞、敦煌等的專題研究,在具體實證的學術功力方面確實更加高明。

胡適對德、法文化的態度可以進一步考究,雖然他與衛禮賢、伯希和頗有交往,但由于其留美背景,故此對歐洲文化難得發自内心的親近。譬如他對李石曾一派人物就很反感,對"北大裏的法國文化派歷來嗤之以鼻"①。與李石曾的明爭暗鬥可爲表像,不過,他對德國同樣不太有發自内心的敬重。② 他甚至這樣説:"我感謝我的好運氣,第一不曾進過教會學校;第二我先到美國而不曾到英國與歐洲。如果不是這兩件好運氣,我的思想決不能有現在這樣徹底。"③ 從事物發展總有利弊的角度考慮,這話當然不無道理。但如果從學術與思想資源的汲取角度來看,胡適的未曾留學歐洲,其實是其學養形成過程中當引以爲憾的事,事實上由美留歐者不在少數,而且多爲那一代的知識精英人物,如陳寅恪、陳序經、羅家倫、林語堂、賀麟、陳銓等都是。應該説他們都深刻意識到了歐洲文化作爲西學之源的重要功用,故有由美留歐之擇。没有留歐經歷倒也罷了,因了文化資本炫耀和使用的需要,而貶歐揚美,實在可見胡適非但學養有限,而且判斷有問題。

當然,衛禮賢、伯希和共有交誼的中國學者並非僅胡適一人,譬如太虚法師到歐洲之時,也曾分别在德、法受到二者的接待。但就中國現代學術的第一代學者來説,胡適無疑很有代表性。故此衛、伯二氏的中國居留值得深入考察。他們兩人均有過長期駐華經歷,並通過其孜孜不倦的學術(或高深,或普及)工作與文化活動,成就了自己作爲一代學人的事功與思想。此處初步探討二君與胡適的交誼,他們的巨大貢獻與思想史意義只是"小荷才露尖尖角"而已,其身後的巨大思想寶藏和學術史意義如何進一步揭示,仍有待學界同仁的戮力推進。但我堅信,衛禮賢和伯希和不僅在中歐之間文化交流史上有重要意義,他們同樣具備世界範圍内思想史、學術史的重要意義! 而同樣毋庸置疑的是,與他們有深厚交誼的中國現代學術建立期的那批學者,身上也蕴藏着毫不遜色的思想礦藏。

(作者爲中國社會科學院外國文學研究所副研究員,文學博士;兼任北京大學德國研究中心特聘研究員)

---

① 桑兵《國學與漢學——近代中外學界交往録》第 175 頁,杭州:浙江人民出版社,1999 年。
② 就其言辭來看胡適對德國文化並無太多見解。參見 1926 年 10 月 24 日—28 日日記,曹伯言整理《胡適日記全編》第 4 集(1923—1927)第 409—412 頁,合肥:安徽教育出版社,2001 年。
③ 1926 年 11 月 29 日日記,曹伯言整理《胡適日記全編》第 4 集(1923—1927)第 441 頁,合肥:安徽教育出版社,2001 年。當然胡適對歐洲文化不是全無認知,他畢竟在美國大學裏曾選修過德文、法文。

魯迅與鹽谷温的學術因緣與歧見

——以中國小説史研究爲中心

鮑國華

作爲中日從事中國小説史研究的先驅,魯迅和鹽谷温的學術交往密切,因緣頗深。魯迅《中國小説史略》的部分章節受到鹽谷温《中國文學概論講話》之小説部分的啟示,並因此引發同時代人有關"抄襲"的誤解;鹽谷温對《中國小説史略》極爲推崇,並在自家講授中國文學的過程中借用該書的論斷和材料。兩位學人在研究資料和學術觀點上反復交流,互通有無,成爲中日學術交流史上的一段佳話,他們的各自爲戰,又通力協作,共同開創了中國小説史學的研究格局。本文試圖通過相關史實的考辯,考察兩人的學術交往,進而分析其相近的學術選擇背後的學術差異,借此展現中國小説史學建立之初,中日兩國學者不同的學術理念和文化追求。

一

19 世紀末至 20 世紀初,爲數衆多的外國學者撰寫並出版了《中國文學史》著作,如瓦西里耶夫《中國文學簡史綱要》(1880)、古城貞吉《中國文學史》(1897)、翟理斯《中國文學史》(1897)、笹川種郎(臨風)《中國文學史》(1898)、顧魯柏《中國文學史》(1902)等。[1] 以上著作各有其成就,但均未能及時譯爲中文,因此在當時的中國聲名不著。倒是稍後問世的鹽谷温《中國文學概論講話》,大有後來居上之勢。[2] 該書之所以聲名遠播,原因有二:一是以大量篇幅分析小説和戲曲,這是當時中日兩國學人涉足不多的領

---

[1] 參看郭延禮《19 世紀末 20 世紀初東西洋〈中國文學史〉的撰寫》,《中華讀書報》,2001 年 9 月 19 日。

[2] 該書據鹽谷温 1917 年夏在東京大學的演講稿改寫而成,于 1918 年 12 月完稿,1919 年 5 月由大日本雄辯會出版。《中國文學概論講話》雖不是嚴格意義上的文學史,但對中國學界的影響却超越了此前及同時代的文學史著作。

域,因此引起中國學者的重視,被多次譯爲中文,爲國内學界所熟知①;二是以陳源(西瀅)爲代表的部分中國學人認定魯迅《中國小説史略》抄襲該書之小説部分,從而引出一場持續近十年的學術公案。

1925年11月和1926年1月,陳源先後在《現代評論》發表《閒話》,在《晨報副刊》刊登與徐志摩的通信,指責《中國小説史略》抄襲鹽谷温《中國文學概論講話》之小説部分。針對陳源的指責,魯迅發表《不是信》一文予以駁斥:

> 鹽谷氏的書,確是我的參考書之一,我的《小説史略》二十八篇的第二篇,是根據它的,還有論《紅樓夢》的幾點和一張《賈氏系圖》,也是根據它的,但不過是大意,次序和意見就很不同。其他二十六篇,我都有我獨立的準備,證據是和他的所説還時常相反。例如現有的漢人小説,他以爲真,我以爲假;唐人小説的分類他據森槐南,我却用我法。六朝小説他據《漢魏叢書》,我據別本及自己的輯本,這工夫曾經費去兩年多,稿本有十册在這裏;唐人小説他據謬誤最多的《唐人説薈》,我是用《太平廣記》的,此外還一本一本搜起來……其餘分量,取捨,考證的不同,尤難枚舉。自然,大致是不能不同的,例如他説漢後有唐,唐後有宋,我也這樣説,因爲都以中國史實爲"藍本"。我無法"捏造得新奇",雖然塞文狄斯的事實和"四書"合成的時代也不妨創造。但我的意見,却以爲似乎不可,因爲歷史和詩歌小説是兩樣的。詩歌小説雖有人説同是天才即不妨所見略同,所作相像,但我以爲究竟也以獨創爲貴;歷史則是紀事,固然不當偷成書,但也不必全兩樣。②

在上述回應之後,這場紛爭暫時偃旗息鼓。直到十年後《中國小説史略》由增田涉譯爲日文出版,魯迅才撰文爲之畫上一個句號:

> 在《中國小説史略》日譯本的序文裏,我聲明了我的高興,但還有一種原因却未曾説出,是經十年之久,我竟報復了我個人的私仇。當一九二六年時,陳源即西瀅教授,曾在北京公開對于我的人身攻擊,説我的這一部著作,是竊取鹽谷温教授的《中國文學概論講話》裏面的"小説"一部分的;《閒話》裏的所謂"整大本的剽竊",指的也是我。現在鹽谷教授的書早有

① 郭希汾(紹虞)節譯該書小説部分,題名《中國小説史略》,上海:中國書局,1921年5月初版。後有陳彬龢節譯本,題名《中國文學概論》;北平:樸社,1926年3月初版;君左節譯本,題名《中國小説概論》,載《小説月報》第17卷號外《中國文學研究》(下册);上海:商務印書館,1927年6月版。第一個全譯本由孫俍工譯,題名《中國文學概論講話》,上海:開明書店,1929年6月初版。

② 魯迅《華蓋集續編·不是信》,《魯迅全集》第3卷,北京:人民文學出版社,1981年,第229—230頁。

中譯,我的也有了日譯,兩國的讀者,有目共見,有誰指出我的"剽竊"來呢? 嗚呼,"男盜女娼",是人間的大可耻事,我負了十年"剽竊"的惡名,現在總算可以卸下……①

這場曠日持久的學術公案,波及甚遠,除兩位當事人——陳源與魯迅——外,作爲傳播者、旁觀者、評論者或調解者的張鳳舉、顧頡剛、徐志摩、蘇雪林、胡適、劉文典等人均先後涉足其中。事實上,澄清個中是非曲直並非難事。除比對兩部著作,尋求文本内證外,考察"抄襲"事件的另一位"當事人"——《中國文學概論講話》的作者鹽谷温——的態度,就可以對抄襲的存在與否做出準確判斷。

1974 年 10 月 19 日,《中國小説史略》日譯本的譯者、先後師從鹽谷温和魯迅從事中國文學研究的增田涉回憶道:

> 我在大學裏專攻中國文學,進大學時是大正末年,畢業是昭和四年,那時在我校(東京大學)教中國小説史的是鹽谷温先生。這位先生著的《中國文學概論講話》一書早已出版。他以此爲藍本,將那本書放在講臺的桌子上,進行講解。不用説我們也都有那本書。可是從有一時期以後,因先生講了些過去從未聽到過的,也就是説在先生的書中没有的事情,我們學生之間就相互交談起來,認爲這是很奇怪的,先生不可能知道這些事情的,都覺得可懷疑。有一天,他對我們説這些材料的來源就是這個,給我們看的是魯迅的《中國小説史略》。②

鹽谷温從 1920 年 9 月起任東京帝國大學教授。③ 增田涉于大正十五年(1926)進入東京帝國大學文學部中國文學科,師從鹽谷温研究中國文學,昭和四年(1929)畢業。④ 可見,鹽谷温在教學過程中使用《中國小説史略》,當在 1926 至 1929 年間,此時《中國小説史略》已由北新書局出版合訂本⑤,陳源和魯迅圍繞"抄襲"的論爭也已展開。而作爲"被抄襲

---

① 魯迅《且介亭雜文二集·後記》,《魯迅全集》第 6 卷,第 450—451 頁。

② 增田涉《我的恩師魯迅先生——一九七四年十月十九日在紀念演講會上的講話》,見劉獻彪、林治廣編《魯迅與中日文化交流》,長沙:湖南人民出版社,1981 年,第 358 頁。該文譯自日中友好·魯迅先生仙台留學七十周年紀念祭實行委員會編輯發行的《魯迅祭記録集》。

③ 李慶《日本漢學史》第二部《成熟和迷途(1919—1945)》,上海:上海外語教育出版社,2004 年,第 441 頁。

④ 戈寶權《魯迅和增田涉》,上書,第 191 頁。

⑤ 《中國小説史略》經魯迅多次增補修訂,目前存世的有以下幾個章節體例及文字互異的版本:油印本(1920 年 12 月起陸續油印編發,共 17 篇);鉛印本(擴充至 26 篇);1923、1924 年北京大學第一院新潮社初版上、下册本;1925 年 2 月新潮社再版上、下册本;1925 年 9 月北新書局合訂本;1931 年 9 月北新書局訂正本;1935 年 6 月北新書局第十版再次修訂本。鹽谷温使用的版本當爲新潮社初版本、再版本或北新書局合訂本中的一種,而合訂本的可能性最大。參看拙作《論〈中國小説史略〉的版本演進及其修改的學術史意義》,載《魯迅研究月刊》2007 年第 1 期。

者”的鹽谷温,却仍然堂而皇之地使用、借鑒《中國小説史略》,可見在“當事人”眼中,“抄襲”並不存在。鹽谷温的態度和做法,使之成爲駁斥“抄襲”説最有力的“人證”。

“抄襲”固不屬實,但《中國文學概論講話》對《中國小説史略》的啟示意義却不容忽視。前引魯迅《不是信》中對于“抄襲”説的答辯,其中也坦陳《中國小説史略》的第二篇,即《神話與傳説》是根據鹽谷氏著作之大意而成。這也成爲“抄襲”説的主要依據。魯迅論及神話傳説時,對于鹽谷温確有不少借鑒之處,但是否能夠就此認定“抄襲”,尚須辨析。現代漢語中所謂神話及神話學的概念,均譯自日本,時在 20 世紀初。[①] 彼時魯迅正在日本留學,最初接觸神話及神話學,也是通過日文材料。在作于日本的《破惡聲論》(未完稿)中,魯迅闡述了神話的文化價值,將其視爲文學與思想的起源。[②] 1920 年受聘北京大學,開設“中國小説史”課程,並撰寫講義時,以神話爲小説之起源,這一思路就與其在留日期間接觸神話學不無關聯。魯迅的神話學知識主要習自日本,加之當時中國的神話學尚處于初創階段,缺乏可供參考的本國學術成果,借鑒日本學人的研究,也有其不得已處。在最初的油印本講義《中國小説史大略》中,《神話與傳説》一篇的主要觀點均來自鹽谷温的著作,但油印本純作講義,没有作爲個人著作公開出版,吸收前沿成果用于教學,無涉“抄襲”。1923 年北京大學新潮社刊行《中國小説史略》初版本上卷時,有關神話一篇的内容則大爲改觀,不僅材料較之油印本增補甚多,次序和觀點也有相當大的調整和修正。仍保留鹽谷温對于中國神話散失之原因的兩點解釋,但以“論者謂有二故”領述之,不敢掠爲己見(最初的油印本講義也作如是處理),並補充自家的一則論斷于後,且輔以多則史料證之。可見,《中國小説史略》第二篇《神話與傳説》受《中國文學概論講話》之影響屬實,但決非一味沿襲,全無自家之創見。鹽谷温對于魯迅最大的啟示,是中國小説史從神話講起、視神話爲小説之起源這一學術思路。將學術思路的借鑒視爲“抄襲”,未免過甚其辭。而且,魯迅從 1909 年起即開始搜集唐前小説佚文,最終彙成《古小説鉤沉》稿本十册,成爲後來撰寫小説史的重要資料。魯迅的小説史輯佚工作,早于鹽谷氏著作之刊行,《不是信》中自陳“我都有我獨立的準備”,並非虛言。[③]

鹽谷温對于中國小説史研究的貢獻,除在《中國文學概論講話》中充分肯定了小説

---

①　參看陳連山《20 世紀中國神話學簡史》、葉舒憲《海外中國神話學與現代中國學術:回顧與展望》,均見陳平原主編《現代學術史上的俗文學》,武漢:湖北教育出版社,2004 年。

②　魯迅《集外集拾遺補編·破惡聲論》,《魯迅全集》第 8 卷,第 30 頁。

③　《日本漢學史》的作者李慶,爲此曾請教日本著名的中國文學研究專家伊藤漱平。伊藤也明確指出,在中國小説史的研究方面,魯迅執其先鞭。參看李慶《日本漢學史》第二部《成熟和迷途(1919—1945)》,第 444 頁。

的價值與地位外,在作品和材料發掘上的成績也甚爲可觀。在中國本土久已失傳的《元刊全相評話》殘本五種及明代話本集"三言"就是由鹽谷氏在日本內閣文庫中率先發現,並傳回國內的。鹽谷温還據此撰寫有關"三言"的研究論文。魯迅在《中國小説史略》(訂正本)題記中對此大加褒獎:"鹽谷節山教授之發見元刊全相評話殘本及'三言',並加考索,在小説史上,實爲大事。"① 根據這些新材料和研究成果,魯迅訂正了《中國小説史略》,對第十四、十五和第二十一篇進行了大幅修改。調換原第十四、十五篇的順序,題目統一定爲《元明傳來之講史》,內容也做出相應的調整,並增補了對新發現的作品和材料的論述。第二十一篇則增加了對《全像古今小説》和《拍案驚奇》的分析,內容也有較大擴充。同樣,鹽谷温對于魯迅的學術成就也頗爲推重,不僅在教學過程中參考《中國小説史略》,還與其他九位日本的中國小説史研究者聯名寫給魯迅一張明信片,公開表達對于魯迅的小説史研究的敬意。這一則新近披露的材料,成爲兩位學者之間惺惺相惜的學術因緣的又一確證。明信片爲豎行毛筆書寫,信片的上半面寫收信人的地址及人名:

　　　上海北四川路底

　　　　内山書店　轉交

　　　魯迅先生

下半面是信文及簽名:

　　　中國小説史學會讀了一同記名以爲念恭請撰安

　　　鹽谷温　内田泉　小林道一　松井秀吉　藤勇哲　荒井瑞雄　守屋禛次　松枝茂夫　黑木典雄　目加田誠②

　　這張明信片寫于1930年,由于郵戳日期模糊不清,不能確定是2月還是3月。此時《中國小説史略》訂正本尚未出版,信中"讀了",當指1925年北新書局合訂本或此前的新潮社本。

　　魯迅和鹽谷温的學術因緣,不限于此。早在1926年,鹽谷温的學生和女婿辛島驍

① 魯迅《中國小説史略》(訂正本),上海:北新書局,1931年,《題記》第3頁。

② 見《魯迅研究月刊》2009年第6期,封三。信中"讀了"指讀了魯迅《中國小説史略》。

（增田渉在東京帝國大學文學部中國文學科的同班同學）到北京造訪魯迅，帶來鹽谷温所贈《至治新刊全相平話三國志》一部（即鹽谷氏影印的《元刊全相評話》殘本之一種），並稀見書目兩種，即日本内閣文庫現存書目《内閣文庫書目》和日本古代的進口書帳《舶載書目》。1927 年 7 月 30 日，魯迅把這兩種書目中的傳奇演義類和清錢曾《也是園書目》中的小説二段，合併編爲《關于小説目録兩件》，發表于同年 8 月 27 日、9 月 3 日《語絲》週刊第 146—147 期。兩天後，魯迅回贈辛島驍排印本《三寶太監西洋記通俗演義》、《醒世姻緣》各一部。① 通過辛島驍，魯迅和鹽谷温建立了學術聯繫，每當發現小説和戲曲的新材料，即互相寄贈。兩人互通書信，互贈書籍，這在《魯迅日記》中多有記載，兹不一一舉證。1928 年 2 月 23 日，兩人終于在上海會面，鹽谷温贈魯迅《三國志平話》、雜劇《西遊記》，並轉交辛島驍所贈舊刻小説、詞曲影片七十四頁，魯迅回贈以《唐宋傳奇集》。② 魯迅親筆題字送給鹽谷温的《中國小説史略》也保存至今。

　　從魯迅與鹽谷温的學術因緣中不難看出，兩人始終互相支持，互相推重，共同譜寫了中日學術交流史上的一段佳話。可見，如果真有所謂"抄襲"，魯迅恐怕不會如此坦然地面對鹽谷温，鹽谷氏不斷向魯迅寄贈書籍資料，亦難免不辨是非之譏，無異于"開門揖盜"了。

<h1 style="text-align:center">二</h1>

　　作爲中日從事中國小説史研究的先驅者，魯迅和鹽谷温在相近的學術選擇背後也體現出明顯的差異，兩人的學術歧見與其因緣一樣值得關注。不僅如前引《不是信》中的論述所示，在小説真偽、分類、評價、考證等方面頗多異見，二者在"小説史意識"上的分歧則更爲關鍵。

　　19 世紀末到 20 世紀初，日本漢學家編撰了多部有關中國文學的研究著作，這些著作多採用"文學史"（如古城貞吉、笹川種郎）或"文學概論"體式（如兒島獻吉郎、鹽谷温），對中國學術界産生了重大影響。其中，鹽谷温《中國文學概論講話》雖然問世時間較晚，但他對小説與戲曲的開創性研究，尤爲中國學者所矚目。該書分上下兩篇，共六章，並綴附録兩篇。

---

① 　魯迅《日記十五》，《魯迅全集》第 14 卷，第 612—613 頁。
② 　魯迅《日記十七》，《魯迅全集》第 14 卷，第 703 頁。

　　篇章目次如下:

　　從以上篇章設置不難看出,《中國文學概論講話》除第一章從分析漢語之特性入手,爲後文探討韻文及詩歌提供理論依據外,其餘五章均各自以文類爲中心展開論述,各章之間呈現出平行的結構方式。鹽谷温將中國古代文學批評體系中長期處于邊緣地位的小説、戲曲獨立成篇,使之與詩文相並列,意在突出小説與戲曲的地位。而且,統計表明:下篇兩章占據該書正文(除附録外)的66%,其中小説獨占35%,如果加上同樣涉及小説的附録,討論小説的總篇幅則占據全書的近50%。在綜論各文類的著作中,研究者對于某一文類的價值判斷,既體現在若干具體論斷之中,亦通過其著作留給該文類的論述空間得以彰顯。在《中國文學概論講話》中,鹽谷温有意將小説、戲曲與詩文相並列,並着力擴充其篇幅,用意即在于此。作者在該書《原序》中稱:"及元明以降,戲曲小説勃興,對于國民文學產生了不朽的傑作。"② 這在今天已成爲學界之共識,但在當時則實屬新見。③ 鹽谷氏之前,日本學術界關注小説者不乏其人,然而在自家綜論各文類的著作中,或仍以小説爲詩文之附屬,或仍將主要篇幅用于分析詩文,留給小説的論述空間頗爲有限。以全書近半數篇幅討論小説,《中國文學概論講話》尚屬首創。鹽谷温對

---

① 這裏依據孫俍工全譯本的目次。[日]鹽谷温著,孫俍工譯《中國文學概論講話》,上海:開明書店,1929年6月版,目次第13—18頁。

② 上書,《原序》第5頁。

③ 日本學者内田泉之助爲《中國文學概論講話》作序,對其學術價值評判如下:"鹽谷博士生于漢學世家,夙在大學專攻中國文學,深究其蘊奧。嘗遊學西歐及禹域,歸朝之後發表其研究之一端而著《中國文學概論講話》一書。在當時的學界敍述文學底發達變遷的文學史出版的雖不少,然説明中國文學底種類與特質的這種的述作還未曾得見,因此舉世推稱,尤其是其論到戲曲小説,多前人未到之境,篳路藍縷,負擔者開拓之功蓋不少。"上書,《内田新序》第7頁。

于戲曲小說,尤其是後者的重視,恰與彼時中國學術界的研究風氣相契合。自晚清以降,對于小說文類的關注日漸成爲文人學者之共識,這由中國文化與文學自身發展的現實困境所決定,而關注小說的眼光、思路及方法却主要受到來自日本的影響。不僅晚清梁啓超倡導之"小説界革命",其基本理念及術語多借自明治新政①;"五四"新文化運動後,胡適以一系列"章回小説考證",奠定中國小説史學之根基,亦得到日本漢學家的大力協助,尤其在資料搜集上受益良多②。兩代學人借助來自東瀛的"他山之石",逐步建立起中國小説史學的學術規模和理論體系。可見,《中國文學概論講話》受到中國學者的推崇,概源于鹽谷氏對于小說文類的側重。在該書三種中文節譯本中,有兩種節譯其小説一章。特別是最早出現的郭希汾節譯本,直接冠名爲《中國小説史略》。由于該譯本在魯迅《中國小説史略》正式出版之前面世,且書名相同(郭譯本未注明"節譯"及鹽谷氏原書名),也爲指責魯迅"抄襲"者提供了依據和口實。郭希汾截取鹽谷氏著作中概論小說之章節,作爲小說史加以譯介,且冠以"小説史略"的名稱,基于自家對小說史這一研究思路和著述體式的理解,却誤解了原著的寫作策略。鹽谷溫在該書《原序》中云:

> 中國文學史是縱地講述文學底發達變遷,中國文學概論是橫地説明文學底性質種類的。③

鹽谷溫將《中國文學概論講話》命名爲"概論"而非"史",各章以文類爲中心,與文學史有橫向與縱向之別。該書全譯本的譯者孫俍工對此亦有認識,在譯者自序中稱:

> 又關于中國文學底研究的著述照現在的情形看來,恰與內田先生(引者按:即該書新序作者內田泉之助)所説日本數年前的情形同病,縱的文學史一類的書近年來雖出版了好幾部,但求如鹽谷先生這種有系統的橫的説明中國文學底性質和種類的著作實未曾見。④

---

① 參看夏曉虹《覺世與傳世——梁啓超的文學道路》第八章《"以稗官之異才,寫政界之大勢"——梁啓超與日本明治小説》,上海:上海人民出版社,1991年,第201—235頁。
② 胡適在考證《水滸傳》時,在資料搜集和版本考訂上多次就教于日本漢學家青木正兒,其間書信往還,受益良多。參看杜春和、韓榮芳、耿來金編《胡適論學往來書信選》下册,石家莊:河北人民出版社1998年,第805—823頁。
③ [日]鹽谷溫著、孫俍工譯《中國文學概論講話》,《原序》第5頁。
④ 上書,《譯者自序》第10頁。

　　魯迅本人對于"文學概論"和"文學史",也做出過明確區分。在致曹靖華信中,曾向曹氏推薦若干種中國文學研究著作:

　　　　中國文學概論還是日本鹽谷温作的《中國文學講話》清楚些,中國有譯本。至于史,則我以爲可看(一)謝無量:《中國大文學史》,(二)鄭振鐸:《插圖本中國文學史》(已出四本,未完),(三)陸侃如,馮沅君:《中國詩史》(共三本),(四)王國維:《宋元戲曲史》,(五)魯迅:《中國小説史略》。①

　　將鹽谷氏與自家著作分別歸類。可見,"概論"與"史"的研究思路和著述體式本不相同,郭希汾以鹽谷氏之"概論"爲"史",將二者相混淆,實源于中國小説史學建立之初,中國學者對這一學科理解的紛紜與混亂。即便依郭氏所見,將《中國文學概論講話》之小説專章視爲小説史,其"小説史"意識與魯迅相比亦大相徑庭。

　　鹽谷温著作第六章《小説》之細目如下:

　　第一節　神話傳説
　　第二節　兩漢六朝小説
　　一　漢代小説
　　二　六朝小説
　　第三節　唐代小説
　　一　別傳
　　二　劍俠
　　三　豔情
　　四　神怪
　　第四節　譚詞小説
　　一　譚詞小説底起源
　　二　四大奇書
　　三　紅樓夢②

---

① 魯迅《書信 331220 致曹靖華》,《魯迅全集》第 12 卷,第 299 頁。
② 〔日〕鹽谷温著、孫俍工譯《中國文學概論講話》,第 18—20 頁。

　　表面上看,這一章節設計與魯迅《中國小説史略》並無明顯分別。魯迅著作凡二十八篇,各篇依朝代爲序,在朝代之下設計類型,連綴以爲史。如此看來,無論是指責魯迅"抄襲",還是認定其以鹽谷氏之著作爲"藍本",均證據確鑿,不容申辯。然而,在章節設計相近的背後,小説史意識的差異才是比較兩部著作的關鍵。鹽谷温的著作,依朝代分期,力圖依次展現每一時期中國小説的格局和面貌,但真正得到展現的是朝代的遞進,對于小説的論述,各時期之間仍採取並列方式。儘管各部分在分析具體文本時精彩之見迭出,但對于小説文類自身的演變却關注不夠。可見,《中國文學概論講話》之小説部分是依照朝代順序論列小説,"小説史"的意味其實並不突出。這並不是鹽谷温的眼光或學養不足造成的,而源于該書著述體式的制約。"概論"的基本思路是横向地呈現各文類之特徵,也就無須對其發展遞變做縱向的考察。在中國小説史學建立之初,以朝代爲線索撰史者不乏其例,這些研究者與鹽谷温的區別在于,後者對自家著作之"概論"特徵頗爲自覺,明確將其與"小説史"相區隔,前者則徑以爲"史",忽視了兩者在學術思路與著述體式上的差異。魯迅本人對于這類依朝代分期之小説史,也頗有異議。1931年9月北新書局出版訂正本《中國小説史略》,魯迅爲之補撰《題記》云:"即中國嘗有論者,謂當有以朝代爲分之小説史,亦殆非浮泛之論也。"[①] 其中並未明示"論者"一詞之所指。據《中國小説史略》日譯本之譯者增田涉回憶,《題記》付印時魯迅曾作出修改:

　　　　我還記得一件事,在他的《小説史略》訂正版的《題記》裏,有這樣的話:"……即中國嘗有論者,謂當有以朝代分之小説史,亦殆非膚淺之論也。"這題記的底稿是給了我的,現在還在手邊,原文稍有不同,在"中國嘗有論者"的地方,明顯地寫作"鄭振鐸教授"。可是,付印的時候,鄭振鐸教授知道點出了他的名字,要求不要點出,因此,校正的時候,改作"嘗有論者"了。乍一看來,好像他對鄭振鐸的説法有同感,我問他爲什麼鄭不願意提出他的名字呢? 他給我説明了:"殆非膚泛之(淺薄之)論",實際上正是"淺薄之論",所以鄭本人討厭。[②]

可見,魯迅對于"以朝代爲分之小説史"評價不高,在自家之《中國小説史略》中,朝代只是作爲小説變遷的歷史背景。魯迅的小説史意識表現爲:以小説發展的歷史時期

---

①　魯迅《中國小説史略》(訂正本),上海:北新書局1931年,《題記》,第3頁。
②　[日]增田涉著,鍾敬文譯《魯迅的印象・三十三　魯迅文章的"言外意"》,見鍾敬文著/譯,王得後編《尋找魯迅・魯迅印象》,北京:北京出版社,2002年,第343—344頁。

爲背景,以小説類型的遞變爲綫索,用類型概括一個時期小説發展的格局與面貌。上述思路有助于展現小説文類自身的發展變遷,從而保證了小説史作爲文學研究與著述體式的自律性與自爲性。① 在魯迅看來,依朝代這一歷史存在爲小説史分期,無疑是以外在因素作爲文學研究的標準,忽視了小説的文學性;而徑取朝代爲綫索,在做法上也略顯取巧。這是魯迅與鄭振鐸及鹽谷温等人在小説史研究上的重大區别。綜上可知,魯迅《中國小説史略》與鹽谷温《中國文學概論講話》都以朝代爲經,確實給人以雷同乃至因襲之感,但這只是表面上的論述體例的相近,背後的學術思路却大爲不同。誠如魯迅在《不是信》中所言:自家著作中的朝代更迭只是"以史實爲'藍本'",作爲背景存在,而不是小説史的綫索。以所謂"藍本"爲依據,指斥魯迅"抄襲"鹽谷温,是對其"小説史意識"缺乏充分的關注和深入的了解所致。

以上結合新舊史料和具體的學術文本,考察了魯迅和鹽谷温的學術因緣與歧見。在中國小説史學建立之初,以魯迅和鹽谷温爲代表的中日兩國學者,將小説作爲學術對象,開拓了文學研究的視野。隨着小説文類逐漸由邊緣走向中心,又反過來影響並規約了學術界對"文學"的理解與想像的圖景,改變了既有的"文學常識",預示並最終實現了一種新的學術認同與文化選擇。兩國學者在通力合作的同時,也顯示出對于"小説史"的不同理解,開拓出不同的學術路徑。正是在這一"和而不同"的學術追求中,奠定了中國小説史研究的生命形態與文化品格。

（作者爲天津師範大學文學院副教授,文學博士）

---

① 韋勒克、沃倫批評那種"只是寫下對那些多少按編年順序加以排列的具體文學作品的印象和評價"的文學史不是"史","大多數文學史是依據政治變化進行分期的。這樣,文學就認爲是完全由一個國家的政治或社會革命所決定。""不應該把文學視爲僅僅是人類政治、社會或甚至是理智發展史的消極反映或摹本。因此,文學分期應該純粹按照文學的標準來制定。"見[美]勒内·韋勒克、[美]奥斯丁·沃倫著,劉象愚等譯《文學理論》(修訂版)第十九章《文學史》,南京:江蘇教育出版社,2005 年,第 302—303、315、317—318 頁。

蘇聯中國學——文學研究的發展階段與歷史特點

在蘇聯中國學中,對中國文學的研究一直是一個重要分支。蘇聯中國學——文學研究由于是在共產黨領導下,在馬克思主義世界觀(當然,有時是打着馬克思主義旗號的而非馬克思主義本意的某種世界觀和方法論)的指導下進行的;同時,又由于在這一時期,中蘇兩國都發生着一系列重大的社會變革,巨大的政治事件無時無刻都在牽動着文學家與文學研究者的神經;兩國關係在幾十年的歷史長河中,又發生過大起大伏、大喜大悲的戲劇衝突;因此這一時期的蘇聯中國學——文學研究,一個總的特點就是政治性極強。它始終扮演着兩個共產黨大國之間政治聚合與裂變的顯示屏和傳感器的角色,爲兩黨兩國的政治聯盟或鬥爭服務。通過蘇聯中國學家研究中國文學問題的熱點與選題,不難看出其背後舞動着的政治指揮棒的暗影。

蘇聯中國學——文學研究大致可劃分爲五個階段:

一、十月革命後至三十年代中期

十月革命後蘇維埃政權剛剛建立的最初年代,國家面臨嚴重困難。布爾什維克政府首先要在軍事和經濟兩條戰線作戰,對思想文化領域的控制相對寬鬆。同時,以列寧爲首的俄共(布)執行的是比較開明的文化政策,強調"無產階級文化應當是人類在資本主義社會、地主社會和官僚社會壓迫下創造出來的全部知識合乎規律的發展。"提出:"只有用人類創造的全部知識財富來豐富自己的頭腦,才能成爲共產主義者。"①因此包括中國學研究在內的許多比較遠離現實生活的"舊學術",在極端艱苦的條件下仍能得

---

① 列寧《青年團的任務》,《列寧選集》第四卷,北京:人民出版社,1972年,第348頁。

到保護和延續。許多没有因革命而逃亡國外、或公開拒絕與新政權合作的舊知識份子，得以在新的政治體制下，相對自由地繼續進行着自己以往的研究工作。有些人甚至正是在此時，在新的國家權力的支持下，取得了以前從未有過的研究成果，如馳名國際的 B·M·阿列克謝耶夫就是這樣。這就使一大批像阿列克謝耶夫這樣的舊知識份子，採取了與蘇維埃政權積極合作的態度，並自願接受布爾什維克的思想領導，調正自己的研究思路和工作方向，積極培養新一代中國學人才，爲創建適應新的社會需要的新型中國學做準備。所以這一階段，可以説是蘇聯中國學繼承傳統、調整方針、培育隊伍、奠定基礎的階段。同時也是較少受政治干擾，學者們能憑藉以往研究的慣性，繼續進行某種意義上的"純學術"研究的階段。

二、三十年代中期至五十年代初

年輕的蘇維埃國家經過十多年的艱苦奮鬥，渡過了政治、軍事、經濟上的種種難關，到二十年代後期，國力初步得到恢復，各方面事業逐步走上正軌。這時，就要考慮加強思想文化方面統治的問題了。1925 年 6 月 18 日，當時的俄共(布)中央通過了《關于黨在文學方面的政策》的決議，提出"無産階級應當保持、鞏固、日益擴大自己的領導，同時要在思想戰線許多新的領域中也佔有適當的陣地。辯證唯物論向完全新的領域……滲透的過程，已經開始了。在文學領域中奪取陣地，也同樣地早晚應當成爲現實。"①這份決議，不僅對于俄羅斯的文學藝術事業，而且對全蘇聯、甚至對蘇聯以外的其他共產黨國家以後幾十年的思想文化工作，都是具有綱領意義的文件。根據這個決議，蘇聯共產黨加強了對文藝工作者、知識份子專家學者等"同路人"的思想改造。文學藝術，以及人文社會科學研究中的"黨性"、"政治性"問題，被提高到突出的位置。到三十年代初，提出了"社會主義現實主義"的口號，直至 1934 年，這一口號被寫進第一次全蘇作家代表大會通過的《蘇聯作家協會章程》，以法規形式固定下來。思想政治上的這些變化，雖然不會立即在比較遠離現實的中國學研究中表現出來，但也必然地逐漸滲透到中國學研究中，最終成爲占主導地位的思想路線。

本來，無産階級政黨在掌握政權以後，要求本階級思想成爲社會意識形態領域中的統治思想，要求在人文社會科學研究中體現本階級的話語權，應該説是天經地義、理所

---

① 《蘇聯文學藝術問題》，北京：人民文學出版社，1953 年，第 5 頁。

當然的事情。古往今來歷次社會變革中上升爲統治者的階級,都走過同樣的道路。但問題在于,成功實現了世界上第一次社會主義革命的俄國共産黨人在最初勝利鼓舞下的狂熱衝動,第一次掌握國家政權的蘇維埃俄國領導人的缺乏經驗,以及列寧去世後取得黨和國家最高領導權的斯大林本人在思想方法、政治路線上的缺點和錯誤,使當時蘇聯所標榜的"馬克思列寧主義",實際上混雜着許多機械唯物論、庸俗社會學、主觀主義和形而上學的雜質。這樣的思想政治路線掛帥,就實際上扭曲了包括中國學研究在内的蘇聯學術、尤其是社會科學的發展道路。

三十年代中期,十月革命後培養起來的一代中國學新人開始走上學術舞臺。他們的研究路線和研究成果就開始表現出當時蘇聯官方文藝理論和思想方法對學術研究的影響。亂貼政治標籤、簡單生硬、非此即彼的形而上學思想方法在當時許多研究論著中大行其道。比如 1935 年,阿列克謝耶夫的門生阿波龍·亞歷山大洛維奇·彼得羅夫發表了一篇標誌着現代蘇聯"新道家"誕生的重要論文——《俄國資産階級漢學中的中國哲學——文獻學評論概要》,文中運用了這樣的推理邏輯:因爲儒家是中國歷代反動統治階級的思想武器,而在中國意識形態中,道家是與儒家對立的。所以道家就是革命的;如果反革命利用儒家思想,那麼革命者就應該傾向道家學説。彼得羅夫 1940 年寫的《中國哲學概論》一文中,更認爲中國民主革命的先驅孫中山與道家學説有直接的關係,説孫中山在"研究自己關于民主的學説的時候,使用了老子的觀點。"[①]這種機械僵化、簡單劃線的思想方法,一直延續到斯大林死後許多年的蘇聯社會科學研究,其中自然也包括中國學。

三、五十年代至六十年代中期中蘇關係蜜月時期

1949 年 10 月 1 日,中華人民共和國宣告成立,蘇聯率先承認新中國,並于翌年 2 月與中國簽訂了《中蘇友好互助同盟條約》,兩國關係進入空前親密的盟友時期。這期間蘇聯對中國文學的譯介和研究,也呈現出蓬勃發展的大好局面。古典詩詞方面的重要譯本有:《李白抒情詩選》(吉托維奇譯,1955 年,1962 年再版)、《屈原詩集》(費德林主編,阿列克謝耶夫、艾德林、費德林、蒙澤列爾、帕納秀克等譯,1956 年)、《詩經》(什圖金譯,1957 年)、《中國詩歌集》(四卷本,郭沫若、費德林主編,1957—1958 年)、《辛棄疾詩

---

① 《中國:歷史、經濟、文化,爭取民族獨立的英勇鬥爭》,莫斯科—列寧格勒:蘇聯科學院出版社,1940 年,第 269 頁。

詞集》(巴斯馬諾夫譯,1959 年,1961 年再版)等。古典小説方面的重要譯作則有:帕納秀克譯的《三國演義》(兩卷本,1954 年)、《紅樓夢》(兩卷本,1958 年),羅加喬夫譯的《水滸傳》(兩卷本,1955 年),以及羅加喬夫與科洛科洛夫合譯的《西遊記》(四卷本,1959 年)。也就是説,四部最有代表性的中國古典長篇小説傑作的俄譯,都完成于此時。此外,在此期間問世的中國古典小説俄譯本還有《鏡花緣》(費什曼、蒙澤列爾、齊別羅維奇譯,1959 年)、《老殘遊記》(謝曼諾夫譯,1958 年)、《今古奇觀》(選譯本,齊別羅維奇譯,1954 年;兩卷本,維爾古斯、齊別洛維奇譯,1962 年)、《孽海花》(謝曼諾夫譯,1960 年)、《説岳全傳》(帕納秀克譯,1963 年),以及費什曼、古什科夫、左格拉夫、沃斯克列辛斯基等人翻譯的唐代傳奇、宋明話本、擬話本的選集等。總之,大部分中國古典文學的經典作品,在五六十年代的翻譯熱潮中,都有了較爲完善的俄文譯本。

這期間,也出現了一批較有分量的研究專著,如蘇聯科學院通訊院士 H・T・費多連科(漢名費德林)的《〈詩經〉及其在中國文學中的地位》(1958 年)、蘇聯科學院東方學研究所列寧格勒分所研究員、女漢學家 O・Л・費什曼的《李白:生活與創作》(1958 年)和《啟蒙時期的中國長篇小説》(1966 年)、列寧格勒大學東方系教授 E・A・謝列布里亞科夫的《杜甫評傳》(1958 年)、蘇聯科學院遠東研究所研究員 A・H・熱洛霍夫采夫的《話本——中世紀中國的市民小説》(1969 年)等。據我國權威方面的統計:"在這一階段,蘇聯中國學已建立起約有八百名學者的空前宏大的隊伍,其中有蘇聯科學院院士、通訊院士、教授和近五十名博士、幾百名副博士。從 1950 年到 1965 年的十餘年中,共出版了一千零一十四種書籍,與前一階段比較,這一階段一年的成果相當于前一階段的二十年。"①堪稱一時之盛、成績斐然。

四、六十年代中期以後至七十年代中蘇關係惡化時期

1956 年 2 月,赫魯曉夫在蘇共二十大做秘密報告,批判斯大林,引起社會主義陣營乃至全世界的極大震動。同年 10 月,匈牙利爆發反政府運動,史稱"匈牙利事件"。以毛澤東爲首的中共領導人在一系列重大問題上與蘇共發生分歧,經過中蘇論戰、公開決裂,直至珍寶島上兵戎相見,中蘇關係逐漸惡化到了冰點。1971 年 3 月底,蘇共召開第

---

① 孫越生《俄蘇中國學概況》,中國社會科學院文獻情報中心《俄蘇中國學手册》(上),北京:中國社會科學出版社,1986 年,第 15 頁。

24 次全國代表大會,會上對中國領導人作了火藥味十足的譴責。在這樣的政治背景下,一貫秉承爲政治服務宗旨的蘇聯中國學自然不會置身事外,而是積極地配合回應。在 1971 年 11 月召開的全蘇中國學家學術討論會(BHKK)上,蘇聯科學院院士彼得・尼古拉耶維奇・費多謝耶夫致開幕詞,提出蘇聯中國學的任務是:"……在研究我們對中國的具體政策上,特別是在恢復同中國人民的友好關係的事業中,給予我們黨和國家機構以實際的幫助。"①時任遠東研究所所長的米哈伊爾・約瑟夫維奇・斯拉德科夫斯基在其題爲《蘇聯中國學的現狀與任務》的長篇報告中,也説蘇聯中國學的方針是"向鬥爭中的中國人民伸出智力幫助之手"②。這標誌着中國學研究爲現實政治服務的路線通過這次討論會而全面復活。

　　政治上的敵對從反面激發了蘇聯中國學研究新的熱潮,只不過這次熱潮不是讚揚和歌頌,而是批判和攻訐。自 1970 年起,蘇聯科學院東方學研究所每年召開一次"中國社會與國家"學術討論會。該所還和東方學研究所列寧格勒分所以及列寧格勒大學(即今聖彼得堡國立大學)東方系聯合舉辦"遠東文學研究的理論問題"學術討論會,自 1968 年起,每兩年舉行一次。從 1971 年 11 月底到 1982 年 1 月大約十年間,蘇聯出版了五百五十多種中國學書籍,答辯了二百篇副博士和博士論文,發表了數千篇文章。③其中不少作品不同程度地帶有反華色彩。爲現實政治服務的中國邊疆史、中蘇關係史、中國國際政治史、中共黨史等方面研究,以及對中國現行政策和指導思想的研究也空前活躍,表現出受官方掌控的蘇聯中國學羽翼政治的特點。

　　這一時期的中國文學研究,除了繼續一些傳統課題和對經典作家作品的研究之外,還增加了兩方面新的内容:一是對在中國"反右"和"文革"中遭到批判和迫害的作家作品的翻譯介紹,如吳晗的《海瑞罷官》、鄧拓的《燕山夜話》、艾青的詩歌、老舍的小説、田漢的劇作等等;二是在文學研究中附帶批判當時中國的思想路線和政治措施。這從當時一些論著的標題中就可以看出來,如 A・H・熱洛霍夫采夫的論文:《現代中國的美學虛無主義》(《遠東文學研究的理論問題》,莫斯科,1972 年版,第 16—17 頁)、《"打倒靈感理論"——毛主義者的文學政策》(《新世界》,1974 年第 4 期,第 237—246 頁);Г・Я・伊萬諾夫的論文:《"民族防衛"文學與毛主義者的篡改》(《遠東問題》,1974 年第 1

①　《蘇聯中國學問題》,莫斯科:科學出版社東方文學總編室,1973 年,第 6 頁。
②　同上,第 8 頁。
③　孫越生《俄蘇中國學概況》,中國社會科學院文獻情報中心編:《俄蘇中國學手册》(上),北京:中國社會科學出版社,1986 年,第 16 頁。

期,第 123—132 頁)等等。總之,專門與中國唱反調,專作與中國"對着幹"的反面文章,是這一時期蘇聯中國文學研究的明顯特點。

五、八十年代中蘇關係正常化至九十年代初蘇聯解體

1976 年 9 月,毛澤東逝世。10 月,粉碎"四人幫"。中國人民開始擺脱十年"文革"的夢魘。1978 年中共十一屆三中全會,確立了改革開放的路線,中國進入歷史發展的新時期,蘇聯對中國和中國文學的態度,也在悄悄地發生着變化。

從粉碎"四人幫"到 90 年代初,中國文學本身走過了一段曲折的道路。蘇聯中國學家對中國文學的研究,也經歷了前後兩個不同時期的轉折。前期大致從 1977 年到 80 年代初。在這一時期的研究中,由于當時中蘇兩國的關係尚處于冷淡乃至敵對的狀態,一貫受官方控制的中國學研究還習慣于用長期敵對狀態下形成的眼光來看待中國文學;加之這一時期的中國文學本身由于剛剛走出"文革"陰影,確實存在着許多"左"的思想殘餘和藝術上公式化、概念化的弊病,所以蘇聯中國學家對這一時期中國文學的評價,總的來說是低調的、懷有戒心的。他們在這一時期對中國文學的研究,主要熱衷于兩個主題:一是在中國文學作品中尋找對所謂"毛主義"的批判,尋找從文學中透露出來的中國社會的政治動向;二是注重研究作品對蘇聯的態度。很明顯,這種研究基本上是圍繞當時蘇聯方面領導層的政治需要進行的,其主旨在于對中國社會狀況的分析,而非單純的文學研究。在這一時期的評論文章中,還不時出現許多過去多年用慣了的帶有敵意的詞句,如"毛派領導人"、"反蘇主義"、"民族沙文主義"等等。評論的内容也多是概略的介紹。

80 年代中期以來,一方面由于中國國內高舉有中國特色的社會主義旗幟,實行改革開放,在各方面取得了舉世矚目的成就,中國文學也在清除了種種羈絆之後大步騰飛,湧現出一大批回歸現實主義的優秀作品;另一方面蘇聯領導層也調整了他們的國際國內政策,其中包括對華政策。特別是 1985 年戈爾巴喬夫就任蘇聯領導人,提出"改革與新思維",積極推動中蘇兩黨、兩國關係正常化之後,蘇聯中國學界對中國文學,逐漸由挑剔地觀望轉爲興趣濃厚的介紹與研究。從 70、80 年代之交開始,中國新時期文學作品被陸續介紹給俄國讀者。到 80 年代中期,這種介紹已達到了一定的規模,除單篇譯作外,還出版了一定數量的中國當代作家作品選集。其評價角度與標準,也逐漸由過去單純的政治主題分析轉爲對思想内容和藝術特色的多方面、多角度的品評。以往那些

帶有敵意的語彙漸趨消失,而代之以較爲中肯的評論以至熱情的讚譽。這一時期蘇聯對中國古典文學的研究,在選題廣度與研究深度方面,也較之前一時期有了明顯的發展,大有重振 50 年代蘇聯中國文學研究雄風的態勢。只可惜好景不長,80 年代末蘇聯的政治和經濟發生危機,到 1991 年蘇聯解體,政治動盪和經濟崩潰給包括中國學研究在內的各種學術研究造成沉重的打擊,許多當年雄心勃勃的研究計劃被迫中途而廢。直到十多年後的今天,俄羅斯中國文學研究隊伍的元氣纔逐漸恢復,這不能不説是一種歷史的遺憾。

縱觀蘇聯中國學——文學研究近七十年的歷史,我們感覺他們對中國文學的接受與研究有以下一些特點,有長處也有不足:

首先,是現實主義批評觀與考據式研究方法的結合。俄羅斯民族本身有着悠久的現實主義文學與文學批評傳統,加之馬克思主義文藝觀的長期影響,這就形成了蘇聯中國學家在研究文學問題時常有的"經驗期待視野",即特別注重作品對社會現實生活的反映,注重作家與人民群衆、與民間文學的聯繫。另一方面,蘇聯中國學家、特別是老一代學者中許多人的研究工作,又是在我國清代學術的影響下開始的。我國清代的"樸學"考據之風,自然會給這些師從"中國先生"的俄國學者以深刻的影響。蘇聯中國學家從阿列克謝耶夫起,就十分重視作品與社會歷史文化背景的聯繫,努力在社會生活、文化傳統的大背景中展示作品的價值。他們的研究往往在背景材料上下很大功夫。從作家所處的時代、社會生活特點,直到他所接受的文學傳統,他與同時代人的相互影響,以及他對後世的影響等等,論述面鋪得很廣。當年阿列克謝耶夫論司空圖是如此,後來的切爾卡斯基論曹植的詩、李謝維奇論古代中國的詩歌與民歌,以及艾德林論陶淵明也是這樣。這種宏觀的研究視野,使得蘇聯中國學家的研究一般具有比較宏大的氣魄。但與此相聯繫的缺點則是,同大量的社會背景資料介紹、文獻考據相比,對作品"本文"的研究則有時顯得薄弱。

第二,是與中國本國研究的高度契合呼應。中蘇兩國的文學研究曾一度遵循着某種共同的思維框架來進行,這就使中蘇兩國的文學交流在一定時期內呈現爲"共鳴型交流"的態勢。具體説來,就是中國曾以從蘇聯引進的文學理論爲指導來研究整理本國文學,而中國學者在這樣的理論指導下形成的某些結論,又被蘇聯學者引用來作爲印證自己理論的例證。這樣,在蘇聯中國學家介紹和研究中國文學的著作中,特別是在他們五六十年代的著作中,就經常可見從正面肯定的角度來引用和轉述我國學者的意見。中蘇兩國文學研究中這種見解高度一致的情況,一方面使我們在閱讀蘇聯中國學家的著作時,常常爲中國學者的研究在海外有知音而感到欣喜;但另一方面又覺得其中缺少某種由于研究角度與方法的不同而帶來的啟發性和新鮮感,缺少由于不同觀點碰撞而激發的思辨活力。當然,研究方法單一、觀點陳舊、結論千篇一律的情況,在上世紀70年代以後的中國文學研究中,已經有所改變。但角度新穎、方法靈活、分析深刻的力作尚不多見。

其三,是譯介與研究在層次上的基礎性與普及性。俄羅斯文化與中華文化是距離較大的遠緣文化,蘇聯中國學家所面對的讀者群,不像日本、東南亞乃至北美華人社圈那樣有接受中華文化的歷史傳統。蘇聯讀者對中國的歷史與文化往往比較陌生。因此蘇聯中國學家研究工作的當務之急常常是向讀者做普及工作。特別是對于堪稱中國語言藝術巔峰的古典文學作品,那深邃的意境、深奧的典故、需要大量文化背景知識才能理解的比喻、隱喻,加上漢字本身的繁難,能夠向蘇聯讀者解説清楚已很不容易。這就使蘇聯中國學家的中國古典文學研究著作在我們看來往往顯得一般性的介紹較多,真正深入透闢的研究還不夠。同時,也正是由于中國古典文學作品的艱深性,使蘇聯中國學家的翻譯和解説,有時也存在着某種程度的疏漏或不妥。

其四,是研究視野的宏觀性和整體性。前面説過,蘇聯中國學家在研究中國文學作品時,十分注重作品與社會歷史文化背景的聯繫。他們常常超越作品“本文”規定的範圍,而聯繫到中國人的世界觀、中國人的全部文化觀念體系,去解説作品的言外之意。比如阿列克謝耶夫當年在翻譯司空圖《詩品》的第一品“雄渾”時,就從中國古人“道”的觀念出發,把主體的創作準備解釋爲用混沌的宇宙元氣所充實,這就較好地體現了司空圖原著的精神。[1] 但是,與這一特點相聯繫,蘇聯中國學家的研究,有時也存在着用某種事先形成的先入之見去詮解作品內涵的弊病。比如李謝維奇在他的《古代中國的詩歌與民歌》中,從民歌在反抗現實的態度上要比文人樂府激烈這一既定觀念出發,解釋樂府古辭《平陵東》末句“歸告我家賣黃犢”爲:這是説主人公“要賣掉最後的小牛犢,以便給自己買把劍,在這個不公平的世界上,不幸的人只有依靠它了。”(筆者按:李謝維奇此處所述是據瓦赫京著《論〈平陵東〉詩》)並由此得出結論説:“在民歌中,衝突是按現實方法來解決的。在其中迴響着積極的反抗,呼喚用暴力來回答暴力。”[2]這種解釋就很難説是原詩的本意,恐怕是超出作品形象客觀規定範圍的“創造性誤讀”了。

---

① 見《中國文學》,莫斯科:科學出版社東方文學總編室,1978年,第172頁。
② 李謝維奇《古代中國的詩歌與民歌》,莫斯科:科學出版社1969年,第161、162頁。

　　蘇聯中國學是今日俄羅斯中國學的重要源頭,當年許多知名學者,今天仍活躍在學術舞臺。他們的學生和傳人,也已挑起今日俄羅斯中國學的大樑。回顧蘇聯中國學——文學研究的歷史進程與特色,對于瞭解今日俄羅斯中國學的學術承傳,更好地篩檢和吸納他們的學術成果,加深兩國學者的相互理解與交流合作,都是很有現實意義的。

　　(作者爲天津師範大學文學院教授)

試論鳥山喜一歷史觀中的理性主義特徵

郝 蕊

引 言

鳥山喜一(Toriyama Kiichi, 1887—1959)生于東京,是一位日本中國東北古代史學家。本篇論文從鳥山喜一的主要學術成果《黃河之水》和渤海國研究入手,試論其歷史觀中的理性主義特徵。他的學生船木勝馬在《鳥山喜一》一文中就鳥山喜一先生的研究生涯評價道:他各方面的研究,"在保持明治漢學者傳統的同時,貫徹歐美的合理主義、自由主義……"①鳥山先生所貫徹的合理主義思想是 18 世紀西方史學以理性主義爲指導思想、與形而上學體系相對立的思想。

在進入正題之前首先解釋一個概念"合理主義"。這是英文 Rationalism 的一個譯法,日文中多譯成"合理主義",中文多譯成"理性主義"。理性主義思想是 18 世紀西方史學的指導思想,是和啟蒙運動聯繫在一起的,而啟蒙時代歷史觀的重要性在于:

> 啟蒙時代歷史觀的核心是進步史觀,但與其説啟蒙時代歷史觀是一種輪廓鮮明的、已完成了的固定形式,倒不如説是一種朝各個方向發生影響的力量,其歷史哲學的創立、文化史研究"範式"以及對浪漫主義史學的開啟,不僅使這一時期的歷史學帶上了特有的印記,而且更多的是這一影響力量的標誌和體現。②

鳥山先生一生在對中國史的研究歷程中貫徹了這種進步思想史觀,始終理性地思考、判斷,不被當時的思潮和社會背景所左右。

---

① 船木勝馬《鳥山喜一》,江上波夫主編《東洋學的係譜》第 2 集,東京:大修館,1994 年,第 147 頁。
② 趙立坤《論啟蒙時代的歷史觀》,《複印報刊資料》世界史第 2 期,2003 年,第 54 頁,原載《史學理論研究》,2002 年第 4 期。

在解釋了理性主義之後自然就要揭示其特徵。理性既高于認識論上的"知性"，也高于倫理學上的"理智"，鳥山喜一歷史觀中的理性主義特徵就是要超越知性和理智探尋"真實"本身，這種真實有對文本孜孜不倦的研究，也有文本與實證的結合；既有真實的確立，又有對文本鑽研後得出否定結論的事實求證，在他的鑽研探索歷程中理性主義特徵貫穿始終。

一、"渤海王"的實證探索、尋求真實之路

追求實證、理性地去判斷使鳥山喜一在渤海國研究上取得了很大成就，被尊稱爲"渤海王"。

> 或許没有哪個時期會像 18 世紀那樣，在理論和實踐、思想和生活之間，存在一種較爲完全的和諧。一切思想都立刻轉化爲行動；一切行動都從屬于一般的原理和依照理論標準而下的判斷。正是這種特徵給予了 18 世紀的文化以力量和内在的統一。①

理性主義不僅指導了 18 世紀歐洲的文化發展並取得了巨大進步，而且理性主義史學觀在 19 世紀的日本、在從事中國史研究的鳥山喜一身上也得到了徹底的貫徹。鳥山先生在其渤海國研究問題上總是要首先考證先人、同行等方面的文本内容，並對此進行綜合分析、歸納，先有自己的推測然後進行實地考證，在此基礎上得出判斷。正如船木勝馬在《鳥山喜一》一文説到的，他各方面的研究，"不僅勤于文獻史學的研究，堅持不懈地反復進行實地調查，排除空理空論，重視實證，其諸多的研究成果一直領導着後學"②。鳥山先生在他《尋求渤海文化的遺跡》一文開頭就寫道：

> 回想起來不可思議。四十多年前一個偶然的機會，我的大學畢業論文選擇了研究渤海國，從此以後我就没能擺脱渤海國的羈絆。我不滿足于文獻，而是要依靠實地調查，于是我踏上了大陸的征程。從 1922 年（大正十一年）開始一直到 1945 年戰敗（期間有一些中斷），我的大陸之行可以説都是專程爲了研究這些問題去的。③

① 卡西爾《國家的神話》，范進等譯，北京：華夏出版社，1998 年，第 219 頁。
② 船木勝馬《鳥山喜一》，江上波夫主編《東洋學的係譜》2，東京：大修館，1994 年，第 147 頁。
③ 鳥山喜一《尋求渤海文化的遺跡》，船木勝馬編《渤海史上的諸問題》，東京：風間書房，1968 年，第 301 頁。

　　鳥山先生在渤海國史的研究方面成果卓著,自二十年代至四十年代前半期十分活躍,除少數情況外,他幾乎每年都到中國來考察,主要在吉林延邊一帶調查東京城、西古城等歷史遺跡。幾乎所有的成果都是建立在探尋"真本身"上,他最終得出的判斷是超越知性的理性判斷,他所具備的嚴謹治學態度和孜孜不倦、鍥而不捨的治學精神是其成功的保障,反映在鳥山先生對渤海國研究上,正如他自己所説:

　　　　誠然,不能否定經歷了千百年時光地上萬物固然會有改變、也會失去原有風貌,很可能依靠文獻推理做出的判斷難以找出實證加以證明,但是並不意味着不需要實地調查取證。但凡有調查的可能,就要進行實地調查,這才是嚴謹治學的態度,我堅信研究、尤其是歷史地理方面的研究實地調查尤爲重要。渤海國研究之所以能夠成爲我畢生從事的工作,也是因爲我最初對這個國家的歷史地理很感興趣,對于其中的不詳之處總是力圖想從"物證"角度加以闡明。我是從 1923 年(大正十二年)踏入該領域開始在黑暗中摸索前進的,直到 1945 年 6 月(昭和二十年)戰敗……①

　　鳥山先生所説的對文本"不詳之處總是力圖想從'物證'角度加以闡明",並非只限于他自己提出的觀點,更可貴的是他還要對被他所排除了的他人結論或他人推斷也都從"物證"角度加以闡明。例如,他爲了排除鳥居先生將東京龍泉府比定爲咸鏡北道富居的説法,他曾專程前去考察。他寫道:

　　　　爲了論證自己的觀點,有時也有必要對其他學者的考證進行實地驗證。例如,把五京之一東京龍泉府比定爲現在吉林省(延邊朝鮮自治區)琿春縣城附近的觀點,是我的拙見,而鳥居博士則將它推定爲咸鏡北道的富居。于是我于 1924 年夏天爲了確認其遺址和遺物,没有其它辦法只能從富寧雇牛車穿越山道走了四五十公里,在荒村裏整整花費了 2 天時間,把那裏的土城、女真墓等全都考察了一遍(當時在咸北,鐵路只通到羅南,所以我的旅行採用的是和這片古老土地相適應的汽車和牛車)。②

　　他不僅要用實證來證明自己觀點的正確,還要用實證推翻謬誤。由此可見鳥山先生治學態度之嚴謹。

---

①　鳥山喜一《渤海王國的疆域》,船木勝馬編《渤海史上的諸問題》,東京:風間書房,1968 年,第 102 頁。
②　鳥山喜一《尋求渤海文化的遺跡》,船木勝馬編《渤海史上的諸問題》,東京:風間書房,1968 年,第 303 頁。

　　理性主義史學所回答、闡釋的不單純是一些國家的、地區的,或者是世界歷史進程中的歷史編年現象,而是要通過這些編年現象的一些理性思考,來回答人類歷史進程中的重大理論問題。例如鳥山先生對渤海國五京的考證、對渤海國建國者大祚榮身世、生平的考證等,都是在他對歷史現象、史料進行了理性思考,並作實地探查,且與當時的考古發現相結合,所作出的對歷史問題理性判斷。在渤海國五京研究的問題上他的貢獻在于:

　　　　最終特別是在五京遺址的確定、推定問題上,我既强化了先人的一些説法、也修正了一些通常的觀點,在指出其錯誤的同時提出了自己新的見解。①

如對五京比定地問題,他説:

　　　　如前所述,不僅是上京龍泉府,其它四京也是如此,爲了尋找比定地的實證,我四處奔波,耗費了多年的精力。②

尤其是對中京顯德府比定地的考證,他又説:

　　　　自昭和十二年的調查以來,我一直傾向應該將這座西古城作爲王城來考慮,但是這種想法如何與文獻資料相吻合、八家子土城的性質又如何? 這一係列問題一直困擾着我。現在看來這些問題已經有了大體的解決,我準備另外單獨寫文章論述,在此只明確地説出結論。我認爲:八家子土城是大祚榮建國發祥地故址,西古城是他晚年或下一任武王遷至的都城,這裏才是中京顯德府遺址。這樣看來,人們想像的"西古城如果不是顯州州治,或許就是首州盧州州治"觀點顯然是錯誤的。上述結論也是由文獻考證推導而來,在此我不便把紛亂的推斷過程詳細寫出來,全部省去不提,只把結論擺出來。時至今日,所有的人,當然也包括我,都曾認爲中京顯德府(不管它的比定地是哪裏)是大祚榮的建國故地,直到第三代文王于大興年初期(唐玄宗天寶年末期)遷都上京龍泉府之前,中京顯德府都一直是國都,而且它也是顯州州治所在地。現在看來

①　鳥山喜一《渤海王國的疆域》,船木勝馬編《渤海史上的諸問題》,東京:風間書房,1968 年,第 102—103 頁。
②　鳥山喜一《尋求渤海文化的遺跡》,船木勝馬編《渤海史上的諸問題》,東京:風間書房,1968 年,第 321 頁。

我們必須重新研究探討這種觀點了。①

鳥山喜一的這一結論，是在對《新唐書·渤海傳》、《遼史·地理志》、《大清一統志》、《吉林通志》等進行了綜合研究，又對津田博士、尤其是池田博士等人極具代表性觀點進行去粗取精、去偽存真的研究後得出的推測，之後，他經過理性思考並採用極其嚴謹的治學精神逐一地去實地考察，歷經艱辛做出的判斷。誠然，求證之路既有找到理性判斷依據的欣喜若狂，也有滿懷期待而來却一無所獲而歸的失落。例如他在把北青推定爲南京的問題上寫道：

　　有一説法是把南京南海府比定爲咸鏡北道鏡城。我自己最初也持這種觀點，但後來我認爲還是應該在咸鏡南道北青附近尋找比較合適。大正十三四年我對榆城平原和南山山城等地進行了實地調查，還爲了自圓其説又從北青附近沿着海岸方向尋找遺址。爲了考證咸興爲南京説，我也曾在咸興平原徘徊，還花費了幾天時間在咸南、咸北的大小土城作了調查。起初我覺得受高句麗文化系統的影響，尋找渤海遺址有必要對山城進行調查，但後來我改變了方針，把目標轉向了所有的土城。②

鳥山先生對中京比定地的考證更加體現了他嚴謹的治學精神。他曾兩次前往敦化，事實上，第一次實地考證他就已經依靠自身經驗認定了敦化不是中京比定地，但是他還要二次前去再次印證自己的考證。他寫道：

　　敦化是中京的觀點早已被學界所承認。僅就這一點，這座昏暗寒冷的縣城對我就有很大的魅力。
　　在此停留的一天中，我冒着雪去看了老城……直覺告訴我這座古城也應該是那種性質的土城（不具備渤海國特徵）……昭和九年十月我再次來到這裏，進行了地上採集工作，這裏不僅瓦片等散落的少，具有渤海特徵的東西一樣兒都沒有找到。我還向當地人詢問了出土文物的情況，結果任何綫索都沒有發現。的確，不可否認我們做的不是徹底的、科學的考察，只憑這些根本不可能得出肯定或否定的結論，但是我不光從實證的物上，即便是文獻上，我也對把此地比定爲中京懷有疑問。對照上京龍泉府址的

①　鳥山喜一《尋求渤海文化的遺跡》，船木勝馬編《渤海史上的諸問題》，東京：風間書房，1968 年，第 333—334 頁。
②　同上，第 305 頁。

佈局和遺物,我堅信琿春半拉城、西古城明顯具備渤海府城的要素,同時也不得不承認這座老城和渤海王都的府城相差甚遠。①

爲了驗證自己的每一個觀點,他都會多次實地驗證,雖然歷經了失敗,但從中獲得了很多新的想法和啟示,于是他再進入新一輪的探索和求證。鳥山先生正是憑着這種探求真實的精神,才不愧于"渤海王"的稱號,爲後人留下了珍貴的成果。

鳥山喜一在渤海國研究中,他的道德理性戰勝了政治、社會潮流的影響,没有被當時日本社會當局的侵略目的所左右。他對渤海國的求證是在日本考古研究的國策下進行的,是侵略目的的需要,這也是不可爭的事實。

18 世紀啟蒙理性按照自然科學的模式開創了從事實出發的思想新路,正是這個新的知識綱領,開闢了寬闊的歷史領域。……"事實"不再是歷史知識的開端,相反,是歷史知識的終結。②

鳥山的實證之路是在上個世紀1922 年開始的,當時的歷史背景既成就了他的求證之路,使之成爲可能,又使他貫徹理性主義的道路充滿了艱難,但是終究還是道德理性戰勝了社會風潮。

從 19 世紀70 年代開始日本考古學受到關注,其中鳥居龍藏是考古學會的核心人物,他十分重視科學考古發掘和田野調查。日本資本主義制度確立期結束並進入帝國主義時代的標誌是日俄戰爭,日本趁日俄戰爭之際向周邊國家派駐軍隊;而日俄戰爭和甲午戰爭的勝利又奠定了日本在亞洲的霸權地位,尤其是甲午戰爭的勝利,極大地刺激了日本人對外擴張的欲望。爲了配合其殖民主義政策,日本開始了所謂"東洋史學"的研究,其中考古佔據重要地位,考古學者把活動擴展到中國和朝鮮半島。鳥居專注于中國東北和朝鮮半島的考古調查,他的考古學主張帶有明顯的政治意味,他認爲日本和朝鮮是同一民族,因此只有合併統一才是正確的,並希望宣傳這樣的"事實"。在中國東北和朝鮮半島的考古研究表面上是考古學者和歷史學者的學術活動,實際上是日本的國

---

① 鳥山喜一《尋求渤海文化的遺跡》,船木勝馬編《渤海史上的諸問題》,東京:風間書房,1968 年,第309—310 頁。
② 趙立坤《論啟蒙時代的歷史觀》,《複印報刊資料》世界史第 2 期,2003 年,第 48—94 頁,原載《史學理論研究》,2002 年第 4 期。

策,是爲其侵略行徑提供所謂的歷史依據,正如有阪紹藏在《過去半個世紀的地下》中所説:"如此重要的研究受到了國家的大力保護和獎勵,我也熱切地希望能夠解明我所尊重的國體之由來。"①他把對中國東北和朝鮮半島的考古研究定位爲"解明國體之由來"的大業。鳥山喜一先生的渤海國研究就是在如此大背景下進行的,他參與挖掘了"——五京之中兩個京的遺址,有緣讓它們大白于天下"②。鳥山喜一參與的考古挖掘都有政府的參與、部隊的保護,他説:

> 爲了查找東京龍原府址,大正十三年九月我承蒙琿春領事館分館的幫助,借到了威風凜凜的俄國駿馬,並同負責護衛的外務省數名巡查一起迎着初秋的風聽着馬蹄聲愉快地出發了。③

日本加緊對中國東北的考古挖掘,鳥山喜一就前去挖掘上京龍泉府址時寫道:

> 大正十五年夏天,曾對我的研究給予幫助的當時朝鮮總督府警務局長三矢宫松氏勸説我,讓我參加一個調查團。該團由南滿洲鐵道公司組織,于秋天對東部吉林省經濟交通作相關調查,因爲東京城也包括在調查範圍内,所以問我是否可以參加。我覺得這是天上掉下來的好機會。④

接着又寫道:

> 正式調查團隊一行 17 人,共有 15 輛馬車(三頭騾馬的大貨車)、4 匹馬、2 名中國翻譯。此外,還另有幫忙人員:5 名中國人、馬夫 28 人,再加上護衛士兵、巡警等二三十人(約一半人騎馬)。由這麽多人組成的大部隊,光馬就有 70 匹。⑤

不僅考古挖掘的隊伍規模龐大,而且沿途還動用了很多部隊和警力:

---

① 有阪紹藏《過去半個世紀的地下》,《中央史壇》第 9 卷第 4 號,第 29—30 頁,1924 年。
② 鳥山喜一《渤海王國的疆域》,船木勝馬編《渤海史上的諸問題》,東京:風間書房,1968 年,第 104 頁。
③ 鳥山喜一《尋求渤海文化的遺跡》,船木勝馬編《渤海史上的諸問題》,東京:風間書房,1968 年,第 303 頁。
④ 同上,第 305 頁。
⑤ 同上,第 306 頁。

據説我們在北上的路上有相當的兵力來配合,尤其是在天險老松嶺一帶集結了大部隊,保護我們。①

並且在挖掘區域也都有軍隊把守,如他所説:

15 日我跟隨去鏡泊湖方向的一支皇軍部隊前往東京城。也和上次一樣由東門進城,但是東京城鎮周圍已經挖了塹壕、支上了鐵絲網,使人有不同尋常的感覺。我走進飄着太陽旗的房子,這是他們一行人的宿舍——燒鍋永興泉旅店。②

鳥山喜一就是在他所描述的條件下進行了渤海國考證工作。近代日本爲了其殖民擴張需要,宣揚日本和朝鮮自古以來就是一體,把朝鮮説成是日本的一系,提出所謂"内鮮一體"、"日鮮同族"等同化朝鮮意識形態的言論,宣揚日本和朝鮮的同構性,挖空心思在朝鮮半島尋找"復原"③。日本加緊對渤海國研究的原因,正如水野達朗所説:"是因爲日本對'大陸'進行了'前所未有的遠征'以擴張領土;而扶餘的重要性,在于那裏是'我國民族自太古以來進行大陸經營的故地'"④。日本企圖通過挖掘尋找那麽微乎其微的成果也好用于關乎時局的言論中,鳥山喜一就是所謂"滿鮮考古"挖掘的重要人物之一。

鳥山喜一不被當時日本社會當局侵略目的所左右,探求實證、理性判斷。誠然,鳥山喜一先生對渤海國的求證是在日本考古研究的國策下進行的,是侵略目的的需要,這是不爭的事實。但他堪稱有良知的學者,他保持了明治漢學者的傳統,貫徹理性主義史學,没有被當時日本社會、當局侵略目的所左右,他不僅探索真實,而且大膽地説出了真實,這在當時的社會背景下是難能可貴的。渤海的"五京制度"是源自唐朝的"五京、五都"制,還是模仿了高句麗"五部"制問題,至今仍是渤海問題爭論的焦點之一,特別是一些日本學者和韓國學者爲了衆所周知的原因,極力鼓吹渤海的"五京制度"是源自高句麗的"五族五部"制。在這個問題上鳥山先生的認識也經歷了再認識再思考的過程,正如他自己所説:

① 鳥山喜一《尋求渤海文化的遺跡》,船木勝馬編《渤海史上的諸問題》,東京:風間書房,1968 年,第 311 頁。
② 同上,第 316 頁。
③ 水野達朗著,張士傑譯《試論保田與重郎的朝鮮旅行記》,《東亞詩學與文化互讀》,中華書局,2009 年,第 458 頁。
④ 同上,第 464 頁(單引號内容引自保田與重郎《扶餘》,《新日本》第 1 卷第 8 號,第 74—75 頁,1938 年)。

　　五京制度是來自于渤海國自身的創意，還是學習了什麼先例模仿來的呢？要解決這個問題，我們首先能夠想到的就是它和高句麗、唐朝在民族、文化方面的關係。類似問題我已經于 40 餘年前在我的舊著《渤海史考》裏提出來過，本來就有很多需要加以修正補充的地方，現在我要擺脱原來的思路重新思考。①

接着他便把自己重新思考和考證的過程詳細地作了論述，在該節最後他寫道：

　　從制度的系統性來看，應該解釋爲渤海還是有意識地以唐朝的五京、五都爲榜樣的。高句麗的五部是把全國劃分爲五大行政區劃，而渤海的五京是配置在領土重要位置上的中心城市，決不是把全國領土劃分爲五份的名稱，在這一點上渤海和唐的都（京）相同，所以把它看作受到了唐制的影響是妥當的。②

尊重事實、尊重歷史是理性主義史學所要求的，也是理性主義史學道德性表現。不僅如此，在渤海國疆域的問題上鳥山先生還指出：

　　這就表明了渤海國整個疆域的行政區劃，特別值得注意的是五京定位：上京龍泉府、中京顯德府、東京龍原府、南京南海府、西京鴨淥府等。一方面可以説五京是根據方位命名的（“上”意味着“北”），這一命名方式不能不説是受了五行思想的影響。③

陰陽五行是典型的中國道教思想。不僅限于五京的位置大都位于我國境内，而且五京的佈局也如鳥山所説：

　　所以我在上述《東京城》裏畫出了該城的設想圖④，顯然渤海把唐都長安的縮圖再現于東北滿洲腹地了。⑤

鳥山喜一認爲渤海的統治制度是：

---

①　鳥山喜一《渤海工國的疆域》，船木勝馬編《渤海史上的諸問題》，東京：風間書房，1968 年，第 106—107 頁。
②　同上，第 110 頁。
③　同上，第 106 頁。
④　關于條坊的設想是《東京城》（第 10 頁）所寫的東西兩邊各 41，總共 82 坊。村田博士的《渤海國首都の調查》（第 156 頁）指出，那樣就“無視了若干條南北街”，該問題還有待于今後的調查。
⑤　鳥山喜一《渤海王國的疆域》，船木勝馬編《渤海史上的諸問題》，東京：風間書房，1968 年，第 126 頁。

　　渤海傚仿唐朝三省(中書、門下、尚書)設置了中央三省(宣昭、中臺、政堂),政堂省
所屬的六部組織以及寺、監、院、局,還有衛、府等軍制,所有這些渤海全部按照唐制標
準設置,只是規模小而已,而且機構名稱也是傚仿。尤其可以看出相當於國子監的胄
子監是負責文教設施的;相當于内侍省的巷伯局則是掌管王室後宫侍奉的機構。可以
説這是上流社會生活的一個側面。①

　　關于"五京"的位置、"五京"制度的由來以及其設置的思想根源等問題直至今日仍
是學界爭論的焦點,而在當時大的社會背景下,如前所述,在把對中國和朝鮮半島的考
古定爲國策的大局下,鳥山先生能夠坦誠地説出自己的見解和看法,不被社會潮流所
動,充分體現了其歷史觀的理性主義特徵。

二、《黄河之水》所宣導的真實

　　對中國的深刻認識所産生的深沉理性是鳥山喜一先生《黄河之水》寫作的基礎。歷
史不是目的,而是手段,是人類精神進行自我教育的工具。《黄河之水》絶非一部單純的
中國史書,它影響了日本幾代人,是皇太子喜愛讀的書。然而我們仔細思考就會發現該
書最早的誕生年代是在日本取得了日俄、甲午戰爭勝利之後,軍國主義日趨猖獗、侵略
的鐵蹄在亞洲大地上橫行時期。日本把自己納入歐洲之列,認爲自己是優等民族,鄙視
亞洲,看不起中國。

　　在日本讓勝利沖昏了頭腦、瘋狂自大,妄圖進一步擴張領土、奴役亞洲的社會風潮
下,鳥山先生理性地審視社會、理性地研究中國的歷史。的確,當時的中國貧窮、落後,
正如他書中描寫的那樣,中國封建社會遺跡隨處可見,婦女纏足、百姓吸食鴉片,清政府
昏庸無能;國家遭受帝國主義侵略瓜分、社會秩序混亂,中國瀕臨崩潰的邊緣。日本這
個後起的帝國主義國家急不可耐、猖狂之至,有一點日本是清楚的,只有征服了中國才
有可能奴役整個亞洲。在如此社會背景下鳥山先生用科學史觀理性地看待中國社會,
理性地研究歷史、尤其是中國歷史。他看到的是中國五千年文明史,是中華民族頑强的
生命力和其文化的巨大感染力:

---

① 　鳥山喜一《序説》,船木勝馬編《渤海史上的諸問題》,東京:風間書房,1968 年,第 3 頁。

　　無論是受到外民族入侵遭一時失敗、還是承受外民族統治，他們都能夠依靠極大的忍耐力而絕不喪失自我，不僅能夠堅守住自己的文化，還能同化入侵者，最後再用武力趕走侵略者奪回中國人的中國，這就是韌性、底蘊所具有的強大力量。這已是被歷史所印證了的事實。①

接着又寫道：

　　中國底蘊之強大，單從現代中華民國時期就可以得到證實。清朝滅亡，民國建立後已經走過了四十年，如前所述，這期間一直內戰不斷，再加上 8 年日本的進攻，中日之戰比內戰涉及的地區還廣、遭受的破壞更慘重，但是他們一邊頑強地忍受着巨大苦難，一邊積蓄著重振的力量。我們絕不可忽視作爲一個民族所具有的如此強大力量。②

　　鳥山喜一不但自己有清醒的頭腦，而且他意識到應該喚醒民衆冷靜地看待中國。正如船木勝馬所説："這在日中戰爭時期日本史學家對中國冷靜、客觀的認識，與其説他沒有迎合社會的潮流，不如説是警鐘卓見。"③理性高于認識論上的知性，但不能否認知性的作用，沒有充分的感性認識不可能得出理性的判斷。鳥山喜一先生《黃河之水》的寫作動力不僅在于他對中國歷史的研究，還在于他對中國的感性認識，"他通過對中國多項實地考查，痛感到要靠遺跡、遺物等實證進行歷史教育的必要性……"④鳥山喜一自己則更深刻地寫道：

　　日本人必須徹底改變對中國的看法，要重新認識中國。中國是鄰國，而且是自古以來和我們有着種種深交的民族。隨着時代的變遷，自然會有兩國關係的變化，但越是在這個時候，我們越應該透過歷史更加深入地瞭解鄰國。歷史不僅僅會告訴我們過去，它還能指給我們過去如何影響着現在。歷史是應該這樣來讀的。⑤

所以，作爲歷史教育家的鳥山喜一先生，他要教育年輕一代正確地認識中國歷史。

---

①　鳥山喜一《黃河之水》，東京：角川書店，1976 年，第 197 頁。
②　同上，第 197 頁。
③　船木勝馬《鳥山喜一》，江上波夫主編《東洋學的係譜》第 2 集，東京：大修館，1994 年，第 147 頁。
④　同上，第 145 頁。
⑤　鳥山喜一《黃河之水》，東京：角川書店，1976 年，第 198 頁。

這也就是他寫這部不同于其它中國史書《黃河之水》的真正意義所在吧。

《黃河之水》爲後代所寫,這是他深沉理性的表現。他要告訴年輕一代中國是不可戰勝的,要學習中國人的精神和中國的文化,要和中國世代友好下去。

"伏爾泰是 18 世紀最先樹立的經典榜樣,是重新創造並體現了偉大的歷史傑作典範的思想家。"①伏爾泰在《路易十四時代》裏開宗明義地指出,他的目標是:

> 不爲後代敘述某個個人的行動功業,而向他們描繪有史以來最開明時代的人們的精神面貌。②

伏爾泰注重對人類内心生活過程和轉變的揭示,注重對文化成就的考察和總結。鳥山先生的《黃河之水》就向日本、特別是日本的年輕一代,把中國五千年文明史以故事的形式描繪了出來。他在序中説:

> 本書取名《黃河之水》,可以説黃河是漢民族和其文化的象徵。本書正如您所知,以黃土爲特色的黃河水源遠流長,無盡、漫長的水源恰似其文化的起源;寬廣流長的黃河流域,其間的蜿蜒曲折恰似社會變遷的足跡;黃河深處潛藏着的難于知曉的强大力量又恰似漢民族内在的實力……③

《黃河之水》的書名就誕生于此。他告誡日本的年輕人,漢民族是任何異民族所不能同化的,它的文化恰似黃河水淵源漫長且具有極大的包容性,其内在底蘊猶如黃河深處,深不見底,潛藏着巨大的力量,而這種力量又是"難以知曉"的。鳥山先生不僅把有史以來最開明時代的人們的精神描繪了出來,而且還以此警示着國人。接着他在再版此書時寫道:

> 面對戰敗這一慘痛事實,讓我們反省了許多,其中歷史問題應該引起我們注意,它

---

① 卡西爾《啟蒙哲學》,第 215 頁。見趙立坤《論啟蒙時代的歷史觀》,《複印報刊資料》世界史第 2 期,2003 年,第 50 頁,原載《史學理論研究》,2002 年第 4 期。
② 伏爾泰《路易十四時代》,北京:商務印書館,1982 年,第 5 頁。見趙立坤《論啟蒙時代的歷史觀》,《複印報刊資料》世界史第 2 期,2003 年,第 50 頁,原載《史學理論研究》,2002 年第 4 期。
③ 鳥山喜一《黃河之水》,東京:角川書店,1976 年,第 3—4 頁。

既是我國和中國在久遠歷史中結成的關係,也關乎現代的國際往來,尤其重要的是我們從漢民族的歷史中應該學習什麼? 漢民族在同衆多民族的接觸、往來、以至于戰爭中,雖然他們飽嘗了屈辱和戰敗的痛苦,但却把自己强大影響力帶給了對方。他們不僅堅强地戰勝了困難,還在艱苦歷程中維護了社會的進步,發展了自己的文化。我想說這一事實對于我國今後的發展道路一定具有啟示作用吧!①

漢民族"飽嘗了屈辱和戰敗的痛苦",日本侵略中國長達八年,但没能征服漢人;中國的歷史上不乏異族征服漢人的先例,但不久都被漢人的文化所同化。鳥山喜一先生警示日本不要再步歷史的後塵。

"理性是,並且也應該是情感的奴隸,除了服務和服從情感之外,再不能有任何其它的職務。"②鳥山的理性由中華民族博大精深歷史的情感所驅使,在中國瀕臨亡國的形勢下、尤其是在被他自己祖國的奴役下,他還能夠較真實地宣傳中國偉大的歷史、悠久的文明,可見其理性主義的精神所在了。用鳥山先生自己的話來説,《黃河之水》傾注了他畢生的心血和精力,是像對待自己的孩子一樣完成的。他考察了漢民族的民族性,在此基礎上分別把古代中國的信仰,儒家的政治思想及中國的歷史、文化展現出來。他每寫完一段都要講給他的孩子聽,遇到孩子難以理解的地方他都要多次修改直至能夠聽懂。他絞盡腦汁力爭用最通俗易懂的語言來寫作,目的在于讓日本的年輕一代讀懂它。他的良苦用心終究得以實現,正如船木勝馬所説:

　　雖然至今已過了三十三年,但至今他的名著《黃河之水》依然作爲角川文庫的一册活在我們心中,該書于 1926 年(大正十五年)1 月首次問世出版,至今已經保持了 66 年的生命力,稱得上是古典之作。③

三、鳥山先生中國歷史研究真實中的局限性

日本侵略中國的這段歷史,一直是中日關係友好發展的一個障礙,我國自始至終堅

---

①　鳥山喜一《黃河之水》東京:角川書店,1976 年,第 4 頁。
②　休謨《人性論》下册,關文運譯,北京:商務印書館,1996 年,第 453 頁。見趙立坤《論啟蒙時代的歷史觀》,《複印報刊資料》世界史第 2 期,2003 年,第 50 頁,原載《史學理論研究》,2002 年第 4 期。
③　船木勝馬《鳥山喜一》,江上波夫主編《東洋學的係譜》第 2 集,東京:大修館,1994 年,第 140 頁。

持"以史爲鑒,勿忘國恥"的原則。我國人民對日本不能像德國那樣正確地認識自己的歷史錯誤及坦誠地面對歷史的態度,一直抱有强烈的不滿,而且我們能夠清楚地感覺到日本政府的態度絕非代表了日本少數國民的思想。那麽這種思想形成的根源又在哪裏呢? 顯然日本宣傳導向的作用不容忽視。我們姑且不去研究這種宣傳導向的背後驅動,而僅僅探討一下作爲傳播媒介之一的歷史書籍帶來的影響就可窺視一斑了。

談及關于中國的史書,首先就不能不提到鳥山喜一。他的《黄河之水》雖只不過短短五萬字,但其發行量却大得驚人,該書雖爲歷史書,却撰寫得短小精悍,用一段段的故事串起了中國的五千年文明史,它吸引和影響了日本的幾代人,是現今天皇、當時的皇太子愛讀的書。筆者曾隨便問過幾位四十歲以上的日本人,是否知道《黄河之水》這本書,得到的回答是他們都讀過,而且家裏還都保存著,這就足以説明該書的影響力了。人們從該書中得到的教育、瞭解的中國史,對日本社會主流歷史觀的形成作用不可低估。誠然,該書的大部分章節都是鳥山喜一傾注了自己的畢生精力寫成的。但是中國的近代史部分却明顯透露了護短遮醜、避重就輕、美化戰爭重大事件等弊端,總之是帶有嚴重傾向性的。日本社會的主流思想認爲,歐美的侵略是侵略而日本的侵略不是侵略,他們所發動的戰爭是爲了把亞洲從歐美侵略者手中拯救出來,"九一八"事變也是日本對歐美的反擊。這一思想在《黄河之水》中就有體現,但不同的是,他似乎還有一些良知,他掩蓋不了内心對侵略戰爭的負疚感,于是乎他採取了對歐美侵略行爲强調其侵略性;而對日本的侵華戰爭採取輕描淡寫的做法。

換一個角度來講,如果作者鳥山喜一用全部的良知真實地寫出這段日本侵略歷史,那麽在當時的日本社會,不但書不能出版,他的生命甚至都要受到威脅。所以把鳥山喜一定位在有良知的學者這一層次上,還是符合科學史觀的。身爲日本人在寫到祖國的惡劣行徑時,明顯地表現出作爲歷史學家不應有的偏袒、護短,似乎從人的角度來說,有其可以理解的一面,但却是歷史學家最大的犯忌。在日本社會整體上躲避這段侵略歷史的背景下,沒有經過那場戰爭的人們必然會受到這本書的誘導,鳥山先生在這個問題上理性沒能夠徹底戰勝感情,這是該書的一大遺憾。

鳥山喜一先生在本書中理性沒能戰勝自我的另一點就是對中國人的歧視和偏見。他認爲中國人保守(纏足)、有不正當的金錢欲、安于命運。誠然,人都有弱點,但是把個人行爲説成一般,以點帶面,甚至用所謂的中國人的弱點來解釋中國人的抗日和反日情緒,似乎就不是理性的宣傳了,這也是該書的歷史局限性吧。

小　結

　　哲學用以觀察歷史的唯一的"思想"便是理性這個簡單的概念。"理性"是世界的
主宰,世界歷史因此是一種合理的過程。①

　　伏爾泰在歷史中尋求人類文明的進步,同時把理性精神、哲學理想投入歷史,將歷
史和哲學融合起來,使歷史學成了一門以實例爲訓的哲學。鳥山喜一先生貫徹了伏爾
泰的歷史觀,把理性精神充分投入到歷史研究中去,冷靜地分析判斷,不被外來影響所
左右,他有着與生俱來的自由天性,這也是他對渤海國研究及中國歷史宣傳上做出重大
貢獻的原因所在。對鳥山喜一先生理性主義特徵的初探,可以在以下幾個方面引起我
們的重視:

　　1. 鳥山喜一先生的渤海國研究成果直至今日都對敏感的渤海國疆域、五京比定地、
渤海國制度等問題的探討具有極大價值,以至于對我國的民族問題研究也有很大的借
鑒幫助意義。

　　2. 追尋鳥山喜一史學思想,對我們研究日本思想文化提供了依據和新的資料,特別
是對于理清日本人内心深處對我國歷史的認識、對華態度的形成,以至于目前日本"中
國大國威脅論"由來等問題的研究,都具有參考價值。1976 年版《黄河之水》是收入角
川文庫的最終版本,②它反映了作者中國史思想的全部,堪稱傾注了作者終生的經典之
作。它面向日本青少年,發行量之大是驚人的,而且它給日本人敲響了警鐘,指出了中
華民族猶如黄河之水源遠流長,是不可戰勝的民族。

　　3. 對于歷史教育研究具有很大價值。《黄河之水》不僅在歷史知識的傳授方面和
教育方面都具有借鑒作用,同時該書可以使我們瞭解日本中國史教育的主流思想,從中
我們還可以看到日本社會思潮中的美化戰爭傾向及民族偏見。日本關于中國史研究的
書籍實屬不少,但像《黄河之水》這樣用一段段故事串起洋洋灑灑五千年中國歷史的史
書却屬稀奇,更主要的是它所寫内容通俗易懂,面向青少年極具吸引力。

① 黑格爾《歷史哲學》,第 9 頁。見趙立坤《論啟蒙時代的歷史觀》,《複印報刊資料》世界史第 2 期,2003 年,第 51
頁,原載《史學理論研究》,2002 年第 4 期。
② 《黄河之水》1926 年 1 月首次出版,之後又以《中國小史》等爲題再版五十餘次,1951 年收入角川文庫後更加暢
銷,再版 15 次後作者重新修訂,至 1994 年已 32 次再版。

在鳥山喜一先生辭世五十周年之際,本文也是爲先生在我國的影響正名,鳥山喜一並非如我們打開互聯網搜索"鳥山喜一"時所看到的,只是參加挖掘中國東北古跡的侵略者。不可否認,他的確是其中的重要一員,但不能因此抹殺了他的學術研究成果和對社會的卓越貢獻,我們也應理性地看待鳥山喜一先生的一生。

(作者爲天津師範大學外國語學院教授)

參考文獻

1. 船木勝馬《鳥山喜一》,江上波夫主編《東洋學的係譜》第 2 集,東京:大修館,1994 年。

2. 鳥山喜一著,船木勝馬編《渤海史上的諸問題》,東京:風間書房,1968 年。

3. 趙立坤《論啟蒙時代的歷史觀》,《複印報刊資料》世界史第 2 期,2003 年,原載《史學理論研究》,2002 年第 4 期。

4. 卡西爾《國家的神話》,范進等譯,北京:華夏出版社,2003 年。

5. 水野達朗著,張士傑譯《試論保田與重郎的朝鮮旅行記》,《東亞詩學與文化互讀》,北京:中華書局,2009 年。

6. 鳥山喜一《東洋史觀》,東京:寶文館,1941 年。

7. 鳥山喜一《黃河の水》,東京:角川書店,1976 年。

8. 郭素美《朝鮮李朝後期對渤海國史的研究》,《黑龍江社會科學》,黑龍江:2008 年第 4 期(總第 109 期)。

9. 楊雨舒《唐代渤海國文化芻議》,吉林:《北華大學學報:社會科學版》第 8 卷第 1 期,2007 年。

10. 許蘇民《論李贄文藝思想的新理性主義特徵》,《文學評論》,2007 年第 4 期。

11. 馮海英、肖莉傑、霍學雷《20 世紀 90 年代以來中國學者對渤海國民族與政權的研究》,《東北史地》第 6 期,2008 年。

朝鮮半島中國學年表

劉順利

　　當代朝鮮半島漢學是從 1948 年開始的。韓國的當代漢學在學術研究方面卓有成就,其中僅韓國"中國學會"2002 年的會員就有 1,271 人①。韓國當代漢學出現了一批大學問家,如文學方面的代表人物首爾大學的車柱環(1920—),史學方面的代表人物高麗大學的金俊燁教授(1920—)等。以平壤爲中心的朝鮮則在建築、標語等方面與 1978 年以前的當代中國十分接近。平壤市最醒目的地方懸掛着"朝鮮勞動黨萬歲"、"朝鮮民主主義人民共和國萬歲"及"21 世紀的太陽金正日將軍萬歲"、"打倒美帝國主義"等帶有驚嘆號的標語。平壤、開城等城市建築物凸顯出簡約的線條和外輪廓線,努力彰顯單純、齊一、對稱和力度。可見朝鮮當代漢學在實踐方面十分出衆。

　　鄰國是永遠也不搬走的鄰居,半島南北雙方的當代漢學都無法脱離與中國的歷史交流語境。因此,筆者近十幾年來編成了《中國與朝韓五千年交流年曆》②。本文所選取乃該年曆關鍵年份及與當代直接對接的最近幾十年,部分當代韓國漢學家的早期活動亦納入簡表。

　　公元前 2698 年,農曆癸亥年,豬年,黃帝曆 1 年。1911 年中華民國臨時大總統孫中山發佈公告中的黃帝紀年爲 4609 年,故是歲爲黃帝紀年開始。

　　公元前 2333 年,農曆戊辰年,龍年,黃帝曆 366 年;▲檀君曆 1 年。檀君之説在高麗文人金富軾《三國史記》中並無專論,高麗僧人一然《三國遺事》卷一《紀異・古朝鮮》中始有此説。現今朝鮮民主主義人民共和國與大韓民國皆在每年公曆 10 月 3 日慶祝"開天節"。韓國 1948 年首次國會會議認定是歲爲檀君元年。

---

①　參見何培忠主編《當代國外中國學研究》,北京:商務印書館,2009 年,第 465 頁。
②　筆者《中國與朝韓五千年交流年曆》書稿所涉及時間爲公元前 3000 年至公元 2010 年。

公元前 1046 年,農曆乙未年,羊年,〔西周〕武王 1 年。是歲,周武王克商,箕子率衆到朝鮮,建立"箕子朝鮮"。是歲爲黃帝曆 1653 年;▲檀君曆 1288 年。後箕子回故國朝覲,作《麥秀歌》。①

1897 年,丁酉,〔清〕德宗皇帝光緒 23 年,黃帝曆 4595 年;▲檀君曆 4230 年,〔大韓帝國〕高宗皇帝光武 1 年。是歲,高宗改國號、稱帝並定年號"光武"。是歲,高宗追封閔氏(1851—1895,本貫驪興,閔者顯之女。1866 年清同治帝誥封"王妃")爲"明成皇后"。是歲,畫家張承業(1843—1897)逝世,其作品有《仿黃子九山水圖》等。2002 年韓國電影《畫聖》即以他爲生活原型。

1898 年,戊戌,〔清〕德宗皇帝光緒 24 年,黃帝曆 4596 年。四月,清遣太僕寺卿、安徽按察使徐壽朋至半島,爲出使韓國大臣,其國書首句爲:"大清國大皇帝敬問大韓國大皇帝好";▲檀君曆 4231 年,〔大韓帝國〕高宗皇帝光武 2 年。是歲,漢城刊發的《皇城新聞》猛烈抨擊中國保守,《獨立新聞》等報刊竭力抹煞中國的文明史。乙支文德等歷史人物被樹立爲抗擊隋軍的民族英雄,韓文(朝文)的地位迅速飆升,成爲正統民族語言。②

1899 年,己亥,〔清〕德宗皇帝光緒 25 年,黃帝曆 4597 年;▲檀君曆 4232 年,〔大韓帝國〕高宗皇帝光武 3 年。是歲至 1910 年,梁啟超的著作被翻譯、介紹到朝鮮,引起朝鮮知識份子極大關注,特別是梁氏的"政治小説"。

1900 年,庚子,〔清〕德宗皇帝光緒 26 年,黃帝曆 4598 年;▲檀君曆 4233 年,〔大韓帝國〕高宗皇帝光武 4 年。

1901 年,辛丑,〔清〕德宗皇帝光緒 27 年,黃帝曆 4599 年。山西省圖書館編印《中國日本朝鮮越南四國歷史年代對照表(公元前 660 年—公元 1918 年)》附錄《中國近代、現代史中幾種特殊的紀年》中説,孫中山領導的同盟會、興中會稱是歲爲"黃帝紀年 4599 年"③;▲檀君曆 4234 年,〔大韓帝國〕高宗皇帝光武 5 年。

1902 年,壬寅,〔清〕德宗皇帝光緒 28 年,黃帝曆 4600 年;▲檀君曆 4235 年,〔大韓帝國〕高宗皇帝光武 6 年。是歲,擔任韓國元帥府記錄局長的朱熹 31 代孫朱錫冕上疏高宗,建議半島朱子後裔統一稱爲"新安朱氏"。高宗准于朝鮮刊印《新安朱氏世譜》。④

① 參見司馬遷《史記·宋微子世家》。
② 參見周小川《脱離中央王國——朝鮮的文化獨立運動(1895 年—1911 年)》,《世界博覽》,2009 年第 3 期。
③ 山西省圖書館編《中國日本朝鮮越南四國歷史年代對照表(公元前 660 年—公元 1918 年)》,1979 年。
④ 見楊昭全、何彤梅《中國—朝鮮韓國關係史》,天津:天津人民出版社,2001 年,第 625 頁。

　　1903 年,癸卯,〔清〕德宗皇帝光緒 29 年,黃帝曆 4601 年;▲檀君曆 4236 年,〔大韓帝國〕高宗皇帝光武 7 年。是歲,韓國李範允致函中國,提出"間島問題"。

　　1904 年,甲辰,〔清〕德宗皇帝光緒 30 年,黃帝曆 4602 年;▲檀君曆 4237 年,〔大韓帝國〕高宗皇帝光武 8 年。是歲,遣直提學閔泳喆率團如清。

　　1905 年,乙巳,〔清〕德宗皇帝光緒 31 年,黃帝曆 4603 年。《辭海》(1979 年版)《附錄·中國歷史紀年表·附二·辛亥革命期間所用黃帝紀年對照表》中,認定是歲爲黃帝曆 4603 年。是歲,我國留日學生潘宗禮路經朝鮮仁川,寫下遺書後自投黃海,以死抗議日本軍國主義①;▲檀君曆 4238 年,〔大韓帝國〕高宗皇帝光武 9 年。是歲,伊藤博文與日本公使林權助一道,脅迫韓國外部大臣朴齊純簽訂《乙巳保護條約》,剝奪了韓國的全部主權。金澤榮(1850—1927)憤然舉家出國,投奔南通好友張謇。

　　1906 年,丙午,〔清〕德宗皇帝光緒 32 年,黃帝曆 4604 年;▲檀君曆 4239 年,〔大韓帝國〕高宗皇帝光武 10 年。是歲,朝鮮部分文人主張用"檀君 4239 年"代替"光緒 32 年",來抵制日本軍方強加的"明治 39 年"。

　　1907 年,丁未,〔清〕德宗皇帝光緒 33 年,黃帝曆 4605 年;▲檀君曆 4240 年,〔大韓帝國〕純宗皇帝李坧(1874—1926)隆熙 1 年。六月,高宗秘密派李儁(1859—1907)、李相卨、李瑋鐘爲使到海牙和會,試圖控訴日本罪行,被和會拒之門外,李儁悲憤自殺。是歲,學部大臣金明圭如清,督理駐天津朝鮮館事宜。

　　1908 年,戊申,〔清〕德宗皇帝光緒 34 年,黃帝曆 4606 年。是歲,光緒帝、慈禧太后崩;▲檀君曆 4241 年,〔大韓帝國〕純宗皇帝隆熙 2 年。日本派駐"朝鮮統監"伊藤博文。

　　1909 年,己酉,〔清〕宣統皇帝 1 年,黃帝曆 4607 年。是歲,洋務派代表人物之一張之洞(1837—1909)逝世。在其"中體西用"論影響下,朝鮮文人金允植提出"東道西器"論;▲檀君曆 4242 年,〔大韓帝國〕純宗皇帝隆熙 3 年。是歲,朝鮮義士安重根(1879—1910)在我國哈爾濱火車站刺死伊藤博文。日本人曾彌荒助繼任"朝鮮統監"。

　　1910 年,庚戌,〔清〕宣統皇帝 2 年,黃帝曆 4608 年。是歲,梁啟超著有《朝鮮滅亡之原因》。收入其《飲冰室專集》"十七"、"二十"、"二十一"的,是梁啟超的三部朝鮮亡國專論②;▲檀君曆 4243 年,〔大韓帝國〕純宗皇帝隆熙 4 年。8 月 29 日,日本正式吞併了朝鮮,並派陸軍大將、前陸軍大臣寺內正毅爲首任"朝鮮總督"。朝鮮高宗被日本人改

---

　　① 見曹中屏《朝鮮近代史(1863—1919)》,北京:東方出版社,1993 年,第 252 頁。
　　② 見梁啟超《飲冰室合集》,北京:中華書局,1989 年。

爲“李太王”,純宗李坧被改爲“李王”,父子倆成了自己王國内的宮殿囚徒。是月,朝鮮半島“日據時期”開始。日本軍方强迫朝鮮人記是歲爲“明治43年”。是歲,朝鮮“啓蒙三傑”之一申采浩(1880—1936)流亡我國東北。申采浩來華前曾把梁啓超的政治小説翻譯爲朝鮮文。他創作的《乙支文德》、《李舜臣》等,皆是受梁啓超影響的政治小説①。是歲,李始榮舉家流亡我國東北。李始榮(1868—1953),字聖翁,號省齋,漢城人,1891年文科及第,鮮末歷任同副承旨、平安道觀察使。到東北後,李始榮開辦新式軍官學校,培養韓國復國人才。1919年,他到上海參與建立“大韓民國臨時政府”,歷任法務總長、財務總長和議長,1948年爲首任韓國副總統。

1911年,辛亥,〔清〕宣統皇帝3年,黄帝曆4609年。是歲,辛亥革命在武昌爆發,推翻了清王朝。中華民國臨時大總統孫中山發佈通電,認定是歲爲黄帝曆4609年;▲檀君曆4244年。“朝鮮總督府”總督寺内正毅强迫朝鮮人記是歲爲“明治44年”。是歲,朝鮮“啓蒙三傑”之一的申圭植流亡我國上海,參加了辛亥革命,在上海參加了同盟會。申圭植在華積極開展抗日救國運動,並成爲柳亞子“南社”成員。是歲,朝鮮文人桂延壽、李沂編著《檀桓古記》,排列檀君王儉至古列加47位君主,並認定檀君朝鮮開始于西元前2333年。

1912年,壬子,中華民國,民國1年,黄帝曆4610年。臨時大總統孫中山、大總統袁世凱。民國自此使用公曆②;▲檀君曆4245年。是歲,“朝鮮總督府”總督寺内正毅强迫朝鮮人記爲“大正1年”。1997年朝鮮推廣“主體曆”,因是歲金日成(1912—1994)誕生,稱爲“(朝鮮)主體曆元年”。

1913年,癸丑,中華民國,民國2年,黄帝曆4611年。大總統袁世凱;▲檀君曆4246年。“朝鮮總督府”總督寺内正毅强迫朝鮮人記是歲爲“大正2年”。是歲,金奎植(1877—1952)流亡我國東北。

1914年,甲寅,中華民國,民國3年,黄帝曆4612年。大總統袁世凱;▲檀君曆4247年。“朝鮮總督府”總督寺内正毅强迫朝鮮人記是歲爲“大正3年”。

1915年,乙卯,中華民國,民國4年,黄帝曆4613年。大總統袁世凱。是歲,袁世凱積極準備稱帝,並于年底宣佈次年爲“洪憲元年”;▲檀君曆4248年。“朝鮮總督府”總督寺内正毅强迫朝鮮人記是歲爲“大正4年”。是歲,李範奭流亡我國上海。李範奭

① 見楊昭全、何彤梅《中國—朝鮮韓國關係史》,天津:天津人民出版社,2001年,第774頁。
② 見方詩銘《中國歷史紀年表》,上海:上海辭書出版社,1980年。

(1900—1972),號鐵驥,漢城人,1919 年雲南講武堂畢業,1941 年爲在華"韓國光復軍"參謀長,1948 年出任韓國國務總理。

1916 年,丙辰,中華民國,民國 5 年,黃帝曆 4614 年。是歲,在全國人民的聲討下,袁世凱被迫取消帝制,旋死。黎元洪繼任大總統;▲檀君曆 4249 年。"朝鮮總督府"總督寺内正毅、長谷川好道。長谷川好道此前曾任日本陸軍大將、參謀本部總長。日本軍方强迫朝鮮人記是歲爲"大正 5 年"。是歲,後爲韓國國務總理的卞榮泰(1892—1969)在北平的協和醫學院畢業。

1917 年,丁巳,中華民國,民國 6 年,黃帝曆 4615 年。廣州非常國會推立大元帥孫中山,大總統黎元洪、馮國璋;▲檀君曆 4250 年。"朝鮮總督府"總督長谷川好道强迫朝鮮人記是歲爲"大正 6 年"。

1918 年,戊午,中華民國,民國 7 年,黃帝曆 4616 年。大元帥孫中山,大總統馮國璋、徐世昌;▲檀君曆 4251 年。"朝鮮總督府"總督長谷川好道强迫朝鮮人記是歲爲"大正 7 年"。是歲,朝鮮作家崔曙海(1901—1932)來我國吉林省延邊地區,艱難度日。[①]

1919 年,己未,中華民國,民國 8 年,黃帝曆 4617 年。大總統徐世昌。5 月 4 日,"五四運動"爆發。是歲,李大釗、陳獨秀《每週評論》、毛澤東《湘江評論》、周恩來《天津學生聯合會報》紛紛發表文章,聲援朝鮮"三一獨立運動"。孫中山領導的"中華革命黨"機關報《民國日報》發表的報導、評論文章最多。孫中山還發表談話,主張日本軍隊撤出朝鮮。是歲,郭沫若創作小説《牧羊哀話》,描繪朝鮮人物;▲檀君曆 4252 年。"朝鮮總督府"總督長谷川好道、齋藤實。齋藤實(1858—1936)曾任日本海軍大臣,他强迫朝鮮人記是歲爲"大正 8 年"。1 月,朝鮮高宗李熙(1852—1919)突然逝世。3 月 1 日起,朝鮮全國掀起了聲勢浩大的"三一獨立運動"。4 月 11 日,"大韓民國臨時政府"在我國上海成立。8 月 21 日,"大韓民國臨時政府"機關報《獨立新聞》在我國上海創刊,主編李光洙。10 月 28 日,朝鮮文人申采浩主編的《新大韓》週報創刊,與《獨立新聞》唱對臺戲。[②]

1920 年,庚申,中華民國,民國 9 年,黃帝曆 4618 年。大總統徐世昌;▲檀君曆 4253年。"朝鮮總督府"總督齋藤實强迫朝鮮人記是歲爲"大正 9 年"。是歲,我國東北發行《大韓獨立報》。是歲,朝鮮學者梁白華(1889—1944)譯介胡適《文學改良芻議》外,開

---

① 參見拙著《半島唐風:朝韓作家與中國文化》,銀川:寧夏人民出版社,2004 年,第 410 頁。

② 見崔相哲《二十世紀初發行于上海的朝鮮報紙及其宗旨》,收入中國朝鮮史研究會編《朝鮮歷史研究論叢(二)》,延吉:延邊大學出版社,1991 年。

始翻譯《西廂記》、《琵琶記》及《王昭君》、《棠棣之花》等。①

　　1921 年，辛酉，中華民國，民國 10 年，黃帝曆 4619 年。非常大總統孫中山，大總統徐世昌。7 月 1 日，中國共產黨誕生。11 月 18 日，孫中山舉行儀式，接見大韓民國臨時政府特使申圭植；▲檀君 4254 年。"朝鮮總督府"總督齋藤實强迫朝鮮人記是歲爲"大正 10 年"。

　　1922 年，壬戌，中華民國，民國 11 年，黃帝曆 4620 年。非常大總統孫中山，大總統徐世昌、黎元洪。6 月 2 日至 11 日，內閣總理周自齊(1871—1923)攝行大總統。按朝鮮華僑總會的統計，是歲原籍山東在朝華僑約 100,000 人；▲檀君曆 4255 年。"朝鮮總督府"總督齋藤實强迫朝鮮人記是歲爲"大正 11 年"。是歲，朝鮮學者丁來東譯介《一隻馬蜂》、《模特》等現代中國戲劇。

　　1923 年，癸亥，中華民國，民國 12 年，黃帝曆 4621 年。非常大總統孫中山，大總統黎元洪、高凌蔚、曹錕；▲檀君曆 4256 年。"朝鮮總督府"總督齋藤實强迫朝鮮人記是歲爲"大正 12 年"。是歲，畢業于雲南講武堂的崔庸健(1900—1976)進入黃埔軍校擔任戰術教官，崔庸健後爲朝鮮人民軍元帥。是歲，申采浩在我國東北執筆起草《朝鮮革命宣言》。申氏後被捕，1936 年死于旅順監獄。是歲，朝鮮人武亭(原名"金武亭"，1905—1951)進入中國，次年進軍校學習炮兵技術，後參加工農紅軍長征，北上抗日。

　　1924 年，甲子，中華民國，民國 13 年，黃帝曆 4622 年。大總統曹錕；▲檀君曆 4257 年。"朝鮮總督府"總督齋藤實强迫朝鮮人記是歲爲"大正 13 年"。

　　1925 年，乙丑，中華民國，民國 14 年，黃帝曆 4623 年。臨時執政段祺瑞；▲檀君曆 4258 年。"朝鮮總督府"總督齋藤實强迫朝鮮人記是歲爲"大正 14 年"。是歲，韓國國史學創立者朴殷植(1859—1925)逝世。朴殷植主張"儒教求新"，把陽明學昇華爲"大同思想"。②

　　1926 年，丙寅，中華民國，民國 15 年，黃帝曆 4624 年。臨時執政段祺瑞。是歲，作家蔣光慈創作小説《鴨緑江上》；▲檀君曆 4259 年。"朝鮮總督府"總督齋藤實。因日本裕仁天皇即位，改元"昭和"，日本强迫朝鮮人記是歲爲"昭和元年"。是歲，鮮末純宗帝李坧(1874—1926，1907—1910 在位)在憂鬱中辭世。

　　1927 年，丁卯，中華民國，民國 16 年，黃帝曆 4625 年。國民政府主席胡漢民。是

---

① 參見拙著《半島唐風：朝韓作家與中國文化》，銀川：寧夏人民出版社，2004 年，第 417 頁。
② 參見李甦平《韓國儒學史》，北京：人民出版社，2009 年，第 587 頁。

歲,著名畫家張大千在平壤結識朝鮮少女池春紅(？—1939),並墜入愛河①;▲檀君曆4260 年。"朝鮮總督府"總督齋藤實、宇垣一成、山梨半造。日本強迫朝鮮人記是歲爲"昭和 2 年"。是歲,著名文人金澤榮(1850—1927)逝于我國南通,其墓地至今尚在南通狼山。金澤榮在華期間,與張謇等文人親密交往,堅持整理朝鮮古代文獻,並創作了千餘首漢詩。

1928 年,戊辰,中華民國,民國 17 年,黃帝曆 4626 年。國民政府主席胡漢民、譚延闓、蔣介石;▲檀君曆4261 年。"朝鮮總督府"總督山梨半造強迫朝鮮人記是歲爲"昭和 3 年"。

1929 年,己巳,中華民國,民國 18 年,黃帝曆 4627 年。國民政府主席蔣介石。5 月,魯迅會見曾在北大任教的朝鮮朋友金九經。12 月,中共中央《紅旗》第 64 期發表《朝鮮鬥爭消息》,聲援朝鮮學生的獨立活動;▲檀君曆4262 年。"朝鮮總督府"總督山梨半造、齋藤實,他們強迫朝鮮人記是歲爲"昭和 4 年"。

1930 年,庚午,中華民國,民國 19 年,黃帝曆 4628 年。國民政府主席蔣介石。3 月 1 日,延安《解放日報》發表朱德總司令《團結復國》和朝鮮人金枓奉《"三一運動"的概況與經過》;▲檀君曆4263 年。"朝鮮總督府"總督齋藤實強迫朝鮮人記是歲爲"昭和 5 年"。

1931 年,辛未,中華民國,民國 20 年,黃帝曆 4629 年。國民政府代主席林森。春,吉林省長春縣"萬寶山事件"發,該事件乃是日本軍人製造"九一八事變"的前導;▲檀君曆4264 年。"朝鮮總督府"總督齋藤實強迫朝鮮人記是歲爲"昭和 6 年"。是歲,著名學者金台俊(1905—1949)與李熙升、趙潤濟創立"朝鮮語文學會"。金台俊于是歲出版了《朝鮮漢文學史》一書,指出:"如果今後我們需要輸入中國文學,那必定是'白話文學'。"②

1932 年,壬申,中華民國,民國 21 年,黃帝曆 4630 年。國民政府主席林森。3 月 1 日,僞"滿洲國"執政溥儀在日軍扶植下于長春宣誓就職,長春改名"新京"。5 月,原浙江省政府主席褚輔成命兒媳朱佳蕊護送被日軍通緝的金九下鄉。其經過金九《白凡逸志》一書有載;▲檀君曆4265 年。"朝鮮總督府"總督齋藤實強迫朝鮮人記是歲爲"昭和 7 年"。4 月 9 日,朝鮮人尹奉吉(1908—1932)製造了上海虹口公園爆炸案,炸死、炸

---

① 見顏坤琰《張大千的朝鮮之戀》,《名人傳記》,2009 年第 3 期。
② 參見〔韓〕金台俊原著,〔中〕張璉瑰譯《朝鮮漢文學史》,《譯者前言》、《結論》,北京:社會科學文獻出版社,1996 年。

傷侵華司令官白川義則大將等多名日軍軍官。

　　1933 年，癸酉，中華民國，民國22 年，黄帝曆4631 年。國民政府主席林森。5 月，魯迅會見朝鮮《東亞日報》記者申彦俊；▲檀君曆4266 年。"朝鮮總督府"總督齋藤實强迫朝鮮人記是歲爲"昭和8 年"。

　　1934 年，甲戌，中華民國，民國23 年，黄帝曆4632 年。國民政府主席林森；▲檀君曆4267 年。"朝鮮總督府"總督齋藤實强迫朝鮮人記是歲爲"昭和9 年"。是歲，許世旭（1934—2010）出生。其少年時受家族中一位有功名的長者的影響很大。許世旭1960年留學臺灣，回國後長期在高麗大學任教，講授中國文學課程。

　　1935 年，乙亥，中華民國，民國24 年，黄帝曆4633 年。國民政府主席林森；▲檀君曆4268 年。"朝鮮總督府"總督齋藤實强迫朝鮮人記是歲爲"昭和10 年"。是歲，移居我國東北的朝鮮人有十多萬。

　　1936 年，丙子，中華民國，民國25 年，黄帝曆4634 年。國民政府主席林森；▲檀君曆4269 年。"朝鮮總督府"總督齋藤實强迫朝鮮人記是歲爲"昭和11 年"。是歲，音樂家鄭律成（1918—1976）赴延安，進入"魯藝"學習。他創作的《八路軍進行曲》後爲中國人民解放軍軍歌。

　　1937 年，丁丑，中華民國，民國26 年，黄帝曆4635 年。國民政府主席林森。10 月，吉林撫松縣共産黨員張蔚華爲掩護朝鮮戰友、老同學金日成而犧牲；▲檀君曆4270 年。"朝鮮總督府"總督齋藤實强迫朝鮮人記是歲爲"昭和12 年"。6 月4 日，時任"抗聯"第二軍第六師師長的金日成將軍率部打擊日本侵略軍，取得"普天堡大捷"。

　　1938 年，戊寅，中華民國，民國27 年，黄帝曆4636 年。國民政府主席林森；▲檀君曆4271 年。"朝鮮總督府"總督齋藤實强迫朝鮮人記是歲爲"昭和13 年"。是歲。日本軍方强制半島教授日語，不准朝鮮青少年學習自己的民族語言。

　　1939 年，己卯，中華民國，民國28 年，黄帝曆4637 年。國民政府主席林森；▲檀君曆4272 年。"朝鮮總督府"總督齋藤實、南次郎，他們强迫朝鮮人記是歲爲"昭和14年"。是歲，偽總督府規定朝鮮人要在正午時分停工，向日本皇宫方向鞠躬，此所謂"宫城遥拜"。是歲，在朝日本人達到100 萬。①

　　1940 年，庚辰，中華民國，民國29 年，黄帝曆4638 年。國民政府主席林森。2 月23

① 參見〔朝〕朴慶植《日本帝國主義强奪朝鮮人紀實（二）》，〔中〕池明學譯，收入中國朝鮮史研究會編《朝鮮歷史研究論叢（一）》，延吉：延邊大學出版社，1987 年。

日,"抗聯"第一路軍總司令楊靖宇犧牲。楊靖宇作有《中朝民衆聯合抗日歌》;▲檀君曆4273 年。"朝鮮總督府"總督南次郎强迫朝鮮人記是歲爲"昭和15 年"。是歲,日本軍方推行奴化半島人民的"創氏改名"運動,强行要朝鮮人改爲日本姓氏和名字,遭到朝鮮各界民衆的堅決抵制。9 月,在華"大韓民國臨時政府"遷往重慶。是歲,後成爲韓國總統的朴正熙(1917—1979)到我國東北的"滿洲軍官學校"預科學習。

1941 年,辛巳,中華民國,民國30 年,黄帝曆4639 年。國民政府主席林森;▲檀君曆4274 年。"朝鮮總督府"總督南次郎强迫朝鮮人記是歲爲"昭和16 年"。是歲,著名學者金台俊(1905—1949)因抗日被捕後假釋,隨即來華,參加了太行山的朝鮮義勇軍。金台俊本京城帝國大學(日據時代朝鮮第一位的大學,在今韓國首爾)教師,于1931 年建立了"朝鮮語文學會"。是歲,車柱環(1920—)進入惠化專門學校,攻讀中國語文專業。車柱環後長期在首爾大學教授中國文學,是韓國學術院終身會員。

1942 年,壬午,中華民國,民國31 年,黄帝曆4640 年。國民政府主席林森。10 月11 日,"中韓文化協會"在重慶成立,周恩來被選爲名譽理事;▲檀君曆4275 年。"朝鮮總督府"總督南次郎、小磯國昭,他們强迫朝鮮人記是歲爲"昭和17 年"。

1943 年,癸未,中華民國,民國32 年,黄帝曆4641 年。國民政府主席林森、蔣介石。11 月23 日至26 日,蔣介石在"開羅會議"上極力爭取朝鮮復國,得到美蘇認可;▲檀君曆4276 年。"朝鮮總督府"總督小磯國昭强迫朝鮮人記是歲爲"昭和18 年"。是歲,崔圭夏(1919—2006)、李敏載在我國東北的"滿洲大同學院"畢業。崔圭夏于1979 年12 月出任大韓民國總統,李敏載于1978 年出任韓國江原大學校長。是歲,朝鮮人宋志英(1916—)在南京中央大學畢業。宋志英後來先後在《東亞日報》、《朝鮮日報》任職。是歲,柳晟俊(1943—)出生。柳晟俊後在臺灣獲得博士學位,長期在韓國外國語大學任教,是唐詩研究專家。

1944 年,甲申,中華民國,民國33 年,黄帝曆4642 年。國民政府主席蔣介石;▲檀君曆4277 年。"朝鮮總督府"總督小磯國昭、阿部信行,他們强迫朝鮮人記是歲爲"昭和19 年"。1 月,後成爲韓國精神文化院(類似中國社科院)院長的著名學者金俊燁(1920—)正在日本慶應大學攻讀中國歷史,被强行徵兵並派到中國徐州作戰。3 月,金俊燁逃奔中國抗日遊擊隊①。是歲,在華"大韓民國臨時政府"大規模改組,獨立運動

---

① 參見何培忠主編《當代國外中國學研究》,北京:商務印書館,2009 年,第478 頁。

領導人金九當選主席。①

　　1945 年,乙酉,中華民國,民國 34 年,黄帝曆 4643 年。國民政府主席蔣介石。歲初,美蘇在“雅爾塔會議”上達成口頭協定,決定以“三八綫”劃分美國與前蘇聯的受降區域,爲半島南北分治定下了基調。是歲,蔣介石接見金九,撥款法幣 1 億元、美金 20 萬元作爲韓國臨時政府的啟動經費;▲檀君曆 4278 年。是歲,“朝鮮總督”阿部信行。歲初,日本强迫朝鮮人記是歲爲“昭和 20 年”。8 月 15 日,阿部信行向盟軍投降,朝鮮半島解放。9 月 5 日,金日成回國。11 月 3 日,因美國爲首的西方不承認在華“大韓民國臨時政府”,説他們没有參加抗戰,金九的“主席”和金奎植的“副主席”以及李青天的“總司令”得不到認可,三人以個人名義自上海回國②。是歲,金俊燁(1920—)進入中國國立中央研究院,專攻中國史。大韓民國建立以後,金俊燁回到祖國,在高麗大學任教,直至 35 年後退休。1967 年,他與同仁成立了韓國“中國學會”。

　　1946 年,丙戌,中華民國,民國 35 年,黄帝曆 4644 年。國民政府主席蔣介石;▲檀君曆 4279 年。

　　1947 年,丁亥,中華民國,民國 36 年,黄帝曆 4645 年。國民政府主席蔣介石;▲檀君曆 4280 年。是歲,曾在我國金陵大學英文系學習的獨立運動人士吕運亨(1886—1947)在韓被暗殺。

　　1948 年,戊子,中華民國,民國 37 年,黄帝曆 4646 年。民國總統蔣介石;▲檀君曆 4281 年。2 月 8 日,朝鮮人民軍成立。4 月,金九穿越“三八綫”到平壤參加會議。他反對美軍“託管”朝鮮,反對南部朝鮮單獨成立政府,竭力促成南北聯合。4 月 22 日,南北 56 個政黨和社會團體代表共 545 人在平壤開會,其中南方代表 240 人。5 月 10 日,韓國舉行了首次民主選舉。6 月,李承晚當選製憲議會議長。7 月 17 日,韓國公佈首部憲法,公佈李承晚當選總統。大韓民國 8 月 15 日成立,首任總統李承晚(1875—1965)。9 月,朝鮮人民委員會選舉金日成爲首相。朝鮮民主主義人民共和國 9 月 9 日成立,内閣首相金日成(1912—1994)。是歲,在華 22 年的炮兵專家武亭出任朝鮮炮兵司令。1997 年朝鮮以金日成(1912—1994)誕生的 1912 年爲“主體 1 年”,故是歲爲“朝鮮主體曆”37 年。

　　公元 1949 年,農曆己丑年,中華民國,民國 38 年,黄帝曆 4647 年。民國總統蔣介

①　參見共同編寫委員會《東亞三國的近現代史》,北京:社會科學文獻出版社,2005 年,第 172 頁。
②　見楊昭全、何彤梅《中國—朝鮮韓國關係史》,天津:天津人民出版社,2001 年,第 904 頁。

石、代總統李宗仁。中華人民共和國 10 月 1 日成立,中央人民政府主席毛澤東;▲檀君曆 4282 年,朝鮮民主主義人民共和國內閣首相金日成,大韓民國總統李承晚。3 月 25 日,李承晚總統宣佈將太極旗作爲韓國國旗。6 月 26 日,金九被暗殺。金九(1876—1949),字白凡,從 1898 年開始長期往來于中國與朝鮮半島,領導抗日運動,是大韓民國臨時政府首腦。10 月 6 日,中朝兩國建交,朝鮮是同新中國最早建交的國家之一。

　　(作者爲天津師範大學文學院教授,文學博士)

參考文獻

《史記·宋微子世家》

《宋史·高麗傳》

《金史·高麗傳》

〔韓〕金富軾《三國史記》

〔韓〕《朝鮮王朝實録·太祖實録》

〔韓〕《國朝寶鑒》

〔韓〕鄭麟趾等《高麗史》

《辛亥革命期間所用黃帝紀年對照表》,《辭海》,上海辭書出版社,1980 年。

吳晗《朝鮮李朝實録中的中國史料》,中華書局,1980 年。

〔韓〕崔英成譯注《崔致遠全集·四山碑銘》,亞細亞文化社,1998 年。

李裕民《宋高麗關係史編年》,連載于《城市研究》,1998 年。

〔韓〕一然原著,崔南善編《三國遺事》,瑞文文化社,1999 年。

楊昭全、何彤梅《中國——朝鮮韓國關係史》,天津人民出版社,2001 年。

劉順利《半島唐風:朝韓作家與中國文化》,寧夏人民出版社,2004 年。

共同編寫委員會《東亞三國的近現代史》,社會科學文獻出版社,2005 年。

王臻《朝鮮前期與明建州女真關係研究》,中國文史出版社,2005 年。

劉順利《朝鮮半島漢學史》,學苑出版社,2009 年。

何培忠主編《當代國外中國學研究》,商務印書館,2009 年。

李甦平《韓國儒學史》,人民出版社,2009 年。

日本學者關于《論語》源流的考察

張士傑

探究《論語》的源流,是治《論語》文獻研究的第一大難題。

我國學者歷來多認爲今本《論語》源于同一祖本,用功于推定最終結集時間和編纂者。[①] 但也有學者對《論語》源頭的唯一性提出質疑,如郭沂認爲"《論語》的原始形態是許多種不同的筆記本子,或者説是許多種不同的書,而不是一部書,也不是同一部書有許多不同的版本",並做了些很有意義的推測。[②] 此外,還有學者比較審慎地"兩存其説"[③]。

《論語》到底是發自一源,亦或是源出多端? 孰是孰非,莫衷一是。若是源出多端,那又是哪般情況? 這些疑問懸而未決,却又無法回避。實際上,疑問的焦點就在于《論語》的原初形態。因此,我們只有探尋並弄清原始《論語》到底是何種模樣,才能掌握破解這些疑問的密鑰。

他山之石,可以攻玉。鄰國日本有千餘年閲讀、注釋和研究《論語》的歷史,其間不乏灼見。就其對《論語》原初形態的考察而言,江户大儒伊藤仁齋、近代歷史學者市村瓚次郎、中國哲學研究者武内義雄曾做出非常有價值的思考和研究。尤其是武内義雄的《論語之研究》(1939)一書最爲日本學界推崇。著者進行精密的"原典批判",考校各篇,詳辨其間的内在邏輯關係,試圖探察《論語》的源流,認識孔子學説的本來面貌,釐清早期儒家的發展軌跡。

以彼爲鑒,察己之闕。日本學者的研究或許有助于我們廓清《論語》的原初形態,有助于我們思考文獻研究中的一些公案,其研究思路、方法及成就似乎也應該引起我們的

[①] 參見楊伯峻《論語譯注》"導言",北京,中華書局,1980 年版,第 29—30 頁;羅安憲:《中國孔學史》,北京,人民出版社,2008 年版,第 65—66 頁,等。

[②] 郭沂《〈論語〉源流的再考察》,載《孔子研究》1990 年第 4 期。

[③] 朱維錚《〈論語〉結集脞説》,載《孔子研究》創刊號。

關注。有鑒于此,小文擬對日本學者關于《論語》源流的考察尤其是武内義雄的研究做一解析,萃取其可貴之處,並藉以管窺日東學人《論語》的研究情況。

一、伊藤仁齋的上下二論説

伊藤仁齋(Ito Jinsai,1627—1705),名維楨,字源佐,以號行,是日本江户時代的大儒,著有《論語古義》、《孟子古義》、《語孟字義》等,爲學重考證,工於典籍的文獻批評,同時主張依憑體悟及情理來探尋典籍真意。他高倡古義學,力圖剥離由朱子學者摻入的非儒思想成分,還原早期儒家思想的原貌。伊藤仁齋極爲推崇《論語》,贊之爲"最上至極宇宙第一書"①。他運用考據學手段進行詳盡的文獻批評,又注重合情入理的感悟與分析。他在《論語古義》"總説"中對《論語》的原初形態做了有益的思考,並提出新穎的見解。其文如次:

> 《論語》二十篇,相傳分上下。猶後世所謂正續集之類乎。蓋編《論語》者,先録前十篇,自相傳習,而又次後十篇,以補前所遺者。故今合爲二十篇云。何以言之,蓋觀鄉黨一篇,要當在第二十篇。而今嵌在中間,則知前十篇既自爲成書。且詳其書,若曾點言志、子路問正名、季氏伐顓臾諸章,一段甚長。及六言、六蔽、君子有九思三戒、益者三友、損者三友等語,皆前十篇所無者,其議論體裁亦自不與前相似。故知後十篇,乃補前所遺者也。②

上下二論説最先由我國宋代學者石介提出,伊藤仁齋對此持贊同意見,且提出兩條非常有説服力的證據:其一,"鄉黨"篇内容甚爲特殊;其二,前後十篇存在頗多迥異之處。"鄉黨"篇記行,與其他篇目主要録言有所不同。若著眼于全書的謀篇佈局,則"鄉黨"篇似乎更適合放在第二十篇的位置上,作爲全書的結尾。"鄉黨"一篇在現行本中列次爲第十,表明此處是一個關節,可以將其看作前十篇的收束,並以之分别上論和下論。而且,文體、内容、用語等方面的幾條證據,也無疑昭示了前十篇與後十篇的迥異。如此,伊藤仁齋將上論即前十篇看作正編,將下論即後十篇視爲續修的補遺。他注意到

---

① 伊藤仁齋《論語古義》"總論",東京,六盟館,1909 年,第 7 頁。
② 同上,第 3—4 頁。

"鄉黨"篇的特異性,並明確指出前十篇與後十篇的迥異之處,這是十分有創見的。① 這一思考具有很大的合理性,爲學界廣爲接受。

年代稍晚的太宰春台(Dazai Shundai,1680—1747)贊同這一推斷,並提出更爲充分的論據。他在《論語古訓外傳》中羅列了八條根據,言之鑿鑿。其大要如下:

第一,上論文章簡潔,下論文章詳密。

第二,下論中多有如"三友"、"三樂"、"三言"、"六弊"之類用辭,上論中除"子曰有君子之道四焉"章以外,並無他見。

第三,上論中除"鄉黨"篇以外各篇記録的都是孔子及門人之言,下論中有的章句既非孔子語録,也非門人言論。

第四,上論中除"鄉黨"篇以外皆不記録孔子行爲,下論中頗多見之。

第五,下論"季氏"篇每章皆以"孔子曰"始,上論中無此類例證。

第六,下論"子張"篇只記録孔子弟子之言,而無孔子之言,該情況在上論絕對没有。

第七,上論篇名都取自篇首"子曰"之後的二三字,而下篇則多數直接取篇首文字爲題。

第八,孔門以外人物對孔子的評論,上論中僅見三章,下論中有九章之多。

經伊藤仁齋與太宰春台的考證,上下二論説廣爲學界接受。直至晚近,如高田真治、貝塚茂樹、桑原武夫等學者注譯《論語》時仍將其分爲上下二編。②

二人通過較爲細緻的考證以及敏鋭的感悟,做出饒有興致的推論。這一推論看似簡單,實則揭示出一種新的研究思路,即不將《論語》作爲一整體去考察其結集時期,而是以文獻批評的手段考察其原始形態及成書過程。這一研究思路爲後來學者承繼,並有所發展。其中,市村瓚次郎的考察就頗有可觀之處。

二、市村瓚次郎的正編、續編、雜編説

市村瓚次郎(Ichimura Sanjiro,1864—1947),字圭鄉,號器堂,歷史學家,治"東洋史學",著有《中國史要》(1895)、《東洋史統》(1929—1950)、《孟子講話》(1936)等。他曾撰《論語源流考》一文,從史學角度追溯《論語》的原始形態及成書過程。

---

① 金谷治《論語の世界》,東京,日本放送出版協會,1970 年,第25—26 頁。
② 參見武内義雄《論語の研究》,見《武内義雄全集》第一卷論語篇,東京,角川書店,1978 年,第41—42 頁。

該文從史家視點推論《論語》的構成情況及編纂過程。文中認爲:上論十篇輯成最早,可視作《論語》正編。下論前五篇與後五篇迥異,似有再加考辨的必要。自"先進"至"衛靈公"五篇與上論頗相似,應當是作爲正編的補闕而續修的,可視爲續編,雖然也可能經歷多人之手,但其價值僅次于正編;自"季氏"至"堯曰"五篇極其駁雜,似未得孔門正脈,甚至間雜與孔門言行抵牾之處,且内容、文體大不同于前十五篇,或許是經他人之手附加,毋寧視爲雜編,其價值又稍減。①

細察其論,可知市村瓚次郎對伊藤仁齋關于上論下論的思考既有繼承,又有所發展,即承認上下二論的不同以及正編、續修的觀點,並進一步將最後五篇剥離。其依據在于後五篇與前十五篇的差異。他參酌清人崔述在《洙泗考信録》中對"季氏"以下五篇的質疑,提出七種判斷的依據或曰角度,引其要如下:

第一,稱呼之不同。正編、續編除面君時稱"孔子"外皆稱"子",顯然是孔門中人的稱謂;雜編"陽貨"、"微子"篇中稱"孔子",口吻似乎並非孔門中人。

第二,文體之相異。正編續編文章簡潔,幾無繁冗;雜編雖有簡潔處,却多有繁冗。

第三,類聚性詞彙。雜編有"三友"、"三樂"、"三愆"、"三戒"、"三畏"等類聚性詞彙,正編、續編則不見。

第四,性論之有無。正編"公冶長"篇中有言"夫子之言性與天道不可得而聞也",而雜編裹却多有論性之語。

第五,章句之重複。

第六,不妥之記事。雜編"陽貨"篇中有關孔子應叛臣之召而欲往的記事十分不妥,且此類記事並不見于正編、續編。

第七,記事之偏倚。雜編"子張"篇未録孔子一言一行,殊爲怪異。但此類記事並不見于正編、續編。②

以上論據未必盡善,如第五條也難以解釋上論十篇中出現的重複現象,但從整體上來說,這幾條足以證明後五篇與前十五篇大異其趣,似可作爲剥離後五篇的證據。

市村瓚次郎將二十篇析解爲正編、續編、雜編,這種思考中透露出他治《論語》文獻研究的三個層面。其一,視上論十篇爲正編,這是對伊藤仁齋的承紹;其二,把下論十篇一分爲二,前五篇視爲續編,與正編並列,判爲孔門正宗,這就是對伊藤仁齋研究的超

---

① 市村讚次郎《論語源流考》,載《中國史研究》,東京,春秋社,1939 年,第 75—76 頁。
② 同上,第 77—78 頁。

越;其三,視下論後五篇爲雜編,斥其駁雜,判非孔門正宗,這是對清人崔述之説的借鑒。

　　值得注意的是,市村瓚次郎將下論又作剖析,分解爲前後兩部,這相當于是對已成當時學界定論的上下二論説進行了再探討,提示了進一步解析的可能性。這種再探討,是對伊藤仁齋研究的承續和揚棄,也是清人崔述之説在島國的迴響,或許也可以看作是武内義雄著名論斷的先聲和前奏。

三、武内義雄的《論語》探源

　　武内義雄(Tekeuchi Yoshio,1886—1966),中國哲學研究家,致力于建立科學性的思想史學,著有《中國思想史》(1936),又以實證主義研究思想和方法,積多年沉思與鑽研完成《老子原始》(1926)、《論語之研究》(1939),樹立了文獻批評研究的典範。[①]

　　武内義雄對伊藤仁齋所持的上下二論説甚爲推重,同時也提出疑問。他認爲,上論、下論未必各成完整的一體,似有仔細分析的必要,應該詳加考究。《論語之研究》一書是其沉思十年的結晶,其中有對《論語》源流的深入剖析和細密考論。

　　武内義雄考察《論語》的源流,緣起于他受到伊藤仁齋學説的啓發和對崔述《論語餘説》的共鳴。[②] 武内義雄立論的依據在于王充的《論衡》。伊藤仁齋認爲上論十篇爲正編、下論十篇爲續修,崔述認爲"季氏"以下五篇頗爲可疑。武内義雄從伊藤仁齋及崔東壁的研究中讀出了還原《論語》古貌的必要性與可能性,從《論衡·正説篇》中發現反映《論語》傳承的珍貴資料,並查找出可能存在"河間論語"、"齊魯本"等原始語録本子的蛛絲馬跡。順便一提,我國學者郭沂也注意到王充的這段記録,他相信王充所言"河間"論語確曾存在,並因其未傳而抱恨。[③]

　　武内義雄對"至武帝發取孔子壁中古文得二十一篇齊魯二河間九篇三十篇"(《論衡·正説篇》)一段文字十分在意,並加以校勘和考訂後認爲:"齊魯二河間九篇三十篇"是"齊魯二篇、河間七篇三十篇"之誤,原文中"二"字下脱一"篇"字,"九"字爲"七"字之訛誤,如此,古論二十一篇、齊魯二篇、河間九篇正和三十篇之數。[④] 武内義雄相信在古論被發現以前確曾存在齊魯二篇本及河間七篇本,並以此爲切入點,仔細追索《論

　①　見金谷治爲《日本大百科全書》"武内義雄"條,東京,小學館,1993—1994 年。
　②　武内義雄《論語の研究》,見《武内義雄全集》第一卷論語篇,東京,角川書店,1978 年,第 13 頁。
　③　郭沂《〈論語〉源流的再考察》,載《孔子研究》1990 年第 4 期。
　④　武内義雄《論語の研究》,見《武内義雄全集》第一卷論語篇,東京,角川書店,1978 年,第 73—76 頁。

語》源流的細微證據。鑒于武内義雄考證過程及結論的重大意義,筆者擬對其進行概要介紹和分析。

第一,"學而"、"鄉黨"二篇爲齊魯二篇本。王充《論衡》中曾言及齊魯二篇本的存在,又皇侃《義疏》載,"古論分堯曰下章子張問更爲一篇,合二十一篇,篇次以鄉黨爲第二篇,雍也爲第三篇,篇内倒錯,不可具説。"(《論語集解義疏·序》)受此啓發,武内義雄將"學而"、"鄉黨"二篇綜觀通覽後,發現其中存在較爲緊密的邏輯聯繫:從内容來看,這兩篇仿佛有着非常明確的編修意識,似乎可以構成一部完整的孔子言行録;從字詞來看,二篇中往往間雜齊地方言,可知曾經齊人之手。武内就此斷言:"學而"、"鄉黨"似可成爲一個獨立的孔子言行録本子,且對應于王充所言齊魯二篇本。

武内義雄還通過對此二篇中章句重複以及稱謂等情況的分析,推測此種本子的成書情況。據其考察,"學而"篇中未必完全是孔子語言的如實記録,而往往有不同時期材料合成一章的痕跡,如"子曰:父在觀其志,父没觀其行。三年無改于父之道,可謂孝矣"(《論語·學而》)一章中,前二句和後二句分別見于鄭本"衛靈公"和"里仁"篇等等;"鄉黨"篇中對孔子的稱謂或爲"孔子",或爲"君子","孔子"應是二三傳弟子的稱呼,"君子"則見于《孟子》、《禮記》"檀弓"、"禮運"、《論語》"微子"篇末章等較晚的文獻。由此,武内認爲此種本子應是由齊魯兩學派折中而成的,且成書大概在孟子遊齊以後。

第二,自"爲政"至"泰伯"爲河間七篇本。上論十篇除去"學而"、"鄉黨"以及晚出的"子罕"篇,餘下"爲政"至"泰伯"七篇内容、文體大體相類,似可獨立成爲一部。"述而"篇"文莫吾猶人也"章中"文莫"或爲"侔莫",意爲黽勉,是燕北方言,可知此七篇曾流傳于燕地,或許也曾流傳至毗鄰于燕的趙地,即河間。由此,武内認爲此七篇或是河間七篇本。

此七篇内容可以引爲曾子、子思、孟子的系統,可能是思孟學派所傳。

第三,下論中七篇爲齊人所傳論語。據崔述考證,"季氏"、"陽貨"、"微子"三篇晚出。綜觀"先進"至"堯曰"七篇,雖然輯録孔門諸子語言,但子貢的地位頗高。與前述河間七篇似以曾子爲中心不同,"先進"以下七篇則似以子貢爲中心。而且,這兩個部分在一些問題上的看法和解釋也有不同。如對于孔子的"吾道一以貫之","里仁"篇中曾子釋爲"忠恕而已"(《論語·里仁》),"衛靈公"篇中子貢釋爲"其恕乎,己所不欲勿施于人"(《論語·衛靈公》);又如對于管仲的評價,"里仁"篇中貶抑之意顯見,而齊人子貢則在"憲問"篇中則持贊頌態度。另外,"先進"以下七篇間雜齊地方言。由此,武内義雄推測"先進"至"堯曰"七篇或是齊人所傳,且較有可能成于子貢門下。

綜合以上考證，武内義雄得出如下結論：今本《論語》成書以前已經存在多種孔子語録本子，即古《論語》當由三種不同的孔子語録集合而成。具體而言，"學而"、"鄉黨"兩篇爲一種，是齊魯二篇本；"爲政"至"泰伯"七篇爲一種，是爲河間七篇本；"先進"至"衛靈公"並"子張"、"堯曰"爲一種，是齊人傳本。其中，河間七篇本以曾子爲中心，爲曾子孟子學派所傳，恐爲古《論語》中最早的本子；齊論語七篇以子貢爲中心，恐爲齊人所傳；齊魯二篇本的内容及語言表明其可能是由齊、魯儒學亦即曾子學派和子貢學派折中而成的，而其成書當在孟子遊齊之後。另外，"子罕"篇是後人附加于河間七篇本上的，"季氏"、"陽貨"、"微子"三篇及古論中"子張問第二十一"恐爲後人附加在齊人論語上的。概言之，今本《論語》由河間七篇本、齊人論語七篇、齊魯二篇本三種本子以及後人竄附篇目構成。這些孔子語録集成一部，即是古論二十一篇。今本《論語》即根源于此，但稍有變化。①

現行本《論語》是經西漢末張禹、東漢鄭玄二次結集定型的。然而，此前的形態則不甚明瞭。武内義雄遂將學術觸角伸向更古的時代，對《論語》予以大膽的文獻批評，着力考察今本《論語》定型之前的原初形態。其考證和成果是對江户大儒伊藤仁齋和清人崔述研究的繼承和發展。

自伊藤仁齋、太宰春台至市村瓚次郎、武内義雄，一脈相承。武内義雄又超越前人成果，臻于大成。金谷治稱贊《論語之研究》與津田左右吉《論語與孔子思想》"二書實是現代《論語》研究的翹楚"。② 誠哉斯言！

四、武内義雄《論語》"原典批判"的意義及存疑

日本人有千六七百年研讀《論語》的學術積澱，又以其嚴謹、細緻的治學精神結合清考據學原理，以其不迷信經典之獨立思考結合近代西方實證主義哲學觀念，加之武内義雄學養豐厚，殫精竭慮，自然釀出此一部大著作。如果不囿于國别學術的界限，我們會發現武内義雄《論語之研究》在中日《論語》學史上具有重大意義。要言之，有如下三方面：

第一，樹立了《論語》"原典批判"研究的典範。武内義雄認爲："凡治古典者必要兩

① 武内義雄《論語の研究》，見《武内義雄全集》第一卷論語篇，東京，角川書店，1978 年，第 90 頁。
② 金谷治譯注《論語》，東京，岩波書店，1999 年改譯，第 6 頁。

種基礎性研究:其一,以校勘學獲得正確文本;其二,以嚴密的原典批判解明書籍來歷。"①《論語之研究》是武内"原典批判"的代表作,而"原典批判"也正是武内治《論語》研究的利器。所謂"原典批判",是日本學者對德文"Textkritik"的譯語,也譯作"文本批判"、"文本批評",是文獻學的一支,着意于考校諸本以追求原典真貌。日本中國學研究實證主義學派②十分推重這一研究手段。實證主義作爲一種哲學思潮,産生于十九世紀三四十年代的法國、英國,其主要創始人物是孔德(Auguste Comte,1798—1857),主張以科學方法建立經驗性的知識,即運用觀察、分類以及分類性的資料探求事物之間的關係。日本中國學研究者狩野直喜率先將實證觀念引入中國傳統文化研究中,其門弟子武内義雄承紹實證主義學風,充分運用"原典批判"對中國典籍進行精密的考察。武内義雄又抛開其師對于清考據學的崇信,大膽立論,着重把握思想變遷中的内在邏輯關係③。武内所治的"原典批判"是"極爲精密的,可以説是創造了此種學問的典型"。④

　　第二,對清學的超越。武内義雄認爲,典籍研究大凡有三種態度,其一是訓詁之學,着意于從語言學角度解析字句的意思;其二是宋明性理之學,學者以自家思想闡釋古典;其三是批判研究,用功于稽揆文本變遷、探索文獻源流,以闡明原初意義。⑤《論語之研究》所採取的即是第三種態度。這種研究也遭到學界質疑,甚至其業師狩野直喜也嘆惜其未能更精于訓詁。⑥ 但也正因如此,武内義雄才没有因循于清儒爲考證而考證的局限,對《論語》進行大膽的文獻批評。和辻哲郎在《孔子》一書中,從《論語》研究發展史的角度高度評價了武内義雄的研究。他認爲,清朝的考證學者雖也運用校勘學方法,却未進行充分的"原典批判",而武内義雄"不惟學術的文本校勘,更進一步對《論語》原典做了高等批判"。⑦《論語之研究》"于《論語》研究劃一時期,而將來之研究必啓發于此"。⑧ 和辻哲郎的稱贊中不免有島國自詡的成分,但武内義雄"原典批判"研究對清學的超越確是難以否認的。

　　第三,于我國《論語》研究頗有參考價值和借鑒意義。西方也有學者對《論語》古貌做出有一定意義的考察,如白牧之、白妙子夫婦(E Bruce Brooks & A Taeko Brooks)所謂

──────────

①　武内義雄《論語の研究》,見《武内義雄全集》第一卷論語篇,東京,角川書店,1978 年,第 43 頁。
②　見嚴紹璗《日本中國學史》,南昌,江西人民出版社,1991 年,第 372—423 頁。
③　嚴紹璗《日本中國學史》,南昌,江西人民出版社,1991 年,第 414—415 頁。
④　嚴紹璗《日本中國學史》,南昌,江西人民出版社,1991 年,第 415 頁。
⑤　武内義雄《論語の研究》,見《武内義雄全集》第一卷論語篇,東京,角川書店,1978 年,第 192 頁。
⑥　見吉川幸次郎《〈論語の研究〉解説》,見《武内義雄全集》第一卷論語篇,東京,角川書店,1978 年,第 509 頁。
⑦　和辻哲郎《孔子》,東京,岩波書店,1988 年,第 147 頁。
⑧　和辻哲郎《孔子》,東京,岩波書店,1988 年,第 146 頁。

《論語》成書"層累論"①等學説。相較而言,武内義雄的研究則遠勝其上,于我國《論語》學界亦未嘗不是一個十分有益的參考。

武内義雄的研究成績斐然,意義重大。然而,其中也有幾處似可存疑。

第一,武内義雄立論所依據的王充《論衡‧正説》中,相關部份本身頗多錯訛,其文獻價值和可信度自然也大打折扣。日本史學家宫崎市定就此提出質疑,認爲該段中有錯簡,"齊魯二河間九篇三十篇"是"齊論又多問王篇治道篇"之誤。② 雖然宫崎市定的校訂頗顯牽强,其結論也未必可靠,但武内義雄立論的依據也的確命懸一綫,殊爲危險。

第二,若齊魯二篇本是齊魯學派折中的産物,則定有兩個邏輯上的必然:其一,齊魯二篇中所有章句應當都能在那兩個母本中找到對應的重複章句;其二,折中本的篇幅應當不小于兩個母本中任何一個且不大于兩者之和。觀照《論語》本文,這兩個必然就成了兩處抵牾:其一,"學而"、"鄉黨"二篇中雖有與其他篇章重複之處,但大多章句爲此二篇獨出;其二,"學而"、"鄉黨"二篇的篇幅遠遠小于兩個母本中的任何一個。即便是折中之後有大幅删削的可能,也無法解釋獨出于此二篇語録的來歷。

第三,將"爲政"至"泰伯"七篇比附爲河間七篇本的論證稍嫌牽强。武内義雄推定此七篇爲趙地河間論語的依據是其中存在燕北方言,亦即"文莫"二字爲燕齊方言。這一點的依據在于楊慎《丹鉛録》所引晉欒肇《論語駁》"燕齊謂勉强爲文莫",近人程樹德徵諸《方言》、《説文》、《廣雅》,似乎妥當。但若僅憑此孤證就將"爲政"至"泰伯"七篇比附爲河間論語,則未免武斷。

第四,武内義雄認爲在各種獨立語録本子内部已經不復存在章節重複的問題,但此種推斷稍欠妥當。因爲並非所有章句重複問題都能得到合理解決,如"里仁"篇中"不患莫已知,求爲可知也"(《論語‧里仁》)、"憲問"篇中"不患人之不己知,患其不能也"(《論語‧憲問》)、"衛靈公"篇中君子"病無能焉,不病人之不己知也"(《論語‧衛靈公》),此三處幾乎重複,如依武内義雄研究,"里仁"篇屬河間七篇本,而"憲問"、"衛靈公"同屬齊人所傳論語,則後二者的重複難以解釋。

可見,武内義雄研究中尚有可以商榷的餘地,關于齊魯二篇本、河間七篇本與現行本篇目的對應情況也未必盡然。但是,其對《論語》源流多樣性的認定是合理的,其對原始語録本子的考察及對原初形態的推論也極具啓發意義。幾處存疑,瑕不掩瑜。毫無

---

① 參見金學勤《〈論語〉成書"層累論"及西方漢學界相關評論》,載《孔子研究》2009 年第 3 期。
② 宫崎市定《論語の新研究》,東京,岩波書店,1974 年,第 11—16 頁。

疑問,武内義雄的《論語》"原典批判"研究于近代日本《論語》文獻學史上堪稱一座巍然高峰。

五、日本學者研究的啓示

　　關于《論語》源流的爭訟由來已久,而且關于結集時間、編纂者、材料真僞、文獻價值等問題也似懸而未決。日本學人基于文本批評的思考與考察具有一定的參考價值,值得注意。尤其是武内義雄的"原典批判"研究提示了《論語》源流多樣性的可能,爲我們解決一些學界公案提示了新思路。

　　第一,關于《論語》的結集時間和編纂者。這個問題至今也難下定論。關于成書時間,學者多用功于推定原始結集的最終時間,結論大概傾向于春秋末至戰國初的幾十年裏。① 也有學者認爲結集時間是在西漢景、武之間。② 關于編纂者的爭論也很多,且歷久不息。爭論的焦點大概在于,《論語》是由孔子弟子、還是再傳弟子或三傳弟子編成,是由衆多弟子共同編纂、還是由個別弟子起主要作用、亦或是由個別弟子的門人編成。③ 晚近學人總結前賢遺説,多傾向于認爲《論語》成書是一個過程,曾經多人之手。④ 楊伯峻的看法比較具有代表性和綜合性,他認爲:"論語一書有孔子弟子的筆墨,也有孔子再傳弟子的筆墨",而"編定者或者就是這班曾參的學生。"⑤

　　綜覽上述觀點,我們會發現其間的矛盾。這些觀點都有確鑿的證據可以依憑,是經得起推敲的。因此,彼此之間應該是可以互證互補的。然而,事實上却又是彼此對立或者難以調和的。從邏輯上講,這些觀點或許都觸及了事實的一點或一面,但也都僅僅是一點或一面而已,並非真相的全部。之所以没能看到真相的全部,筆者以爲其根由就是對最終結集時間和最終編定者的執著,亦即對原始結集或曰祖本唯一性的執著。據武内義雄研究可知,原始《論語》並非唯一,而是有多種獨立的語録本子。假若我們拋開對《論語》源頭唯一性的糾結,將《論語》原初形態的多樣性視爲前提再行考察的話,那麽

　　① 楊伯峻《論語譯注》"導言",北京,中華書局,1980 年,第 29—30 頁;夏傳才:《論語講座》,桂林,廣西師範大學出版社,2007 年版,第 24 頁;羅安憲:《中國孔學史》,北京,人民出版社,2008 年,第 65—66 頁,等。
　　② 朱維錚《〈論語〉結集脞説》,載《孔子研究》創刊號。
　　③ 參見錢穆《論語要略》,上海,商務印書館,1925 年版,第 3 頁;蔣伯潛:《十三經概論》,上海,上海古籍出版社,1983 年,第 506—510 頁,等。
　　④ 王鐵《試論〈論語〉的結集與版本變遷諸問題》,《孔子研究》,1989 年第 3 期;唐明貴《〈論語〉學的形成、發展與中衰——漢魏六朝隋唐〈論語〉學研究》,中國社會科學出版社,2005 年,第 29—48 頁;羅安憲《中國孔學史》,人民出版社,2008 年,第 60—65 頁,等。
　　⑤ 楊伯峻《論語譯注》"導言",中華書局,1980 年,第 28—29 頁。

上述觀點各有其據而又彼此不通的現象就不難理解了。

第二,關于材料真偽及文獻價值。《論語》作爲儒家經典,其地位崇高而不可質疑。崔述曾對末五篇的真實性提出質疑。日本明治時期學者山路愛山曾針對幾種典籍進行嚴密的文獻批評,認爲《論語》于孔子研究"稍可信"。① 這表明《論語》材料中既有可靠部分,也有值得懷疑的部分。武内義雄贊同崔述對于"季氏"、"陽貨"、"微子"三篇係晚出的推斷,還認爲"子罕"篇也似頗多後世材料,而且每一篇的末尾幾章也不可輕信。②

筆者認爲,在古《論語》的流傳以及今本《論語》定型過程中,極可能有人摻入新的材料,因此對于《論語》材料真實性的懷疑是合理的,但需要懷疑的應是部分材料,而非《論語》全部。若能剔除值得懷疑的篇章,則《論語》在孔子及早期儒家研究方面具有的極高文獻價值是毋庸置疑的。崔述的研究和武内義雄的考察,都爲對《論語》的去偽存真提供了非常有益的研究思路和依據。

第三,關于篇目次第。據《漢書》載:"始,魯扶卿及夏侯勝、王陽、蕭望之、韋玄成皆説論語,篇第或異。"(《漢書·匡張孔馬傳第五十一》)可知古論語的篇章順序未必與今本相同。問題的關鍵就在于"鄉黨"篇的位置。伊藤仁齋認爲,從内容來看"鄉黨"篇更像是最後一篇,于是將其看作上論十篇的結尾。另據皇侃義疏,則"鄉黨"篇次第二。武内義雄索性將其與"學而"篇並置,認爲此二篇可以獨立,即是齊魯二篇本。

筆者認爲,伊藤仁齋及武内義雄對"鄉黨"篇次的質疑是合理的。這個疑問產生的根源就在原始本子合成今本的過程中。從整體上來看,《論語》的篇章次第未必有什麼道理。③ 但是,若從微觀上看却又不一樣了。比如,有學者指出"學而"篇首末存在相互照應式的聯繫,而章與章,尤其是篇首幾章之間有着緊密的内在和邏輯關係。④ 再思及伊藤仁齋將"鄉黨"篇看作上論十篇結尾的觀點,我們不難看出至少"學而"與"鄉黨"兩篇中有着顯著的編纂意圖。如此,我們庶幾可以斷定原始的孔子語録本子或者説至少其中一種是經過有意編纂的。只不過,在原始本子合成今本《論語》時,這種編纂意圖湮没于其間了。

第四,關于章節重複。《論語》中章節重複的現象並不少見。武内義雄對這一現象做了研判,認爲在釐清幾種原始語録本子之後,則各種本子内部的這種重複現象就不復

---

① 山路愛山《孔子論》,東京,民友社,1905 年,第43—70 頁。
② 武内義雄:《論語の研究》,見《武内義雄全集》第一卷論語篇,東京,角川書店,1978 年,第84—86 頁。
③ 楊伯峻《論語譯注》"導言",北京,中華書局,1980 年,第 27 頁。
④ 諸橋轍次《諸橋轍次著作集》第五卷《論語の講義》,東京,大修館書店,1976 年,10 頁;武内義雄《論語の研究》,見《武内義雄全集》第一卷論語篇,東京,角川書店,1978 年,第 79 頁。

存在了①。如果依據武內義雄對原始語録本子的劃定方法將重複的章句加以比較的話，這些重複的疑問就幾乎可以迎刃而解了。

　　綜合以上幾點，我們可以就篇首提出的疑問做一個推論。今本《論語》定型之前很可能存在多種孔子語録本子，各種本子分别經由不同的孔門宗派輯録、流傳。語録本子的原始材料應當是由孔子弟子以及再傳弟子記録、傳述，再由孔子弟子之門人輯録的。而且，語録本子在流傳過程中頗有較新材料摻入。

　　要言之，關于《論語》的源頭及成書情況，日本學者如伊藤仁齋、市村瓚次郎、武內義雄等的研究頗有可觀，值得注意。江户大儒伊藤仁齋、太宰春台持上下二論説，並提出較爲有力的佐證。他們注意到“鄉黨”篇内容特殊以及上論下論在内容、文體、用語等方面存在諸多迥異之處，因此作出判斷認爲，前十篇先成，爲正編，後十篇續修，爲補遺。市村瓚次郎承紹伊藤學説，並借鑒崔東壁的校勘成果，又加以史家的考證後認爲，下論仍可一分爲二，前五篇内容、文體頗類上論十篇，是續編，而後五篇内容駁雜，文獻價值次之，爲雜編。伊藤、太宰、市村的研究都是探索《論語》源頭的有益嘗試和努力，提示了探索《論語》成書過程的一些有益思路。武內義雄延續這一治學思路，又將考察精細到篇目層面，將二十篇做進一步的析解後認爲：“學而”、“鄉黨”兩篇爲齊魯二篇本，“爲政”至“泰伯”七篇爲河間本，“先進”至“堯曰”七篇爲齊人傳本，另外“子罕”、“季氏”、“陽貨”、“微子”並古論“子張第二十一”諸篇爲後人竄附。武內的研究以王充《論衡·正説》相關部分爲出發點，經過精密、細緻的“原典批判”，力圖恢復《論語》古貌。其研究手段及成果具有極大的學術價值和啓發意義，堪稱日本《論語》文獻研究史上的一項重大成果，也可以説爲我們思考《論語》的結集時間、編纂者、篇目次第、章句重複等諸多疑問另闢了一條蹊徑。不唯如此，日本學者的研究也似乎昭示著《論語》文獻研究中一項課題的重要意義，即要弄清原始語録本子的真貌。當然，武內對《論語》原始本子的劃定中也有若干可商榷之處，其結論的合理性也有待于進一步的研究、認證和批評。

　　（作者爲大連外國語學院講師，天津師範大學文學院在讀博士）

---

　　①　武內義雄《論語の研究》，見《武內義雄全集》第一卷論語篇，東京，角川書店，1978 年，第 79 頁。

《箕雅》詩人名字漢義解詁

劉　暢　趙　季

　　《箕雅》是朝鮮王朝時期規模最大的一部韓國漢詩總集。其中收録自新羅詩人崔致遠至朝鮮肅宗時代詩人金錫冑八百年間共計四百九十餘位詩人的二千二百五十三首漢詩，幾乎囊括了韓國全部優秀漢詩作品，向以規模宏大而采擇全面著稱，比較全面地反映了韓國漢詩發生、發展和興盛的全部過程，同時也是東亞漢文學極爲重要的詩歌總集。由于韓國在高麗時期就實行科舉考試，考試内容就是《四書》、《五經》，所以韓國詩人熟稔中國文化，命名取字多與中國文化相關。《箕雅》詩人名字或語出經典，或語出老莊，或用典使事，或追慕前賢……而其名與字之間，也存在着同義相協、相反取義、辨明類屬等等關係。此類現象在中國文化中早已出現。現以南龍翼《箕雅目録》所列爲序，舉其名字意義較顯豁者百餘人，加以解詁並説明之。

崔沖　字浩然

　　【《老子》：“萬物負陰而抱陽，沖氣以爲和。”《孟子·公孫丑上》：“我善養吾浩然之氣……其爲氣也，至大至剛，以直養而無害，則塞于天地之間。”】

　　崔沖（984—1068）字浩然，號惺齋、月圃、放晦齋，謚文憲。致仕後開創私學，培養人才極多，被推仰爲“海東孔子”，其弟子被稱爲“文憲公徒”。著有《崔文憲公遺稿》。《東文選》卷一二載其七律一首，卷一九載其七絶一首，詩語清婉。《箕雅》收其七絶一首。

朴寅亮

　　【《尚書·周官》：“貳公弘化，寅亮天地，弼予一人。”孔傳：“敬信天地之教，以輔我一人之治。”】

　　朴寅亮（？—1096）字代天，號小華，謚文烈。《東文選》卷一二載其七律一首，卷一九載其七絶一首，詩語雅麗，韵味清絶。《箕雅》收其七律一首。

郭輿　字夢得

【《高麗史》卷九七：興少時夢有人命名"興"，遂以爲名，字夢得。唐代詩人劉禹錫字夢得。】

郭興(1058—1130)字夢得，謚真靜，籍貫清州，文科及第。《東文選》卷一一載其五言排律一首，卷一二載其七律一首，卷一九載其七絕二首。其詩多抒發隱士情懷，清新淡遠。《箕雅》收其七絕一首、七律一首。

李資玄　字真精

【《老子·一章》："道可道，非常道；名可名，非常名。無名，天地之始；有名，萬物之母。故常無欲以觀其妙，常有欲以觀其徼。此兩者同出而異名，同謂之玄，玄之又玄，衆妙之門。"《老子·二十一章》："道之爲物……其中有精，其精甚真。"】

李資玄(1061—1125)字真精，號息庵、清平居士、希夷子，謚真樂。籍貫仁州。李顥子。文科及第。宣宗朝辭大樂署丞，築堂庵，研究禪學了度餘生。著有《禪機語録》、《歌頌》、《南游詩》。其詩多表達栖隱禪寂之境。《箕雅》收其七律一首。

金富軾

【《海東繹史》卷九八引《高麗圖經》："金氏世爲高麗大族，自前史已載，其與朴氏族望相埒，故其子孫多以文學進。富軾丰貌碩體，面黑目露，然博學強識，善屬文，知古今，爲其學士所信服，無能出其右者。其弟富轍亦有時譽。嘗密訪其兄弟命名之意，蓋有所慕云。"《海東繹史》卷九八引《香祖筆記》："余昔閱《高麗史》，愛其臣金富軾之文。又兄弟一名軾，一名轍。疑其當宣和時，去元祐未遠，何竊取眉山二公之名？讀《游宦記聞》云，徐兢以宣和六年使高麗，密訪其兄弟命名之意，蓋有所慕。文章動蠻貘，語不虛云。觀此則知余前疑不誤，而是時中國方禁錮蘇黃文章字畫，豈不爲外夷所笑哉？"其人善文，敬慕蘇軾，故襲用其名。】

金富軾(1075—1151)字立之，號雷川，謚文烈，籍貫慶州。修撰《睿宗實録》，仁宗二十三年編纂《三國史記》五十卷。毅宗朝主持編纂《仁宗實録》。金富軾雅好讀書，博通經史，深諳佛典。《三國史記》是韓國現存最早紀傳體史著，高句麗、新羅、百濟三國絕大多數史實賴其得以流傳。《東文選》卷四載其五古一首，卷九載其五律一首，卷一二載其七律十七首，卷十八載其七言排律一首，卷十九載其五絕一首，七絕十首。其詩矯健典雅。"麗朝詩十二家"之一。《箕雅》收其五絕一首、七絕二首、五律一首、七律五首、五古一首。

鄭知常

【《老子·十五章》："夫物芸芸，各歸其根。歸根曰靜，靜曰復命，復命曰常，知常曰

明。不知常,妄作凶。"】

鄭知常(?—1135)本名之元,號南湖,睿宗九年(1114)文科及第。初任舍人,官至翰林學士。仁宗五年(1127)以左正言彈劾拓俊京。深信妙清陰陽術,主張遷都西京。以王命爲郭輿撰《山齋記》。妙清之亂時,極力參與,被斬。善詩、書,通曉易學、佛典,對老莊之學深有造詣。著有《鄭司諫集》。《東文選》卷九載其五律一首,卷一二載其七律六首,卷十九載其七絶六首。其詩語韵清華,膾炙人口,是高麗初期詩歌成就最高者,至今影響巨大。"麗朝詩十二家"之一。《箕雅》收其七絶四首、五律一首、七律四首。

高兆基

【揚雄《趙充國頌》:"茫茫上天,降祚有漢;兆基開業,人神攸贊。"】

高兆基(?—1157)本名唐愈,號雞林,籍貫濟州。《東文選》卷九載其五律四首,卷十九載其五絶一首,七絶一首。其詩摹景生動逼真。《箕雅》收其五絶一首、七絶一首、五律一首。

朴椿齡

【《莊子·逍遥游》:"上古有大椿者,以八千歲爲春,八千歲爲秋。"】

朴椿齡(高麗毅宗時人),《東文選》卷一二載其七律四首,卷一九載其七絶一首。其詩善用事典,格律嚴整。《箕雅》收其七律一首。

李之氐　字子固

【《老子·五十九章》:"是謂深根固柢,長生久視之道。"《説文通訓定聲·履部》:"氐……實即柢之古文。蔓根曰根,直根曰氐。"】

李之氐(1092—1145)字子固,謚文正。籍貫仁州。爲詩敏捷,流利上口。《東文選》卷十九載其七絶一首。《箕雅》收其七絶一首。

崔惟清　字直哉

【《尚書·舜典》:"夙夜惟寅,直哉惟清。"孔傳:"言早夜敬思其職,典禮施政教,使正直而清明。"】

崔惟清(1095—1174)字直哉,謚文淑,籍貫昌原。崔奭子。精通經史,佛經造詣甚深,書法亦極出色。著有《南都集》、《柳文事實》、《崔文淑公集》、《李翰林集注》。《東文選》卷四載其五古九首,卷十九載其七絶五首。好爲組詩,如《雜興九首》,感喟世事頗深。《箕雅》收其五古七首,五排一首。

金若水

【《老子·八章》:"上善若水,水善利萬物而不爭,處衆人之所惡,故幾于道。"】

金若水(高麗毅宗時人),《東文選》卷一九載其七絶一首。其詩關注民生疾苦,且非直言指斥,而以山禽反襯出之,頗新奇。《箕雅》收其七絶一首。

金莘尹

【《孟子·萬章上》:"伊尹耕于有莘之野。"趙岐注:"有莘,國名。伊尹初隱之時,耕于有莘之國。"】

金莘尹(高麗毅宗、明宗朝人),高麗明宗朝文臣,毅宗朝鎮守龍灣、東面,明宗元年(1171)以右諫議大夫同知貢舉,遷左諫議大夫。與金甫當彈劾宰相崔允儀和宦官鄭誠告身之事,後因反對承宣李俊儀等職兼臺省,左遷爲判太府事。《東文選》卷九載其五律二首,卷一二載其七律一首,卷一九載其五絶一首。其詩關乎國計民瘼,現實感頗强。《箕雅》收其五絶一首。

林椿　字耆之

【《莊子·逍遙游》:"上古有大椿者,以八千歲爲春,八千歲爲秋。"《説文》:"耆,老也。"】

林椿(高麗毅宗時人),字耆之,號西河。高麗毅宗時代文人。醴泉林氏始祖,奉享醴泉玉川精舍。與李仁老、吳世才等並稱江左七賢,其詩文收録于《三韓詩龜鑑》,著有《西河集》,假傳體小説《麴醇傳》、《孔方傳》膾炙人口。其詩寒孤,簡古精雋。學蘇黃,善用典而無斧鑿痕迹。身世坎坷,故多感慨之詞。《箕雅》收其七絶一首、五律一首、七律四首。

李仁老　字眉叟

【《論語·雍也》:子曰:"知者樂,仁者壽。"《詩經·豳風·七月》:"爲此春酒,以介眉壽。"毛傳:"眉壽,豪眉也。"孔穎達疏:"人年老者必有豪眉秀出者。"】

李仁老(1152—1220)初名得玉,字眉叟,號雙明齋。籍貫仁州,李顏曾孫。文科及第。與皇甫抗等七人結爲忘年友,自稱海左七賢,好詩酒,文章書法出衆,爲"麗朝詩十二家"之一。著有詩賦《銀臺集》二十卷、詩話《破閑集》三卷,闡發詩學理論頗多。其詩清麗要妙,"言皆格勝,使事如神,雖有躡古人畦畛處,琢煉之巧,青于藍也"(崔瀣)。《箕雅》收其五絶二首、七絶六首、五律一首、七律五首、五古四首、七古四首。

吳世才　字德全

【《莊子·天地》:"執道者德全,德全者形全,形全者神全。"成玄英疏:"言執持道者則德行無虧,德全者則形不虧損,形全者則精神專一。"】

吳世才(高麗高宗朝人)字德全,謚玄靜,籍貫高敞。吳世文弟。文科及第,終身未得仕宦,一生清苦。《東文選》卷九載其五律二首。其詩遒邁勁俊,險韵天成。《箕雅》收其五律一首。

李奎報　初名仁氐,字春卿

奎報【《高麗史》卷一百二:"李奎報……幼聰敏,九歲能屬文,時號奇童。稍長,經史百家佛老之書,一覽輒記。其赴監試也,夢有奎星報以居魁,果中第一,因改今名。"《初學記》卷二一引《孝經援神契》:"奎主文章。"宋均注:"奎星屈曲相鈎,似文字之畫。"】初名仁氐,字春卿【《禮記·樂記》:"春作夏長,仁也。"】

李奎報(1168—1241)初名仁氐,字春卿,號白雲居士、止軒、三酷好(詩、酒、玄鶴琴)先生,謚文順。籍貫驪興。著有《白雲小説》、《東國李相國集》四十一卷、《東國李相國後集》十二卷。"麗朝詩十二家"之一。李奎報詩歌創作豐富,詩風豪邁雄贍,空前創作了著名長篇英雄叙事史詩《東明王篇》和三百零二韵排律。南龍翼譽稱其"文章爲東國之冠",雖個别如金昌協農岩持異議,亦不能掩其光輝。《箕雅》收其五絶五首、七絶七首、五律九首、七律十三首、五排三首、七排二首、五古三首、七古三首。

任奎　亦名克忠

【《尚書·伊訓》:"居上克明,爲下克忠。"孔穎達疏:"事上竭誠。"蔡沈集傳:"言能盡事上之心。"】

任奎(高麗毅宗、明宗時人)亦名克忠。籍貫長興。元厚子。高麗仁宗恭睿王妃兄,毅宗、明宗母舅。文科及第。《東文選》卷十二載其七律二首,卷十九載其五絶一首。其詩寫景如畫。《箕雅》收其五絶一首。

崔滋　字樹德

【《尚書·泰誓》:"樹德務滋。"】

崔滋(1188—1260)字樹德,初名宗裕,又名安,號東山叟。海州人。文憲公崔沖之後。詩文著名,著有《崔文清公家集》、《補閑集》。《東文選》卷六載其七古一首,卷九載其五律二首,卷十四載其七律五首,卷十八載其七排二首,卷二十載其七絶一首。其詩華麗富贍。《箕雅》收其七絶一首。

白文節　字彬然

【《論語·雍也》:"文質彬彬,然後君子。"】

白文節(?—1282)字彬然,號淡岩,謚文獻。藍浦人。《東文選》卷六載其七古一首,卷二十載其七絶四首。其詩立意高卓,韵味清遠。《箕雅》收其七絶一首。

李混　字太初

【《老子·二十五章》:"有物混成,先天地生。寂兮寥兮,獨立而不改,周行而不殆,可以爲天下母。吾不知其名,字之曰道。"《莊子·知北遊》:"以無内待問窮,若是者,外不觀乎宇宙,内不知乎大初。"成玄英疏:"大初,道本也。"】

李混(1252—1312)字去華、太初,號蒙庵,謚文莊。籍貫全義,禮安李氏始祖。文科及第,官至僉議政丞。詩文卓越,歸養寧海時所作《舞鼓》傳于《樂府》。《東文選》卷四載其五古一首,卷九載其五律三首,卷十四載其七律一首,卷二十載其七絶三首。其詩善化用唐人詩句,文詞清便。《箕雅》收其七律一首。

蔡洪哲　字無悶

【《周易·乾·文言》:"遁世無悶,不見是而無悶。樂則行之,憂則違之。"】

蔡洪哲(1262—1340)字無悶,號中庵、耻庵、紫霞洞主人。籍貫平康。著有《中庵集》。《東文選》卷十四載其七律二首,卷二十載其七絶二首。洪哲善音樂,今傳三詩,二首與音樂有關。《箕雅》收其七律一首。

禹倬　字天章

【《詩經·大雅·棫朴》:"倬彼雲漢,爲章于天。"毛傳:"倬,大也。雲漢,天河也。"鄭箋:"雲漢之在天,其爲文章。"】

禹倬(1265—1342)字天章、卓甫,號易東,謚文僖,丹陽人。奉享安東道東書院、丹陽丹岩書院。《東文選》卷十五及《箕雅》僅收其七律《映湖樓》一首。詩語平易流利。

朴恒　字革之

【《周易·恒》:"天地之道,恒久而不已也。"《朱子語類》:"革,是更革之謂。"恒、革皆《周易》卦名,一持久,一變革,相反取義。】

朴恒(1227—1281)初名東甫,字革之,謚文懿。春川朴氏始祖。文科及第。《東文選》卷十四載其七律一首,卷二十載其七絶一首。今傳二詩皆紀實,摹景鮮活。《箕雅》收其七律一首。

張敏　字弛之

【《説文》:"敏,急也。"《廣韵》:"弛,置也,舍也,緩也。"相反取義。】

張敏(1207—1276)字弛之,後改名鑑,謚章簡。昌寧人。《東文選》卷十四及《箕雅》僅收其《昇平燕子樓》七絶一首。物是人非之感慨,讀之愴然。

李藏用　字顯甫

【《周易·繫辭上》:"顯諸仁,藏諸用,鼓萬物而不與聖人同憂。"孔穎達疏:"藏諸用者,潛藏功用,不使物知。"】

李藏用(1201—1272)字顯甫,初名仁祺,謚文真。仁州人。著有《禪家宗派圖》、《華嚴錐洞記》。《東文選》卷十四載其七律七首,卷十八載其七排二首,卷二十載其七絶二首。其詩氣象廣豁,清警優贍。《箕雅》收其七律、七排各一首。

鄭瑎　字晦之

【《説文·玉部》:“瑎,黑石似玉者。”《詩經·鄭風·風雨》:“風雨如晦,鷄鳴不已。”毛傳:“晦,昏也。”】

鄭瑎(1254—1305)初名玄繼,字晦之,謚章敬。清州人。雪谷鄭誧之父。《東文選》卷二十載其七絶三首。其詩豪放蒼凉。《箕雅》收其七絶一首。

李齊賢

【《論語·里仁》:子曰:“見賢思齊焉,見不賢而内自省也。”】

李齊賢(1287—1367)初名之公,字仲思,號益齋、實齋、櫟翁,謚文忠。籍貫慶州。李瑱子。白頤正門人。其文章與外交文書久負盛名,引進並推廣趙孟頫書體,確立程朱學基礎。著有《益齋亂稿》、《益齋集》、《櫟翁稗説》、《孝行録》、《西征録》、《史略》。李齊賢不但是漢詩大家,而且由于在中國多年,詞作亦爲韓國第一。其詩作内容豐富,很多詩歌廣闊反映社會現實。他還創作了許多與中國有關的詩歌和咏史詩。在藝術上也有很高成就。“麗朝詩十二家”之一。《箕雅》收其五絶一首、七絶八首、五律三首、七律十七首、五古七首、七古三首。

崔瀣　字壽翁

【東方朔《七諫》:“含沆瀣以長生。”故與“壽”相應。】

崔瀣(1287—1340)字彦明父,一字壽翁,號拙翁、猊山農隱。慶州人。編有《三韓詩龜鑑》、《東人文》,著有《拙稿千百》。其詩善反古人之意而出新裁,該贍典實,不以聲色爲工。《箕雅》收其五絶一首、七絶三首、五排一首、五古一首。

朴尚衷　字誠夫

【《韵會》:“衷,誠也。”】

朴尚衷(1332—1375)字誠夫,號潘南,謚文忠。羅州潘南縣人。著有《祀典》。《東文選》卷十五載其七律二首,卷二十一載其七絶一首。其詩器局闊大,莊重典正。《箕雅》收其七律一首。

安軸　字當之

【桓寬《鹽鐵論·雜論》:“車丞相即周吕之列,當軸處中。”】

安軸(1287—1348)字當之,號謹齋。福州人。奉享順興紹修書院。著有《謹齋集》。其詩關注民生疾苦,"忠君憂國之誠,慨世悶俗之意,溢于詞藻之間"。《箕雅》收其七律一首、七古一首。

閔思平　字坦夫

【《周易·履》:"履道坦坦,幽人貞吉。"《玉篇·土部》:"坦,平也。"】

閔思平(1295—1359)字坦夫,號及庵。驪興人。著有《及庵詩集》。其詩冲淡高古而韻味醇厚。《箕雅》收其七律一首。

尹澤　字仲德

【《尚書大傳》卷二:"清廟升歌者,歌先人之功烈德澤也。"】

尹澤(1289—1370)字仲德,號栗亭,謚文貞。茂松人。著有《栗亭集》。《東文選》卷四載其五古一首,卷二十一載其七絶三首。其詩穰贍雄麗。《箕雅》收其七絶一首。

韓宗愈　字師古

【韓愈文宗秦漢,以恢復孔子道統自任,自謂"非三代兩漢之書不敢觀,非聖人之志不敢存"。故以"師古"應"宗愈",言宗法韓愈之師法古代。慕其人,故襲其名,以其事應之。】

韓宗愈(1287—1354)字師古,號復齋,謚文節。漢陽人。著有《復齋集》。《東文選》卷七載其七古一首,卷十五載其七律一首,卷二十一載其七絶二首。其詩雅懷出塵,清新自然。《箕雅》收其七絶一首。

安珦　字士蘊

【《説文》:"珦,玉名。"《論語·子罕》:"有美玉于斯,韞匵而藏諸?"韞,蘊通。】

安珦(1243—1306)初名裕,字士蘊,號晦軒,謚文成。興州人。高麗最初朱子學者繼承人,奉享順興紹修書院、長湍臨江書院。《東文選》卷十四載其七律一首。其詩清絶,時含諷戒。《箕雅》收其七絶一首。

李湛之　字清卿

【謝混《游西池》:"水木湛清華。"李周翰注:"湛,澄。"《增韵》:"水靜而清也。"】

李湛之(高麗高宗時人)字清卿,慶州人。與李仁老、吳世材、林椿、趙通、皇甫沆、咸淳爲友,世比江左七賢。《青丘風雅》及《箕雅》收其七絶《枯木》一首。其詩形容逼真。

李達中　字止中

【達有"至"之義。《中庸》:"子曰:中庸其至矣乎!民鮮能久矣。"延平楊氏曰:"道止于中而已。過之則爲過,未至則爲不及,故唯中庸爲至。"】

李達中(1309—1385)後改名達衷,字止中,號霽亭。慶州人。著有《霽亭集》。其詩英華外發,下字新巧。《箕雅》收其七律二首、五古二首、七古一首。

李邦直　字清卿

【《詩經·鄭風·羔裘》:"羔裘豹飾,孔武有力。彼其之子,邦之司直。"《尚書·虞書·舜典》:"夙夜惟寅,直哉惟清。"傳:"言早夜敬思其職,典禮施政教,使正直而清明。"】

李邦直(?—1384)高麗禑王時代文臣。字清卿,號義谷,籍貫清州,文科及第。官至集賢殿大提學,封琅城君。狼川在江原道江華,琅城在忠清道清州,今琅城面。李邦直乃清州人,當封琅城君。《高麗史》誤。著有《義谷集》。《東文選》卷七載其七古一首。其詩清新流利。《箕雅》收其七絕一首。

偰遜　字公遠

【《尚書·堯典·序》:"昔在帝堯,聰明文思,光宅天下,將遜于位,讓于虞舜。"傳:"言聖德之遠著。遜,遁也。老使攝,遂禪之,作《堯典》。"】

偰遜(?—1360)字公遠,號近思齋。著有《近思齋逸稿》。《東文選》卷七載其七古四首,卷十載其五律一首,卷十六載其七律六首,卷十九載其五絕一首,卷二十一載其七絕十首。其詩多方,或平易或哀抗。《箕雅》收其五絕一首、七絕一首、五律一首、七律二首、五古一首、七古一首。

李仁復　字克禮

【《論語·顏淵》:"克己復禮爲仁。"】

李仁復(1308—1374)字克禮,號樵隱,謚文忠。籍貫星州。白頤正門人。著有《樵隱集》。《東文選》卷四載其五古二首,卷七載其七古一首,卷十載其五律八首,卷十一載其五排二首,卷十五載其七律四首,卷二十載其五絕一首,卷二十一載其七絕五首。其詩詳穩。《箕雅》收其五絕一首、五律一首、七律二首、五排一首、五古一首。

金齊閔　字敬之

【閔子騫以孝著稱。《祭義》:"曾子曰:居處不莊非孝,事君不忠非孝,蒞官不敬非孝,朋友不信非孝,戰陳無勇非孝。五者不遂,災及于親,敢不敬乎。"又其弟名"齊顏"字"仲賢",顏回、閔子騫均爲孔門高徒,且顏子以"賢"稱。故"敬之"應與"齊閔"相應,改名後未改字而沿用。】

金九容(1338—1384)初名齊閔,字敬之,號惕若齋。籍貫安東。文科及第。與鄭夢周、朴尚衷、李崇仁等人確立程朱學,爲斥佛揚儒先鋒。著有《惕若齋學吟集》。其詩清瞻精深,爲"麗朝詩十二家"之一。《箕雅》收其七絕二首、五律二首、七律二首。

金齊顔　字仲賢

【顔回好學而志于道,深得孔子贊賞,稱爲賢人。《論語·雍也》:"子曰:賢哉回也!一簞食,一瓢飲,在陋巷。人不堪其憂,回也不改其樂。賢哉回也!"】

金齊顔(?—1368)字仲賢。籍貫安東。文科及第。《東文選》卷二十二載其七絶二首。其詩頗多感懷。《箕雅》收其七絶一首。

李穡　字穎叔

【《詩經·大雅·生民》:"誕后稷之穡,……實穎實栗。"】

李穡(1328—1396)字穎叔,號牧隱,謚文靖,籍貫韓山。李穀子。李齊賢門人。其門下權近、卞季良等諸多弟子輩出。奉享韓山文獻書院。《傳》中多處"時論譏之","爲世所譏"等,蓋史書厚誣前代之弊,不可坐實視之。牧隱李穡爲高麗詩文大家,與李奎報、李齊賢並稱麗朝三李,與鄭夢周(圃隱)、李崇仁(陶隱。一説吉再號冶隱)並稱麗末三隱,"麗朝詩十二家"之一。著有《牧隱詩稿》三十五卷、《牧隱文稿》二十卷。其詩渾博浩瀚,雄深雅健。《箕雅》收其五絶一首、七絶五首、五律三首、七律九首、五古四首、七古五首。

鄭夢周　原名夢蘭、夢龍。

【《高麗史》卷一百十七:"鄭夢周,字達可,知奏事襲明之後。母李氏有娠,夢抱蘭盆忽墮,驚寤而生,因名夢蘭。生而秀異,肩上有黑子七,列如北斗。年至九歲,母晝夢黑龍升園中梨樹,驚覺出視,乃夢蘭也,因改夢龍。既冠,改今名。"《左傳·宣公三年》:"鄭文公有賤妾,曰燕姞,夢天使與已蘭,曰:'余爲伯鯈。余,而祖也,以是爲而子。以蘭有國香,人服媚之如是。'既而文公見之,與之蘭而御之。辭曰:'妾不才,幸而有子,將不信,敢徵蘭乎?'公曰:'諾。'生穆公,名之曰蘭。"〇《論語·述而》:"子曰:'甚矣,吾衰也久矣,吾不復夢見周公。'"注:"孔曰:'孔子衰老,不復夢見周公。明盛時夢見周公,欲行其道也。"】

鄭夢周(1337—1392)原名夢蘭、夢龍,字達可,號圃隱,謚文忠。籍貫延日。麗末三隱之一,後稱東方理學元祖,追贈領議政,從祀文廟,奉享開城松陽書院等十三處書院。著有《圃隱集》。"麗朝詩十二家"之一。其詩豪放雄邁,氣骨峻壯。《箕雅》收其五絶一首、七絶六首、五律三首、七律八首、五排一首、五古一首、七古一首。

柳淑　字純夫

【《爾雅·釋詁》:"淑,善也。"《禮記·郊特牲》:"貴純之道也。"注:"純,謂中外皆善。"】

柳淑(1316—1368)字純夫,號思庵,謚文僖。籍貫瑞山。文科及第。《東文選》卷七載其七古一首,卷十載其五律一首,卷十六載其七律六首,卷十九載其五絕一首,卷二十一載其七絕七首。其詩含蓄清遠。《箕雅》收其五絕一首、七絕一首、七律一首。

李集　字浩然

【《孟子·公孫丑上》:"我善養吾浩然之氣……是集義所生者。"《遁村雜咏附錄·題浩然字説後》:"虛無汗漫,惟道之誕。褊心鑿智,惟道之否。一心之微,聖賢是希。日求其正,惟去其非。廓爾四達,用之不竭。塞乎天地,入乎毫髮。而况彝倫,孰梗于馴。處之泰然,克全其天。惟廣李氏,慷慨君子。字曰浩然,敢述厥旨。"鄭道傳《三峰集》卷四《李浩然名字後説》(按李原齡避辛旽之禍,竊負其父唐,晝伏夜行,隱于永川。旽誅始還,改名與字。李崇仁作《名字説》。):客問曰:"李君原齡更名集,字浩然,何也? 李君蓋嘗困于憂患,豈徵其平日而有所改歟?"予曰:"否,不然也。李君,義士也。凡事苟自外至者,舉不能動其中,况改平日哉? 李君憂患,我知之。當逆旽用事時,君之鄉人有爲旽門下者,君不義其所爲,大忤其意。將害之,君避之南方。携老扶幼,野處草食,風霜雨雪之所侵,盜賊虎狼蟲蛇之患,饑寒凍餒,憂勞窮厄,凡所謂人所苦者,方叢于一身,而君之志不小衰,是其中必有所養者存。故于憂患之來,其安之以義也若泰山之重,人不見其動轉;其去之以勇也若鴻毛之于燎原之火,泯然無迹;其愈困而愈堅,其志也如精金良玉,雖有烘爐之鑠,沙石之攻,而其精剛温潤之質愈益見也。非中有所養者,能然乎? 由是言之,李君之更名字,蓋將識其養之素而守之固,以加勉之也。謂是爲困于憂患,徵其平日而改之云者,非知李君者也。"客曰:"聞命矣。其所養者與養之之方何如?""今李君,集其名,字浩然,是本于《孟子》之言也。近星山李氏爲李君名字序甚詳且明,奚容贅焉? 然不可孤問意,强一言之。夫所謂浩然者,乃天地之正氣也。凡物之盈于兩間者,得是氣以爲之體。故在鬼神爲幽顯,在日月星辰爲照臨,軋之爲雷霆,潤之爲雨露,爲山嶽河海之流峙,爲鳥獸草木之所以蕃。其爲體也,至大而至剛,包宇宙而無外,入毫芒而無内。其行也無息,其用也無所不周。而人則又得其最精者以生。故其在人,耳目之聰明、口鼻之呼吸、手之執、足之奔,皆是氣之所爲。本自浩然,無所欠缺,與天地相流通,此則李君之所養者。而其養之也又非私意苟且而爲也,舍之不可也,助之不可也。必有事焉,集義而已矣。噫! 是氣流行之盛,雖金石不可過,入水而水不濡,入火而火不熱,觸之者碎,當之者震裂而莫能禦,况吾既得最精者以生,而又養其最精者于吾身之中以爲之主,則向所謂人所苦者,皆外物之生于是氣之餘者,又安能反害于吾之最精者哉? 此吾斷然以爲李君中有所養而無所改于憂患而無疑者也。"客唯唯而退。書

以贈李君爲名字後説。】

李集(1327—1387)初名原齡,字成老,號墨岩齋、南川。後改名集,字浩然,號遁村。籍貫廣州。奉享廣州龜岩書院。著有《遁村雜咏》。其詩冲澹淵灝,出于性情,而有寒苦之語。《箕雅》收其七絶二首、五律一首。

李崇仁　字子安

【《論語·里仁》:"仁者安仁。"】

李崇仁(1349—1392)字子安,號陶隱。籍貫星州。理學詩文出衆。麗末三隱之一。著有《陶隱集》。其詩清新高古,淡雅蘊藉,語韵清圓,爲"麗朝詩十二家"之一。《箕雅》收其五絶一首、七絶三首、五律七首、七律三首、五排一首、五古四首、七古三首。

李存吾　字順卿

【張載《西銘》:"存,吾順事;没,吾寧也。"注:"孝子之身,存則其事親者不違其志而已,没則安而無所愧于親也。仁人之身,存則其事天者不逆其理而已,没則安而無所愧于天也。蓋所謂'朝聞夕死','吾得正而斃焉'者,故張子之銘以是終焉。"】

李存吾(1341—1371)字順卿,號石灘、孤山。籍貫慶州。奉享驪州孤山書院。著有《石灘集》。其詩志節高尚,豪邁絶倫。《箕雅》收其七律一首。

元松壽

【《詩經·小雅·天保》:"如南山之壽,不騫不崩;如松柏之茂,無不爾或承。"】

元松壽(1323—1366)號梅溪,謚文定。籍貫原州。通曉禮學,善于寫詩。《東文選》卷十載其五律一首,卷十七載其七律二首,卷二十二載其七絶九首。其詩閑適冲確。《箕雅》收其七絶二首、五律一首、七律一首。

趙浚　字明仲

【《尚書·皋陶謨》:"日宣三德,夙夜浚明有家。"蔡沈集傳:"浚,治也。……浚明……皆言家邦政事明治之義。"】

趙浚(1346—1405)字明仲,號籲齋、松堂,謚文忠。籍貫平壤。編撰《經濟六典》,著有《松堂集》。其詩豪放傑出,有大人君子之氣象。《箕雅》收其七絶一首。

成石璘　字自修

【《毛詩注疏》:"有匪君子,如切如磋,如琢如磨。傳:……治骨曰切,象曰磋,玉曰琢,石曰磨。道其學而成也,聽其規諫以自修,如玉石之見琢磨也。"】

成石璘(1338—1423)字自修,號獨谷,謚文景。籍貫昌寧。詩詞出衆,擅長草書。著有《獨谷集》,今傳。其詩氣雄以放,詞贍而麗,豪宕俊逸。《箕雅》收其五絶一首、七絕二首。

鄭摠　字曼碩

【《詩經·魯頌·閟宮》：“新廟奕奕，奚斯所作。孔曼且碩，萬民是若。”孔穎達疏：“又解‘奚斯所作’之意，正謂爲之主帥。主帥教令工匠，監護其事，屬付功役，課其章程而已，非親執斧斤而爲之也。”《左傳·僖公七年》：“若摠其罪人以臨之，鄭有辭矣。”杜預注：“摠，將領也。”】

鄭摠(1358—1397)字曼碩，號復齋，謚文愍。籍貫清州。鄭樞子。善書法，著有《復齋集》。其詩清新要妙，浩瀚深邃。《箕雅》收其七絕二首、五律一首、七律一首。

朴宜中　初名實，字子虛

【《貞齋先生逸稿》卷二附錄《字說》：貞齋朴先生，高麗壬寅科狀元也。資禀端謹，學問精博，爲一時縉紳之秀。初諱實，字子虛。後改宜中，字仍舊。嘗謂予曰：“吾嘗取《魯論》‘實若虛’之說以爲名若字。後改今名而字不改，子爲著其說以貽吾子孫。”予以鄙拙辭不獲，告之曰：“君子之學，德欲其務實而心欲其謙虛。虛者，即吾心之本體而衆理之所具也。故欲正其心者必虛其中，而後私欲不留而天理常存；行道者，亦虛其心，而後驕吝不生而己德益尊。是虛者，實之本也。故先生之前也，既以是爲名字而自勉之。然君子之爲學將以措諸事業也。能措諸事而不失其時宜者，唯其中而已矣。上而堯舜湯武之所以治，下而孔顔思孟之所以傳，皆以此中也。然所謂中者，有體有用。方其未發而極其虛，以守其無所偏倚之體，然後有以發而中節，以全其無過不及之用。是虛字亦中之體也。故先生之後也，又以是爲名字而益勉之。先生進德修業之序、明體適用之學，觀其名字而可以知其用力矣。蓋先生之學專用心于內，故持守既密而不敢以是自足，充積既實而不敢以是自滿。彝倫日用之常，動靜語默之際，以至夫窮通患難之中，凡所以自處者，每欲必合乎其宜。是以魁大科，歷顯仕，以登相府，而其氣無驕矜；奉使于兵交之日，拘留敵國，命在晨夕，其志不少挫，卒能以專對之才完我封疆。爲功既大，斂而閑居，窮約自守，若寒士然。是繇其心能虛而有主，故其德能實而有常。所以現乎事爲之上者，皆合乎時措之宜，如此其卓也。”昔先生之爲講官于成均也，予以鼓篋而受業。由是從游者數十年之久，故知先生甚詳。爲著其學問事業之大略以爲其說，非敢佞也。建文三年秋八月既望，陽村權近謹著。】

朴宜中(1337—1403)初名實，字子虛，號貞齋。籍貫密陽。文科狀元。著有《貞齋逸稿》。其詩縝密精切。《箕雅》收其七絕一首、五律一首、七律一首。

柳方善　字子繼

【《周易·繫辭上》："繼之者，善也；成之者，性也。"】

柳方善（1388—1443）字子繼，號泰齋。籍貫瑞山。柳淑曾孫。權近、卞季良門人。奉享永川松谷書院。少有文名，詩文出衆，擅長山水畫。著有《泰齋集》。其詩清新雅淡，高古簡潔。《箕雅》收其五絶一首、七絶二首、五律二首、七律一首、五排一首。

卞季良　字巨卿

【《詩經·小雅·鶴鳴》："魚潜在淵，或在于渚。"毛傳："良魚在淵，小魚在渚。"孔穎達疏："不云大魚而云良魚者，以其喻善人，故變文稱良也。"是"良"、"巨"均有"大"義】

卞季良（1369—1430）字巨卿，號春亭，謚文肅。籍貫密陽。卞仲良弟。李穡、鄭夢周門人，文科及第。二十年任大提學，文章名家。著有《春亭集》。其詩清而不苦，淡而不淺。《箕雅》收其五絶一首、五律五首、七律三首、五排一首、五古一首。

李孟畇　字士原

【《詩經·小雅·信南山》："畇畇原隰，曾孫田之。"】

李孟畇（1371—1440）字士原，號漢齋，謚文惠。籍貫韓山。李穡長孫。擅長書法詩文。《東文選》卷十七載其七律二首，卷二十二載其七絶一首。其詩感慨清苦。《箕雅》收其七律一首。

趙須　字亨父

【《周易·需》："需有孚，光亨貞，吉，利涉大川。象曰：需，須也。險在前也，剛健而不陷，其義不困窮矣。"】

趙須（朝鮮太宗時人）字亨父，號松月堂、晚翠亭。籍貫平壤。太宗元年（1401）文科及第。任兵曹正郎，九年爲内贍寺少尹，因細事罷免。《東文選》卷五載其五古一首。其詩豪贍俊逸。《箕雅》收其五律一首。

李稷　字虞庭

【《尚書·虞典》：帝曰："棄！黎民阻飢，汝后稷，播時百穀。"正義曰："帝因禹讓三人而官不轉，各述其功以勸之。帝呼稷曰：棄，往者洪水之時，衆民之難難在于飢，汝君爲此稷之官，教民布種是百穀以濟活之。言我知汝功，當勉之。"】

李稷（1362—1431）字虞庭，號亨齋，謚文景。籍貫星州。爲官期間掌管癸未字鑄造。奉享成州安峰書院。著有《亨齋詩集》。其詩感慨清淡。《箕雅》收其七絶一首、五律一首、五古一首。

魚變甲　字子先

【《周易·蠱》："先甲三日，後甲三日。"注："先之三日而用辛也，取改過自新之義；

後之三日而用丁也,取其丁寧之義。"疏:"甲者,創制之令……前三日殷勤而語之,又于此宣令之後三日更丁寧而語之……"】

　　魚變甲(1380—1434)字子先,號綿谷。籍貫咸從。奉享固城綿谷書院。《東文選》卷十載其五律一首,卷二十二載其七絕一首。其詩寓意深切。《箕雅》收其七律一首。

姜碩德　字子明

【《禮記·大學》:"大學之道,在明明德。"】

　　姜碩德(1395—1459)字子明,號玩易齋,謚戴敏。籍貫晋州。姜淮伯子。蔭補出仕,歷任知敦寧府事。著有《玩易齋集》。《東文選》卷八載其七古二首,卷十九載其七律一首,卷二十二載其七絕十首。其詩高古。《箕雅》收其七絕一首。

崔恒　字貞父

【《周易·恒》:"恒,亨,無咎,利貞。"】

　　崔恒(1409—1474)字貞父,號太虛亭、㠉梁,謚文靖。籍貫朔寧。擅長文章。著有《太虛亭集》。其詩雄渾峻壯,沈鬱淵灝,用事奇特。《箕雅》收其七絕一首。

朴元亨　字之衢

【《周易·大畜》:"上九,何天之衢,亨。"】

　　朴元亨(1411—1469)字之衢,號晚節堂,謚文憲。籍貫竹山。《東文選》卷十七載其七律一首,卷十八載其七排一首,卷二十二載其七絕三首。其詩典雅莊重。《箕雅》收其七絕一首、七排一首。

朴彭年

【《莊子·逍遙遊》:"莫壽于殤子,而彭祖爲天。"注:"彭祖蓋楚先,壽八百歲。"】

　　朴彭年(1417—1456)字仁叟,號醉琴軒,謚忠正。籍貫順天。朝鮮端宗被廢時,爲維護端宗反對世祖篡位而死節的死六臣之一。配享莊陵忠臣壇,奉享寧越彰節書院等多處。其裔孫朴崇古輯《朴先生遺稿》。其詩慷慨激烈。《箕雅》收其七律一首。

李塏　字伯高

【《說文》:"塏,高燥也。"】

　　李塏(1417—1456)字清甫、伯高,號白玉軒,謚義烈、忠簡。籍貫韓山。李穡曾孫。死六臣之一。文科及第。世宗二十三年(1441)任著作郎,參與編撰《明皇誡鑑》、《訓民正音》。世祖二年(1456)爲直提學。詩文書法出衆。英祖時期追贈爲吏曹判書,奉享寧越彰節祠、大丘洛濱書院等。《東文選》卷十載其五律一首,卷二十二載其七絕四首。其詩清絕。《箕雅》收其七絕一首、七律一首。

申叔舟　字泛翁

【《莊子·列禦寇》:"無能者無所求,飽食而遨游,泛若不繫之舟。"】

申叔舟(1417—1475)字泛翁,號保閒齋、希賢堂,謚文忠。籍貫高靈。與成三問協同世宗創製《訓民正音》,參與編撰《世祖實録》、《睿宗實録》,撰修《國朝五禮儀》、《東國正韵》、《國朝寶鑒》、《永幕録》等。配享成宗廟庭。著有《保閒齋集》、《四聲通考》。其詩渾涵壯闊,尤善長篇古風。《箕雅》收其七絶一首、五古一首。

金守温　字文良

【《論語·學而》:子貢曰:"夫子溫良恭儉讓以得之。"】

金守温(1410—1481)字文良,號乖厓、拭疣,謚文平。籍貫永同。參與編撰《治平藥覽》、《醫方類聚》,後增修《釋迦譜》。學問文章卓越,訂《四書》、《五經》口訣,翻譯《明皇誡鑑》,致力發展國語,有功于佛經翻譯刊行。著有《拭疣集》。其詩豪放閑遠。《箕雅》收其五絶一首、七絶一首、七律一首、七排一首。

金克儉

【《尚書·大禹謨》:"克勤于邦,克儉于家。"】

金克儉(1439—1499)字士廉,號乖厓。籍貫金海。《國朝詩删》卷一載其五絶一首,卷四載其五律一首,卷十八載其七排一首,卷二十載其七絶二首。其詩巧于譬喻。《箕雅》收其五絶一首。

姜希顔　字景愚

【《論語·爲政》:子曰:"吾與(顔)回言,終日不違如愚。"慕顔回之"愚"而以之爲名,以"希"、"景"表敬慕之義。】

姜希顔(1418—1465)字景愚,號仁齋。籍貫晋州。姜碩德子,姜希孟兄。文科及第。善詩、書、畫,世稱"三絶"。曾書寫世宗時代金印昭信之寶、世祖時代乙亥字。著有《菁川養花小録》,圖畫有《橋頭烟樹圖》、《山水人物圖》,書法有《姜知敦寧碩德墓表》等。《東文選》卷五載其五古一首,卷八載其七古一首,卷十七載其七律四首,卷十九載其七絶一首,卷二十二載其七絶二首。其詩清逸。《箕雅》收其五絶一首、七絶一首、七律一首、五古一首。

李石亨　字伯玉

【《説文》:"玉,石之美(者)。"】

李石亨(1415—1477)字伯玉,號樗軒,謚文康。籍貫延安。與鄭麟趾等參與編撰《高麗史》。擅長文章書法。編撰《歷代兵要》、《治平要覽》、《大學衍義輯略》,著有《樗軒集》。其詩尚巧,多用疊字。《箕雅》收其五絕一首、七律一首、七古一首。

徐居正　字剛中

【《周易·需》:"九五需于酒食,貞,吉。"集解:"五有剛德,處中居正,故能帥群陰,舉坎以降,陽能正居其所,則吉。"】

徐居正(1420—1488)字剛中,初字子元,號四佳亭、亭亭亭,諡文忠。籍貫達城。權近外孫。參與編撰《經國大典》、《東國通鑒》、《東國輿地勝覽》、《東文選》,翻譯《鄉藥集成方》。精通性理學、天文、地理、醫藥,爲韓國漢文學做出巨大貢獻。詩壇"四傑"之一。著有《東人詩話》、《四佳亭集》、《筆苑雜記》。其詩春容富艷。《箕雅》收其五絕一首、七絕三首、五律五首、七律六首、五古一首、七古四首。

金壽寧　字頤叟

【《董子繁露》:"壽者,酬也。壽有短長,由養有得失。"《廣韵》:"頤,頤養也。"】

金壽寧(1436—1473)字頤叟,號素養堂,諡文悼。籍貫安東。參與世祖、睿宗《實錄》編撰。文章卓越,通曉經史,與梁誠之、徐居正等編撰《東國通鑒》。《東文選》卷十載其五律一首,卷十七載其七律三首,卷二十二載其七絕一首。其詩俊發老健。《箕雅》收其七律一首。

魚世謙　字子益

【《尚書·大禹謨》:"滿招損,謙受益,時乃天道。"】

魚世謙(1430—1500)字子益,號西川,諡文貞。籍貫咸從。魚變甲孫。與成倪改撰《雙花店》、《履霜曲》、《北殿》等樂詞。著有《西川集》。《續東文選》卷三載其五古四首,卷四載其七古二首,卷六載其五排一首。其詩清俊通脫。《箕雅》收其七絕一首、七律一首、五古一首。

李承召　字胤保

【《尚書·洛誥》:"天基命定命,予乃胤保,大相東土。"】

李承召(1422—1484)字胤保,號三灘,諡文簡。籍貫陽城。受王命,用韓文轉抄《明皇誡鑑》。醫藥、地理造詣甚深,與申叔舟、姜希孟等編撰《國朝五禮儀》。著有《三灘集》。其詩平淡蘊藉,春容要妙。《箕雅》收其七絕二首、七律四首。

成任　字重卿

【《論語·泰伯》:"曾子曰:'士不可以不弘毅,任重而道遠。'"】

成任(1421—1484)字重卿,號逸齋、安齋,諡文安。籍貫昌寧。成倪兄。參與編撰《經國大典》、《輿地勝覽》,改修《五禮儀》。著有《安齋集》、《太平廣記詳節》。《國朝詩刪》卷四載其五排一首。其詩華贍。《箕雅》收其五律一首、七律一首、五古一首。

姜希孟　字景醇

【孟子爲醇儒。韓愈《讀荀子》:"孟氏,醇乎醇者也。荀與揚,大醇而小疵。"慕之因以爲名字,"希"、"景"有希羨景慕之義。】

姜希孟(1424—1483)字景醇,號私淑齋、菊塢、雲松居士、萬松崗,諡文良。籍貫晋州。姜碩德子,姜希顏弟。文科及第。著有《私淑齋集》。其詩簡潔閑雅。《箕雅》七絶四首、五律二首、七律二首、七古一首。

成侃　字和中

【《論語·鄉黨》:"朝,與下大夫言,侃侃如也。"注:孔安國曰:"侃侃,和樂之貌。"】

成侃(1427—1456)字和中,號真逸齋。籍貫昌寧。成任弟。柳方善之門人。文科及第。任修撰,身爲集賢殿博士,文名卓越。擅長書法,尤善詩賦,《宫詞》、《新雪賦》等作品傳世。著有《真逸齋集》。其詩高古冲淡,温厚雅贍。《箕雅》收其五絶三首、七絶六首、五古二首、七古三首。

許琮　字宗卿、宗之

【《説文繫傳》卷一:"琮,瑞玉,大八寸,似車釭,從玉宗聲。臣鍇曰:'象車釭者,謂其狀外八角而中圓也。琮之言宗也,八方所宗,故外八方中虛圓以應無窮,德象地,故以祭地也。"】

許琮(1434—1494)字宗卿、宗之,號尚友堂,諡忠貞。籍貫陽川。許琛兄。醫術高深,與盧思慎、徐居正等注解《鄉藥集成方》,編撰《新撰救急簡易方》,著有《尚友堂集》。《續東文選》卷六載其五律一首,卷七載其七律三首,卷九載其七絶二首。其詩音律諧暢,清婉可誦。《箕雅》收其七絶二首、五律一首。

金宗直　字季昷

【《尚書·舜典》:"直而温。"《玉篇·皿部》:"昷,和也,或作'温'。"】

金宗直(1431—1492)字季昷,號佔畢齋,諡文忠,改諡文簡。籍貫善山。學問淵博,爲嶺南學派宗祖。弟子金馹孫把其指責世祖篡奪王位而寫之《吊義帝文》編入史草,引發戊午史禍,剖棺戮尸。爲總裁官增修《東國輿地勝覽》,善畫。奉享密陽禮林書院、善山金烏書院、咸陽柏淵書院、開寧德林書院等。著有《佔畢齋集》,編有《青丘風雅》、《東文粹》、《一善志》、《彝尊録》。其詩典雅,詩中有畫。《箕雅》收其七絶二首、五律六首、七律十一首、五排一首、五古五首、七古九首。

金時習　字樂卿

【《論語·學而》:"子曰:'學而時習之,不亦悦乎?有朋自遠方來,不亦樂乎?'"】

金時習(1435—1493)字樂卿,號梅月堂、東峰、清寒子、碧山、贅世翁,謚清簡。籍貫江陵。朝鮮端宗被廢時,爲維護端宗反對世祖篡位而隱退不仕的生六臣之一。著有《梅月堂集》。其詩清邁脱俗,且少蔬笋氣。《箕雅》收其七絶二首、五律四首、七律九首、五古一首、七古一首。

洪貴達　字兼善

【《孟子·盡心上》:"窮則獨善其身,達則兼善天下。"】

洪貴達(1438—1504)字兼善,號虚白堂、涵虚亭,謚文匡。籍貫缶溪。編撰《續國朝寶鑑》、《歷代明鑑》。著有《虚白亭集》。其詩雅健典古。《箕雅》收其五律一首。

成俔　字磬叔

【《詩經·大雅·大明》:"大邦有子,俔天之妹。"俔,毛氏曰:"磬也。"《韓詩》作"磬"。】

成俔(1439—1504)字磬叔,號慵齋、浮休子、虚白堂、菊塢,謚文戴。籍貫昌寧。成任弟。詩壇"四傑"之一。著有《虚白堂集》、《慵齋叢話》。其詩泓涵純粹,豪健雄贍。《箕雅》收其七絶一首、五律一首、七古一首。

蔡壽　字耆之

【《爾雅》:"黃髮、齯齒、鮐背、耇、老,壽也。"注:"……耇猶者也,皆壽考之通稱。"】

蔡壽(1449—1515)字耆之,號懶齋,謚襄靖。籍貫仁川。奉享咸昌臨湖書院。著有《懶齋集》。其詩婉麗嫻熟。《箕雅》收其七律一首。

安琛　字子珍

【《詩經·魯頌·泮水》:"憬彼淮夷,來獻其琛。"毛傳:"琛,寶也。"《説文》:"珍,寶也。"】

安琛(1444—1515)字子珍,號竹窗、竹溪,謚恭平。籍貫順興。擅長書法,爲松雪體。《續東文選》卷三載其五古一首,卷六載其五排一首。其詩清和淡遠。《箕雅》收其五排一首、五古一首。

崔敬止

【《詩經·大雅·文王》:"穆穆文王,于緝熙敬止。"】

崔敬止(?—1479)字和甫。籍貫慶州。世祖六年(1460)文科狀元,任正言,十二年拔英試及第。睿宗元年(1469)任春秋館編修官,參與編撰《世祖實録》、《睿宗實録》。成宗六年(1475)以奉常寺副正重試及第,反對仁顯王后廢位,其後任副提學。氣概高尚,詩才出衆。其詩溫淳典重。《箕雅》收其七絶一首。

盧公弼　字希亮

【《尚書·畢命》:"弼亮四世,正色率下。"】

　　盧公弼(1445—1516)字希亮,號菊逸齋。籍貫交河。盧思慎長子。《續東文選》卷六載其五律一首,卷八載其七律二首,卷十載其七排二首,卷二十載其七絶二首。其詩熟練平實。《箕雅》收其七律一首。

李婷　字子美

【《集韵》:(婷)同姃,娉婷,美好貌。】

　　月山大君(1454—1488)姓李,名婷,字子美,號風月亭,謚孝文。德宗長子,成宗之兄。深得世祖寵愛,七歲封爲月山君。成宗時晋封爲月山大君,册録爲二等佐理功臣。酷愛書史,文章出衆,詩尤著名。著有《風月亭集》。其詩春容雅健,古律兼善。《箕雅》收其五絶一首、七絶一首、五古一首。

李深源　字伯淵

【《詩經·衛風·定之方中》:"非徒庸君,秉心塞淵。"鄭箋:"淵,深也。"】

　　朱溪君(1454—?)姓李,名深源,字伯淵,號醒狂、默齋、太平眞逸。太宗之玄孫。《國朝詩删》卷二載其七絶二首,卷五載其七律一首,卷七載其五古二首。其詩韵清意遠,古體有樂府古態。《箕雅》收其七絶二首、五律一首、五古二首。

李國珍　字世昌

【《尚書·仲虺之誥》:"邦乃其昌。"傳:"國乃昌盛。"《左傳·莊公二十二年》:"爲嬀之後,將育于姜,五世其昌,並于正卿。"】

　　鳴陽正(1467—?)姓李,名國珍,字世昌。朝鮮太祖四世孫。其詩清逸瀟灑。《箕雅》收其五律三首、五古一首。

南孝温　字伯恭

【《尚書·舜典》:"浚哲文明,温恭允塞。"】

　　南孝温(1454—1492)字伯恭,號秋江、杏雨、最樂堂,謚文貞。籍貫宜寧。金宗直門人。生六臣之一。著有《秋江集》。其詩悲憤惻怛。《箕雅》收其五絶一首、七絶三首、五古五首。

鄭汝昌

【《尚書·虞書·益稷》:"皋陶曰:'俞! 師汝昌言。'"傳:"言禹功甚當,可師法。"】

　　鄭汝昌(1450—1504)字伯勖,號一蠹,謚文獻。籍貫河東。金宗直門人。甲子士禍時剖棺。爲性理學大家,通曉經史,著有《庸學注疏》、《主客問答説》、《進修雜著》等,戊午史禍時被其妻燒毀。著有《一蠹集》。其詩胸次脱然。《箕雅》收其七絶一首。

俞好仁　字克己

【《論語·顏淵》:“克己復禮爲仁。”】

俞好仁(1445—1494)字克己,號林溪、潘溪。籍貫高靈,文科及第。善詩文,奉享長水蒼溪書院、咸陽藍溪書院等地。著有《潘溪集》。其詩格律雅古,奇峭精警。《箕雅》收其七絶一首、五律二首、七律一首、五古一首。

金馹孫　字季雲

【《爾雅·釋親》:“仍孫之子爲雲孫。”注:“言輕遠如浮雲。”】

金馹孫(1464—1498)字季雲,號濯纓、少微山人,謚文愍。籍貫金海。金宗直門人。中宗反正時伸冤,追贈都承旨。奉享木川道東書院、清道紫溪書院。著有《濯纓集》。其詩古朴無華。《箕雅》收其五律一首。

權五福

【《尚書·洪範》:“五福:一曰壽,二曰富,三曰康寧,四曰攸好德,五曰考終命。”】

權五福(1467—1498)字向之,號睡軒。籍貫醴泉。成宗十七年(1486)文科及第,藝文館、弘文館登用,賜暇讀書。燕山君四年(1498)戊午士禍時處斬刑。書法、詩文出衆,追贈都承旨。奉享醴泉鳳山書院。著有《睡軒集》。其詩詞藻清絶,氣格森嚴。《箕雅》收其五律一首。

權達手　字通之

【《玉篇·辵部》:“達,通也。”】

權達手(1469—1504)字通之,號桐溪。籍貫安東。成宗二十三年(1492)文科及第,歷任檢閱、正言,後任校理。燕山君十年(1504)因反對燕山君追崇母后廢妃尹氏,流配龍宮縣,後召回處死。中宗時期追贈都承旨,奉享咸昌臨湖書院。著有《桐溪集》。其詩清泠逸絶。《箕雅》載其七古《雪》一首。

許琛　字獻之

【《詩經·魯頌·泮水》:“憬彼淮夷,來獻其琛。”】

許琛(1444—1505)字獻之,號頤軒,謚文貞。籍貫陽川。許琮弟。與曹偉等删定《三綱行實》。《續東文選》卷五載其七古三首,卷六載其五律三首,卷八載其七律十三首,卷二十載其七絶一首。其詩淵深精確,閒淡簡遠。《箕雅》收其七絶一首、七古一首。

申從濩　字次韶

【《周禮·周官·保氏》："乃教之六藝。一曰五禮,二曰六樂……"《注》："六樂,《雲門》、《大咸》、《大韶》、《大夏》、《大濩》、《大武》也。"《文選·司馬相如〈上林賦〉》:"荊、楚、鄭、衞之聲,《韶》、《濩》、《武》、《象》之樂。"李善注引文穎曰:"《韶》,舜樂也;《濩》,湯樂也。"】

申從濩(1456—1497)字次韶,號三魁堂,籍貫高靈。申叔舟孫。著《輿地勝覽》。善詩文、書法,著有《三魁堂集》。其詩奇麗清壯。《箕雅》收其七絶二首、七律一首、五古一首、七古二首。

崔溥　字淵淵

【《中庸》:"溥博淵泉,而時出之。溥博如天,淵泉如淵。"】

崔溥(1454—1504)字淵淵,號錦南。籍貫耽津。金宗直門人。著有《錦南集》。其詩慷慨奮厲,沉著老蒼。《箕雅》收其七絶一首。

姜渾　字士浩

【《荀子·富國》:"財貨渾渾如泉源。"《尚書·堯典》:"浩浩滔天。""渾"、"浩"均有"大水"之義。】

姜渾(1464—1519)字士浩,號木溪,謚文簡。籍貫晉州。金宗直門人。著有《木溪遺稿》。其詩文藻雅古。《箕雅》收其七絶三首、七律三首。

鄭光弼　字士勛

【《爾雅·釋詁》:"弼,俌也。"注:"俌,猶輔也。"《周禮·夏官·司勳》:"王功曰勳。"注:"輔成王業,若周公也。"《晋書·王渾傳》:"周公得以聖德光弼幼主,忠誠著于《金縢》。"】

鄭光弼(1462—1538)字士勛,號守天,謚文翼。籍貫東萊。配享中宗廟庭,奉享懷德崇賢書院、醴泉浣潭鄉社等。著有《鄭文翼公遺稿》。其詩高古婉愜。《箕雅》收其七律一首。

洪裕孫　字餘慶

【《説文》:"裕,衣物饒也。"《周易·坤·文言》:"積善之家,必有餘慶。"福及子孫,故其衣物豐饒。】

洪裕孫(1431—1529)字餘慶,號篠叢、狂真子。籍貫南陽。金宗直門人。友金守溫、金時習、南孝温等,自居竹林七賢,討論老莊學問,詩酒閲歲,稱爲清談派。著有《篠叢遺稿》。其詩俳諧詼奇,清奇峻爽。《箕雅》收其七絶二首、七古一首。

金千齡　字仁老

【"千齡"則爲長壽之義。又《論語·雍也》:子曰:"知者樂,仁者壽。"《爾雅》:"老,壽也。"故以爲應。】

金千齡(1469—1503)字仁老,籍貫慶州。燕山君二年(1496)文科及第。經典籍、吏曹佐郎,賜暇讀書,爲副應教。爲校勘追陪聖節使訪明,經掌令,爲副提學,卒。甲子士禍剖棺斬尸。中宗反正時伸冤,追贈都承旨。《續東文選》卷九載其五絶一首,卷十載其七絶二首。其詩平易純熟。《箕雅》收其七絶一首。

朴誾　字仲說

【《說文》:"誾,和說而諍也。"】

朴誾(1479—1504)字仲說,號挹翠軒。籍貫高靈。"海東江西詩派"領袖。著有《挹翠軒遺稿》。其詩嚴縝勁悍,格力縱逸。《箕雅》收其七律十一首、五古一首。

李荇　字擇之

【《詩經·周南·關雎》:"參差荇菜,左右流之。"《爾雅·釋詁下》:"流……,擇也。"】

李荇(1478—1534)字擇之,號容齋、青鶴道人、滄澤漁叟,謚文定,改謚文獻。籍貫德水。撰進《新增東國輿地勝覽》。擅長文章、書法、繪畫。配享中宗廟庭。"海東江西詩派"領袖。著有《容齋集》。其詩沉厚平和,淡雅純熟,評詩者推爲國朝第一。《箕雅》收其五絶一首、七絶八首、五律十首、七律九首、五古九首。

南袞　字士華

【《詩經·豳風·九罭》:"我覯之子,袞衣繡裳。"毛傳:"袞衣,卷龍也。"《經典釋文》:"天子畫升龍于衣上,公但畫降龍。"《尚書·顧命》:"牖間南向,敷重篾席。黼純,華玉仍幾。"孔傳:"華,彩色。"袞服多彩而華美,故以"華"應之。】

南袞(1471—1527)字士華,號知足堂、止亭,謚文敬。籍貫宜寧。著有《止亭集》、《柳子光傳》、《南岳唱酬錄》。其詩有香奩情態,曲盡其妙。《箕雅》收其七律一首。

鄭子堂　字升高

【《論語·先進》:"子曰:'由也升堂矣,未入于室也。'"】

鄭子堂(朝鮮成宗時人)字升高,號青松。籍貫東萊。成宗十九年(1488)文科及第,任校理。燕山君時佯狂避禍。善詩,喜諧謔。著有《青松詩集》。其詩豪邁但對仗不精。《箕雅》收其七律一首。

成聃壽　字耳叟

【《史記·老子韓非列傳》:"老子者,……姓李氏,名耳,字伯陽,謚曰聃。"】

成聃壽(？—1456)字耳叟,號仁齋、文斗,謚靖肅。籍貫昌寧。生六臣之一。官承文院校理,因端宗復位事件,死六臣處死刑,受此牽連被流配,後被釋,隱居坡州。其詩意興頗高。《箕雅》收其七絶一首。

朴祥　字昌世

【《大學》:"國家將興,必有禎祥。"《尚書·仲虺之誥》:"邦乃其昌。"傳:"國乃昌盛。"《左傳·莊公二十二年》:"爲嬀之後,將育于姜,五世其昌,並于正卿。"】

朴祥(1474—1530)字昌世,號訥齋,謚文簡。籍貫忠州。詩名極高。追贈吏曹判書,奉享光州月峰書院。詩壇"四傑"之一。著有《訥齋集》。其詩衆體兼備,奇傑遒麗。《箕雅》收其七絶一首、七律九首、七排一首、七古二首。

韓景琦　字稚圭

【韓琦,字稚圭,宋初名臣。出將入相,深爲朝廷倚重,封魏國公。慕其人而襲其名字,故綴"景"。】

韓景琦(1472—1529)字稚圭,號香雪堂。籍貫清州。韓明澮孫。成宗二十年(1489)司馬試及格。任蔭補敦寧府正。與南孝温等爲竹林七賢之一,詩名甚高。著有《香雪堂詩集》。其詩葩藻清麗,意致深遠。《箕雅》收其七絶一首。

柳雲　字從龍

【《周易·乾·文言》:"雲從龍,風從虎。"】

柳雲(1485—1528)字從龍,號恒齋,謚文敬,改謚文獻。籍貫文化。詩歌出色。編有《進修楷範》。其詩滑稽不羈。《箕雅》收其七絶一首、七律一首。

金絿　字大柔

【《詩經·商頌·長發》:"不競不絿,不剛不柔。"毛傳:"絿,急也。"】

金絿(1488—1534)字大柔,號自庵、栗谷病叟,謚文懿。籍貫光州。金宏弼門人。朝鮮初期四大書法家之一,因居于首爾仁壽坊,稱其書法爲仁壽體。追贈吏曹參判。奉享禮山德岑書院、臨陂鳳岩書院,著有《自庵集》,書法有《李謙仁墓碑》。其詩激揚飄逸。《箕雅》收其七律一首。

成世昌

【《左傳·莊公二十二年》:"五世其昌。"】

成世昌(1481—1548)字蕃仲,號遁齋、火旺道人,謚文莊。籍貫昌寧。成俔子。著有《遁齋集》、《食療纂要》。《國朝詩删》卷四及《箕雅》僅收其五律一首。其詩典雅。

金安老　字頤叔

【《論語集注》:“老者安之”條注“老者養之以安”。《爾雅》:“頤,養也。”】

金安老(1481—1537)字頤叔,號希樂堂、龍泉、退齋。籍貫延安。中宗時大奸臣,與許沆、蔡無擇並稱爲丁酉三凶。著有《龍泉談寂記》、《希樂堂稿》。其詩有畫工手段。《箕雅》收其七律一首。

蘇世讓　字彦謙

【《玉篇》:“讓,謙也。”】

蘇世讓(1486—1562)字彦謙,號陽谷、退齋、退休堂,謚文靖。籍貫晋州。著有《陽谷集》。其詩舒泰老成。《箕雅》收其七絕一首、五律一首、七律二首。

鄭士龍　字雲卿

【《周易·乾·文言》:“雲從龍,風從虎。”】

鄭士龍(1491—1570)字雲卿,號湖陰。籍貫東萊。光弼侄。詩文、音律、書法卓越,著有《湖陰雜稿》。其詩奇傑渾重,尤善七律。《箕雅》收其七絕四首、五律六首、七律十七首、五排一首、七排二首、五古一首、七古一首。

崔壽峸　字可鎮

【《集韵》:“峸,山名。”《正韵》:“藩鎮、山鎮,皆取安重鎮壓之義。”】

崔壽峸(1487—1521)字可鎮,號猿亭、北海居士、鏡浦山人,謚文正。籍貫江陵。金宏弼門人,與趙光祖等交游,在士林間德高望重。詩文、書畫、音律、數學均造詣甚深。《國朝詩删》卷一載其五絕二首,卷四載其五律二首。其詩清峭,意境佳絕。《箕雅》收其五絕一首、五律一首。

沈彦光　字士炯

【《説文》:“炯,光也。”】

沈彦光(1487—1540)字士炯,號漁村,謚文恭。籍貫三陟。善詩文,著有《漁村集》。其詩渾厚富豔,遒健富麗。《箕雅》收其七絕一首、五律二首、七律四首。

徐敬德　字可久

【《周易·繫辭上》:“可久,則賢人之德;可大,則賢人之業。”】

徐敬德(1489—1546)字可久,號復齋、花潭,謚文康。籍貫唐城。著名理學家。研究理氣論本質,排斥老子生死分離論和佛教人間生命寂滅主張。奉享開城崧陽書院。著有《花潭集》。其詩富于理趣。《箕雅》收其七絕一首、七律二首。

沈思順

【《周易·繫辭上》:“履信思乎順,又以尚賢也。”】

　　沈思順(？—1531)字宜中。豐山人。其詩森邃。《箕雅》收其七絶一首。

宋麟壽　字眉叟

　　【《詩經·豳風·七月》："爲此春酒,以介眉壽。"】

　　宋麟壽(1499—1547)字眉叟,號圭庵、采雲子,謚文忠。籍貫恩津。性理學家。奉享清州莘巷書院。著有《圭庵集》。其詩正大,如零金片玉。《箕雅》收其七律一首。

羅湜　字正源

　　【《詩經·邶風·谷風》："涇以渭濁,湜湜其沚。"箋："言持正守初,如沚然不動搖也。"】

　　羅湜(1498—1546)字正源,號長吟亭,籍貫安定。趙光祖、金宏弼門人。蔭補陵參奉。明宗即位年(1545)乙巳士禍時罷職,謫流興陽,次年安置江界,並賜死。著有《長吟亭遺稿》。其詩高古冲淡,詩中有畫。《箕雅》收其五絶二首。

朴光佑　字國耳

　　【《周易·觀》："觀國之光,利用賓于王。"】

　　朴光佑(1495—1545)字國耳,號華齋、潛昭堂,謚貞節。籍貫尚州。文科狀元。因擅長詩文而隨行遠接使。《國朝詩删》及《箕雅》僅收其七律《月精寺》一首。其詩氣概雄卓。

林億齡　字大樹

　　【《莊子·逍遙遊》："小知不及大知,小年不及大年。奚以知其然也？朝菌不知晦朔,蟪蛄不知春秋,此小年也。楚之南有冥靈者,以五百歲爲春,五百歲爲秋;上古有大椿者,以八千歲爲春,八千歲爲秋。"故大椿"億齡",應之以"大樹"。】

　　林億齡(1496—1568)字大樹,號石川。籍貫善山。朴祥門人。奉享海南石川祠。著有《石川集》。其詩雄肆豪逸,有李白風。《箕雅》收其五絶三首、七絶二首、五律六首、七律二首、五古二首。

嚴昕　字啓昭

　　【《説文》："昕,旦明,日將出也。"《説文》："昭,日明也。"】

　　嚴昕(1508—1543)字啓昭,號十省堂。寧越人。著有《十省堂集》。其詩語氣超逸。《箕雅》收其五律一首。

趙昱　字景陽

　　【《玉篇》："昱,日明也。"《詩經·小雅·湛露》："湛湛露斯,匪陽不晞。"傳："陽,日也。"】

　　趙昱(1498—1557)字景陽,號愚庵、葆真齋、龍門、洗心堂,謚文康。籍貫平壤。趙光祖、金湜門人。善詩書畫。奉享砥平雲溪書院,著有《龍門集》。其詩襟懷灑落,有似《擊壤集》吟咏。《箕雅》收其七絕一首、七律一首、五古一首。

成運　字健叔

　　【《周易·乾》:"象曰:天行健,君子以自强不息。"孔疏:"天行健者,行者,運動之稱……萬物壯健皆有衰怠,唯天運動,日過一度,蓋運轉混没,未曾休息,故云天行健。"】

　　成運(1497—1579)字健叔,號大谷。籍貫昌寧。著有《大谷集》。其詩精切冲淡,簡潔閑雅。《箕雅》收其七絕二首、五律一首、七律二首。

成守琛　字仲玉

　　【《文選·張衡〈思玄賦〉》:"獻環琨與琛縭兮,申厥好之玄黄。"劉良注:"琛,玉也。"】

　　成守琛(1493—1564)字仲玉,號聽松、竹雨堂、坡山清隱、牛溪閑民,謚文貞。籍貫昌寧。成渾父。趙光祖門人。其門下碩學輩出。著有《聽松集》。其詩自然,得山家興味。《箕雅》收其七絕一首。

成守琮　字叔玉

　　【《説文》:"琮,瑞玉,大八寸,似車釭。"】

　　成守琮(1495—1533)字叔玉,謚節孝。籍貫昌寧。成守琛弟。趙光祖門人。詩文出衆,追贈直提學。其詩清健尚雅。《箕雅》收其七絕一首、五古一首。

成孝元　字伯一

　　【《爾雅·釋詁》:"元,始也。"《廣韵》:"一,數之始也,物之極也。"】

　　成孝元(1497—1551)字伯一,號漁夫。籍貫昌寧。中宗十七年(1522)生員試及第。吏曹舉薦爲内侍教官,歷任工曹佐郎、龍仁縣令。詩文書法出衆。其詩善言情。《箕雅》收其七絕一首。

李滉　字景浩

　　【《廣韵·蕩韵》:"滉,水深廣皃。"《正字通·水部》:"浩,大水盛貌。"】

　　李滉(1501—1570)原名瑞鴻,字景浩,號退溪、陶翁、退陶、清凉山人,謚文純。籍貫真寶。朝鮮朱子學集大成者,發展朱子理氣二元論,闡述理氣互發説、四七論,確立性理學體系。創設陶山書院,專心培養後輩、研究學問,對東方理學産生巨大影響。詩文書法卓越。追贈領議政,配享宣祖廟庭,奉享陶山書院等全國數十個書院。著有《退溪集》、《修正天命圖説》、《聖學十圖》、《自省録》、《理學通録》、《啓蒙傳疑》、《經書釋義》、

《喪禮問答》。其詩寫理義真境,不煩繩削,鏗鏘可誦。《箕雅》收其七絕一首、五律一首、七律二首、五古三首、七古二首。

金麟厚　字厚之

【《詩經·周南·麟之趾》:"麟之趾,振振公子,于嗟麟兮。"毛傳:"振振,信厚也。"】

金麟厚(1510—1560)字厚之,號河西、淡齋,謚文正。籍貫蔚山。金安國門人。配享文廟,奉享長城筆岩書院、南原露峰書院、玉果咏歸書院等。著有《周易觀象篇》、《西銘事天圖》、《百聯抄解》、《河西集》。其詩高曠夷粹。《箕雅》收其五絕一首、七絕三首、五律六首、七律四首、五排一首、五古二首、七古二首。

李楨　字剛而

【《説文》:"楨,剛木也。"】

李楨(1512—1571)字剛而,號龜岩。籍貫泗川。宋麟壽、李滉門人。精通性理學。奉享泗川龜溪書院。編有《景閑録》、《性理遺編》、《列聖御制》。著有《龜岩集》。其詩清切綿邈。《箕雅》收其七絕一首。

鄭惟吉

【《尚書·立政》"其惟吉士,用勱相我國家。"】

鄭惟吉(1515—1588)字吉元,號林塘、尚德齋。籍貫東萊。鄭光弼孫。善詩文,書法爲松雪體聞名。著有《林塘遺稿》。其詩清麗華贍,不事雕刻而自有風味。《箕雅》收其七絕三首、五律一首、七律二首。

趙士秀

【《國語·齊語》:"秀民之能爲士者,比足賴也。"】

趙士秀(1502—1558)字季任,號松岡,謚文貞。籍貫漢陽。中宗二十六年(1531)文科及第。任正言、校理、輔德等後,三十四年派遣爲推考敬差官,調查星州史庫火灾原因。任濟州牧使、吏曹參判等,明宗六年(1551)録選爲清白吏。後經大司諫、觀察使任吏曹、户曹、刑曹、工曹判書、知中樞府事、左參贊等。其詩景中含情。《箕雅》未見其詩。

盧守慎　字寡悔

【《論語·爲政》:"子曰:'多見闕殆,慎行其餘則寡悔。'"】

盧守慎(1515—1590)字寡悔,號蘇齋、伊齋、暗室、茹峰老人,謚文簡,初謚文懿。籍貫光州。謫居十九年,著《人心道心辯》,注《大學章句》、《童蒙須知》等。著有《蘇齋集》。其詩沈鬱老健,莾宕悲壯。《箕雅》收其七絕一首、五律十七首、七律十二首、五排一首、五古二首、七古一首。

金澍　字應霖

【《説文》：“澍，時雨。”《玉篇》：“霖，雨不止也。”《尚書·説命上》：“若歲大旱，用汝作霖雨。”】

金澍（1512—1563）字應霖，號寓庵，謚文端。籍貫安東。善文章草書。著有《寓庵遺集》。其詩清曠瀏亮。《箕雅》收其七律一首。

權擘　字大手

【《説文》：“擘，大指也。”】

權擘（1520—1593）字大手，號習齋。安東人。參與編撰《中宗實録》、《仁宗實録》、《明宗實録》。詩文出衆。著有《習齋集》。其詩冲淡典雅，清新豪邁。《箕雅》收其七律三首、七古一首。

車軾　字敬叔

【《釋名·釋車》：“軾，式也，所伏以式敬者也。”】

車軾（1517—1575）字敬叔，號頤齋，籍貫延安。車天輅、雲輅父。徐敬德門人。其詩規模唐風。《箕雅》收其七絶一首、七古一首。

安璲　字瑞卿

【《詩經·小雅·大東》：“鞙鞙佩璲，不以其長。”毛傳：“璲，瑞也。”】

安璲（朝鮮明宗朝人）字瑞卿。安琛孫。明宗朝登第，選湖堂，官止弘文博士。其詩善長篇古風。《箕雅》收其七古一首。

梁應鼎　字公變

【《後漢書·陳球傳》：“公出自宗室，位登臺鼎。”《尚書·周官》：“立太師、太傅、太保，兹惟三公，論道經邦，變理陰陽。”】

梁應鼎（1519—1581）字公變，號松川。籍貫濟州。著有《松川集》。其詩沈吟頓挫，尤善絶句。《箕雅》收其七絶一首、七律一首。

姜克誠　字伯實

【《楚辭·劉向〈九嘆·逢紛〉》：“後聽虛而黜實兮，不吾理而順情。”王逸注：“實，誠也。”】

姜克誠（1526—1576）字伯實，號醉竹。籍貫晋州。姜希孟玄孫，金安國外孫。其詩寫景如畫。《箕雅》收其五絶一首、七絶三首、五律一首、七律一首、五排一首、七排一首、七古一首。

宋寅　字明仲

【《尚書·周官》:"寅亮天地,弼予一人。"集解:"寅亮者,敬而明之也。"】

宋寅(1517—1584)字明仲,號頤庵、鹿皮翁,謚文端。籍貫礪山。中宗駙馬。善詩文楷書,有《德興大院君神道碑》等書法名品。著有《頤庵遺稿》。其詩婉麗多情。《箕雅》收其七絕一首、七律一首。

朴淳　字和叔

【《黃帝内經素問·五常政大論》:"化淳則咸守,氣專則辛化。"王冰注:"淳,和也。"】

朴淳(1523—1589)字和叔,號思庵,謚文忠。籍貫忠州。徐敬德門人。時東西黨爭激烈,祖護李珥、成渾,被定爲"西人"受彈劾。詩文書法出衆。著有《思庵集》。其詩閑適自在,孤高拔俗。《箕雅》收其七絕十首、七律三首、五古一首、七古一首。

權應仁　字士元

【《論語·泰伯》:"曾子曰:'士不可以不弘毅,任重而道遠。仁以爲己任,不亦重乎?'"】

權應仁(朝鮮明宗朝人)字士元,號松溪。著有詩話《松溪漫録》。其詩宗宋詩而崇東坡,句法圓熟。《箕雅》收其七絕一首、五律一首、七律一首。

金貴榮　字顯卿

【《孟子·離婁下》:"問其與飲食者,盡富貴也,而未嘗有顯者來。"朱熹集注:"顯者,富貴人也。"】

金貴榮(1520—1593)字顯卿,號東園。籍貫尚州。著有《東園集》。其詩淳雅清絕。《箕雅》收其七律一首。

李後白

【紹繼李白,由號青蓮可見其意。】

李後白(1520—1578)字季真,號青蓮,謚文清。籍貫延安。著有《青蓮集》。其詩取譬新巧。《箕雅》收其五絕一首、七絕一首。

高敬命　字而順

【《論語·爲政》:"子曰:'……五十而知天命,六十而耳順。'"】

高敬命(1533—1592)字而順,號霽峰、苔軒,謚忠烈。籍貫長興。奉享光州褒忠祠,錦山星谷書院、從容祠,淳昌花山書院。著有《霽峰集》。其詩清新高邁,聲韵格律追踪唐詩。《箕雅》收其五絕一首、七絕五首、五律二首、七律十一首、五古一首。

李珥　字叔獻

【《戰國策·齊策》："薛公欲知王所欲立,乃獻七珥,美其一。明日視美珥所在,勸王立爲夫人。"】

李珥(1536—1584)字叔獻,號栗谷、石潭、愚齋,謚文成。籍貫德水。母師任堂申氏善詩、畫。參與編撰《明宗實錄》。努力調節東西分党,成立畿湖學派,針對李滉"理氣二元論",主張以"氣發理乘"爲根本之"理通氣局説"。被尊稱爲"海東孔子"。從祀文廟,配享宣祖廟庭,奉享黃州白鹿洞書院等。著有《聖學輯要》、《擊蒙要訣》、《經筵日記》及詩文收入《栗谷全書》。其詩氣像遠大,清通灑落。《箕雅》收其五絶二首、七絶一首、五律一首、七律二首、五古一首、七古一首。

宋翼弼　字雲長

【《莊子·逍遙遊》："怒而飛,其翼若垂天之雲。"】

宋翼弼(1534—1599)字雲長,號龜峰、玄繩,謚文敬。籍貫礪山。著名性理學家。與李珥、成渾等交往,與李山海、崔慶昌、白光弘、崔岦、李純仁、尹卓然、河應臨並稱爲"八文章",詩與書法自成一家。在高陽龜峰山下培養門生金長生、金集、金盤。著有《龜峰集》。其詩句格清絶,兼有唐詩風韵宋詩理趣。《箕雅》收其五絶一首、七絶二首、五律六首、七律五首、五古一首、七古一首。

宋翰弼　字季鷹

【(晋)張翰字季鷹。《詩經·大雅·常武》："如飛如翰。"毛傳："疾如飛,摯如翰。"鄭玄箋："翰,其中豪俊也。"孔穎達疏："若鷹鸇之類,摯擊衆鳥者也。"】

宋翰弼(朝鮮宣祖朝人)字季鷹,號雲谷。籍貫礪山。宋翼弼弟。文名甚高,精通性理學。著有《雲谷集》。其詩清贍有風致。《箕雅》收其五絶一首。

黃廷彧　字景文

【《廣雅·釋詁三》："彧,文也。"】

黃廷彧(1532—1607)字景文,號芝川,謚文貞。籍貫長水。黃赫父。善詩書,著有《芝川集》。其詩橫逸奇偉,與鄭士龍(湖陰)、盧守慎(蘇齋)並稱"湖蘇芝"。《箕雅》收其七絶一首、七律十五首。

李忠綽　字君貞

【《國語·晋語二》："昔君問臣事君于我,我對以忠貞,君曰:'何謂也?'我對曰:'可以利公室,力有所能,無不爲,忠也;葬死者,養生者,死人復生不悔,生人不愧,貞也。'"】

李忠綽(1521—1577)字君貞,號洛濱、拙庵。籍貫全州。文科及第。明宗十七年(1562)任著作,因孝行晋升刑曹佐郎。任掌令時因論劾普雨流配。後任承旨,官至觀察使。詩才出衆,孝誠至極,母亡痛哭致失明。其詩閑適自然。《箕雅》收其五絕一首。

河應臨　字大而

【《周易·臨》:"彖曰:臨,剛浸而長,説而順,剛中而應,大亨以正,天之道也。"《周易鄭康成注》:"臨,大也。"】

河應臨(1536—1567)字大而,號菁川、青坡。籍貫晋州。文科及第。明宗十八年(1563)經副修撰,任禮曹正郎。善文,與宋翼弼等被稱爲"八文章",善書、畫。其詩筆法豪健。《箕雅》收其五絕二首、七絕一首、五律一首。

鄭碏　字君敬

【《玉篇》:"碏,敬也。"】

鄭碏(1533—1603)字君敬,號古玉,籍貫温陽,鄭磏之弟。宣祖二十九年參與編撰《東醫寶鑑》。其詩聲調清遠。《箕雅》收其五絕一首、七絕一首、七律二首。

李義健　字宜中

【《周易·乾·文言》:"大哉,乾乎! 剛健中正。"】

李義健(1533—1621)字宜中,號峒隱。籍貫全州。司馬試合格。詩名甚高,書法出衆。著有《峒隱集》。其詩冲淡,有陶韋風。《箕雅》收其七絕一首。

朴漑　字大均

【《史記·五帝本紀》:"帝嚳漑執中而徧天下,日月所照,風雨所至,莫不從服。"正義:"漑,音既。言帝嚳治民若水之漑灌,平等而執中正,遍于天下也。"】

朴漑(1511—1586)字大均,號烟波居士。忠州人。朴祐子,朴淳兄。其詩清逸出塵。《箕雅》收其七絕一首。

李俊民

【《尚書·多士》:"乃命爾先祖成湯革夏,俊民甸四方。"孔傳:"天命湯更代夏,用其賢人治四方。"】

李俊民(1524—1590)字子修,號新庵,謐孝翼。奉享晋州臨川書院。其詩豪健圓闊。《箕雅》收其七絕一首。

柳成龍　字而見

【《周易·乾》:"九二,見龍在田。"】

柳成龍(1542—1607)字而見,號西厓,謐文忠。籍貫豐山。李滉門人。道學、文章、德行、書法聲名顯赫。著有《懲毖録》、《雲岩雜記》、《亂後雜録》、《喪禮考證》、《戊午黨譜》、《針經要義》、《西厓集》,編有《大學衍義抄》、《皇華集》、《九經衍義》、《文山集》、

《精忠録》、《圃隱集》、《退溪集》、《孝經大義》、《退溪先生年譜》。其詩雅潔冲淡。《箕雅》收其五律一首。

尹根壽　字子固

【《老子》:"有國之母,可以長久,是謂深根固柢,長生久視之道。"】

尹根壽(1537—1616)字子固,號月汀、畏庵,謚文貞。籍貫海平。李滉門人。精通性理學,文章、書法出衆。著有《月汀集》。其詩典則温厚。《箕雅》收其七律一首。

趙徽　字子美

【《玉篇·糸部》:"徽,美也,善也。"】

趙徽(朝鮮宣祖時人)字子美,號楓湖。其詩婉麗多情。《箕雅》收其七絶一首。

徐益　字君受

【《尚書·大禹謨》:"滿招損,謙受益,時乃天道。"】

徐益(1542—1587)字君受,號萬竹軒。籍貫扶餘。著有《萬竹軒集》。其詩清健有格。《箕雅》收其七絶二首。

李嶸　字仲高

【《説文》:"崢嶸,山峻貌。"班固《西都賦》:"金石崢嶸。"注:"崢嶸,高峻貌。"】

李嶸(1560—1582)字仲高。完山人。朝鮮太祖八世孫。李珥門人。其詩流暢飄逸。《箕雅》收其七絶一首。

李德馨　字明甫

【《尚書·酒誥》:"黍稷非馨,明德維馨。"】

李德馨(1561—1613)字明甫,號漢陰、雙松、抱瓮散人,謚文翼。籍貫廣州。奉享尚州近岩書院。著有《漢陰文稿》。其詩格調清婉。《箕雅》收其七絶一首、五律一首、七律一首。

李恒福　字子常

【《説文》:"恒,常也。"】

李恒福(1556—1618)字子常,號白沙、弼雲、清化真人、東岡、素雲,謚文忠。籍貫慶州。奉享抱川花山書院、北青老德書院。著有《白沙集》。其詩豪放詼諧。《箕雅》收其七絶六首、五律一首、七律三首。

沈喜壽　字伯懼

【《論語·里仁》:"子曰:'父母之年不可不知也,一則以喜,一則以懼。'"注:"孔曰見其壽考則喜,見其衰老則懼。"】

沈喜壽(1548—1622)字伯懼,號一松、水雷累人,謚文貞。籍貫青松。盧守慎門人。善文章、書法,奉享于尚州鳳岩祠。著有《一松集》。其詩典雅贍敏。《箕雅》收其七絶二首、五律□首。

尹繼善

【《周易·繫辭上》:"繼之者,善也。"】

尹繼善(1577—1604)字而述,號坡潭。籍貫坡平。其詩清麗俊爽。《箕雅》收其七絶二首、五律一首。

尹淳　字止叔

【《重修玉篇》:"淳,水止也。"】

尹淳(朝鮮宣祖時人)字止叔。歷任直講、佐郎、正郎。其詩清直高卓。《箕雅》收其五絶一首。

梁大樸　字士真

【《老子·三十二章》:"道常無名,樸雖小,天下莫能臣也。侯王若能守之,萬物將自賓。"王弼注:"樸之爲物,憒然不偏,近于無有,故曰:'莫能臣也。'抱樸無爲,不以物累其真,不以欲害其神,則物自賓而道自得也。"《老子·二十一章》:"道……其精甚真,其中有信。"嵇康《幽憤》詩:"志在守樸,養素全真。"陶淵明《勸農》:"傲然自足,抱樸含真"】

梁大樸(1544—1592)字士真,號松岩、竹岩、青溪道人,謚忠壯。籍貫南原。擅詩歌書法。著有《青溪集》。其詩圓熟典實。《箕雅》收其七律二首。

黄赫　字晦之

【《小爾雅》:"赫,顯也。"《左傳·成公十四年》:"春秋之稱微而顯,志而晦。"注:"晦亦微,謂約言以紀事,事叙而名微。"】

黄赫(1551—1612)字晦之,號獨石。籍貫長水。黄廷彧子。奇大升門人。著有《獨石集》。其詩悲愴蒼凉。《箕雅》收其七律一首。

林悌　字子順

【《論語·學而》:"子曰:'弟子入則孝,出則悌。'"注:"入則事親,孝;出則敬長,悌。悌,順也。】

林悌(1549—1587)字子順,號白湖、謙齋、楓江、嘯痴。籍貫羅州。成運門人。文章詩名極高。著有《白湖集》。其詩風流俊爽,有杜牧風調。《箕雅》收其五絶二首、七絶七首、五律一首、七律五首、五排一首、五古一首、七古二首。

鄭之升　字子慎

【《尚書·文侯之命》"丕顯文武,克慎明德。昭升于上,敷聞在下。"】

鄭之升(朝鮮宣祖時人)字子慎,一字天游,號叢桂堂。鄭礦從子。其詩豪逸清壯。《箕雅》收其五絕一首、七絕一首、七律一首、七古一首。

韓浚謙　字益之

【《尚書·大禹謨》:"滿招損,謙受益,時乃天道。"】

韓浚謙(1557—1627)字益之,號柳川,謚文翼。籍貫清州。仁祖岳父。著有《柳川遺稿》。其詩悲壯沉雄。《箕雅》收其七律二首。

權韜　字汝晦

【《廣韵》:"韜,藏也。"取韜光養晦之義。】

權韜(朝鮮光海君時人)字汝晦,號修隱。權韠弟。其詩詞句清警。《箕雅》收其七絕一首。

玄德升

【《尚書·舜典》:"玄德升聞,乃命以位。"】

玄德升(朝鮮宣祖時人)字聞遠,號希窩、希庵。著有《希庵集》。其詩清淡野逸。《箕雅》收其五律一首。

金止男　字子定

【《大學》:"知止而後有定。"】

金止男(1559—1631)字子定,號龍溪。籍貫光山。著有《龍溪遺稿》。其詩古雅遒逸。《箕雅》收其五律一首。

宋英耇　字仁叟

【《爾雅》:"黄髮、齯齒、鮐背、耇、老,壽也。"《論語·雍也》:子曰:"知者樂,仁者壽。"】

宋英耇(1556—1620)字仁叟,號瓢翁、一瓢、暮歸、白蓮居士,謚忠肅。籍貫鎮川。成渾門人。奉享全州西山祠。著有《瓢翁遺稿》。其詩慷慨雄渾。《箕雅》收其七古一首。

申欽　字敬叔

【《爾雅》:"欽,敬也。"】

申欽(1566—1628)字敬叔,號玄軒、象村、玄翁、放翁,謚文貞。籍貫平山。與李恒福等編撰《宣祖實錄》,通曉象緯律法、算數醫卜,善文章,與李廷龜(月沙)、張維(谿谷)、李植(澤堂)並稱朝鮮中期四大文章家"月象谿澤",善書法。配享仁祖廟庭,奉享春川道浦書院。著有《象村稿》、《晴窗軟談》。其詩冲淡超灑,濃厚老成。《箕雅》收其五絶一首、七絶六首、五律六首、七律八首、七古一首。

李廷龜　字聖徵

【《周易·繫辭上》:"河出圖,洛出書,聖人則之。"《尚書·洪範》:"天乃錫禹洪範九疇,彝倫攸叙。"傳:"天與禹洛出書,神龜負文而出,列于背,有數至于九,禹遂因而第之,以成九類常道,所以次叙。"】

李廷龜(1564—1635)字聖徵,號月沙、保晚堂、痴庵,謚文忠。籍貫延安。尹根壽門人。與申欽等並稱"月象谿澤"朝鮮四大文章家。著有《月沙集》,編有《書筵講義》、《大學講義》、《南宮錄》。其詩豪宕飄逸,流麗精工。《箕雅》收其七絶六首、五律七首、七律九首、七古一首。

李好閔　字孝彦

【《論語·先進》:"孝哉閔子騫!"連名成文,言希冀有閔子之孝行。】

李好閔(1553—1634)字孝彦,號五峰、南郭、睡窩,謚文僖。籍貫延安。詩文俱著名。奉享知禮道東鄉祠。著有《五峰集》。其詩豪氣縱逸,奇峭挺拔。《箕雅》收其七絶四首、五律一首、七律七首。

吳億齡　字大年

【《莊子·逍遙游》:"小知不及大知,小年不及大年。奚以知其然也?朝菌不知晦朔,蟪蛄不知春秋,此小年也。楚之南有冥靈者,以五百歲爲春,五百歲爲秋;上古有大椿者,以八千歲爲春,八千歲爲秋。"】

吳億齡(1552—1618)字大年,號晚翠,謚文肅。籍貫同福。善文章書法,奉享白川文會書院。著有《晚翠文集》。其詩精緻練要。《箕雅》收其七絶一首、五律一首。

李睟光　字潤卿

【《廣韵》:"睟,潤澤貌。"】

李睟光(1563—1628)字潤卿,號芝峰,謚文簡。籍貫全州。擅詩文。著有《芝峰集》。其詩閑淡温雅,簡古清絶。《箕雅》收其五絶一首、七絶六首、五律四首、七律七首、五排一首。

洪麟祥　字君瑞

【《左傳·哀公十四年》:"西狩獲麟。"杜預注:"麟者,仁獸,聖王之嘉瑞也。"】

洪麟祥(1549—1615)字君瑞,後改名履祥,號慕堂,謚文敬。籍貫豐山。閔純門人。

著有《慕堂集》。其詩抒情慷慨。《箕雅》收其七律一首。

禹弘績　字嘉仲

【《尚書·大禹謨》:"予懋乃德,嘉乃丕績。"】

禹弘績(1564—1592)字嘉仲,丹陽人。其詩簡潔高遠。《箕雅》收其五絶一首。

成以敏　字退甫

【《論語·陽貨》:"敏則有功。"《論語·先進》:"由也兼人,故退之。"】

成以敏(朝鮮宣祖時人)字退甫,號三古堂、天游。籍貫昌寧。文科狀元。宣祖二十九年(1596)任户曹佐郎,爲明朝游擊將軍陳雲鴻接伴官,後爲沈惟敬接伴官。因從倭營逃亡獲罪流配,後任工曹正郎、韓山郡守等職。詩才出衆。著有《三古堂集》。其詩語意高卓。《箕雅》收其五絶一首。

具容　字大受

【《增韻》:"容,受也,包函也。"】

具容(1569—1601)字大受,號竹窗、楮島。著有《竹窗遺稿》。其詩清俊典麗。《箕雅》收其七律一首。

朴慶新　字仲吉

【《周易·履》:"象曰:元吉在上,大有慶也。"】

朴慶新(1560—?)字仲吉,號寒泉、三谷。籍貫竹山。文科及第。壬辰倭亂時任密陽府使,殿試表現卓越受到褒賞,丁酉再亂時,身爲全州府尹弃城而逃,被罷職。後任刑曹參議、光州牧使,光海君時爲判決事,贊同廢母論。仁祖反正被罷職。李适之亂,因未扈從仁祖之罪遭到門外黜送。文名甚高。其詩氣象闊大。《箕雅》收其七律一首。

李誠胤　字君實

【《廣韻》:"實,誠也,滿也。"】

錦山君誠胤(1570—1620)姓李,字君實,號梅窗。太祖曾孫。其詩尚温李,有富貴佳致。《箕雅》未見其詩。

李安訥　字子敏

【《論語·里仁》:子曰:"君子欲訥于言而敏于行。"】

李安訥(1571—1637)字子敏,號東岳,謚文惠。籍貫德水。李荇曾孫。擅長詩書,死後録選清白吏。著有《東岳集》。其詩遒麗。《箕雅》收其五絶一首、七絶九首、五律九首、七律二十一首、五排一首、五古二首。

李景顏　字汝愚

【《論語·爲政》:"子曰:'吾與(顔)回言終日,不違如愚。'"】

李景顔(朝鮮宣祖時人)字汝愚,號松石。德水人。嘗任藝文館奉教、正言等職,參修《宣祖實録》,署禦侮將軍行忠武衛司果銜。其詩豪放高邁。《箕雅》收其五、七絶各一首。

金鎏　字冠玉

【《説文》:"鎏,垂玉也。冕飾。"】

金鎏(1571—1648)字冠玉,號北渚,謚文忠。籍貫順天。宋翼弼門人。善詩、書,著有《北渚集》。其詩韻格清健。《箕雅》收其七絶二首、五律二首、七律五首。

洪瑞鳳

【《春秋左傳·杜序》:"麟鳳五靈,王者之嘉瑞也。"】

洪瑞鳳(1572—1645)字輝世,號鶴谷,謚文靖。籍貫南陽。著有《鶴谷集》今傳。其詩沉鬱豪健。《箕雅》收其七絶二首、五律一首、七律五首。

金尚憲　字叔度

【後漢黄憲,字叔度,器宇深廣,爲士林所重,因襲其名而用其字,以表景慕,故曰"尚"。】

金尚憲(1570—1652)字叔度,號清陰、石室山人、西磵,謚文正。籍貫安東。孝宗四年(1653)追贈爲領議政,顯宗二年(1661)配享孝宗廟亭。奉享楊州石室書院、尚州西山書院。著有《清陰集》。其詩高邁典雅。《箕雅》收其五絶一首、七絶三首、五律二首、七律四首、五古一首、七古一首。

沈詻　字重卿

【《墨子·親士》:"君必有弗弗之臣,上必有詻詻之士。"】

沈詻(1571—1655)字重卿,號鶴溪,謚懿憲。籍貫青松。其詩甚有風調。《箕雅》收其七絶一首。

任叔英　字茂叔

【《白虎通·聖人》:"《禮·別名記》曰:'五人曰茂,十人曰選,百人曰俊,千人曰英,倍英曰賢,萬人曰傑,萬傑曰聖。'"】

任叔英(1576—1623)字茂叔,號疎庵。籍貫豐川。其詩直攄胸懷,創作空前絶後七百韵排律,廣博奇僻。《箕雅》收其五絶一首、七絶二首、五律一首、七律三首、五古一首、七古三首。

成汝學　字學顔

【學習顏回。】

成汝學(朝鮮光海君時人)字學顏,號鶴泉、雙泉。籍貫昌寧。成渾門人。其詩清苦,寒淡蕭索。《箕雅》收其五絕一首、七絕一首。

金揥　字記仲

【《穀梁傳·僖公三年》:"陽穀之會,桓公委端揥笏而朝諸侯。"范寧注:"揥,插也。笏,所以記事也。"】

金揥(1585—?)字記仲,號秋潭、訓齋、咏齋。籍貫光山。光海君二年(1610)文科及第。四年任説書、檢閱,次年任奉教、正言。爲定州牧使時丁卯胡亂爆發,作爲大將在凌漢山城之戰抗戰時被捕。遣俘後爲禮安縣監,但因降伏罪名,充軍後被捕。編有《新補彙語》。其詩多感慨興亡。《箕雅》收其七絕二首。

柳塗　字由正

【《論語·雍也》:"有澹臺滅明者,行不由徑。"集注:"徑,路之小而捷者……不由徑,則動必以正,而無見小欲速之意可知。"】

柳塗(朝鮮宣祖時人)字由正。嘗任龍岡縣令、長水縣監、海美縣監、文川郡守、成川府使。其詩灑脱不羈。《箕雅》收其五絕一首。

趙國賓　字景觀

【《周易·觀》:"觀國之光,利用賓于王。"】

趙國賓(朝鮮仁祖時人)字景觀。嘗任行忠武衛司果、假注書、刑曹參議。其詩格律工穩。《箕雅》收其七律一首。

申翊聖　字君奭

【《尚書·周書·君奭篇序》:"召公爲保,周公爲師,相成王爲左右。召公不説,周公作《君奭》。"正義:"周公呼爲'君奭',是周公尊之曰君也,奭是其名,君非名也。"燕召公奭爲武王十亂之一,"翊聖"言其輔佐聖王。】

申翊聖(1588—1644)字君奭,號樂全堂、東淮居士,謚文忠。籍貫平山。申欽子。宣祖女貞淑翁主駙馬,封東陽尉。斥和五臣之一,被囚瀋陽,孝心忠義至極。善文章、書法。著有《樂全堂集》。其詩冲融曠遠。《箕雅》收其七絕二首、五律一首、七律二首。

朴潪　字仲淵

【《詩經·邶風·匏有苦葉》:"有瀰濟盈,有鷕雉鳴。"毛傳:"瀰,深水也。"《詩經·衛風·定之方中》:"非徒庸君,秉心塞淵。"鄭箋:"淵,深也。"】

朴潪(1592—1645)字仲淵,號汾西,謚文貞。籍貫羅州。朴東亮子,朴瀰兄。朝鮮宣祖女貞安翁主駙馬。封錦陽尉。從李恒福受學，與張維等交友。改封錦陽君。自幼能文藝，擅作詩，稱爲後五子。擅長書圖，遺筆流傳于世甚多。著有《汾西集》。其詩雅健清疏。《箕雅》收其五律一首、七律一首。

尹新之　字仲又

【《大學》："湯之盤銘曰：'苟日新，日日新，又日新。'"】

尹新之（1582—1657）字仲又，號燕超齋、玄洲，謚文穆。籍貫海平。尹昉子。宣祖女貞惠翁主駙馬，封海崇尉，丙子胡亂時進入江華爲召募大將。能詩書畫。著有《玄洲集》、《破睡雜記》。其詩雄渾沈鬱。《箕雅》收其七律一首。

崔鳴吉　字子謙

【《周易·謙》："鳴謙貞吉，中心得也。"】

崔鳴吉（1586—1647）字子謙，號遲川、滄浪，謚文忠。籍貫全州。李恒福門人。學問出眾，書法擅長董其昌體。著有《經書記疑》、《丙子封事》、《遲川集》。其詩多切當時事。《箕雅》收其五律一首、七律一首。

張維　字持國

【《詩經·小雅·節南山》："秉國之均，四方是維。"《廣雅·釋詁》："秉，持也。"】

張維（1587—1638）字持國，號谿谷、默所，謚文忠。籍貫德水。孝宗仁宣王妃之父。金長生門人。文章出眾，與李廷龜、申欽、李植等並稱朝鮮文章"月象谿澤"四大家。深于天文、地理、醫術、兵書、繪畫、書法。著有《谿谷集》。其詩圓暢馴熟。《箕雅》收其七絕三首、五律二首、七律六首、五排一首、五古九首、七古四首。

李植　字汝固

【《管子》："上無固植，下有疑心。"】

李植（1584—1647）字汝固，號澤堂，謚文靖。籍貫德水。李荇玄孫。漢文四大家"月象谿澤"之一。著有《澤堂集》。其詩典重雅健。《箕雅》收其七絕三首、五律七首、七律七首、五排一首、五古四首、七古二首。

李敏求　字子時

【《尚書·説命》："惟學遜志，務時敏。"《論語·述而》：子曰："我非生而知之者，好古敏以求之者也。"】

李敏求（1589—1670）字子時，號東州、觀海。籍貫全州。李晬光之子。詞賦出眾。著有《東州集》。其詩濃麗宛曲。《箕雅》收其五絕一首、七絕二首、五律二首、七律七首、五排一首、五古三首、七古一首。

鄭百昌

【《莊子·在宥》:"今夫百昌,皆生于土而反于土。"】

鄭百昌(1588—1635)字德餘,號玄谷、谷口、大灘子、天容。籍貫晉州。著有《玄谷集》。其詩豪爽清麗。《箕雅》收其七律一首。

吳翻　字肅羽

【析名爲字。中國宋代謝翱字皋羽。】

吳翻(1592—1634)字肅羽,號天坡。海州人。著有《天坡集》。其詩藻采煒燁,聲韵鏘洋。《箕雅》收其五律一首。

全湜　字淨元

【《詩經·邶風·谷風》:"涇以渭濁,湜湜其沚。"陸德明釋文:"湜,音殖。《説文》云:'水清見底。'"】

全湜(1563—1642)字淨元(一作淨遠),號沙西,謚忠簡。籍貫沃川。柳成龍、張顯光門人。追贈爲左議政。奉享白玉洞書院。著有《沙西集》。其詩典雅淳古。《箕雅》收其五律一首。

慎天翊　字伯舉

【《説文》:"翊,飛貌。""舉"亦有鳥飛之義。】

慎天翊(1592—1661)字伯舉,號素隱。籍貫居昌。能文章詩賦。奉享靈岩永保祠。著有《素隱先生遺稿》。其詩高古清曠。《箕雅》收其五古一首。

李明漢　字天章

【《詩經·大雅·棫樸》:"倬彼雲漢,爲章于天。"鄭箋:"雲漢之在天,其爲文章。"】

李明漢(1595—1645)字天章,號白洲,謚文靖。籍貫延安。李廷龜子。詩及書法出衆。著有《白洲集》。其詩風韵清爽,品格超越。《箕雅》收其五絶二首、七絶十二首、五律四首、七律九首、五排一首、五古一首、七古二首。

曹文秀　字子實

【《爾雅》:"禾謂之華,草謂之榮,不榮而實者謂之秀,榮而不實者謂之英。"】

曹文秀(1590—1647)字子實,號雪汀。籍貫昌寧。曹漢英父。仁祖二十年(1642)文科及第。任左承旨、戶曹參判,封夏寧君。二十五年出任江原道觀察使,卒。擅長詩與楷書。著有《雪汀詩集》。其詩清婉感慨。《箕雅》收其七律一首。

鄭忠信　字可行

【《論語·衛靈公》:"子張問行。子曰:'言忠信,行篤敬,雖蠻貊之邦行矣;言不忠

信,行不篤敬,雖州里行乎哉?"】

鄭忠信(1576—1636)字可行,號晚雲,謚忠武。籍貫光州。奉享光州忠烈祠。著有《晚雲集》。其詩豪放雄奇,不作膚俗語。《箕雅》收其七絕一首。

李敬輿　字直夫

【《周易·坤卦》:"君子敬以直内,義以方外。"】

李敬輿(1585—1657)字直夫,號白江、鳳岩,謚文貞。籍貫全州。詩文書法出衆。著有《白江集》。其詩以神韵爲主,高潔雅健。《箕雅》收其七絕一首、七律一首。

李景奭　字尚輔

【《尚書·周書·君奭·序》:"召公爲保,周公爲師,相成王爲左右。召公不説,周公作《君奭》。"正義:"周公呼爲'君奭',是周公尊之曰君也,奭是其名,君非名也。"燕召公奭爲武王十亂之一,"景"、"尚"表景慕之義。】

李景奭(1595—1671)字尚輔,號白軒、雙溪,謚文忠。籍貫全州。金長生門人。文章、書法出衆。著有《白軒集》。其詩贍郁典麗。《箕雅》收其七絕一首、七律二首。

具鳳瑞

【《春秋左傳·杜序》:"麟鳳五靈,王者之嘉瑞也。"】

具鳳瑞(1596—1644)字景輝,號洛洲。綾城人。其詩氣勢豪雄。《箕雅》收其五律一首。

李昭漢　字道章

【《詩經·大雅·棫樸》:"倬彼雲漢,爲章于天。"】

李昭漢(1598—1645)字道章,號玄洲。籍貫延安。李廷龜子,李明漢弟。文章書法出衆,世以昭漢與父廷龜、兄明漢三人比作三蘇。著有《玄洲集》。其詩豪緊超逸。《箕雅》收其五絕一首、七絕二首、五律一首、七律一首。

尹順之　字樂天

【《周易·繫辭上》:"樂天知命故不憂,安土敦乎仁故能愛。"注:"順天之化,故曰樂也。"】

尹順之(1591—1666)字樂天,號涬溟。籍貫海平。尹暄子,尹斗壽孫。參與編撰《宣祖修正實録》。詩、書法出衆。著有《涬溟齋詩集》。其詩格清語妙,句圓意活。《箕雅》收其七律二首。

趙絅　字日章

【《中庸》:"詩曰:'衣錦尚絅',惡其文之著也。故君子之道闇然而日章。"】

趙絅（1586—1669）字日章，號龍洲、柱峰老人，謚文簡。籍貫漢陽。尹根壽門人。奉享抱川龍淵書院、春川文岩書院、興海曲江書院等。著有《龍洲集》。其詩勁切蒼古。《箕雅》收其七律一首。

蔡裕後　字伯昌

【《詩經·周頌·雝》"克昌厥後"，鄭玄箋："又能昌大其子孫。"】

蔡裕後（1599—1660）字伯昌，號湖洲，謚文惠。籍貫平康。參與編撰《仁組實錄》、《宣祖修正實錄》。著有《湖洲集》。其詩典雅渾成。《箕雅》收其五律二首、七律一首。

吳達濟　字季輝

【《忠烈公遺稿附錄·名季子説（吳允諧）》：余既名二子，且有説矣，于汝季獨無言乎？爾尚稚年，未卜趨向，而氣質則可知也。爾之稟性重厚，知思亦明。若加之學，成就可期。余之望于爾，何可勝言？在《易》，《既濟》之《象》曰："其道窮也。"《未濟·序卦》曰："物不可窮也，故受之以未濟。"夫未濟之時，有亨之理，其卦纏復有致亨之道。處濟之時者，可不慎歟？吾吳門入我朝以來，雖纓紱不絕于朝，而衰替不振，可謂窮矣。物不可常窮，則剛柔相應得中而亨。二五貞吉，君子暉光者，其不在今日乎？既用《易》卦名爾兄，故又取濟之剛柔得中，錫汝名曰達濟。雖然，濟之爲義所包甚大，烏可一以言之哉？治身有康濟自家之義，立朝有濟川舟楫之責，于物有博施濟衆之道。誠使慎辨物、慎居方，居家則正心修身，盡自家康濟之道；事君則得與行道，爲一代濟川之楫；愛物之仁期于博濟，而有孚之光達于遠近。又能知節勇退于急流之中，則可以免上九之濡首，何莫非剛柔得中之驗也。以二之剛才，行五之柔道，深有期于爾濟也。】

吳達濟（1609—1637）字季輝，號秋潭，謚忠烈。籍貫海州。朝鮮仁祖時代斥和殉難三學士之一。追贈爲領議政，奉享壯岩書院。著有《忠烈公遺稿》。其詩風調爽亮。《箕雅》收其五律一首。

尹集　字成伯

【《詩經·小雅·黍苗》："我行既集。"箋："集，猶成也。"】

尹集（1606—1637）字成伯，號林溪、高山，謚忠貞。籍貫南原。朝鮮仁祖時期斥和殉難三學士之一。追贈領議政。奉享廣州顯節祠、江華忠烈祠等地。其詩忠憤激烈。《箕雅》收其七絕一首。

黃㦿　字子由

【《玉篇》："户，胡古切，所以出入也。一扉曰户，兩扉曰門。㦿，古文。"《廣韻》："由，從也。"】

　　黄㦿(1604—1656)字子由,號漫浪。籍貫昌原。著有《漫浪集》。其詩豪暢勃壯。《箕雅》收其七絶一首。

柳碩　字德甫

　　【《詩經‧邶風‧簡兮》:"碩人俣俣,公庭萬舞。"毛傳:"碩人,大德也。"】

　　柳碩(1595—1655)字德甫,號皆山。晋陽人。其詩簡潔有味。《箕雅》收其五絶一首。

任有後　字孝伯

　　【《尚書‧大誥》:"厥考翼其肯曰:予有後,弗弃基。"《詩經‧大雅‧既醉》:"孝子不匱,永錫爾類。"】

　　任有後(1601—1673)字孝伯,號萬休、休窩。籍貫豐川。其詩清婉老健。《箕雅》收其七絶一首。

崔有淵　字聖止、聖之

　　【《尚書‧微子之命》:"乃祖成湯,克齊聖廣淵。"傳:"言汝祖成湯,能齊德聖,達廣大深遠,澤流後世。"】

　　崔有淵(1568—?)字聖止、聖之,號玄岩、玄石。籍貫海州。仁祖元年(1623)文科及第。任副承旨、承旨。文名頗高。著有《玄岩集》。其詩慷慨蒼涼。《箕雅》收其五律一首。

李元胄　字大胤

　　【《增韵》:"胄,裔也。又系也,嗣也。"《廣韵》:"胤,繼也,嗣也。"】

　　李元胄(朝鮮宣祖時人)字大胤,號問月。全州人。朝鮮宗室。著有《問月集》。其詩清逸高舉。《箕雅》收其七絶一首。

宋民古　字順之

　　【《列子‧楊朱》:"不逆命,何羨壽? 不矜貴,何羨名? 不要勢,何羨位? 不貪富,何羨貨? 此之謂順民也。"】

　　宋民古(1592—?)字順之,號蘭谷。籍貫礪山。李好閔之婿。朝鮮中期書畫家。光海君二年(1610)進士及第。書法、繪畫、文章出衆,號稱三絶。畫作有《山水圖》,著有《蘭谷集》。其詩俊爽流麗。《箕雅》收其七律一首。

李穆　字仲深

　　【《九章‧悲回風》:"穆眇眇之無垠兮,莽芒芒之無儀。"洪興祖補注:"穆,深微貌。"】

李穆（朝鮮仁祖時人）字仲深，號北溪。德水人。其詩闊達高朗。《箕雅》收其七絕一首、七律一首。

朴漪　字仲漣

【《詩經·魏風·伐檀》："河水清且漣猗。"】

朴漪（1600—1645）字仲漣，號中峰。籍貫潘南。朴東亮子，朴瀰弟。著有《中峰集》。其詩韵格和婉，境致冲淡。《箕雅》收其七律一首。

趙相禹　字夏卿

【大禹之宰相，乃夏朝之卿。】

趙相禹（1582—1657）字夏卿，號時庵。楊州人。著有《時庵集》。其詩忠孝之思藹然。《箕雅》收其五律一首。

鄭斗卿　字君平

【《史記·李斯傳》："平斗斛度量。"】

鄭斗卿（1597—1673）字君平，號東溟。籍貫溫陽。鄭之升孫。李恒福門人。仁祖七年（1629）文科及第，任正言、直講等。孝宗元年（1650）任校理。顯宗十年（1669）經弘文館提學升禮曹參判、工曹參判，不赴。善詩文、書法。追贈大提學。著有《東溟集》。其詩雄健俊逸，高絕清爽。《箕雅》收其五絕一首、七絕十二首、五律十八首、七律八首、五古二首、七古八首。

權克中　字正之

【《易·乾》："剛健中正。"】

權克中（1560—1614）字擇甫，號楓潭、花山、青霞子。籍貫安東。著有《青霞集》。其詩沉深雅健。《箕雅》收其七律一首。

李時楷　字子範

【《廣韵》："楷，模也，式也，法也。"《廣韵》："範，法也，式也，模也。"】

李時楷（1600—1657）字子範，號南谷、松崖。籍貫全州。李春英子，李時楳兄。仁祖八年（1630）別試文科及第。十三年先後任持平、校理，扈從昭顯世子質于瀋陽。十七年爲暗行御史巡視全國。孝宗元年（1650）任左承旨兼春秋館修撰官，參與編撰《仁祖實錄》，後任吏曹參判。其詩感時悲慨。《箕雅》收其五律一首。

李時楳　字子和

【楳與梅同。《尚書·説命下》："若作和羹，爾惟鹽梅。"孔傳："鹽鹹梅醋，羹須鹹醋以和之。"】

李時楳（？—1667）字子和，號藏六堂。李春英子，李時楷弟。其詩練達平熟。《箕雅》收其七律一首。

趙重呂　字重卿

【《説文》：“呂，脊骨也，象形。昔太岳爲禹心呂之臣，故封呂侯。”《尚書·呂刑》：“惟呂命。”傳：“言呂侯見命爲卿。”】

趙重呂（1603—1650）字重卿，號休川。籍貫漢陽。任叔英門人。著有《休川集》。其詩體格清健。《箕雅》收其七律一首。

鄭麟卿　字聖瑞

【《左傳·哀公十四年》：“西狩獲麟。”杜預注：“麟者，仁獸，聖王之嘉瑞也。”】

鄭麟卿（朝鮮顯宗時人）字聖瑞，號蒼谷。鄭之升孫，鄭斗卿弟。嘗任正言、獻納、成川府使。其詩豪爽清朗。《箕雅》收其七絕一首。

姜柏年

【《詩經·小雅·天保》：“如南山之壽，不騫不崩；如松柏之茂，無不爾或承。”】

姜柏年（1603—1681）字叔久，號雪峰、閑溪、聽月軒，謚文貞。籍貫晋州。文科狀元及第。著有《閑溪漫録》。其詩婉曲自然。《箕雅》收其五絕一首、七絕一首、七律一首。

宋浚吉　字明甫

【《尚書·皋陶謨》：“日宣三德，夙夜浚明有家。”蔡沈集傳：“浚，治也。……浚明……皆言家邦政事明治之義。”】

宋浚吉（1606—1672）字明甫，號同春堂，謚文正。籍貫恩津。性理學家，精通禮學，文章出衆。書法有忠烈祠碑文、尹棨殉節碑文等。追贈領議政，從祀文廟，奉享懷德崇顯書院等。著有《同春堂集》。其詩平和淡定。《箕雅》收其七律一首。

李一相　字咸卿

【《尚書·咸有一德》：“惟尹躬暨湯，咸有一德，克享天心，受天明命以有九有之師，爰革夏正。”《左傳·襄公二十一年》：“伊尹放大甲而相之，卒無怨色。”伊尹爲商相。】

李一相（1612—1666）字咸卿，號青湖，謚文肅。籍貫延安。李明漢子，李廷龜孫。其詩詞氣橫逸。《箕雅》收其七絕一首、七律一首。

趙復陽　字仲初

【《周易·復》：“七日來復。”《復卦》上承《剥卦》。《剥》爲純陰之象，陰盡則陽生。故王弼注云：“陽氣始剥盡，至來復時，凡七日。”】

趙復陽（1609—1671）字仲初，號松谷，謚文簡。籍貫豐壤。趙翼子。金尚憲門人。

著有《松谷集》。其詩長于咏物。《箕雅》收其七律一首。

申濡　字君澤

【《詩經·小雅·皇皇者華》：“我馬維駒，六轡如濡。”箋：“如濡，言鮮澤也。”】

申濡（1610—1665）朝鮮仁祖時代文臣，字君澤，號竹堂、泥翁。籍貫高靈。著有《竹堂集》。其詩言簡事該。《箕雅》收其七絕一首。

洪錫箕　字符九

【《尚書·洪範》：“惟十有三祀，王訪于箕子。……箕子乃言曰：‘……天乃錫禹洪範九疇，彝倫攸叙。’”】

洪錫箕（1606—1680）字符九，號晚洲，謚孝定。籍貫南陽。具鳳瑞門人。著有《晚洲遺集》。其詩音調清越，辭旨悲惻。《箕雅》收其七律一首。

金得臣　初名夢聃

【《柏谷集·墓碣銘並序（李玄錫）》：公姓金，諱得臣，字子公，號柏谷，安東人。安興君諱致之子也。以萬曆甲辰十月十八日生。其生也，安興君夢見老子，故幼名夢聃。”】

金得臣（1604—1684）字子公，號柏谷、龜石山人。籍貫安東。著有《柏谷集》、《終南叢志》。其詩雕琢肝腎，一字千煉，必欲工絕。《箕雅》收其五絕一首、七絕一首。

李冕夏　字伯周

【《論語·衛靈公》：“子曰：‘行夏之時，乘殷之輅，服周之冕。’”】

李冕夏（朝鮮仁祖時人）字伯周，號白谷、深游子。李植子。其詩平正典實。《箕雅》收其七絕一首。

金始振　字伯玉

【《孟子·萬章下》：“集大成也者，金聲而玉振之也。”】

金始振（1618—1667）字伯玉，號盤皋。籍貫慶州。其詩警絕有致。《箕雅》收其七絕一首。

李殷相　字說卿　原名元相，初字長卿

【原名元相，初字長卿——《易·乾》：“元者，善之長也。”後名殷相，字說卿——傳說爲殷代宰相。】

李殷相（1617—1678）字說卿，原名元相，初字長卿，號東里，謚文良。籍貫延安。李昭漢子，李廷龜孫。著有《東里集》。其詩紆餘贍暢，時見工麗。《箕雅》收其七律一首。

李弘相　字濟卿

【《尚書·顧命》:"用敬保元子釗,弘濟于艱難。"】

李弘相(朝鮮孝宗時人)字濟卿,號東郭。李殷相弟。其詩淵源甚深。《箕雅》收其七律一首。

洪錫龜　字國寶

【《尚書·大誥》:"寧王遺我大寶龜。"】

洪錫龜(1621—1679)字國寶,號東湖、九曲山人、支離齋。籍貫南陽。李植門人。精通天文學,製渾天儀。尤其善寫篆書,作品有《翠微大師守初碑》等。其詩善于摹寫風土。《箕雅》收其七律一首。

金錫胄　字斯百

【《增韻》:"胄,裔也。又系也,嗣也。"《詩經·周南·螽斯·序》:"后妃子孫衆多也。言若螽斯不妒忌則子孫衆多也。"注:"《思齊》云:'大姒嗣徽音,則百斯男。'"傳:"云大姒十子,衆妾則宜百子是也。"】

金錫胄(1634—1684)字斯百,號息庵,謚文忠。籍貫清風。配享肅宗廟庭,著有《息庵遺稿》。其詩頗有古意,然雕繪太過。《箕雅》收其七律一首。

李逗春　字榮仲

【《淮南子·時則訓》:"秋行夏令爲華,行春令爲榮。"】

李逗春(朝鮮明宗時人)字榮仲。文科及第。道士。其詩非烟火食語。《箕雅》收其七絶一首。

白大鵬　字萬里

【《莊子·逍遙遊》:"《齊諧》云:'鵬之徙于南溟,水擊三千里,搏扶搖而上九萬里。'"】

白大鵬(? —1592)字萬里。典艦司僕隸。壬辰倭亂戰死。其詩苦淡,時有豪宕之作。《箕雅》收其七絶一首。

許筠　字端甫

【《禮記·禮器》:"禮釋回,增美質;措則正,施則行。其在人也,如竹箭之有筠也,如松柏之有心也,二者居天下之大端矣。"】

許筠(1569—1618)字端甫,號蛟山、鶴山、惺所、白月居士。籍貫陽川。許曄子,許篈弟。徐敬德門人。朝鮮光海君時代文臣、小說家。宣祖二十七年(1594)文科及第。三十九年明朝使臣來時,爲遠接使從事官,迎接使臣朱之蕃,以文章揚名。後爲公州牧使,因崇佛而罷職。光海君六年(1614)爲千秋使赴明,得到天主教祈禱文。任戶曹參議、左參贊。因計劃叛亂，家産籍没，凌遲處斬。小説有《洪吉童傳》，著有《惺叟詩話》、《惺所覆瓿稿》、《鶴山樵談》。其詩辭意婉轉。《箕雅》收其七絶七首、七律一首。

朴鼎吉　字養而

【《周易·鼎》："鼎，元吉亨。《彖》曰：鼎，象也，以木巽火亨飪也。聖人亨以享上帝，而大亨以養聖賢。"】

朴鼎吉（1583—1623）字養而。籍貫密陽。文科及第。朝鮮光海君時期文臣。光海君九年（1617）任右副承旨，翌年任冬至副使赴明。十一年任接伴使迎接明都督毛文龍，後任禮曹參判。仁祖反正，以倡廢母論首誅。其詩悲憤激烈。《箕雅》收其七絶一首、七律一首。

（趙季爲南開大學文學院教授，劉暢爲南開大學文學院學生）

日本詩話的民族性、啟蒙性及集團性特徵

——以池田四郎次郎《日本詩話叢書》爲中心

祁曉明

一

日本詩話主要盛行于江户時期,文會堂書店 1920—1922 年出版的池田四郎次郎《日本詩話叢書》(10 卷)輯録了 65 部和、漢文詩話,是目前能見到的最早且較完備的版本。本文所論日本詩話,主要依據該叢書①。

在談論日本詩話的特徵時,學者們往往將視野局限在中、日詩話狹隘的領域内來探討問題。其實,日本詩話除了其本身受到來自中國詩話、詩論的影響之外,還與同時代的國學、醫學發生着横向聯繫。日本詩話的繁榮主要是在江户時代,這個時期與伊藤仁齋(1627—1705)、荻生徂徠(1666—1728)的儒學復古,契沖(1640—1701)、賀茂真淵(1697—1769)的國學復古相應的,還有古屋丹永(1628—1696)、後藤艮山(1653—1727)的醫學復古。其共同精神就是,在否定中世思想權威的前提下,以研究上古典籍爲依據而提出新的理論。詩話的派别林立與醫學的門派之爭,詩話理論的復古思潮與醫學復古論亦極爲類似②。江户時代日本詩話作者當中有相當數量的醫生。行醫之餘兼作漢詩,這在當時的漢詩人中是很普遍的③。

① 池田四郎次郎(1864—1933)名胤,字公承,號蘆洲,通稱四郎次郎。
② 江户時期醫學的門派有"後世派"和"古醫方派"之間的論爭,前者直接繼承的是明末醫學,後者則是在伊藤仁齋古義學派的影響之下,以探求漢代醫學名著《傷寒論》的本義爲指歸。其後又有在"蘭學"解剖術影響下誕生的醫學新門派。參見藪内清《中國科學と日本》,東京:朝日新聞社,1978 年,第 71 頁。
③ 例如貝原益軒就是出身于醫生世家,他本人儒、醫兼修,並著有《養生訓》8 卷。津阪東陽也是學醫出身,他在十五歲時曾從尾張村瀨氏學醫。小畑詩山就是在行醫之餘,與大窪詩佛、龜田鵬齋等詩人往還,並稱于當時。而加藤善庵,一邊從事醫業,一邊寫作詩文及詩話。大橋知良《題柳橋詩話首》:"草軒(加藤善庵號)藥匕餘暇,其學屢變矣,終始不渝更,唯詩文雜著是也。頃者出詩話數卷,就余商量,將上梓。"參見池田四郎次郎:《日本詩話叢書》卷5,東京:文會堂書店,1920—1922 年,第 561 頁。詩話作者而兼儒醫的松村九山有兩部詩話,即《芸苑鉏莠》和《詞壇骨鯁》。此外,皆川淇園撰有《醫案類語》、《還機》等醫學著作。祇原南海出生于和歌山藩醫世家,其論詩每以醫理説之。大阪的詩人團體混沌社的漢詩人,有相當一部分人的職業是醫生。如葛子琴、佐佐木魯庵、岡公翼、平沢旭山等。參見揖斐高《江户漢詩人》,諏訪春雄、日野龍夫編《江户文学と中國》,東京:每日新聞社,1977 年,第 91 頁。

　　其次,在談論日本詩話的特徵時,學者們的眼光往往停留于中、日詩學的領域内,而忽視了歌論、俳論等因素。實際上,日本詩話作者與日本固有的文學形式和歌、俳句、物語有很深淵源,他們基本上是傾向于將漢詩與和歌、俳句等量齊觀的。他們對漢詩的看法,常常就是對和歌的看法。正如太宰春台(1680—1748)所説:"以漢詩之眼目和歌,則和歌之位、之姿亦清晰可見"。① 雨森芳洲(1648—1755)更强調,學詩不僅要多看漢土的詩話,更要"多聞簪纓家之論歌"②。漢詩与和歌、俳句之間的共通性,特別是它們相互之間在實際創作中的可借鑒性,要求我們在考察日本詩話的特徵時,必須將其與和歌、俳句理論聯繫起來加以綜合考慮,分析才能全面,結論才能可靠。

　　船津富彦在談到日本詩話的特徵時説,因爲日本詩話主要是模仿中國詩話,在中國詩話的影響之下成立的,因此,模仿性是其最大特徵③。但是,模仿性不僅是日本詩話,同時也是漢字文化圈内朝鮮詩話、越南詩話的共同特徵,並非日本詩話所獨有。因此,將其作爲日本詩話的特徵並不適合。

　　蔡鎮楚《中國詩話與日本詩話》(《文學評論》,1992)一文中概括日本詩話的特徵時説:"從宏觀審視高度來看日本詩話,對比中國詩話特別是朝鮮詩話,它在許多方面繼承了中國詩話的古典詩學傳統,而又表現出與朝鮮詩話不同的藝術風格和審美特徵:(1)詩格化、(2)鍾化、(3)詩論化。"

　　這個概括,主要是與朝鮮(韓國)詩話,而不是與中國詩話,特別是宋代以來的中國詩話相比較而得出的結論④。在討論日本詩話特徵的時候,需要重視的是它與中國詩話相比,在哪些方面具有自身的特點。詩格化也好,鍾化也好,詩論化也好,只不過是在繼承中國詩話時所側重的方面,並非其自身獨具的特徵。

　　即以"詩格化"而論,如果考慮到這類詩話大多是模仿或乾脆抄録中國詩話的事實,則很難將所謂"詩格化"算作日本詩話的特徵。因爲一般來説,在詩歌聲律問題上,日本人很難有置喙的餘地。例如長山貫(?—?)《詩格集成》不過是將中國宋、元、明、清以

----

① 太宰春台《独語》,日本隨筆大成編輯部《日本隨筆大成》第 1 期,17,東京:吉川弘文館,1975—1976 年,第 262 頁。

② 雨森芳洲《橘窻茶話》卷下:"或曰:'學詩者,須要多看詩話,熟味而深思之可也。此則古今人所説,不必縷縷。但我人則又欲多聞簪纓家之論歌也。'余以爲,此乃明理之言,大有益于造語者,然非粗心人所能知也。蓋詩者,情也。説情至于妙極,人丸、赤人、少陵、謫仙,同一途也。彼以漢言,此以倭語,邈如風馬牛不相及,故不知者以爲二端,惑之甚也。"日本隨筆大成編輯部:《日本隨筆大成》第 2 期,第 421 頁。

③ 船津富彦《中国詩話の研究》,東京:八雲書房,1977 年,第 235—236 頁。

④ 王昌齡《詩格》、僧皎然《詩議》、崔融《唐朝新定詩格》、元兢《詩髓腦》等唐人詩格、詩式雖然從廣義上説也不妨稱作詩話,但依照郭紹虞先生"狹義詩話"的概念,則詩話並不包括這類著作。它主要是指自第一部以詩話命名的著作——歐陽修《六一詩話》以來宋、元、明、清各代的詩話。本文用來與日本詩話相比較而言的"中國詩話",指的是狹義詩話。

來有關體格聲韻的內容彙集到一塊而已。又如林東溟(1708—1780)《諸體詩則‧凡例》說:"凡稱'故某云,故又云'者,皆是引古人說以益實余言者也。"赤澤一堂《詩律》說:"崎港漢人讀本邦所稱名家、大家之詩,皆必廢不取焉。無他,其人不知音韻故也。"日尾省齋(?—?)《詩格刊誤》卷上引武元質《古詩韻節》云:"音韻非吾邦之所能詳也。"太宰春台《斥非》也說:"此方詩人,多不知此法(平仄),大儒先生尚犯之,況初學乎?"① 凡此,都反映出當時日本人對于自己所作的漢詩是否合律缺乏自信。

　　這裏不能不提到空海(774—835)的專論詩歌格律體制和音韻的《文鏡秘府論》。池田四郎次郎《日本詩話叢書》中,就是以該書爲日本詩話之首。不過,《文鏡秘府論》在性質上只是一部中國古代的詩文理論著作彙編,正如日本著名學者興膳宏所論,空海與其說是該書的作者,不如說是編者更爲貼切②。也就是說,從嚴格意義來講,該書不能作爲日本詩話最早的作品。今井卓爾《古代文藝思想史研究》論及該書時說:"在這裏見到的不都是空海自己的見解,而是空海對許多先行研究文獻有重點地歸納起來的東西……不能認爲這部書反映了空海的想法……這部編著從始至終都不是空海的文章,毋寧說更多是從各種文獻中的引用。"③其實,《文鏡秘府論》中反映的"認識"與其說是日本人的,不如說是中國人的。因爲該書對于中國從六朝到唐的文學理論原典,如沈約《四聲譜》、元兢《詩髓腦》、皎然《詩議》等,基本上是原封不動地抄錄,書中並沒有明確指出哪些話是引用他人的著作,哪些話是空海自己的觀點,因此從中鉤稽出屬于空海本人的觀點是一件很困難的事。可以說,《文鏡秘府論》的資料價值遠大于其理論價值,其在中國詩學史的意義遠大于在日本漢詩史的意義,其在和歌論中的影響遠大于在日本詩話中的影響④。

　　至于"詩論化"與"鍾化"實際上是一回事。鍾(嶸)化是與歐(陽修)化相對而言,前者以"論詩而及詞"爲特徵;後者則傾向于"論詩而及事",分別代表了中國詩話的兩大傳統。以其中的一個方面作爲日本詩話區別于朝鮮詩話的特徵則可,作爲區別于中國詩話的特徵則不可。且完全將日本詩話歸爲"論詩而及詞"的"鍾化"詩話亦未免太絕對。例如,林梅洞(1643—1666)《史館銘話》、友野霞舟(1791—1849)《錦天山房詩話》、加藤善庵(?—1862)《柳橋詩話》都可歸入"論詩而及事"的"歐化"範疇。另如市

①　池田四郎次郎《日本詩話叢書》卷9,第165頁,卷4,第457頁,卷1,第471頁,卷3,第163頁。
②　興膳宏《中國古典文化景致》,李寅生譯,北京:中華書局,2005年,第121—122頁。
③　今井卓爾《古代文芸思想史の研究》,東京:早稻田大學出版部,1933年,第93頁、100頁。
④　例如中國典籍有關沈約"八病"的解釋,賴《文鏡秘府論》得以保存。該書的詩歌"八病"說深刻地影響了藤原浜成《歌経標式》的和歌"七病説"。

野迷庵(1765—1826)《詩史顰》、小畑詩山(1794—1875)《詩山堂詩話》似乎也很難算作
"鍾化"的詩話。

　　本文認爲,日本詩話區別于中、韓詩話的特點,首先在于其民族性,即詩論與歌論、
俳論的結合;其次,在于其啟蒙性,即作爲漢詩入門教材的性質;再次,在于其集團性,即
作爲詩社刊物而具有的群體性特徵,爲捍衛各自詩派的詩歌主張而與論敵攻訐的傾向。

二

　　日本詩話的第一個特點與詩話作者自身的和歌、俳句教養有關。例如太宰春台曾
自述與和歌的淵源:"以父母都喜好和歌之故,我從八九歲始,便知連綴三十一字之術。
自十歲至十二、三歲止,折腰詠和歌凡三四百首"[1]。皆川淇園(1734—1807)是和歌學
者富士谷成章(1738—1779)的哥哥、富士谷御杖(1768—1823)的伯父。本人也善長和
歌題詠,《六如、淇園和歌題百絶》收録了他的 19 首和歌。津阪東陽曾自述學習過和歌:
"如學國字卅一之什……余亦嘗染指,以其易于詩,殆將爲專家。"[2]他還說自己幼年學
習過俳句:"童生時嘗染指斯技。"[3]服部南郭(1683—1759)也生長于和歌之家,其父元
矩和歌師從歌學者、俳人北村季吟(1624—1705),連歌師從花之木里村家,並有作品存
世。其母吟子是江户前期歌人木下長嘯子門(1569—1649)人山本春正(1610—1682)之
女。服部南郭曾仕幕府第五代將軍德川綱吉(1646—1709)的寵臣柳澤吉保(1658—
1714),其主要任務也是作爲歌人而出席歌會[4]。貝原益軒(1630—1714)對于和歌的熱
衷程度甚至超過了漢詩:"雖時作詩,素好倭歌而不好詩。"[5]廣瀨淡窗(1782—1856)家
族與俳句有着極深的淵源。祖父久兵衛,俳號"桃之",伯父貞高,俳號"秋風庵月化",
著有《秋風庵俳句集》、《同文集》等。父親貞恒,俳號"桃秋"。而尤以他的伯父名高于
當時俳壇,對於廣瀨淡窗的影響也最深。

　　詩話作者與和歌的淵源,使得他們常常將歌論運用于詩論。

①　太宰春台《独語》,日本隨筆大成編輯部《日本隨筆大成》第 1 期,17,第 261 頁。
②　池田四郎次郎《日本詩話叢書》卷 2,第 274 頁。
③　揖斐高《夜航餘話解説》,清水茂、揖斐高、大谷雅夫校注:《日本詩史五山堂詩話》,第 646 頁。
④　日野龍夫《服部南郭の生涯と思想》,賴惟勤:《徂徠学派》,東京:岩波書店,1972 年,第 516—517 頁。
⑤　友野霞舟《錦天山房詩話》上册引原公道的話説:"益軒雖時作詩,素好倭歌而不好詩。每謂詩爲無用閑言語。
　　曰:和歌者,我國俗之所宜,而詞意易通曉。故古人歌詠極精絶矣。古昔雖婦女亦能之者多矣。唐詩者,非本邦
　　風土之所宜,其詞韻異于國俗之言語,難模效之中華。故雖古昔之名家,其所作拙劣不及于和歌也遠矣。我邦
　　只可以和歌言其志,述其情,不要作拙詩以招詅癡符之誚。"池田四郎次郎:《日本詩話叢書》卷 8,第 401 頁。

例如赤澤一堂（1796—1847）《詩律》就有意識地以二條家歌論運用于漢詩："作詩不思者不可，苦思亦不可。思不思之間，油然以生者爲妙，即是古人所謂水中月、鏡中花。二條家和歌者流之言曰：'臨題起思，應須仰看雲之往來。'作詩亦有此理。"①二條家是鎌倉、室町時代的著名和歌流派。代表人物有藤原俊成（1114—1204）、藤原定家（1162—1241）、藤原爲家（1198—1275）、頓阿（1289—1372）及花山院長親（耕雲，？—1429）②等，在鎌倉、室町時代至江户時代歌壇擁有很大勢力，其歌學理論也對後世影響很大。

所謂"臨題起思，應須仰看雲之往來"，見于耕雲作于慶永10年（1403）的歌論書《耕雲口傳》。書中説，作歌時應該"忘却寝食，忘却萬事，聞朝夕之風聲使内心澄澈，專注于仰望浮雲之色，心不爲塵間瑣事所亂。此關心之第一大事"③。耕雲認爲，體悟歌道之真諦，須依靠澄静内心的直觀把握，而非其他："此道之秘事，别無所在，不過出于我心而心有所悟而已。悟則體得大方和歌之趣向，關鍵只在數寄之心志一事而已"④。這裏的"數寄"（好き、すき）是歌論用語，指作歌時的清澄心境（心をすまし）⑤，即一種脱俗的、非日常的、沉迷的精神狀態，是歌人心理上所必備的條件⑥。赤澤一堂指出，這種作歌態度可以用來説明作詩貴在"思不思之間"之理。

東夢亭（1796—1849）《鉏雨亭隨筆》則將藤原爲家、藤原俊成的和歌創作論引入其漢詩批評："至其妙悟，詩、歌一致。藤原爲家嘗誨人曰：'凡作和歌，如渡危橋，不可左右回顧。'又曰：'譬之作五重塔，始自基址，當留心下句。'作詩之法亦不出此範圍矣。藤原俊成曰：'歌之佳處，在得大體而已，不可務爲雕刻組織也。譬諸畫工畫物，倘徒事丹青爛絢，則反使人可厭矣。要自然而有味，是爲得之也。'此語近世詩人頂門一針。"⑦

又如津阪東陽《夜航詩話》論作絶句之法亦引藤原爲家的和歌論："藤納言爲家誨

---

① 赤澤一堂《詩律》，參見池田四郎次郎《日本詩話叢書》卷4，第452頁。
② 藤原俊成，名顯廣，法名釋阿，是平安時代後期鎌倉時代初期的歌人。著《千載和歌集》，歌論有《古來風體抄》。藤原定家，藤原俊成之子，鎌倉初期歌人。參與編撰《新古今和歌集》，歌論有《詠歌大概》、《每月抄》、《近代秀歌》。藤原爲家，法名觸覺，藤原定家之子，鎌倉中期歌人。撰有《後撰和歌集》，歌論有《詠歌一體》（《八雲口傳》）。頓阿，俗名二階堂貞忠，鎌倉時代後期的僧侣。和歌師事二條爲世。晚年繼二條爲明之後撰成《新拾遺和歌集》，歌論有《井蛙抄》、《愚問賢注》。花山院長親（？—1429）南北朝、室町時代的公卿、歌人，後爲臨濟禪僧侣，法號耕雲明魏，字子晉，曾協助宗良親王編撰《新葉和歌集》，著有《耕雲千首》、《耕雲口傳》等。
③ 《耕雲口傳》："唯寝食を忘れ，萬事を忘却して、朝夕の風のこゑに心をすまし，雲の色にながめをこらして、ちりの（まの）あだごとをに心をみだらず、大事を心にかけたる。"佐佐木信綱：《日本歌學大系》第5卷，東京：風間書房，1989，第156頁。原日文，筆者譯。
④ 佐佐木信綱：《日本歌學大系》第5卷，第164頁。原日文，筆者譯。
⑤ 參見久松潛一《和歌史歌論史》，東京：櫻楓社，1976年，第271頁。
⑥ 參見張龍妹《日本古典文學大辭典》，北京：人民文學出版社，2005年，第530頁。
⑦ 東夢亭《鉏雨亭隨筆》卷下，參見池田四郎次郎：《日本詩話叢書》卷5，第392—393頁。

學國雅者曰：'凡制歌須如構重塔，先營自下也。蓋一篇精彩，全萃于落句，起手則點景耳。故倒行而逆施之也。'詩家作絕句亦須依是法。先就後二句經始述其主意，預了結局，然後回筆還及起處，裝綴襯帖以成章。則首尾相擊，局勢有餘矣。不然，其意盡發端而末梢索然，每苦不足，貂續支吾，不勝蛇足矣。楊仲弘曰：'絕句以第三句爲主，而第四句發之。'是實初學要訣。必先自第三句起工，而結句乃從此生而韻定。上半因趕韻填詞，爲落語作引爾。雖唐賢之作，蓋亦率然也。"①

　　再如，津阪東陽《夜航餘話》引頓阿歌論《井蛙抄》論作七絕之法："作七言絕句之法，必從末二句綴起，一篇主意即在此二句，由此則一、二兩句相應而添出。頓阿法師《井蛙抄》有'作歌當如堆積磚塔一般，堆塔無自上而下之理，和歌亦當如塔之從地面堆起那樣，當始自下句而詠之。'詩、歌同一手段也。"②

　　以上三例表明，東夢亭、津阪東陽等人十分熟悉二條家歌論，特別是藤原爲家"製歌須如構重塔"的主張。此論亦見于二條家中興之祖頓阿的《井蛙抄》卷6，是二條家一脈相承的歌學觀點。津阪東陽認爲，藤原爲家這個本來是教人作和歌的理論，也可以援用到漢詩的寫作當中。元代楊載（字仲弘）《詩法家數》"以第三句爲主，而第四句發之……宛轉變化工夫，全在第三句"的絕句論，與藤原爲家論作和歌強調"先營自下"、"當留心下句"、"蓋一篇精彩，全萃于落句"的"構塔"歌論可以相互映證，相濟爲用。這與赤澤一堂以"水中月、鏡中花"映證"臨題起思，應須仰看雲之往來"之說的用意相近。詩話作者這種打通和、漢詩學壁壘，援歌論以入于詩論的做法，在中、韓詩話中鮮有其例。

　　其次，和歌而外，詩話作者還常常以俳論來談論漢詩。

　　例如，廣瀬淡窗幼時寄養在伯父秋風庵月化家裏，受到伯父俳風的薰陶，這對他日後的詩學觀點的形成產生了很大影響。《淡窗詩話》論詩主神韻，喜簡潔，酷嗜陶、王、孟、韋、柳，即來自其伯父的影響。廣瀬淡窗《淡窗小品》卷下《題迫遠集首》一文中説："吾邦之歌，猶漢之詩。歌變爲俳諧，猶古詩爲近體。俳諧簡短，摹景寫情，有寸鐵殺人之妙，歌不能及，猶近體有絕句也。吾伯父月化叟，名于此技云云。"③太田青丘指出，秋風庵月化在俳句創作中的獨得之秘，特別是其摹景寫情的簡潔之妙，在潛移默化之中給

① 津阪東陽《夜航詩話》卷2，參見池田四郎次郎：《日本詩話叢書》卷2，第312頁。
② 清水茂、揖斐高、大谷雅夫校注《日本詩史五山堂詩話》，第339頁。原日文，筆者譯。
③ 轉引自太田青丘《日本歌學と中國詩學》，東京：弘文堂，1958年，第405頁。

予廣瀬淡窗以啟示，並直接影響到《淡窗詩話》的論詩傾向①。

廣瀬淡窗的父親桃秋也曾給予他以教益。例如《淡窗詩話》卷上云：“予之父好俳諧。其話云：人或有作活海參之俳句曰：‘板敷ニ下女取リ落ス生海鼠哉。’（意爲：“女傭没拿住活海參，掉于地板之上。”）其師云：‘雖善，然材料太多，宜再考。’乃改曰：‘板敷ニ取リ落シタル生海鼠哉。’（意爲：“掉于地板之上没拿住的活海參。”）師曰：‘甚善，然犹未得也。’其人苦吟而不能得，師乃改之曰：‘取リ落シ取リ落シタル生海鼠哉。’（意爲：“往下掉呀掉的活海參。”）予聞此話，覺大得推敲之旨，是亦悟之一端也。”②這段話記述了是廣瀬淡窗怎樣借父親的俳句創作談來體悟詩歌“推敲三昧”的。

津阪東陽《夜航餘話》舉橘直幹“滄波路遠雲千里，白霧山深鳥一聲”的下句受其女所詠和歌的啟發爲例，强調“留意所有的和歌、俳諧之句，品味其趣，自可多得詩料”③。他説，宋林和靖《山園小梅》“幸有微吟可相狎，不須檀板共金樽”兩句詩“賞玩清寂之言也，與（小西來山）俳諧之句‘三線モ小歌モノラズ梅の花（意爲：不用三弦、小歌而自有韻調的梅花）’同”④。“清寂”（サビ）是俳論的一個重要的美學概念，有枯淡高雅、澄澈靜寂、蒼古衰敗等意⑤。松尾芭蕉的俳句最能體現這種“清寂”之美。摀斐高説，津阪東陽曾擔任過19年伊賀上野藩的儒官，這裏也是芭蕉的故鄉。他還校刻過芭蕉的俳諧集，其《校刻芭蕉翁俳諧集序》高度評價芭蕉的成就：“芭蕉翁俳諧多本于典故，或翻歌詞之案。圓活自在，風味最雋永。然妙用融化，渾然無跡。”⑥津阪東陽深喜芭蕉的俳風並借鑒俳論的“清寂”（サビ）作爲其品評漢詩的尺度，使他的詩話帶有濃厚的本土化色彩。

由此可見，《淡窗詩話》、《夜航餘話》從美學觀點到鑒賞方式都受到俳論、俳句的影響極大。對于它們的解讀，僅從中、日詩話的影響關係著眼是不充分的，必須將作者與俳句的密切關聯納入視野。

---

① 太田青丘《日本歌學と中國詩學》，第405頁。
② 廣瀬淡窗《淡窗詩話》卷上，中村幸彦：《近世文學論集》，東京．汲古書院，1986，第366頁。
③ 津阪東陽《夜航餘話》卷下：“昔橘直幹東下，詣石山寺，望湖水風色之美而得‘滄波路遠雲千里’之句，思下句未得，後攜其女至足柄山。其女詠足柄山和歌云：‘道とほく雲井はるけき深山路に又ともきかぬ鳥の声かな。’直幹聞之有感而得對句‘白霧山深鳥一聲’。”清水茂、摀斐高、大谷雅夫校注：《日本詩史五山堂詩話》，第339頁。
④ 《夜航餘話》：“林和靖、梅花ノ詩——「幸有微吟可相狎、不須檀板共金樽」トハ、リビヲ賞翫シテ言ルノリ、俳諧ノ句ニ「三線モ小歌モノラズ梅の花」と云ル二同ジ。サルニテモ梅ハ格高ク韻勝テ、百花ノ兄卜称スレド、金樽ヲ共ニスベカラザルハ遺憾ナリ。”清水茂、摀斐高、大谷雅夫校注：《日本詩史五山堂詩話》，第286頁。筆者譯。
⑤ 參見張龍妹《日本古典文學大辭典》，第407頁。
⑥ 轉引自摀斐高《夜航餘話解説》，清水茂、摀斐高、大谷雅夫校注《日本詩史五山堂詩話》，第646頁。

復次，日本詩話還將和歌、俳句作爲其品評的對象。

例如，加藤善庵評藤原定家將陽成帝挑其從叔母釣殿御子的《築波根歌》收入《百人一首》之非①。又如津阪東陽《夜航詩話》卷4引紀貫之和歌並評之曰："皆譏世俗之妄也。"②同卷引伊藤仁齋《七夕歌》並評曰："辭婉趣幽，更優于紀使君。信豪傑之士无所不能裁。"③

而在《夜航餘話》中，這方面的例證更是俯拾即是，該書下卷的内容即由漢詩與和歌、俳句的比較論構成。揖斐高指出，在江户時代的詩話當中，《夜航餘話》最顯著地體現出那個時代對于漢詩與和歌、俳句共通性的認識④。池田四郎次郎《德川時代作詩書解題》中高度評價《夜航餘話》："德川三百年自不待言，即使是明、清兩代恐亦無堪與此匹敵的好著。"⑤池田之所以給予該書這樣高的讚譽，恐怕與其鮮明的民族性不無關聯。韓國詩話没有以其本土文學樣式"時調"及其理論運用于漢詩批評的實例，談論的話題也未能超出漢詩的範圍。

上述例證，都反映出日本詩話在理論及批評方面的民族性特徵。而這在中、韓詩話中是難以見到的。用和歌、俳句的理論及實踐來談論漢詩，並且于漢詩之外還討論本土文學樣式，的確是日本詩話獨具的、區別于中、韓詩話的一大特徵。

三

關于日本詩話的第二個特點，日本詩話漢詩教科書的性質與日本詩話的作者層和接受層迥異于中國、朝鮮有關。小野招月《社友詩律論》引賴山陽（1780—1832）的話説，日本人學作漢詩是"以彼之言語以敘我之性情。模其聲調于髣髴影響之間，不得不依準一定之矩矱"⑥。所謂"一定之矩矱"既包括詩格、詩律，也包括語言、文字、訓詁。詩話中這些内容多了，自然就避免不了辭書化、"小學化"。

---

① 加藤善庵《柳橋詩話》："蒸淫穢行之源，發自此三十一字，而人臣之分，痛哭流涕長太息亦可矣，定家不惟不隱諱，顯然表暴，以爲國歌之雋逸，又如何哉……鈴木昌則《恭誦築波根聖藻》云：'愛河一挽築波水，遂使狂瀾漲九重。'其措意與定家異矣。"池田四郎次郎：《日本詩話叢書》卷6，第251—252頁。
② 池田四郎次郎《日本詩話叢書》卷2，第274頁。紀貫之和歌爲"麻固土加門，彌禮土慕彌越奴，他那巴佗巴，速羅爾那氣奈農，他迷屢南屢遍逝"。
③ 池田四郎次郎《日本詩話叢書》卷2，第406頁。伊藤仁齋《七夕歌》爲"左加施羅儞，他簡伊比速免逐，他那巴佗農，古餘比那氣奈遠，速羅儞他追羅牟"。
④ 轉引自揖斐高《夜航餘話解説》，清水茂、揖斐高、大谷雅夫校注《日本詩史　五山堂詩話》，第647頁。
⑤ 轉引自揖斐高《夜航餘話解説》，清水茂、揖斐高、大谷雅夫校注《日本詩史　五山堂詩話》，第643頁。
⑥ 池田四郎次郎《日本詩話叢書》卷10，第430頁。

因此,以啟蒙性,即作爲漢詩入門教材的性質來認定日本詩話的特徵的理由首先在于其辭書化與"小學化"傾向。

在日本,中國詩話從輸入之日起,就承擔了漢詩教科書的職能。詩話作者編寫詩話的動機在于教育其門生弟子。例如江村北海(1713—1788)爲祇原南海(1676—1751)《詩訣》所作的序中説:"是祇伯玉《詩訣》,蓋嘗所口授其門人小子者。門人以國字録之,以爲帳秘。"津阪東陽的《夜航詩話》用的都是教育弟子的口吻腔調:"恐後學襲謬,故爲拈出之"、"學者須知之。"另外,皆川淇園的弟子岩垣明謹在其《跋淇園詩話》中説:"此書先生特爲後進示義方者也。"塚田大峰(1745—1832)之子塚田秀在《作詩質的序》中説,此書乃"書其嘗平生所論門人小子之語,而爲一册子"。另外,日尾省齋《詩格刊誤》卷上説他論"韻法"的目的是爲了"授弟子焉"①。

日本人對于杜甫、蘇東坡等一流中國詩人的作品也是通過中國詩話《瀛奎律髓》(元方回撰)接觸到的②。因爲日本詩話的作者往往就是擁有衆多門人弟子的漢詩文教育家,他們寫的詩話,自然作爲學生學習漢詩的基礎教材。例如,賴春水(1746—1816)在鈴木松江《唐詩平側考·序》中主張將中井竹山(1730—1804)的《詩律兆》作爲學習唐詩的"津梁":"詩而不唐則已,苟欲其唐乎,《律兆》實考其津梁也。豈可廢?"即使如山本北山(1752—1812)《作詩志彀》那樣闡明詩歌主張的著作也帶有濃厚的教科書色彩。這一點僅從該書專列"仄起平起"、"起承轉合"、"押韻"等名目即可瞭解。由此可見,日本詩話特重詩格、詩律、作詩方法、語詞釋義、典故考證和名物辨析,原因也在于此。

教科書或寫作指南式的論著是日本文藝理論著作中很常見的形態。橋本不美男在校譯藤原俊賴(1114—1204)的《俊賴髓腦》時指出:"本書的述作目的是爲了讓年輕女性在實際操作時作爲寫作指南之用……本書主要是爲了人們寫作和歌這一實用目的,就具體的要領加以解説之書。"今井卓爾《古代文藝思想史の研究》也指出《俊賴髓腦》根據其内容來看屬于"啟蒙書"、"入門書"性質。又如藤原清輔(1104—1177)《和歌初學抄》則是奉命編纂的面向初學者的和歌寫作指南,其成書年代與梅室洞雲(? —?)

---

① 池田四郎次郎《日本詩話叢書》卷1,第1頁,卷2,第320頁,第325頁,卷5,第227頁,卷1,第365頁,第420頁。
② 據小西甚一《芭蕉と唐宋詩》説,俳聖松尾芭蕉的俳句"秋十年かへつて江戸を指す故郷"很可能是通過當時的和刻本《聯珠詩格》讀到賈島《渡桑乾》"客舍并州已十霜,歸心日夜憶咸陽。無端更渡桑乾水,却望并州是故郷"並受到啟示的。參見諏訪春雄、日野龍夫編:《江户文學と中國》,第125—126頁。江湖詩社就是將《聯珠詩格》作爲學習漢詩的範本,柏木如亭還從中選出120首翻譯成當時的俗語,名爲《聯珠詩格訳註》。參見中村幸彦:《近世の漢詩》,東京. 汲古書院,1986年,第12頁。又如在江户時代來到日本,後受聘于尾張藩校的明末學者陳元贇就是拿他的《昇庵詩話》作爲教材的。參見尾藤正英:《日本文化と中國》,東京. 大修館書店,1979年,第98頁。

《詩律初學抄》相隔數百年,但二者之間的繼承關係僅從書名就可看出。歌論而外,芭蕉(1644—1694)的門人向井去來(1651—1704)的《去來抄》專列"初心者之俳句"條目,在"詞之作與心之作"中具體解説哪些問題"是初心者應該特別注意的"①。這説明,俳論著作也屬于寫作指南式的論著。

日本詩話的教科書性質與和歌論著的"啟蒙書"、"入門書"性質可以説是一脈相承的。日本詩話中常冠以"初學"、"幼學"、"授幼"之名,例如貝原益軒(1630—1714)《初學詩法》、東條琴台(1795—1878)《幼學詩話》。有時在"初學"、"幼學"之後加上"抄"字,例如梅室洞雲《詩律初學抄》、榊原篁洲(1656—1706)《詩法授幼抄》。無論是"初學"還是"初學抄"、"授幼抄",都不是中國詩話的命名方式,在韓國詩話中也罕見其例。詩論而名之以"抄",繼承的是日本歌論、俳論的傳統。例如藤原公任(966—1041)有《深窗秘抄》;託名藤原基俊(1060—1142)的有《和歌無底抄》、《和歌懷見秘抄》;藤原仲實(1057—1118)有《綺語抄》;藤原範兼(1107—1165)有《和歌童蒙抄》;藤原俊成有《古來風體抄》;大江匡房(1041—1111)有《江談抄》;藤原清輔有《和歌初學抄》;藤原顯昭(1130? —1209?)有《袖中抄》;鴨長明(1155—1216)有《無名抄》;藤原定家(1162年—1241)有《愚秘抄》、《愚見抄》;京極爲兼(1254—1332)有《爲兼卿和歌抄》;富士川御杖(1768—1823)有《歌道非唯抄》;荷田春滿(1669—1736)有《萬葉集童蒙抄》。歌論而外,俳論著作也冠以"抄"名,例如松永貞德(1598—1654)的門人德元(1674—1675)就有《俳諧初學抄》,又如向井去來有《去來抄》。而藤原清輔《和歌初學抄》、德元《俳諧初學抄》與梅室洞雲《詩律初學抄》、榊原篁洲《詩法授幼抄》是這種繼承關係的顯例②。

日本詩話的辭書化的傾向也不是孤立的現象,它也是和歌論著常見的形態。例如藤原俊賴的《俊賴髓腦》就單闢"季語、歌語之由來"以及"異名"詳加解説。僅四季的"雨"在和歌中就有不同的稱呼。此外《俊賴髓腦》還就和歌中的典故詳加注釋。日本詩話繼承了這個傳統。六如上人(1734—1801)《葛原詩話》、津阪東陽《夜航餘話》等專著不必説,即如原田東嶽(1709—1783)《詩學新論》也用相當筆墨來辨析詩語"青雲"、"孤負"、"爛漫"等字義;林蓀坡(1781—1836)《梧窗詩話》還解説漢詩中"橫陳"、"綠拗

① 橋本不美男、有吉保、藤平春男校譯:《歌論集》,東京:小學館,1979年,第40頁。原日文,筆者譯。又今井卓爾《古代文藝思想史の研究》,第400頁。又伊地知鐵男、表章、栗山理一校譯《連歌論集　能楽集　俳諧集》,東京:小學館,1980年,第438—439頁。原日文,筆者譯。
② 歌論而名之以"抄"也不是日本人的獨創,它可以追溯到空海的《文筆心眼鈔》。空海是受到中國齊、梁以迄于唐代以作詩指南稱"抄"或"抄子"的影響。但這種命名方式在宋代以後的詩話中非常少見,日本詩話的命以"抄"名,更多來自和歌論著的影響。

兒”、“顧藉”等字的含義;津阪東陽《夜航詩話》各卷中對于詩語的解說更是隨處可見。

另外,日本詩話辭書化的傾向還反映了當時的和、漢學者在語義學、音韻學、考證學研究方面取得的成就。日本的國學者大都是在研究國語、國文的基礎上宣揚國粹主義的。因此,國學也促進了日本國語、國文研究的繁榮①。國學者的國語、國文研究在方法論上是受到荻生徂徠(1666—1728)古文辭學派的啟發②。荻生徂徠古文辭學派風靡一世,當時的和、漢學者在古語研究方面都取得了顯著成績。詩話作者而兼語言、音韻、名物學家的亦不乏其人③。他們在詩話中發揮這方面的專長也是十分自然的事。

其次,以啟蒙性來認定日本詩話的特徵的理由還在于,日本詩話中公開提出自己的創作原理論的,僅有皆川淇園的“冥想説”和祇園南海的“影寫説”。相對于創作原理,日本詩話更傾向于談論詩歌創作的具體環節。在大多數情況下,日本詩話都是借用或引述中國的詩歌原理論來討論創作問題。即便是皆川淇園的“冥想説”和祇園南海的“影寫説”,也很難説是在完全不依傍中國詩歌論而獨創的、自成體系的理論。這種現象反映出日本詩話本身具有的“啟蒙書”、“入門書”性質決定了其對于形而上學的思辨缺乏興趣④。即便是借用或引述中國的詩歌原理論,例如江村北海《日本詩史》之于“氣運説”,山本北山《作詩志毂》之于“性靈説”等,也大都出于實用目的的輾轉引用,而非透徹的領悟和深入的探究。

這方面最能説明問題的是虎關師煉(1278—1346)的《濟北詩話》。虎關師煉與嚴羽都是與臨濟禪關係密切的詩話作家,既然如此,《滄浪詩話》以禪喻詩的理論應該爲虎關師煉繼承發揮才合乎情理。特別是《濟北詩話》中對于魏慶之《詩人玉屑》的引用,表明虎關師煉是讀到過收錄在《詩人玉屑》中的《滄浪詩話》的。然而在《濟北詩話》中不僅沒有嚴羽“詩禪説”的具體運用及評述,甚至連《滄浪詩話》都無隻字提及。且同是宣

---

①　例如契沖有《和字正濫通妨抄》,賀茂真淵有《冠詞考》、《語意考》等,揖取魚彥有《古言梯》等,本居宣長有《紐鏡》、《詞玉緒》、《字音假字用格》等。內容涉及古典文獻學、注釋學、名物學等廣泛的領域。

②　荷田春滿《創國學校啟》云:“古語不通則古義不明焉,古義不明則古學不復焉。先王之跡拂跡,前賢之意近荒,一由不講語學。”這段話與荻生徂徠《辨名》如出一轍:“讀書之道,以識古文辭識古語爲先……知古今文字之所以殊,則古言可識,古義可明。”參見太田青丘:《日本歌學と中國詩學》,第233頁。

③　例如貝原益軒著有《和字解》、《日本釋名》,新井白石著有《和名類聚抄》、《東雅》,皆川淇園著有《實字解》、《虛字解》、《助字解》等。

④　皆川淇園的“冥想説”因爲受到《易經》的啟發,因而其詩論帶有抽象思辨的色彩。尤其是給予皆川淇園以深刻啟示的《易·系辭上》中“一陰一陽之謂道”的對于宇宙自然法則的探究和概括,反映出《易經》鮮明的抽象思辨色彩。皆川淇園精通《易經》,曾鑽研《易》學40年。這就使他與江戶詩話的其他作者有著很大的不同。而較之《易經》更具綿密的思辨體系的是佛教思想。木下順庵評價祇園南海的“影寫説”是“深得鏡花水月之趣,猶入不即不離之域”,揭示了祇園南海詩論與佛學理論的關係。而祇園南海“境趣論”亦明顯受到以禪喻詩的嚴羽《滄浪詩話》的影響。從這個意義上説,祇園南海在日本詩話作者中也是很特殊的。

導以禪喻詩的其他中國詩話如陳師道《後山詩話》、范温《潛溪詩眼》、吳可《藏海詩話》等均未有隻言片語談到。這個現像是頗耐人尋味的，它表明日本詩話對于"詩禪説"這樣玄妙的詩論缺乏興趣。廣瀨淡窗（1782—1856）、東夢亭論禪談"悟"，不象嚴羽那樣飄渺玄遠，特別是"羚羊掛角，無跡可求"、"透徹玲瓏，不可湊泊"、"空中之音，象中之色，水中之月，鏡中之象"之類爲清代王士禎大加發揮的詩論，在《淡窗詩話》、《鉏雨亭隨筆》中却不見蹤影。廣瀨淡窗並不把"悟"看得多麽玄妙："凡云悟者，非限于禪，而在一切事中。無論何事，會得其心能解其意而口難言之者，即悟也。"①他所理解的"悟"，就是可意會不可言傳的，得心應手、融會貫通的境界，且並非禪宗所獨有，適用于任何一項專門技藝。這無論是與嚴羽"詩禪説"還是與王士禎的"神韻説"相較，其精神自然是迥乎不同的。

四

　　關于日本詩話的第三個特點。以集團性來認定日本詩話特徵的理由，首先在于其作爲詩社刊物而具有鮮明的群體性特徵。

　　在中國和朝鮮，詩話的寫作和出版主要是作者個人的行爲。作者在詩話中主要談論古人或時彦而絕少提及自己②，也無須借助詩話發表自己及同好的作品，至于將詩話作爲定期出版物更是鮮有其例。而日本文學理論著作却每每論及己作，向井去來《去來抄》有相當大的篇幅就是在自己的作品之下，轉述"先師"（芭蕉）的評論。菊池五山在《五山堂詩話》中收錄最多的是他自己的作品，計 128 首，其次是柏木如亭（1763—1819）的，有 32 首，大窪詩佛（1767—1837）的，有 27 首，以及市河寬齋（1749—1820）的，有 26 首。入選的都是江湖詩社的詩人。

---

① 廣瀨淡窗《淡窗詩話》卷上説："詩以禪譬，始于嚴滄浪。凡云悟者，非限于禪，而在一切事中。無論何事，會得其心能解其意而口難言之者，即悟也。故悟之道，即師亦不能以言授于弟子，唯于學人之精思處有所得，若欲悟，非舍精思研窮則不可得。予學詩以來四十餘年，今日之所得，大抵悟也。然如嚴之所謂頓悟者稀矣，皆積其功，自然得其意而已。今欲悟得，宜先熟讀古詩……其如是，即其初茫茫然者，後亦得其言外之旨也。已悟古詩之味，亦明己詩之意，宜試以己之詩與唐、宋、明、清諸家詩並讀，其風神氣韻不同之處，自了然于心中。然此我之悟境地，其意未熟之輩不能喻也。"參見中村幸彦：《近世文學論集》，第 365 頁。原日文，筆者譯。又，東夢亭《鉏雨亭隨筆》卷中説："古人借禪喻詩，以要妙悟。又有以禪教書之法者……予曰，讀書不可不學禪。眾問其故。予曰，讀書養靜不萌妄念，這便是禪心；讀書出家不理塵務，這便是禪行；讀書作文意在筆先，神遊象外，這便是禪機。予謂此語讀書正法眼。"參見池田四郎次郎：《日本詩話叢書》卷5，第 321 頁。

② 例如，清李慈銘對明李東陽《麓堂詩話》中"津津標舉"其自作《上陵詩》的做法頗不以爲然，斥爲"真可噴飯"。並批評洪亮吉《北江詩話》"時時自舉其作"。參見由雲龍輯，李慈銘：《越縵堂讀書記》下，上海：上海古籍出版社，2000 年，第 1035 頁、1043 頁。

　　由于日本詩話的作者同時也是詩社的盟主,詩社的成員包括詩話作者在内,像菊池五山(1769—1852)《五山堂詩話》那樣將詩話作爲詩社同人作品發表的園地而定期結集出版,已經是一種常見的現象①。市古貞次《日本文學全史》説,菊池五山《五山堂詩話》收録了 600 多名同時代人的作品,在長達十餘卷的《五山堂詩話》中,保持了傳統詩話特徵的僅爲開始的幾卷而已,其餘部分發揮的是"詩壇機關誌以及介紹當代詩人"的作用②,詩話的寫作和出版也已經變成一種群體性行爲。

　　其次,以集團性來認定日本詩話的特徵的理由,還在于其爲捍衛各自詩派的詩歌主張而與論敵攻訐的傾向。

　　詩話作者常常將詩話作爲攻擊論敵的工具。例如津阪東陽不滿六如上人《葛原詩話》,于是作《葛原詩話糾謬》。最具有代表性的是,山本北山不滿當時古文辭學派一味推崇明代李攀龍、王士貞擬古詩風,作《作文志彀》、《作詩志彀》以排擊李、王陋習,稱荻生徂徠的"蘐園"派爲"僞詩",説荻生徂徠"不知詩道"。推崇明代袁宏道性靈派詩歌。隨後,古文辭學派的松村九山(1743—1822)著《藝苑鉏蒡》、《詞壇骨鯁》加以反駁。而系井榕齋(?—1841)讀了之後,著《辨藝苑鉏蒡》對松村九山進行反擊。佐九間象山(1811—1864)也著《討作詩志彀》參加論爭。對于《討作詩志彀》持反對意見的雨森牛南(1757—1816)作《詩訟蒲鞭》駁斥。到了江户後期,性靈派與格調派的論爭逐漸爲性靈派與神韻派的論爭所取代。長野豐山(1783—1837)《松陰快談》中這樣描述當時兩派的論爭:"近日詩流,喜子才者罵阮亭,學阮亭者排子才。所謂以宮笑角,以白詆青,不亦固乎?"③

　　日野龍夫説:"山本北山自稱受到袁宏道的影響是他的錯覺(這誤導了後世的文學史家),他只不過是爲了排擊萱園派的唐詩崇拜,正好發現了中國也存在這方面發揮著相類似作用的袁宏道詩論,于是順便採用而已。"④的確如此,山本北山急于攻擊論敵,而理論上的正面闡釋,並非其興趣所在。他有時對于攻擊對象的真實情形尚未搞清,就先入爲主地加以指摘。例如其《孝經樓詩話》中據明代洪文科《語窺古今》載,李攀龍《唐詩選》中有王勃《別薛華》和李嶠《明皇登華萼樓聽歌》二詩,而今本《唐詩選》未收,

---

① 例如,菊池五山《五山堂詩話》中屢見某某詩"已入前年《詩話》矣",某某"屢托見投其草",某某"抄數章寄余,求入《詩話》中"。

② 市古貞次《日本文學全史》,東京:學燈社,1979 年,第 303 頁。

③ 長野豐山《松陰快談》卷 3:"袁子才《隨園詩話》,其所喜,只是香奩、竹枝,亦可以見其人品矣。子才意欲駕漁洋而上之,然其才學,不足望漁洋,何能上之也。""阮亭之才學,非子才之所企及也。則我不得不左祖阮亭也。"池田四郎次郎:《日本詩話叢書》卷 4,第 403 頁、398 頁、402 頁。

④ 日野龍夫《近世後期漢詩史と山本北山》,轉引自揖斐高《江户詩歌論》,東京:汲古書院,1998 年,第 88 頁注 11。

于是他就斷言：“僞造《唐詩選》之人，以學問狹陋之故，只知掠載于《滄溟集》之《選唐詩序》，不知掠《語窺古今》（所提及）二詩而納之。卒露此破綻。”①對此，平野彦次郎指出，《語窺古今》所載李嶠《明皇登華萼樓聽歌》，實際上是李嶠七言古詩《汾陰行》的最後四句，與王勃《別薛華》詩同見于吳吳山評注本《唐詩選》。也就是說，洪文科見到的《唐詩選》，實際上是吳吳山評注本。而北山對于各種版本的《唐詩選》未能熟讀，以至沿襲洪文科的謬誤而不自知。這是因爲，他過于相信現行《唐詩選》爲僞書的説法而急于排斥的緣故②。

　　爲了論辯的實際需要而與論敵攻訐，也是日本文藝理論著作中很常見的形態。鐮倉、室町時代歌論分裂爲以滕原爲世（1250—1338）爲首的“二條家”和以（滕原）京極爲兼爲首的“京極家”。前者主張平淡美，後者提倡素樸美和官能美。伏見天皇正應6年（1293）爲兼擬撰《敕撰集》，永仁3年（1295）爲世著《野守鏡》對爲兼進行攻擊，後伏見天皇正安3年（1301）爲世撰《新後撰集》。花園天皇正和6年（1317）爲兼撰《玉葉集》，于是爲世撰《歌苑連署事書》對其加以攻擊。此外，爲世著《和歌庭訓抄》，京極爲兼著《爲兼卿和歌抄》，分庭抗禮。又據藤平春南《國歌八論校注》，荷田在滿（1706—1751）著《國歌八論》，田安藩主德川宗武（1716—1771）讀後著《國歌八論餘言》對荷田在滿進行批判。于是荷田在滿作《國歌八論再論》進行反駁。賀茂真淵（1697—1769）著《國歌八論餘言拾遺》參加論戰。大約20年後大菅公圭又著《國歌八論斥非》繼續這場論爭，于是本居宣長（1730—1801）著《斥非評》反駁，藤原維濟又作《斥非再評》對本居宣長進行駁斥。另外，對于荷田在滿的《國歌八論》，本居宣長、伴蒿溪等着《國歌八論評》表明各自的觀點③。和歌者之間的論爭與山本北山作《作詩志彀》後引起的論戰何其相似。

　　由此可見，詩話作者之間的著書攻訐並非限于詩話領域的孤立現象，這實際上是當時和歌理論界、漢文學界習以爲常的慣例。而這種以詩話作爲攻擊論敵手段的做法，在中、韓詩話中鮮有其例④。如果僅從中日詩話的相互關係考察，難得其解。但若將其放在鐮倉、室町以迄于江户時期和歌理論界以及漢文學界的大背景中來考察，就容易找到

---

① 轉引自平野彦次郎《唐詩選研究》，東京：明德出版社，1974年，第31頁。
② 平野彦次郎《唐詩選研究》，第31頁。
③ 久松潛一《日本文學評論史》，東京：至文堂，1968年，第271頁。又橋本不美男、有吉保、藤平春男校譯《歌論集》，第531頁。原日文，筆者譯。
④ 有的宋代詩話雖也反映了南渡前後元祐、紹述兩派的黨爭。前者擁護歐陽修、司馬光以及蘇軾、黄庭堅，後者則擁護王安石。但無論是屬于元祐黨的陳師道、惠洪于《後山詩話》、《冷齋夜話》的字裏行間揶揄王安石，還是屬于紹述黨的魏泰、葉夢得于《臨漢隱居詩話》、《石林詩話》中對歐陽修、黄庭堅時露微詞，都與日本詩話那種以攻訐爲詩話寫作的主要目的迥異，且詩話作者之間亦没有形成論戰的局面。

答案。

　　綜上所述,日本詩話區別于中、韓詩話的特點,首先在于其民族性。這與詩話作者自身的和歌、俳句教養以及他們自覺地將歌論、俳論運用于漢詩批評有關;其次,在于其啓蒙性。這與日本詩話漢詩教科書的性質、辭書化與"小學化"傾向有關,而對于詩歌原理論缺乏興趣也使日本詩話難以擺脱其啓蒙性質。復次,在于其集團性。這與其作爲詩社刊物而具有的群體性特徵,以及爲捍衛各自詩派的詩歌主張而與論敵攻訐的傾向有關。

　　　　(作者爲對外經濟貿易大學中國語言文學學院教師,日本言語文化學博士)

參考文獻

藪内清《中國科学と日本》,東京. 朝日新聞社,1978 年。

池田四郎次郎:《日本詩話叢書》,東京. 文會堂書店,1920—1922 年。

諏訪春雄、日野龍夫編:《江户文學と中國》,東京. 每日新聞社,1977 年。

船津富彦:《中國詩話の研究》,東京. 八雲書房,1977 年。

興膳宏:《中國古典文化景致》,李寅生譯,北京. 中華書局,2005 年。

今井卓爾:《古代文藝思想史の研究》,東京. 早稻田大學出版部,1933 年。

清水茂、揖斐高、大谷雅夫校注《日本詩史五山堂詩話》,東京. 岩波書店,1991 年。

佐佐木信綱《日本歌學大系》第 5 卷,東京. 風間書房,1989 年。

久松潛一:《和歌史歌論史》,東京. 櫻楓社,1976 年。

張龍妹:《日本古典文學大辭典》,北京. 人民文學出版社,2005 年。

賴惟勤:《徂徠學派》,東京. 岩波書店,1972 年。

太田青丘:《日本歌學と中國詩學》,東京. 弘文堂,1958 年。

中村幸彦:《近世文學論集》,東京. 汲古書院,1986 年。

中村幸彦:《近世の漢詩》,東京. 汲古書院,1986 年。

尾藤正英:《日本文化と中國》,東京. 大修館書店,1979 年。

橋本不美男、有吉保、藤平春男校譯:《歌論集》,東京. 小學館,1979 年。

伊地知鐵男、表章、栗山理一校譯:《連歌論集　能楽集　俳論集》,東京. 小學館,1980 年。

由雲龍輯,李慈銘:《越縵堂讀書記》下,上海古籍出版社,2000 年。

市古貞次:《日本文學全史》,東京.學燈社,1979 年。

揖斐高:《江户詩歌論》,東京.汲古書院,1998 年。

平野彦次郎:《唐詩選研究》,東京.明德出版社,1974 年。

久松潛一:《日本文學評論史》,東京.至文堂,1968 年。

理雅各的《詩經》翻譯(一)

吳伏生

　　理雅各(James Legge, 1815—1897)是西方漢學界奠基人物之一,他翻譯的中國文化典籍多達數十部,其中囊括了整個儒家與道家經典。① 近百年來,西方漢學研究有了長足發展,衆多中文典籍不斷被漢學家翻譯或重譯,但理雅各的譯本,尤其是他早期翻譯的儒家經典,仍是西方學者及學生的範本。② 理雅各一生中三次翻譯《詩經》。首次是作爲《中國經典》(*Chinese Classics*)中的一卷(1871—1872 年),第二次是將其譯成韻體(1876 年),第三次是將其中具有宗教儀式意義的部分詩篇結成一集,收入其牛津大學同事馬科斯·繆勒(Max Müller, 1823—1900)所編的《東方聖典》(*The Sacred Books of the East*)叢書第三卷《中國聖典:儒家卷》(*The Sacred Books of China*: *Texts of Confucianism*, 1879 年)。本文爲筆者研究理雅各《詩經》翻譯三篇論文中的第一篇,只討論《中國經典》叢書中《詩經》的翻譯。

　　理雅各的漢籍翻譯,與他的個人背景有密切關聯;他的漢學道路,正體現着西方漢學形成與發展的歷程。因此,簡單回顧一下他的經歷,對我們瞭解他的譯作乃至整個西方漢學的發展都至關重要。

　　衆所周知,首先向西方譯介中國文化的是耶穌會的傳教士。從 16 世紀開始,他們

---

① 這些包括儒家的四書五經和道家經典老子《道德經》和《莊子》。有關理雅各的譯著目録,請參閲 Norman J. Girardot, *The Victorian Translation of China*: *James Legge' s Oriental Pilgrimage* (Kerkeley: University of California Press, 2002), pp. 547—548.

　　理雅各在漢學、尤其是漢籍英譯界的地位,可用如下實例説明:1995 年香港中文大學出版社出版的《漢英、英漢翻譯百科全書》中只爲三位翻譯家立了小傳,其中一位便是理雅各,另外兩位是嚴復(1854—1921)和韋利(Arthur Waley, 1889—1966)。 參見 Chan Sin - wei and David E. Pollard, eds., *An Encyclopedia of Translation*: *Chinese - English*, *English - Chinese* (Hong Kong: The Chinese University Press, 1995).

② 這裏指的是 1861—1872 年間出版的中英文版《中國經典》(*Chinese Classics*),其中包括《尚書》、《詩經》、《春秋左傳》、《論語》、《孟子》、《大學》、《中庸》。此套書最初由英國傳教士協會資助在香港出版,後由牛津大學出版社於 1895 年重印。1960 年香港中文大學出版社又據此重印,此後,美國和臺灣的多家出版社也紛紛推出了自己的複印本。尤其值得一提的是,1992 年湖南人民出版社出版的《漢英四書》便是用的理雅各的譯本。

開始譯介中國典籍。利瑪竇(Matteo Ricci, 1552—1610)便是其中最著名的一位。傳教士們翻譯外國典籍,主要目的是向他們的同事介紹外國文化,以促進宗教傳播,即所謂知己知彼,方能百戰不殆。① 理雅各與中國文化的因緣也是如此。他于1839年被英國傳教士協會派到馬六甲。鴉片戰爭後,理雅各于1843年來到香港。在以後的30年間,理雅各在傳教辦學之餘,潛心研究和翻譯中國文化典籍。著名的《中國經典》便是在1861年至1872年間相繼問世的。這套規模宏大的譯著使理雅各聞名于世。1896年,英國牛津大學任命理雅各爲其歷史上第一位中國語言文學教授。理雅各在此教職耕耘了20多年,直至1897年逝世。這20年間,他被視爲西方漢學界的泰斗。他關于中國文學文化的大量譯著、專著和講演,廣泛深刻地影響了19世紀末乃至20世紀的中國研究,以致此間的西方漢學史,被稱爲"理雅各時代"②。

從傳教士到學者,理雅各的身份變了,他對中國文化的認識也相應有所改變。在其爲1861年版《論語》(*Confucian Analects*)所作的長篇前言中,理雅各在全面評述了孔子的生平及思想後,認爲"無法視孔子爲一位偉人",因爲孔子的思想"沒有世界意義"、"缺少進步意識",更重要的是他"沒有宗教熱情"③。但到了1893年,當《中國經典》由牛津大學出版社再版時,理雅各在修訂過的前言中又將孔子稱爲"一位非凡的偉人"④。儘管如此,理雅各對孔子乃至整個中國文化的批評和成見並未根本改變。例如,孔子思想的核心是對人倫世事的關注,可在理雅各看來,這是一種短視與偏狹。他特舉《憲問》第三十六篇爲例:"或曰,以德報怨,何如? 子曰,何以報德? 以直報怨,以德報德。"對此,理雅各評論道:"他(孔子)的道德是智力平衡的結果。這種道德受限于古人的決定,既不是來自天堂的愛心,也不源于對脆弱人類的同情。"⑤理雅各尤其對孔子緘言怪力亂神及死亡這些在他看來至關重要的問題甚爲不滿。《先進》第十一篇是《論語》中著名的一段:"季路問事鬼神。子曰,未能事人,焉能事鬼? 敢問死。曰,未知生,焉知死?"在中國人看來,此段表現了孔子的現世人生觀和多聞闕疑的治學精神。理雅各則對此大惑不解,並進而指責孔子的態度爲"不誠實"(insincere)⑥。在理雅各看來,孔子

① 這也就是由基督教傳教士鼻祖聖保羅(St. Paul, 生年卒月不祥;主要活動于公元62—64年期間)所創立的"了解你的敵人"(Knowing the enemy)的傳教準則。它在19世紀英美傳教士中影響極大。參見Girardot, *The Victorian Translation of China*, p.41.
② 參見Girardot, *The Victorian Translation of China*, pp.8 and 142.
③ 引自Girardot, *The Victorian Translation of China*, p.462.
④ *Chinese Classics: with a Translation, Critical and Exegetical Notes, Prolegomena, and Copious Indexes* (Rpt. Hong Kong: Hong Kong University Press, 1960), Prolegomena to Vol. I, p.111.
⑤ 同上,p.110.
⑥ 同上,p.100.

此方面的言行對整個中國文化都産生了負面影響。① 因此,"在與基督教文明的碰撞中,中國勢必土崩瓦解"。唯一能夠拯救中國的,便是中國人"完全放棄他們的古代先哲,去面向(基督教的)上帝"②。早在 1839 年被派往馬六甲之前,理雅各曾經寫道,一個傳教士在與異族文化接觸時,"不僅僅要發自内心,而且要將心比心"③。然而在近半個世紀後,已經成爲學者和教授的理雅各仍然没有做到這一點。

其實這也不足爲奇。19 世紀中期是西方向東方擴張的時代,西方列國,尤其是大英帝國,所面對的多是不堪一擊的弱者,形不成對西方文明的挑戰。面對代表異樣文化的"他者",人類最初的反應一般都是從自身及其諳熟的傳統和視角去理解異樣文化,用業已存在的概念和詞彙將來自他者的陌生現象"自然化(naturalize)"。不能自然化者,便將之歸爲另類,加以貶低和排斥,尤其當接觸一方處于優勢時更是如此。中國學者張隆熙曾評論道,在那時乃至現在部分西方學者眼中,中國成爲了一個神秘莫測之他者的經典範例,任人曲解。④ 了解這一點,我們便不難理雅各的文化沙文主義,以及他對孔子和中國文化所産生的誤解和困惑。

儘管如此,我們還是不得不爲理雅各囿于己見所發表的某些言論感到詫異。此處所指的是他有關中國文字缺少音韻的論點。在其所譯的《詩經》前言中,理雅各指出:

> 中國文字的性質使其難以運用動聽的音韻。與字母文字不同,中文不具備多種[音韻],而對我們而言,音韻的多樣化正是詩歌的魅力之一…。這是中文本質上的缺陷,由于中國詩歌有長達千年的歷史,這一缺陷也愈演愈烈。⑤

也就是説,與西方字母拼音文字相比,以單音字爲主的漢字在詩歌韻律上有很大局限。理雅各進而評論道,自唐代以來,中國詩歌的音韻由于格律化而受到越來越多的限制,這嚴重影響了詩人的創造力,並直接導致中國詩歌篇幅短小。他希望有一天,"某位具有天賦的中國基督徒,在充分研究了《聖經》中的頌歌後,小心謹慎地打破'中國詩

---

① Chinese Classics, Prolegomena to Vol. I, p. 101.
② 同上,p. 108.
③ 引自 Girardot, *The Victorian Translation of China*, p. 34.
④ 參見 Zhang Longxi, "The Myth of the Other: China in the Eyes of the West," *Critical Inquiry* 15 (Autumn 1988): 108—31.
⑤ *The Chinese Classics, Vol IV, The She King*, Prolegomena, p. 113. 本書于 1871—1872 年在香港出版,後于 1893 年由牛津大學出版社經作者修訂重印。此處的引文引自 1893 年修訂本。

歌'的各種限制。這樣,他在發展其母語詩歌潛力方面的貢獻,將比歷史上任何人都更大"。①

不僅中國文化需要基督教來拯救,就連中國的語言和詩歌也要靠《聖經》來改變和充實。很難想像還有比這更傲慢、更幼稚、更可愛、更可悲的文化沙文主義了。倘若爲此言者是一位對中國語言文化一知半解的外行,尚情有可原,可他竟是當時西方漢學界的權威,對中國語言文化既了如指掌,又傾心熱愛。②

舉出這些例子的目的,不是要取笑理雅各,也不是要貶低甚至否定他在翻譯中國文化典籍方面的卓越成就。我想説明的是,在與異國文化接觸時,傳統與積習的作用是多麼强大和頑固。翻譯作爲這種接觸的形式和結果,所受的影響自是不言而喻。明了這一點,我們便會對所謂譯者必須與作者心心相應的翻譯理論有所戒備。提出這種理論的人很多,理雅各便是其中一位。他在 1882 年所譯的《周易》前言中説道:

> 漢字不是語詞的再現,而是意念的象徵。漢字在一篇文章中的組合不是要再現作者想説的話,而是要再現他的思想。因此,逐字翻譯必定是徒勞的。當這些象徵性漢字令譯者與作者的思想互相融通時,譯者便可盡其所能用他自己或別人的話來自由翻譯作者的意念。這便是孟子在闡釋中國古詩時所説的"以意逆志,是爲得之"的原則。在研習中國文化經典時,我們所作的不是解釋作者所用的漢字,而是要參與他的思想;這中間有一種心心相應(的關係)。③

孟子所説的"以意逆志",指的是同一語言文化背景下古今文人的溝通及對古代文化典籍的闡釋。理雅各將其用于跨語言、跨文化翻譯當然有其道理,因爲對文學批評和翻譯而言,第一步都是理解和把握作品的意義。正如許多人指出的那樣,翻譯與闡釋/

---

① *The Chinese Classics*, Vol IV, *The She King*, Prolegomena, p. 114. 本書于 1871—1872 年在香港出版,後于 1893 年由牛津大學出版社經作者修訂重印。此處的引文引自 1893 年修訂本。

② 1873 年理雅各在返回英國前,曾特意去參拜北京的天壇和山東的泰山。在天壇時,理雅各被其莊嚴肅穆所深深感動。激動之餘他脱下雙鞋,與在場的其他人一起唱起了聖歌。他的這一舉止引起了很多人的非議,因爲在這些人看來,理雅各將中國文化與宗教抬高到了與基督教等同的地位。1877 年在送給上海召開的第一屆傳教士大會的發言稿中,理雅各聲稱"孔子的使命之一便是受上帝的哺育後去教導中國人民"(同上,p. 225)。理雅各還是鴉片貿易的公開反對者;他是"英國及東方禁煙協會"(Anglo – Oriental Society for the Suppression of the Opium Trade) 的創始人之一,並認爲對華鴉片貿易是"對中國的詛咒,英國的恥辱"(同上,p. 196.)。

③ 參見 *I Ching*:*Book of Changes* (rpt. Secaucus, New Jersey:The Citadel Press, 1964), p. xxiii.

批評乃是同一過程中的不同有機步驟,密不可分。① 然而,根據雅克布森(Roman Jakob-sen)的理論,孟子所説的是同一語言内的所謂"語内"(Intra‐lingual)翻譯,而理雅各所指的則是兩種語言之間的所謂"語際"(Inter‐lingual)翻譯。② 後者由于涉及到不同語言、文化的轉换,要比前者遠爲複雜。理雅各本人也意識到這一點。他曾在討論中國宗教時坦誠地指出,他不可能完全擺脱自己的宗教理念,使其大腦變成一塊白板(Tabula rasa)。因此,他對中國宗教文化的認識,最多也只能是"公正但並非中立"(Impartial but not neutral)。③

　　以上文字算是引子,現在我們可以進而討論理雅各的《詩經》翻譯了。《詩經》(*The She King*)首次于 1871 年在香港出版,是《中國經典》的第四卷。④ 如果將翻譯籠統地分爲文學翻譯與學術翻譯的話,理雅各的著作便是學術翻譯的典範。《中國經典》各卷皆包括中文原文,每卷的開頭都有一長篇前言,系統詳細地介紹原作的版本歷史及其有關的社會文化背景。它旁徵博引,充分體現了理雅各對中國文化的廣泛知識和深厚功力。⑤ 在《詩經》長達 182 頁的前言中,理雅各首先介紹了《詩經》這一經典的複雜歷史,並提供了漢以前詩歌的一些實例,以便將《詩經》放入中國詩歌發展的總體語境之中。他接着翻譯了《詩大序》和所有的小序,以及《韓詩外傳》的某些章節,並按照鄭玄的《詩

---

① 有關這方面的論述,請參見 Louis Kelly, *The True Interpreter: A History of Translation Theory and Practice in the West* (Oxford: Basil and Blackwell, 1979), George Seiiner, *After Babel: Aspects of Language and Translation* (Oxford: Oxford University Press, 1975)。

② 參見 Roman Jakobsen, "On Linguistic Aspects of Translation," in Lawrence Venuti, ed., *The Translation Studies Reader, second edition* (New York and London: Routledge, 2000), pp, 138—144.

③ 參見 Girardot, The *Victorian Translation of China*, p. 323.

④ *The Chinese Classics*, (Rpt: Oxford: The Clarendon Press, 1893). 除了《詩經》之外,這套叢書還包括:第一卷,《論語、大學、中庸》(*Confucian Analects, The Great Learning, and the Doctrine of the Mean*),第二卷,《孟子》(*The Works of Mencius*),第三卷,《尚書》(*The Shoo King, or The Book of Historical Documents*),及第五卷,《春秋左傳》(*The Ch'un Ts'ew, with the Tso Chuen*)。

　　理雅各的英譯《詩經》是第一部完整的英譯本。此前在西方已經出現了拉丁文、德文及法文的譯本。理雅各在其序言中對這些譯著皆有提及。有關《詩經》及其他中國典籍的翻譯簡述,參見馬祖毅、任榮珍《漢籍外譯史》(武漢:湖北教育出版社,2007),pp. 33—68. Wong Siu‐kit 和 Li Kar‐su 曾對理雅各和韋利(Arthur Waley, 1889—1966)及高本漢(Bernard Karlgren, 1889—1978) 的《詩經》翻譯做過比較評述;參見其 "Three English Translations of the *Shijing*," *Renditions* (Spring 1986):113—139.

⑤ 根據一位學者的統計,在這些前言中理雅各共引用了 250 餘本書籍,其中包括 183 本中文書,17 種字典,22 本英文書,13 本法文書,7 本拉丁文書,及一本俄文書。參見 Lauren Pfister, "James Legge's Metrical *Book of Poetry*," *Bulletin of the School of Oriental and African Studies, University of London*, Vol. 60, No. 1 (1997), p. 65, n. 4.

　　此處應提及王韜(1828—1897)對理雅各翻譯中國典籍所發揮的作用和貢獻。王韜於 1863 年避太平天國之亂來到香港,與理雅各結識後開始協助他的中文翻譯。爲協助理雅各翻譯《詩經》,他特意編撰了《毛詩集釋》三十卷。理雅各將此書稿列入參考書目,並鼓勵王韜將其出版。他曾付給王韜二十美元的月薪,可見王韜的工作量之大。在《中國經典》第三部《尚書》的序言中,理雅各特意向王韜鳴謝,稱他爲所認識的中國人中最淵博的學者。1873 年理雅各離開香港時,王韜特爲其題字,稱其"于西儒中最年少,學識品詣卓然異人"。他盛讚理雅各的典籍研究與翻譯,説他能夠"貫串發展,討流溯源,別具見解,不隨凡俗"。參見《中國經典》第一部中由 Lindsay Ride 所撰寫的理雅各小傳。

譜》將《詩經》中的作品逐一由商至周按歷史分期。在《前言》的第三章,理雅各介紹了漢詩韻律的各種格式和規則,並聲明説,由于他的《詩經》譯文是《中國經典》叢書中的一部,因此他並沒有"試圖去評價原作的詩歌價值"。① 也就是説,此處的《詩經》是作爲一種文化典籍奉獻給讀者的,故而譯文的形式並不重要,尤其是在當時的理雅各看來,《詩經》的主要價值在于"它對風土人情的描繪"。雖然其中有些篇章感情深厚、修辭獨特,但"整部作品並不值得費力去譯成韻文"。因此,他的目標是"盡可能讓譯文再現原作的意義,既不增加,也不轉換"。②《前言》的最後一章包括兩部分:第一部分是《詩經》創作時期中國的文化風俗概況,第二部分是由理雅各翻譯的一位法國學者有關《詩經》中所表現出的中國文化習俗的長文。此外,理雅各還在全書的後面附了一個詞彙錄,對《詩經》中所用的一些主要文字作了翻譯解釋,並注明《詩經》中使用這些文字的篇名。③

在本書序言中,理雅各表示"希望這部著作能被稱職的學者們視爲原詩的可靠譯本"。④ 也就是説,他翻譯此書的主要使命是學術研究,而不是宗教傳播。問題在于,對于傳教士出身的理雅各來説,二者往往很難區分開來。例如,同一書中的如下段落表明,除了上述學者之外,理雅各在翻譯《詩經》時心中還有另外一種讀者,即傳教士。在介紹了中國詩歌中不同詩體後,理雅各説道:

> 陳述上述細節有兩個目的。第一是讓傳教士知道在中國各種詩體中已經有了許多基督教頌歌的先例,第二是促使漢學家對中國詩歌做更多研究。因爲外國人在這方面所做的遠遠不夠。⑤

這種意欲彼此兼顧、而不時又顧此失彼的態度給他的學術研究和翻譯帶來了許多矛盾,也是我們研究他譯作的關鍵切入點。

理雅各曾説過,一位翻譯家若想讓他的譯作具有永久價值,他必須"爲百分之一的

---

① *The She King*, p. 114.
② 同上,p. 116. 理雅各在此還批評了以前出版的拉丁文和德文的韻體《詩經》,認爲它們已經面目全非,故毫無價值。同上。
③ 《中國經典》每一部的後面都附有同樣的辭彙錄。理雅各的計劃是將他們集起來,編一部字典。但這一計劃沒有實現。
④ *The She King*, p. v.
⑤ 同上,p. 126.

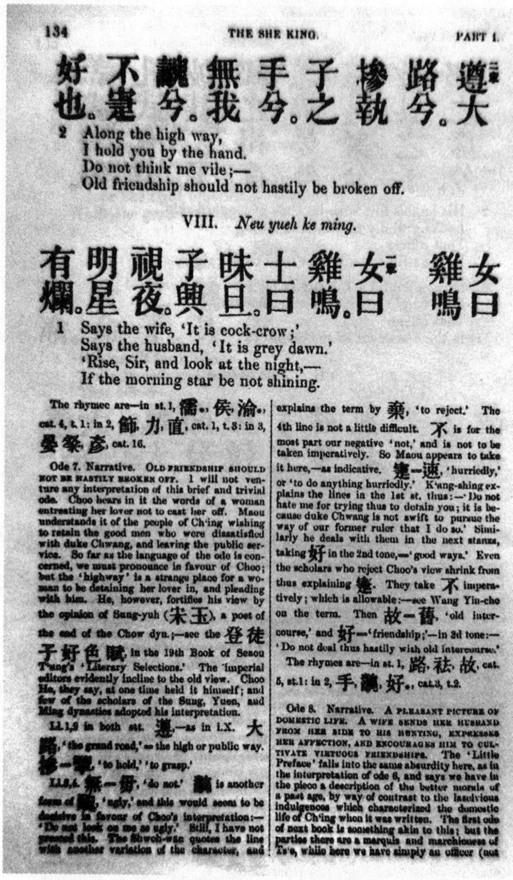

134 THE SHE KING. PART I.

遵大路兮。摻執子之手兮。無我醜兮。不寁好也。

2 Along the high way,
I hold you by the hand.
Do not think me vile;—
Old friendship should not hastily be broken off.

VIII. *Neu yueh ke ming.*

女曰雞鳴。士曰昧旦。子興視夜。明星有爛。

1 Says the wife, 'It is cock-crow;'
Says the husband, 'It is grey dawn.'
'Rise, Sir, and look at the night,—
If the morning star be not shining.

The rhymes are—in st. 1, 儒, 侯, 渝, cat. 4, t. 1: in 2, 飾, 力, 直, cat. 1, t. 3: in 3, 晏, 粲, 彥, cat. 16.

Ode 7. Narrative. OLD FRIENDSHIP SHOULD NOT BE HASTILY BROKEN OFF. I will not venture any interpretation of this brief and trivial ode. Choo hears in it the words of a woman entreating her lover not to cast her off. Maou understands it of the people of Ch'ing wishing to retain the good men who were dissatisfied with duke Chwang, and leaving the public service. So far as the language of the ode is concerned, we must pronounce in favour of Choo; but the 'highway' is a strange place for a woman to be detaining her lover in, and pleading with him. He, however, fortifies his view by the opinion of Sung-yuh (宋玉), a poet of the end of the Chow dyn.;—see the 登徒子好色賦 in the 19th Book of Seaou T'ung's 'Literary Selections.' The imperial editors evidently incline to the old view. Choo He, they say, at one time held it himself; and few of the scholars of the Sung, Yuen, and Ming dynasties adopted his interpretation.

Ll. 1,2 in both st. 遵,—as in i.X. 大路, 'the grand road,'—the high or public way. 摻—擥, 'to hold,' 'to grasp.'

Ll. 3,4. 無—毋, 'do not.' 醜 is another form of 醜, 'ugly,' and this would seem to be decisive in favour of Choo's interpretation:—'Do not look on me as ugly.' Still, I have not pressed this. The Shwoh-wan quotes the line with another variation of the character, and explains the term by 棄, 'to reject.' The 4th line is not a little difficult. 不 is for the most part our negative 'not,' and is not to be taken imperatively. So Maou appears to take it here,—as indicative. 寁—速, 'hurriedly,' or 'to do anything hurriedly.' K'ang-shing explains the lines in the 1st st. thus:—'Do not hate me for trying thus to detain you; it is because duke Chwang is not swift to pursue the way of our former ruler that I do so.' Similarly he deals with them in the next stanza, taking 好 in the 2nd tone,—'good ways.' Even the scholars who reject Choo's view shrink from thus explaining 寁. They take 不 imperatively; which is allowable:—see Wang Yin-che on the term. Then 故—舊, 'old intercourse,' and 好—'friendship;'—in 3d tone:—'Do not deal thus hastily with old intercourse.'

The rhymes are—in st. 1, 路, 袪, 故, cat. 5, st. 1: in 2, 手, 醜, 好, cat. 3, t. 2.

Ode 8. Narrative. A PLEASANT PICTURE OF DOMESTIC LIFE. A WIFE SENDS HER HUSBAND FROM HER SIDE TO HIS HUNTING, EXPRESSES HER AFFECTION, AND ENCOURAGES HIM TO CULTIVATE VIRTUOUS FRIENDSHIPS. The 'Little Preface' falls into the same absurdity here, as in the interpretation of ode 6, and says we have in the piece a description of the better morals of a past age, by way of contrast to the lascivious indulgences which characterized the domestic life of Ch'ing when it was written. The first ode of next book is something akin to this; but the parties there are a marquis and marchioness of Ts'e, while here we have simply an officer (not

附圖 1：1893 年版《詩經》中《鄭風 · 女曰雞鳴》首章原文、譯文及注釋。

人翻譯”，因爲“百分之九十九的人根本就不屑于去讀評注”。[①] 爲了做到這一點，他于中國傳統中“貫穿發展，討流溯源……博采旁涉，務極其通”[②]。一位美國學者指出，由于理雅各對中國闡釋傳統非常諳熟，他的譯文具有“一種特殊的忠實性與闡釋權威”[③]。在翻譯《詩經》時，理雅各所依據的主要是漢代的《毛詩》、《鄭箋》和宋代朱熹（1130—1200）的《詩經集傳》。衆所周知，以《毛詩》、《鄭箋》爲代表的漢代《詩經》研究，基本特點是儒家的政教詩説，其中有許多牽强附會的成分。它在中國詩學傳統中影響深遠，其權威性直到宋代才遭到質疑。朱熹所撰的《詩經集傳》對《毛序》廢棄不録，並主張“看《詩》，義理之外更好看他文章”[④]，亦即應從作品本身去發掘作品的意義。理雅各深深讚賞朱熹的觀點。他除了認爲《毛序》多不可信外，也提倡“讓作品爲自己代言”[⑤]。但《毛詩》、《鄭箋》並非全無價值，尤其是《毛傳》的文字詁訓乃是後代《詩經》研究的基礎。對此，朱熹仍廣泛採用，理雅各也不例外。清朝的樸學在指出宋學之空疏的同時，對漢代經學也頗爲重視，並在《詩經》研究中取得了長足進步。理雅各在其翻譯中注意對歷代各家的解釋斟酌鑒别，並力圖通過譯文和注釋再現中國的傳統詩學研究。下面兹以《鄭風 · 女曰雞鳴》一詩的翻譯爲例：

---

① 引自 Girardot, *The Victorian Translation of China*, p. 62.

② 王韜語；引自 Lindsay Ride 爲理雅各《中國經典》所作的序言；見第一卷，*The Confucian Analects, The Great Learning, and The Doctrine of the Mean*, p. 17.

③ Girardot, *The Victorian Translation of China*, p. 361.

④ 引自郭英德等著，《中國古典文學研究史》，北京：中華書局，1995 年，第 347 頁。此處應該指出，《毛詩》包括《毛傳》和《毛序》兩部分，前者訓字釋義，後者則解釋全詩主旨。

⑤ Legge, *The She King*, p. 28。

女曰雞鳴,士曰昧旦,子興視夜,明星有爛,將翱將翔,弋鳧與鴈。

弋言加之,與子宜之,宜言飲酒,與子偕老,琴瑟在御,莫不靜好。

知子之來之,雜佩以贈之,知子之順之,雜佩以問之,知子之好之,雜佩以報之。①

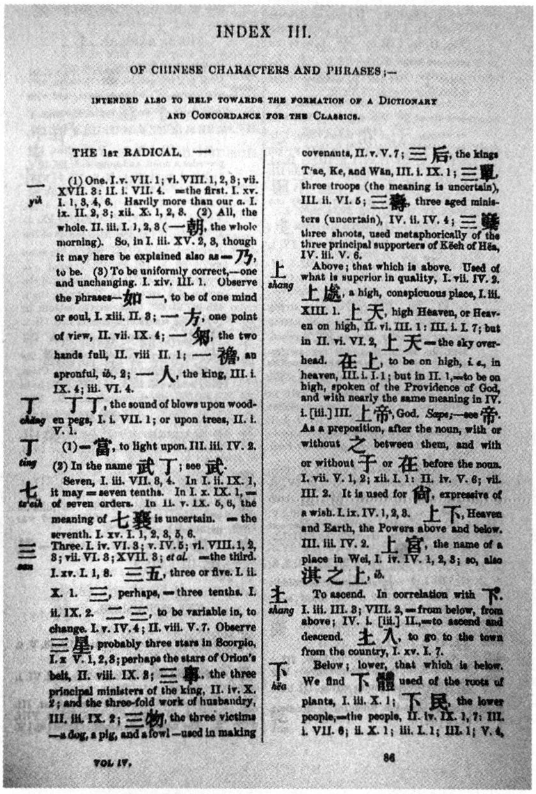

INDEX III.

OF CHINESE CHARACTERS AND PHRASES;—

INTENDED ALSO TO HELP TOWARDS THE FORMATION OF A DICTIONARY AND CONCORDANCE FOR THE CLASSICS.

THE 1st RADICAL. 一

一 yih (1) One. I. v. VII. 1; vi. VIII. 1, 2, 3; vii. XVII. 3: II. i. VII. 4. =the first. I. xv. I. 1, 3, 4, 6. Hardly more than our *a*. I. ix. II. 2, 3; xii. X. 1, 2, 3. (2) All, the whole. II. iii. I. 1, 2, 3 (一朝, the whole morning). So, in I. iii. XV. 2, 3, though it may here be explained also as=乃, to be. (3) To be uniformly correct,—one and unchanging. I. xiv. III. 1. Observe the phrases—如一, to be of one mind or soul, I. xiii. II. 3; 一方, one point of view, II. vii. IX. 4; 一匊, the two hands full, II. viii II. 1; 一襜, an apronful, *ib*., 2; 一人, the king, III. i. IX. 4; iii. VI. 4.

丁 chăng 丁丁, the sound of blows upon wooden pegs, I. i. VII. 1; or upon trees, II. i. V. 1.

丁 ting (1)=當, to light upon. III. iii. IV. 2. (2) In the name 武丁; see 武.

七 ts'ih Seven, I. iii. VII. 3, 4. In I. ii. IX. 1, it may=seven tenths. In I. x. IX. 1,=of seven orders. In II. v. IX. 5, 6, the meaning of 七襄 is uncertain. =the seventh. I. xv. I. 1, 2, 3, 5, 6.

三 san Three. I. iv. VI. 3; v. IV. 5; vi. VIII. 1, 2, 3; vii. VI. 3; XVII. 3; *et al*. —the third. I. xv. I. 1, 3. 三五, three or five. I. ii. X. 1. 三, perhaps,=three tenths. I. ii. IX. 2. 二三, to be variable in, to change. I. v. IV. 4; II. viii. V. 7. Observe 三星, probably three stars in Scorpio, I. x V. 1, 2, 3; perhaps the stars of Orion's belt, II. viii. IX. 3; 三事, the three principal ministers of the king, II. iv. X. 2; and the three-fold work of husbandry, III. iii. IX. 2; 三物, the three victims—a dog, a pig, and a fowl—used in making covenants, II. v. V. 7; 三后, the kings T'ae, Ke, and Wăn, III. i. IX. 1; 三單, three troops (the meaning is uncertain), III. ii. VI. 5; 三壽, three aged ministers (uncertain), IV. ii. IV. 4; 三蘖 three shoots, used metaphorically of the three principal supporters of Këeh of Hëa, IV. iii. V. 6.

上 shang Above; that which is above. Used of what is superior in quality, I. vii. IV. 2. 上處, a high, conspicuous place, I. iii. XIII. 1. 上天, high Heaven, or Heaven on high, II. vi. III. 1: III. i. I. 7; but in II. vi. VI. 2, 上天=the sky overhead. 在上, to be on high, *i. e.*, in heaven, III. i. I. 1; but in II. 1,=to be on high, spoken of the Providence of God, and with nearly the same meaning in IV. i. [iii.] III. 上帝, God. *Sape*;—see 帝. As a preposition, after the noun, with or without 之 between them, and with or without 于 or 在 before the noun. I. vii. V. 1, 2; xii. I. 1: II. iv. V. 6; vii. III. 2. It is used for 尚, expressive of a wish. I. ix. IV. 1, 2, 3. 上下, Heaven and Earth, the Powers above and below. III. iii. IV. 2. 上宮, the name of a place in Wei, I. iv. IV. 1, 2, 3; so, also 淇之上, *ib*.

上 shang To ascend. In correlation with 下. I. iii. III. 3; VIII. 2,=from below, from above; IV. i. [iii.] II.,=to ascend and descend. 上入, to go to the town from the country, I. xv. I. 7.

下 hëa Below; lower, that which is below. We find 下體 used of the roots of plants, I. iii. X. 1; 下民, the lower people,—the people, II. iv. IX. 1, 7; III. i. VII. 6; ii. X. 1; iii. I. 1; III. 1; V. 4,

VOL IV.　　86

附圖二:1893 年版《詩經》辭彙録

《毛序》對此詩的解釋是運用《大序》中的風雅正變説,稱其爲"刺不説德也。陳古意以刺今,不説德而好色也"。朱熹《詩經集傳》則認爲"此詩人述賢夫婦相警戒之詞"。② 理雅各斥《毛序》爲"荒唐",並折合朱熹的觀點,稱此詩的主旨是"描繪一家庭生活的歡快場面。妻子將丈夫從身邊叫去田獵,表示愛慕,並鼓勵他廣交良朋"。③ 下面是第一章的譯文:

譯文:

1	Says the wife, "it is cock - crow;"	妻子説:"雞叫了。"
	Says the husband, "It is grey dawn."	丈夫説:"剛拂曉。"
	"Rise, Sir, and look at the night, -	"起來吧,夫君,看看夜空中—
4	If the morning star be not shining.	啟明星還亮不亮,
	Bestir yourself, and move about,	快快起床,快快行動,
	To shoot the wild ducks and geese. ④	到外面去射野鴨大雁。

① 引自《毛詩正義》,見《十三經注疏》上册,北京:中華書局,1980 年,第 340—340 頁。本文中引用的《毛序》《毛傳》和《鄭箋》皆出自此書,不再一一注明。

② 《詩經集傳》,《四庫全書》文淵閣版,無頁碼;此後不再一一注明。

③ Legge, *The She King*, p. 134.

④ 同前, p. 134—135.

朱熹對本章的大意作了如下串解:"'女曰雞鳴'以警其夫,而'士曰昧旦'則不止于雞鳴矣。婦人又語其夫曰,若是則子可以起而視夜之如何,意者明星已出而爛然,則當翱翔而往弋,取鳧鴈而歸矣。"理雅各的翻譯深得其旨,特別是第三句中"起來吧,夫君"(Rise, Sir)更增強了原詩的口語特徵,渲染了夫妻間的愛慕和妻子對丈夫的殷情敦促。

從第二章起,詩中的文字和意義開始變得複雜。《鄭箋》對"弋言加之,與子宜之"解釋爲:"言,我也;子,賓客也。所弋之鳧雁我以爲加豆之實,與君子共肴也。"此處的關鍵之處是對"子"的解釋。鄭玄將其訓爲"賓客",無非是要説明此夫婦"不留色"的美德,强把詩中的閨閣之情説成君子之誼。爲了自圓其説,鄭玄只能將本章第三句"宜言飲酒,與子偕老"釋爲"宜乎我燕樂賓客而飲酒與之俱至。老,親愛之言也。"朱熹的解釋全然不同。他不同意鄭玄對"加"字的解釋,而是將其訓爲"中也",即射中之意,並引《史記》爲證。[1]他雖然没有對"子"另加詮釋,但從他對本章的串解中可以看出,他認爲"子"指的是首章中的"士"。他説:"射者男子之事,而中饋婦人之職。故婦謂其夫,既得鳧鴈以歸,則我當爲子和其滋味之所宜,以之飲酒相樂,期于偕老,而琴瑟之在御者,亦莫不安靜而好其和,樂而不淫可見矣。"亦即是説,在朱熹看來,本章仍在描寫夫妻間的融融之樂,並没有什麼賓客君子在場。理雅各的譯文基本因襲了朱熹的意見:

1	When your arrows and line have found them,	當你的箭頭射中了它們,
	I will dress them fitly for you.	我將爲你把它們調製。
	When they are dressed, we will drink [together over them],	調製以後,我們邊吃邊飲,
4	And I will hope to grow old with you.	我願與你白頭到老。
	Your lute in your hands	你手中的琴瑟
	Will emit its quiet pleasant tones.	將發出悦耳的和聲。

與前二章相比,本詩的第三章有許多疑難之處。令人驚訝的是,雖然朱熹與鄭玄在對前二章的解釋上大相徑庭,但對這一章他們的看法却無二致。鄭玄在"知子之來之,雜佩以贈之"兩句後箋道:"我若知子之必來,我則豫儲雜佩,去則以送子也。與異國賓客宴,時雖無此物,猶言之,以致其厚意,其若有之,故將行之士大大以君命出事,主國之臣必以燕禮樂之,助君之歡。"這真是讓人如墜煙霧,不知所云。但有一點很清楚,那就

---

① "加,中也,《史記》所謂以弱弓微繳加諸鳧鴈之上是也。"

是鄭玄認爲此詩所涉及的不止是夫妻之情,還包括君臣之義,他已經完全將此詩放到經國大業的高度去分析了。現在我們再來看朱熹的解釋。他首先將第一句中的"來之"訓爲"來之,致其來者。如所謂修文德以來之"。然後,在詳細詮釋了"雜佩"的意思之後,又對全章作了如下串解:"婦又語其夫曰,我苟知子之所致而來及所親愛者,則當解此雜佩以送遺報答之。蓋不惟治其門內之職,又欲其君子親賢友善,結其驩心,而無所愛于服飾之玩也。"也就是說,前二章中所描述的夫妻和樂被詩中之"女"廣而延之,遍及"士"的同僚及友人;不僅僅齊家,還要治國平天下。由此可見,朱熹對漢儒的批判只是五十步笑百步。在本質上,他們是殊途同歸。

　　理雅各對本章的理解基本依從朱熹。他在題解中說道:"盡管這位妻子愛慕她的丈夫,但她不想將他獨佔;此處她表示同情丈夫結交良友。爲此,她願捨棄她的首飾以表明她對他們的敬意。"①理雅各還明確指出,本章每句末的"之"代指她丈夫的同僚和友人。以下是他的譯文:

1	"When I know those whose acquaintance you wish,	當我結識你欲交友之人,
	I will give them the ornaments of my girdle.	我將贈給他們我的佩玉。
	When I know those with whom you are cordial,	當我結識你欲親近之人,
4	I will send them the ornaments of my girdle.	我將送給他們我的佩玉。
	When I know those whom you love,	當我結識你所愛慕之人,
	I will repay their friendship from the ornaments	我將以我的佩玉報答
	of my girdle."②	他們的友情。

　　此處之"女"已經完全不是代表傳統婦德的"窈窕淑女",而是一位奔前顧後的女管家。女子以貼身佩玉贈送夫君的同僚和友人,也是前所未聞。造成這種近似荒唐的解釋與翻譯的原因,是《詩大序》中所謂"經夫婦,成孝敬,厚人倫,美教化,移風易俗"的詩歌理論,和儒家修身、齊家、治國、平天下的政治理想。《詩經》中描寫男女情愛的篇章都被看成道德訓誡和寓言。爲此,評論者不惜忽視詩中與此解釋捍格不入的成分,對《女曰雞鳴》的詮釋便充分說明了這一點。這首詩以夫妻間的對話開始,若以此爲線索,便

---

① Legge, *The She King*, pp. 135—136.
② 同前, pp. 135—136.

可發現第二、三兩章實際上是這一對話的繼續和發展:二章是妻子對丈夫田獵所承諾的獎勵,即一佳餐;三章則是丈夫對妻子的答謝,即贈以美玉,也就是《衛風·木瓜》中所謂"投我以木桃,報之以瓊瑤"之意。故聞一多稱此詩的主題爲"樂新婚也",並指出第三章每句末的"之"字爲"語助"。① 程俊英、蔣見元更認爲它"是一首新婚夫婦之間的聯句詩"②。然而,傳統的定勢使得歷代批評家無法逾越政教詩説的窠臼。前面已經指出了朱熹與漢儒在解詩上的殊途同歸。清朝的《詩經》研究雖在文字訓詁和文獻整理上取得了很大成就,但在對《詩經》的整體詮釋上有時仍是對漢、宋諸家亦步亦趨。儘管個別學者似乎意識到了毛、鄭朱熹對此詩的論點有欠通脱,但也没有明確反對。例如,陳奐(1786—1863)在其《詩毛氏傳疏》中提出了一些不同意見。他引用另一位清朝學者王引之的《經義述聞》,認爲《女曰雞鳴》三章首句"知子之來之"的"來"應按照《爾雅》訓爲"勞",並指出"古者謂相恩勤爲來。此言'來之',下言'順之','好之',意相因也。《箋》讀來爲往來之來,疏矣"③。這已經很接近將本詩第三章看作夫妻間的情話了。但陳氏最終未能跨出這一步,故在解釋第二章時,仍認爲"子"指的是"賓與主人",並引用《毛傳》"賓主和樂無不安好也"來概括本章的大意。④ 理雅各未能超越上述傳統觀點,因爲他所處的時代正是經學研究鼎盛期。此外,傳統詩説中的道德傾向或許與他的宗教背景多少有些共鳴。

我們固然不應以今人的觀點苛求古人,更不應以原語文化苛求譯者。理雅各對《女曰雞鳴》的翻譯,却向我們揭示了翻譯過程中譯者與原著及其文化之間的關係。一般來説,譯者的翻譯策略取决于他對原著及其文化的態度,而譯者的態度在很大程度上又取决于原著及其文化的深度和定勢。當譯者輕視原著及其文化時,他所採取的策略往往很隨意。這可用費兹傑拉德(Edward Fitzgerald, 1809—1863)對《魯拜集》(*The Rubiyat of Omar Khyyam*)的翻譯來説明。費氏曾説過,他"喜歡對這些波斯詩人的作品任意修改,因爲作者並不是出色的詩人,不致令人生畏。這些作品也需要一些藝術加工才能成體"。⑤ 因此,費氏的譯文與原文常常大相徑庭,儘管它們却因此成爲千古絶唱。另一種情況是譯者認爲原著及其文化博大精深,對之深感敬畏。這常常使得譯者小心謹慎,在翻譯過程中以對原著忠信爲己任。另一位十九世紀英國學者紐曼(Francis Newman,

① 見其《風詩類鈔》,載于《聞一多全集》第四册,北京:三聯書店,1982年,第63頁。
② 見其《詩經注析》上册,上海:上海古籍出版社,1991年,第235頁。
③ 《詩毛氏疏傳》第一册,北京:中華書店影印,1984年,無頁碼。
④ 理雅各似乎從未見過陳奐的著作,因爲這部重要的著作並没有被收入他的參考書目之中。
⑤ 引自 Susan Bassnett, *Translation Studies*, revised edition (London:Routledge, 1991), p.3.

1805—1897)對荷馬史詩的翻譯便屬此類。在紐曼看來,一位稱職、負責的譯者必須盡其所能在譯文中保持原著的特色,以使讀者時時感到"他所讀的是異國作品,在許多方面與他本國的作品相差甚遠"①。理雅各的情形基本屬于後一類,但又有所不同。從整體文化的角度,理雅各所期望的是以西方基督教文明改變中國文化。他所從事的中國典籍翻譯,乃是爲實現這一文化使命而服務的。然而,他的翻譯實踐表明,將這兩項工作協調起來困難很多。作爲一位傳教士,他深知"瞭解敵人"的重要性;作爲一位學者,他也深知要想瞭解歷史悠久的中國文化,就必須暫時放下自身的文化優越感和宗教使命,盡量虛以待物地去迎接蘊含豐富、但却晦澀難解的原著之挑戰。也就是説,理雅各的宗教和文化理念並沒有始終指導他的翻譯實踐,因爲在解決翻譯中具體疑難的時候,西方的宗教信仰和文化理念于事無補,因此他只有依據中國古代經學研究及闡釋傳統。他採取的是紐曼的策略,即盡量保持原著的特點,而不是象費兹傑拉德那樣對之任意修改。《女曰雞鳴》的翻譯便是一個範例。它充分體現了理雅各對原著及其文化的尊重。在這裏我們看到的是學者的嚴謹與謙遜,而不是傳教士的熱情與偏見。也正是爲此,理雅各的《詩經》翻譯最終成爲研究與理解中國傳統文化的豐碑,而不是宗教傳播及文化宣傳的工具,至今仍然爲中外學者所廣泛引用。

（作者爲美國猶他大學教授,文學博士）

---

①　引自 Lawrence Venuti, *The Translator's Invisibility: A History of Translation* (London: Routledge, 1995), p. 121.

編　後

　　2009 年 10 月 24 日，由天津師範大學文學院、日本大手前大學共同舉辦的"東亞詩學與文化互讀國際學術研討會"隆重召開。來自日本、韓國和國內的 80 多所高校的近百名專家學者出席了大會，共同探討東北亞各國的文學、詩學傳統以及文化互讀問題。會議圍繞"互讀、共賞、知同、明異"，就中國、日本、韓國、俄羅斯等國詩學及比較詩學和東亞文化（文學）經典的翻譯、闡釋和接受以及東亞文化相互理解的諸問題展開了熱烈的研討。《國際中國文學研究叢刊》第一集所收多爲與會專家提供的論文。

　　由于本叢刊以刊登中文原稿爲主，並適當刊登外國學者論文的漢語譯文，故會議發表的外語論文未譯爲漢語的，皆未納入叢刊中。

　　本叢刊發表論文，字體使用繁體字，橫排書寫，來稿請遵從本刊規範格式，由標題名、作者名、正文、作者工作單位組成；注釋用阿拉伯數字①②③④表示，採取當頁腳注。引文文獻務必核對準確，詳列出處，中文參考文獻標注與標點使用請遵照國家相關標準，外文參考文獻未譯成中文的，請遵照該國書寫慣例。文中如需插圖，請提供清晰照片或繪製精準的圖表，並在稿中相應位置留出空白，並添加説明文字。圖表編號以全文爲序。

　　來稿請注明真實姓名、工作單位、職稱、詳細通訊位址和郵遞區號、電子郵箱、電話或傳真號碼，如有變更請及時通知。

　　作者賜稿時即被視爲自動確認未曾一稿兩投或多投。

　　來稿請電郵至 wxp - tj@ 126. com，或寄 300387 天津市西青區賓水西道 393 號天津師範大學主校區文學院國際中國文學研究中心。

　　本叢刊將追隨中國文學走向世界的步履，與關注中國文學跨文化、跨學科研究的學者朋友攜手探索，以期爲提高中國文學研究的思考能力和學術水準，做一點點切實的事情。